Über dieses Buch

›Djin Ping Meh‹ – häufig auch ›Chin-P'ing-Mei‹ oder ›King Ping Meh‹ geschrieben – ist der berühmteste unter den großen erotischen Romanen aus dem alten China.
Der unbekannt gebliebene Autor erzählt mit viel Freude am vergnüglichen Detail von dem ausschweifenden Leben des sinnenfrohen Simen Tjing, seiner sechs Frauen und unzähligen Gespielinnen. Seit das Buch vor rund vierhundert Jahren zur Zeit der Ming-Dynastie zuerst erschien, ist es wegen seiner freizügigen erotischen Schilderungen immer wieder verboten, aber auch ebenso fleißig unter der Hand weiterverbreitet worden. Seine Bedeutung liegt jedoch nicht allein in der reizvollen und drastischen Erotik; sie ist vielmehr Teil des umfassenderen gesellschaftskritischen Themas: Glanz und Elend einer Welt zu zeigen, die sich nur dem Genuß, dem Vergnügen, der Verantwortungslosigkeit, dem Müßiggang, dem materiellen und erotischen Wohlergehen verschrieben hatte.

Als Verfasser des ›Djin Ping Meh‹ wird ein prominenter Staatsmann und Gelehrter vermutet, der das Werk anonym veröffentlicht haben soll, wie es in der chinesischen Romandichtung häufig vorkam. Denn in der Volkssprache schreiben galt bis in unser Jahrhundert hinein als vulgär und mochte zwar Popularität beim Publikum, aber kein gesellschaftliches Prestige eintragen.

DJIN PING MEH

Schlehenblüten
in goldener Vase

EIN SITTENROMAN AUS DER MING-ZEIT
MIT ALTCHINESISCHEN HOLZSCHNITTEN
DER AUSGABE VON 1755

Aus dem Chinesischen
von Otto und Artur Kibat

FISCHER TASCHENBUCH VERLAG

Fischer Taschenbuch Verlag
September 1980
Umschlagentwurf: Jan Buchholz/Reni Hinsch
Fischer Taschenbuch Verlag GmbH, Frankfurt am Main
Gekürzte Lizenzausgabe
nach der ersten vollständigen Originalübertragung ins Deutsche
durch die Brüder Otto und Artur Kibat
mit freundlicher Genehmigung des Verlages Die Waage, Zürich.

Die ungekürzte Gesamtausgabe erschien in sechs Bänden
im Verlag Die Waage, Zürich
Gesamtherstellung: Hanseatische Druckanstalt GmbH, Hamburg
Printed in Germany
1680-ISBN-3-596-22476-4

I.

Im zweiten Jahrzehnte des zwölften Jahrhunderts, während der Regierungslosung Dscheng Ho (Waltet in Eintracht!) zur Zeit des erlauchten Kaisers Hui-Dsung (Edelstamm) aus dem Herrscherhause Sung, gab es in der Kreisstadt Tjingho (Klarenfluß) des Regierungsbezirks Dungping (Ostniederung) in der Provinz Schantung einen jungen Lebemann von ansehnlichem Äußeren, stattlichem Wuchs und leichter Lebensart, der über ererbtes Vermögen verfügte. Er stand im sechsundzwanzigsten bis siebenundzwanzigsten Lebensjahre und hieß Simen Tjing. Sein Vater Simen Da (der Freigesinnte) hatte früher West- und Südchina bereist und mit Drogen gehandelt und dann in Klarenfluß vor dem Kreisamt ein sehr großes Geschäft für Roherzeugnisse des Arzneimittelhandels eröffnet. Sein Hausgrundstück hatte eine fünfräumige Straßenfront und war sieben Höfe tief. Zum Haushalt gehörte eine große Zahl von dienenden männlichen und weiblichen Leibeigenen. Die Ställe waren mit Pferden und Maultieren gefüllt.

Der alte Hofrat Simen Da und seine Frau waren leider früh gestorben. Weil sie nur den einen Sohn gehabt hatten, war er auf hundertfältige Art verhätschelt worden. Deshalb hatte er nicht richtigen Unterricht genossen und sich den ganzen Tag über nur müßig umhergetrieben. Nach dem Tode der Eltern verbrachte er die Nächte überhaupt nur noch mit leichten Frauen außer Hause, winken doch sozusagen alle Pflanzen dem Winde. Er hatte etwas Boxen und Fechten gelernt und verstand sich auf Dominospiel, Würfeln, Schach und Wortspielereien.

Die Freunde, denen er sich angeschlossen hatte, waren auch nur Müßiggänger und dazu Schmeichler und Leute ohne Pflichtgefühl. Der ihm Vertrauteste hieß Jing Bodjau (Graf). Er war der zweite Sohn des Hofrates Jing, der ein Seidenwarengeschäft gehabt hatte. Nachdem der Sohn das ererbte Vermögen verloren hatte, beschäftigte er sich hauptsächlich damit, jedem Bekannten Gesellschaft zu leisten, der eine der drei Vergnügungsstätten der Stadt besuchte oder ein Gastmahl veranstaltete. Er hatte deshalb ganz allgemein den Spitznamen Schmarotzer Jing. Er konnte gut

Fußball spielen, würfeln, Schach spielen und dergleichen. Der zweite der Freunde hieß Sjä Si-da (der Großes erhofft). Er war der Sohn eines Tausendschaftsführers im Standorte Klarenfluß. Das Amt vererbte sich eigentlich. Da seine Eltern indessen starben, als er noch jung war, wurde er ein umherschweifender Müßiggänger, gab seine eigentliche Laufbahn auf und half nur anderen Tagedieben die Zeit totschlagen. Er spielte übrigens ausgezeichnet Laute. Es war ganz erklärlich, daß diese beiden zu Simen Tjing prächtig paßten. Von sonstigen Bekannten waren da noch einige verkrachte, unbedeutende Gesellen: Dschu Schiniän (der richtig vorliest), Sun Tjän-hwa (der vom Himmel gestaltete), Wu Djän-én (der vorbildlich Gütige) hieß und Kreisgeomant gewesen, aber wegen einer üblen Geschichte sein Amt leichthin aufgegeben hatte. Sein Hauptgeschäft war es, für Darlehen von Amtsanwärtern zu bürgen. Aus solchem Anlaß war er auch mit Simen Tjing in Fühlung gekommen. Zu dem Bekanntenkreise gehörten ferner noch Jün Li-schou (Rechtshüter), Tschang Dschi-dija, Bu Dschi-dau und schließlich Bai Lai-gwang.

Da man in dieser Schar von insgesamt zehn Leuten beobachtet hatte, daß Simen Tjing über Geld verfügte und es auch springen ließ, kletteten sich alle an ihn, um von ihm Geld zu ziehen oder mit ihm zu zechen und zu prassen, die Stätten des Vergnügens zu besuchen und um Geld zu spielen.

Mochte die Familie Simen nun auch noch so reich sein, ein so entarteter Sohn, der sich überdies noch ganz unnützen, ja ihm in hohem Grade schädlichen Kumpanen angeschlossen hatte, hätte sie zugrunde richten müssen. Wenn die Familie noch eine geraume Zeitspanne weiterbestand, so war das in folgendem begründet: Simen Tjing war ein ziemlich gewalttätiger Charakter und in seinen Unternehmungen sehr hinterhältig. Er lieh außerdem an Mandarine Geld aus. Zu den ganz besonders feilen vier Hofschranzen Garu, Jang, Tschung und Zai unterhielt er Beziehungen und wandte Bestechungen an. Aus diesen Gründen hatte er auch bei allen öffentlichen Angelegenheiten im Kreise immer wieder seine Hand im Spiele. Anderen räumte er Schwierigkeiten aus dem Wege gegen gute Bezahlung. Allen Leuten im Kreise flößte er Scheu ein, und da er der erste und einzige Sohn seiner Eltern war, nannte man ihn allgemein den Oberrat Simen.

Dieser Oberrat Simen hatte zunächst eine geborene Tschen geheiratet. Sie war aber früh gestorben, nachdem sie kurz vor ihrem Tod einer Tochter das Leben geschenkt hatte, die man

Fräulein Simen nannte. Sie war mit Tschen Djing-dji (der höflich aushilft) verlobt worden, einem Sohn von Tschen Hung, der wieder ein Verwandter des Kommandierenden Generals Jang der acht Legionen starken kaiserlichen Leibgarde in der östlichen Reichshauptstadt war. Fräulein Simen hatte noch nicht geheiratet, als ihr Vater, da nach dem Tode der Mutter niemand den Hausstand leiten konnte, die aus der Kreisstadt stammende Tochter eines Mannes namens Wu heiratete, der Tausendschaftsführer vom linken Flügel im Standorte Klarenfluß war. Diese geborene Wu stand im fünfundzwanzigsten bis sechsundzwanzigsten Lebensjahre. Sie war an dem Herbstvollmondfeste geboren worden. Man rief sie daher mit dem Kindernamen Mondtrautchen. Als sie später Simen Tjing heiratete, nannte man sie entsprechend Frau Mondtraut. Sie war sehr tugendhaft und ihrem Gatten gegenüber verständig. Ihre Bedienung bestand aus drei oder vier Mägden und Zofen.
Dann hatte er Holdchen Li, mit der er bei seinen häufigen Besuchen der Vergnügungsstätten bekannt geworden war, auch noch geheiratet und zu seiner zweiten Frau gemacht. In der Südstraße besaß er ein Absteigequartier und hielt dort eine Zeitlang die zweite Tochter eines gewissen Dscho, das Findelkindlein Dscho, aus, um sie später als dritte Frau zu sich ins Haus zu nehmen. Diese kleine Dscho hatte einen recht zarten Körper und kränkelte deshalb fortwährend. So kam es, daß Simen Tjing sich alsbald wieder Ausschweifungen überließ und Abenteuer mit anderer Leute Frauen und Mädchen suchte.
Eines Abends saß Simen Tjing unbeschäftigt daheim und sprach zu seiner Frau Mondtraut: »Heute haben wir den Fünfundzwanzigsten des neunten Monats. Am Dritten nach Neumond ist wieder Zusammenkunft unseres Freundeskreises. Wir müssen dafür ein Weinessen an zwei Tischen vorbereiten, auch zwei Singmädel dazu bestellen, natürlich in unserem Hause. Ich möchte mir mit meinen Freunden einen lustigen Tag machen. Bereite bitte alles vor!«
»Du solltest doch nicht schon wieder von dieser Sippschaft zu reden anfangen!« antwortete Frau Mondtraut. »Hat denn überhaupt einer von ihnen ein reines Gewissen? Sie kommen doch tagtäglich hergelaufen, diese Windbeutel. Solange du mit ihnen verkehrst, habe ich noch nicht ein einziges Mal gesehen, daß du dich mit ihnen in ihren Häusern getroffen hast. Schwester Dscho ist jetzt auch wieder unpäßlich. Hör doch auf meinen Rat und trink nicht so oft und so viel!«

»Sonst läßt sich immer hören, was du sagst«, fiel Simen Tjing ein. »Deine heutige Äußerung ist mir aber lästig und langweilig anzuhören. Deiner Meinung nach sind meine Freunde also keine guten Kerle. Mit den anderen mag es sein Bewenden haben. Ich halte den jüngeren Jing für einen herzensguten Mann; dazu versteht er es ausgezeichnet, alle Welt prächtig zu unterhalten. Dann ist noch Herr Sjä da. Er ist ein tüchtiger Mensch. Es ist wohl besser, wir sehen davon ab, ob die Leute gekommen sind oder ich zu ihnen hingegangen bin. Richtig wäre es aber, wenn wir bei der diesmaligen Zusammenkunft uns als Brüder Treue gelobten, so daß wir uns künftig aufeinander fest verlassen können.«

»Brüderschaft schließen ist recht und gut und schön«, ging Frau Mondtraut darauf ein, »nur hege ich Besorgnis, es wird später vielmehr so sein, daß die anderen immer mehr auf dich vertrauen werden. Wenn du dich aber einmal auf jemand verlassen willst, hältst du nur wie im Puppentheater Puppen hoch, denen jeder Lebensodem fehlt.«

»Ist es denn nicht viel besser, wenn immer die anderen auf uns bauen können?« Simen Tjing lachte. »Aber warten wir, bis der jüngere Jing einmal herüberkommt, und besprechen die Sache mit ihm!«

Während sie sich so unterhielten, erschien ein Dienerjunge von anmutigem Aussehen und pfiffigem, aufgewecktem Wesen. Es war Simen Tjings Leibdiener Dai-an. Er näherte sich und meldete, der jüngere Herr Jing und Herr Sjä seien draußen, um den Herrn zu besuchen.

Simen Tjing begab sich in die Empfangshalle.

Dort saß auf dem Ehrenplatz Jing Bo-djau mit frisch gepreßter Mütze aus dunkler Seidengaze und einem nicht mehr ganz neuen Gewand aus gefüttertem himmelblauem Seidenkrepp. Seine Fußbekleidung bildeten saubere Strümpfe und seidene Schuhe. Neben ihm hatte Sjä Si-da Platz genommen. Als sie Simen Tjing kommen sahen, erhoben und verneigten sie sich.

Auf Simen Tjings Frage, was sie inzwischen getrieben hätten, erklärte Jing Bo-djau: »Gestern waren wir bei Mutter Li und haben da ein kleines Mädel gesehen. Es ist die Nichte deiner zweiten Frau und die jüngere Schwester von Zimtfee. Man nennt sie Zimtknospe. Wir hatten sie eine Zeitlang aus den Augen verloren, und inzwischen hat sie sich prächtig entwickelt. Wenn sie erst einmal voll erwachsen ist, wird sie unausdenkbar hübsch sein. Ihre Mutter bemerkte nun gestern mehrmals, wir möchten ihr

doch einen feinen Herrn beschaffen, der ihr den Gürtel löst. Ich denke bestimmt, daß es etwas für dich sein wird.«
Simen Tjing äußerte, daß sich das schon einrichten lassen werde, und er Freizeit genug habe, um hinzugehen und sie sich einmal anzuschauen. »Wo seid ihr an den Tagen zuvor gewesen?« fragte er dann.
»Vorgestern ist doch unser Freund Bu Dschi-dau gestorben«, antwortete Jing Bo-djau. »Wir haben seiner Familie bei den Beerdigungsangelegenheiten geholfen. Seine Frau hat mir übrigens wiederholt aufgetragen, dir in ihrem Namen für die gesandten Trauergaben an Weihrauch und Opferpapiergegenständen zu danken. Sie habe in ihren Räumlichkeiten kaum Platz genug zum Umdrehen, deshalb habe sie kein besonderes Trauermahl hergerichtet und dich auch nicht eingeladen. Es sei ihr das recht peinlich.«
»Ich hatte eben erst gehört, daß er leidend sei«, bemerkte Simen Tjing. »Noch vor kurzer Zeit hatte er mir einen vergoldeten Fächer geschickt. Ich wollte ihm gerade ein Gegengeschenk machen, ohne zu ahnen, daß er verstorben ist.«
Sjä Si-da stieß seufzend aus: »In unserer Bruderkette der Zehn fehlt jetzt einer« und fügte, sich an Jing Bo-djau wendend, hinzu: »Am Dritten nach Neumond ist wieder Klubtag. Wir werden leider unsern Oberrat damit behelligen müssen, für die Unterhaltung unseres Freundeskreises zu sorgen.«
»Ganz recht!« stimmte Simen Tjing zu. »Ich habe mich eben mit meiner Frau darüber ausgesprochen. Bei unseren bisherigen Zusammenkünften ist es leider zu weiter nichts gekommen, als zum Trinken und Scherzen. Wie wäre es, wenn wir uns dieses Mal einen Tempel aussuchten, einen Opferspruch ausfertigen ließen und einen Bruderbund schlössen, um uns in Zukunft gegenseitig zu stützen und beizustehen? Die Feier würde natürlich eine Kleinigkeit kosten, denn wir müßten drei Opfertiere kaufen. Jeder sollte da nach Kräften zu den Ausgaben beisteuern. Ich wünsche die Kosten durchaus nicht auf euch abzuwälzen; es würde aber größere Herzlichkeit erwecken, wenn alle zur Feier der Brüderschaft etwas beitrügen.«
»Ich pflichte dir vollkommen bei«, erklärte Jing Bo-djau sofort. »Freilich wird es mit uns auch so gehen wie mit dem Geschwürchen auf der Schwanzspitze einer Maus. Es sondert zwar Eiter ab, doch nur wenig.«
»Ach, du Hundsfott!« Simen Tjing lachte. »Wer verlangt denn viel von euch?«

»Um den Bruderbund zu schließen, sollten wir zehn Mann sein«, meinte Sjä Si-da. »Von wem wird die Lücke ausgefüllt?«
Simen Tjing summte eine Weile nachdenklich vor sich hin.
»Von meinem Nachbarn, dem zweitältesten Hwa. Er ist ein Neffe des Obereunuchen Hwa bei Hofe. Er dürfte bereit sein, für die Kosten seines Anteils aufzukommen. Er hält sich viel in den Vergnügungsstätten auf. Der Hinterhof seines Anwesens ist nur durch eine niedrige Mauer von unserem Grundstück getrennt. Für mich ist es bequem, mit ihm zu reden. Am besten beauftrage ich einen Diener, ihn einzuladen.«
Jing Bo-djau klatschte in die Hände: »Natürlich! Es ist doch jener Hwa Dse-hü, der Silberschönchen Wu, die Kleine aus den Vergnügungsstätten, aushält?« Simen Tjing bestätigte es und Jing Bo-djau sagte lachend: »Schicke nur deinen Botenmeister mit der Einladung hinüber! Wenn wir mit diesem Hwa Verkehr anknüpfen können, haben wir für später einen Schlemmerplatz mehr.«
»Elender Schmarotzer!« Simen Tjing wandte sich lachend um, rief Dai-an herbei und befahl ihm, die Einladung zu überbringen.
»Geh zur Nachbarfamilie Hwa und sage dem zweiten Herrn Hwa folgendes: Mein Herr möchte am Dritten nach Neumond mit Freunden einen Treubund für zehn Brüder schließen. Er erlaubt sich durch mich, Euch zum Beitritt zu dieser Brudergemeinschaft einzuladen. – Berichte mir, was er dir antwortet! Sollte Hwa nicht zu Hause sein, so sag's seiner Gemahlin!«
Als Dai-an der Weisung entsprechend fortgegangen war, erkundigte sich Jing Bo-djau: »Verweilen wir an jenem Tag besser hier bei dir oder in einem Tempel?«
»Von den Tempeln am Platze kommen nur zwei in Betracht«, bemerkte Sjä Si-da, »das buddhistische Kloster ›Zur ewigen Seligkeit‹ und der dauistische Tempel des Erhabenen-Höchsten. Wohin haben wir zu gehen?«
»Die buddhistischen Mönche befassen sich nicht mit dem Abschluß von Brüderschaften, auch kenne ich die Mönche des Klosters nicht«, antwortete Simen Tjing. »So kommt nur der Tempel des Erhabenen-Höchsten in Betracht. Ich bin dort mit dem Priester Wu gut bekannt. Es ist da auch recht geräumig und sehr ruhig.«
Während sie noch redeten, kam Dai-an zurück und meldete Simen Tjing: »Der junge Herr war nicht zu Hause. Ich habe alles

seiner Gemahlin bestellt. Sie war sehr erfreut und meinte: Wenn dein Herr meinen Mann in den Bruderbund mit hineinnehmen will, muß er gehn. Ich werde es ihm ausrichten, sobald er heimkommt. Ich bringe ihn bestimmt dazu, an dem Tage zu erscheinen. Viele Empfehlungen deinem Herrn! – Sie schenkte mir noch zwei Stückchen Teegebäck.«

»Der zweite Hwa hat wirklich eine gewandte und allerliebste Frau«, bemerkte Tjing zu Jing Bo-djau und Sjä Si-da. Die beiden Gäste erhoben sich gemeinsam.

»Wir wollen uns jetzt verabschieden, die anderen benachrichtigen und für ihre Beiträge sorgen. Ordne du nur alles mit Priester Wu!«

Simen Tjing geleitete sie zum Haustor.

Jing Bo-djau war bereits einige Schritte gegangen, als er sich nochmals umwandte: »Wir tun gut, an jenem Tage auch Singmädel hinzuzuziehen.«

»Abgemacht!« antwortete Simen Tjing.

Im Nu waren die vier oder fünf Tage verflogen, und der Erste des zehnten Mondes brach an. Simen Tjing hatte sich frühzeitig erhoben und saß gerade im Zimmer der Frau Mondtraut, als ein Botenknabe eintrat. Er warf sich vor Simen Tjing auf das Antlitz, erhob sich dann, stellte sich zur Seite und sprach: »Ich gehöre zur Familie Hwa. Viele Empfehlungen meines Herrn an Herrn Simen! Vor ein paar Tagen sandte Herr Simen durch seinen Botenmeister meinem Herrn eine Einladung. Mein Herr konnte sie nicht persönlich entgegennehmen, weil er damals in Geschäften ausgegangen war. Wie er erfahren hat, soll die Zusammenkunft am Dritten stattfinden. Er sendet deshalb zunächst diesen geringen Unkostenbeitrag und läßt sagen, der Herr möge ihn vorerst verwenden. Sollte Herr Simen weitere Auslagen haben und auf meinen Herrn mehr entfallen, wird er das Fehlende noch nachzahlen.«

Simen Tjing nahm das geschlossene Päckchen entgegen. Zur Kennzeichnung war darauf geschrieben: Unkostenbeitrag eine Unze Silber.

»Es ist schon zuviel«, bemerkte er sofort. »Nachzahlung kommt nicht mehr in Betracht. Bitte deinen Herrn, übermorgen nicht auszugehen! In der Frühe möchte er sich mit uns zum Tempel begeben!«

»Bestelle Empfehlungen an deine Herrin«, fügte Frau Mondtraut hinzu, »ich werde sie in einigen Tagen bitten, herüberzukommen, um einmal einen halben Tag zu verplaudern!«

Der Knabe nahm das ihm gereichte Gebäck in Empfang, warf sich aufs Antlitz und entfernte sich. Kaum hatte er das Haus verlassen, als Jing Bau von Jing Bo-djaus Familie, von Dai-an hereingeführt, mit einem Besuchskästchen eintrat. Er warf sich nieder und meldete, daß sein Herr die Beiträge der übrigen eingesammelt und ihn hergesandt habe, sie abzuliefern. Simen Tjing entnahm sie dem Kästchen. Es waren im ganzen acht Päckchen. Ohne sie zu öffnen, reichte er sie Frau Mondtraut und entließ den Diener. Sie wies lachend auf den Inhalt.

»Nun sieh dir nur einmal diese Beiträge an! Lediglich der jüngere Jing hat eine Achtelunze zwölflötiges Silber gesandt, die übrigen überhaupt nur den zwanzigsten oder gar dreißigsten Teil einer Unze und dazu von Silber rotgelber Färbung, das fast wie Gold aussieht. Ich habe derartiges Silber bisher noch nie zu Gesicht bekommen. Wenn wir es annehmen und in den Verkehr bringen, verderben wir unseren Ruf. Das beste wäre, wir senden es den Leuten zurück.«

»Du nörgelst doch dauernd«, widersprach Simen Tjing. »Wirf das Zeug doch weg!« Sprach's und ging stracks nach vorn.

Am folgenden Tage, dem Zweiten, wog Simen Tjing vier Unzen Silber ab, hieß den Diener Lai-sing ein Schwein, ein Schaf, fünf bis sechs Krüge Güldenprachter Wein, Weihrauch, Kerzen, Opferpapiergegenstände, Hühner, Enten und Sonstiges für das Festessen einkaufen, legte eine halbe Unze Silber in einen Umschlag und ließ seine drei Diener Lai-bau, Dai-an und Lai-sing diese Dinge zum Tempel des Erhabenen-Höchsten schaffen und dem Priester Wu bestellen, er beabsichtige morgen eine Schwurbrüderschaftsfeier im Tempel zu veranstalten, wozu der Meister die Opfergebetsurkunde ausfertigen möge. Abends gedächten sie, bei ihm zu feiern. Er möchte den Meister bemühen, auch dafür Vorsorge zu treffen. Der Herr werde morgen früh vorsprechen. Dai-an kam nach einiger Zeit mit der Meldung zurück, daß alles hingebracht worden sei und der Priester von des Herrn Wünschen Kenntnis genommen habe.

Der Priester Wu bewillkommnete am folgenden Morgen die Herren vor seinem Andachtsraum im Tempel mit einer Verbeugung. Simen Tjing und die ganze Männergruppe traten ein.

Der Priester Wu hatte die Opfertiere bereits vorbereitet und forderte auf: »Ich bitte die Herren Räte, Papier zu verbrennen!« Er zog gleichzeitig das Opfergebet hervor und sagte: »Das Gelöbnis ist vollständig ausgefertigt. Es kommt nun nur noch darauf an, wer an erster Stelle zu nennen ist und wie die Reihenfolge der übrigen Herren sein soll.«

Alle riefen sofort, daß Oberrat Simen selbstverständlich der Erste sein müsse. Simen Tjing wandte ein, daß sich das doch nach dem Lebensalter zu richten habe. Der jüngere Jing sei älter als er. Der Rang des Ältesten komme also ihm zu. Jing Bo-djau streckte beunruhigt die Zunge heraus. »Macht mir doch nicht das Leben sauer! Heutigentags zählt doch nur Besitz und Macht. Wer rechnet noch nach Lebensjahren?«

Sjä Si-da redete Simen Tjing zu, den Ehrenposten nicht länger abzulehnen. Aber der sträubte sich weiter, nahm aber die Rolle des Ältesten schließlich an. Zweiter im Range wurde Jing Bo-djau, der dritte Sjä Si-da und der vierte Hwa Dse-hü mit Rücksicht auf sein Vermögen. Für die anderen ergab sich die Ordnung von selber.

Als der Priester die Gelöbnisformel ausgefüllt hatte, zündete er Weihrauch und Kerzen an. Alle nahmen der Rangordnung gemäß Aufstellung. Der Priester hob das Blatt mit dem Opfergelöbnis empor und las mit vernehmlicher Stimme: »Die gläubigen Herren aus dem Kreise Klarenfluß im Regierungsbezirk Ostniederung der Provinz Schantung des Reiches Sung, nämlich Simen Tjing, Jing Bo-djau, Sjä Si-da, Hwa Dse-hü, Sun Tjänhwa, Dschu Schi-niän, Jün Li-schou, Wu Djän-én, Tschang Dschi-djiä und Bai Lai-gwang haben heute mit reinen Händen Weihrauch angezündet und schwören, sich durch diesen Treueid nach Art des Schwures im Pfirsichgarten zu binden, daß sie einander von ganzem Herzen lieben und dem Beispiele jener nacheifern werden. Ihre Zuneigung zueinander soll gleich tief werden wie die von Gwan Dschung und Bau Schu. Alle werden treu zusammenhalten und in ihrer Liebe jenen beiden Freunden gleichzukommen streben. Sintemal die Menschen auf der Erde Brüder sind, was hindert Männer, trotz ihrer verschiedenen Familiennamen einander das zu werden, was leibliche Brüder einander sind. Dementsprechend haben sie am heutigen Tage lauteren Herzens ein Schwein, ein Schaf sowie sonstige Speisegaben geopfert und Opferfiguren und Opfergeld dargebracht, verbeugen sich nun in tiefer Demut vor dem reinen Altar und schauen mit aufrichtigem Herzen empor zu dem im Himmelspalaste thronenden Erhabenen-Höchsten. Sie bitten ihn nebst den unter ihm wirkenden Gottheiten der ganzen Welt, die heute Tagesdienst haben sowie den Schutzgott der Kreishauptstadt und alle Gottheiten und Geister, die vorüberschweben, den gespendeten Weihrauch in Gnaden anzunehmen und dem Gebet Erhörung angedeihen zu lassen. Wenn auch alle zu verschiedenen Zeiten geboren sind, so wünschen sie doch, nur gleichzeitig aus dem Leben zu scheiden. Der Bund möge für ewige Zeiten feststehn! Glück und Friede möge allen in gleichem Maße zuteil werden! In Fährnis und Not wollen sie sich gegenseitig stützen. Mählich möge sich der Treubund festigen! Die Wohlhabenderen sollen immer der weniger Bemittelten gedenken. Von Anfang bis zu Ende sollen alle aufeinander bauen können. Die gegenseitige freundschaftliche Zuneigung soll sich stetig erneuern wie Sonne und Mond in ihrem Kreislauf. Das allseitige Einvernehmen soll hoch wie der Himmel und fest wie die Erde werden. Vom Abschlusse des Bundes an soll nur noch der Wunsch bestehen, einander herzlich zu lieben und keinen Groll oder Haß untereinander aufkommen zu lassen. Besonders innig flehen alle, daß einem jeden von ihnen ein recht langes Leben und unübertreffbares Glück beschieden sei und daß alle während ihrer Lebenszeit unter dem Schutz der Gottheiten stehn mögen!«

Als der Priester Wu geendet und alle gemeinsam der Gottheit ihre Verehrung erwiesen hatten, machte jeder der Reihe nach nochmals acht Verbeugungen, verabschiedete sich dann von ihr, verbrannte Opferpapier, nahm den Segen entgegen und trat zurück.

Der Priester Wu hatte inzwischen das Schwein und das Schaf entfernen, das Geflügel, die Fische und Früchte herrichten und alles auf großen Schüsseln und Platten auf zwei Tischen auftragen lassen. Simen Tjing nahm den Ehrenplatz ein. Die übrigen saßen der Reihenfolge gemäß. Der Priester Wu leistete an einem Seitentische Gesellschaft. Nicht lange währte es, da hatte man einige Weinrunden getrunken. Rätselraten begann sowie Trinken nach Anlässen, und bald erschallte die Tempelhalle von dem Gelächter der Zecher.

Als sie gerade die fröhlichste Weinlaune erreicht hatten, erschien Dai-an, um Simen Tjing ins Ohr zu flüstern: Die gnädige Frau habe ihn beauftragt, den Herrn abzuholen und ihm mitzuteilen, daß die dritte Frau heute einen Ohnmachtsanfall gehabt habe. Deshalb möchte der Herr etwas früher heimkehren. Simen Tjing erhob sich sogleich mit den Worten: »Es liegt mir ganz fern, die Tafelrunde aufzuheben oder die Gemütlichkeit zu stören. Aber meine dritte Frau ist ernstlich erkrankt, und so muß ich früher aufbrechen.«

Kaum hatte er ausgesprochen, als Hwa Dse-hü bemerkte, sie hätten beide den gleichen Weg. So brachen denn beide gleichzeitig auf und bedankten sich beim Priester Wu, während die Zurückgelassenen im Tempel weiter zechten und bummelten.

Wie im Vorbeihuschen an einem Türspalt schwand die Zeit dahin. Simen Tjing hatte eines Morgens einen Diener zum Arzt gesandt, um ihn angesichts des Krankheitszustandes der Frau Dscho zu Rate zu ziehen. Als er sich in die Empfangshalle begab, trat Jing Bo-djau gerade schmunzelnd ein. Simen Tjing begrüßte ihn mit höflicher Verbeugung und bat ihn, Platz zu nehmen. Jing Bo-djau erkundigte sich nach dem Befinden von Frau Dscho. Simen Tjing antwortete, es sei äußerst wenig Besserung in ihrem Befinden. Dann fragte er, wann ungefähr sie neulich auseinandergegangen seien.

»Da der Priester Wu uns immer wieder aufforderte, doch noch zu verweilen«, berichtete Jing Bo-djau, »sind wir erst nach der zweiten Nachtwache aufgebrochen. Wir waren so bezecht, daß wir nicht mehr konnten. Du bist gut davongekommen, weil du so früh nach Hause gegangen bist.« Dann meinte er, er sei hauptsächlich wegen einer ganz außerordentlichen Begebenheit gekommen: »Das große Untier von den Hellicht-Bergen, das der Priester Wu neulich erwähnte, ist gestern von einem Manne mit gewaltigen Faustschlägen erledigt worden.«

»Nun redest du wieder Unsinn! Ich glaub' es nicht!« sagte Simen Tjing.

»Bruder! Zwar wirst du auch nicht glauben, was ich jetzt sage, aber höre, ich will dir die Sache genau erzählen.« Und nun begann Jing Bo-djau mit den Händen fuchtelnd und den Füßen strampelnd zu berichten: »Dieser Mann hat doch seinen richtigen Namen und Rufnamen. Er heißt Wuh und mit Rufnamen Sung (Föhre). Er ist der zweite Sohn seiner Familie. Zuerst hat er Zuflucht zur Arbeit auf dem Landgute des Rates Tschai genommen, später sich eine Krankheit zugezogen, und als er die Krankheit überstanden hatte, ist er seinen älteren Bruder suchen gegangen. Dabei ist er an den Hellicht-Bergen vorübergekommen und auf den großen Tiger gestoßen und hat ihm mit gewaltigen Faustschlägen und Fußtritten den Garaus gemacht.«

Simen Tjing schüttelte über seine Worte den Kopf.

»Wenn sich das so verhält, komm' ich mit, und wir sehen uns nach dem Frühstück die Sache an.«

»Laß uns lieber nicht hier essen, damit wir nichts versäumen!«

meinte Jing Bo-djau. »Es wird sich empfehlen, daß wir uns in die oberen Räume eines Weinhauses an der Hauptstraße setzen.«
Als in diesem Augenblick der kleine Lai-sing erschien, um den Speisetisch zurechtzurücken, befahl ihm Simen Tjing, der Herrin zu bestellen, sie brauche sich um das Essen nicht mehr zu bemühen. Dann rief er: »Bring mir mein Gewand! Ich will mich umziehen!« und verließ bald darauf mit Jing Bo-djau das Haus.
Auf der Straße stießen sie auf Sjä Si-da; dieser fragte lachend, ob sie sich auch den Kerl ansehen wollten, der den Tiger zu erlegen vermochte. Als Simen Tjing das bejahte, und Sjä Si-da darauf wieder bemerkt hatte, daß in der Hauptstraße ein Gedränge sei, durch das man kaum hindurchkomme, begaben sie sich gemeinsam in eine Nachbarstraße und ließen sich hier im oberen Stockwerk eines Weinstübchens nieder. Bald hörte man auch schon Gongschläge und Paukenschall. Alle lugten aus und sahen, wie die Jäger mit quastengeschmückten Waffen paarweise vorüberzogen. Ihnen folgte, von vier Männern nur mühsam getragen, der getötete Tiger, der wie ein Leinwandsack an der Tragstange hing. Den Abschluß bildete hoch auf stattlichem Schimmel der Held, der den Tiger erschlagen hatte.
Bei seinem Anblick biß sich Simen Tjing auf die Finger und meinte: »Seht nur den Kerl! Wenn er nicht Kraft hätte wie ein Büffel von vielen Zentnern Gewicht, wie hätte er es mit dem Tiger aufnehmen können!«
Die drei tranken dann Wein und unterhielten sich über das Ereignis.
Es war der von Jing Bo-djau erwähnte jüngere Wuh aus dem Kreise Lichtental (Yanggu). Er hatte sich auf den Weg gemacht, seinen Bruder zu suchen. Da unerwartet die Tigerbestie von ihm getötet worden war, hatte ihn der Landrat zu sich geladen, und so zog er unter den Augen der Bevölkerung zu dem Kreisamtsgebäude. Der Landrat hatte sich dort auf seinem Amtsplatz niedergelassen. Wuh Sung stieg vom Pferd und trat ein, während man die Bestie vor die Amtshalle trug. Der Landrat fragte sich, wie er eigentlich das Meisterstück, den riesigen Tiger zu erschlagen, fertiggebracht haben mochte.
Er rief Wuh Sung heran und ließ sich nach ein paar Worten der Begrüßung von ihm sein Abenteuer von Anfang bis zu Ende genau darlegen. Die Unterbeamten standen zu beiden Seiten und lauschten starr vor Staunen. Der Landrat ließ darauf Wuh Sung drei Glas Wein einschenken und wies die Kassenverwaltung an,

ihm die Belohnung von fünfzig Unzen Silber, die von sämtlichen Bewohnern zusammengesteuert worden war, auszuzahlen.
»Meine Wenigkeit ist Euer Gnaden sehr verpflichtet!« bemerkte Wuh Sung bescheiden. »Wenn ein blinder Zufall es glücklicherweise so gefügt hat, daß meine Wenigkeit das Ungeheuer zur Strecke brachte, so ist das weiter kein Verdienst von mir. Wie dürfte ich es daher wagen, die beträchtliche Belohnung anzunehmen? Die Jäger haben dieses Raubtieres wegen wiederholt Euer Gnaden Strafen hinnehmen müssen. Wäre es da nicht am besten, die Belohnung nun auch unter sie zu verteilen?«
Der Landrat erklärte, wenn er, der tapfere Mann, es so wünsche, möge er die Sache nach seinem Belieben regeln. So verteilte Wuh Sung die fünfzig Unzen Silber in der Amtshalle unter die Jäger. Weil er sah, daß Wuh Sung ein braver Kerl war, entschloß sich der Landrat, ihn zu fördern: »Du bist zwar ein Mann aus dem Kreise Lichtental, der unserem Kreise Klarenfluß nur benachbart ist, ich möchte dich aber in meinem Amtsbereich anstellen, und zwar als Polizeihauptmann mit der Sonderaufgabe, alle Diebe und Räuber in der Gegend der Gewässer des Bezirkes einzufangen. Würde dir das wohl zusagen?«
Wuh Sung kniete nieder und dankte: »Wenn Euer Gnaden meine Wenigkeit fördern wollen, so bin ich für diesen Beweis der Huld lebenslänglich zu Dank verpflichtet.«
Der Landrat wies darauf seinen Schriftführer an, sogleich eine Anstellungsurkunde auszufertigen, laut der Wuh Sung mit sofortiger Wirkung zum Polizeihauptmann ernannt wurde. Alle Gemeindevorstände und Vertreter der Patrizierfamilien beglückwünschten ihn. Die Glückwunschfeiern mit Festgelagen dauerten ununterbrochen mehrere Tage. Während er noch soeben erwogen hatte, ob er nicht nach Lichtental zurückkehren sollte, um seinen Bruder dort zu suchen, war er plötzlich Polizeihauptmann im Kreise Klarenfluß geworden. Das stimmte ihn fröhlich.
Als Wuh Sung eines Tages dienstfrei die Straße entlangschlenderte, rief plötzlich jemand hinter ihm: »Bruder! Warum kümmerst du dich denn gar nicht mehr um mich, seitdem dich unser gnädiger Herr Landrat zum Polizeihauptmann befördert hat?«
Vor sich sah er seinen leiblichen Bruder, den »großen« Wuh, den er die ganze Zeit hindurch gesucht hatte. Dieser war seit der Trennung der Brüder wegen einer Hungersnot in den Kreis Klarenfluß übergesiedelt und hatte seine Wohnung in der Roten-

steinstraße bezogen. Schwächlich und unansehnlich wie er war, hatten ihm die Leute die Spottnamen Dreizollnagel und Korkstöpsel gegeben. Weil er nun so schwächlich war, wurde er von vielen Fähigeren verspottet und gehänselt. Dieser große Wuh verhökerte tagsüber auf den Straßen Gebäck und erwarb sich so seinen Lebensunterhalt. Seine Frau war ihm gestorben, hatte ihm aber eine Tochter von zwölf Jahren hinterlassen namens Willkomm. Vater und Kind fristeten kaum ein halbes Jahr so ihr Leben, da war das dürftige Geschäftskapital dahingeschwunden. Er mietete bei dem Patrizier Dschang eine Wohnung an der Straße. Das Gesinde der Familie war ihm behilflich, und so konnte er wieder wie früher Gebäck im Straßenhandel verkaufen. Da er den Dienstboten stets mit Hochachtung begegnete, hatten sie ihn recht gern und legten für ihn bei ihrem Herrn ein gutes Wort ein. So kam es, daß dieser nicht einmal Miete von Wuh einzog.

Der Patrizier Dschang war recht wohlhabend. Ihm gehörten etwa hundert Wohnungen. Das sechzigste Lebensjahr hatte er bereits überschritten, aber weder einen Sohn noch eine Tochter. Seine Ehehälfte, eine geborene Jü, führte ein strenges Regiment im Hause und duldete insbesondere keine hübschen Dienerinnen. Da aber ihr Mann sich immer wieder stöhnend an die Brust schlug, er sei schon sehr alt und habe weder Söhne noch Töchter, was nütze ihm da sein bißchen Vermögen, so versprach sie ihm eines Tages, durch eine Heiratsvermittlerin zwei junge Zofen zu kaufen, die zunächst Lautenspiel- und Gesangunterricht nehmen und ihn dann später unterhalten und pflegen sollten. Hocherfreut dankte der Patrizier seiner Alten.

Nach einiger Zeit beauftragte diese tatsächlich eine Vermittlerin, ihrem Manne zwei Dienerinnen zu kaufen. Eine von ihnen hieß Goldlotos Pan und die andere Teichröschen Bai. Teichröschen, sehr fein und zart gebaut, war etwa sechzehn Jahre alt und das Kind einer Musikantenfamilie. Goldlotos Pan, das sechste Kind des Schneiders Pan aus der Südvorstadt, war von Kindheit an recht niedlich, und weil sie ein Paar besonders zierliche Füßchen hatte, war ihr der Name Goldlotos beigelegt worden. Ihr Vater war lange tot. Als die Mittel ihrer Mutter nicht mehr zum Lebensunterhalt genügten, hatte sie Goldlotos als neunjähriges Kind ins Schloß des Reichsherolds Wang verkauft. Dort war Goldlotos Unterricht in Lautenspiel und Gesang erteilt worden, und in Mußestunden hatte man ihr auch Lesen und Schreiben beigebracht. Sie war von Natur ein flinkes Geschöpf und verstand sich schon im Alter von zwölf bis dreizehn Jahren darauf, die Augen wandern zu lassen, Puder und Schminke aufzutragen, Flöte und Laute zu spielen. Sie konnte auch nähen und sticken, vortragen und vorlesen, sich geschmackvoll frisieren und durch enge Kleidung ihre feinen Körperformen zur besten Wirkung bringen. Als sie fünfzehn Jahre alt war, starb der Reichsherold Wang. Ihre Mutter, die alte Pan, brachte es fertig, sie aus der Familie herauszustreiten, und verkaufte sie dann zum zweiten Male für zwanzig Unzen Silber an die Patrizierfamilie Dschang. So zog Goldlotos gleichzeitig mit Teichröschen dort ein.

Der alte Fabrikant ließ ihnen Unterricht im Lautenspiel und Gesang erteilen. Da Goldlotos beides bereits erlernt hatte, ersparte sie sich viel Mühe und übte auch noch das Gitarrespiel, während Teichröschen sich auf der Harfe versuchte. Beide Mädchen wohnten und schliefen in einem Raume. Die alte Ehehälfte Dschangs, die geborene Jü, behandelte sie anfänglich mit aller Zuvorkommenheit, beschenkte sie mit goldenen und silbernen Schmucksachen und kleidete sie auch hübsch. Als aber Teichröschen ganz unerwartet plötzlich starb und nur Goldlotos allein übrigblieb, die inzwischen auch das achtzehnte Lebensjahr erreicht und sich zu einer Schönheit entwickelt hatte, einer Pfirsichblüte vergleichbar, mit Augenbrauen wie Mondsicheln, und der Fabrikant Dschang immer danach trachtete, ihr beizuwohnen, wurde die Alte ihr gegenüber brutal und ließ sie nicht in ihres Mannes Hände gelangen. Eines Tages war Frau Dschang zur Nachbarin zum Essen gegangen. Während ihrer Abwesenheit vom Hause rief ihr Mann Goldlotos zu sich in sein Zimmer und verführte sie. Nach diesem Schäferstündchen stellten sich bei dem Alten ganz unvermutet einige Erkältungserscheinungen ein: Kreuzschmerzen brachten ihm das erste Leid; dann tränten ihm die Augen immerzu; als drittes zeigte sich Schwerhörigkeit, auch Schnupfen, viertens, ließ ihm keine Ruh; hinzu trat, fünftens, Harndrang. Aus diesem Krankheitsbild erriet Frau Dschang, was geschehen war. Tagelang überschüttete sie ihren Mann mit Scheltreden und verprügelte Goldlotos in grausamer Weise.

Der alte Patrizier ward bald inne, daß seine Frau die Sache nicht verwinden konnte, und wünschte, Goldlotos durch ein Haus als Mitgift zu entschädigen und ihr einen passenden Mann zu suchen, um sie an diesen zu verheiraten. Nun meinten alle Diener des Haushalts, der große Wuh sei ein treuer und aufrichtiger Mensch, und da er keine Frau habe, andererseits auch auf dem Grundstück der Familie wohne, sei er auch der geeignete Ehemann. Da der Fabrikant das Mädchen auch fernerhin immer vor Augen zu haben wünschte, gab er Goldlotos völlig unentgeltlich dem großen Wuh zur Frau.

Nach seiner Verheiratung mit Goldlotos wurde der große Wuh von dem alten Dschang ganz besonders begönnert. Fehlte es ihm an Geld, um Kuchen backen zu können, so steckte es ihm der Alte heimlich in reichem Maße zu. War der große Wuh sein Gebäck austragen gegangen, so schlich sich der Alte, wenn er sich unbeobachtet wähnte, in Wuhs Räume, um dort Goldlotos zu treffen. Zu einem solchen Stelldichein kam der große Wuh gelegentlich hinzu. Da er aber eine Kreatur des Alten war, wagte er es nicht, auch nur den Mund zu öffnen. So ging der Patrizier eine geraume Zeit hindurch morgens bei Goldlotos ein und abends aus, bis er sich dabei plötzlich eine ernsthafte Erkältung zuzog und verschied. Als Frau Dschang hinter den Sachverhalt gekommen war, ließ sie voller Zorn ihre Dienerschaft Goldlotos und den großen Wuh sofort von dem Grundstück verjagen. Wuh mußte so eine andere Unterkunft suchen und fand sie in der Rotensteinstraße in einem Hause, das Verwandten der kaiserlichen Familie gehörte. Er mietete dort zwei Räume und verhökerte dann nach wie vor Kuchen.

Bald nach ihrer Verheiratung hatte Goldlotos gemerkt, daß der große Wuh ein ganz zahmer Geselle und einfältig wie ein Affe war. Sie begann, ihn zu verabscheuen und mit ihm zu zanken. Sie grollte auch dem alten Patrizier.

Es gibt auf der Welt so unendlich viele Männer, warum hat er mich ausgerechnet an diesen Kerl verheiratet, der, wenn man mit ihm ein vernünftiges Wort reden will, störrisch ist, auf jeden Schlag aber sofort zurückweicht, und der nur ans Saufen denkt, sonst aber nichts tut? Ich muß ihm wohl für Verfehlungen in einem früheren Leben angetraut sein. Es ist bitter!

Während der große Wuh tagaus tagein Kuchen zum Verkauf umhertrug und erst gegen Abend heimkehrte, saß Goldlotos, sobald er das Haus verlassen hatte, hinter dem Türvorhang und kaute Melonenkerne. Sie streckte wohl auch absichtlich ihre zierlichen Goldlotosfüßchen aus, um damit einen Lebemann zu angeln. Tag für Tag trat sie vor die Tür und sang zur Laute, wobei sie versteckte Anspielungen machte. So klagte sie, daß ein prächtiges Stück Hammelfleisch in eines Hundes Maul geraten sei. Sie machte schlüpfrige Bemerkungen. Es gab überhaupt nichts, was sie nicht ausplauderte. Aus diesem Grunde war es dem großen Wuh in der Rotensteinstraße nicht recht geheuer. Er wünschte umzuziehen und besprach dies mit seiner Frau. Sie schalt: »Du Spitzbube und unfähiger Kerl! Als du die billige und gewöhnliche Wohnung mietetest, hättest du dir doch sagen müssen, daß wir unter dem Lärm und Gezeter des gemeinen Pöbels zu leiden haben würden. Es wäre doch viel richtiger gewesen, ein paar Unzen Silber mehr anzulegen und etwas Rechtes zu wählen mit wenigstens zwei Räumen, in denen wir uns behaglicher gefühlt hätten und außerdem von den Leuten nicht belästigt worden wären.« Auf Wuhs Zwischenfrage, wo er das Geld für ein ganzes Häuschen hernehmen solle, fuhr sie ihn an: »Pfui, du Schmierfink! Du bist mir der richtige Kerl. Immerfort muß ich mich über dich ärgern. Nicht einmal Geld für eine Dienerin gibst du mir. Mach dich auf die Beine und schaff, was nötig ist! Es ist doch gar nicht schwer.«

So trieb der große Wuh etwas über zehn Unzen Silber auf und mietete in der Nähe des Kreisamtes eine zweistöckige Hütte mit vier Räumen, Vorratskammern im Oberstock und zwei kleinen Höfchen. Alles war sehr sauber. Nach dem Umzug in die Weststraße am Kreisamte verdiente der große Wuh seinen Lebensunterhalt auch weiter durch Verkauf von Gebäck.

Zufällig war er jetzt zu seiner großen Freude auf seinen leiblichen Bruder gestoßen. Er nahm ihn zu sich mit, nötigte ihn in das obere Stockwerk und rief Goldlotos, um sie Wuh Sung vorzustellen: »Der Mann, der neulich am Djingjang-Hügel das Untier erlegt hat, ist dein Schwager. Jetzt ist er neugebackener Polizeihauptmann. Es ist mein leiblicher jüngerer Bruder.«

Mit den Händen in den Hüften trat Goldlotos sofort hervor und sagte: »Lieber Schwager, tausendfältiges Glück!«

In Erwiderung des Grußes verneigte sich Wuh Sung tief.

»Lieber Schwager, bitte, richtet Euch auf! Tut mir nicht zuviel Ehre an!« wehrte Goldlotos ab.

»Bitte, Schwägerin, nehmt nur meine Ehrfurchtsbezeigungen entgegen!« antwortete Wuh Sung.

Nachdem sie sich gegenseitig noch eine Weile davon hatten zurückhalten wollen, fielen beide gleichzeitig voreinander auf ihr Antlitz und erhoben sich dann. Ein Weilchen danach brachte die kleine Willkomm Tee. Beide tranken. Wuh Sung hatte gesehen, daß die Frau sehr hübsch war, und hielt seinen Blick auf den Boden geheftet. Der große Wuh hatte alsbald zu Wuh Sungs Bewirtung einen Imbiß hergerichtet. Im Laufe der Unterhaltung begab er sich hinunter, um noch Wein und Speisen einzukaufen, und ließ seine Frau oben allein Wuh Sung Gesellschaft leisten.

Sie hatte Wuh Sungs Wuchs, der vor Bewunderung erschauern ließ, und seine recht ebenmäßigen Gesichtszüge betrachtet und dachte nun bei sich: Er muß doch über ganz außerordentliche Kraft verfügen, wenn er die Tigerbestie töten konnte. Ohne ein Wort zu sagen, spann sie ihre Gedanken weiter: Das sind nun zwei Brüder von ein und derselben Mutter. Wie kommt es nur, daß mein Mann so ein kleiner Krüppel ist. Daß ich an ihn geraten bin, ist wirklich die allerschlimmste Strafe für die Verfehlungen in meinem früheren Leben. Angesichts Wuh Sungs hünenhafter, kräftiger Gestalt überlegte sie, ob sie ihn nicht auffordern sollte, bei ihnen Wohnung zu nehmen.

»Lieber Schwager, wo wohnt Ihr denn jetzt eigentlich? Wer sorgt für Eure täglichen Mahlzeiten?«

»Seitdem meine Wenigkeit zum Polizeihauptmann befördert worden ist«, erwiderte Wuh Sung, »muß ich mich meinen Vorgesetzten täglich zur Verfügung halten. Ich habe deshalb in Eile einen Unterschlupf in der Nähe des Kreisamtes gewählt. Täglich kommandiere ich zwei Soldaten ab, mir meine Mahlzeiten zu kochen.«

»Lieber Schwager«, meinte die Frau, »warum wollt Ihr denn nicht zu uns ziehen? Da hättet Ihr es nicht nötig, Euch das Essen von Soldaten zubereiten zu lassen.« Auf Wuh Sungs Dankesäußerungen fuhr sie fort: »Habt Ihr etwa irgendwo eine Schwägerin von mir wohnen, so können wir sie ja auch herbitten, damit ich sie kennenlernen und ihr zu Diensten stehen könnte.«

Wuh Sung antwortete, daß er unverheiratet sei.

»Lieber Schwager, wie alt seid Ihr eigentlich?« fragte sie. Auf Wuh Sungs Mitteilung, daß er im achtundzwanzigsten Lebensjahre stehe, fügte sie hinzu: »So seid Ihr also drei Jahre älter als ich, lieber Schwager. Wo kommt Ihr denn jetzt eigentlich her?«

»Ich habe über ein Jahr in Blauenstrand gelebt. Ich glaubte, mein Bruder weile noch in seiner alten Wohnung und wußte es nicht, daß er hierher umgezogen ist.«

»Die Sache ist mit wenigen Worten nicht leicht zu erklären«, bemerkte Goldlotos. »Seit meiner Verheiratung an Euren Bruder habe ich unter seiner Weichheit zu leiden gehabt. Wir wurden von den Leuten gekränkt, bis wir hierher umgezogen sind. Wenn man freilich über eine solche Hünengestalt wie Ihr verfügt, lieber Schwager, dürfte niemand ein Wort zuviel zu sagen wagen.«

Wuh Sung meinte, sein Bruder sei von jeher ein Mann der Pflichterfüllung und nicht ein solcher Unruhestifter wie er gewesen. Lachend sagte Goldlotos: »Aber warum nur die Dinge verkehrt darstellen? Wer nicht stark ist, erfreut sich nicht lange der Ruhe.«

»Wenn mein Bruder kein Unheil heraufbeschwört, so gerät meine Schwägerin auch nicht in Betrübnis.«

Die Unterhaltung zwischen Goldlotos und Wuh Sung war noch in vollem Gange, als der große Wuh mit etwas Fleisch, Gemüse, Früchten und Kuchen zurückkehrte. Er legte die Speisen in der Küche ab, begab sich nach oben und fragte seine Frau, ob sie zum Anrichten hinunterkommen wolle.

»Da seht Ihr, lieber Schwager, daß mein Mann nicht versteht, was sich gehört«, erwiderte Goldlotos. »Hier ist niemand da, Euch Gesellschaft zu leisten, und doch ruft er mich hinunter.«

Auf Wuh Sungs Einwand, sie möge sich keinen Zwang antun, fuhr sie fort: »Warum geht er denn nicht zur alten Frau Wang nebenan und bittet sie, herüberzukommen und das Essen anzurichten? Wie kann man es nur anders machen wollen?«

Dem großen Wuh blieb nichts anderes übrig, als zu Frau Wang, die nebenan wohnte, zu gehen und sie zu bitten, das Essen zu richten und aufzutragen. Sie brachte dann auch die Speisen hinauf und deckte den Tisch. Alles war da, es fehlte an nichts. Der große Wuh wies seiner Frau den Ehrenplatz an, Wuh Sung kam ihr gegenüber zu sitzen, und der große Wuh setzte sich seitlich. Als sie sich so niedergelassen hatten und der Wein eingeschenkt worden war, stellte der große Wuh vor jeden einen Becher mit Wein. Goldlotos erhob ihren Becher: »Lieber Schwager, nichts für ungut! Wir sind schlechte Gastgeber. Bitte trink ein Schälchen unseres gewässerten Weins!«

»Herzlichen Dank, Schwägerin«, antwortete Wuh Sung, »verkleinert Euch doch nicht unnötig!«

Der große Wuh hielt nur immer Umschau, die geleerten Becher zu füllen. Über ihr ganzes Gesicht schmunzelnd sagte die Frau plötzlich: »Lieber Schwager, warum wählt Ihr denn nicht ein besonders schönes Stück Braten oder etwas Obst aus und legt es mir vor?«

Wuh Sung, der ein rechtschaffener Bursche war, konnte nicht umhin, seiner Schwägerin entsprechend vorzulegen. Er wußte nicht, daß sie, die Tochter einer Dienerin, gewöhnt war, Gele-

genheiten zu ihrem Vorteil zu nützen! Auch wußte er nicht, daß sie ziemlich eitel und verführerisch veranlagt war. Sie hatte inzwischen Wuh Sung zur Gesellschaft einige Becher Wein geleert und betrachtete ganz ohne Scheu nur noch seinen Körper. Wuh Sung wurde es ungemütlich. Er hielt den Kopf gesenkt. Nach Beendigung des Mahles erhob er sich. Der große Wuh forderte noch zum Bleiben und Weitertrinken auf, doch der Bruder wehrte ab: »Bitte, haltet mich nicht! Ich komme wieder.«
Die Frau sagte noch: »Lieber Schwager! Ihr müßt unbedingt zu uns ziehen. Tut Ihr es nicht, so werden die Leute uns, das Ehepaar, verlachen und verspotten.«
»Da Ihr es so dringend wünscht, Schwägerin«, antwortete Wuh Sung, »will ich heute abend noch mein Gepäck herschaffen lassen.«

II.

Als Wuh Sung in seiner Herberge beim Kreisamt angelangt war, schnürte er Bettzeug und Gepäck zusammen, übergab sie Mannschaften der Ortswehr zum Tragen und leitete diese zum Hause seines Bruders hin. Behende kehrte Goldlotos ein Zimmer aus und richtete es besonders gut für Wuh Sung ein. Dieser befahl den Soldaten heimzugehen und legte sich alsbald in seines Bruders Haus zur Ruhe. Am nächsten Morgen erhob sich gleichzeitig mit ihm auch in Eile Goldlotos und besorgte heißes Wasser zum Waschen. Als Wuh sich gekämmt und gewaschen sowie sein Kopftuch gebunden hatte und fortgehen wollte, um sich im Kreisamt zum Dienst einzutragen, bat Goldlotos: »Lieber Schwager, kommt, bitte, rasch zum Frühmahle zurück, sobald Ihr Euch zum Dienste gemeldet habt! Geht nicht anderswohin speisen!«
Wuh Sung sagte zu. Die Frau hatte frühzeitig den Frühstückstisch tadellos sauber gedeckt und alles zum Mahle hergerichtet. Die drei speisten nun gemeinsam. Goldlotos bot mit beiden Händen Wuh Sung eine Tasse Tee dar.
»Schwägerin«, sagte er, »wenn wir voneinander Aufmerksamkeiten verlangen, die unbequem sein können, darf ich doch nicht so dreist sein, hier zu speisen und zu wohnen. Ich werde morgen einen Ortswehrmann zur Bedienung abkommandieren.«
»Lieber Schwager!« fiel ihm die Frau ins Wort, »aber damit

schafft man doch nichts Gutes. Wir sind doch ein Fleisch und ein Blut. Ich bediene doch keinen Fremden. Wir haben ja die kleine Person Willkomm hier. Ich weiß aber aus Erfahrung, daß sie dieses und jenes verwechselt. Bald ist sie hier im Wege, bald steht sie dort herum. Ich kann mich auf sie nicht verlassen. Wolltet Ihr Mannschaften hersenden, so dürfte es mit den Kochtöpfen und am Herde nicht sauber genug zugehn. Ich mag diese Kerle nicht.«
Wuh Sung bemerkte, daß die Schwägerin sich in diesem Falle aber weniger Umstände machen möge.
Es verstrich im Flug ein Monat und mehr, und es setzte die Witterung des zwölften Mondes ein. Mehrere Tage hintereinander tobte strenger Nordwind. In allen Himmelsrichtungen ballte sich dichtes rotes Gewölk zusammen, und alsbald gingen gewaltige Schneemengen nieder.
Der Schneefall hielt an jenem Tage bis zur ersten Nachtwache an. Die ganze Welt war alsbald silberweiß geschmückt. Als sich Wuh Sung am anderen Morgen zum Kreisamt auf den Weg gemacht hatte, um sich zum Dienst einzutragen, kehrte er bis Mittag nicht zurück. Der große Wuh war von seiner Frau zeitig fortgeschickt worden, seinem Kuchenhandel nachzugehen. Sie hatte sich dann zu Frau Wang nebenan begeben, um Wein und Fleisch durch sie einkaufen zu lassen. Dann begab sie sich in Wuh Sungs Stube. Dort brachte sie in einem offenen Becken Holzkohlen zum Glühen und überdachte, wie sie ihn heute ernsthaft aufpeitsche, daß sie nicht besorgt zu sein brauche, er werde gefühlskalt bleiben. Fröstelnd und im Gefühle der Vereinsamung spähte sie unter dem Vorhange nach Wuh Sung aus. Er stapfte gerade durch den Schnee heim. Die Frau schob den Vorhang zur Seite und empfing ihn lächelnd mit den Worten: »Bitter kalt ist es heute.«
Wuh Sung dankte für die Aufmerksamkeit. Als er seinen Regen-Filzhut herunterzog, wollte ihn die Frau entgegennehmen, doch Wuh Sung schüttelte selber den Schnee herunter.
»Bemüht Euch nicht, Schwägerin.« Dann hängte er ihn an die Wand. Er löste seinen Leibgurt, entledigte sich seiner derben, gefütterten Joppe mit papageiengrüner Einfassung und begab sich in seinen Raum. Die Frau bemerkte:
»Lieber Schwager, warum seid Ihr denn nicht zum Frühstück gekommen?«
Wuh Sung erwiderte, es habe ihn ein Bekannter zum Essen gebeten. Eben erst habe es wieder Grund zum Bechern gegeben, doch habe er abgelehnt und sei stracks heimgegangen.

»Ja dann!« sagte die Frau. »Setzt Euch ans Feuer, lieber Schwager!«
»Das ist wirklich angenehm«, rief Wuh Sung aus, entledigte sich seiner trangetränkten Stiefel, wechselte die Socken, schlüpfte in ein Paar warme Hausschuhe, rückte einen Schemel an das Feuer und kauerte sich auf dem Boden neben dem Feuerbecken nieder.
Goldlotos hatte längst Willkomm angewiesen, die vordere Haustür zu verriegeln und das hintere Tor zu schließen. Sie brachte Schüsseln mit warmen Speisen. Wuh Sung erkundigte sich, wo sein Bruder stecke. Goldlotos antwortete: »Er ist ausgegangen, um Gebäck zu verkaufen, und noch nicht zurück; ich trinke mit Euch, lieber Schwager, ein paar Gläschen allein.«
Wuh Sung wandte ein, es würde schon nicht zu spät werden, wenn sie auf den Bruder warteten. Doch Goldlotos erklärte, das Warten komme gar nicht in Betracht. Kaum, daß sie geendet hatte, trug bereits die kleine Willkomm eine Kanne heißen Weines herein.
»Da bin ich wieder schuld an Eurer Mühe, Schwägerin!« bemerkte Wuh Sung.
Goldlotos rückte nun auch einen Schemel an das Feuer und ließ sich auf ihm nieder. Sie hob einen Becher mit Wein empor, blickte Wuh Sung an und sprach: »Lieber Schwager, leert diesen Becher!«
Er nahm ihn entgegen: Ein Zug, und der Becher war leer! Die Frau schenkte ihm den Becher zum zweiten Male voll.
»Wegen des frostig kalten Wetters, lieber Schwager, trinkt noch einen.«
Wuh Sung leerte ihn wiederum in einem Zuge. Jetzt füllte Wuh Sung seinerseits einen Becher und reichte ihn der Schwägerin, die ihn entgegennahm. Sie ergriff die Kanne, schenkte dann von neuem ein und stellte den Becher vor Wuh Sung hin. Sie ließ ihren schwellenden Busen leicht sichtbar werden. Strähnen des geknoteten Haares hingen ihr halb ins Gesicht. Mit unterdrücktem Kichern sagte sie: »Lieber Schwager, ich habe erzählen hören, Ihr haltet in der Nähe des Kreisamtes eine Sängerin aus. Stimmt das?«
»Schwägerin, hört nicht auf fremder Leute Geschwätz!« antwortete Wuh Sung. »Ich war niemals ein Mann dieser Sorte.«
»Ich glaub's nicht, lieber Schwager.«
»Falls Ihr es nicht glaubt, Schwägerin, so fragt doch einmal meinen Bruder!«

»Ach, erwähnt ihn nicht!« fiel ihm Goldlotos ins Wort. »Was weiß er von solchen Dingen. Er lebt doch immer nur in einem Rausch- und Traumzustand. Wenn er sich irgendwie zu helfen wüßte, so würde er doch nicht Gebäck verhökern! Lieber Schwager, bitte, trinkt!«

Sie goß nun hintereinander drei oder vier Becher voll, die getrunken wurden. Da sie selber auch mehrere Becher genossen hatte und die Wirkung davon im Leibe spürte, loderte ihre Sinnlichkeit auf. Sie schwatzte darauf los. Wuh Sung war noch fast ganz im Besitze seiner Vernunft, hielt seinen Kopf nur gesenkt und schickte sich durchaus nicht an, die Lage auszubeuten. Goldlotos erhob sich, um den Wein anzuwärmen. Wuh Sung ergriff die Feuerzange und schürte die Glut. Als Goldlotos in das Zimmer zurückkam, in einer Hand die Weinkanne, legte sie die andere auf Wuh Sungs Schulter, betastete ihn und bemerkte: »Schwager, Ihr habt ja kaum etwas an. Friert es Euch nicht?«

Wuh Sung fühlte sich bereits beträchtlich unbehaglich und beachtete sie nicht weiter. Weil er auf ihr Verhalten nicht einging, riß Goldlotos nun die Feuerzange an sich.

»Schwager, Ihr versteht es nicht, Feuer zu schüren. Ich will Euer Feuer einmal anfachen, bis Ihr ganz wie ein Feuerbecken glühend werdet. Also gut!«

Wuh Sung war bereits zum Bersten ärgerlich, sagte aber kein Wort. Goldlotos gewahrte seinen Verdruß nicht, ließ einfach die Feuerzange fallen, füllte einen Becher mit Wein, schlürfte davon selber einen Schluck, so daß der Becher halb gefüllt blieb, blickte Wuh Sung an und sprach: »Trink den Weinrest aus meinem Becher, wenn du mich willst!«

Wuh Sung riß den Becher an sich und schüttete den Inhalt auf den Boden.

»Schwägerin, laßt Euch nicht so gehn! Kennt Ihr denn keine Scham?« Er machte dabei mit der Hand eine fortstoßende Bewegung der Abwehr, so daß er sie ein bißchen wegschob, und fügte mit weit aufgerissenen Augen hinzu: »Ich bin kein solcher Schweinehund, der alle Sitten verletzt und sich über alle menschlichen Beziehungen hinwegsetzt. Seid nicht so bar jeder Scham, Schwägerin! Wenn Ihr Euch wie das Gras vom Winde bewegen laßt, so können Euch zwar meine Augen noch als Schwägerin erkennen, meine Fäuste aber nicht mehr!«

Goldlotos wurde feuerrot, schluckte seine Worte hinunter, hieß Willkomm Teller, Becher und alles Gerät abräumen und murmelte erbittert: »Ich wollte doch nur ein bißchen spaßen. Das ernst zu nehmen, lohnte doch wirklich nicht. Aber darin zeigt sich ein gehöriger Mangel an Höflichkeit.« Dann ging sie hinab in die Küche.

Goldlotos sah ein, daß sie Wuh Sung nicht verführen konnte. Sie hatte sich ganz im Gegenteil von ihm eine gehörige Zurechtweisung erteilen lassen müssen. Wuh Sung saß seinerseits allein in der Stube und überdachte verärgert alles Geschehene. Es war noch zeitig am Tage, etwa vier Uhr nachmittags, als der große Wuh durch den tiefen Schnee mit seinem Traggestell heimkehrte. Er stieß das Tor auf, trat ein, legte die Traglast ab und schritt nun in das Hausinnere. Dort gewahrte er die rotverweinten Augen seiner Frau und erkundigte sich sofort, mit wem sie aneinandergeraten sei.

»An allem bist nur du Schwächling schuld, läßt einen fremden Kerl mich beleidigen«, antwortete sie. Auf seine Frage, wer gewagt habe, sie zu kränken, fuhr sie fort: »Du willst es wissen? Nun denn: der zweite Wuh, dieser gemeine Kerl. Ich sah ihn durch den tiefen Schnee heimkehren und setzte ihm in der besten Absicht Wein und Speisen vor, doch er fing an, sich schlechte Späße mit mir zu erlauben, als er gemerkt hatte, daß niemand zugegen war. Willkomm hat es mit eigenen Augen wahrgenommen.«

»Mein Bruder ist eigentlich gar nicht so«, bemerkte der große Wuh. »Sprich nicht so laut, damit die Nachbarn es nicht hören und sich belustigen!« Er ließ nun seine Frau allein und begab sich in Wuh Sungs Zimmer: »Bruder, du hast doch wohl noch keinen Imbiß eingenommen. Ich möchte mit dir zusammen essen.«

Wuh Sung verharrte in Schweigen, starrte nur lange Zeit sinnend vor sich hin und ging schließlich zur Haustür hinaus. Auf des großen Wuhs Zuruf: »Bruder, wo willst du hin?« antwortete er ebenfalls nicht, sondern schritt ohne anzuhalten weiter. Der große Wuh trat wieder ins Haus und sagte zu seiner Frau, die ihn fragte: »Ich habe ihn angerufen, aber er hat mir nicht geantwortet. Ich weiß wirklich nicht, was da vorliegt.«

»Du Pastetenmade!« schalt die Frau. »Was ist da so schwierig zu erkennen? Der Kerl schämt sich und wagt es nicht, dir in die Augen zu sehen. Da er sich aus dem Staube gemacht hat, vermute ich, daß er bestimmt jemand herschicken und sein Gepäck abholen lassen wird. Er vermeidet es, hier zu wohnen. Rede mir nur nicht davon, daß du ihn halten willst!«

»Wenn er auszieht, mußt du damit rechnen, daß sich die Leute über uns belustigen.«
»Wenn er sich üble Späße mit mir erlaubt, werden sich die Leute wohl nicht über uns lustig machen.«
Der große Wuh wagte nicht mehr, den Mund zu öffnen; indessen fuhr Goldlotos fort, heftig zu schelten. Noch während dieser lärmenden Auseinandersetzung zwischen dem Ehepaar erschien Wuh Sung mit seinem Ortswehrmann, der eine Tragstange trug, packte seine Sachen zusammen und schritt dann zum Hause hinaus. Da trat der große Wuh mit hinaus.
»Bruder, was hast du, daß du einfach ausziehst?«
»Frage nicht, Bruder!« sagte Wuh Sung. »Wenn ich zu erzählen anfange, dann ändere nur dein Ladenschild um! Laß mich meines Weges gehn. Das ist besser so!«
Wie konnte es der große Wuh daraufhin wagen, nach Einzelheiten zu forschen. Wuh Sung zog also aus. Die Frau zeterte unterdessen im Innern des Hauses weiter.
Als Wuh Sung weggezogen war, nahm er sein Quartier in der Herberge unweit des Kreisamtes. Der ältere Wuh verkaufte wie früher auf den Straßen seine Kuchen. Eigentlich hätte er seinen Bruder gern aufgesucht, um sich mit ihm auszusprechen, aber von seiner Frau war ihm unzählige Male so ausdrücklich eingeschärft und zur Pflicht gemacht worden, den Verkehr unter allen Umständen zu meiden, daß er sich nicht getraute.
Nach Wuh Sungs Auszug aus der Wohnung seines Bruders schmolz der Schnee im Handumdrehen unerwartet schnell. Etwa zehn Tage später war das Wetter wieder hell und freundlich.
Der Landrat des Kreises war seit seinem Amtsantritt schon länger als zwei Jahre im Dienst und hatte beträchtliche Mengen an Gold und Silber zurücklegen können. Er wollte jetzt eine Vertrauensperson in die Osthauptstadt senden, um das Vermögen Verwandten zu treuen Händen anzuvertrauen in der Absicht, nach Ablauf der dreijährigen Amtszeit gelegentlich der Audienz bei Hofe auch seine Vorgesetzten zu bedenken. Er fürchtete jedoch den Pöbel auf der Straße, so daß er nur einen kräftigen Mann hätte senden können. Plötzlich erinnerte er sich des Polizeihauptmanns Wuh Sung. Durch ihn konnte die Angelegenheit erledigt werden. Er rief ihn noch an demselben Tage zu sich ins Amt, um die Sache mit ihm zu besprechen.
»Ich habe einen Verwandten in der Reichshauptstadt, einen Beamten des Namens Dschu Miän, der jetzt das Amt eines

Hofmarschalls im kaiserlichen Palast innehat. Ich möchte ihm eine Sendung Geschenke zugehen lassen, ihm auch einen Brief übermitteln und mich nach seinem Befinden erkundigen. Ich fürchte nur, daß unterwegs nicht alles nach Wunsch gehen könnte. Wenn du den Transport übernähmest, wäre aber alles in Ordnung. Gib mir keine Absage wegen Beschwerlichkeit der Reise! Nach deiner Rückkehr werde ich dich natürlich hoch belohnen.«

»Euer Gnaden haben meine Wenigkeit gefördert. Wie sollte ich mich erkühnen, mich von dem geäußerten Wunsche zu drükken?« sagte Wuh Sung sofort. »Zumal doch Euer Gnaden mich mit weiter nichts beauftragt haben als einfach hinzugehen.«

Der Landrat war hierüber hoch erfreut und bedachte Wuh Sung mit drei Bechern Wein und zehn Unzen Reisekosten.

Auf diese Unterredung hin rief Wuh Sung, als er in seiner Herberge angelangt war, einen Ortswehrmann, kaufte unterwegs einen Krug Wein nebst Gerichten verschiedener Art und begab sich zu seines Bruders Behausung. Als dieser die Straße entlang heimkam, fand er Wuh Sung vor seiner Haustür am Boden sitzen. Wuh Sung hieß nun den Ortswehrmann in die Küche gehen und die Speisen zubereiten.

Die übersprudelnde Leidenschaft der Frau war keineswegs erschöpft. Als sie Wuh Sung Wein und Speisen hatte bringen sehen, hatte sie bei sich gedacht: Wahrscheinlich hat der Bursche sich doch nach mir gesehnt, sonst wäre er nicht wiedergekommen. Was nun? Sie war sogleich nach oben gegangen, hatte sich sorgfältig gepudert, ihren wolkigen Haarknoten geordnet und farbige Kleidung angelegt, dann trat sie vor die Tür, um Wuh Sung zu bewillkommnen. Sie begrüßte ihn:

»Lieber Schwager, ich weiß nicht, was Ihr übelgenommen habt, daß Ihr geraume Zeit nicht zu uns gekommen seid. Ich habe das überhaupt nicht verstehen können und bin heute desto mehr erfreut, daß Ihr uns wieder besucht, lieber Schwager.«

»Ich bin eigens einer Mitteilung wegen, die ich meinem Bruder machen will, hergekommen.«

»Wenn es das ist, so begebt Euch, bitte, nach oben und nehmt dort Platz!«

Alle drei gingen nun hinauf. Wuh Sung veranlaßte seinen Bruder und seine Schwägerin, die Ehrenplätze einzunehmen. Er selber setzte sich auf einen Schemel quer vor sie. Der Wehrmann sorgte für den Wein und brachte auch das ganze Mahl herauf. Wuh Sung ermunterte seinen Bruder und die Schwägerin, zuzulan-

gen. Goldlotos schaute aufmerksam zu Wuh Sung hinüber, doch er sprach nur dem Weine zu. Dann bat Wuh Sung die kleine Willkomm um ein Paar übereinstimmende Becher. Er ließ von dem Wehrmann den einen Becher mit Wein füllen, nahm ihn in die Hand und sprach mit einem Blick auf den älteren Wuh:
»Mir ist heute von Seinen Gnaden dem Herrn Landrat der Auftrag zuteil geworden, in Geschäften nach der Reichshauptstadt zu reisen. Morgen schon will ich mich auf den Weg machen. Wenn es lange währt, hoffe ich, in zwei bis drei Monaten, wenn es rasch geht, in einem zurück zu sein. Ich habe nun noch etwas auf dem Herzen und bin hauptsächlich gekommen, dir das zu sagen. Du bist von jeher etwas schwächlich gewesen. Wenn ich nun nicht hier bin, hege ich Besorgnis, es könnte dir ein Fremder vielleicht Schmach antun. Gesetzt, du hättest bisher täglich zehn Behälter Gebäck verkauft, so fertige von morgen an nur noch deren fünf an und trag sie aus! Verlaß täglich das Haus spät und kehre früh wieder heim! Geh auch nicht mit Leuten zechen. Wenn du heimgekehrt bist, laß die Vorhänge herunter und schließ frühzeitig die Tür! Auf diese Weise wirst du dir wer weiß wieviel Ärger und Zank über das, was Recht und Unrecht ist, ersparen. Sollte dich jemand kränken, so rechte nicht mit ihm; warte, bis ich zurück bin! Ich werde die Sache dann für dich regeln. Bruder, wenn du mir Folge leisten willst, so leere vollständig diesen Becher!«
»Bruder, du hast recht. Ich will mich in allem nach deinen Worten richten«, sprach der große Wuh, nahm den Becher entgegen und leerte ihn.
Wuh schenkte auch den zweiten Becher voll Wein und wandte sich an Goldlotos:
»Schwägerin, Ihr verfügt über scharfen Geist. Ich brauche deshalb nicht viele Worte zu machen. Mein Bruder ist ein Mensch von schlichtem Wesen, der ganz von der Leitung durch seine Frau abhängig ist. Wenn Ihr, Schwägerin, treu zur Familie haltet, was sollte da meinen Bruder noch anfechten können! Ihr habt doch auch gehört, daß es schon bei den Alten hieß: Der Zaun muß fest sein, soll kein Hund 'rein.«
Als sie diese Worte hörte, ergoß sich Purpurglut in ihr Antlitz. Auf den großen Wuh weisend, schalt sie: »Du zerfahrenes Geschöpf, was hast du nun wieder herumerzählt? Du beleidigst deine Frau. Ich bin eine fleißig hantierende Frau; auf meiner Faust kann auch ein Mann stehen und auf meinem Arm ein Pferd traben. Seitdem ich dich geheiratet habe, hat wahrhaftig nicht

einmal eine Ameise sich in unsere Räume gewagt. Welcher Zaun ist da nicht fest, daß ein Hündchen hereinschlüpfen könnte? Redet nicht solchen Unsinn.«

»Wenn es so steht, Schwägerin«, bemerkte Wuh Sung lachend, »und Ihr die Leiterin seid, ist das das Beste. Ich beherzige alles, was Ihr, Schwägerin, gesprochen habt. Bitte, nehmt diesen Becher an!«

Die Frau schob den Trank mit der Hand zur Seite und eilte geradewegs hinunter. Auf der Treppe stieß sie noch hervor: »Du willst ein kluger Mensch sein, der weiß, was sich gehört, aber im gegebenen Augenblicke gilt dir die Frau deines älteren Bruders nicht wie deine Mutter! Damals, als ich den großen Wuh heiratete, habe ich nichts davon gehört, daß da noch solch ein Schwagerjüngelchen lebt. Woher kommst du denn überhaupt? Gehörst du wirklich zur Familie oder nicht? Du willst wohl hier den Hausherrn spielen?« Bitterlich weinend ging sie hinunter.

Goldlotos hatte sich so hochfahrend verhalten, daß die Brüder nur noch wenige Becher tranken. Sie gingen auch hinunter. Mit Tränen in den Augen nahmen sie voneinander Abschied. Der ältere Wuh bat: »Bruder, komm doch recht bald zurück.«

Wuh Sung schärfte ihm seinerseits ein: »Bruder, gib deinen Handel auf und bleib daheim! Meine Reisespesen will ich dir durch jemand zugehen lassen.« Und als er im Begriffe war zu gehen, wiederholte er nochmals: »Bruder, vergiß meine Worte nicht! Bleib zu Haus und überwache sorgfältig Tor und Tür!«

Wuh Sung schied nun von ihm, kehrte zu seiner Unterkunftsstelle beim Kreisamt zurück, schnürte sein Gepäck zusammen und legte die Schutzwaffen bereit. Am anderen Tag holte er vom Landrat die Edelmetall-Geschenke ab, eine Kamellast, bat um den Marschbefehl und brach nach der Osthauptstadt auf.

Der Bruder hatte unterdessen drei oder vier volle Tage lang die Scheltworte seiner Frau auszuhalten. Er folgte den Mahnungen Wuh Sungs, fertigte täglich nur noch die halbe Menge Kuchen und trug sie aus. Noch vor Tagesneige kehrte er heim, ließ dann sofort den Türvorhang herunter, schloß das Haustor und setzte sich in die Stube. Die Frau ärgerte sich darüber wütend.

»Nicht auf die Tageszeit Rücksicht zu nehmen, was für ein Blödsinn! Ich habe es wirklich noch nicht erlebt, daß jemand die Tür wie in einem Gefängnis verriegelt, da die Sonne noch hoch am Himmel steht. Die Nachbarn lachen uns doch nur aus und fragen sich, was für verbotene Geschichten wir wohl aushecken

mögen. Du hörst ja nur auf die Worte deines Bruders und fürchtest nicht Gelächter und Mißachtung anderer.«
»Was mein Bruder sagt, ist schon vernünftig. Wir werden uns wer weiß wie viele Unannehmlichkeiten ersparen.« Die Frau spie ihm ins Gesicht. »Du bist mir das rechte Mannsbild! Du hast gar keine eigene Meinung, sondern tanzt nur nach der Pfeife anderer!«
»Laß ihn aus dem Spiele!« bemerkte der große Wuh abwehrend. »Meines Bruders Äußerungen sind diamantene Worte.«
Seit Wuh Sungs Abreise ging der große Wuh Tag für Tag spät fort und kehrte früh heim. War er wieder im Hause, schloß er sofort die Haustür. Die Frau kam vor Ärger und Zorn fast um. Als ihre Auftritte zur Gewohnheit zu werden anfingen, änderte sie plötzlich ihr Verhalten, ließ noch am Abend zur Rückkehrzeit des großen Wuh selber den Türvorhang herab und schloß das Haustor. Er freute sich innerlich hierüber; aber das, was er für Tugend hielt, war nichts Gutes.

Es war eines Tages im dritten Monde. Der Frühling war um diese Zeit strahlend hell und kosend. Goldlotos, in glänzend frischer Kleidung, wartete nur, bis der große Wuh das Haus verlassen hatte. Sie stellte sich vor die Tür unter den Vorhang bis ungefähr abends um die Zeit seiner Rückkehr. Dann pflegte sie den Vorhang herabzulassen, ins Haus zu gehn und Platz zu nehmen. An jenem Tage, der so recht für ein Abenteuer geschaffen war, mußte gerade ein Mann unter dem Vorhang seines Weges gehen.
Goldlotos hatte gerade die Stützgabel ergriffen, um den Vorhang herabzulassen, als plötzlich von einem Windstoß, der die Stützgabel packte, diese weggerissen wurde. Sie traf den Kopf jenes Mannes. Verlegen lächelnd blickte Goldlotos ihn an. Er hätte fünfundzwanzig Jahre alt sein können, eine Lebemannsgestalt. Er trug einen Hut mit Quaste nach Art der Beamtentracht, im Haare goldene, klingelnde Haarpfeile und am Arm einen goldenen, durchbrochenen Armring mit einer Nephriteinfassung. Seine Gestalt war groß und schlank und mit einem Gewand aus gefältelter grüner Seidengaze bekleidet. Schuhwerk aus Altenbrücke (Tschentjau) mit dünnen gesteppten Sohlen und Strümpfe aus wasserheller Leinwand paßten dazu. In der Hand hielt er einen goldgesprenkelten Fächer und fächelte sich damit, – kurz, er war ein Mann, der gefallen konnte. Ihm also warf Goldlotos unter dem Türvorhang keck einen Blick zu. Von

der Stützgabel getroffen, war er sofort stehengeblieben und hatte sich umgesehen, im Begriffe aufzubrausen. Wider alles Erwarten fiel sein Blick auf eine Frauengestalt, die durch die Anmut ihrer Gesichtszüge blendete. Von ihrem rabenschwarzen Haupthaar hingen tänzelnde Strähnen an den Schläfen herunter. Die Brauen waren graziös gebogen wie die erste Sichel des neuen Mondes. Klar und kühl waren ihre mandelförmigen Augen. Dem kirschenroten Mündchen entströmte Duft. Das gerade Näschen hob sich ab wie ein kostbarer Edelstein. Wohlgepudert waren die roten üppigen Wangen. Lieblich wie eine wohlgeputzte Silberschale war ihr Antlitz. Jung und zart wie eine Blütenknospe war ihr Körperchen. Die entzückenden Händchen waren wie feinste Blumenzwiebeln, die sprießen. In den Hüften war sie schlank wie eine Pappel oder Weide, die man mit den Händen umspannen kann. Weich und wohlgepudert war ihr weißer Leib. Die schmalen Füßchen waren wie Sternchen spitz und behende. Volle Brüste formten ihre Büste. Weiß und langgestreckt waren ihre Beine. Ihr unbenennbares Etwas war eng schließend und in seiner vollen Frische zwischen den Schenkeln sorgsam geborgen.

Als jener Mann so in Gedanken schwelgte, stand er wie gebannt. Gar rasch war sein Zorn verflogen, und seine Miene wandelte sich zum hellen Auflachen. Die Frau blickte ihn mit zusammengelegten Händen an und sagte nach tiefster Verbeugung: »Meine Hand hat infolge des Windes den Halt verloren, so habe ich versehentlich den Herrn Rat getroffen. Ich bitte um Verzeihung.«

Er rückte mit der Hand seine Kopfbedeckung zurecht, erwiderte ihre Verneigung, indem er sich fast bis zum Erdboden verbeugte, und äußerte: »Das macht doch nichts! Bitte, meine Dame, fühlt Euch ganz unbehelligt!« Nun war dieser ganze Vorgang von der nebenan wohnenden Teestubeninhaberin, der alten Wang, beobachtet worden. Sie bemerkte schmunzelnd: »Da hat bestimmt ein gewisser Herr Oberrat vom Dachvorsprunge her gerade richtig eins abbekommen.«

Der Mann lachte: »Die Schuld war ganz auf meiner Seite. Ich bin dagegengerannt. Ich bitte, es mir nicht zu verübeln, meine Dame.«

»Der Herr Rat braucht die Schuld nicht auf sich zu nehmen«, antwortete Goldlotos.

In größter Ehrerbietung entgegnete er: »Aber gewiß, meine Dame.«

Dabei ruhten seine begehrlichen, durchtriebenen Augen, die seit vielen Jahren nur daran gewöhnt waren, blühendes Leben an sich zu locken, unablässig auf dem Körper der Frau. Als er sich zum Gehen anschickte, wandte er sich noch sieben- oder achtmal um, ehe er weiter dahinstolzierte, wobei er sich mit dem Fächer schirmte.

Nun war der Frau aber der Mann mit der Haltung eines flotten Lebemannes und mit seiner einschmeichelnden Redeweise auch aufgefallen und hatte ihn für sich eingenommen. Sie wußte freilich weder seinen Namen, noch wo er wohnte. Andererseits sagte sie sich, daß er, wenn er nicht auch Zuneigung zu ihr gefaßt hätte, beim Fortgehen den Kopf nicht umgewandt haben würde. So schaute sie ihm unverwandten Blickes nach, bis er ihren Blicken entschwunden war. Dann erst nahm sie den Vorhang herunter, schloß die Haustür und begab sich in die Stube.

Lieber Leser, wer, glaubst du wohl, war jener Mann? Es mußte natürlich gerade jener Anführer der Kumpane sein, die allen Winden trotzen und den Mond verlachten, jener Marschall im Ausfindigmachen von Blumen und Aufstöbern von Duft, der Besitzer der Drogenhandlung mit dem Doppelnamen Simen (Si-men) und dem einfachen Nachnamen Tjing, der Oberrat, er war es.

Ihm war die dritte Nebenfrau, die kleine Dscho, gestorben, und er hatte sie bestattet. Deshalb war er nicht in fröhlichster Stimmung spazierengegangen und schlenderte umher, um Jing Bodjau zu suchen und mit ihm irgendwohin zu gehen, auf andere Gedanken zu kommen und sich zu zerstreuen. Er war am Hause des großen Wuh vorübergekommen und unvermutet durch den Schlag auf den Kopf getroffen worden.

Als Oberrat Simen in seiner Wohnung angelangt war, überlegte er: Wie könnte ich das hübsche Geschöpfchen wohl in meine Hände bekommen? Ihm fiel die nebenan wohnende Teestubenbesitzerin Wang ein: Die wäre wohl imstande, auf diese oder jene Art sie zusammenzubringen. Ich wende ein paar Unzen Silber daran, das ist die Geschichte wert! Bei solchen Gedanken vergaß er sogar seine Mahlzeiten und verließ wieder sein Haus, um spazieren zu gehen, eilte dann aber geradewegs in die Teestube der alten Wang und nahm dort unter dem Regenschutzdache Platz.

»Mütterchen«, sagte Simen Tjing, »kommt einmal näher! Ich

möchte Euch fragen, wessen Frau das Geschöpfchen von nebenan ist.«
»Es ist jener Straßengebäckverkäufer, der große Wuh, mein Herr!«
Als Simen Tjing das hörte, fiel er vor Lachen beinahe um.
»Ist er es wirklich? Jener große Wuh, den die Leute Dreizollnagel und Korkstöpsel nennen?« Und auf Frau Wangs Antwort: »Gerade der ist es!« rief er aus: »Bitter! Ein trefflich Stücklein Hammelbraten, darf's in ein Hundemaul geraten?«
»Ganz recht! Das ist nun einmal eine alte Erfahrung«, sagte die alte Wang.
»Mütterchen, was schulde ich für Tee und Obst?«
»Es ist nicht sonderlich viel. Ich werde es anschreiben.«
»In wessen Diensten steht eigentlich Euer Sohn Wang Tschau?« fragte nun wieder Simen Tjing.
»Das kann ich wirklich nicht einmal sagen. Er nahm Arbeit bei einem Handelsmann auf dem Hwai-Strom an und ist bis heute nicht zurückgekehrt. Ich weiß gar nicht, ob er noch lebt oder schon tot ist.«
»Warum habt Ihr ihn denn nicht mir in Dienst gegeben? Der Junge war doch aufgeweckt und flink!« meinte Simen Tjing.
»Wenn der Herr Oberrat ihn fördern wollen, so wären das gute Aussichten«, sagte Frau Wang.
»Wir wollen warten, bis er zurück ist, und dann weiter über die Sache sprechen«, bemerkte Simen Tjing. Damit beendete er die Unterhaltung, erhob sich und ging.
Es vermochten noch keine vier Stunden verstrichen sein, als er schon wieder erschien und sich mit dem Gesicht zur Haustür des großen Wuh an den Eingang der Wangschen Teestube setzte. Nach einer Weile kam die alte Wang heraus und fragte, ob der Herr Oberrat vielleicht ein Schlehentränkchen zu sich nehmen wolle. Auf Simen Tjings Antwort, daß das ein ausgezeichneter Gedanke sei, sie den Geschmack nur etwas säuerlich machen solle, bereitete die alte Wang den Schlehenaufguß und reichte ihn Simen Tjing mit beiden Händen. Er setzte den Napf ab, als er ihn geleert hatte und bemerkte:
»Welch ein Schlehentränkchen! Mütterchen, Ihr wirklich köstliche braut! Wieviel habt Ihr davon im Hause?«
»Braut? Ja! Ich habe in meinem Leben oft eine beschafft«, grinste die Alte. »Nur kann man nicht gleich eine hier im Hause verlangen.«
Simen Tjing lachte auf, er habe sie nach den Schlehentränkchen

gefragt, und sie rede von Brautbeschaffung, das sei doch ein gewaltiger Unterschied.
»Meine alten Ohren hörten nur den Herrn Oberrat sagen: Wirklich eine köstliche Braut! Wie viele habt Ihr davon im Hause?« behauptete die alte Wang.
»Mütterchen«, sagte darauf Simen Tjing, »wenn Ihr Berge verbinden könnt, so spielt doch auch einmal für mich die Vermittlerin. Ich werde Euch natürlich gewichtige Dankbarkeit beweisen.«
»Sehe doch nur einmal einer an, wie der Herr Oberrat schauspielert«, fiel die alte Wang ein. »Wenn Eure Frau Gemahlin dahinterkäme, könnte ich mich ihren Backenstreichen kaum entziehen.«
»Meine Frau ist äußerst verständig«, beschwichtigte Simen Tjing. »Ich habe ja auch jetzt schon etliche Gefährtinnen im Hause; nur ist leider nicht eine einzige darunter, die mir zusagt. Wenn Ihr also eine passende Frau für mich in Aussicht habt, meldet es mir! Wäre es eine geschiedene Frau, ginge das auch. Nur muß sie mir gefallen.«
Er erhob sich und ging heiter gestimmt davon.
Als es Abend geworden war, wollte die alte Wang die Tür schließen. Da erschien Simen Tjing wieder, ließ sich unter dem Vorhang mit dem Gesicht zur Tür des großen Wuh auf einen Schemel nieder und schaute sich die Augen aus. Frau Wang fragte: »Will der Herr Oberrat vielleicht ein Einklang-Tränkchen genießen?«
»Ausgezeichnet!« erwiderte Simen Tjing, »aber versüßt es mir etwas!«
Frau Wang holte nun unverzüglich einen Becher herbei und reichte ihn Simen Tjing. Er trank und erhob sich dann mit den Worten: »Mütterchen, schreibt es an! Ich begleiche morgen alles auf einmal.«
»In dieser Hinsicht werde ich ergebenst nach Wunsch verfahren. Kommt, bitte, in den nächsten Tagen zur Erörterung wieder!« sagte die alte Wang.
Zu Hause konnte Simen Tjing weder ruhig essen noch schlafen. Die Gestalt jener Frau hielt sein ganzes Sinnen und Trachten gefangen. Seine Hauptfrau Mondtraut führte Simens Zerstreutheit auf den Tod der kleinen Dscho zurück und schenkte ihr keine Beachtung.
In der Frühe des folgenden Tages sah Frau Wang Simen Tjing auf der Straße hin- und herschlendern. Sie dachte bei sich: Der ist

mir gerade passend in die Hände gefallen. Er soll mich einen Batzen Lustbarkeitsgeld verdienen lassen.
Die Teestubenbesitzerin Wang hatte viele Jahre hindurch emsig Heiraten vermittelt und war Händlerin und Maklerin gewesen. Sie verstand sich auch auf Geburtshilfe. Sie wußte recht geschickt Leute einzuschüchtern. Es war schwierig, sich über alle ihre Betätigungsgebiete klar zu werden.
Simen Tjing rief ihr zu: »Mütterchen, bringt mir zwei Tassen Tee!«
»Oh, der Herr Oberrat ist erschienen«, antwortete die alte Wang. »Wir haben uns ja eine Reihe von Tagen nicht gesehen! Bitte, nehmt doch Platz!« Von dem Tee, der rasch und stark zubereitet worden war, brachte sie zwei Tassen voll und stellte sie auf den Tisch.
»Mütterchen, trinkt zur Gesellschaft mit mir!« bat Simen Tjing.
Sie lachte hell auf. »Ich bin doch nicht eine, der Ihr etwas vormachen könnt. Wie kann ich Euch zur Gesellschaft Tee trinken?«
»Mütterchen, was wird eigentlich nebenan verkauft?«
»Backwerk mit Fleischfüllung, Krusten-Gebäck, Röllchen mit Fleischeinlage, Muschelfleisch in Teig, Fleischklöße, warmer Pfefferkäse«, antwortete die alte Wang.
»Ihr phantasiert ja!«
»Ich phantasiere nicht«, sagte lachend Frau Wang.
»Laßt uns vernünftig reden«, wehrte Simen Tjing ab. »Der Nachbar hat also Rezepte für leckeres Gebäck, dann möchte ich ihn auch angehen, mir vierzig, fünfzig Stück zu verkaufen, um sie nach Hause mitzunehmen.«
»Wenn Ihr Gebäck kaufen wollt«, meinte die Alte, »so wartet doch das Weilchen, bis er von seinem Straßenhandel zurückkommt. Es ist nicht nötig, an Tor und Tür zu gehn.«
»Mütterchen, Ihr habt recht.« Simen Tjing trank den Tee, blieb noch ein Weilchen sitzen, erhob sich dann und ging für geraume Zeit davon.
Frau Wang beobachtete von ihrer Teestube aus gespannt, wie er vor ihrer Türe zunächst nach Osten bog, einmal Umschau hielt, dann umkehrte und wieder nach Westen ging und so sechs-, siebenmal hintereinander hin- und herspazierte. Als er nach einer guten Weile wieder die Teestube betrat, rief sie ihm zu: »Ach, Herr Oberrat! So ein Glück. Wir haben uns so lange nicht gesehen.«
Simen Tjing mußte lachen, zog ein Stück Silber im Gewichte

von einer Unze hervor und reichte es Frau Wang mit den Worten: »Mütterchen, nehmt es einstweilen hin für den Tee!«
»Es ist doch nicht nötig, daß ich gleich so viel bekomme«, wandte die alte Wang schmunzelnd ein, doch Simen Tjing erwiderte: »Was zuviel ist, Mütterchen, behaltet nur!«
»Es will mir alten Mutter so erscheinen, als ob dem Herrn Oberrat etwas auf dem Herzen liege.«
»Mütterchen, wenn Ihr erraten könnt, was mein Herz bewegt, so habe ich fünf Unzen Silber verloren, und Ihr bekommt sie von mir.«
»Ich altes Weib brauche nicht dreifache Klugheit, das Rätsel zu lösen«, erklärte lachend Frau Wang. »Bringt mal Euer Ohrläppchen näher! Daß Ihr in den letzten Tagen gar so emsig auf den Beinen gewesen seid, hat wohl seinen Grund darin, daß Ihr mit allem Eurem Denken an der Nachbarin hängt. Habe ich recht geraten?«
»Ich will nun nichts mehr vor Euch verheimlichen. Ich weiß selber nicht, wie es gekommen ist: Seitdem ich sie zu Gesicht bekommen habe, bin ich wie vernarrt. Weder bei Tage noch bei Nacht vermag ich sie zu vergessen. Zum Essen und Trinken daheim habe ich keine Lust mehr. Arbeiten kann ich auch nicht mehr. Wißt Ihr vielleicht ein Heilmittel?«
»Ich altes Weib will dem Herrn Oberrat nichts vormachen«, lachte Frau Wang hell auf. »Ich verkaufe meinen Tee und muß im übrigen den Teufel für mich Nachtwache halten lassen. Weil ich mein Leben sonst nicht hätte fristen können, nahm ich zuerst mit Verhandlungen von Angesicht zu Angesicht die Tätigkeit als Ehevermittlerin auf. Danach nahm ich von anderen Kleider zum Weiterverkauf an. Auch als Hebamme habe ich Dienste geleistet. Fand ich Zeit, so konnte ich auch Liebespärchen gefällig sein und das Brautpferd heranführen. Auch habe ich schon bei Krankheiten Nadel- und Brennheilbehandlungen ausgeführt.«
Simen Tjing mußte bei ihren Worten lachen.
»Von einer solchen Vielseitigkeit hab' ich gar nichts geahnt, Mütterchen. So regelt also diese bewußte Angelegenheit für mich. Ich schenke Euch sofort zehn Unzen Silber als Grundstock für Euren Sarg. Seht nur zu, daß Ihr das Geschöpfchen veranlaßt, mich einmal zu treffen.«
Jetzt lachte die alte Wang hell auf: »Ich habe selbstverständlich doch nur plaudern wollen. Wie könnt Ihr denn das gleich für wahr nehmen, Herr Rat!«

»Mütterchen, wenn du diese Geschichte für mich wirklich fertigbekommst, schenke ich dir zehn Unzen Silber.«
»Herr Oberrat, hört mich einmal an!« antwortete die Alte. »Das, was hinter dem Wörtchen Annäherung steckt, macht große Schwierigkeiten. Was bedeutet denn solche Annäherung? Doch nichts anderes als heimlichen Liebesgenuß. Dazu muß schon Fünferlei genau zusammen stimmen. Erstens nämlich wäre das Antlitz eines Schönen erforderlich, zweitens etwas von der Größe eines Eselsschlauches, drittens müßte man reich sein, viertens jung, ohne Schärfe und geduldig wie eine mit Watte umhüllte Nadel, und fünftens müßte man viel freie Zeit haben.«
»Ich will ganz offen zu Euch reden«, antwortete Simen Tjing. »Diese fünf Bedingungen treffen sämtlich bei mir zu. Meine Gesichtszüge zunächst einmal können sich schon sehen lassen. Was das zweite betrifft, so hab' ich seit meiner Jugend zahlreiche Straßen und Gassen durchzogen und weiß schon, wie man eine stattliche Strammheit zustande bringt. Zum dritten verfügt meine Familie über Geld und Gut. Sodann bin ich äußerst sanft und geduldig. Selbst wenn sie mir auch vierhundert Trachten Prügel verabfolgte, so würde ich nicht einmal daran denken, zur Abwehr die Faust zu erheben. Schließlich habe ich auch sehr viel freie Zeit.«
»Herr Oberrat, daß mit den fünf Bedingungen alles in Ordnung ist, habe ich nun wohl von Euch gehört, aber es besteht nun noch eine weitere Schwierigkeit. An ihr wird wahrscheinlich alles scheitern.«
Auf Simen Tjings Frage, ihm doch zu sagen, welches weitere Hemmnis es denn noch gebe, fuhr die alte Wang fort: »Seid mir nicht böse, Herr Oberrat, wenn ich als alte Frau geradeheraus rede. Ich weiß, daß Ihr die Hand auf der Tasche haltet und nicht sinnlos mit Geld um Euch werft. Darin aber eben liegt die Schwierigkeit.«
Simen Tjing erklärte sofort, daß dem leicht abzuhelfen sei und er sich ganz nach ihren Vorschlägen richten werde, worauf die alte Wang bemerkte: »Wenn der Herr Oberrat sich nicht scheuen sollte, etwas Geld anzuwenden, so hätte ich schon einen folgerichtigen Plan, wie der Herr Oberrat mit dem Weibchen zusammentreffen könnte.«
»Was für einen wundervollen Plan habt Ihr denn?«
Frau Wang lachte.
»Heute abend ist es zu spät. Geht nur nach Hause und kommt

nach einem halben Jahr oder doch drei Monaten wieder, um weiter zu beratschlagen!«

»Mütterchen, macht doch nicht solche Scherereien! Wenn Ihr die Sache zustande bringt, will ich Eure Güte reichlich vergelten.«

»Der Herr Oberrat ist aber ungeduldig.« Abermals lachte die alte Wang auf.

»Ich will Euch meinen Plan jetzt mitteilen. Das Frauchen stammt aus schlichten Verhältnissen, ist jedoch äußerst flink und gewandt, kann sehr gut musizieren und singen, weiß die Nadel zu handhaben und ist auch geübt in allen sonstigen weiblichen Handarbeiten. Alle Lieder und Gesänge kennt sie. Sie kann würfeln und auch Schach spielen; ja, es gibt kaum etwas, was sie nicht beherrschte. Mit ihrem Rufnamen heißt sie Goldlotos, ihr Vatersname ist Pan. Sie ist eine Tochter des Schneiders Pan aus der Südvorstadt. Sie wurde an die Familie des Patriziers Dschang verkauft, wo sie musizieren und singen gelernt hat. Als der alte Patrizier betagt wurde, gab man sie frei und ohne auch nur einen Kupferling Entgelt völlig umsonst dem großen Wuh zur Frau. Für gewöhnlich verläßt das Weibchen nicht das Haus. Wenn ich nichts zu tun habe, geh' ich häufig hinüber, um mit ihr zusammen ein Weilchen in Ruhe zu verbringen. Hat die Frau irgendein Anliegen, so kommt sie mich bitten, ihr behilflich zu sein. Sie redet mich übrigens auch mit Mütterchen an. Der große Wuh ist dieser Tage immer früh fortgegangen. Herr Oberrat, um bei dieser Sache mitzuwirken, kauft zunächst eine Rolle blauen und weißen Seidenstoff, eine Rolle weißen Taft sowie zehn Lot gute Baumwolle und schafft alles her! Ich gehe dann zu ihr hinüber, um sie zu bitten, mir ihren Kalender zu leihen, und mit dessen Hilfe einen günstigen Tag auszuwählen, für den ich einen Schneider zur Verarbeitung des Stoffes bestellen könnte. Wenn sie mich anhört, einen Termin bestimmt, sich aber etwa nicht bereit erklären sollte, die Schneiderei für mich zu übernehmen, so wäre die Sache zunichte geworden. Wenn sie sich indessen mit großer Freude zu der Arbeit für mich erbietet und bemerkt, daß ich keinen Schneider zu rufen brauche, so leuchtet uns der erste Hoffnungsschimmer. Ich kann sie dann herbitten, um sie eben für mich die Näharbeit übernehmen zu lassen, und macht sie sie wirklich für mich, so gäbe das den zweiten Hoffnungsstrahl. Kommt sie dann zu mir, will ich zur Mittagsstunde Wein, Speisen und Nachtisch auftragen und sie zum Essen einladen. Sollte sie ablehnen und unter allen Umständen heimgehen und die Arbeit zu Hause vollenden wollen, so wäre der Plan auch zunichte geworden. Speist sie indessen mit mir, ohne viel Aufhebens davon zu machen, so gäbe das den dritten Hoffnungsstrahl. An diesem ersten Tage dürft Ihr noch nicht erscheinen. Erst gegen Mittag des dritten Tages sollt Ihr geschniegelt und gebügelt kommen und Euch mir durch lautes Rufen kenntlich machen. Ihr müßt vor der Tür rufen: ›Wie kommt es nur, daß ich Euch, Mütterchen Wang, schon eine Reihe von Tagen nicht mehr zu sehen bekommen habe? Ich bitte um eine Tasse Tee!‹ Ich werde dann sofort herauskommen und Euch einladen, einzutreten und den Tee im Hause einzunehmen. Wenn sie, sobald sie Euch erblickt, aufsteht, um nach Hause zu gehen, und ich sie trotz Zuredens nicht zum Bleiben veranlassen kann, so müßten wir die Sache wohl aufgeben. Wenn sie aber, ohne sich zu rühren, Euch eintreten sieht, so wäre das unser vierter Hoffnungsstrahl. Sobald Ihr Euch niedergesetzt habt, will ich dem Frauchen sagen: ›Das ist der Herr Rat, der mir den Kleiderstoff geschenkt hat. Ich schulde ihm tiefsten Dank.‹ Ich werde dann die Vorzüge des Herrn Oberrates kräftig herausstreichen, und Ihr müßt ihre Handfertigkeit loben. Wenn sie die Gelegenheit, mit Euch zu reden, von sich weist, dann wäre die Sache verloren. Sollte sie indessen antworten und mit Euch sprechen, wäre die Sache schon halb geglückt. Ich sage dann, ich hätte die Dame bemüht, für mich selber Hand anzulegen. Müsse ich nicht euch beiden Gönnern dankbar dafür sein, daß der eine das Geld gegeben, der andere die Arbeit geleistet habe? Hätte ich nicht die Gäste aus verschiedenen Richtungen zusammengebeten, die Dame könnte schwerlich hier sein. Herr Rat, spielt die Rolle des Gastgebers und laßt einmal etwas springen! – Ihr müßtet hierauf Geld hervorholen und mich etwas einzukaufen auffordern. Wenn sie dann etwa fortgehen will und ich sie trotz Zuredens nicht halten könnte, so wäre die Sache auch in die Brüche gegangen. Sollte sie sich aber nicht rühren, so muß sich das Übrige leichter durchführen lassen, und wir wären zu sechs Zehnteln des Erfolges sicher. Ich werde das Geld an mich nehmen und kurz vor meinem Fortgehen zu ihr sagen: ›Frauchen, ich muß Euch die Mühewaltung verursachen, mit dem Herrn Rat zusammen zu warten und noch sitzen zu bleiben!‹ Sollte sie aufstehn, um heimzugehen, und ich sie gar nicht daran hindern können, so wäre die Geschichte aus. Wenn sie sich indessen nicht erhebt, so ist alles gut, und wir hätten zu sieben Zehnteln gewonnen. Habe ich dann die Eßwaren eingekauft und auf den Tisch gestellt, so will ich zu ihr sagen: ›Bitte, legt die Handarbeit zur Seite und kommt ein Schälchen trinken; der Herr Rat soll sein Geld doch nicht umsonst ausgegeben haben!‹ Wenn sie es ablehnt, mit Euch an einem Tisch zu speisen, und sich entfernt, so ist die Sache verloren. Sollte sie jedoch nur sagen, sie wolle gehn, sich indessen nicht rühren, so stünde unsere Sache wiederum gut, und wir wären des Erfolges zu acht Zehnteln sicher. Sobald sie reichlicher Wein genossen hat und unsere Unterhaltung in die richtige Bahn gekommen ist, will ich vorschützen, es sei kein Wein mehr da, Ihr solltet noch etwas kaufen lassen. Darauf müßtet Ihr mir Geld geben und mich auffordern, Wein und dazu passende Früchte einkaufen zu gehn. Ich werde dann die Türe zuziehen und Euch beide in der Stube einriegeln. Sollte sie sich ängstlich zeigen und nach Hause laufen wollen, so müßten wir unsere Sache aufgeben. Sollte sie aber trotz der durch mich verriegelten Türe keine Angst bekunden, dann wäre der Erfolg zu neun Zehnteln gesichert und es mangelt nur an einem Zehntel. Dies freilich ist schwer zu gewinnen. Herr Oberrat, um zum Ziele zu kommen, müßtet Ihr recht süß sprechen. Ihr dürft aber nicht zu hitzig sein und auch nicht mit Händen und Füßen zappeln. Gibt es dabei Schwierigkeiten, so ist das nicht mehr meine Sache. Schiebt zunächst mit dem Ärmel versehentlich ein Paar Eßstäbchen vom Tische hinunter und betätschelt unter dem Vorwand, sie aufheben zu wollen, ihre Füßchen mit den Händen. Wenn sie aufbrausen sollte, will ich hereinkommen, um zu beschwichtigen. Wir müßten die Sache dann aber aufgeben, und es wäre in solchem Falle wohl überhaupt schwer, zum Ziele zu kommen. Sollte sie indessen nicht laut werden, so sind alle hundert Prozent gewonnen. Werdet Ihr Euch mir auch erkenntlich zeigen, wenn Ihr alles erreicht habt?«

»Mütterchen«, strahlte Simen Tjing vor Freude, »Euer Plan ist tatsächlich ausgezeichnet, ein trefflicher, wunderbarer Rat. Wann können wir den Plan in die Tat umsetzen?«

»Ich gebe Euch noch heute abend, wenn Ihr kommt, Nachricht. Um den Umstand auszunutzen, daß der große Wuh noch nicht zurück ist, werde ich hinübergehn, sie um den Kalender bitten, um ganz genau mit ihr das Nötige zu besprechen. Schickt Ihr nur Eurerseits schleunigst jemand mit dem Seidenstoffe, dem Taft und der Baumwolle zu mir! Schiebt das ja nicht hinaus!«

»Mütterchen, das ist meine Sache. Wie dürfte ich es wagen, mein Wort zu brechen?« beruhigte Simen Tjing sie. Er verabschiedete sich darauf von ihr und verließ die Teestube. Drei Rollen

Seidenstoff, Taft und zehn Lot allerreinste, feinste Baumwolle kaufte er unterwegs ein. Als er zu Hause angekommen war, hieß er Dai-an, alles in eine Decke einschlagen, und sandte die Sachen sofort zu Frau Wang. Diese nahm sie hocherfreut entgegen und entließ den Boten.

Frau Wang begab sich in die Wohnung des großen Wuh. Nachdem seine Frau sie empfangen hatte, gingen sie ins Obergeschoß, um sich zu setzen. Die alte Wang fragte: »Frauchen, warum seid Ihr in den letzten Tagen gar nicht zum Tee zu mir armem Weibe gekommen?«

Auf Goldlotos' Antwort, daß sie körperlich mehrere Tage nicht frisch und zu matt zum Gehen und zu allen Bewegungen gewesen sei, bat Frau Wang, ihr den Kalender zu leihen, falls sie einen besitze, um einen günstigen Tag für das Zuschneiden eines Kleides auszusuchen. Goldlotos forschte, um was für ein Gewand es sich handle.

»Ich habe alle möglichen Leiden und überall Schmerzen. Ich fürchte, daß mir eines Tages alle Berge zu hoch und alle Wasser zu tief sein werden. Mein Sohn ist auch nicht bei mir.«

Goldlotos erkundigte sich, wie es komme, daß man den jungen Herrn gar nicht mehr sehe.

»Der Schlingel hat sich einem Kaufmann angeschlossen, und ich habe nicht die geringste Nachricht von ihm aus der Fremde erhalten. Ich bin in täglicher Unruhe um ihn.«

Goldlotos fragte weiter, wie alt denn der Junge sei.

Als die alte Wang zur Antwort gab, daß er siebzehn geworden sei, meinte sie: »Warum sucht Ihr ihm keine Braut? Das wäre doch auch für Euch, Mütterchen, vorteilhaft.«

»Ganz recht«, erwiderte Frau Wang. »Ich habe im Hause niemand, der mir, was ich brauche, heranholt und instandsetzt. Unablässig werde ich eine Frau für ihn suchen gehn und warte jetzt nur, daß der Bursche zurückkehre. Dann sorge ich für eine Heirat. Jetzt plagt mich Tag und Nacht der Husten. Ich bin körperlich wie zerschlagen. Vor lauter Beschwerden und Schmerzen kann ich keinen Schlaf finden. Deshalb möchte ich auch einmal meine Sterbekleider vorbereiten. Zufällig pflegt ein reicher beamteter Herr immer bei mir Tee zu trinken. Ich hatte in seinem Hause Krankenpflege geleistet, ihm Dienerinnen gekauft und eine Heirat besprochen. Er sah mich auf solche Art im Großen und im Kleinen meine Pflicht tun, denn es gab doch nichts, wofür ich nicht sorgte, und so schenkte er mir für ein Sterbekleid bemessenen Seidenstoff, Taft, Futter, alles zusammen. Ich hatte dazu noch eine Menge schönster Baumwolle. Alles liegt schon über ein Jahr bei mir, ohne daß ich es verarbeiten lassen konnte. Heuer fühle ich mich nun sehr matt, andererseits trifft es sich günstig, daß noch ein Schaltmonat zur Verfügung steht. Da wollte ich ein paar Tage der Muße benutzen, das Kleid von einem Schneider machen zu lassen. Ich drängte ihn und flehte ihn an, aber er lehnte es ab: Er sei lebhaft beschäftigt. Er weigerte sich also, zur Arbeit zu kommen. Ich vermag diesen Verdruß gar nicht in Worten fassen.«

»Ich fürchte, daß ich bei der Arbeit nicht Euren Geschmack treffen könnte. Wenn Ihr indessen meine Leistungen nicht verschmähen wollt, so hätte ich in diesen Tagen schon Zeit, Euch dabei zur Hand zu gehn und die Arbeit zu übernehmen, Mütterchen. Wie wäre das?«

»Wenn Ihr selber Hand anlegen wollt«, antwortete die alte Wang mit verhaltenem Lachen, »so hätte ich also auch noch für meinen Todesfall Glück. Ich habe schon immer sagen hören, daß Ihr Euch gut auf Nadelwerk versteht, doch ich wagte es nicht, Euch darum anzugehen.«

»Was hätte das denn geschadet?« meinte Goldlotos. »Nachdem ich nun einmal zugesagt habe, Mütterchen, werde ich also bestimmt für Euch arbeiten. Nehmt den Kalender mit und laßt Euch durch jemand einen geeigneten Tag auswählen, wann ich ans Werk gehen kann!«

»Stellt Euch doch nur nicht, als ob ich nicht wüßte, daß Ihr die Texte wer weiß wie vieler Gedichte, Hymnen und Gesangstücke aller Art lesen könnt. Wie viele Ihr kennt, wißt Ihr gar nicht. Warum da noch jemand anders ersuchen, in den Kalender zu gucken?«

Goldlotos entschuldigte sich lächelnd, daß sie in ihrer Jugend den Unterricht versäumt habe, doch die alte Wang drückte ihr mit den Worten: »Ihr seid nur zu bescheiden!« den Kalender in die Hand. Goldlotos schlug nach und bemerkte: »Erst übermorgen wäre der Zeitpunkt zum Zuschneiden des Kleides.«

Die alte Wang nahm ihr den Kalender ab, hängte ihn an die Wand und sagte: »Frauchen, wenn Ihr die Arbeit für mich übernehmen wollt, so schwebt schon über dem Ganzen ein Glücksstern. Warum brauche ich da noch einen besonderen Tag auszuwählen?«

»Für ein Kleid zur Rückgabe eines langen Lebens ist doch gerade ein schlechter Tag verwendbar. Das paßt also gut«, fiel Goldlotos ein, worauf die alte Wang bemerkte: »Um nun morgen die

Arbeit in Angriff zu nehmen, kommt also zu mir in meine einsam-frostige Hütte!«

»Warum habt Ihr die Arbeit denn nicht sogleich herübergebracht?«

»Das wäre das Einfachste gewesen«, erklärte die Alte, »doch ich möchte Euch gern bei der Arbeit zuschauen, bin aber bange, mein Haus ohne jede Aufsicht zu lassen.«

Goldlotos versprach, unter diesen Umständen am anderen Morgen nach dem Frühstück hinüberzukommen. Die alte Wang verständigte noch am selben Abend Simen Tjing und vereinbarte mit ihm, daß er am dritten Tage erscheinen solle.

Nach dem Frühstück am nächsten Tag ging der große Wuh mit seiner Traglast aus. Seine Frau hängte den Vorhang auf, befahl Willkomm, auf das Haus achtzugeben, und begab sich dann durch die Hinterpforte zu der alten Wang. Diese war ganz ausgelassen vor Freude, geleitete sie in ihre Stube und bat sie, Platz zu nehmen. Dann goß sie ziemlich kräftig auf eine Tasse Walnuß- und Pinienkerne Tee auf und reichte ihn der Frau. Als sie den Tisch wieder sauber hatte abwischen können, holte sie die drei Rollen Seide und Taft hervor. Goldlotos maß die richtigen Längen ab, schnitt zu und begann zu nähen. Die alte Wang schaute ihr zu und rühmte unaufhörlich ihre gediegene Leistung. Unter der Arbeit kam der Mittag heran. Frau Wang richtete nun ein kleines Mahl her und bat Goldlotos zu Tische. Danach nähte Goldlotos wieder in einem fort und hörte erst auf, als der Abend kam. Dann packte sie die Arbeit beiseite und ging heim.

Der große Wuh kehrte auch gerade zurück und trug sein Traggestell zur Haustüre hinein. Goldlotos zog die Türe zu und ließ den Vorhang herunter. In der Stube fiel dem großen Wuh das etwas gerötete Gesicht seiner Frau auf. Er erkundigte sich, wo sie gewesen sei. Sie erzählte, daß sie bei der Nachbarin geweilt habe. Diese habe sie gebeten, ihr ein Sterbekleid anzufertigen; mittags habe sie Speisen und Wein aufgetragen und sie zum Essen geladen.

»Du hättest nicht bei ihr essen sollen«, rügte der große Wuh, »und das um so weniger, als wir auch Anliegen hatten, die sie für uns regelte. Selbst wenn sie dich gebeten hat, ihr das Kleid anzufertigen, solltest du zu den Mahlzeiten heimgehen. Das bißchen Imbiß ist ja nicht der Rede wert, aber warum ihr die damit verbundenen Mühen machen! Wenn du morgen wieder hingehst, steck dir etwas Geld ein, kauf Wein und Speisen und erwidere ihre Gastfreundlichkeit!«

Goldlotos erwiderte nichts weiter auf ihres Mannes Worte. Am nächsten Morgen kam über die Näherei bald die Mittagsstunde heran. Goldlotos zog nun aus ihrem Ärmel den Betrag von dreihundert Kupferlingen hervor: »Mütterchen, mit Eurem Einverständnis möchte ich jetzt einen Becher Wein zur Mahlzeit kaufen.«

»Ach, ach! Das wäre doch gegen alle Vernunftregeln«, rief die alte Wang sofort. »Ich habe Euch gebeten, hier für mich etwas zu schneidern. Da dürft Ihr doch nicht noch Geld zu einem Weinmahle für mich ausgeben!«

»Aber mein dummer Mann hat mich angewiesen, falls Ihr ablehnt, die Arbeit heimzubringen und Euch zurückzugeben, wenn alles fertig ist«, antwortete Goldlotos.

»Euer Gemahl hat es im Grunde nur gut gemeint. Da Ihr es so wünscht, will ich das Geld annehmen«, sagte die alte Wang, besorgt, daß ihr Plan gestört werden könne. Sie legte ihrerseits auch noch Geld zu und kaufte besten Wein und köstlichste Speisen, um Goldlotos besonders zuvorkommend zu bewirten. Dann nähte diese in einem fort und hörte auf, als man sah, daß der Abend kam. Tausendfach wegen ihrer Güte belobt und überreich bedankt, ging Goldlotos heim.

Nach dem Frühmahle des dritten Tages trat sie wieder bei der alten Wang ein, nahm Platz, holte die Arbeit vor und machte sich ans Nähen. Die Alte setzte ihr selbstverständlich wieder Tee vor. Goldlotos sah man bis ungefähr zur Mittagszeit nähen.

Simen Tjing hatte unterdessen kaum den Anbruch dieses Tages erwarten können. Er wählte besonders gediegene Kleidung aus. Geschniegelt und gebügelt, steckte er noch vier bis fünf Unzen Silber zu sich, nahm den goldgesprenkelten Fächer in die Hand, und schritt stolz dahin, geradewegs zur Rotensteinstraße, bis zur Tür der alten Wang. Dort hustete er und rief: »Mütterchen Wang, wie kommt es, daß ich Euch geraume Zeit gar nicht zu sehen bekam?«

»Wer ruft mich denn da plötzlich?« antwortete die Alte verabredungsgemäß.

Auf Simen Tjings Antwort: »Ich bin's!« kam sie heraus. Lachend erklärte sie, als sie ihn sah: »Ich sagte doch nur so hin, wer ist da? Natürlich! Der Herr Oberrat. Ihr kommt gerade sehr gelegen. Tretet nur ein! Ihr sollt einmal etwas sehen!« Sie zog Simen Tjing am Rockärmel, zerrte ihn in die Stube und sagte zu Goldlotos: »Dies ist der Herr Rat und Kunde, der mir den Kleiderstoff geschenkt hat.«

Simen Tjing hatte nur Augen für Goldlotos mit ihrem wolkigen Haarknoten und ihrem gepuderten Antlitz, das Lenzstimmung erweckte. Sie trug ein ungefüttertes Jäckchen aus weißer Leinwand, einen pfirsichroten Rock und ein blaues Westchen. Gerade in der Stube mit der Anfertigung des Kleides beschäftigt, sah sie Simen Tjing herankommen. Da senkte sie den Kopf. Simen Tjing schritt rasch vor und machte eine gewählte Verbeugung. Goldlotos ließ sofort die Arbeit niedergleiten und erwiderte die Begrüßung mit dem Wunsche zehntausendfältigen Segens. Bei der Gelegenheit erzählte die alte Wang: »Ich hatte meine liebe Not. Der Herr Rat gab mir die Rolle Seiden- und Atlasstoff. Ich legte sie bei mir nieder. Aber über ein Jahr konnte ich sie nicht verarbeitet bekommen. Allertiefsten Dank schulde ich dieser Dame aus der Nachbarschaft. Kommt nur einmal heran, Herr Oberrat, und seht es Euch an!«
Simen Tjing hob das Gewand empor, betrachtete es und bemerkte lobend: »Eine vorzügliche Nadelarbeit, als hätte die Dame Feenhände.«
Mit gesenktem Haupt wehrte Goldlotos lächelnd ab. Der Herr Oberrat müsse sich nicht über sie lustig machen.
»Mütterchen, darf ich mir die Frage gestatten, wessen Gattin die Dame ist?« Frau Wang meinte, er solle es doch einmal zu erraten versuchen, doch Simen Tjing erklärte, daß er es nicht einmal zu erraten vermöge.
»Herr Rat, nehmt doch zunächst einmal Platz! Ich will es Euch sagen.« Und als Simen Tjing sich Goldlotos gegenüber niedergesetzt hatte, fuhr sie fort: »Gut! Ich will es den Herrn Oberrat wissen lassen. Ihr seid doch neulich, als Ihr unter dem Dachvorsprunge des Hauses gingt, so gut getroffen worden.«
»Aber, selbst wenn sie es ist«, bemerkte Simen Tjing, »die mich damals an der Haustüre mit der Stützgabel getroffen hat! Ich weiß gleichwohl noch nicht, wessen Gattin sie ist.«
Goldlotos senkte den Kopf ungewöhnlich tief und meinte lächelnd: »Bitte, Herr Rat, verübelt es mir nicht, daß ich damals versehentlich den Zusammenprall verschuldet habe.«
»Meine Wenigkeit nimmt sich das auch gar nicht heraus«, gab Simen Tjing rasch zur Antwort, und die alte Wang sagte: »Ja, es ist jene Dame. Sie ist die Frau des Nachbarn, des großen Wuh.«
»Oh, so ist es! Ich habe leider bisher verfehlt, meine Aufwartung zu machen«, bemerkte Simen Tjing.
Die alte Wang wandte sich an Goldlotos mit der Frage, ob sie den

Herrn Oberrat kenne, und als sie es verneinte, fügte sie hinzu: »Der Herr Rat ist einer der Reichen des Kreises. Seine Gnaden, der Herr Landrat, verkehren auch mit ihm. Er wird Oberrat Simen genannt. Seine Familie verfügt über Millionen. Vor dem Kreisamte betreibt er eine Drogenhandlung. Das Geld der Familie kann nicht einmal der große Wagen am Himmel fassen. Der Reis verdirbt ihnen in den Speichern, so viel ist da. Was im Hause gelblich aussieht, ist aus Gold, was weißlich, aus Silber. Die Kügelchen sind Perlen, und es blinkt von Kleinodien. Sie besitzen auch Hörner vom Kopfe des Nashorns und Zähne aus dem Maule des Elefanten. Für seine Hauptfrau war ich auch die Vermittlerin. Sie ist die Tochter des Tausendschaftsführers Herrn Wu, eine äußerst flinke und gewandte Person.« Sie wandte sich dann wieder an Simen Tjing: »Herr Oberrat, warum kommt Ihr denn gar nicht mehr zu mir in meine armselige Häuslichkeit Tee trinken?«
»Das liegt einfach daran, daß ich dieser Tage meine Tochter in eine hochstehende Familie verlobt habe; infolgedessen gebrach es mir an Zeit zu kommen«, erwiderte Simen Tjing.
Sie sprachen weiter über familiäre Dinge, wobei es der Alten offenbar nur darauf ankam, Simen Tjing möglichst herauszustreichen. Goldlotos nähte mit tief gesenktem Kopf.
Simen Tjing hatte mit Freude wahrgenommen, daß Goldlotos ihm zu einem gewissen Grade gewogen war, und er konnte es nun kaum noch erwarten, daß sie ein Pärchen würden.
»Wäret Ihr, Herr Oberrat, nicht gekommen, ich hätte es natürlich nicht gewagt, mich zu Euch zu begeben, um Euch herzubitten. In jenem ersten Falle lag das unvermutete Zusammentreffen im Schicksalsplane, jetzt beim zweiten Male kommt Ihr zu einem besonders günstigen Zeitpunkte.
Ich glaube nun nicht abwegig zu sein, wenn ich, da die Dame doch selten hier ist, den Herrn Rat bitte, für mich die Rolle des Gastgebers zu übernehmen und etwas Geld für ein Essen mit Wein herauszurücken, um der Dame die Hand anzufeuchten. Wie denkt Ihr darüber?«
»Meine Wenigkeit hat dies zwar nicht vorausgesehen, doch ich führe Silber bei mir«, bemerkte Simen Tjing. Dabei entnahm er seiner Gürteltasche ein Stückchen Silber, etwa eine Unze, und gab es der alten Wang, damit sie ein Mittagessen mit Wein herrichte.
Goldlotos warf sofort ein, daß das nicht nötig sei und nur Mühe verursache; doch sie ließ es bei den Worten bewenden und traf

jedenfalls keine Anstalten aufzustehen. Die alte Wang nahm das Geld und sagte beim Hinausgehen an der Türe: »Frauchen, ich muß Euch damit bemühen, dem Herrn Oberrat zur Gesellschaft ein Weilchen sitzen zu bleiben. Ich komme sofort wieder.«
»Mütterchen, laßt doch die Sache!« rief Goldlotos, rührte sich aber nicht.
So ging die alte Wang fort und ließ Simen Tjing mit Goldlotos allein in der Stube zurück. Er wandte kein Auge von ihr. Auch sie richtete verstohlen ihre verliebten Blicke auf ihn, um sich dann mit gebeugtem Kopfe wieder ihrer Arbeit zuzuwenden.
Nach kurzer Zeit kam die alte Wang zurück. Sie hatte fix und fertig eine fette Gans, eine gebratene Ente, sonstigen Braten und frisches köstliches Obst eingekauft und stellte Teller und Schüsseln reich gefüllt im Zimmer auf den Tisch und wandte sich dann an Goldlotos.
»Frauchen, bitte, legt nun die Handarbeit beiseite und kommt einen Becher Wein trinken!«
»Bitte, leistet Ihr selber dem Herrn Oberrat Gesellschaft! Ich bin nicht dazu berufen«, erwiderte Goldlotos.
»Einzig und allein für Euch, Frauchen, ist das Geld ausgegeben worden. Was soll denn so eine Erklärung?« Sie stellte Teller mit Leckerbissen für sie hin.
Die drei nahmen Platz. Simen Tjing schenkte Wein ein und erhob seinen Becher.
»Mütterchen, bitte, trinkt mit der Dame einige Schälchen Wein!«
Goldlotos lehnte dankend ab. »Ich kann nicht mittrinken, weil ich nur wenig Wein vertrage.« Doch die alte Wang erklärte: »Frauchen, ich weiß, daß Ihr reichlich vertragen könnt, also legt die Ziererei ab und trinkt einmal ein paar Becher!«
Da griff Goldlotos mit dem Wunsche zehntausendfältigen Segens für die beiden anderen zum Weinbecher. Simen Tjing faßte nach den Eßstäbchen mit den Worten: »Mütterchen, ermuntert doch für mich die Dame, ein paar Bissen zu versuchen.«
Die alte Wang wählte etwas besonders Gutes aus und legte es Goldlotos vor. Als die Alte nach der dritten Runde Wein hinausgegangen war, den Wein erneut anzuwärmen, begann Simen Tjing: »Meine Wenigkeit nimmt sich nicht die Freiheit zu fragen, wieviel junge Lenze die Dame zählt!«
Goldlotos senkte den Kopf und erwiderte, sie sei fünfundzwanzig.
»Da steht die Dame mit meiner Hauptfrau gerade im gleichen

Lebensalter«, bemerkte Simen Tjing. Da Goldlotos hierauf erklärte, dieser Vergleich wie von Himmel und Erde schmettere sie, die Sklavin, völlig nieder, mischte sich die wieder zurückgekehrte alte Wang ein.

»Das gute, feine Frauchen, so geschickt und gewandt, darf doch nicht unrecht beurteilt werden. Sie beherrscht die Handarbeiten mit Nadel und Faden; aber auch alle Philosophen und Weisheits-Schulen, auch Würfelspiel und Schach, kann Schriftzeichen zerlegen und aus der Bewertung ihrer inneren Bestandteile wahrsagen und schreibt die schönste Handschrift. Ich mache kein bloßes Geschwätz, wenn ich sage: Im Hause des Herrn Oberrats wimmelt es von Frauen, aber Ihr könnt nicht verlangen, daß eine so ist wie das Frauchen.«

»Das ist nun einmal so, dazu ließe sich mancherlei sagen«, klagte Simen Tjing. »Ich habe eben keine tüchtige Frau für meinen Hausstand gefunden.«

»Herr Oberrat«, bemerkte die alte Wang. »Eure Allererste muß doch tüchtig gewesen sein.«

»Laßt uns nicht davon reden. Wenn sie noch am Leben wäre, so läge es nicht so wie jetzt. Ich habe daheim drei, fünf, ja sieben Münder. Sie alle wollen essen, aber kümmern sich um nichts. Meine Dahingeschiedene, die geborene Tschen, war, obwohl sie aus schlichten Verhältnissen stammte, doch sehr geschickt und gewandt.«

»Herr Oberrat«, sagte die alte Wang, »verübelt es mir nicht, wenn ich gerade herausspreche: Eure verstorbene und Eure jetzige Frau können hinsichtlich Handfertigkeit mit Nadel und Faden dieser Dame nicht gleichkommen. Sie ist einzigartig und vorbildlich.«

»Ganz recht«, bemerkte Simen Tjing. »Ich habe in meinem Anwesen auch nicht eine, die so lebensprühend ist wie diese Dame.«

»Herr Oberrat«, sagte die Alte, »Ihr habt doch außerhalb Eures Hauses in der Oststraße jemand. Warum ladet Ihr mich denn nicht einmal dorthin zum Tee ein?«

»Ganz recht, Lenztraute Dschang, die die anzüglichen Lieder singt! Seitdem ich weiß, daß sie auf Abwegen ist, mag ich sie nicht.«

»Herr Rat, aber mit Holdchen Li aus der Vergnügungsstätte verkehrt Ihr doch schon eine ziemliche Weile?« bemerkte die alte Wang.

»Ich habe sie bereits geheiratet, und sie gehört jetzt zu meinem

Hause. Wenn sie es verstände, den Haushalt zu führen, würde ich sie selbstverständlich zur ersten Frau erhoben haben.«

»Aber mit der zweiten Dscho steht Ihr Euch doch gut?« fragte Frau Wang weiter.

»Ach, fangt doch nicht von Findelkindchen Dscho zu reden an!« gab Simen Tjing zur Antwort. »Ich hatte sie als dritte Frau geheiratet. Sie hatte sich neulich eine geringfügige Krankheit zugezogen und ist nun nicht mehr am Leben.«

»Ach, wie schade, wie schade! Wenn ich nun eine wüßte, die dem Herrn Rat sozusagen würde wie die Hauptfrau, würde es nichts ausmachen, wenn ich zu Euch käme, um es Euch zu sagen?«

»Meine Eltern sind nicht mehr am Leben«, antwortete Simen Tjing. »Wenn es meiner eigenen Absicht entspricht, wer erkühnt sich, ein Nein entgegenzusetzen?«

Als die alte Wang erklärte, sie habe natürlich nur gescherzt, wie könnte es auch möglich sein, so rasch des Herrn Oberrats Wünsche zu treffen, fragte Simen Tjing seinerseits: »Warum denn eigentlich nicht? Ach! Es ist wirklich traurig, daß ich als Ehegatte so wenig glücklich gewesen bin, selber einer passenden Frau zu begegnen.«

So ging das Zwiegespräch zwischen Simen Tjing und der alten Wang eine Weile hin und her, bis diese erklärte: »Gerade wenn der Wein am besten mundet, ist nichts mehr vorhanden. Herr Rat, nichts für ungut, wie wäre es, wenn Ihr mich noch ein Krüglein kaufen hießet?«

Simen Tjing übergab die in seiner Gurttasche noch vorhandenen drei oder vier Unzen Bruchsilber der Alten.

»Mütterchen, nehmt es nur hin und holt Wein. Bleibt etwas übrig, behaltet es!«

Die Alte erhob sich dankend und prüfte noch mit einem Blicke Goldlotos. Die drei Kännchen Wein, die inzwischen getrunken worden waren, hatten ihre Sinne in Wallung gebracht, und während der Unterhaltung der beiden, die damit ein bestimmtes Ziel verfolgten, hatte sie mit gesenktem Kopfe nur dagesessen ohne aufzusehen. Die alte Wang sagte nun zu Goldlotos, wobei sie mit selbstzufriedenem Gesichte schmunzelte:

»Ich mach' mich jetzt auf den Weg, einen Krug Wein zu holen, und darf Euch, mein Frauchen, wohl bemühen, bei dem Herrn noch sitzen zu bleiben.«

»Mütterchen, geht nicht!« rief Goldlotos. »Ich habe schon zu viel Wein zu mir genommen. Es ist also unnötig.«

»Na, na!« bemerkte die alte Wang jedoch, »Ihr, mein Frauchen, und der Herr Oberrat seid einander doch nicht fremd. Deshalb ist doch auch nichts dabei, ein Gläschen miteinander zu trinken. Was fürchtet Ihr denn?«
Obwohl Goldlotos erklärt hatte, es sei unnötig, blieb sie sitzen und rührte sich nicht. Die alte Wang zog nun die Türe hinter sich zu, band sie auch noch mit einem Strick fest und schloß so die beiden in ihrer Teestube ein, während sie selber sich an die Straße setzte, damit das Angefangene sich vollende.
Nach dem Fortgange der Alten rückte Goldlotos mit einem verstohlenen Blick auf Simen Tjing ihren Stuhl zunächst etwas zur Seite, während er ihr gegenübersaß und sie mit seinen feuchten, weit offenen Augen anstarrte. Er erkundigte sich nun noch einmal nach ihrem Familiennamen, da er ihm just wieder entfallen sei, und als Goldlotos mit gesenktem Kopfe lächelnd geantwortet hatte, sie hieße Wuh, rief er lachend: »Ganz recht, Wuh. In unserem Kreise Klarenfluß gibt es nicht viele Familien des Namens Wuh; aber vor dem Kreisamte hält sich immer ein Gebäckverkäufer und Dreizöller namens Wuh auf, der der große Herr Wuh genannt wird; gehört er vielleicht zur Sippe der Dame?«
Goldlotos war bei diesen Worten feuerrot geworden, ließ den Kopf sinken und sagte lächelnd: »Ja! Es ist mein Mann.«
Simen Tjing blieb zunächst eine Weile stumm, und sein Gesicht hatte dabei einen starren Ausdruck, als ob er die Sprache verloren habe, dann rief er: »Welch ein Unrecht!«
Goldlotos warf einen Seitenblick auf ihn und sagte mit leiser Stimme: »Ihr habt doch keine Kränkung erlitten! Warum sprecht Ihr von Unrecht?« Simen Tjing erklärte, er habe es ihretwillen gesagt. Im übrigen sprudelte er nun fast über mit Redewendungen wie »meine Gnädige hier«, »meine Gnädige da«. Sie spielte mit gesenktem Kopf an ihrem Rocke, kaute am Saume des Ärmelrandes, biß im heftigsten inneren Widerstreit hörbar auf ihren Ärmelrand und mußte dabei ihre Seitenblicke auf Simen Tjing gleiten lassen. Simen Tjing entschuldigte sich plötzlich, es sei ihm zu heiß, zog sein Obergewand aus grüner, faltiger Seidengaze aus und sagte: »Ich bitte die Dame um die Bemühung, es über das Geländer von Mütterchens Lagerstatt zu legen.«
Goldlotos wandte sich ab, und, ohne das Gewand in Empfang zu nehmen, bemerkte sie leise lachend: »Eure eigenen Hände sind doch nicht abgefallen, warum Euch also noch anderer Leute bedienen?«

»Wenn die Dame es für meine Wenigkeit nicht ablegen will, muß ich es eben selber tun!« Simen Tjing lachte und warf sein Gewand mit ausgestreckter Hand über den Tisch hinweg auf die Lagerstatt. Dabei fegte er absichtlich eines seiner Eßstäbchen vom Tische hinunter, und wie es die Schicksalsfäden der Liebe bestimmt hatten, rollte es gerade unter Goldlotos' Rock. Simen Tjing schenkte Wein ein und trank ihr zu. Sie lachte, beachtete ihn aber nicht weiter. Er schickte sich nun an, die Eßstäbchen zu ergreifen, um Goldlotos zum Zulangen und Essen aufzufordern, doch, eines seiner beiden Eßstäbchen fehlte ihm. Goldlotos beugte den Kopf und schob es lachend mit ihrer Fußspitze hervor: »Ist das nicht Euer Eßstäbchen?« Simen Tjing näherte sich ihr bei diesen Worten und bemerkte: »Oh, da ist es!«
Er hockte nieder, hob aber nicht das Stäbchen auf, sondern streichelte die gestickte Blüte auf ihren Schuhen. Goldlotos lachte und machte Miene aufzustehen.
»Warum belästigt Ihr mich in dieser Weise? Ich soll wohl schreien!«
Nun fiel Simen Tjing vor ihr auf die Knie.
»Meine Dame, habt doch mit meiner Wenigkeit Mitgefühl!« Er streichelte ihr Beinkleid. Sie schob seine Hände zur Seite.
»Ihr werdet aufdringlich. Ich sollte Euch eine kräftige Ohrfeige versetzen!«
»Und wenn Ihr mich totschlüget, meine Gnädige, so würde ich das noch als ein schönes Erlebnis ansehen!« antwortete Simen Tjing lachend. Dabei trug er sie ohne weiteres auf den Armen gerade zu Frau Wangs Bett, entkleidete sie, nachdem er ihren Gürtel gelöst hatte und vergnügte sich mit ihr auf den Kissen.
Ursprünglich hatte sie der Patrizier Dschang verführt. Doch dieses alten Mannes Dingelchen war weich. Dann hatte sie Wuh Da geheiratet. Du lieber Leser, versuche dir nur einmal vorzustellen, wie kräftig wohl das eines Dreikäsehochs sein kann! Nun war sie an Simen Tjing geraten, der, in der Wollust alt erprobt, ein gar gewaltiges hatte.

So tummelt auf dem Wasser,
eng Hals an Hals gefügt,
von Mandarinen-Entlein
ein Pärchen sich vergnügt.
So geht auch miteinander
dicht Kopf an Kopf beim Flug

hin über Blumenauen
des Phönixpaares Zug.
So auch es unermüdlich
wie Glücksempfindung rauscht,
was von ganz dicht gewachs'nen
Zweiglein wird ausgetauscht.
Und auch das Paar der Teile
zum Gurt-Eintrachtsverschluß
in einheitlichem Herzstück
sich gerne schließen muß. –
Er drückt mit seinen Küssen
die Lippen an sie fest,
schräg rückgelehnt ihr Antlitz
sie sich's gefallen läßt.
Die seid'nen Strümpfchen heben
sie weit hinauf empor:
Ob seiner Schulter streben
zwei Neumondsicheln vor.
Die gold'nen Haarschmuckpfeile
bekamen schrägen Hang;
des Haupthaars dichte Wolke
aufs Kissen niedersank.
Er schwört ihr meerestiefe
und bergefeste Treu
mit seinem Liebesspiele
auf tausend Arten neu.
Sie schien zuerst zu scheuen
das Wolken-Regen-Spiel,
und doch ist Lustempfindung
ihr tausendfältig Ziel.
Im rechten Augenblicke
dringt an des Ohrs Bereich
von ihr ein heller Lockruf
dem der Goldamsel gleich.
Es fließt der süße Speichel
zusammen ihr im Mund,
und lachend schiebt hervor sie
der Zungenspitze Rund.
Der schlanken Hüften Adern
zieht Frühlingsglück in Bann;
ihr kirschenrotes Mündchen
hält fast den Atem an.

Die Umwelt nur verschwommen
sehn ihre Äugelein.
In Hunderten von Tröpfchen
stellt feiner Schweiß sich ein.
Und während noch ihr Busen
in weicher Woge bebt,
wird die Päonienblüte
durch reichen Tau belebt.
Ein völliges Verknoten
des Paares kam zurecht,
zwar heimlich und verboten
und dennoch wirklich echt.

Wolken und Regen waren vorüber. Sie kleideten sich an und waren gerade dabei, die letzte Hand anzulegen, da stieß die alte Wang die Tür auf und trat ein. Wie mit höchstem Erstaunen und einer gewissen Verwunderung schlug sie die Hände zusammen und sagte in gedämpftem Tone: »Ihr macht mir ja schöne Sachen!«

Die Alte wandte sich an Goldlotos.

»Ich habe Euch hergebeten, mir ein Kleid zu fertigen, aber das bedeutet nicht, daß Ihr Euch hier heimlich mit Mannsleuten einlassen dürft. Wenn Euer Herr Gemahl davon erfährt, wird er mich dafür verantwortlich machen. Da scheint es mir ratsamer, ich geh' gleich hinüber und berichte ihm alles.« Sie drehte sich um, bereit fortzugehen.

Goldlotos hielt sie an ihrem Rock zurück und flehte mit gesenktem, von Scham gerötetem Antlitz: »Mütterchen, verzeiht!«

»Ja, aber nur, wenn Ihr mir unbedingt Folge leistet!« erklärte die alte Wang. »Von heute an dürft Ihr, ohne daß der große Wuh etwas merkt, des Oberrats Neigung nicht abweisen. Ob ich Euch früh morgens oder spät abends rufe, Ihr müßt immer sofort kommen. Tut Ihr es, dann lasse ich die Sache auf sich beruhen. Solltet Ihr aber eines Tages nicht kommen, so erzähle ich alles sofort dem großen Wuh.«

Vor tiefster Scham brachte Goldlotos kein Wort heraus, doch die alte Wang drängte: »Antwortet mir rasch!«

Goldlotos wandte sich ab, verhüllte ihr Gesicht und sagte leise, sie werde kommen. Die alte Wang wandte sich nun an Simen Tjing: »Herr Oberrat, Ihr braucht mir natürlich nichts zu sagen. Diese erfolgreiche Unternehmung ist nun hundertprozentig vollendet. Ihr dürft Euer Wort hinsichtlich dessen, was Ihr

zugesagt habt, nicht brechen. Wenn Ihr Euch mir gegenüber undankbar erweist, werde ich auch die Sache dem großen Wuh verraten.«
»Mütterchen, seid ganz beruhigt! Ich werde Euer Vertrauen in mich nicht enttäuschen«, bemerkte Simen Tjing.
»Für Euer beider Worte gibt es kein besseres Beweisstück«, meinte die alte Wang. »Es lasse ein jedes in des anderen Hand ein Erinnerungsstück. Durch die Annahme läßt sich die Aufrichtigkeit erkennen.«
Simen Tjing zog sofort aus seinem Haare einen goldenen Pfeil und steckte ihn Goldlotos in den Haarknoten. Sie zog ihn indessen wieder heraus und verbarg ihn in ihrem Ärmel aus Besorgnis, der große Wuh möchte ihn sehen und Verdacht schöpfen. Auch lehnte sie es ab, irgend etwas herzugeben, doch die alte Wang zupfte ihr ein weißes Schweißtüchlein aus Hangdschou-Krepp aus dem Ärmel und reichte es Simen Tjing, der es zu sich steckte. Alle drei tranken nun zusammen noch ein paar Schälchen Wein. Da es inzwischen später Nachmittag geworden war, erhob sich Goldlotos mit der Bemerkung, sie müsse heimgehen. Sie verließ eilig die alte Wang und Simen Tjing und strebte durch die hintere Pforte nach Hause. Dort ließ sie sogleich den Vorhang herunter. In diesem Augenblick kam auch der große Wuh zurück.
Simen Tjing anblickend, fragte die alte Wang: »War es nicht ein guter Kniff?«
»Ich muß mich entschieden bei Euch bedanken, Mütterchen, ein ganz ausgezeichneter.«
»War das Geschöpfchen sehr leidenschaftlich?« erkundigte sich die Alte.
»Sie ist eine Frau von leidenschaftlicher Glut, wie sie nicht mit Worten zu schildern ist«, bemerkte Simen Tjing.
»Dann vergeßt nicht, was Ihr mir versprochen habt!«
»Sobald ich nach Hause komme, hole ich das Silber und bringe es her«, beruhigte Simen Tjing sie.
Am nächsten Tag erschien er wieder und bestellte seinen Tee. Als die alte Wang ihn aufgefordert hatte, Platz zu nehmen, etwas Tee rasch zubereitet und ihm vorgesetzt hatte, zog Simen Tjing aus seinem Ärmel ein Päckchen von zehn Unzen Silber hervor und reichte es der Alten. Geld und Gut machen auf jedermann in der ganzen Welt Eindruck. Als Frau Wang mit ihren schwarzen Augen das schneeweiß glänzende Silber erblickte, war ihre Freude überwältigend. Sie nahm das Silber an sich und wünschte

hintereinander gleich zweimal zehntausendfältigen Segen. Dann schritt sie durch die hintere Pforte ihres Anwesens hinaus zu Goldlotos.
Diese war gerade damit beschäftigt, das Essen für ihren Mann, den großen Wuh, aufzutragen. Als es an ihrer Haustüre pochte, fragte sie Willkomm, wer erschienen sei. Diese meldete, Muhme Wang sei da, um eine Fülldose zu leihen. Goldlotos kam eiligst vor, die alte Wang zu begrüßen: »Mütterchen, hier ist die Fülldose! Nehmt sie nur mit!« Gleichzeitig forderte sie die alte Wang auf, Platz zu nehmen. Diese lehnte ab: es sei niemand bei ihr zu Hause, ließ aber durch Handbewegung Goldlotos wissen, daß Simen Tjing gekommen sei, und entfernte sich mit der Fülldose. Goldlotos drängte nun den großen Wuh, rasch zu essen und seine Traglast auszutragen. Sie begab sich in die oberen Räume, puderte sich erneut, vertauschte ihr Obergewand mit einem reizvollen frischen Kleid und hieß Willkomm sorgfältig auf das Haus achten.
»Ich geh' zur Muhme Wang, werde dort nur ein Weilchen sitzen und gleich wiederkommen. Sollte der Vater heimkehren, so melde es mir! Wenn du nicht hörst und tust, was ich dir auftrage, werde ich dich kleinen Taugenichts verdreschen, daß dir die Fetzen herunterfliegen.«
Simen Tjing empfand Goldlotos' Nahen, als habe sie sich vom Himmel herniederbegeben. Beide setzten sich Schulter an Schulter und Hüfte an Hüfte. Die alte Wang brachte ihnen Tee. Sie erkundigte sich dabei, ob der große Wuh gestern bei der Rückkehr seiner Frau nicht Fragen gestellt habe. Goldlotos berichtete, er habe sich nur erkundigt, ob denn des alten Mütterchens Kleid noch nicht fertig sei. Sie habe darauf geantwortet, das Kleid sei schon fertig, doch sie arbeite jetzt für Mütterchen noch Sterbeschuhe und Sterbestrümpfe. Simen Tjing betrachtete jetzt Goldlotos sorgfältiger und eingehender. Sie erschien ihm schöner als beim ersten Zusammensein. Sie hatte Wein getrunken. Obgleich sie gepudert war, drang die Rötung des Antlitzes durch das Weiß des Puders durch. Lockig hingen die Schläfenhaare herunter und verschönten das Bild.
Simen Tjing konnte sie nicht genug preisen. Er drückte sie an seine Brust. Dann hob er ein wenig ihren Rock an, so daß ihre zierlichen Füßchen sichtbar wurden, an denen sie Schuhe aus rabenschwarzem Atlas trug. Sie maßen gerade eine halbe Fingerspanne. Darüber geriet er immer wieder in Entzücken. Sie tranken, plauderten und scherzten. Auf Goldlotos' Frage nach

seinem Alter teilte Simen Tjing ihr mit, daß er siebenundzwanzig sei. Goldlotos erkundigte sich, wieviel Frauen er habe. Er gab zur Antwort, außer seiner Hauptfrau habe er noch drei, vier Gefährtinnen, von denen indessen keine einzige ihm recht gefalle. Auf die weitere Frage, wie viele Söhne er habe, bemerkte er, daß er nur eine Tochter besitze, die demnächst heiraten werde, sonst aber keine jüngeren Kinder. Simen Tjing stellte seinerseits ein paar scherzende Fragen und zog dann aus seinem Ärmel eine silberne Kapsel hervor, die außen vergoldet und mit einem durchbohrten Herzen geschmückt war. Sie enthielt Kuchen mit Tee- und Gewürzfüllung. Er reichte Goldlotos etwas davon mit seiner Zungenspitze. Laut küssend fielen sie sich in die Arme und herzten sich. Von Lust übermannt entblößte Simen Tjing sein Glied und ließ Goldlotos es mit ihren zarten Händen betasten und damit spielen. Simen Tjing hatte von Jugend auf mit den Buhldirnen aller Straßen und Gassen verkehrt und besaß nun ein prächtiges Ding.
Als sich Goldlotos nach einem Weilchen entkleidet hatte, betastete und betrachtete Simen Tjing ihre Schoßöffnung. Sie war völlig unbehaart und glich ganz einem weichen, saftigen, rötlich gesprenkelten, eben aus dem Behälter herausgenommenen Kuchen mit Fruchtfüllung. Männer, Tausende, hätten sie liebgewonnen und Zehntausende hätte es nach etwas so Schönem gelüstet.
Von jenem Tage an kam Goldlotos täglich zu Frau Wangs Behausung und traf sich dort mit Simen Tjing. Die gegenseitige Zuneigung und Liebe der beiden kittete sie fest zusammen.
Es war noch kein Monat verstrichen, so wußten in den Häusern der Straße und des Stadtviertels alle um die Sache, nur der Betrogene erfuhr nichts.

III.

Im Kreise gab es einen erst fünfzehn- oder sechzehnjährigen Knaben, der eigentlich Tjau hieß. Da seine Vorfahren der Streitmacht angehört hatten und er im Bezirk Streiterstadt geboren und aufgezogen worden war, so nannte man ihn ganz allgemein bloß den Streiterjungen. Er hatte noch einen alten, bereits hochbetagten Vater. Der kleine Bursche war sehr anstellig und durchtrieben. Er lebte davon, daß er in den zahlreichen Gaststuben in der Nähe des Kreisamtes der Jahreszeit entsprechend Obst verkaufte. Simen Tjing hatte ihm stets ein paar Zehrpfennige zukommen lassen. Einmal hatte er gerade ein Körbchen mit schneeweißfleischigen Birnen aufgetrieben. Nun suchte er Straße auf, Straße ab Simen Tjing. Ein Klatschmaul des Ortes sagte zu ihm: »Streiterjunge, suchst du Simen Tjing? Ich kann dir einen Ort angeben, wohin du gehen mußt.«

»Verehrter Herr«, sprach der Knabe, »so darf ich Euch bitten, weist mir den Ort, wo ich ihn finden kann!«

»Ich gebe ihn dir genau an«, erklärte jenes Klatschmaul, »Simen Tjing hat eine Liebschaft mit der Frau des großen Wuh, des Gebäckverkäufers. Er sitzt mit ihr täglich in der Teestube der Frau Wang in der Rotensteinstraße. Um diese Zeit ist er ganz bestimmt dort anzutreffen.«

Der Junge bedankte sich für den Rat und begab sich schnurstracks zur Rotensteinstraße, um dort ohne Umschweife in die Teestube der alten Wang einzutreten. Es war ihm ganz willkommen, daß er dort die Alte auf einem Holzschemelchen Garn zwirnen sah.

»Mütterchen, einen ergebenen Gruß!« Auf die Frage der Alten, was ihn denn herführe, sagte er: »Ich wollte den Oberrat Simen suchen, um wieder einmal zur Unterstützung meines alten Vaters dreißig bis fünfzig Kupferlinge zu verdienen.«

Da er Miene machte, im Hause nachzusehen, hielt ihn die Alte fest.

»Wo willst du kleiner Affe denn hin? Wo gibt es bei mir einen Oberrat Simen?«

»Mütterchen«, flehte der Junge, »doch nicht Ihr allein wollt leben. Laßt mich auch etwas Saft schlürfen! Du wünschest wohl, daß ich offen herausrede? Dann paß nur auf, wie der Onkel Kuchenbäcker wild werden wird!«

»Er ist völlig aus dem Häuschen«, bemerkte die Alte, als sie diese Worte zu hören bekam, und zorniger rief sie: »Du hergelaufener finsterer Baumaffe, kommst du zu mir, um hier zu stänkern?«

»Wenn ich ein Baumaffe bin, dann bist du eine Zutreiberin, eine Kupplerin, ein altes Stück Hundefleisch«, stieß der Junge hervor.

Die Alte packte ihn und versetzte ihm erbarmungslos mehrere Püffe.

»Warum mißhandelst du mich?« schrie der Junge auf.

»Du Spitzbube einer anrüchigen Mutter, du kleiner Affe!« schalt sie. »Wenn du noch laut zu schreien wagst, so prügle ich dich mit ein paar saftigen Ohrfeigen hinaus!«

Als der Streiterjunge darauf ausrief: »Spitzbübisches, altes, bissiges Reptil! Du hast gar keine Ursache, mich zu schlagen«, ohrfeigte ihn die alte Wang heftig und hart auf die Straße hinaus. Dann warf sie ihm noch den Korb mit den Birnen nach, so daß die Früchte zum großen Teil hinausfielen und nach allen Richtungen kollerten.
»Altes bissiges Reptil! Ich sollte dich nicht das Fürchten lehren können? Ich sollte es ihm nicht stecken können, es nicht dahin bringen können, daß die Sache herauskommt, nicht darauf vertrauen können, daß er dir deine Tür eintreten wird und du keinen Kupferling mehr verdienen kannst?«
Mit diesen Worten eilte der kleine Bursche mit dem Körbchen in der Hand schnurstracks die Straße entlang, um den großen Wuh zu suchen.
Der Streiterjunge war bereits durch zwei Gassen gezogen, als er den großen Wuh mit dem Gebäck-Traggestell die Straße daherkommen sah. Auf der Stelle blieb er stehn und musterte den großen Wuh: »Wie habt Ihr Euch in der Zeit, seit ich Euch nicht gesehen habe, mästen können!«
Wuh setzte seine Traglast ab.
»Ich habe doch immer so ausgesehn. Wodurch soll ich denn dicker geworden sein?«
»Neulich wollte ich etwas Reis- oder Weizenkleie kaufen«, bemerkte der Streiterjunge. »Ich konnte nirgends eine Verkaufsstelle finden; alle Leute sagten mir nur immer, in Eurem Hause sei die Kleie zu haben.«
»Ich halte doch zu Hause weder Gänse noch Enten, wie soll ich da Kleie haben?« sagte der große Wuh.
»Ihr behauptet keine Kleie zu haben?« erklärte der Streiterjunge. »Was müßt Ihr verdienen können, daß Ihr so fest und prall geworden seid, daß man Euch bequem beim Hochheben um und um wenden mag, ohne daß das etwas schadet. Selbst wenn Ihr im Kochtopf gesotten würdet, verdrösse es Euch noch nicht einmal!«
»Kleiner Strolch«, fiel der große Wuh ein, »du beschimpfst mich ja schön. Meine Frau läßt sich doch nicht mit anderen Männern ein! Warum vergleichst du mich mit einem Enterich?«
»Eure Frau läßt sich nicht mit Mannsvolk ein? Natürlich läßt sie sich mit einem Mann ein!« sagte der Streiterjunge.
Bei diesen Worten packte ihn Wuh fest.
»So gib mir den Mann an!«
»Ich lache Euch aus. Ihr bringt es nur fertig, mich zu zerren, aber

Ihr redet nicht davon, daß Ihr den Kerl zur Linken wegbeißen wollt!« bemerkte der Streiterjunge.
»Bester Freund, sage mir, wer es ist! Ich schenke dir auch zehn Kuchen«, bat nun der große Wuh.
»Kuchen helfen in der Sache nicht weiter. Ihr müßt Euch als Gastgeber betätigen! Wenn ich drei Gläschen getrunken habe, bespreche ich es mit Euch.«
»Wenn du Wein verträgst, so komm nur mit!« bemerkte der große Wuh, hockte sein Traggestell auf und zog den Streiterjungen in eine kleine Schenke. Dort setzte er das Gestell ab, nahm ein paar Kuchen heraus, kaufte etwas Fleisch, bestellte ein Kesselchen Wein und forderte den Streiterjungen auf, zuzulangen. Dann mahnte er: »Nun sag's mir doch endlich!«
»Wenn Ihr es wissen wollt, so fühlt erst einmal die Beulen an meinem Kopf«, erklärte der Streiterjunge und fuhr fort, als sich der große Wuh erkundigte, wie er denn überhaupt dazu gekommen sei: »Heute suchte ich mit diesem Körbchen Schneebirnen den Oberrat Simen, fand ihn aber nicht. Auf der Straße sagte mir jemand, er halte sich in der Teestube der alten Wang auf und habe dort mit Eurer Frau ein Techtelmechtel. Täglich gehe er dorthin. Ich hoffte also, ihn dort anzutreffen und an ihm so zwischen dreißig und fünfzig Kupferlinge zu verdienen. Aber ich kann es nicht hinnehmen, daß die alte Wang, diese Sauhündin, mich nicht losließ, als ich ihn in ihrer Stube aufsuchen wollte. Höchst bestürzt prügelte sie mich erbarmungslos hinaus.«
»Ist diese Geschichte auch wirklich wahr?« unterbrach ihn der große Wuh.
»Kommt Ihr mir damit? Ich sag's Euch, Ihr seid ein stinkdummer Kerl! Das gerissene Pärchen versteht es, sich vergnüglich zu betätigen. Sie warten nur so lange, bis Ihr ausgegangen seid, dann benutzen sie in Frau Wangs Behausung die Gelegenheit.«
Als der große Wuh bis zu Ende zugehört hatte, erklärte er: »Lieber Freund, ich will es dir nur eingestehn: Meine Frau geht täglich zur alten Wang, um ihr ein Gewand und Fußbekleidung zu fertigen. Sie kommt dann mit gerötetem Gesicht zurück. Das mir von meiner ersten Frau hinterlassene Töchterchen schilt und prügelt sie von früh bis spät und gibt ihr auch nichts zu essen. Seit ein paar Tagen ist sie ziemlich zerfahren. Wenn sie mich sieht, ist sie mißvergnügt. Ich selber hege auch argwöhnische Befürchtungen. Mit der Geschichte wird es seine

Richtigkeit haben. Soll ich nun nicht sofort die Ehebrecher fassen?«
»So ein alter ausgewachsener Bursche wie Ihr, aber ohne ein bißchen Lebenserfahrung!« antwortete der Streiterjunge. »Frau Wang, die alte Hündin, was ist das für eine gefährliche Person! Wenn sie Euch kommen sieht, um jene festzunehmen, wird sie Eure Frau versteckt hinausbringen. Simen Tjing wird Euch zwanzig Püffe versetzen. Was also das Erwischen betrifft, so wird es nicht gelingen, dagegen werdet Ihr eine Tracht kräftige Faustschläge beziehen. Simen Tjing hat doch Geld und ist mächtig, wird Euch mit einer Anzeige belangen und Euch den Prozeß machen lassen. Niemand wird Euch beistehn, und das Ergebnis wird sein, daß es Euch Euer Leben kostet.«
»Mein Freund, was du sagst, kann richtig sein, aber wie soll ich mich dieses Schimpfes erwehren?«
»Ich will Euch einen Schachzug weisen: Geht heute zunächst einmal heim! Macht keine Szene! Backt morgen etwas weniger Kuchen zum Verkaufen! Ich werde am Eingang der Gasse auf Euch warten. Sobald ich Simen Tjing hingehen sehe, will ich Euch rufen. Ihr müßt dann mit Eurem Traggestell in der Nähe warten, während ich mich zunächst hineinbegebe und die alte Hündin reize. Sie wird mich natürlich schlagen wollen. Sobald ich dann meinen Korb auf die Straße schleudere, müßt Ihr eindringen, und, derweil ich mich allein der Alten entgegenstelle, in die Stube stürmen und dort ›Schmach!‹ schreien.«
»Ich kann dir nur dankbar sein, mein Freund. Hier habe ich zwei Stränge Kupferlinge; ich gebe sie dir hin. Erwarte mich also morgen in aller Frühe an der Rotensteinstraße!«
Der Streiterjunge entfernte sich nun mit dem Gelde und etlichen Kuchen. Der große Wuh bezahlte die Zeche, zog noch mit seiner Traglast umher, um Gebäck zu verkaufen und ging dann heim.
Ursprünglich hatte Goldlotos den großen Wuh stets gescholten. Im Bewußtsein ihres sittenwidrigen Verhaltens strebte sie danach, ihn neuerlich ein wenig einzulullen. Als er an jenem Abend sein Traggestell heimbrachte, benahm er sich genauso wie gewöhnlich, ohne sich etwas merken zu lassen.
»Männchen, hast du Wein getrunken?« fragte sie ihn.
Der große Wuh erwiderte, daß er eben mit einem Geschäftsvermittler drei Schälchen Wein zu sich genommen habe. Goldlotos setzte ihm darauf das Abendessen vor.
Nach dem Frühstück am nächsten Morgen stellte der große

Wuh nur wenige Behälter mit Backwerk her. Da Goldlotos' Herz ganz von den Gedanken an Simen Tjing erfüllt war, achtete sie natürlich nicht weiter darauf. Sie hatte seinen Fortgang kaum erwarten können und begab sich sogleich in die Teestube der alten Wang, um dort Simen Tjings zu harren. Der große Wuh brachte sein Traggestell nur bis zur Rotensteinstraße. Hier stieß er auf den Streiterjungen. Der große Wuh erkundigte sich, wie die Sache stehe.

»Es ist noch etwas früh«, antwortete der Junge. »Macht erst einen Verkaufsrundgang! Haltet Euch irgendwo in der Nähe auf und entfernt Euch nicht zu weit.«

Der große Wuh kehrte bald zurück. Der Streiterjunge wies ihn an. »Gebt acht! Sobald mein Korb herausfliegt, müßt Ihr eiligst hineinstürmen.«

Der Streiterjunge begab sich mit seinem Korbe in die Teestube und fuhr auf Frau Wang los: »Du alte Sauhündin, wie kamst du dazu, mich gestern zu schlagen?«

Die Alte sprang keifend auf: »Du kleiner Baumaffe, was haben wir miteinander zu schaffen? Warum erscheinst du schon wieder und beschimpfst mich?«

In heller Wut packte die Alte den Streiterjungen und schlug auf ihn ein. Er brüllte und warf sein Körbchen hinaus mitten auf die Straße. Er umklammerte ihre Hüften, zielte auf ihren Unterleib und stieß mit dem Kopf zu. Die alte Wang stürzte zwar nicht zu Boden, aber nur die Wand vermochte ihr so festen Halt zu bieten, daß sie nicht zu Falle kam. Jetzt stürmte der große Wuh mit hochgerafftem Gewand und mit Riesenschritten in die Teestube. Als ihn die Alte sah, wollte sie ihm in den Weg treten. Doch der kleine Bursche hielt sie mit äußerster Kraftanstrengung fest, so vermochte sie nur zu rufen: »Der große Wuh kommt!«

Goldlotos trieb gerade in der Wohnstube ihre Kurzweil mit Simen Tjing. Augenblicklich stürzte sie zur Tür und verrammelte sie, während Simen Tjing unter das Bett kroch. Der große Wuh stürmte auf die Tür los, vermochte sie aber nicht zu öffnen.

»Das ist ja eine schöne Sache!«

Goldlotos, die sich voller Bestürzung gegen die Türe stemmte, murmelte: »Wenn nichts los ist, girrst du wie ein Vogel und gebärdest dich, als ob du den besten Boxer zu Boden schlagen könntest. Im rechten Augenblick bist du aber nichts nütze und erschrickst schon beim Anblick eines Tigers aus Papier.«

Als Simen Tjing unter dem Bette Goldlotos' Worte vernahm, rüttelten sie sein Denken auf. Er kroch hervor:
»Es fehlt mir nicht an Mut, aber ich hatte im Augenblick die Fassung verloren.« Er riß nun die Tür auf und rief: »Scher dich weg!«
Der große Wuh wollte ihn packen. Simen Tjing kam ihm zuvor. Der große Wuh stürzte rücklings nieder auf den Fußboden von einem Fußtritt gerade in die Herzgrube getroffen, weil er von zwerghafter Gestalt war. Simen Tjing benutzte den Tumult, um zu verschwinden. Der Streiterjunge sah, daß die Sache schlecht stand, ließ die alte Wang los und machte sich ebenfalls aus dem Staube. In den Nachbarhütten der Straße und des Stadtviertels wußten alle, daß Simen Tjing zu fassen gewesen wäre, aber niemand wagte es, sich hier einzumischen.
Die alte Wang hob den großen Wuh vom Erdboden auf. Er hatte Blut gespien; sein Gesicht war wächsern. Frau Wang rief Goldlotos herbei und hieß sie eine Tasse Wasser holen, um den großen Wuh aus der Bewußtlosigkeit zu erwecken, dann brachten sie ihn durch die hintere Pforte in sein Haus und legten ihn auf sein Bett. Er versank in Schlaf.
Simen Tjing begab sich am anderen Morgen – er hatte sich vergewissert, daß nichts weiter erfolgt war – wie bisher zu der alten Wang, um dort mit der Frau des großen Wuh zu schäkern. Sie hofften, daß er bald sterben werde.
Er lag fünf Tage lang im Bett. Wenn er Suppe gewünscht hatte, so hatte er sie nicht erhalten, und wenn er nach Wasser verlangt hatte, es nicht bekommen. Vergebens hatte er nach seiner Frau gerufen. Er hatte nur gesehen, daß sie prächtig geschmückt und üppig gepudert ausging und mit gerötetem Antlitz heimkam. Der kleinen Willkomm hatte sie verboten herzukommen und sie eingeschüchtert: »Du Taugenichts! Wenn du ihm, ohne es mir zu sagen, Wasser zu trinken gibst, so sollst du es an deinem Leibe spüren.«
Wie konnte es Willkomm bei dieser Drohung ihrer Stiefmutter wagen, ihrem Vater etwas Suppe oder Wasser zu bringen? An dem Tage, von dem die Rede ist, rief er seine Frau zu sich und erklärte ihr in eindringlichem Tone: »Du bist eine Liebschaft eingegangen. Ich selber habe dich ertappt. Du hast deinen Buhlen veranlaßt, mir den Tritt in die Herzgegend zu versetzen. Während ich jetzt nicht gesund werden kann, wenn ich mir Genesung erflehe, und den Tod nicht zu finden vermag, wenn ich ihn mir wünsche, geht ihr eurem Vergnügen nach. Sollte ich

sterben, so ist das ohne Bedeutung. Mit euch habe ich es nicht aufnehmen können. Du dürftest aber das Temperament meines Bruders kennen. Er kommt vielleicht bald zurück. Wenn du aber Mitleid mit mir hast und mir dazu verhilfst, daß ich bald wieder genese, so werde ich ihm gegenüber nichts erwähnen. Solltest du dich aber nicht um mich kümmern, wird er mit euch ein Wörtchen reden!«

Ohne etwas zu erwidern, begab sich Goldlotos zur alten Wang, um ihr und Simen Tjing alles Wort für Wort zu hinterbringen. Auf Simen Tjing wirkte das so, als ob er in ein Becken mit eisigem Wasser gesteckt würde. »O weh! Ich hätte an den Polizeihauptmann Wuh denken sollen, der die große Bestie in den Hellicht-Bergen erschlagen hat! Aber unsere Liebe ist jetzt von Dauer, und unsere Gefühle zueinander sind tief. Was tun?«

»Ich habe es eigentlich nicht für möglich gehalten«, sagte die alte Wang ironisch, »daß Ihr, der Ihr nun am Steuer steht, an Händen und Füßen schlottert, während ich, die das Schiff zu staken hat, völlig unbesorgt bin.«

»Was habt Ihr denn für einen Plan?«

»Ich hätte schon einen Rat. Aber wollt Ihr nun für immer Eheleute bleiben oder es nur auf Zeit sein?«

»Mütterchen«, fiel Simen Tjing ein, »erklärt es erst.«

»Wenn Ihr nur auf Zeit Eheleute sein wollt«, sagte die alte Wang, »so trennt Ihr Euch heute, wartet ab, bis der große Wuh wiederhergestellt ist, und gönnt ihm dann ein paar freundliche Worte. Kehrt später der junge Wuh heim, wird alles vergeben und vergessen sein. Ihr müßtet dann warten, bis er wieder einmal abkommandiert wird, und könntet Euch dann erneut treffen. Das bezeichne ich als Ehepaar auf Zeit. Wenn Ihr dagegen für immer verbunden und täglich ohne Scheu beieinander sein wollt, so habe ich dafür gleichfalls einen prächtigen Plan, wenn ich ihn auch ungern weise.«

»Mütterchen«, bemerkte Simen Tjing. »Ihr habt unsere Sache wohlwollend gefördert. Wir wollen natürlich Eheleute für immer sein.«

»Für meinen Plan wird etwas benötigt, was im Hause anderer Leute nicht vorhanden ist«, sprach die alte Wang. »Es ist etwas, was in der Natur vorkommt, und Ihr, Herr Oberrat, habt es zu Hause.«

»Und wenn es sich darum handelte, meine eigenen Augen herauszureißen und sie Euch zu geben! Was ist es denn?« forschte Simen Tjing.

»Benutzt seine mißliche Lage und helft ihr nach! Herr Oberrat, rückt etwas Arsenik heraus und händigt es der Dame ein! Sie selber geht auf ein Rezept Arznei für Herzbeschwerden besorgen und mischt das Arsenik hinein, um es in dem Knirps wirken zu lassen. Dann wird der Leichnam fein säuberlich verbrannt und alle Spuren sind verwischt. Kommt später der jüngere Wuh zurück, was könnte er dann noch unternehmen? Wartet, bis die Zeit der Trauer um den Ehemann vorbei ist! Dann nehmt Ihr sie als Frau in Euer Haus, Herr Oberrat! Wie gefällt Euch dieser Plan?«

»Mütterchen, er ist ausgezeichnet.«

»Herr Oberrat, geht jetzt heim und bringt flugs das Zeug! Ich werde die Dame in der Anwendung unterweisen. Ist alles erledigt, so müßt Ihr mir aber sehr reichlich Euren Dank abstatten.«

»Das versteht sich doch von selber«, antwortete Simen Tjing.

Nicht lange nach seinem Fortgang hatte Simen Tjing der alten Wang ein Päckchen Arsenik übergeben. Diese wandte sich an Goldlotos: »Meine Dame, ich zeige Euch das Verfahren, wie Ihr es der Arznei beimischt. Hat nicht der große Wuh zu Euch davon gesprochen, Ihr sollt ihm zur Genesung verhelfen? Knüpft also hieran an und erfüllt ihm kleine Wünsche mit einer Beigabe von Verliebtheit. Wenn er Euch bittet, ihm Arznei zu geben, mischt Ihr Arsenik in die Arznei hinein. Sollte er etwas spüren oder sich sein körperliches Empfinden sträuben, so flößt ihm die Medizin gewaltsam ein. Sobald das Gift wirkt, ihm die Eingeweide zerfrißt und er aufschreien will, müßt Ihr ihn mit einer Bettdecke gleichmäßig überdecken, damit niemand etwas höre. Vorher müßt Ihr einen Topf siedendes Wasser bereiten und darin ein Wischtuch brühen. Als Wirkung des Giftes wird aus seinen sieben Leibesöffnungen Blut treten. Sobald er sein Leben ausgehaucht hat, müßt Ihr die Bettdecke abheben und alle Blutspuren mit dem gebrühten Wischtuche beseitigen. Ist er erst im Sarg, fortgetragen und verbrannt, was könnte es dann noch an Schwierigkeiten geben?«

»Ich bin schwächlich, und im gegebenen Augenblick werden mir die Hände versagen, so daß ich es nicht schaffen kann.«

»Pocht nur von drüben an meine Wand! Ich komme Euch dann helfen.«

»Gebt Euch alle Mühe«, mahnte noch Simen Tjing, »die Sache glücklich durchzuführen!«

Lieber Leser, allenthalben in der Welt gibt es drei Arten, wie

Frauen ihrer Betrübnis Ausdruck verleihen: mit Tränen unter Lautäußerungen, Schluchzen genannt; mit Tränen ohne Lautäußerungen, Weinen geheißen; ohne Tränen und ohne Lautäußerungen, als Trauer bekannt. Goldlotos aber wehklagte mit trockenen Augen die halbe Nacht hindurch um den von ihr gemordeten großen Wuh.

Am nächsten Morgen um die fünfte Nachtwache, bevor es noch hell geworden war, kam Simen Tjing herbeigeeilt, um sich Nachricht zu holen. Die alte Wang berichtete ihm alle Einzelheiten. Mit der Weisung, einen Sarg zu kaufen und die Bestattung zu veranlassen, händigte er ihr Geld ein. Er ließ dann Goldlotos kommen, um sich mit ihr zu besprechen. Nach ihrem Eintritt sagte sie zu ihm: »Heute ist mein Mann verschieden. Rückhalt habe ich nur bei dir. Bring es nicht später dahin, daß ich, nachdem ich in dein Netz gegangen bin, mich vergeblich auf dich verlassen habe.«

»Wie kannst du dir darüber nur Sorge machen!« beruhigte Simen Tjing sie.

»Und wenn du dich von mir abwenden solltest, was dann?« fragte sie ihn.

»Wenn ich mich von dir abwende, soll es mir gehn wie dem großen Wuh.«

»Herr Oberrat«, mischte sich die alte Wang ein. »Jetzt ist nur noch eines von Wichtigkeit: Wir müssen ihn bei Tageshelle einsargen. Ist nicht vielleicht zu besorgen, daß die Leichenbeschauer die schwache Stelle bei unserer Sache merken könnten, und dann? Der Vorsteher der Leichenbeschau, der neunte Ho, ist ein Mann, der alles genau nimmt. Ich fürchte fast, er wird die Einsargung ablehnen.«

»Von der Seite droht keine Gefahr«, sagte Simen Tjing. »Wenn ich Ho Weisungen erteile, wird er nicht wagen, irgend etwas Gegenteiliges zu tun.«

»So geht nun sofort zu ihm und verliert keine Zeit mehr!« rief die alte Wang, und Simen Tjing machte sich auf den Weg, um mit dem Leichenbeschauer zu sprechen.

Als es taghell geworden war, machte sich die alte Wang auf den Weg, einen Sarg, Papiergebilde zum Verbrennen bei der Bestattung, etwas Weihrauch, Kerzen, Totengeld und dergleichen einzukaufen, und zündete dann nach ihrer Rückkehr für die Seele des großen Wuh die Totenlampe an. Alle Nachbarn und Anwohner kamen herbei und gafften. Um den Schein zu wahren, hatte Goldlotos ihr gepudertes Antlitz verhüllt, und sie weinte

erheuchelte Tränen. Auf die Frage aller in Straße und Stadtviertel, an welchem Leiden ihr Mann gestorben sei, antwortete sie, er sei von einem sehr schweren Herzübel heimgesucht worden. Es habe sich von Tag zu Tag verschlimmert, bis im Zusehen jede Aussicht auf Besserung geschwunden und er nun leider gestern um Mitternacht verschieden sei. Die Nachbarn wußten natürlich ganz genau, daß etwas nicht stimmte, und stellten deshalb keine weiteren Fragen. Sie ermahnten Goldlotos eindringlichst, gestorben sei gestorben; das Leben müsse natürlich weitergehen. Sie solle sich also nicht unnötig grämen. Goldlotos dankte zum Scheine. Die Leute zerstreuten sich. Die alte Wang trug den Sarg herein und ging dann fort, um den neunten Ho, den Vorsteher des Leichenbeschauwesens, herzubitten, nachdem sie alles zur Beisetzung Nötige inzwischen gekauft hatte und beide Frauen im Hause alle Vorkehrungen getroffen hatten. Aus dem Kloster der Gnadenverkündung wurden zwei Mönche der buddhistischen Versenkung bestellt, des Abends beim Sarge die Totenwache zu halten und die Verlesung der Gebete vorzunehmen.
Der neunte Ho hatte seinerseits alsbald einige Feuerleute vorausgesandt, um alles vorzubereiten, und machte sich um die frühe Vormittagszeit selber gemächlich auf den Weg. Am Eingang der Rotensteinstraße stieß er auf Simen Tjing.
»Wohin des Weges, Freund Ho?«
Ho antwortete, er gehe den Kuchenbäcker, den großen Wuh, einzusargen.
»Haltet noch etwas inne und laßt uns plaudern!« sagte Simen Tjing.
Der neunte Ho folgte ihm um die Straßenecke in eine kleine Weinschenke, um dort auf dem Söller Platz zu nehmen. Simen Tjing bot Ho den Ehrensitz an, doch dieser lehnte ab. – Wer er denn sei, daß er es überhaupt wagen dürfe, mit dem Herrn Oberrat an einem Tische zu sitzen?
»Mein Freund, seht das doch nicht als etwas so Besonderes an! Nehmt doch, bitte, Platz!«
Nachdem man in dieser Weise sich gegenseitig noch einmal Höflichkeiten gesagt hatte, setzten sich beide. Simen Tjing bestellte beim Kellner eine Kanne vom besten Wein. Der Weinschenk stellte Speisen, Obst und dergleichen mehr zum Wein, wärmte den Wein dann an und setzte ihn vor. Ho war verwundert: Simen Tjing hat doch bisher niemals mit mir gezecht, also sollen diese Becher, die wir jetzt trinken, mich sicherlich veran-

lassen, nicht scharf vorzugehen. Als sie eine Weile getrunken hatten, zog Simen Tjing aus dem Ärmel einen Schuh schneehellen Silbers und legte ihn auf die Tischplatte.

»Mein Freund, verschmäht diese Kleinigkeit nicht! Morgen werde ich mich noch besonders erkenntlich zeigen.«

»Meine Wenigkeit hat sich doch noch nicht ein einziges Mal im allergeringsten für Euch bemüht«, wehrte der neunte Ho mit einer Handbewegung ab, »wie könnte ich es da wagen, vom Herrn Oberrat irgendwelche Geschenke und gar Silber unzenweise anzunehmen? Sollte der Herr Oberrat Anweisungen zu geben haben, so dürfte ich es mir auch ohnedies gar nicht gestatten, meine Dienste zu versagen.«

»Ach, mein Freund«, fiel Simen Tjing ein. »Ihr dürft das nicht als etwas Ungewöhnliches ansehen.«

»Herr Oberrat, redet nur ganz frei heraus!« bemerkte der neunte Ho.

»Es ist weiter nichts Wesentliches«, sagte darauf Simen Tjing. »Wenn Ihr Euch in einer knappen Viertelstunde zu jener Familie begebt, so müßt Ihr für Eure Mühewaltung doch einen kleinen Geldbetrag erhalten. Wenn Ihr heute den Leichnam des großen Wuh einsargt, so handelt in allen Dingen freundlich! Haltet das Bett nur immer mit einem Tuche bedeckt!«

»Ich glaubte, es drehe sich um wer weiß was«, sagte Ho, »und nun ist es nur eine derartige Kleinigkeit und so gar nichts von Bedeutung! Wie könnte ich es wagen, dafür des Herrn Oberrats Silber anzunehmen?«

»Wenn Ihr es nicht einsteckt, ist das eine glatte Ablehnung«, entgegnete Simen Tjing.

Da der neunte Ho sich vor Simen Tjing fürchtete, weil er bei der Beamtenschaft großen Einfluß besaß, so konnte er nicht umhin, das Silber anzunehmen. Sie tranken darauf wieder ein paar Becher Wein, bis Simen Tjing den Kellner rief und anwies, die Zeche auf Rechnung zu setzen und das Geld am anderen Tage sich in seinem Geschäft zahlen zu lassen.

Der neunte Ho hatte das Silber also angenommen und überlegte bei sich: Er wird schon seine Gründe haben, doch er darf sie nicht erwähnen. Bewahre ich das Silber auf, so ist es vielleicht ein Beweisstück gegen mich, wenn der junge Wuh heimkehrt und es dann eine Auseinandersetzung gibt. Andererseits, so dachte er weiter, sei ihm in den letzten Tagen der Geldbedarf schon immer in die Quere gekommen. Nun sei es ihm zugefallen, also wolle er es verbrauchen. Zur gegebenen Zeit müsse er dann eben achtge-

ben. Unter solchen Gedanken gelangte er zu dem Haustor des großen Wuh. Hier sah er die Leichenverbrenner an der Türe warten. Auch die alte Wang wartete, und in ihrem Herzen brannte es wie Feuer.
Der neunte Ho befragte die Leichenverbrenner bei seiner Ankunft, an welcher Krankheit der große Wuh gestorben sei. Sie meldeten, die Frau habe erklärt, er sei an einem sehr schweren Herzleiden erkrankt gewesen und daran verschieden. Ho schickte sich nun an, in das Haus einzutreten, lüftete den Türvorhang und schritt hinein. Die alte Wang empfing ihn und mit erheuchelten Tränen kam Goldlotos aus dem Hausinnern in gewöhnlichem, farblosem Gewand und mit einem weißen Tuch um das Haupthaar.
»Frauchen«, sagte Ho zu ihr, »zergrämt Euch nicht! Der Herr Gemahl ist nun im Himmel.«
Goldlotos gab sich den Anschein, als verberge sie Tränen in den Augen.
»Es ist unaussprechlich bitter für mich. Mein Mann hat infolge eines schmerzhaften Herzleidens nach wenigen Tagen den Geist aufgeben müssen und mich verlassen. Es ist ein großes Unglück für mich.«
Während Ho Goldlotos' Gestalt musterte, dachte er bei sich: Ich hörte bisher immer nur von der Frau des großen Wuh sprechen; ich kannte sie aber nicht. Also der große Wuh konnte diese Frau ins Haus bekommen! So ging er denn unter dem Einflusse der zehn Unzen Silber von Simen Tjing zur Seelentafel, um die Leiche zu besichtigen. Nach Beendigung der Totenmesse durch den Geomanten und Hissung der Gebetsfahne der tausend Herbste zog er die weiße Seidengaze fort und betrachtete den großen Wuh eingehend. Seine Fingernägel waren blau, die Lippen violett, die Gesichtshaut gelb und die Augen aus den Höhlen getreten. Er war sich keinen Augenblick darüber im unklaren, daß ein Verbrechen geschehen sei. Die beiden danebenstehenden Leichenverbrenner bemerkten: »Ist es nicht sonderbar, daß das Gesicht violett ist, die Lippen die Eindrücke der Zähne tragen und sich Blutspuren in seinem Munde befinden?«
»Schwatzt keinen Unsinn!« wehrte Ho. »Es ist dieser Tage so entsetzlich schwül; warum macht ihr da nicht voran?«
Sofort begann in aller Eile und Hast unter Verwendung von Schilf die Einsargung. Man legte den Leichnam in den Sarg und vernagelte diesen zu beiden Seiten mit starken sogenannten

Lebensnägeln. Die alte Wang überreichte dem neunten Ho einen Strang Kupferlinge. Er entließ die Leichenverbrenner und erkundigte sich, wann die Leiche fortgeschafft werden solle.
»Die Dame hat gewünscht, daß die Bestattung übermorgen stattfinde und zwar mittels Einäscherung vor der Stadt«, sagte die alte Wang.
Ho machte sich darauf auf den Heimweg. Für den Abend richtete Goldlotos ein Essen mit Wein her und sandte Einladungen aus. Am nächsten Tage bestellte sie vier buddhistische Mönche für eine Seelenmesse. Am dritten Tage früh, zur Zeit der fünften Nachtwache, erschienen die Leichenverbrenner und trugen den Sarg fort. Einige Nachbarn und Anwohner folgten ihm, um ihr Beileid kundzutun. Goldlotos saß in Trauerkleidung in einer Sänfte. Während des ganzen Weges heuchelte sie lautes Wehklagen. Am Bestattungsplatze vor der Stadtmauer ließ sie das Feuer anzünden und den Sarg verbrennen. Es währte nicht lange, so war er gründlich und säuberlich vom Feuer verzehrt. Die Gebeine warf man in einen Teich. Natürlich mußte alle Unkosten für die Mönche, für die Bewirtung und die Bestattung Simen Tjing bestreiten.
Nach der Rückkehr in ihre Wohnung stellte Goldlotos im oberen Stockwerk die Seelentafel auf mit der Inschrift: Seele des verstorbenen großen Wuh, meines Ehemannes. Vor dem Tafelgestell zündete sie eine Lampe aus glasiertem Ton an, befestigte an dem Gestell goldfarbene Fähnchen und legte Papiernachbildungen von Gold- und Silberbarren hinein.
Noch an diesem Tag aber nahm sie die Gelegenheit mit Simen Tjing wahr. Sie schickten die alte Wang fort und überließen sich in den oberen Räumen des Hauses nach ihrem Belieben ausschweifend einem Freudenrausche. Es waren nun nicht mehr wie in der Teestube der alten Wang die Freuden von Spitzbuben, die heimlich Hühner oder Hunde stehlen. Da der große Wuh tot und sonst niemand im Hause war, konnten sie jetzt nach Belieben beieinander verweilen, im Bette ruhen und sich richtig ausschlafen.
Aus Besorgnis, die Nachbarn möchten es merken, begab sich Simen Tjing anfänglich immer erst für eine Weile in die Teestube der alten Wang und ließ sich da nieder; später ging er dann aber unmittelbar und mit einem Dienerjungen, der ihm nachfolgte, durch die kleine hintere Pforte zu Goldlotos. Seine Begierde und sein Verlangen nach ihr steigerten sich, so daß er drei,

ja fünf Nächte gar nicht mehr nach Hause ging und daheim bei groß und klein alles drunter und drüber gehen ließ, so daß alle mißvergnügt waren.

IV.

Die Zeit eilte dahin. Simen Tjing hatte Goldlotos mehr als zwei Monate hindurch beigelegen. Auf dem Heimwege vom Besuche des Tempels des Prinzen Yo Fei kehrte Simen Tjing in die Teestube der alten Wang ein und ließ sich dort nieder. Die Alte setzte ihm sofort eine Tasse Tee vor.
»Ich machte heute zum Drachenbootfest einen Spaziergang zu einem Tempel«, sagte Simen Tjing. »Weil ich an sie denken mußte, komme ich, um nach meiner Geliebten zu schauen.«
»Ihre Mutter, die alte Pan, ist bei ihr«, bemerkte Frau Wang. »Ich fürchte, sie ist noch nicht fortgegangen. Wartet ein Weilchen! Ich werde hinübergehn, um einmal nachzusehen.«
Goldlotos saß mit ihrer Mutter beim Weine. Sie forderte die alte Wang sogleich beim Eintritt auf, Platz zu nehmen.
Goldlotos schenkte ein, und Frau Wang stürzte hintereinander mehrere Schälchen Wein hinunter, so daß sich ihr Gesicht rötete. Besorgt, Simen Tjing zu lange warten zu lassen, wandte sie sich zum Gehen, gab aber beim Abschiednehmen Goldlotos ein Zeichen mit den Augen und kehrte heim. Goldlotos hatte verstanden, daß Simen Tjing gekommen sei, und drängte die Mutter zum Aufbruche. Dann ordnete und reinigte sie das Zimmer und brachte eigenartige Duftkerzen zum Abbrennen.
Sie entfernte die übriggelassenen Speisen, deckte den Tisch von neuem und stellte Wein und Leckerbissen für Simen Tjing zurecht. Als er bald danach durch die hintere Pforte eintrat, bewillkommnete sie ihn im Hause mit dem Wunsche zehntausendfältigen Segens und ließ ihn Platz nehmen.
Seit dem Tode des großen Wuh hatte Goldlotos nicht im entferntesten an Wahrung der Trauerbräuche gedacht. Seine Seelentafel hatte sie abseits gestellt und mit einem Bogen weißen Papiers bedeckt. Die Speiseopfer hatte sie natürlich auch nicht dargebracht, sondern sich Tag für Tag nur geputzt, geschmückt, geschminkt und gepudert, sorgfältig gekleidet und schöngemacht, um möglichst hübsch und reizvoll zu erscheinen. Da Simen Tjing zwei Tage nicht zu ihr gekommen war, schalt sie ihn aus.

»An den beiden vergangenen Tagen hatte ich zu tun«, verteidigte sich Simen Tjing. »Heute habe ich auf dem Wege zu einem Tempel dir etwas Kopfschmuck aus Perlen und Eisvogelfedern, Kleiderstoffe und ähnliches gekauft.«
Goldlotos war darüber äußerst erfreut. Simen Tjing rief seinen Diener Dai-an herbei, holte nun aus dem Paket alles Stück für Stück heraus und reichte es Goldlotos. Sie nahm die Geschenke entgegen und bedankte sich. Die kleine Willkomm, die von Goldlotos gewöhnlich durch Prügel eingeschüchtert worden war und vor der sie nichts mehr verheimlichte, mußte Tee bereiten und Simen Tjing vorsetzen. Goldlotos rückte den Tisch zurecht und setzte sich zu Simen Tjing, um ihm bei Tee Gesellschaft zu leisten.
»Bemühe dich doch nicht!« sagte Simen Tjing. »Ich habe Mütterchen bereits Geld gegeben, um etwas einzukaufen. Am heutigen Festtage wollte ich recht vergnügt mit dir beisammen sein.«
»Ich hatte heute meine Mutter zu Gast«, erklärte Goldlotos, »und habe den Tisch gedeckt gelassen. Wenn wir warten wollten, bis Mütterchen Wang eingekauft hat, werden wir uns wohl eine ganze Weile zu gedulden haben. Laß uns also nun essen!« Sie schmiegte dabei den Kopf an Simen Tjings Wange. Schenkel an Schenkel und Schulter an Schulter gelehnt tranken sie.
Während er trank, fiel Simen Tjings Blick auf eine Laute, die an der Stubenwand hing.
»Ich habe schon immer gehört, daß du sehr gut spielen kannst; heute mußt du mir wohl oder übel ein Liedchen beim Weine vortragen.«
»Ich habe als Kind nur wenige Stückchen und oberflächlich gelernt«, bemerkte Goldlotos lächelnd, »und spiele nicht recht gut. Du darfst mich also nicht auslachen.«
Simen Tjing holte die Laute herunter, umarmte Goldlotos und schaute ihr zu, wie sie das Instrument auf ihre Knie legte, ihre zarten Fingerchen, die jungen Bambussprossen glichen, spreizte, in die Saiten griff, sie behutsam anschlug und dazu mit gedämpfter Stimme sang.
Simen Tjing konnte sich vor Entzücken nicht halten. Er legte seinen Arm um ihren gepuderten Nacken, küßte sie und lobte: »Wer hätte wohl gedacht, daß du, meine Teure, über eine so reiche künstlerische Begabung verfügst! Selbst wenn ich mich in den Vergnügungsstätten aller Straßen und Gassen umsehe: Es gibt doch keine Lautenschlägerin, die dir gleichkommt.«

»Herr Rat«, rief Goldlotos, »Ihr seid mein Gönner. Heute bin ich Euch in jeder Hinsicht gefügig und zu Willen. Ihr dürft mich später aber auch niemals vergessen.«
Simen Tjing hielt ihre duftenden Wangen mit seinen Händen: »Wie sollte ich dich, meine Teure, zu vergessen willens sein!«
In beiden steigerte sich mehr und mehr die Sinnenlust. Simen Tjing zog ihr eines ihrer blumenbestickten Schühchen aus und nahm es in die Hand. Er stellte einen kleinen Weinbecher hinein und machte sich den Scherz, aus dem Becher im Schuh zu trinken. Beide waren weinselig. Sie verschlossen und verriegelten die Türe, entkleideten sich und begaben sich auf das Bett, um dort ihre Kurzweil fortzusetzen. Die alte Wang verrammelte das Haustor und hockte dann mit Willkomm auf dem Boden der Küche. Die Verliebten tummelten sich in der Stube wie ein Phönixpaar und gehörten zusammen wie Fisch und Wasser. Goldlotos war auf den Kissen weit leidenschaftlicher als die Singmädchen. Sie verstand es, sich auf alle möglichen Arten und Weisen einzuschmeicheln. Simen Tjing war in der Speerkunst wohlerfahren und betätigte sich. Es standen ja beide in höchster Blüte der Jugend.
Simen Tjing blieb an jenem Abend bei Goldlotos. Als er nach Hause gehen wollte, ließ er ihr einige Unzen Bruchsilber als Zehrgeld zurück. Sie konnte ihn nicht bei sich halten, obwohl sie es immer wieder versuchte, doch Simen Tjing setzte seinen Augenschutz auf, trat aus der Tür heraus und ging. Goldlotos ließ nun den Vorhang herunter und schloß das Haustor. Mit der alten Wang trank sie noch etwas Wein, dann trennten sie sich auch.

V.

Ein Monat und mehr verging, und noch war Simen Tjing nicht wieder zu Goldlotos gekommen. Inzwischen hatte er nämlich die Witwe Meng Jang anstelle seiner verstorbenen Dritten heimgeführt und außerdem Schneeholdchen Sun, die Zofe seiner einstigen ersten Frau Tschen, zur vierten Gattin bestimmt. Goldlotos lehnte täglich an der Tür und schaute sich die Augen nach ihm aus. Auch sandte sie die alte Wang zu seinem Haustor, um ihn zu suchen. Der junge Pförtner am Toreingang wußte, daß Goldlotos Pan sie geschickt hatte, und kümmerte sich nicht um sie.

Es war gerade der dritte der Hundstage. Die Hitze hatte Goldlotos sehr angegriffen. Darum befahl sie Willkomm, heißes Wasser zu bereiten und ihr dann beim Bade aufwarten. Sie selber dämpfte in einem Kessel Hörnchen mit Fleischfüllung, um sie mit Simen Tjing zu verspeisen, wenn er käme. Nur ein dünnes Nesselhemdchen auf dem Leib, setzte sie sich auf ein Stühlchen; Mißmut im Blicke, weil Simen Tjing nicht erschienen war, schalt sie vor sich hin: »Treuloser!«

Unmerklich müde geworden, hatte sie sich dann aufs Bett gelegt und war eingeschlummert. Etwa zwei Stunden später erwachte sie, nicht gerade in bester Laune. Willkomm richtete an sie die Frage, ob sie baden wolle; das Wasser sei gewärmt. Goldlotos ihrerseits erkundigte sich, ob die Hörnchen gar seien: »Bring sie her, daß ich sie sehe!« Willkomm brachte sie eiligst in die Stube, und Goldlotos überzählte sie mit ihren feinen Händen. Sie hatte ursprünglich ein Blech mit dreißig Hörnchen angefertigt. Als sie jetzt aber hin und her prüfte, kam sie stets nur auf neunundzwanzig. Sie forschte, wohin das eine, das fehlte, gekommen sei. Willkomm antwortete, sie habe es überhaupt nicht gesehen; ob ihr nicht vielleicht beim Zählen ein Irrtum unterlaufen sei?

»Ich habe zweimal eigenhändig dreißig Hörnchen festgestellt, um sie deinem neuen Vater vorzusetzen, sobald er kommt«, erklärte Goldlotos. »Warum hast du eins heimlich genascht? Du Sklavendirne, du leidest an Freßsucht und Heißhunger! Ich werde dich lehren, gehorsam zu sein.«

Ohne weitere Umstände streifte sie dem Mädchen die Kleider vom Leibe, ergriff eine Reitpeitsche und versetzte ihm zwanzig bis dreißig Hiebe. Während das Kind schrie wie ein Schwein, das man absticht, drohte Goldlotos, ihr mindestens hundert Hiebe zu verabfolgen, wenn sie nicht geständig sei.

»Mutter, schlag mich nicht!« rief eiligst das geprügelte Kind, »ja, ich war furchtbar hungrig und habe heimlich ein Hörnchen gegessen.«

»Diebisches, verworfenes Frauenzimmer, dreh einmal dein Gesicht herum! Ich werde dir deine Haut mit zwei Kratzern versehen!«

Willkomm wandte ihr wirklich das Gesicht zu, und Goldlotos kratzte ihr mit ihren spitzen Nägeln zwei blutige Striemen. Erst darauf ließ sie sie in Ruhe. Nach einer Pause begab sich Goldlotos zum Spiegeltischchen, um sich zu putzen. Dann trat sie unter den Türvorhang. Wie durch eine Fügung des Himmels sah sie Dai-an mit einem in eine Decke gehüllten Packen an ihrem

Haustore vorbeireiten. Sie veranlaßte ihn durch Zurufe zum Halten und fragte ihn nach Woher und Wohin. Der junge Bursche war in der Wahl seiner Worte befangen. Als Simen Tjings Leibdiener war er immer zu Goldlotos' Behausung mitgegangen. Sie hatte ihm regelmäßig etwas zugesteckt, deshalb war er von eifervoller Glätte. Er stieg ab.

»Mein Herr hat mich mit Aufmerksamkeiten fortgeschickt. Ich will zur Kommandantur.«

Goldlotos hieß ihn ins Haus treten.

»Was treibt dein Herr daheim? Wie kommt es, daß sich schon so lange nicht einmal ein Schatten von ihm bei mir hat blicken lassen? Er hat wohl mit einem herzsüßen Dämchen angebändelt?«

»Mein Herr hat nicht weiter mit Dämchen angebändelt. Wir haben dieser Tage nur sehr viel zu tun gehabt, daß es ihm an Zeit zu einem Besuche bei Euch gemangelt hat.«

»Und wenn er zu Hause auch noch so beschäftigt ist«, warf Goldlotos ein, »wie kann er mich so lange links liegenlassen und mir weder einen Laut noch ein Briefchen zukommen lassen? Es beruht sicher darauf, daß ich ihm überhaupt nicht mehr am Herzen liege.« Das Bürschchen kicherte nur, wollte aber nicht recht mit der Sprache heraus. Goldlotos drang noch mehr in ihn, ihr zu sagen, was für Geschäfte es seien.

»Ich kann nur sagen, es liegt eine Sache vor, das genügt doch!« erklärte Dai-an.

»Bester kleiner Schwätzer, wenn du es mir nicht mitteilst, werde ich dir das ganze Leben lang grollen.«

»Ich will es Euch wissen lassen, nur dürft Ihr dem Herrn nicht sagen, daß ich es war, der es erzählt hat.«

Goldlotos versprach, ihn unter keinen Umständen zu verraten. Darauf gestand ihr Dai-an, daß sein Herr inzwischen die reiche Frau Meng Jang (Edelburg) geheiratet habe.

Goldlotos war außerstande zu verhüten, daß ihr die Tränen über die duftenden Wangen perlten.

»Ihr seid wirklich zu engherzig«, bemerkte Dai-an bestürzt. »Deshalb habe ich es Euch zunächst auch nicht sagen wollen.«

Ununterbrochen perlten die Tränen herab.

»Wie bitter es auch für Euch sein mag«, sagte Dai-an, »die Frauen daheim müssen sich doch auch mit seinem Tun und Treiben abfinden. Weint doch nicht! Wegen meines Herrn braucht Ihr nichts zu fürchten. In ein paar Tagen kommt sein Geburtstag. Wartet sein Kommen ab! Schreibt ein paar Zeilen!

Ich werde sie für Euch, wenn ich in kurzem hingehe, meinem Herrn zu lesen geben. Er wird dann bestimmt erscheinen.«
»Wenn du ihn herbittest, so will ich dir in den nächsten Tagen ein Paar schöne Schuhe anfertigen. Ich will hier auf sein Kommen warten, um ihm meine Glückwünsche darzubringen. Sollte er nicht kommen, so trägst du, Schlaumäulchen, die ganze Verantwortung.« Sie schloß ihre Worte mit der Anweisung an Willkomm, von den gedämpften Hörnchen auf dem Tische für Dai-an einen Teller vollzupacken und ihm Tee vorzusetzen. Dann begab sie sich in die Stube und holte einen Bogen mit Blumen verziertes Briefpapier hervor. Sie ergriff einen Pinsel und schrieb nach einer ihr als Vorbild dienenden Weise

Bist jetzt Du nicht zu erreichen,
ging Deine Treue zu Stück?
So schick mir als Abschiedszeichen
mein seidenes Dufttuch zurück!

Den Bogen faltete sie umschlagförmig zusammen, verschloß ihn ordentlich und reichte ihn Dai-an: »Bestelle ihm, er soll an seinem Geburtstag unter allen Umständen herkommen.«
Dai-an nahm den Imbiß zu sich. Goldlotos schenkte ihm noch einige Dutzend Kupferlinge.
»Sage deinem Herrn, wenn er nicht kommt, würde ich in den nächsten Tagen eine Sänfte nehmen und selber erscheinen.«
»Sechste Tante«, sprach Dai-an, »eßt Ihr nur selber die Kuchen, die Ihr an den Mann bringen wollt!« Damit schwang er sich in den Sattel und ritt weg.
Der siebente Mond näherte sich seiner Vollendung, und Simen Tjings Geburtstag war da. Das Warten ließ ihr den Tag wie einen ganzen Herbst erscheinen. Als sie feststellen mußte, daß keinerlei Nachricht kam, blieb ihr nur die Möglichkeit, wieder ihre Zuflucht zu der alten Wang zu nehmen. Sie richtete für sie ein Mahl mit Wein her. Aus ihrem Haare zog sie einen silbernen Pfeil mit goldenem Knopfe, schenkte ihn der Alten und flehte sie an, zu Simen Tjing zu gehen und ihn herzubitten. Die alte Wang meinte: »Jetzt so spät nach dem Wein wird er bestimmt nicht kommen. Ich werde morgen in aller Frühe zu ihm gehn und ihn herbitten.«
Goldlotos beschwor sie, es nicht zu vergessen. Darauf beteuerte Frau Wang, sie kümmere sich doch nur um diese eine Familie;

wie könne sie da die Sache versäumen! Als sie den Haarpfeil erhalten und so viel gegessen und getrunken hatte, daß ihr Gesicht ganz gerötet war, ging sie heim.
Goldlotos wälzte sich die ganze Nacht hindurch hin und her und hatte noch keinen Schlaf finden können, als es heller Tag geworden war. Da sandte sie Willkomm zum Hause nebenan, um nachzusehn, ob die Muhme Wang schon gegangen sei, den Vater herzubitten. Willkomm kam rasch mit der Meldung zurück, Muhme Wang sei schon in aller Frühe fortgegangen.
Die alte Wang hatte inzwischen zeitig am Morgen ihr Haus verlassen, sich zum Portale Simen Tjings begeben und sich dort nach ihm erkundigt. Alle sagten ihr nur, sie wüßten nicht, wo er stecke. Sie wartete darauf eine Zeitlang an der Mauer gegenüber. Als sie den Geschäftsführer Fu erscheinen sah, um den Drogenladen aufzumachen, trat sie mit einem Gruß auf ihn zu und fragte, ob der Oberrat zu Hause sei.
»Der Oberrat«, erwiderte Fu, »hat gestern an seinem Geburtstage Gäste geladen. Es wurde den ganzen Tag über gezecht. Abends hat er seine Freunde zum Vergnügungsviertel geschleppt. Geh ihn dort suchen!«
Die alte Wang verabschiedete sich und ging auf die Lustbarkeitsgasse zu. Dort sah sie schon von ferne Simen Tjing von Osten heranreiten. Zwei junge Diener folgten ihm. Er war vom vorausgegangenen Weingenusse noch nicht ernüchtert. Als er aufsah, wurde er von der alten Wang laut angerufen:
»Herr Oberrat, Ihr sollt nicht so viel trinken!« Sie ergriff die Halfter des Pferdes und brachte es zum Stehen.
»Bist du es, Mütterchen Wang?« fragte Simen Tjing in seinem Rausche. »Du kommst wohl, weil mich die sechste Schwester sucht?«
Die alte Wang raunte ihm etwas ins Ohr. Simen Tjing unterbrach sie: »Der Junge hat es mir zu Hause ausgerichtet. Ich weiß, die sechste Schwester zürnt mir. Ich werde mich jetzt hinbegeben.«
Simen Tjing folgte also der alten Wang, wobei sie sich lebhaft unterhielten. Als sie zu Goldlotos' Behausung gekommen waren, schritt Frau Wang zuerst hinein und meldete: »Gnädigste, meinen Glückwunsch! Dank meinen Bemühungen habe ich den Herrn Oberrat schon in einer knappen Stunde hergeführt.«
Simen Tjing trat ein, mit seinem Fächer wedelnd. Vom Weine noch halb angeheitert, begrüßte er sie. Sie erwiderte: »Herr

Oberrat, Eure werte Persönlichkeit läßt sich so spärlich sehen. Ihr seid ja mit der neuen Frau förmlich festgeleimt und festgekittet!«

»Höre doch nicht auf das Geschwätz der Leute! Was für eine neue Frau? Ich war mit der Verheiratung meiner Tochter sehr beschäftigt und fand deshalb nicht die Muße, dich zu besuchen.«

»Täusche mich nicht«, erwiderte Goldlotos.

»Sie quält mich schon genug. Nun fällst auch du über mich her!« bemerkte Simen Tjing.

Goldlotos' Blicke ruhten jetzt auf dem goldgesprenkelten Fächer, der aus rotem Bein geschnitzt und goldgenagelt in den Stromlanden verfertigt worden war. Simen Tjing hielt ihn in der Hand. Goldlotos nahm ihn an sich, ging ans Licht und betrachtete ihn dort genau. Sie war seit langem erfahren in den Vorgängen bei der Lebewelt. Nun sah sie auf dem Fächer zahlreiche Eindrücke von Zähnen und vermutete deshalb, daß ihm eine Schöne den Fächer geschenkt habe. Ohne auf eine Erklärung zu warten, zerbrach sie ihn in zwei Stücke. Als Simen Tjing ihn retten wollte, war er schon zerbrochen.

»Den Fächer hat mir einer meiner Freunde, Bu Dschi-dau, geschenkt. Ich hatte ihn bis jetzt weggelegt und nicht benutzt. Kaum habe ich ihn in Gebrauch, hast du ihn zerbrochen!«

Goldlotos ließ Simen Tjing eine Weile links liegen. Als Willkomm mit Tee kam, befahl sie ihr, das Teebrett hinzustellen und vor Simen Tjing aufs Antlitz zu fallen.

»Ihr beiden seid nicht länger töricht, versäumt nicht das Eigentliche! Ich werde in die Küche gehn, um dort aufzuräumen«, bemerkte die alte Wang. Goldlotos befahl Willkomm, die für die Feier von Simen Tjings Geburtstag vorbereiteten Speisen und Getränke anzurichten. Dann sollte sie sie in die Stube bringen und auf den Tisch stellen. Sie selber holte die Angebinde hervor, die sie Simen Tjing zum Geburtstag zugedacht hatte. Es waren ein Paar Schuhe aus dunklem Atlas; ein Paar gestreifte Knieschützer aus Seide von der Farbe der Sojabrühe mit dem Muster der Kiefer, Bambus und Schlehenblüten als den drei freundlichen Gewächsen der kalten Jahreszeit, ein Purpur-Zwirn-Gürtel, gefüttert mit hellgrüner Seidengaze aus Schensi und wasserheller Kreppseide; ein dunkelroter Bauchwärmer, der innen anstelle der Grasfüllung mit Rosenblättern gefüttert war, und ein Haarpfeil mit der Nachbildung eines Lotosblütenpaares als Knopf.

Simen Tjing umfaßte Goldlotos und küßte sie.
Dann vergnügten sich die beiden nach Herzenslust – bis zur Erschöpfung.

Die Zeit war dahingerast. Der Landrat hatte Wuh Sung, an den man sich wieder erinnern muß, Briefe und Geschenklasten übergeben. Wuh Sung hatte dann die Kreisstadt Klarenfluß verlassen und sogleich nach seiner Ankunft in der Reichshauptstadt bei dem Hofmarschall Dschu alles abgeliefert. Ein paar Tage danach war ihm dann das Antwortschreiben ausgehändigt worden. Darauf setzte sich Wuh Sung an die Spitze seines Trupps und trat den Rückweg nach Schantung an. Unterwegs herrschte ununterbrochenes Regenwetter. Dadurch erlitt er eine Verzögerung um viele Tage. Auf dem Marsche, bei Halten, wenn er saß und schlief, ergriff ihn Unruhe und Besorgnis. Er konnte nicht umhin, einen seiner Soldaten vorauszusenden, um Seiner Gnaden dem Landrate vorweg eine Nachricht zukommen zu lassen, und gleichzeitig auch privatim seinen Bruder, den großen Wuh, davon in Kenntnis zu setzen, daß er ganz bestimmt innerhalb des achten Mondes zurück sein werde.
Der Soldat lieferte zuerst die Botschaft an Seine Gnaden den Landrat ab und machte sich dann auf die Suche nach der Behausung des großen Wuh. Es traf sich wie eine Fügung des Himmels, daß die alte Wang gerade in ihrer Haustür stand, als der Soldat, der die Pforte zur Behausung des großen Wuh verschlossen vorgefunden hatte, im Begriffe war, anzupochen. Sie fragte ihn, wen er suche. Er erwiderte, daß ihn der Polizeihauptmann Wuh Sung gesandt habe, um seinem Bruder einen Brief abzuliefern.
»Der große Wuh ist nicht zu Hause. Alles ist fort zum Friedhofe. Gebt mir Euren Brief! Ich werde ihn abliefern, wenn er zurückkommt«, bemerkte der alte Wang.
Der Soldat händigte ihn ihr aus und sprengte davon. Die alte Wang begab sich sofort zu Goldlotos, die, wie erwähnt, mit Simen Beilager hielt.
»Steh auf! Ich habe Euch etwas zu berichten«, rief laut die alte Wang. »Der junge Wuh hat einen Soldaten mit einem Brief an seinen Bruder gesandt und melden lassen, er werde in aller Kürze eintreffen. Ich habe den Brief entgegengenommen und den Soldaten fortgeschickt. Ihr habt jetzt keine Zeit zu verlieren.«
Bei dieser Kunde war es Simen Tjing, als werde ihm die Schädeldecke zertrümmert. Goldlotos und er kleideten sich an und

forderten die alte Wang auf, in die Stube zu treten. Hier setzte sie sich, holte den Brief hervor und reichte ihn Simen Tjing zu lesen.

»Herr Oberrat, was gibt es für eine Schwierigkeit?« meinte die alte Wang. »Ich habe doch schon früher einmal darauf hingewiesen: Die Vermählung bestimmen die Eltern, zur Wiedervermählung entschließt man sich selber. Seit alters dürfen doch Schwager und Schwägerin keinen Verkehr pflegen. Die hundert Trauertage für den großen Wuh sind beinahe um. Die Gnädige braucht nur ein paar Mönche herzubitten, um die Seelentafel zu verbrennen, und der Oberrat muß, bevor der junge Wuh zurückgekehrt ist, die Gelegenheit wahrnehmen, die Gnädige in einer Sänfte als Frau heimholen zu lassen. Kommt der Bursche Wuh Sung zurück, so übernehme ich die Aussprache. Was könnte er dann wohl zu unternehmen wagen? Ihr beide aber seid für Euer ganzes Leben beieinander. Wäre das nicht herrlich?«

»Mütterchen, Ihr habt recht«, antwortete Simen Tjing. »Das wollen wir tun.«

Der Sechste des achten Monats war da. Simen Tjing steckte einige Unzen angebrochenen Silbers zu sich und begab sich zu Goldlotos. Sie ließen durch die alte Wang sechs buddhistische Mönche aus dem Kloster der Gnadenverkündung rufen, um eine Messe für alle Seelen zu Lande und zu Wasser zu lesen und es so der Seele des großen Wuh zu ermöglichen, über Wasser und Land hinweg ins Jenseits einzugehen, und am Abend dann die Seelentafel zu vernichten.

Bald waren die Priester vollzählig versammelt und begannen nun geräuschvoll ihre Zepter zu schwingen, die Trommeln und Schallbecken zu rühren, die heiligen Schriften und Bußgebete psalmodierend zu verlesen, kurz, alle Förmlichkeiten des Glaubens zu erfüllen. Davon soll im einzelnen nicht weiter die Rede sein. Goldlotos ihrerseits dachte gar nicht daran, keusch und enthaltsam zu sein. Sie leistete Simen Tjing Gesellschaft und schlief mit ihm, bis die Sonne mitten am Himmel stand. Selbst dann erhob sie sich noch nicht einmal. Erst da die Mönche sie aufforderten, als die fastende Hauptleidtragende Weihrauch darzubringen, die Gebetsformeln zu unterzeichnen und Buddha Verehrung zu erweisen, stand sie auf, wusch sich, legte schlichtweiße Trauertracht an, trat vor das Buddhabild und erwies ihm ihre Verehrung.

Alle Mönche bekamen die Frau des großen Wuh zu Gesicht. Einer wie der andere geriet in Verwirrung.

Goldlotos kehrte wieder in die Stube zurück, um dort wie vorher in Simen Tjings Gesellschaft zu sein. Sie trug Wein und Fleischspeisen auf und überließ sich dem Vergnügen. Simen Tjing wies die alte Wang an, die Kahlköpfe nicht zu Goldlotos zu lassen. Nun war aber ihr Schlafgemach von dem Raume, in dem die frommen Verrichtungen stattfanden, nur durch eine Bretterwand geschieden. Einer der Mönche, der als erster zurückgekehrt war, trat unter das Fenster von Goldlotos' Schlafzimmer, um sich dort in einem Waschbecken die Hände zu säubern. Plötzlich hörte er in Goldlotos Stube, daß man tief atmete, stöhnte und seufzte, ganz wie bei einem Schäferstündchen. Alsbald verzichtete er auf das Händewaschen, blieb stehn und lauschte. Dabei hörte er Goldlotos keuchend rufen: »Schatz, Schatz! Wie lange willst du denn noch machen! Ich fürchte, die Mönche hören es.«
Das hatte nun unvermutet der Kahlkopf vernommen. Als die Mönche den Andachtsdienst mit Flötenblasen und Schellenschlagen wieder aufnahmen, erzählte es einer dem anderen, bis es alle wußten, daß Goldlotos in ihrer Stube einen Mann bei sich habe. Schließlich näherte sich der Buddhadienst seinem Ende und gegen Abend wurde die Seelentafel mit den Opfergaben aus Papier hinausgetragen. Goldlotos hatte ihre Kopftrauertracht schon wieder abgelegt und sich neu und bunt gekleidet. Sie stellte sich Schulter an Schulter mit Simen Tjing hinter den Türvorhang, um den Mönchen bei der Verbrennung von Seelentafel nebst Gestell zuzuschauen. Die alte Wang versprengte den Opfertrank, entflammte einen Anzünder und kam, um alsbald die Seelentafel zusammen mit dem Buddhabildnis in Brand zu setzen. Als die kahlköpfigen Schelme mit gleichgültigen Blicken hinter dem Türvorhang die Umrisse eines Mannes und Goldlotos deutlich Schulter an Schulter sahen, fiel ihnen jene am hellen Tage belauschte Geschichte ein. Sie schlugen blindlings los auf die Trommeln und bearbeiteten die Schellen ohne aufzuhören.
Als Simen Tjing dies hörte, wies er die alte Wang an, rasch den Mönchen ihr Almosen zu geben. Der Abt rief: »Bittet die Hauptleidtragende heraus, damit wir uns bei ihr bedanken können!«
»Mütterchen, sagt nur, sie möchten davon absehen«, bemerkte Goldlotos.
»So ist es schon besser, daß wir Rücksicht nehmen!« riefen die Mönche und zogen lachend ab.

VI.

Am folgenden Tage veranstaltete Simen Tjing ein Abschiedsessen für die alte Wang, übergab ihr Willkomm zur Pflege und beratschlagte mit ihr, wie man es anstellen könne, daß Wuh Sung nach seiner Rückkehr nicht erfahre, daß er Goldlotos geheiratet habe, erst dann sei alles in Ordnung. Frau Wang lachte.

»Dafür bin ich ja da! Und wenn der Bursche Wuh Sung noch so ausforschend sein sollte, ich habe schon meine Antworten für ihn bereit.«

Simen Tjing war über diese Worte höchst erfreut und schenkte ihr zum Danke drei Unzen Silber. Noch an demselben Abend ließ er Goldlotos' Kisten und Körbe in sein Haus schaffen. Es blieben nur etliche schadhafte Tische, gebrechliche Schemel und alte Kleidungsstücke zurück. Alles dieses gaben sie der alten Wang. Am nächsten Tag, dem Achten des Mondes, wurde Goldlotos in neuer, schmucker Kleidung in ihr künftiges Heim getragen. Das geschah in einer Sänfte mit vier Laternen. Die alte Wang diente als begleitende Angehörige. Dai-an folgte der Sänfte als Diener. Die Leute der ganzen Straße, nah und fern, wußten ausnahmslos über die Geschichte genauestens Bescheid; doch alle fürchteten Simen Tjings Geld und Einfluß und wagten deshalb nicht, sich einzumischen.

Simen Tjing ließ im doppelgeschossigen Gartenhause als Wohnung für Goldlotos die unteren drei Kammern herrichten. Nur ein einziges Ecktürchen bildete den Zugang. Auf dem Hofe waren blühende Topfpflanzen, zu zierlichen Formen gebunden, aufgestellt. Ganz selten kam tagsüber jemand zu der Stelle. Die eine Hälfte der Räumlichkeiten diente als Empfangsgemach, die andere Schlafstubenzwecken. Simen Tjing ließ sechzehn Unzen Silber springen und kaufte dafür ein schwarzlackiertes, goldbemaltes Himmelbett mit tiefroten, seidenen, goldgefaßten Bettvorhängen, einen mit wertvollen Elfenbeinschnitzereien verzierten Ankleidetisch, Stühle und brokatene Kissen. Alles ließ er schön und ordentlich aufstellen. Von den beiden Dienerinnen, die seiner Hauptfrau Mondtraut aufwarteten und von denen die eine Schlehenblüte, die andere Schatzflöte hieß, übertrug er Schlehenblüte die Dienstleistung in Goldlotos' Räumen und ordnete an, daß sie sich künftig Goldlotos zur Verfügung zu halten und sie Herrin zu nennen habe. Für Frau Mondtraut kaufte er als Ersatz gegen fünf Unzen Silber eine junge Magd namens Edelsteinchen und als Küchenmagd für Goldlotos um sechs Unzen Herbstaster. Goldlotos wurde der Reihenfolge nach die fünfte Gattin; denn die Zofe, die seiner verstorbenen ersten Frau, der geborenen Tschen, in die Ehe gefolgt war, namens Schneeholdchen Sun, die jetzt etwa zwanzig Jahre alt und eine Schönheit von gedrungener Gestalt war, hatte von ihm die Erlaubnis erhalten, ihr Haar aufgeknotet zu tragen, und war seine vierte Frau geworden, so daß Goldlotos nun die fünfte wurde.

Nach der Vermählung mit Goldlotos und ihrem Umzuge zu ihm verbrachte Simen Tjing die Nacht bei ihr und fühlte sich so wohl wie ein Fisch im Wasser; unnötig, dies zu schildern.

Am anderen Morgen begab sich Goldlotos zu den Räumen der Hauptgattin, Frau Mondtraut, um ihr ihre Aufwartung zu machen.

Frau Mondtraut betrachtete sie vom Kopfe bis zum Fuße. Alles an ihr deutete auf Leichtlebigkeit hin. Mondtraut äußerte keinen Laut und dachte nur bei sich: Jedesmal, wenn die Dienerjungen heimkamen, haben sie davon geschwärmt, wie hübsch die Frau des großen Wuh sei. Ich hatte kaum erwartet, daß sie eine solche Schönheit ist. Kein Wunder, daß mein Gebieter sich in sie verliebt hat.

Goldlotos warf sich zunächst vor Frau Mondtraut aufs Antlitz. Dann überreichte sie ihr ein Paar Schuhe. Frau Mondtraut nahm ihre viermalige Ehrfurchtsbezeigung entgegen. Erst hierauf begrüßte Goldlotos der Reihe nach Holdchen Li, Edelburg Meng und Schneeholdchen Sun, und zwar in der Weise, wie es unter gleichgestellten Frauen üblich ist. Sie trat dann zur Seite. Frau Mondtraut ließ durch eine Dienerin etwas zum Sitzen holen und hieß Goldlotos Platz nehmen. Sie wies die Zofen und Frauen an, zu Goldlotos fünfte Gemahlin zu sagen.

Goldlotos prüfte verstohlen alle Personen.

Frau Mondtraut mochte siebenundzwanzig Jahre alt sein. Ihr Antlitz glich einer silbernen Schale; ihre Augen leuchteten wie Aprikosen; in ihrem Verhalten war sie sanft, hielt sich ernst zurück und war schweigsam.

Die zweite, Holdchen Li, eine Sängerin aus dem Vergnügungsviertel, hatte einen Körper von stattlichem Gewicht. Obwohl sie zu den namhafteren Hetären hätte gezählt werden können, reichte sie in ihrer Sinnlichkeit doch bei weitem nicht an Goldlotos heran. Die dritte war die erst kürzlich geheiratete Edelburg Meng im Alter von etwa dreißig Jahren mit Gesichtszügen wie eine Birnblüte, mit Hüften wie ein Weidenstämmchen, mit schmiegsamem Körper. Unter ihrem Rocke verbargen sich zwei Füßchen, die in ihrer Zierlichkeit sich von denen Goldlotos' nicht unterschieden. Die vierte, Schneeholdchen Sun, war ursprünglich Zofe gewesen. Sie hatte einen gedrungenen, nicht zu vollen Körper. Sie konnte mancherlei Gerichte kochen und war vorzüglich gewandt im Gaukelspiele mit bunten Tellern. In einem Zuge hatte Goldlotos alle in ihrem Wesen erkannt.

Nach drei Tagen stand sie fortan in aller Morgenfrühe auf und begab sich zu Frau Mondtraut, um für sie Nadelarbeiten zu machen oder Schuhe zu fertigen. Alles, auch das, was man ihr gar nicht aufzutragen gedachte, nahm sie aus eigenem Antriebe in die Hand. Sogar zu dem, was sie nicht anzurühren nötig hatte, drängte sie sich förmlich. Sie erteilte den Zofen Weisungen und sprach in Gegenwart der Frau Mondtraut bei jedem Satze und jedem Worte nur immer von der Hauptgemahlin. Auch verstand sie es, durch kleine Aufmerksamkeiten und Gefälligkeiten Frau Mondtraut über alle Maßen zu erfreuen, so daß diese sie bald sechste Schwester nannte, ihr aus ihren Kleidervorräten und von ihren Schmucksachen auswählte, was sie am meisten liebte, und sie damit beschenkte. Bei Mahlzeiten und beim Tee waren sie immer beieinander. Holdchen Li und die anderen aber meinten, daß Frau Mondtraut gegen die Rangbewertung verstoßen habe.

Simen Tjing blieb nach der Vermählung mit Goldlotos und ihrer Heimführung eine Zeitlang zu Hause. Beide, Goldlotos und er, standen hinsichtlich Frauenschönheit und männlicher Stattlichkeit gerade im Höhepunkt der herrlichsten Lebensjahre. Täglich durchkosteten sie alle Lust und Sinnlichkeit.

VII.

Wuh Sung war im ersten Zehntel des achten Mondes in der Kreisstadt Klarenfluß eingetroffen. Er hatte sich zunächst zum Kreisamt aufgemacht und dort den Antwortbrief abgegeben. Der Landrat las den Brief und war hocherfreut; denn er entnahm aus ihm, daß das Gold und die anderen Kostbarkeiten richtig angekommen waren. Er beschenkte Wuh Sung mit zehn Unzen Silber und bewirtete ihn.

Als Wuh Sung in seine Unterkunft zurückgekehrt war, wechselte er Kleider, Strümpfe, Schuhe und band ein neues Kopftuch

um. Seine Zimmertür schloß er ab und begab sich direkt zur Rotensteinstraße. Die Nachbarn und Anwohner zu beiden Seiten der Straße waren beim Anblick des heimgekehrten Wuh Sung bestürzt.
Wuh Sung trat an das Tor der Behausung seines Bruders, hob den Vorhang empor und tastete sich hinein. Er sah die kleine Willkomm unter dem Wandelgang des oberen Stockwerks Garn zwirnen. Er rief laut: »Bruder!« – Keine Antwort. Er rief: »Schwägerin!« – Auch keine Antwort. Er befragte Willkomm.
Sie weinte nur und gab keine Antwort. Während er noch Fragen an sie richtete, eilte Frau Wang herbei. Als Wuh die alte Wang sah, erkundigte er sich: »Wo ist mein Bruder hingegangen? Wie kommt es, daß meine Schwägerin sich nicht zeigt?«
»Herr Bruder, nehmt bitte Platz!« antwortete Frau Wang. »Ich will es Euch sagen. Nachdem Ihr fortgegangen waret, suchte Euren Bruder im vierten Monde eine dumme Krankheit heim, und an ihr ist er dann eingegangen.«
Wuh Sung forschte, wann sein Bruder im vierten Monde gestorben sei, an welchem Leiden und was für eine Arznei er eingenommen habe.
»Euer Bruder ist ganz plötzlich am Zwanzigsten des vierten Mondes von schweren Herzschmerzen befallen worden. Er hat acht bis neun Tage krank darniedergelegen. Was ist nicht an Geisterbeschwörung und Orakelbefragung versucht worden! Eine Arznei hat er nicht zu sich genommen. Ärzte vermochten ihm nicht zu helfen, und so ist er verschieden.«
»Mein Bruder hat doch früher nie an solchen Krankheitserscheinungen gelitten«, meinte Wuh Sung. »Wie ist er denn nur zu den Herzbeschwerden gekommen?«
»Herr Polizeihauptmann, wie könnt Ihr nur so sprechen?« erklärte die Alte. »Unbestimmbar ist des Menschen Schicksal.«
Wuh Sung erkundigte sich nun, wo sein Bruder begraben worden sei.
»Als es nun einmal mit Eurem Bruder zu Ende gegangen war«, erzählte Frau Wang, »befand sich auch nicht ein Kupferling im Hause. Seine Frau, Eure Schwägerin, war wie eine Krabbe ohne Beine. Wo sollte man einen Begräbnisplatz suchen gehn? Der Unterstützung eines wohlhabenden Gönners aus der Nachbarschaft, mit dem Euer Bruder lange Zeit hindurch Geschäfte gemacht hatte, ist ein Sarg zu danken gewesen, sonst wäre keine Möglichkeit gewesen, den Verstorbenen hineinzubetten. Drei

Tage vergingen, dann wurde er zur Feuerbestattung hinausgeschafft.«

»Wo ist denn meine Schwägerin geblieben?«

»Sie war eine junge, hübsche Frau und hatte nun keinen Ernährer mehr!« gab Frau Wang zur Antwort. »In ihren Lebensverhältnissen geriet alles in Unordnung, und als die hundert Tage der Trauerzeit um waren, hat sie sich auf Mahnungen ihrer Mutter hin an einen Herrn aus der Reichshauptstadt nach außerhalb wieder verheiratet. Dieses Dummerchen von Kind hat sie mir zurückgelassen, um es statt ihrer aufzuziehen. Ich habe nur gewartet, daß Ihr zurückkommt, um Euch das Kind übergeben zu können. Damit möchte ich die ganze Geschichte für mich erledigt sein lassen.«

Wuh Sung verfiel nach dieser Mitteilung in tiefes, langes, langes Sinnen, dann verließ er die alte Wang und ging zum Haustore hinaus. Er begab sich direkt zu seiner Unterkunftsstelle am Kreisamte. Er legte weiße Trauerkleidung an und ließ Hanfband kaufen, auch baumwollene Strümpfe und einen Trauerhut. Er selber kaufte Früchte, Süßigkeiten, Räucherkerzen, Opfergegenstände, Gold- und Silberbarren aus Papier und ähnliches und begab sich damit zum Hause seines Bruders. Hier stellte er eine neue Seelentafel für ihn auf, bereitete Suppe und Reisspeise und setzte sie davor. Dann zündete er Weihrauchkerzen an, deckte zum Mahle und hißte die papierene Totenfahne.

Am nächsten Morgen erkundigte er sich bei den Anwohnern und Nachbarn, wie sein Bruder ums Leben gekommen sei und wen seine Schwägerin geheiratet habe. Doch wiewohl die Nachbarn und Anwohner den ganzen Sachverhalt genau kannten, bangten sie vor Simen Tjing und wollten sich deshalb nicht einmischen. Sie sagten nur: »Die alte Wang wohnt ja ganz dicht nebenan; befragt sie, und Ihr wißt alles!«

Es gab auch Klatschmäuler, die erzählten:

»Der Streiterjunge, der Birnen verkauft hat, und der Leiter des Bestattungswesens, der neunte Ho, wissen alle näheren Einzelheiten.«

So machte sich denn Wuh Sung schließlich daran, auf Straßen und Plätzen nach dem Streiterjungen zu suchen, und stieß schließlich auf ihn, der vom Reiseinkauf zurückkam. Wuh Sung rief ihn an: »Hallo, junger Freund!«

»Herr Hauptmann Wuh, Ihr seid ein wenig zu spät gekommen. Ich kann mich für Euch nicht einsetzen. Das ist so eine Sache. Mein alter Vater ist sechzig und hat niemand, der ihn betreut und

unterstützt. Ich kann Euch deshalb beim Prozessieren nicht helfen.«
»Mein bester Junge, komm mit mir!« sagte Wuh Sung. Er führte ihn dann in das Erkerstübchen eines Speisehauses. Er hieß den Geschäftsinhaber zwei Portionen Essen bringen, dann sagte er: »Du bist zwar noch jung an Jahren, aber du läßt dich doch schon von der sittlichen Pflicht leiten, für deine Familie zu sorgen. Ich habe leider nicht viel bei mir.« Da tastete er fünf Unzen Bruchsilber heraus. »Nimm das als Zehrgeld für deinen betagten Vater! Wenn die ganze Geschichte erledigt ist, werde ich dir noch zehn und mehr Unzen Silber als Geschäftsgrundstock geben. Nun aber berichte ausführlich, mit wem mein Bruder aneinandergeraten ist und wer ihn auf dem Gewissen hat, ferner wessen Frau meine Schwägerin geworden ist. Verheimliche mir nichts!«
Während der Streiterjunge das Silber an sich nahm, dachte er bei sich: Das Silber deckt den Lebensunterhalt für meinen alten Vater auf vier bis fünf Monate. Wenn ich ihm bei seinem Prozeß helfe, schadet das nichts.
»Herr Wuh, also hört, was ich Euch berichten kann! Werdet aber nicht ärgerlich!« Anschließend erzählte er, wie er, um Birnen zu verkaufen, Simen Tjing gesucht habe, darauf von der alten Wang verprügelt und nicht eingelassen worden sei, wie er dann dem großen Wuh habe helfen wollen, das Ehebrecherpaar zu fassen, der große Wuh dabei aber von Simen Tjing einen Fußtritt erhalten habe. Er sei einige Tage herzleidend gewesen. Man wisse nicht, wie er gestorben sei.
Wuh Sung erkundigte sich weiter, wen seine Schwägerin geheiratet habe.
»Simen Tjing hat sie in sein Haus einholen lassen.«
»Rede nicht blind darauf los!« bemerkte Wuh Sung wütend.
»Auch vor der Behörde würde ich nur das gleiche aussagen können«, beteuerte der Streiterjunge.
Wuh Sung erkundigte sich nun nach der Wohnung des neunten Ho.
»Wie wollt Ihr den jetzt noch finden?« bemerkte der Streiterjunge. »Er ist vor drei Tagen, als er hörte, daß Ihr zurückgekommen seid, unbekannt wohin, verzogen.«
Wuh Sung ließ hierauf den Streiterjungen heimgehen und ihn versprechen, morgen auf dem Kreisamt als Zeuge zu erscheinen.
Früh am anderen Morgen erhob er sich, ließ sich zunächst von dem Lehrer Tschen eine Anklageschrift anfertigen und begab

sich dann zum Kreisamte. Hier wartete der Streiterjunge bereits. Wuh Sung eilte stracks in den Amtssaal und kniete nieder, um seine Beschwerde vorzutragen. Als der Landrat ihn bemerkt und erkannt hatte, erkundigte er sich:
»Was hast du vorzubringen und worüber beschwerst du dich?«
»Mein älterer Bruder, der große Wuh, hat von dem anmaßend lasterhaften Simen Tjing, der mit meiner Schwägerin, einer geborenen Pan, buhlte, einen Fußtritt in die Herzgrube bekommen und ist auf Anstiften der alten Wang ums Leben gebracht worden. Der neunte Ho hat ihn vertuschend eingesargt. Die Leiche ist verbrannt worden. Simen Tjing hat sich jetzt angemaßt, meine Schwägerin als Nebenfrau in sein Haus einzuholen. Der hier erschienene kleine Bursche, der Streiterjunge, ist mein Zeuge. Ich blicke flehend zu Euer Gnaden auf mit der Bitte, die Angelegenheit in die Hand zu nehmen, und überreiche deshalb die Anklageschrift.«
Der Landrat selber, sein Stellvertreter, der Leiter des Archivs und der Bezirksgefängnisvorsteher standen aufs stärkste unter Simen Tjings Einfluß. Alle vertraten im Einvernehmen miteinander bei der Beratung die Ansicht, daß ein Verfahren nicht eröffnet werden könne. Der Landrat kam daraufhin wieder heraus und rief Wuh Sung vor:
»Du bist doch auch Polizeihauptmann in unserem Bezirke. Warum ersparst du uns nicht Verfahrungsmaßnahmen? Es heißt doch seit alters: Bei Ehebruch führ vor das Paar! Tötung wird durch Verletzung klar. Deines Bruders Leichnam ist nun nicht mehr vorhanden. Die Ehebrecher hast du auch wiederum nicht festgenommen. Du verläßt dich jetzt einzig und allein auf die Mitteilungen dieses kleinen Burschen. Muß ich nicht in einem Verfahren wegen Mordes gerecht und ganz unparteiisch sein? Du solltest nichts überstürzen, sondern selber alles überlegen und bedenken.«
»Ich möchte nur, daß Euer Gnaden Simen Tjing, die geborene Pan, meine Schwägerin, und die alte Wang festnehmen und einem scharfen Verhör unterziehen. Sollte ich nur Gerüchte vorgebracht haben, so bin ich gern bereit, dafür jede Strafe auf mich zu nehmen.«
»Steh zunächst auf! Ich will die Sache erneut überdenken und, wenn es möglich ist, die Leute für dich festnehmen«, erklärte der Landrat.
Da erst erhob sich Wuh Sung und entfernte sich. Den Streiter-

jungen behielt er bei sich im Hause und ließ ihn nicht heimkehren.
Die ganze Geschichte wurde natürlich ehestens Simen Tjing hinterbracht. Er war bestürzt ob der Nachricht, rief eiligst seine vertrauten Diener Lai-bau und Lai-wang herbei, hieß sie Silber zu sich stecken und noch in der gleichen Nacht die Hörigkeit aller Mandarine erkaufen. Als Wuh Sung in aller Frühe des nächsten Morgens in der Amtshalle erschien in der Hoffnung, der Landrat werde zufolge seiner Eingabe die Festnahme der Schuldigen angeordnet haben, erklärte dieser:
»Wuh Sung, höre nicht auf fremder Leute Herumträgerei, um dich mit Simen Tjing zu verfeinden! Die Sache ermangelt zu sehr der Klarheit, als daß ein Verfahren daraufhin eingeleitet werden könnte.«
Die anwesenden Mitarbeiter fielen auch noch ein: »Hauptmann Wuh, Ihr arbeitet doch selber im Amt und solltet die Verfahrensvorschriften kennen. Bei allen Mordprozessen muß Fünferlei, nämlich Leiche, Verletzung, Krankheitsformen, Werkzeuge und Spuren vorliegen, um eine Untersuchung einleiten zu können. Eures Bruders Leichnam ist nun nicht mehr da. Wie sollte man unter diesen Umständen etwas verfolgen?«
»Und redet Ihr beliebig viel, ich kann doch das meinem Bruder zugefügte Unrecht unter keinen Umständen ungesühnt lassen«, erklärte Wuh Sung. Er nahm damit seine Eingabe wieder an sich und begab sich zu seiner Unterkunftsstelle. Er biß die Zähne zusammen und schimpfte: »Hurenweib! Wie weit bin ich, Wuh Sung, denn überhaupt noch ein Kerl! Wie tilge ich diese Schmach?« Er ging geradewegs zu Simen Tjings Drogenhandlung auf der Suche nach ihm.
Gerade hatte der Geschäftsführer Fu den Laden geöffnet und stand hinter dem Ladentisch. Da sah er den zweiten Wuh wie ein reißendes Tier hereinkommen.
»Ist dein Oberrat zu Hause?«
»Er ist ausgegangen. Was habt Ihr denn zu bestellen, Herr Hauptmann?«
»Bitte, kommt ein paar Schritte mit. Ich habe etwas mitzuteilen«, antwortete Wuh Sung.
Fu wagte nicht, diese Aufforderung unbeachtet zu lassen. Darauf führte ihn Wuh Sung in eine entlegene Gasse. Dort packte er Fu am Kragen, und mit unheimlich rollenden Augen rief er aus: »Willst du sterben, oder ist dir dein Leben lieb?«
»Herr Hauptmann, ich schätze Euch so hoch«, stammelte Fu.

»Meine Wenigkeit hat Euch doch gar nicht beleidigt. Warum seid Ihr so zornig, Herr Hauptmann?«
»Wenn dir dein Leben lieb ist, so teile mir der Wahrheit gemäß mit, wo jetzt der Bursche Simen Tjing steckt und seit wann er meine Schwägerin als Frau zu sich genommen hat!«
»Herr Hauptmann, mäßigt doch Euren Zorn! Ich bin ja nur ein schlichter Angestellter mit einem Lohne von zwei Unzen Silber im Monat und bin nur für diesen Laden verantwortlich. Über seine Familienangelegenheiten weiß ich gar nichts. Der Oberrat ist nicht daheim. Er ist eben mit einem Bekannten in das große Weinhaus der Löwenstraße zu einem Trunk im oberen Erker gegangen. Meine Wenigkeit darf es sich doch gar nicht erlauben, die Unwahrheit zu sagen.«
Wuh Sung ließ ihn auf diese Erklärung hin los, um mit Riesenschritten nach der Löwenstraße zu stürmen. Hier saß Simen Tjing gerade mit einem Behördenangestellten, dem sogenannten »Botschafter« Li, im Turmstübchen beim Weine.
»Botschafter« Li schnüffelte nämlich bei der Regierung und im Kreisamt überall umher, um Neuigkeiten zu ergattern und Geld herauszuschlagen. Sobald zwei Leute einen Rechtsstreit hatten, schmiedete er Ränke, bestach Beamte, arbeitete aber mit beiden Parteien und zog daraus seinen Vorteil. Im Kreise hatte man ihm deshalb den Spottnamen »Botschafter« Li gegeben. Als an jenem Tage Wuh Sungs Klage vom Landrat abgewiesen worden war, hatte er sich sofort mit dieser Nachricht zu Simen Tjing auf den Weg gemacht, um ihm die Kunde zu überbringen. Simen Tjing hatte ihn dafür höflich nach oben in ein Weinhaus zu einem Gelage gebeten und ihm fünf Unzen Silber geschenkt.
Gerade blickte Simen Tjing durch das Fenster des Turmstübchens auf die Straße hinab und sah Wuh Sung von der Brücke her direkt auf die Weinstube zustreben. Er sagte sich sofort, daß Wuh Sungs Erscheinen sicherlich nichts Gutes zu bedeuten habe, und wollte sich entfernen. So begab er sich unter dem Vorwande, austreten zu müssen, in die hinteren Räume des Turmgeschosses, um zu entrinnen.
Als Wuh Sung die Weinstube erreicht hatte, erkundigte er sich beim Kellner, ob Simen Tjing da sei. Jener antwortete ihm, Oberrat Simen trinke im Turmstübchen mit einem Bekannten Wein. Mit gerafftem Gewande stürmte Wuh Sung nach oben. Doch er fand dort Simen Tjing nicht, sondern nur einen Mann und neben ihm zwei gepuderte Gesangs-Dämchen sitzen. Er erkannte Botschafter Li und wußte nun sofort, daß dieser Simen

Tjing die Nachricht aus dem Amt zugetragen hatte. Ohne daß es ihm zum Bewußtsein kam, stieg in ihm hierüber Wut auf.
»Bursche, wo hast du Simen Tjing versteckt? Sag's sofort, wenn du dir eine Tracht Faustschläge ersparen willst!«
Botschafter Li war wie gelähmt. Er vermochte keinen Laut von sich zu geben. Wuh Sung wurde noch zorniger. Er stieß mit dem Fuße den Tisch um, so daß Gläser und Teller zu Scherben gingen und die beiden Schönen in Ohnmacht fielen. Botschafter Li riß sich zusammen und wollte eben nach unten fliehen, da riß ihn Wuh Sung zurück.
Ein Faustschlag sauste dem Botschafter Li ins Gesicht.
»O weh!« schrie er auf. »Simen Tjing ist eben nach hinten austreten gegangen. Mich geht die Sache doch nichts an. Laßt mich doch meines Weges gehen!«
Als Wuh Sung das hörte, packte er Li mit beiden Händen, stieß das Erkerfenster auf und warf ihn mit den Worten hinaus: »Du willst gehn? Spar dir das Gehen!«
Wuh Sung eilte nun nach hinten, um dort Simen Tjing zu suchen. Dieser hatte mit angehört, wie jener gewütet hatte. Ohne Rücksichtnahme auf sein Leben war er mit einem Satz durch das rückwärtige Fenster des Obergeschosses unterhalb der Ecke des Dachvorsprunges in den Hinterhof des Nachbarn gesprungen und entkommen. Da Wuh Sung Simen Tjing nicht mehr vorfand, meinte er, der Botschafter Li habe ihn belogen. Er stürmte die Treppe hinab und versetzte dem vom Sturze schon Halbtoten, der lang ausgestreckt auf dem Erdboden lag, aber die Augen noch bewegte, zwei Fußtritte in den Unterleib. Mit einem schwachen Aufschrei hörte Li auf zu atmen. Alle Leute sagten: »Das ist doch der Behördenangestellte Li; inwiefern hat er Euch denn gekränkt? Warum habt ihr ihn gleich totgeschlagen?«
Wuh Sung antwortete nur: »Ich wollte eigentlich Simen Tjing verprügeln und er ist mir dabei in die Hände geraten.«
Obwohl der Blockvogt gesehen hatte, daß ein Menschenleben vernichtet worden war, wagte er sich nicht vor, um Wuh Sung zu verhaften. Endlich näherte er sich langsam und führte ihn gemeinsam mit dem Kellner Wang und den beiden gepuderten Dämchen ins Kreisamtsgebäude.
Auf allen Straßen und Gassen des Kreises Klarenfluß erörterten unzählbare Gruppen von Leuten das Ereignis. Man behauptete, der Oberrat Simen sei von Wuh Sung erschlagen worden.

VIII.

Simen Tjing hatte sich also nach seinem Sprunge durch das Fenster des Turmstübchens im Gehöft des Nachbargrundstükkes versteckt. Eine beleibte Dienerin hatte sich gerade auf den Abort begeben und eben ihr stattliches Gesäß niedergesenkt, als sie plötzlich einen Mann im Hofe sich geduckt bewegen sah. Sie schrie laut: »Ein Dieb! Ein Dieb!« Aufgeregt kam der alte Hu herbeigeeilt. Er erkannte Simen Tjing.

»Herr Oberrat! Freut Euch, daß Wuh Sung Euch nicht gefunden hat! Den anderen hat er erschlagen. Der Blockvogt hat ihn nun festgenommen und dem Kreisamt eingeliefert. Das bringt ihm sicher die Todesstrafe ein. Geht nur heim, Herr Oberrat, und betrachtet den Vorfall als erledigt!«

Simen Tjing verabschiedete sich dankend von Hu und stolzierte nach Hause. Er erzählte alles ausführlich Goldlotos. Beide klatschten freudestrahlend in die Hände, scherzten und betrachteten sich als der gefährlichsten Lage entronnen. Goldlotos riet Simen Tjing, alle Amtsträger reichlich zu bestechen; das sei unbedingt erforderlich, damit man Wuh Sung keinesfalls wieder freilasse. Simen Tjing hieß seinen vertrauten Diener Laiwang, dem Landrat ein Weingedeck aus Gold und Silber nebst fünfzig Unzen barem Silber als Geschenk zu überbringen. Er bedachte auch alle anderen Amtsangestellten reichlich mit Geld.

Der Landrat fuhr Wuh Sung anderen Tags mit finsterer Miene an:

»Du Bursche, erst neulich hast du gegen friedliche Bürger Anklage erhoben, und ich habe dir gegenüber da nochmals Milde walten lassen. Warum verhältst du dich denn nicht gesetzmäßig und erschlägst nun gar grundlos einen Menschen?«

»Meine Wenigkeit hatte eigentlich Groll gegen Simen Tjing«, erklärte Wuh Sung. »Ich suchte ihn, um ihn zu verprügeln. Wie ich nicht voraussehen konnte, stieß ich auf den anderen. Er verheimlichte mir Simen Tjings Aufenthalt. Darüber ist meine Wenigkeit, ohne dessen inne zu werden, in heftige Erregung geraten und hat jenen erschlagen. Ich hoffe, daß Euer Gnaden für meine Wenigkeit Simen Tjing festnehmen und mit dem Tode bestrafen werden, damit das meinem Bruder zugefügte Unrecht seine Sühne finde; dann will ich gern meinen Fehltritt büßen, daß ich diesen Mann versehentlich getötet habe.«

»Was für dummes Zeug redest du, Bursche?« fiel der Landrat

ein. »Hast du denn nicht gesehen, daß es ein Kreisamtsangestellter war? Daß du ihn erschlagen hast, hat ganz bestimmt seine anderen Gründe. Warum versuchst du nun, die Schuld auf Simen Tjing abzuwälzen? Du willst ohne Prügel nur nichts eingestehen!«

Auf seinen Befehl an die Büttel, Wuh Sung heftiger zu schlagen, versetzten ihm mehrere sofort zwanzig Hiebe. Der geprügelte Wuh Sung erinnerte den Landrat, daß er, Sung, alle Kraft für ihn eingesetzt habe.

Der Landrat wurde dadurch noch ärgerlicher. Er befahl, ihm die Fingerschrauben anzuziehen. Nachdem Wuh Sung noch fünfzig Schläge erhalten hatte, ließ der Landrat ihm den hölzernen Halskragen anlegen und ihn darauf in das Gefängnis führen.

Unter den Leuten, die in den Wächterräumen des Kerkers weilten, befanden sich auch zwei Hilfsbeamte, die sich mit Wuh Sung gut gestanden hatten. Sie wußten, daß er ein braver und redlicher Kerl war, und hätten ihm wohl gern Freundlichkeiten erwiesen. Doch da alle von Simen Tjing bestochen waren, wagten sie nicht, den Mund aufzutun. Da dieser nur das Wort Unrecht im Munde führte, ließ man einige Tage verstreichen und spiegelte dann vor, daß er ein Geständnis abgelegt habe. Der Leichnam des »Botschafters« Li wurde besichtigt, und man nahm zu Protokoll, Wuh Sung habe nach dem Getöteten gesucht und von ihm einen Geldbetrag verlangt. Dabei sei er unter dem Einfluß von Rauschgetränken in Erregung geraten und habe den tödlichen Fußtritt gegeben.

Nachdem durch die Untersuchung der Sachverhalt so klargestellt worden war, begab man sich wieder in das Kreisamt. Man hatte einen Tag mit der Aufsetzung des Schriftstückes zu tun. In ihm wurde dem Regierungspräsidenten der Sachverhalt genau berichtet und der Fall zur Entscheidung vorgelegt.

Der Regierungspräsident hieß Tschen Wen-dschau (Leuchte der Bildung) und stammte aus der Provinz Honan. Er war ein höchst redlicher Beamter. Als ihm der Bericht zuging, begab er sich sofort auf seinen Amtsstuhl und gab Anweisung, ihm die Verbrecher vorzuführen. Zunächst überlas er nochmals den Bericht des Landrats von Klarenfluß und darauf die Aussagen und die fingierten Geständnisse der Beteiligten.

Er ließ Wuh Sung vor sich treten.

»Wie konntest du nur diesen sogenannten Botschafter Li erschlagen?«

Wuh Sung warf sich vor ihn hin aufs Antlitz: »Oh, himmelhoch stehender Herr! Wenn es meiner Wenigkeit gestattet ist, wage ich zu reden.«

»So sprich dich nur aus!«

Wuh Sung erzählte nun wahrheitsgemäß alles über Simen Tjing, der seine Schwägerin verführte, wie sein Bruder die Ehebrecher ertappt, dabei aber den Tritt in die Herzgrube erhalten habe. Hinterher sei seiner, Wuh Sungs, Anklage nicht stattgegeben worden. Er erwähnte alle Umstände von Anfang bis zum Ende in ihren Einzelheiten und bemerkte:

»Meine Wenigkeit fühlte sich verpflichtet, meinen Bruder zu rächen. Deshalb habe ich Simen Tjing gesucht, um ihn zu verprügeln. Unabsichtlich und versehentlich habe ich dabei diesen Mann getötet. Wenn ich jetzt sterben müßte, so ist das nicht sonderlich zu bedauern; denn ich hätte mein Leben für meinen Bruder hingegeben, dem Unrecht unten auf der Erde widerfahren ist.«

»Du brauchst nichts mehr zu sagen. Ich durchschaue den Sachverhalt völlig«, bemerkte der Regierungspräsident. Er rief den Gefängnisvorsteher Tjiän Lau vor, ließ ihn mit zwanzig Hieben schmerzhaft bestrafen und sprach: »Dein Landrat da braucht nicht im Amte zu bleiben. Wie kann man nur derartig parteiisch sein und das Recht beugen?« Er vernahm hierauf die ganze Schar, einen nach dem anderen, zu Protokoll, berichtigte mit dem Pinsel Wuh Sungs Geständnis gründlich und bemerkte zu dem stellvertretenden zweiten Beamten: »Dieser Mann, der in der Absicht, seinen Bruder zu rächen, den sogenannten Botschafter Li versehentlich erschlagen hat, ist ein Mensch von Rechtschaffenheit und Tatkraft und deshalb einem gewöhnlichen Totschläger nicht gleichzusetzen.«

Er verfügte sogleich, daß Wuh Sungs großer Holzkragen zu öffnen und durch einen Kragen für leichtere Vergehen zu ersetzen sei. Dann solle er wieder ins Gefängnis abgeführt werden. Alle übrigen könnten in ihre Kreisstadt zurückkehren, um das Weitere dort abzuwarten. Ferner ordnete er an, sich den Hauptmissetäter Simen Tjing, Wuh Sungs Schwägerin, die geborene Pan, die alte Wang, den Streiterjungen und den Leichenbeschauer, den neunten Ho, vorführen zu lassen, sie sämtlich rechtlich und eingehend zu verhören und dann zur weiteren Veranlassung zu berichten.

Da jedermann wußte, daß Wuh Sung ein ordentlicher und tüchtiger Kerl war, verlangte keiner der Gefängniswachen und Schließer von ihm auch nur einen einzigen Kupferling, während er dort im Kerker weilte. Man gab ihm im Gegenteil noch Wein und Fleischspeisen. Gar rasch war die Kunde zu Simen Tjing gelangt. Da Tschen Wen-dschau unbestechlich war, wagte er es nicht, ihn zu beeinflussen. Es blieb ihm nur der Ausweg, die mit ihm Verschwägerten aus dem Hause Tschen um Hilfe anzugehen und seinen vertrauten Diener Lai-wang in die Osthauptstadt bei Nacht und Nebel mit einem Schreiben an den Kommandierenden General Jang abzuordnen. Dieser sollte seine Bitte an den Großlehrer Zai aus dem Ministerrat übermitteln. Der Großlehrer Zai war wiederum besorgt um den Ruf des Landrates Li und sandte deshalb eiligst mit Sonderboten einen vertraulichen Brief nach Ostniederung an den Regierungspräsidenten Tschen Wen-dschau, daß er Simen Tjing und die geborene Pan nicht vorladen lassen möge. Tschen Wen-dschau war ursprünglich Leiter des Revisionsgerichts gewesen und dann zum Regierungspräsidenten befördert worden. Außerdem war er ein Schützling des Großlehrers Zai. Dadurch, daß er sah, daß sich in der Angelegenheit auch der Kommandierende General Jang bemüht hatte, der ständig bei Hofe Vortrag hielt, wurden seine menschlichen Regungen von zwei Seiten her beeinträchtigt. Unter Vermeidung der Todesstrafe für Wuh Sung lautete das Urteil auf vierzig Schläge auf den Rücken, die Strafe der Brandmarkung und Verbannung in eine Entfernung von zweitausend Wegstrecken unter Einreihung in die Grenzwehr. Der große Wuh war tot, Wundstellen am Körper waren nicht mehr vorhanden, die Zusammenhänge in der Angelegenheit blieben zweifelhaft und, wie es schien, nicht beurteilbar. Alle sonst Beteiligten sollten in Frieden nach Hause entlassen werden.

Nachdem die Akten den Provinzialgerichtshof passiert hatten und zurückgekommen waren, schritt Tschen Wen-dschau alsbald zur Vollstreckung.

Wuh Sung wurde zur Verbüßung der Strafe nach Mengdschou geschickt. Als Simen Tjing davon erfuhr, fiel ihm ein Stein vom Herzen. Er fühlte sich wie von einer Verstopfung erlöst. Er empfand wohliges Behagen. Im Hause befahl er seinen Dienern Lai-wang, Lai-bau und Lai-sing, den rückwärtigen Garten in Ordnung zu bringen und zu fegen. Die Eibischlaube sollte gereinigt und in ihr sollten Wandschirme aufgestellt und Brokatvorhänge angebracht werden. Sie sollten für ein Weinessen aufs allerbeste decken. Simen Tjing bestellte eine Menge Musiker zum Flötenblasen und Lautenspielen, auch solche zum Sin-

gen und Tanzen. Dann bat er seine ganze Familie, mit ihm zu feiern und zu trinken.
Während sie so tranken, führte der junge Diener Dai-an einen Botenknaben und ein junges Mädchen, die Kästchen in den Händen trugen, herein: »Unsere Nachbarfamilie Hwa sendet den Damen Blumen zum Schmucke des Haares.«
Vor Simen Tjing und Frau Mondtraut warfen sie sich in Gegenwart aller aufs Antlitz, traten dann zur Seite und sprachen: »Unsere Herrin sendet diese Kästchen mit Backwerk und Blumen für die hohen Frauen Simen als Haarschmuck.« Darauf öffneten sie die Kästchen. Das eine enthielt fruchtgefülltes, mit Salz und Pfeffer bestreutes, goldgelbes Gebäck, wie es bei Hofe verzehrt wird, das andere Kästchen barg frischgepflückte Blumen. Voller Freude bemerkte Frau Mondtraut: »Nun hat sich eure Herrin wiederum bemüht!« Sie ließ dann beiden etwas vom Nachtische geben und schenkte dem kleinen Mädchen ein Schweißtüchlein und dem Dienerknaben hundert Kupferlinge. Sie trug ihnen viele Empfehlungen und ihren herzlichsten Dank für ihre Herrin auf.
»Frau Hwa ist wirklich sehr nett«, bemerkte Frau Mondtraut zu Simen Tjing. »Immer sendet sie Diener oder Mädchen mit Aufmerksamkeiten zu uns, obwohl ich ihr noch gar keine Gegengeschenke gemacht habe.«
»Es sind erst zwei Jahre her, daß der junge Hwa diese Frau geheiratet hat«, sagte Simen Tjing. »Wie er selber erklärt, ist sie sehr angenehm im Wesen. Wäre dem nicht so, wie verkehrt wäre es, im Hause zwei junge, schmucke Dienerinnen zu halten?«
»Als seinerzeit der Hämling Herr Hwa gestorben war, habe ich sie beim Begräbnis auf dem Hügel gesehen«, bemerkte Frau Mondtraut. »Sie ist gedrungen von Gestalt, zart im Gesicht, mit ansprechenden Brauen. Sie wirkt einfach und klar, und ist recht sanft veranlagt. Sie kann höchstens fünfundzwanzig Jahre alt sein.«
»Du wirst es noch nicht wissen«, fiel Simen Tjing ein. »Sie war ursprünglich Nebenfrau des berühmten Großsekretärs Liang und ist erst später Hwa Dse-hüs Gattin geworden. Sie hat ihm ein gutes Stück Geld in die Ehe eingebracht.«
»In den nächsten Tagen wollen wir unbedingt unsere Gegengeschenke senden«, sagte Frau Mondtraut.
Lieber Leser! Hwa Dse-hüs Frau war eine geborene Li. Da sie am fünfzehnten Tage des ersten Mondes zur Welt gekommen war

und an diesem Tage jemand ihrer Familie ein Paar Vasen mit Fischmalerei geschenkt hatte, erhielt sie den Rufnamen Väsele. Sie war zuerst Nebenfrau des allgemein bekannten Großsekretärs Liang gewesen, der seinerzeit ein Schwiegersohn des Großlehrers Zai in der Reichshauptstadt war. Liangs Frau war nun äußerst eifersüchtig. So manche leibeigene Dienerin und Nebenfrau war von ihr umgebracht und dann hinten im Garten verscharrt worden. Diese geborene Li hatte mehr draußen im Bibliotheksraum Liangs gewohnt und seine Pflegerin dort zur Bedienung gehabt. Im dritten Jahre der Regierungslosung »Waltet in Eintracht!« weilte in der Vollmondnacht des ersten Mondes der Großsekretär Liang mit seiner Gemahlin in dem zweistöckigen Gartenhäuschen »Zu den schillernden Wolken«. Da ermordete ein gewisser Li Kwe die ganze Familie, alt und jung einschließlich des Großsekretärs Liang und aller übrigen. Als jeder natürlich sein Leben zu retten suchte, nahm unsere geborene Li bei dieser Gelegenheit hundert große ausländische Perlen und ein Paar zwei Unzen schwere rabenschwarze Edelsteine mit. Mit ihrer Pflegemutter fand sie zunächst in der Osthauptstadt Zuflucht bei Verwandten.
Zu jener Zeit war der Hämling Hwa von seinem Posten als kaiserlicher Leibgefolgsmann direkt zum Randstützpunktkommissar für Gwangnan befördert worden. Da sein Neffe Hwa Dse-hü noch keine Frau hatte, so veranlaßte er unter Mitwirkung einer Heiratsvermittlerin seine Verheiratung mit der geborenen Li als Hauptfrau. Als der Hämling dann nach Gwangnan reiste, nahm er seinen Neffen und dessen Frau mit. Sie hatten dort nur wenig über ein halbes Jahr gelebt, als der Hämling Hwa leider erkrankte und wegen Alters seinen Abschied nahm. Da er aus dem Kreise Klarenfluß stammte, setzte er sich dort zur Ruhe. Inzwischen war er nun gestorben, und seine ganze Hinterlassenschaft an Geld befand sich jetzt zum größten Teil in den Händen von Hwa Dse-hü.
Dieser besuchte täglich die Vergnügungsstätten mit gleichgesinnten Freunden. Es waren diejenigen, mit denen Simen Tjing und er seinerzeit Brüderschaft geschlossen hatten. Ganze Tage verbrachte er mit Jing Bo-djau und Sjä Si-da. Die ganze Sippschaft, zehn an Zahl, kam monatlich irgendwo zusammen. Man ließ sich Singmädchen im Festschmuck kommen, um sich mit ihnen zu vergnügen. Alle diese Leute merkten, daß Hwa Dse-hü, ein von einem kaiserlichen Kammerherrn unterhaltenes Herrchen, Geld auszugeben verstand und aus dem vollen lebte.

Deshalb verleiteten sie ihn, in den Vergnügungsstätten Halbweltdamen zu bewirten, so daß er vier oder fünf Tage lang gar nicht nach Hause zurückkehrte.
Simen Tjing hatte mit seiner ganzen Familie, der Hauptfrau und den Nebenfrauen, in der Eibischlaube beim Weine gefeiert. Nach dem Aufbruche begab sich Simen Tjing angeheitert in Goldlotos' Wohnung und wollte unter dem Einfluß des Weines zu ihr. Unverzüglich setzte Goldlotos Duftrauch an, entkleidete sich und schlüpfte ins Bett. Simen Tjing wohnte ihr indessen nicht bei. Er wußte genau, wie unübertroffen sie die Flöte zu handhaben verstand. Als er nun hinter dem Bettvorhang aus dunkler Baumwollgaze saß, hieß er sie neben ihm Hockstellung einnehmen, das Ding mit beiden Händen, als seien sie ein goldenes Armband, umfassen und es in ihrem Munde ein- und ausgleiten lassen. Genußvoll überließ er sich dem saugenden Spiel ihrer Lippen.
Plötzlich empfand er Durst und rief Schlehenblüte herein, ihm Tee zu bringen. Als Goldlotos aus Besorgnis, das Mädchen könnte etwas sehen, schleunigst den Bettvorhang herunterließ, fragte Simen Tjing, was sie befürchte, und begann dann zu erzählen, daß die Frau des nebenan wohnenden Hwa Dse-hü zwei hübsche Dienerinnen habe. Jene, die heute die Blumen gebracht habe, sei die jüngere, die andere stehe etwa im Alter von Schlehenblüte und sei vom zweiten Hwa schon besessen worden. Wer hätte gedacht, daß Hwa Dse-hü mit dem noch ganz jungen Dinge derart weit gegangen sei.
Goldlotos blickte Simen Tjing starr an: »Ich sollte dich eigentlich schelten. Aber wenn du Lust hast, die Dienerin zu gewinnen, so tu es meinetwegen! Warum um die Sache herumgehen, auf einen Berg weisen, wenn du die Mühle dahinter meinst, und erst andere Frauen als Beispiel heranziehen? Ich bin gar nicht so! Ich werde mich also morgen für ein Weilchen nach hinten begeben. Wenn sie kommt, dann hast du sie!«
»Kind, wie du verstehst, mir den Weg zu meinem Vergnügen freizumachen«, sagte Simen Tjing hocherfreut.
Beide wurden sich durch diese Aussprache des Zusammenklangs ihrer Gefühle und der Übereinstimmung ihrer Gedanken noch mehr bewußt. Was ihre tiefe Liebe betraf, so läßt sie sich unmöglich übertreiben. Das Flötenspiel war abgeklungen. Eng aneinandergeschmiegt, schliefen sie ein. Am nächsten Morgen begab sich Goldlotos tatsächlich zu Edelburg Meng und hielt sich dort eine Weile auf. Simen Tjing rief unterdessen Schlehen-

blüte zu sich in die Stube und machte sich die Dienerin zu eigen.
Seitdem wurde Schlehenblüte von Goldlotos eifrigst begünstigt. Sie hielt sie von Kochtöpfen, Holzkloben und Backarbeiten fern und ließ sie nur noch in der Stube aufwarten, die Betten machen, die Bettdecken zusammenfalten und Tee und Wasser reichen. Auch wählte sie aus ihrem Vorrat an Kleidungsstücken und Kopfschmuck das aus, was ihr das Liebste war, und schenkte es Schlehenblüte. Sie schnürte ihr die Füßchen ganz klein. Schlehenblüte war ja überhaupt ganz anders geartet als Herbstaster, sie war aufgeweckt, scharfsinnig, war von lebhafter Gemütsart und leidenschaftlich sowie schlagfertig im Antworten. Sie war wohlgewachsen und hatte ein recht hübsches Gesicht, und Simen Tjing war ihr sehr gewogen. Herbstaster war dagegen dumm und einfältig und nichts weniger als lebensgewandt, so daß sie fortwährend von Goldlotos geprügelt wurde.

IX.

Das Vertrauen auf ihre Stellung als Liebling im Hause machte Goldlotos überheblich. Tag und Nacht hielt sie keine Ruhe. Von Natur höchst argwöhnisch, hatte sie die Eigenheit, hinter Hekken zu spähen und an Wänden zu lauschen. Aber auch Schlehenblüte war ziemlich unbeherrscht. Eines Tages hatte Goldlotos sie gerade wegen irgendeiner Geringfügigkeit gescholten. Da sie ihrem Herzen sonst nirgendwo Luft machen konnte, war Schlehenblüte in die Küche gegangen. Hier hämmerte sie auf den Tisch, schlug mit der Hand auf die Schemel und gebärdete sich wie toll. Schneeholdchen Sun konnte das nicht mitansehen und spöttelte: »Wenn du mannstoll bist, so geh anderwärts deinen Launen nach!«
Nur noch verärgerter fuhr Schlehenblüte los: »Welche niederträchtige Magdseele beschuldigt mich, daß ich Männern nachstelle?«
Schneeholdchen Sun überhörte diesen Ausruf geflissentlich. Schlehenblüte eilte erregt davon, um in aller Ausführlichkeit und für Goldlotos' Ohren aufgebauscht zu erzählen:
»Sie hat auch behauptet, daß Ihr, Herrin, den Hausvater veranlaßt hättet, mich zu nehmen, und daß Ihr für den Männerfang prächtig geeignet seiet!«
Das erbitterte Goldlotos heftig. Da Frau Mondtraut sich zu

einem Begräbnis hatte begeben wollen, war Goldlotos an diesem Morgen etwas früher aufgestanden, um ihr bis zum Haupttor das Geleit zu geben. Abgespannt hatte sie sich ein Weilchen zur Ruhe gelegt. Jetzt schritt sie zu dem Gartenhäuschen. Dort tänzelte Edelburg Meng zu ihr herein und kicherte: »Warum bist du so niedergeschlagen und wortkarg, Schwester?«
»Ach, es hat nichts zu bedeuten«, gab Goldlotos zurück. »Ich fühle mich heute morgen nur entsetzlich matt. Woher kommst du denn?«
Edelburg erzählte, sie sei eben in der Küche gewesen. Goldlotos wollte nun wissen, wovon sie dort gesprochen hätten, doch Edelburg erklärte, daß niemand etwas gesagt habe. Goldlotos war innerlich zwar erbost, gab das aber nicht zu erkennen. Beide Frauen beschäftigten sich eine Weile mit Handarbeiten, bis Schlehenblüte Tee auftrug. Sie tranken, rückten dann, um der Langeweile zu entgehen, einen Tisch zurecht und vertrieben sich die Zeit beim Schachspiel. Da trat Simen Tjing über die Schwelle und stand vor den Frauen. Sie trugen das Haar wie üblich in Netzen aus silbernen Fäden, die die Schläfen freiließen, und in den Ohren Gehänge aus Lasurstein. Über ihre weißen Batisthemden hatten sie rosa Westchen gezogen. Spitze, hurtige, rotbeschuhte Füßchen, winzig wie Mandarinenentlein, sahen unter den Röcken hervor, die in Streifen ausliefen. Die Frauen waren gepudert und geschminkt und trugen Schmuck aus Perlen und Edelsteinen. Langsam überzog Simen Tjings Antlitz ein Schmunzeln, und er scherzte: »Wie ein Paar Puderköpfchen, die mehr als hundert Unzen Silber kosten.«
»Wir sind keine Puderköpfe«, gab Goldlotos zurück. »Der Puderkopf im Hause befindet sich in den Hinterräumen.«
Edelburg wollte sich zurückziehen. Simen Tjing hielt sie jedoch fest: »Wo willst du denn hin? Kaum bin ich da, so versuchst du, dich zu drücken! Was habt ihr beide hier getrieben, während ich nicht zu Hause war?«
»Wir kamen fast vor Langeweile um«, antwortete Goldlotos. »Wir haben zwei Partien Schach gespielt.« Sie nahm ihm sein Gewand ab: »Du bist früh von der Beerdigung zurück.«
»Der ganze Speisesaal war voll von Hämlingen und ihren Amtsgenossen. Dazu noch die Schwüle. Ich fand es unerträglich und bin vorzeitig heimgegangen.«
Edelburg erkundigte sich, warum Frau Mondtraut noch nicht zurück sei.
»Ihre Sänftenträger waren in die Stadt gegangen, um dort

zu warten. Da ich zuerst zurückgekommen bin, habe ich zwei Dienerjungen geschickt, die sie abholen sollen.«
Er setzte sich hierauf und forschte, um welchen Preis sie Schach gespielt hätten. Goldlotos antwortete, es sei ohne Einsatz nur zum Zeitvertreib geschehen.
»Laßt mich mit euch spielen!« regte Simen Tjing an. »Wer verliert, hat eine Unze Silber für einen Festschmaus zu zahlen.«
»Wir besitzen kein Silber«, erklärte Goldlotos.
»Hast du kein Silber, so kannst du ja einen Haarpfeil bei mir versetzen.«
Sie spielten; Goldlotos verlor. Sie warf die Schachfiguren durcheinander, dann ging sie stracks zu dem Riesenhuflattichbusch, lehnte sich an den Felsen und stellte sich, als ob sie seine Blüten pflücke. Simen Tjing entdeckte sie dort: »Liebes Schlaumäulchen, du hast die Schachpartie verloren, und nun verbirgst du dich hier!«
Als er auf sie zutrat, blickte ihn Goldlotos lachend von der Seite an: »Du Bösewicht! Hätte Edelburg verloren, so würdest du nicht gewagt haben, sie festzuhalten. Du kommst nur mich wieder behelligen.«
Sie zerdrückte die Blüten in ihrer Hand und überstreute Simen Tjing damit. Er umfaßte sie und unter Zungenküssen scherzte er mit ihr. Doch Edelburg kam hinzu: »Schwester, die erste Gemahlin ist zurückgekommen. Laßt uns zu ihr gehen!«
Goldlotos schob Simen Tjing fort: »Schlingel, wenn ich wiederkomme, steh ich dir Antwort!« Sie begab sich mit Edelburg in die rückwärtigen Räume und begrüßte dort Frau Mondtraut. Diese fragte, was sie so lustig gestimmt habe.
»Die Schwester hat mit ihm Schach gespielt und eine Unze Silber verloren«, erklärte Edelburg. »Dafür soll demnächst ein Festschmaus veranstaltet werden, zu dem du eingeladen wirst.«
Frau Mondtraut lachte. Goldlotos hielt sich nur kurz bei ihr auf, um Simen Tjing wieder Gesellschaft zu leisten. Schlehenblüte mußte auf ihren Befehl in der Stube Weihrauch anzünden und ein heißes Bad herrichten als Vorbereitung für die Wonnen des Abends.
Frau Mondtraut nahm in der Familie zwar den ersten Rang ein, kümmerte sich aber nicht um die Familienangelegenheiten, denn sie war immer kränklich. Die gesellschaftlichen Pflichten übernahm Holdchen Li; auch die Aus- und Einzahlungen von Silber-

barren und gemünztem Gelde gingen durch ihre Hand. Die Aufsicht über das weibliche Dienstpersonal lag Schneeholdchen Sun ob. Sie hatte auch die Küche unter sich und mußte dafür aufkommen, daß alle Frauen ihre Mahlzeiten erhielten. Wünschte Simen Tjing in den Räumen der Frau, bei der er gerade übernachtete, Wein, Speisen oder auch heißes Wasser, so hatte Schneeholdchen Sun dafür zu sorgen, und die Mägde der betreffenden Frau holten es aus der Küche.

An jenem Abend weilte Simen Tjing bei Goldlotos. Sie tranken, badeten und legten sich zur Ruhe. Am nächsten Morgen sollte es eine Auseinandersetzung geben. Simen Tjing hatte Goldlotos versprochen, ihr im Tempel Perlen zum Aufziehen zu kaufen. Er stand in aller Frühe auf, und weil er Appetit auf Lotosgebäck und Hühnerfleischbrühe hatte, hieß er Schlehenblüte, es in der Küche zu bestellen; doch sie rührte sich nicht.

»Schicke sie nicht!« warnte Goldlotos. »Man hat behauptet, ich habe dich veranlaßt, sie zu nehmen, und sei für die Betörung des Mannsvolkes eine rechte Helferin. Wie kann sie da nun auf dein Geheiß in die Küche gehn?«

Simen Tjing wollte wissen, wer das gesagt habe, aber Goldlotos wich aus: »Warum darüber reden! Alle Schüsseln und Krüge haben doch Ohren. Schicke sie nicht! Laß Herbstaster den Auftrag ausrichten!«

Simen Tjing rief nun Herbstaster herbei. Sie mußte die Bestellung an Schneeholdchen Sun in der Küche überbringen. Es verstrich so viel Zeit, wie ausgereicht hätte, um zwei Mahlzeiten einzunehmen. Ungeduldig brauste Simen Tjing auf. Nun wies Goldlotos Schlehenblüte an: »Schau doch einmal nach, ob das Geschöpf etwa Wurzeln getrieben hat.«

Schlehenblüte begab sich ziemlich widerstrebend zur Küche. Als sie Herbstaster dort noch immer warten sah, schalt sie: »Die Herrin wird dir Beine machen. Sie begreift nicht, warum du dich nicht tummelst, wenn dir etwas aufgetragen worden ist. Der Herr will zum Tempel. Vor Ungeduld ist er heftig geworden und hat mir befohlen, dich herbeizuschleppen.«

Schneeholdchen hätte dies nicht mit anhören dürfen; nun fuhr sie zornig auf: »Die Töpfe sind aus Eisen! Alles braucht doch seine Zeit. Den Reisschleim, den ich vorbereitet habe, will er nicht. Plötzlich sind da acht ganz neue Gelüste wach geworden. Kuchen soll gebacken und Suppe gekocht werden.«

»Schwatz nicht solchen Unsinn!« schimpfte Schlehenblüte ärgerlich. »Wer würde sich getrauen, etwas von dir zu verlangen, wenn ihn der Herr nicht geschickt hätte?« Sie zerrte mit einer Hand Herbstaster am Ohre nach sich und eilte davon.

»Sklavenbiest!« rief Schneeholdchen ihr nach. »Seit langem benimmst du dich so trotzig. Gelegentlich werde ich es aber sagen!«

»Ob du es sagst oder nicht, dadurch ändert sich nichts an dem Unterschied zwischen dir und meiner Herrin«, gab Schlehenblüte zurück.

Gelb vor Erregung und Herbstaster mit sich ziehend kehrte sie zurück. Goldlotos wollte wissen, was sich ereignete habe.

»Frag sie«, antwortete Schlehenblüte. »Als ich hinkam, stand sie noch in der Küche, während jene eben erst in aller Gemütsruhe das Mehl anrührte. Kaum hatte ich nur geäußert: ›Der Herr wartet, und die Herrin ist ungehalten‹, so schimpfte sie mich unzählige Male Sklavenbiest. Dazu sagte sie, der vorbereitete Reisschleim werde nicht gegessen und aus reinem Mutwillen Gebäck und Suppe bestellt. Sie zeterte nur heftig in der Küche und ließ es sich nicht einfallen, etwas zu bereiten.«

»Ich riet ja gleich ab, Schlehenblüte zu schicken«, bemerkte Goldlotos. »Es wird behauptet, ich und sie beschlagnahmten dich hier, und wir müssen uns solche Schmähungen bieten lassen.«

Simen Tjing schritt voll Zorn in die Küche, versetzte dort ohne Umschweife Schneeholdchen ein paar Fußtritte und tobte:

»Elender krummer Knochen! Ich habe sie nach Gebäck geschickt, was hast du sie da zu beschimpfen? Du hast sie ein Sklavenbiest genannt. Spiegle du dich nur in deinem eigenen Harn!«

Als er zur Türe der Küche hinaus war, rief sie der Frau des Torhüters Lai-dschau namens Grünranke zu: »Du hast doch dabeigestanden und gehört, daß ich nichts von Bedeutung sagte. Sie kam wie ein böser Geist hierher, um nur zu nörgeln. Dann hat sie die Magd fortgezerrt und vor dem Herrn aus einem harmlosen Anlaß eine schwere Anschuldigung erhoben. Grundlos hat er mir wütend den Auftritt gemacht. Jetzt passe ich auf. Dieses Sklavenbiest soll sich nur nichts zuschulden kommen lassen!«

Entgegen der Erwartung hörte Simen Tjing das noch, kehrte um, versetzte Schneeholdchen ein paar Faustschläge:

»Niederträchtige Dirne! Du behauptest, sie nicht beleidigt zu haben? Mit eigenen Ohren habe ich es jetzt gehört!« Dann kehrte er ihr den Rücken.

Frau Mondtraut hatte sich in ihrem Gemach eben erhoben und gekämmt und wollte sich nun von Edelsteinchen über die Ursache des Lärms aufklären lassen.

»So etwas habe ich auch noch nicht erlebt! Wenn er Kuchen will, hätte sie sie ihm rasch machen sollen! Warum schilt sie die Dienerinnen auch grundlos!« bemerkte Frau Mondtraut. Sie schickte Edelsteinchen in die Küche, um Schneeholdchen anzutreiben, mit den Dienerfrauen rasch die Suppe fertigzumachen. Diese wurde Simen Tjing gebracht, und er begab sich darauf zum Tempel.

Schneeholdchen kochte vor Erregung und ging zu Frau Mondtraut, um ihr ihr Leid zu klagen. Inzwischen war Goldlotos flink herbeigeeilt, unter das Fenster getreten und horchte, wie Schneeholdchen sich bei Frau Mondtraut und Holdchen Li über sie beschwerte, daß sie den Herrn einspinne und heimlich alles mögliche treibe:

»Herrin, Ihr wißt es noch nicht! Dieses liederliche Frauenzimmer ist toller als jede Dirne. Wenn sie eine Nacht den Mann nicht bei sich hat, so ist sie von Sinnen. Damals ist sie zu uns gekommen, nachdem sie ihren eigenen Mann vergiftete. Jetzt hat sie den Hausherrn zum blinden Hahn gemacht, so daß er uns nicht mehr ausstehen kann.«

»Ich habe solche Torheit von dir noch nicht erlebt«, gab Frau Mondtraut zurück. »Wenn der Herr eine Magd nach Gebäck schickt, so sei doch vernünftig und gib, was er wünscht! Damit ist alles erledigt. Warum schiltst du sie ohne Anlaß?«

In diesem Augenblick meldete Edelsteinchen, daß Goldlotos draußen sei. Gleich darauf trat sie ein. Sie richtete ihren Blick auf Schneeholdchen.

»Gesetzt, ich hätte damals meinen Mann umgebracht, warum hast du nicht pflichtgemäß den Herrn davor bewahrt, mich zu heiraten und in die Familie aufzunehmen? Dadurch hättest du es doch vermeiden können, daß ich ihn hindere, dein Nest zu behüten. Und was Schlehenblüte angeht: Sie ist nicht meine Magd. Du brauchst dich also nicht so zu ereifern. Mag sie ruhig die Herrin bedienen; dann ist alles in Ordnung. Deine Zänkereien mit ihr können dann aufhören, und ich werde nicht wieder darein verwickelt werden. Wer heiratet nach dem Tode des Mannes gern zum zweiten Male? Aber um allen Schwierigkeiten aus dem Wege zu gehen, wollen wir die Rückkehr des Hausherrn abwarten. Er mag mir einen Ehescheidungsbrief geben. Ich gehe dann, und die Sache ist abgetan.«

»Ich versteh gar nicht, was ihr beide eigentlich miteinander habt!« bemerkte Frau Mondtraut. »Ihr solltet beide eure Zunge zügeln!«
»Herrin«, sagte Schneeholdchen, »jetzt habt Ihr einmal ihr Mundwerk kennengelernt. Ihr Redestrom ergießt sich wie der Hwai mit seinem Nebenflusse Hung. Niemand kommt mit ihr mit. In Gegenwart des Herrn hat sie ihre Zunge nicht im Zaume gehabt. Kaum hat er den Rücken gekehrt, so bestreitet sie es.« Und nun wandte sie sich an Goldlotos: »Wenn es auf dich ankäme, so müßten außer der Herrin alle verjagt werden, damit du allein übrig bliebest.«
Frau Mondtraut saß schweigend da und ließ die beiden ihr Wortgefecht weiterführen. Bald begannen sie einander böse zu beschimpfen und es fehlte nicht viel, daß sie aufeinander losgeschlagen hätten. Frau Mondtrauts Geduld war nun erschöpft. Sie veranlaßte Edelsteinchen, Schneeholdchen aus dem Zimmer hinauszubugsieren. Goldlotos begab sich in ihre Räume, legte ihren Schmuck ab und wusch Schminke und Puder herunter. Mit aufgelöstem Haar und entstelltem Antlitz warf sie sich aufs Bett und begann zu heulen, daß die Augen wie Pfirsiche anschwollen.
Erst gegen Abend kehrte Simen Tjing vom Tempel heim und betrat ihre Stube. Er erkundigte sich sogleich, was geschehen sei. Goldlotos jammerte laut, forderte von ihm eine Scheidungsurkunde und erzählte den Vorfall.
Wie ein Sturmwind raste er in die Küche, ergriff Schneeholdchen bei den Haaren und schlug wuchtig mit einem Knüttel ein paarmal auf sie ein. Glücklicherweise kam Frau Mondtraut hinzu, fiel ihm in den Arm und sagte zu Schneeholdchen: »Schickt sich denn das für eine anständige Familie? Macht doch keine Szene! Warum reizt ihr den Hausherrn so?«
»Sie ist ein richtiger, niederträchtiger, ganz verkommener Knochen«, rief Simen Tjing und zu Schneeholdchen: »Mit eigenen Ohren habe ich die Schimpfereien in der Küche gehört. Nun wagst du es noch, zu hetzen und andere anzuschwärzen? Es schadet dir gar nichts, wenn ich dir dein Hinterteil verprügle.«
Nach diesem Vorfall begab sich Simen Tjing zu Goldlotos, um sie zu trösten. Er zog aus seinem Ärmel die im Tempel gekauften vier Unzen Perlen hervor und reichte sie ihr. Als sie sah, daß ihr Mann für sie Partei ergriffen hatte, vergaß sie ihren Ärger. Warum sollte sie auch nicht vergnügt sein, wo ihr mehr als

zehnfache Genugtuung zuteil geworden war! Ihre Leidenschaft für Simen Tjing vertiefte sich beträchtlich.

X.

Eines Tages war gerade Hwa Dse-hü an der Reihe, ein Gastgelage zu geben. Die Familie Hwa wohnte neben Simen Tjing. Da ihr ein kaiserlicher Hämling angehört hatte, waren die Pokale mit den köstlichsten Weinen gefüllt. Die Schwurbrüder waren bereits vollzählig versammelt.
Es währte nicht lange, so hatte man drei Runden Wein zu sich genommen, und es waren drei Liederfolgen vorgetragen worden. Die beiden Sängerinnen legten ihre Musikgeräte beiseite, traten vor und warfen sich wie vom Winde bewegte Blütenzweige zu Boden auf ihr Antlitz. Simen Tjing ließ ihnen durch Dai-an aus seiner Brieftasche zwei Umschläge mit je drei Scherf Silber als Belohnung darreichen. Die Sängerinnen bedankten sich und traten in den Hintergrund. Simen Tjing richtete nun an Hwa Dse-hü als Gastgeber die Frage:
»Wie heißen die jungen Damen? Sie sind wirklich ausgezeichnete Sängerinnen.«
Noch ehe dieser hatte antworten können, rief Jing Bo-djau dazwischen: »Unser Oberrat hat ein schlechtes Gedächtnis. Er erkennt sie nicht wieder! Die Harfenspielerin ist Silberschönchen Wu aus der hinteren Lustbarkeitsgasse, des jungen Hwa verehrtes Eisvögelchen. Die Lautenspielerin ist das Töchterchen der alten Mutter Li, von dem wir seinerzeit gesprochen haben, die jüngere Schwester von Zimtfee Li. Ihr Rufname ist Zimtknospe. Ihre leibliche Tante, Holdchen Li, gehört doch deiner Familie an! Warum tust du da, als ob du sie nicht kenntest?«
»Oh, sie ist es!« lachte Simen Tjing. »Ich habe sie zuletzt vor sechs Jahren gesehen. Wer konnte erwarten, daß sie sich so prächtig entwickeln würde?«
Als man den Wein ausgetrunken hatte, schenkten die Mädchen wieder ein. Zimtknospe redete dabei fleißig zum Trinken zu, pflog Liebesunterhaltung und spazierte bei den Gästen herum.
Simen Tjing fragte sie:
»Wie geht es deiner Mutter und deiner Schwester Zimtfee? Warum besucht ihr denn nicht eure Tante?«
»Unserer Mutter geht es seit vorigem Jahr gar nicht gut«,

antwortete Zimtknospe. »Meine Schwester Zimtfee wurde von einem Geschäftsmann aus der Gegend des Hwaistromes seit einem halben Jahre gedungen. Wenn sie ihn in seinem Hause besucht, läßt er sie oft mehrere Tage lang nicht aus dem Hause. Bei uns daheim ist sonst niemand da, und so leben wir von meinem Verdienst als Sängerin. Es ist ein trauriges Brot. Ich habe mich schon immer mit dem Gedanken getragen, bei Euch vorzusprechen, aber es fehlte mir dazu die Zeit. Warum seid Ihr aber so lange nicht zu uns gekommen? Auch solltet Ihr die Tante einmal zum Besuch unserer Mutter nach Hause lassen. Das wäre schön!«

Ihre liebenswürdige Art und ihre verständige und aufgeweckte Unterhaltung rief in Simen Tjing den Wunsch wach, sie für sich zu haben.

»Wenn ich mich heute mit zwei guten Freunden verabrede, dich nach Hause zu bringen, würde dir das recht sein?«

»Narret mich doch nicht! Solltet Ihr wirklich Euren hochwerten Fuß noch in unsere ärmliche Hütte setzen wollen?«

»Ich scherze nicht«, antwortete Simen Tjing und gab ihr aus seinem Ärmel ein Taschentüchlein, einen silbernen Zahnstocher und ein Büchschen duftenden Tees.

Zimtknospe nahm alles in Empfang und erkundigte sich, um welche Zeit er gehen werde, da sie den Diener vorauszuschicken beabsichtige, damit man zu Hause etwas vorbereiten könne.

»Ich warte nur noch bis zum allgemeinen Aufbruch.«

Als man das Weingelage bald darauf aufhob, war es schon dunkel geworden. Simen Tjing, Jing Bo-djau und Sjä Si-da begleiteten hoch zu Roß Zimtknospe heim und bogen in das Vergnügungsviertel ein zum Hause Li.

Als Simen Tjing und seine Gefährten mit Zimtknospe in ihrer Sänfte am Haustor ankamen, bewillkommnete sie Zimtfee an der Tür und hieß sie eintreten. Nach den Begrüßungsförmlichkeiten äußerten die Herren den Wunsch, sich der alten Mutter vorzustellen. Alsbald erschien die kriecherische Alte, auf eine Krücke gestützt. Die eine Seite ihres Körpers und ein Arm waren gelähmt.

»Gütiger Himmel! Welcher Wind hat Euch, verehrter Herr Schwager, hergeweht?«

»Es war mir unter der Bürde der Geschäfte bisher leider unmöglich zu kommen. Verargt mir das nicht, Mütterchen!« antwortete Simen Tjing lachend.

»Warum sind denn auch die beiden anderen Herren niemals zur

Unterhaltung erschienen?« wandte sie sich nun an Jing und Sjä.
»Weil ich leider nie Zeit hatte«, erwiderte Jing Bo-djau. »Heute trafen wir Zimtknospe in einer Teegesellschaft bei Herrn Hwa und haben sie mit Herrn Simen heimgeleitet. Laßt nur rasch Wein auftragen!«
Die unterwürfige Alte forderte die drei Herren auf, die Ehrensitze einzunehmen, bestellte Tee, wischte die Festtafel ab und sorgte für Speisen und Getränke. Bald darauf trat zu dem inzwischen angerichteten Festschmaus in vollem Schmuck und Putz Zimtknospe mit einer Kerze aus ihrem Gemach und setzte sich etwas abseits. Die beiden Schwestern mußten Wein kredenzen.
»Ich habe schon immer sagen hören, Zimtknospe verstehe es ganz ausgezeichnet, südländische Opernarien zu singen«, bemerkte Simen Tjing zu Zimtfee. »Darf ich vielleicht um einen solchen Vortrag bitten?«
»Ich durfte dem Herrn Oberrat darin nicht vorgreifen«, meinte Jing Bo-djau, »und mußte die Anregung ihm, dem Würdigeren, überlassen. Ich habe aber meine Ohren bereits geputzt und will nun gern den herrlichen Tönen lauschen.«
Simen Tjing hatte die Absicht, Zimtknospe den Gürtel zu lösen. Deshalb hatte er sie zunächst zu einem Liede genötigt. Aus langer Erfahrung gewitzigt, übersah die Hausmutter der Vergnügungsstätte sofort die Lage. Zimtfee, die seitlich saß, bemerkte:
»Unsere Zimtknospe ist sehr zurückhaltend und lehnt es ab, wahllos für jedermann zu singen.«
Simen Tjing ließ Dai-an einen Silberbarren von fünf Unzen aus seiner Brieftasche herausnehmen und legte ihn mit den Worten auf den Tisch:
»Es ist nur eine Kleinigkeit, einstweilen für Puder und Schminke. In ein paar Tagen werde ich einige golddurchwirkte Gewänder senden.«
Zimtknospe erhob sich, dankte und wies die Magd an, das Geld in Empfang zu nehmen. Dann erst trat sie zum Singen an die Tafel heran. Sie war noch sehr jung, zeichnete sich jedoch schon durch Schönheit und Kunstfertigkeit aus. Ohne jede Unruhe zog sie gelassen zunächst leicht ihre Seidenärmel hoch, strich ihren nach Hunan-Art geschnittenen Rock zurecht, steckte in den Ärmel ein Taschentüchlein mit rosa Fransen, so weich und geschmeidig wie fließendes Wasser und begann zu singen.

Simen Tjing war fassungslos vor Entzücken über ihren Vortrag. Er hieß seinen Diener Dai-an das Roß nach Hause führen und blieb die Nacht in Zimtfees Zimmer. Es drängte ihn, mit der jüngeren Schwester als erster eine Liebesnacht zu erleben. Jing Bo-djau und Sjä Si-da redeten ihm zu, und damit war der Entschluß endgültig gefaßt. Am anderen Morgen sandte Simen Tjing, um Zimtknospe seine Gunst zu bezeigen, einen kleinen Botenjungen nach Hause. Er sollte fünfzig Unzen Silber holen und aus dem Seidengeschäft vier Gewänder. Als Holdchen Li erfahren hatte, daß Simen Tjing ihrer Nichte den Gürtel zu lösen beabsichtigte, war sie hoch erfreut. Eiligst händigte sie Dai-an einen großen Silberbarren aus, damit er ihn zur Stätte der Lust bringe.

Es wurden nun Festgelage bestellt, und man flötete, fiedelte, sang und tanzte. Alles prangte von Brokat und Stickereien. Drei Tage lang feierte man das Ereignis. Jing Bo-djau und Sjä Si-da steuerten mit dem wortkargen Sun, Dschu Schi-niän und Tschang Dschi-djiä je einen halben Scherf bei und erschienen zur gemeinschaftlichen Beglückwünschung. Tagaus, tagein zechte man, schwelgte in Braten und trieb Possen.

XI.

In unvermindertem Gelüst nach Zimtknospes schönem Leib weilte Simen Tjing lange in der Gaststätte der Freude und war schon fast einen halben Monat seiner Familie ferngeblieben. Frau Mondtraut hatte ihn bereits mehrmals durch einen der kleinen Dienerjungen mit dem Pferd abholen lassen wollen. Um ihn aber festzuhalten, hatte die Familie Li ihm Kleider und Kopfbedeckung versteckt. Daheim hatten seine Frauen nichts zu tun und lebten in beschaulicher Ruhe. Mit Ausnahme von Goldlotos fanden sich alle damit ab. Diese war noch nicht dreißig Jahre alt und konnte die brennende Sinnenlust nicht unterdrücken. Täglich puderte und schminkte sie sich, legte Edelstein- und Perlenschmuck an, pflegte ihre Zähne blendend weiß und färbte ihre Lippen zinnoberrot. Ohne daß sie sich zum Haupttor begab, verstrich kein einziger Tag. Bis der Abend dämmerte, weilte sie hier. Dann schlich sie in ihre Behausung zurück. Da blieb ihr Kopfkissen vereinsamt, ihr Bettvorhang verwaist. Schlaflos durchwanderte sie eines Abends den Garten und betrachtete das Spiegelbild des Mondes auf der sanft gekräuselten Wasserfläche.

Sie grübelte über Simen Tjings Wesen, das ihr schwer faßlich war.
Edelburg hatte einen Dienerknaben mitgebracht, den man den Lautenjungen nannte. Er war sechzehn Jahre alt und hatte sich das Haupthaar wachsen lassen. Hübsch waren seine Brauen, verführerisch seine Augen. Er hatte sich aufgeweckt, flink und gewandt gezeigt. Ihm war von Simen Tjing die Aufsicht über den Garten übertragen worden. Neben der Eingangspforte zu diesem schlief er nachts in einem kleinen Pförtnerhäuschen. Goldlotos und Edelburg pflegten täglich in einer der Lauben gemeinsam Handarbeiten zu machen oder Schach zu spielen. Dabei war ihnen der Junge mit Handreichungen und kleinen Dienstleistungen behilflich. Auch hielt er immer wieder Ausschau, ob Simen Tjing komme. Goldlotos rief ihn öfter zu sich in die Stube und setzte ihm zur Belohnung Wein vor. Indem sie sich Morgen für Morgen und Abend für Abend zunickten, erwachte in ihnen Neigung füreinander.
Inzwischen war überraschend schnell der siebente Mond herangekommen und damit Simen Tjings Geburtstag. Da Frau Mondtraut sah, wie Simen Tjing über der Halbwelt alles andere vergaß, sollte ihn Dai-an mit einem Pferd abholen. Goldlotos hatte in aller Heimlichkeit ein Briefchen verfaßt, es Dai-an ausgehändigt und ihm eingeschärft, es dem Herrn unbeobachtet zuzustecken. Auch sollte er ihm ihre Bitte bestellen, möglichst bald heimzukommen. Dai-an traf Simen und seine Freunde an, wie sie mit den Schönen schäkerten, zechten und ihre Späße trieben.
»Warum bist du hergekommen?« fragte Simen Tjing. »Zu Hause liegt doch nichts vor?«
Das bestätigte Dai-an. Da fuhr Simen Tjing fort: »Hast du die Kleider für Fräulein Zimtknospe mitgebracht?«
Der Diener bejahte es, entnahm einem Paket ein rotes ungefüttertes Jäckchen und einen blauen Rock und überreichte beides Zimtknospe. Sie gab rasch die Weisung, Dai-an im Hinterzimmer etwas vorzusetzen. Der Junge aß sich satt, kam wieder und flüsterte heimlich Simen Tjing ins Ohr: »Die fünfte Gemahlin hat mich beauftragt, dieses Briefchen hier dem Herrn mit der Bitte zu überbringen, doch recht bald heimzukommen.«
Gerade wollte Simen Tjing den Brief an sich nehmen, als Zimtknospe, die den Vorgang beobachtet hatte und glaubte, es handle sich um den Liebesbrief einer Buhlin, ihn mit einem

raschen Griff wegschnappte, öffnete und musterte. Zimtknospe reichte das Briefchen Dschu Schi-niän, um es vorlesen zu lassen. Es war ein Lied mit der Angabe der Weise »Schlehenblüten vom Sturm geknickt«:

Sinnend verbring' ich die Tage,
immer noch grübelnd im dämmernden Licht,
Harrend, ach, ich verzage;
herführt all mein Lieben ihn nicht. –
Weil vor Weh mir das Herz schier bricht,
jammernd erheb' ich die Klage.
Decken mich einsam umfassen;
erst wenn erloschen des Flackerlichts Schein,
tröstet mich Schlaf; von den Gassen
schimmert durchs Fenster der Mond nur herein.
Hart ist dein graues Herz wie von Stein!
Nacht wird's, und ich bin verlassen!

Mit Grüßen Deiner Dich liebenden Nebenfrau, der sechsten Pan.

Zimtknospe zog sich sogleich in ihre Kammer zurück und legte sich auf ihr Bett. Das Gesicht kehrte sie der Wand zu. Ihr Groll veranlaßte Simen Tjing, das Briefchen in Fetzen zu zerreißen und Dai-an vor aller Augen zwei Fußtritte zu versetzen. Zwei Versuche, Zimtknospe herauszubitten, schlugen fehl. Da begab er sich erregt in ihre Kammer und trug sie auf den Armen hinaus. Dai-an schickte er zornig nach Hause.

Simen Tjing versuchte, Zimtknospe zu beschwichtigen: »Der Brief stammt von keinem anderen Mädchen; meine fünfte Nebenfrau hat ihn geschrieben und mich nur gebeten, heimzukommen, um geschäftliche Angelegenheiten zu erörtern. Sonst liegt nichts vor!«

»Laß dir nichts von ihm weismachen, Zimtknospe!« scherzte Dschu Schi-niän. »Die sechste Pan ist ein Mädchen aus der Nachbarschaft, mit der er neulich angebändelt hat. Ein Musterbild von Schönheit! Laß ihn ja nicht zu ihr hin!«

Simen Tjing schlug lachend nach ihm: »Verdammter Schurke! Sie ist schon böse genug; da schwatzest du noch solchen Unsinn!«

»Schwager, Ihr seid im Unrecht«, mischte sich Zimtfee ein. »Wenn Ihr daheim schon Frauen zu betreuen habt, braucht Ihr

nicht andere Schöne zu umwerben. Lange genug habt Ihr uns Gesellschaft geleistet, jetzt solltet Ihr Euch losreißen.«
Simen Tjing nahm Zimtknospe auf den Schoß und blieb.
Dai-an war unterdessen mit dem Pferde wieder heimgekommen. Edelburg und Goldlotos weilten gerade bei Frau Mondtraut. Sie wollten sogleich wissen, warum er den Herrn nicht heimgeleitet habe. Mit rot verweinten Augen berichtete Dai-an: »Der Herr hat mich mit dem Fuße gestoßen und gescholten. Er hat erklärt, wer es nochmals wage, ihn abholen zu lassen, solle auch Schelte zu hören bekommen.«
»Wenn er nicht kommt, auch gut!« bemerkte Frau Mondtraut. »Aber den Diener brauchte er doch nicht zu schelten!«
»Wenn er dem Diener einen Fußtritt versetzte«, meinte Edelburg, »warum muß er hinterher uns noch ausschelten wollen!«
»Neun von zehn der liederlichen Frauenzimmer in den Stätten der Lust haben doch keine aufrichtige Liebe zu ihm«, sagte Goldlotos.
Goldlotos ahnte nicht, daß Holdchen Li wahrgenommen hatte, daß Dai-an aus dem Vergnügungsviertel zurückkam. Sie lauschte vor dem Fenster und vernahm, wie Goldlotos ihre Familie beschimpfte. Feindschaft bestand von nun an zwischen ihr und Goldlotos.
Goldlotos ging wieder in ihre Kammer. Jede durchwartete Viertelstunde erschien ihr an Dauer drei Herbstmonden gleich, ja jeder Augenblick des Harrens wie ein halber Sommer. Daß Simen Tjing nicht heimkehren würde, wußte sie nun. Darum ließ sie ihre beiden Mägde zu Bett gehen und tat, als wolle sie sich noch im Garten erholen. Dann rief sie den Lautenjungen in ihre Stube und setzte ihm Wein vor, bis er berauscht war. Darauf verriegelte sie ihre Türe. Beide entkleideten sich und tollten sich aus.
Von diesem Tage an bestellte Goldlotos allnächtlich den Lautenjungen zu sich in ihre Kammer und entließ ihn erst kurz vor der Morgendämmerung. Verstohlen schenkte sie ihm ein paar goldplattierte Haarpfeile aus ihrem Haupthaar und ein besticktes Beutelchen mit einem Riechfläschchen, das sie am Rocke getragen hatte. Wie konnte sie ahnen, daß der junge Bursche die Verschwiegenheit nicht wahren würde! Da er oft auf die Gasse ging, um mit Dienern seines Alters zu zechen und um Geld zu spielen, sickerte etwas durch.
Eines Tages gelangte etwas davon auch zu den Ohren von

Schneeholdchen Sun und Holdchen Li. Sie begaben sich zu Frau Mondtraut und erzählten es ihr. Diese weigerte sich aber, es zu glauben.
»Laßt den Streit und vertragt euch mit ihr! Erzürnt auch nicht Schwester Edelburg! Sie wird erklären, daß ihr ihren Dienerknaben ungerecht anschwärzt.«
Als bald darauf Goldlotos in ihrer Stube sich wieder mit dem Jungen einließ, hatte sie vergessen, die Küchentür abzuriegeln. Zufällig kam Herbstaster heraus, um ein Bedürfnis zu verrichten, und sah alles. Am nächsten Morgen erzählte sie es Edelsteinchen. Diese teilte es Schneeholdchen mit, und nun begaben sich Schneeholdchen und Holdchen Li abermals zu Frau Mondtraut. Ihre eigene Dienerin habe es selber gemeldet. Nicht sie seien es, die Anklage erhöben. Wenn Frau Mondtraut jetzt nicht einschreite, so würden sie es dem Herrn sagen. Dem dirnenhaften Frauenzimmer verzeihen hieße, mit jedem Skorpion Mitleid haben. Das war gerade der Siebenundzwanzigste des siebenten Mondes, und Simen Tjing war aus der Vergnügungsstätte zurückgekehrt.
Sie baten Simen Tjing zu sich in die Stube und berichteten, wie Goldlotos zu Hause mit dem Dienerjungen gebuhlt habe.
Helle Wut übermannte ihn, als er das jetzt vernahm. Er rief laut nach dem Lautenjungen. Goldlotos war inzwischen gewarnt worden. Vor Erregung an allen Gliedern zitternd, hatte sie durch Schlehenblüte sofort den Knaben in ihre Stube gerufen, ihm eingeschärft, unter keinen Umständen etwas zu verraten, und ihm alle Haarpfeile abgenommen. In der Eile vergaß sie aber, sich das Riechbeutelchen mit dem Fläschchen zurückgeben zu lassen. Als der Junge vor Simen Tjing erschien, hieß ihn dieser niederknien. Mehrere andere junge Diener mit kräftigen Prügeln mußten neben ihm Aufstellung nehmen.
»Weißt du, was du verbrochen hast?« begann Simen Tjing.
Der Junge wagte lange Zeit kein Wort zu stammeln. Simen Tjing wollte sich jetzt von den links und rechts stehenden Dienern die Haarpfeile des Jungen geben lassen, aber man fand keine.
»Wo hast du die vergoldeten Haarpfeile gelassen, die du getragen hast?« fuhr Simen Tjing ihn an.
»Meine Wenigkeit besitzt keine«, erwiderte der Lautenjunge.
»Streift ihm die Kleider vom Leib und prügelt ihn!«
Sofort packten mehrere der Diener zu, zogen ihm das Obergewand ab und streiften ihm die Hose herunter. Dabei kam an

seinem Körper ein nephritfarbenes Batistleibchen zum Vorschein und an dessen Gurt ein besticktes Brokatbeutelchen mit einem Riechfläschchen. Simen Tjing ließ es sich reichen und erkannte es sofort als jenes, das Goldlotos an ihrem Beinkleide getragen hatte.
»Wer hat es dir gegeben? Gesteh die Wahrheit!«
Vor Bestürzung wußte der Bursche lange kein Wort zu finden; schließlich sagte er, er habe es eines Tages, als er den Garten fegte, dort aufgelesen. Niemand habe es ihm geschenkt. Simen Tjings Wut wuchs. Zähneknirschend befahl er, den Jungen zu fesseln und gründlich zu prügeln. Dann gab Simen Tjing Laibau die Anweisung, dem Sklaven die Haare an den Schläfen abzureißen, ihn vom Grundstück zu werfen und nicht zu dulden, daß er je wieder das Anwesen betrete.
Goldlotos war zumute, als habe man sie in einen Kübel mit eiskaltem Wasser getaucht. Bald trat Simen Tjing bei ihr ein. Sie bebte vor Schrecken. Zaghaft stand sie an seiner Seite und half ihm beim Ablegen der Gewänder. Simen Tjing versetzte ihr mit finsterer Miene eine Ohrfeige. Schlehenblüte wies er an, die Zugangstür zu verriegeln und niemand einzulassen. Dann ließ er sich im Hof auf einem kleinen Stuhl nieder, ergriff eine Reitpeitsche und herrschte sie an: »Dirne! Zieh dich aus, knie vor mir nieder, beuge deinen Puderkopf und wage es nicht, einen Laut auszustoßen! Den Sklaven hab' ich bereits verhört. Er hat alles eingestanden. Sage mir die Wahrheit: Wie oft hast du dich ihm während meiner Abwesenheit hingegeben?«
»Himmel, Himmel!« schluchzte Goldlotos. »So töte mich nur, obwohl ich unschuldig bin! Während du fort warst, hab' ich immer mit Schwester Edelburg Handarbeiten verfertigt, abends früh die Türe geschlossen und mich zu Bett gelegt. Glaubst du mir nicht, so befrage Schlehenblüte! Schlehenblüte! Liebe Schwester! So komm doch her und sag es selber dem Herrn!«
»Niederträchtige Dirne!« schalt Simen Tjing. »Man hat mir berichtet, daß du dem Diener heimlich mehrere vergoldete Haarpfeile zugesteckt hast. Warum gestehst du es nicht?«
»So töte nur deine Sklavin zu Unrecht! Das behaupten nur jene Frauenzimmer, denen man die Zunge an der Wurzel abreißen sollte! Weil sie gesehen haben, daß du immer bei mir schläfst, sind sie erbost und haben sich diese, so wahr es eine Sonne am Himmel gibt, erlogene Geschichte aus den Fingern gesogen. Die Zahl der Haarpfeile, die du mir geschenkt hast, steht doch fest. Hier ist Stück für Stück. Überzeuge dich doch selber!«

»Ob du nun die Haarpfeile hast oder nicht, ist gleichgültig«, sagte Simen Tjing und zog dabei aus dem Ärmel das Riechbeutelchen hervor. »Wagst du noch, etwas abzustreiten?«
Mit jedem Worte nahm sein Zorn zu, und ein Peitschenhieb sauste auf das zarte, üppig duftende Fleisch ihres Leibes nieder. Schier unerträglich war der Schmerz, Tränen quollen ihr aus den Augen.
»Während ich eines Tages im Garten mit Edelburg Handarbeiten gemacht habe, ist mir das Riechbeutelchen mit dem Fläschchen verlorengegangen, als ich von der Osterluzei-Laube herunterkam und mein Gürtel sich etwas gelockert hatte. Ich habe es überall gesucht, aber ich konnte doch nicht ahnen, daß der Junge es an sich genommen hatte. Ich habe es ihm wirklich nicht gegeben.«
Da dies mit der Aussage des Lautenjungen übereinstimmte, war beim Anblicke des am Boden knienden, splitternackten, blütengleichen Frauenkörpers sein Zorn rasch bis nach Java verflogen, als er ihr leises Schluchzen und ihre glatten Worte hörte. Reue und Rührung hatten sein Herz bereits fast wieder erobert. Er rief Schlehenblüte herbei, nahm sie auf den Schoß, umarmte sie und fragte: »Natürlich hat das liederliche Weib mit dem Dienerjungen angebändelt! Oder etwa nicht? Aber wenn du sagst, daß ich ihr verzeihen soll, will ich es tun.«
Schlehenblüte lehnte sich geziert und ziemlich verlegen an Simen Tjings Brust: »Ich bin doch mit der Herrin den ganzen Tag untrennbar wie Lippen und Wangen zusammen. Wie könnte sich die Herrin da mit dem Diener eingelassen haben? Das haben nur andere, die uns hassen, ausgeheckt.«
Damit hatte sie Simen Tjing so weit, daß er schweigend die Reitpeitsche fallen ließ. Goldlotos durfte sich erheben und ankleiden. Herbstaster mußte nach dem Essen sehen und den Tisch zum Trinken zurechtrücken. Einen Becher voll Wein schenkte Goldlotos ein und reichte ihn ihm mit beiden Händen. Dabei kniete sie nieder und verharrte in dieser Stellung.
»Ich will dir verzeihen«, herrschte Simen Tjing sie an. »Jedesmal, wenn ich künftig nicht zu Hause bin, mußt du dein Herz waschen und in dich gehn, früh die Türen schließen und dich auch nicht ungehörigen Gedanken hingeben. Es gibt keine Verzeihung mehr, wenn ich wieder etwas erfahre!«
»Ich werde deinem Befehle folgen«, gab sie zur Antwort, fiel viermal vor Simen Tjing auf ihr Antlitz und ließ sich dann

beruhigt auf ihren Sitz nieder, um Simen Tjing beim Weine Gesellschaft zu leisten.

Als am zweiten Tage, dem eigentlichen Geburtstage Simen Tjings, der Kommandant Dschou, der Polizeistrafrichter Sja, der Drillmeister Dschang, der ältere Schwager Wu und viele weitere Gäste zum Festmahl erschienen waren, ließ Simen Tjing in einer Sänfte Zimtknospe holen und bestellte außerdem zwei Sängerinnen, die den Tag mit Liedern verschönen mußten. Holdchen Li empfing ihre Nichte und stellte sie dann Frau Mondtraut vor. Während diese im Haupthause beim Tee saßen, baten sie auch Goldlotos, anläßlich des Besuches zu erscheinen. Aber sie kam nicht, obwohl man zweimal nach ihr schickte.

Als Simen Tjing gegen Abend Goldlotos' Zimmer betrat, trug sie ihren Haarknoten ungeordnet, ihr Blumengesicht erschien abgespannt und fahl. Sie bewillkommnete ihn, nahm ihm die Kleider ab und löste ihm den Gurt. Dann bot sie ihm Tee und für die Füße heißes Wasser und war ihm in jeder Weise behilflich. In der Nacht bereitete sie ihm auf Matte und Kopfstütze die schönsten Wonnen und war zu allem bereit, obwohl ihr Körper die Schmach der Mißhandlung hatte über sich ergehen lassen müssen. Dabei schmeichelte sie:

»Du mein Einziger! Wer liebt dich am leidenschaftlichsten in der ganzen Familie? Mit allen bist du doch ehelich verbunden wie der Morgentau mit der Blüte. Sie sind doch nur Wesen, für die du an zweiter Stelle stehst. Nur ich kenne dein Herz genau, und du kennst meine Gefühle zu dir. Weil die anderen sehen, wie innig du mich liebst und daß du am meisten bei mir weilst, vergehen sie vor Ärger, verklatschen mich hinter meinem Rükken und wollen dich aufwiegeln. Was verstehen meine geriebenen Feindinnen an hinterlistigen Mordplänen sich doch auszuklügeln, nur damit dein Herzensschatz durch dich so eine gefühllose Prüfung überstehen muß!

Als du neulich in der Vergnügungsstätte dem Botenjungen einen Tritt gabst und ihn gescholten hast, habe ich – dafür sind die Hauptfrau Mondtraut und Edelburg meine Zeuginnen – auch nicht eine Silbe gesagt. Ich sprach nur besorgt davon, jene Puderköpfe könnten dich ausmergeln und verseuchen. Die Sängerinnen aus den Vergnügungsstätten wollen doch nur dein Geld. Da gibt es doch keine Zuneigung! Wer hat dich da wirklich von Herzen lieb? Ich konnte ja nicht ahnen, daß zwei ränkevolle Lauscherinnen, die meine Worte gehört haben, heimlich einen

Plan schmieden würden, mich zu verleumden. Aber die Lehre der Alten ist richtig:

Niemand stirbt durch Unheil,
das von Menschen droht.
Erst durch Himmelsfügung
leidet man den Tod.

Für die Zukunft weiß ich ja jetzt genau Bescheid. Wenn du nur für mich Partei ergreifst, so ist schon alles gut.«

Mit solchen Worten wickelte sie Simen Tjing rasch ein. In der Nacht willfahrte sie dann allen seinen maßlosen sinnlichen Lüsten.

Ein paar Tage danach ließ sich Simen Tjing ein Pferd satteln und ritt mit Dai-an und Ping-an im Gefolge zum Vergnügungsviertel. Dort leistete Zimtknospe gerade jemand Gesellschaft. Auf die Nachricht von Simen Tjings Ankunft lief sie in ihre Kammer. Hier wusch sie Puder und Schminke ab, packte Kopfschmuck und Armreifen fort und warf sich auf ihr Lager. Die Bettdecke zog sie über sich und blieb liegen.

Simen Tjing hatte erst geraume Zeit sitzen müssen, ehe die alte Mutter Li erschien. Sie begrüßte ihn und bat ihn, Platz zu behalten.

»Warum zeigt sich denn Zimtknospe nicht?« forschte Simen Tjing.

»Ach, Herr Schwager, Ihr könnt es ja wohl nicht wissen. Ich versteh' gar nicht, was unserem Kinde fehlt. Sie kam damals verärgert nach Hause und mag seitdem nicht mehr aufstehen. Sie schläft immer nur und ist bis heute nicht über ihre Schwelle getreten. Ihr müßt doch recht gefühllos sein, daß Ihr so gar nicht nach ihr gesehen habt.«

»Na, so etwas! Davon hab' ich ja nichts geahnt. In welcher Stube ist sie denn? Ich werde sie besuchen.«

»Sie liegt in der hinteren Schlafkammer.«

Nach diesen Worten befahl die Alte eiligst einer Magd, den Türvorhang zu lüften. Simen Tjing trat in das Zimmer. Hier fand er die Puderpuppe mit aufgelöstem Haar und nachlässig geschminktem Gesicht. Bei seinem Eintritt rührte sie sich nicht. Er erkundigte sich, was ihr denn bei ihrer Heimkehr zugestoßen sei. Keine Antwort! Über wen sie sich geärgert habe, solle sie ihm doch sagen, bat er. Aber erst nach vielen, immer wieder erneuten Fragen Simen Tjings begann Zimtknospe:

»Natürlich, an deiner fünften Frau hast du eine, die es versteht, dich zu umschmeicheln und ihre Reize so recht spielen zu lassen. Deshalb kommst du so selten zu unsereiner! Was bildet sich das Weibsstück denn ein? Wenn unsere Familie auch unebenbürtig ist, so stehen diese wohlanständigen Herrschaften auch nicht viel höher als unsereine, wenn wir uns auf die Zehen stellen. Ich war doch neulich nicht gekommen, um bezahlte Gesangsvorträge zu geben, sondern als Gratulantin mit Geschenken. Herzlich und freundlich hat mich die Hauptfrau begrüßt. Sie hat mir so viel Schmuck und Kleidungsstücke geschenkt. Als ich erfuhr, daß du eine fünfte Frau hast, habe ich sofort gebeten, auch ihr meine Aufwartung machen zu dürfen. Sie erschien aber nicht. Bevor ich dann nach Hause ging, wollte ich mit meiner Tante zu ihr, um mich zu verabschieden. Sie ließ aber die Tür von ihrer Dienerin verriegeln.«
»Sei ihr nicht gram!« meinte Simen Tjing. »Sie hat sich damals nicht wohl gefühlt. Wäre sie gesund gewesen und nicht herausgekommen, um dich zu empfangen, so bezöge das liederliche Frauenzimmer eine Tracht Prügel.«
Zimtknospe machte mit ihrem Handrücken vor Simen Tjings Antlitz eine ungläubig abweisende Bewegung: »Du sie schlagen?«
»Meine lockere Hand kennst du noch nicht? Von der Hauptfrau abgesehen, geht es bei den Weibern und Mägden im Haushalt ohne Schläge nicht ab. In schweren Fällen bekommen sie zwanzig bis dreißig Peitschenhiebe, ja gelegentlich sogar noch mehr. Auch schneide ich ihnen das Haupthaar ab.«
»Ich habe schon Leute gesehen«, stichelte Zimtknospe, »denen der Kopf abgeschlagen wurde, aber noch keinen, dem man den Mund abhieb. Wenn du aber ein ganzer Mann bist, so schneid ihr doch einen Strang Haare ab und bring ihn mir, damit ich ihn selber sehe. Dann könnte ich dir glauben, daß du wirklich von allen Burschen, die sich in den Tummelstätten der Stadt blicken lassen, der tüchtigste bist.«
Simen Tjing verbrachte jene Nacht in der Stätte der Lust. Als er sich am nächsten Tage in der Dämmerung von Zimtknospe verabschiedete und in den Sattel schwang um heimzureiten, sagte sie: »Wenn du mir das Zeug nicht bringst, wirst du mir dann noch vor die Augen treten können?«
Diese aufhetzenden Worte mußte Simen Tjing hinunterschlukken. Als er nun weintrunken heimkam, begab er sich nicht erst in andere Gemächer, sondern unmittelbar zu Goldlotos. Sie be-

mühte sich doppelt um ihn, als sie wahrnahm, daß er noch unter dem Einfluß des Weines stand. Er ließ sich nun auf das Bett nieder und verlangte von Goldlotos, daß sie ihm die Schuhe ausziehe. Sich zu weigern, wagte sie nicht. Als sie es getan hatte, wollte sie ihn zu Bett bringen. Aber zur Ruhe legte er sich nicht, sondern setzte sich auf eines der Kissen und befahl ihr, sich zu entkleiden und dann auf dem Fußboden niederzuknien. Bei Goldlotos brach der Angstschweiß aus, ihre Hände krampften sich zusammen, kannte sie doch die Ursache seines Verhaltens nicht. Sie kniete nieder und schluchzte bitterlich: »Warum hältst du mich immer in dieser schrecklichen Erregung? Was soll ich denn nur noch alles erdulden in meinem Leben?«
»Niederträchtiges Frauenzimmer!« schalt Simen Tjing. »Wenn du dich nicht ausziehst, werde ich erst recht wütend.«
Er rief Schlehenblüte zu, ihm die Peitsche hinter der Türe hervorzuholen. Aber Schlehenblüte trat nicht ein. Erst ließ sie ihn lange, lange rufen, dann öffnete sie ganz sachte die Tür und kam herein. Sie sah Goldlotos am Boden vor dem Bette knien. Schlehenblüte rührte sich nicht, trotz Simen Tjings Anruf. Goldlotos schrie auf: »Schlehenblüte, meine liebe Schwester, rette mich! Er will mich schlagen!«
»Kümmere dich nicht um sie, du Schlaumäulchen!« rief Simen Tjing. »Reiche mir die Peitsche!«
»Schämst du dich denn gar nicht?« sagte Schlehenblüte. »Was hat sie dir denn getan? Du hörst nur auf das Geschwätz elender Frauenzimmer und machst ohne jede Ursache Krach. Mit was für Augen soll man dich denn nur anblicken? Aber ich gehorche dir nicht!« Damit zog sie die Türe hinter sich zu.
Simen Tjing blieb nichts übrig als laut aufzulachen.
»Ich werde dich nicht schlagen«, sagte er zu Goldlotos. »Komm her zu mir! Ich will dich um eine Kleinigkeit angehen. Willst du sie mir gewähren?«
»Liebster Schatz, mein ganzer Körper, Fleisch und Bein, alles gehört dir ganz. Was du auch immer magst, ich werde dir nichts versagen. Ich ahne aber gar nicht, was dein Herz begehren könnte.«
»Ich möchte eine schöne Strähne des Haares von deinem Scheitel.«
»Wozu?«
»Für ein Haarnetz.«
»Das will ich dir gern anfertigen. Nur gib mein Haar nicht liederlichen Weibern, damit sie mich nicht verspotten!«

»Ich gebe es niemand, dabei bleibt es.«
Sie löste ihr Haar auf. Simen Tjing ergriff eine Schere und schnitt eine dicke Strähne heraus, wickelte sie in Papier ein und steckte sie in die Tasche. Goldlotos warf sich an Simen Tjings Brust.
»In allem gebe ich, deine Sklavin, dir nach. Ich wünsche auch nichts weiter, als daß du dein Herz nicht von mir wendest. Stell dich mit allen so herzlich, wie du willst, nur stoß mich nicht von dir!«
In dieser Nacht gewährte sie ihm ungewöhnliche Genüsse. Am nächsten Morgen verließ er das Haus und ritt zu den Vergnügungsstätten. Hier fragte Zimtknospe ihn sofort nach dem abgeschnittenen Haar.
»Ich habe es bei mir.« Damit nahm Simen Tjing es aus der Tasche und reichte es Zimtknospe.
Sie öffnete das Päckchen. Als sie nun wirklich das prächtige, schwarze, fettige Haar vor sich sah, steckte sie es in ihren Ärmel.
»Du hast es gesehen. Gib es zurück!« sagte Simen Tjing. »Sie war gestern ganz unleidlich. Erst als ich eine böse Miene aufsetzte, ließ sie es zu. Ich habe sie geprellt und ihr weisgemacht, es solle den Faden zu meinem Haarnetz geben.«
»Was ist denn nur so kostbar daran, daß du es gar so eilig mit der Rückgabe hast?« fragte Zimtknospe. »Du erhältst es, ehe du nach Hause gehst. Wenn du solche Angst vor ihr hast, so hättest du ihr das Haar doch gar nicht erst abzuschneiden brauchen.«
Während Zimtfee ihm beim Weine Gesellschaft leisten mußte, legte Zimtknospe heimlich Goldlotos' Haar in ihre Schuhe, um immer auf ihm herumzutrampeln.
Simen Tjing wurde wieder umgarnt, und viele Tage ließ man ihn nicht nach Hause.
Goldlotos fühlte sich nach dem Vorfall sehr beunruhigt. Sie verließ ihre Räume nicht und zeigte keinen Appetit. Frau Mondtraut ließ deshalb durch einen der Dienerknaben eine alte Frau namens Liu rufen, die man immer in solchen Fällen bestellte. Diese meinte, Goldlotos leide an heimlichem Kummer. Der Verdruß sitze zu tief in ihrem Herzen. Sie werde sich deshalb schwer erholen können; ihre Kopfschmerzen seien nur dadurch verursacht und ebenso die Appetitlosigkeit. Sie öffnete ein Arzneipäckchen und ließ für Goldlotos zwei schwarze Pillen zurück, die sie abends mit Ingwersuppe einnehmen sollte. Am nächsten Tage wolle sie überdies ihren Mann senden, um durch ihn

ermitteln zu lassen, ob im laufenden Jahre Unheil zu gewärtigen sei oder nicht.
»Ach«, erkundigte sich Goldlotos, »dein Mann kann also auch wahrsagen?«
»Er ist zwar blind«, bemerkte die alte Liu, »hat aber einige besondere Gaben. Erstens versteht er sich vorzüglich auf Geomantie, Wahrsagen und Gesundbeten; zweitens auf Nadel- und Brennheilbehandlung zur Beseitigung von Geschwüren. Das dritte sollte ich eigentlich nicht verraten: Er bringt die Wendung zum Guten zustande.«
Auf Goldlotos' Frage, was diese Wendung bedeute, erklärte die Alte: »Nun, wenn beispielsweise die Eintracht zwischen Vater und Sohn oder zwischen Brüdern gestört ist, auch bei Zank und Streit zwischen Hauptgattin und Nebenfrauen, da braucht man ihm das nur mitzuteilen. Mein Alter wendet einen Zauberbann an Ort und Stelle an oder verschreibt einen Zaubertrank. In noch nicht drei Tagen hegen Vater und Sohn zueinander wieder die wärmsten Gefühle, zwischen den Brüdern herrscht wieder herzlichste Eintracht, und Hauptgemahlin und Nebenfrauen streiten nicht mehr. Leuten, deren Handelsgeschäft nicht flott gehn will oder deren Acker oder Haushalt nicht gedeiht, verhilft er wieder zu Verdienst und Wohlstand. Er weiß das Gestirn des Schicksals um Hilfe anzugehn. Deshalb nennt man ihn allgemein den Astrologen Liu.«
Diese Erzählung beschäftigte Goldlotos sehr. Sie ließ durch eine Magd die Alte mit Tee und Gebäck bewirten und packte ihr beim Abschied drei Scherf Silber als Arzneigeld ein. Für Opferpapier, Opfergaben und Opferpfänder legte sie noch eine halbe Unze Silber zu. Zur Frühstückszeit am anderen Morgen solle sie den blinden Liu zur Verbrennung des Opferpapiers mit den Gebetsformeln senden.
Selbstverständlich geleitete Liu am nächsten Tage den Blinden zu Goldlotos' Schlafzimmer. Im Vorraum mußten sie zunächst geraume Zeit warten, bis Goldlotos erschien. Nach einer Verbeugung nahm der Blinde Platz, und Goldlotos nannte ihm ihre acht Zeichen. Der blinde Schelm begann zu rechnen, knetete an seinen Fingern und schnurrte schließlich seine formelreiche dunkle Deutung ihres Horoskops herunter, woraus Goldlotos nur entnehmen konnte, daß ihr Ehestern nicht günstig stehe und sie vom Klatsch bedroht sei.
»Meister«, sprach schließlich Goldlotos, »gebt Euch doch etwas Mühe, für mich die Wendung zum Guten zustande zu bringen!

Hier ist eine Unze Silber als Dank. Kauft Euch dafür ein Täßchen Tee! Ich wünsche mir nichts, als daß mein Mann mich wieder liebt und schätzt. Das ist alles.«

»Dazu brauche ich ein Stück Weidenholz, um die Gestalten eines Mannes und einer Frau zu schnitzen. Auf diese Gestalten muß man Euer und Eures Gatten Horoskop schreiben, sie mit sieben mal sieben gleich neunundvierzig roten Fäden zusammenschnüren, dann die Augen der männlichen Gestalt mit einem roten Batiststreifen verhüllen, sein Herz mit Beifuß vollstopfen, seine Hände mit Nägeln festnageln. Seine Füße mit Leim zusammenleimen und das Ganze dann heimlich in der Kopfstütze des Gatten, auf der er schläft, verbergen. Weiter müssen wir mit Zinnoberrot einen Zauberspruch niederschreiben, ihn verbrennen und die Asche unbemerkt in den Tee des Gatten schütten. Hat er davon getrunken und nachts auf der Kopfstütze geschlafen, so wird sich die Wirkung spätestens in drei Tagen zeigen.«

»Bitte, Meister, erklärt mir die Bedeutung aller dieser Maßnahmen!« rief Goldlotos.

»Ich will sie gern erläutern, damit Ihr sie versteht. Die Verhüllung der Augen mittels des Tüchleins bewirkt, daß Ihr dem Gatten so reizvoll und anziehend wie Si-schi erscheint. Der in das Herz gefüllte Beifuß gibt seiner Liebe die Richtung auf Euch. Das Festnageln der Hände geschieht, damit er nie wieder wage, seine Hand gegen Euch zu erheben, wie Ihr Euch auch verhalten möget. Mit dem Zusammenleimen der Füße wird erreicht, daß der Gatte nicht wieder irgendwo auf Abwege gerät.«

Goldlotos war hocherfreut. Sie ließ sofort Opferkerzen anzünden und Opfergegenstände aus Papier holen, und er verbrannte sie.

Am anderen Morgen schickte er durch die alte Liu Zauberwasser und den Zauberbann zur vorschriftsmäßigen Verwendung.

Goldlotos verbrannte zunächst den Zauberspruch und mischte die Asche in eine gute Teesorte. Schlehenblüte mußte Simen Tjing bei seiner Heimkehr am Abend den Tee reichen. Goldlotos veranlaßte ihn weiter, auf der Kopfstütze mit ihr das Lager zu teilen. Nach Verlauf von zwei bis drei Tagen paßten sie wieder wie Fisch und Wasser zueinander und genossen die außergewöhnlichsten Wonnen.

XII.

Simen Tjing erhielt eines Tages eine Einladung seines Nachbarn Hwa. Er begab sich auf stattlichem Rosse sofort dorthin. Wider Erwarten war Hwa Dse-hü ausgegangen. Seine Gattin Väsele Li trug – es war Sommer – ihr Haar aufgebunden und mit silbernen Fäden durchflochten und Ohrringe aus Rosenquarz in Goldfassung, dazu ein taubenfarbenes, ungefüttertes Jäckchen und ein Röckchen aus weißem Batist, das mit einer längsgestreiften Borte eingefaßt war. Ein Paar rotbeschuhte, behende, winzige Füßchen lugten unter ihm hervor, zierlich und spitz. Sie stand gerade auf der Stufe vor dem zweiten Tore. Simen Tjing war, ohne daß es jemand gewahr geworden war, zum Tore hereingekommen. Ehe er sich's versah, übermannte ihn irdische Freude. Hastig trat er vor und verneigte sich tief. Sie entbot ihm zum Gruß den Wunsch tausendfältigen Segens, wandte sich dann aber um, begab sich in die inneren Gemächer und ließ durch die Dienerin Lenzbunt, deren Stirnhaar bis zu den Augenbrauen reichte, Simen Tjing bitten, in der Empfangshalle Platz zu nehmen. Sie selbst trat in eine Seitentüre, wo sie nur halb sichtbar war, und sagte in holdfreundlichem Tone:

»Bitte, Herr Oberrat, nehmt einen Augenblick Platz! Mein Gatte ist eben fortgegangen, um noch etwas zu erledigen. Er muß gleich wiederkommen.«

Die Dienerin brachte Simen Tjing eine Tasse Tee. Als er davon getrunken hatte, bemerkte Väsele Li durch die Türe: »Herr Oberrat, er hat Euch gebeten, ein Weingelage mitzumachen. Bitte, haltet ihn an, etwas früher heimzukommen! Unsere beiden Diener begleiten ihn. Außer den beiden Mägden und mir ist also niemand zu Hause.«

»Ganz recht, verehrte Nachbarin«, gab Simen Tjing zur Antwort. In diesem Augenblicke aber kam Hwa Dse-hü. Väsele Li zog sich zurück. Er grüßte Simen Tjing: »Heute am Vierundzwanzigsten des sechsten Mondes ist der Geburtstag von Silberschönchen Wu aus dem Vergnügungsviertel. Den wollen wir gemeinsam mit ihr feiern.«

Dort prangte alles in Seide und Stickereien. Es wurde gesungen und getanzt. Flöten und Geigen erklangen. Man tafelte und zechte und ging erst um die Zeit der ersten Nachtwache auseinander. Simen Tjing hatte es darauf angelegt, Hwa Dse-hü völlig betrunken zu machen. Mit Rücksicht auf Väsele Lis Bitte begleitete er ihn heim. Simen Tjing wollte sich danach verabschieden,

doch Väsele Li kam, um sich bei ihm zu bedanken und sagte dann: »Mein Mann ist ein Tölpel. Er ist zu unmäßig gewesen.«
Simen Tjing machte eine tiefe Verbeugung: »Hätte ich, Euer Diener, es wagen dürfen, nicht zu beherzigen, was Ihr, Schwägerin, mir aufgetragen hattet? So habe ich ihn denn heimgebracht, damit Ihr Euch keine Sorge macht, Schwägerin. Ich habe freilich meine große Mühe gehabt. Als wir am Hause ›Zum Gestirn der Lust‹ angelangt waren, stand in der Türe das kleine Puderköpfchen Duftlieb Dscheng, eine Prachtgestalt. Euer Gatte wollte zu ihr. Ich habe ihn aber zurückgehalten und ihm immer wieder vorgestellt, wie Ihr daheim vielleicht in Unruhe bangtet. Ach, wie kann man nur eine Gattin so vornehmer Herkunft vernachlässigen.«
»Weil er so ist und auf niemand hört, bin ich zu Hause vor Gram ganz krank. Herr Oberrat, wenn Ihr ihn künftig in irgendeiner der Vergnügungsstätten trefft, so denkt an mich unglückliche Frau und redet ihm ins Gewissen. Ich werde Euch die Gefälligkeit reichlich belohnen.«
Simen Tjing verstand diesen Wink sofort, denn er hatte Jahre hindurch viele Lebemannsabenteuer bestanden. Er sah hier jetzt von Väsele Li selber einen bequemen Weg zu dem ersehnten Ziele gebahnt. Er schmunzelte über das ganze Gesicht und bemerkte: »Aber Schwägerin, ich werde bestimmt mein Äußerstes tun. Seid ohne Sorge!«
Seit dieser Stunde war Simen Tjings Sinnen und Trachten nur auf diese Frau gerichtet. Während Jing Bo-djau, Sjä Si-da und die anderen Freunde Hwa Dse-hü in den Vergnügungsstätten wiederholt beim Weine Nächte hindurch festhalten mußten, schlich er sich verstohlen aus ihrem Kreise nach Hause und blieb dann vor dem Tore stehn. Väsele Li begab sich mit ihren beiden Dienerinnen ebenfalls an ihre Pforte. Sobald Simen Tjing sie gewahrte, machte er sich durch Rufen und Räuspern bemerkbar, ging erst noch einmal auf und ab oder stellte sich gar ihrem Tore gegenüber auf und spähte unverwandten Blickes hinein. Sobald Väsele Li ihn kommen sah, huschte sie blitzschnell in das Innere, um aber, wenn Simen Tjing vorüber war, den Kopf wieder hinauszustecken.
Als Simen Tjing so eines Tages gerade wieder an der Türe stand, erschien die kleine Dienerin Lenzbunt, um ihn hereinzubitten: »Die Herrin möchte Herrn Simen etwas fragen.«
Er trat sofort ein und nahm im Empfangszimmer Platz. Ein

Weilchen später erschien Väsele Li und erklärte: »Neulich bin ich des Herrn Rates treuer Gesinnung so recht innegeworden. Mein Gatte ist nun schon seit zwei Tagen nicht mehr heimgekommen. Habt Ihr ihn vielleicht irgendwo getroffen, Herr Rat?«
»Gestern hat er mit mehreren anderen bei der Familie Dscheng gezecht. Ich bin geschäftlicher Angelegenheiten wegen vorzeitig heimgegangen. Heute bin ich noch nicht da gewesen, so daß ich nicht weiß, ob er vielleicht dort ist, und ihn auch nicht drängen konnte, frühzeitig nach Hause zu gehn, um Euch nicht zu betrüben, Schwägerin.«
»Ich kann mich zu Tode ärgern. Die Nächte verbringt er bei Blumen und unter Weiden. Was ihm daheim verlorengehn könnte, behelligt ihn nicht.«
Während dieser Unterhaltung hatte die Dienerin Tee gebracht. Da aber Simen Tjing fürchtete, Hwa Dse-hü könne heimkommen, verabschiedete er sich bald.
Als Hwa Dse-hü am nächsten Morgen heimkam, überhäufte ihn seine Frau mit Vorwürfen: »Während du dich draußen dem Trunk ergibst, hat unser Nachbar Oberrat Simen schon mehrmals dafür Sorge getragen, daß du nach Hause gefunden hast. Kauf ein Geschenk und statte ihm deinen Dank ab, wie sich das gehört!«
Hwa Dse-hü schickte schleunigst vier Schachteln Geschenke und einen Krug Wein zu Simen Tjing, der Frau Mondtraut Wu erläuterte, was die Familie Hwa zu diesen Geschenken veranlaßt habe.
»Aber mein Bester«, flehte ihn Frau Mondtraut mit aneinandergelegten Handflächen an, »kümmere du dich doch um dich selber! Geradesogut könnte ein Buddha aus Ton einem Buddha aus Lehm Vorhaltungen machen wollen. Du denkst tagelang nicht an deine Familie, hältst draußen Mädchen aus und treibst mit Weibern Scherz. Nimm die Geschenke keinesfalls umsonst an!« Sie wollte wissen, wessen Name die Karte trage. Falls es der Name der Frau sei, so solle er eine Karte in ihrem Namen schreiben und sie bitten, einmal herüberzukommen, zumal sie schon längst bei ihnen habe vorsprechen wollen. Sei es eine Karte des Mannes, so sei es seine Angelegenheit, ihn zu laden oder nicht.
»Es ist eine Karte des Herrn Hwa«, bemerkte Simen Tjing. »Ich will ihn für morgen einladen.«
Am nächsten Tage bat Simen Tjing tatsächlich Hwa Dse-hü zum Weine. Als er nach dem durchzechten Tage heimkam,

meinte Väsele Li: »Verstoß nur nicht gegen die Regeln des guten Tones! Wir sandten ihm eine kleine Aufmerksamkeit. Dafür warst du sein Gast. Nun ist die Reihe an dir, ihm nächstens eine Gegeneinladung zukommen zu lassen.«
Bald stand der Neunte des neunten Mondes vor der Tür. Hwa Dse-hü bestellte anläßlich dieses Festes zwei Sängerinnen und bat auch Simen Tjing zur Chrysanthemenschau, ferner Jing Bo-djau, Sjä Si-da, Dschu Schi-niän und den wortkargen Sun. Man zechte und scherzte fröhlich.
Als man Lampen zur Hand nahm, verließ Simen Tjing die Tafel, um auszutreten. Es traf sich günstig, daß Väsele Li gerade neben der Schutzwand stand, um heimlich zu spähen. Beide Teile trafen aufeinander, jeder Teil erfüllt von Gedanken der Liebe. Sie trat in die westliche Seitentür und ließ ihm im Schutze der Dunkelheit durch Lenzbunt zuraunen, er möge im Weingenuß Maß halten und frühzeitig heimgehen, da sie noch gern mit ihm plaudern möchte. Simen Tjing war aufs höchste erfreut und begab sich, ohne sein Bedürfnis fertig verrichtet zu haben, zurück zur Tafel, trank aber nicht mehr.
Väsele Li war unterdessen unaufhörlich an den Vorhang herangetreten, um hindurchzublicken. Simen Tjing schickte sich endlich an zu gehn. Hwa Dse-hü jedoch wollte ihn durchaus nicht fortlassen: »Bruder, ich habe Euch heute zwar vernachlässigt, aber warum wollt Ihr denn nicht mehr bleiben?«
»Ich bin völlig beschwipst«, erwiderte Simen Tjing. »Ich kann kaum noch gehn.« Dabei torkelte er absichtlich nach links und rechts und ließ sich von zwei Dienern nach Hause bringen.
»Ich weiß nicht, warum er heute durchaus nichts trinken wollte«, meinte Jing Bo-djau. »Er hat doch gar nicht viel zu sich genommen und ist schon betrunken. Aber ehe wir auseinandergehn, wollen wir noch vierzig, fünfzig Runden zu uns nehmen.«
»Diese Schamlosen finden kein Ende!« schalt Väsele Li hinter dem Türvorhang und ließ verstohlen Hwa Dse-hü durch den Diener herausbitten, um ihm zu erklären: »Wenn du mit den Gesellen durchaus noch zechen willst, geh mit ihnen in die Vergnügungsstätten! Um Mitternacht noch Öl zu verbrennen und Feuerung zu vergeuden, dulde ich nicht.«
»Wenn wir in so später Stunde noch das Lustbarkeitsviertel aufsuchen, kann ich nicht mehr nach Hause kommen«, antwortete Hwa Dse-hü. »Mach mir hinterher keine Vorhaltungen!«
»Troll dich nur!« gab die Frau zurück.

Hwa Dse-hü hatte das kaum vernommen, als er auch schon hineinging und die Gäste aufforderte: »Laßt uns noch in die Vergnügungsstätten gehn!«
Die Gesellschaft einschließlich der beiden Sangesschätzchen zog los. Die Diener Tjän-fu und Tjän-hi folgten hinterdrein.
Simen Tjing wartete indessen im Garten auf Väsele Lis Einladung. Nach einer geraumen Weile hörte er, wie man nebenan die Hunde fortscheuchte und das Haustor schloß. Bald darauf bemerkte er, wie die kleine Zofe Lenzfreude in der Dunkelheit die Mauer erkletterte und scheinbar die Katze rief. Als sie Simen Tjing in der Laube sitzen sah, gab sie ihm einen Wink. Er trug einen Tisch und eine Bank an die Mauer, stieg hinauf und klomm heimlich hinüber. Auf der anderen Seite hatte man bereits eine Leiter angelehnt.
Väsele Li war überglücklich über Simen Tjings Kommen und geleitete ihn flugs in ihr Gemach an den gedeckten Tisch. Einen Krug hatte sie mit duftendem Most gefüllt.
»Ich möchte Euch meinen Dank abstatten, Herr Rat. Ihr habt Euch so außerordentlich um mich bemüht, daß es mir keine Ruhe gelassen hat. Deshalb habe ich heute diesen Becher leichten Weines selber bereitgestellt und Euch hergebeten, um Euch meine armseligen Gefühle kundzutun. Ich habe sie alle in die Lustbarkeitsstätte geschickt.«
»Ist nicht zu befürchten, daß der Gemahl noch heimkommt?« forschte Simen Tjing.
»Ich habe ihm eingeschärft, diese Nacht nicht wiederzukommen. Zwei Diener haben ihn begleitet. Hier ist niemand außer den beiden Zofen und der alten Mutter Feng, meiner Vertrauten. Alle Türen sind verriegelt.«
Beide setzten sich eng aneinander. Lenzfreude schenkte Wein ein und Lenzbunt sorgte für die Speisen. Als der Wein seine Wirkung tat, ließ Väsele Li hinter den Bettvorhängen aus Brokat die ehelichen Steppdecken mit Duftrauch durchtränken. Die Dienerinnen räumten den Tisch ab und entfernten sich. Väsele Li und Simen Tjing begaben sich nun auf das Lager und herzten einander dort.
Die Zofe Lenzfreude war bereits siebzehn Jahre alt und ahnte schon etwas vom Leben. Das nächtliche Stelldichein erregte ihre Neugierde. Indem sie mit Hilfe eines Haarpfeils das Papierfenster durchstach und spähend nach innen hineinlugte, beobachtete sie, wie sich die beiden miteinander verstrickten. Sie hörte, wie Simen Tjing Väsele Li nach der Zahl ihrer grünenden Lenze

fragte, wie sie erwiderte, daß sie dreiundzwanzig Jahre alt sei, und wie sie sich dann ihrerseits nach dem Alter seiner ersten Frau erkundigte. Auf Simen Tjings Antwort, sie sei sechsundzwanzig, meinte Väsele Li: »Oh, so ist sie also drei Jahre älter als ich! Ich werde in den nächsten Tagen ein Geschenkchen kaufen und deiner Hauptfrau meinen Besuch abstatten. Oder ist sie etwa unnahbar?«

»Meine Erste ist von Natur ein gütiges Wesen«, gab Simen Tjing zur Antwort.

»Was willst du ihr antworten, wenn sie dich ausfragt?«

»Die Räume meiner Frauen befinden sich sämtlich im zurückgelegenen Teile des Grundstücks im vierten Gebäude. Nur meine fünfte, die geborene Pan, wohnt vorn allein im Gartenhäuschen. Sie wagt es aber nicht, mich zu gängeln.«

»Wie alt ist denn diese fünfte Frau?«

»Sie ist mit meiner ersten gleichaltrig.«

»Das trifft sich ja gut«, antwortete Väsele Li. »Wenn sie nicht Anstoß an meinen Unzulänglichkeiten nimmt, so will ich ihr Schwesternschaft anbieten. Ich will ihnen beiden eigenhändig je ein Paar Hausschuhe anfertigen und hinbringen.« Nach diesen Worten zog sie aus ihrem Haar zwei goldene Haarpfeile heraus und gab sie Simen Tjing, damit er sie trage. »Aber«, bat sie, »achte darauf, daß Hwa Dse-hü sie nicht sieht!«

Beide ruhten eng aneinandergeschmiegt und ineinander verschlungen, bis die Hähne krähten und es im Osten bereits dämmerte. Simen Tjing stieg wie vorher über die Mauer, nachdem noch beide geheime Zeichen verabredet hatten: Wenn Hwa Dse-hü nicht zu Hause sei, solle eine der Zofen über die Mauer hinweg husten oder zunächst ein Ziegelstückchen hinüberwerfen. Sei dann niemand im Garten, so solle Simen Tjing mit Hilfe von Bank und Leiter die Mauer übersteigen.

Simen Tjing begab sich in Goldlotos' Stube. Sie lag noch im Bett und fragte, wohin er gestern gegangen sei. Simen Tjing erklärte, Bruder Hwa habe ihn zum Besuche der Vergnügungsstätten aufgefordert. Dort habe man die halbe Nacht durchzecht. Goldlotos kam es nicht ganz glaubwürdig vor, fand sich aber damit ab.

Eines Tages saß sie nach dem Essen mit Edelburg in einer Laube bei der Näharbeit. Auf einmal sah sie ein Stückchen Dachziegel vor ihr niederfallen. Edelburg war mit Stepparbeit an ihren Schuhen beschäftigt, so daß sie den Vorfall nicht wahrgenommen hatte. Goldlotos sah, wie über der Mauer schattenartig ein helles Gesichtchen erschien, sich umschaute und wieder verschwand. Sie stieß Edelburg an, wies in jene Richtung und bemerkte: »Hast du es beobachtet, Schwester? Das war eben die Magd der Nachbarin Hwa. Sie wollte sich wohl unsere Blumen anschauen und verschwand, als sie uns sah.«

Als Simen Tjing abends von einem Gelage nach Hause gekommen und zu Goldlotos gegangen war, fragte sie, ob er noch etwas zu speisen oder Tee wünsche, aber er lehnte ab und trottete in den Garten. Goldlotos beobachtete ihn heimlich: Eine Weile saß er dort. Wie vorher am Tage wurde darauf die Zofe auf der Mauer sichtbar; dann holte Simen Tjing behende eine Bank und kletterte über die Mauer hinweg.

Goldlotos ging zurück in ihre Stube. Dort warf sie sich im Bett von einer Seite auf die andere und konnte keinen Schlaf finden. Als der Tag graute, erschien Simen Tjing. Goldlotos beachtete ihn nicht. Verlegen näherte er sich und nahm auf dem Bettrand Platz. Goldlotos sprang nun auf, setzte sich neben ihn und zauste ihn mit der Hand am Ohr.

»Treuloser, wo bist du gestern noch hingeschlichen? So treibst du es also! Aber ich will dir weiter keine Vorhaltungen machen; sag mir nur wahrheitsgetreu: Wie viele Male hast du es mit dieser Dirne, der Nachbarin Hwa, schon getrieben? Wenn du mir alles bis ins einzelne genau erzählst, will ich es auf sich beruhen lassen. Solltest du mir aber ein Wörtchen verschweigen, so werde ich, wenn du das nächste Mal mit einem Beine schon über der Mauer bist, dich am anderen packen und Lärm schlagen. Keine Grabstätte sollst du finden, wenn du verendest! Du sorgst dafür, daß ihr Mann die Nächte in den Vergnügungsstätten zubringt, damit du hier seine Frau haben kannst.«

Simen Tjing fühlte sich durchschaut, fiel auf die Knie und flehte: »Kleines Schlaumäulchen, mäßige doch deine Stimme! Ich will ja gar nichts verheimlichen.« Nachdem er gebeichtet hatte, fuhr er fort: »Sie möchte in den nächsten Tagen um die Maße für eure Schuhe bitten und euch jeder ein Paar anfertigen, auch mit euch beiden gern Schwesternschaft schließen.«

»Ich will mit dem Buhlweib nichts zu schaffen haben«, gab Goldlotos zurück. »Sie gar noch als Schwester anzuerkennen! Zuerst macht sie anderen den Mann abspenstig, und dann will sie sich mit kleinen Liebesdiensten anbiedern.«

Simen Tjing lachte über das ganze Gesicht: »Sie hat mir sogar Geschenke für dich mitgegeben: ein Paar Haarpfeile, die das Wortzeichen ›Langes Leben‹ tragen.«

Dabei nahm er seine Kappe ab, zog die Pfeile aus dem Haar und reichte sie der überraschten Goldlotos. Hocherfreut erklärte sie: »Unter diesen Umständen will ich kein Wort weiter verlieren. Wenn du wieder hinübergehst, werde ich sogar für euch Wache stehn. Bist du nun zufrieden?«
Simen Tjing schloß sie in seine Arme:
»Liebling. Ich werde dir in den nächsten Tagen zum Danke Kleider und Schmuck kaufen.«
»Auf deinen honigsüßen Mund und deine Zuckerzunge verlaß ich mich nicht«, sagte Goldlotos. »Du mußt mir dreierlei versprechen.«
»Alles, was du willst!«
»Erstens keine Vergnügungsstätten mehr zu besuchen, zweitens mir immer aufs Wort zu folgen, und drittens mir, wenn du bei ihr gewesen bist, alles zu schildern, nichts zu verheimlichen.«
»Das verspreche ich gern.«
Seit dieser Zeit erzählte Simen Tjing, wenn er hinübergegangen und wieder zurückgekehrt war, Goldlotos alles: Wie Väsele Lis Haut weiß und zart, wie ihr Körper watteweich, wie feurig sie veranlagt sei und wie gern sie Wein trinke. Sie nähmen Früchte auf die Lagerstatt, spielten auf ihr Karten, zechten und scherzten bis Mitternacht. Dabei zog er eine Rolle aus dem Ärmel und zeigte sie Goldlotos. Der alte Hämling habe sie aus der Bildersammlung des Kaiserpalastes mitgebracht. Beim Scheine der Lampe hätten sie sie gemeinschaftlich studiert. Goldlotos öffnete die Rolle und betrachtete sie genau. Sie zeigte vierundzwanzig köstlich gemalte Szenen sich liebender Paare. Goldlotos weigerte sich, sie wieder aus den Händen zu lassen, überreichte sie vielmehr Schlehenblüte zu sorgfältiger Aufbewahrung.
»Zwei Tage darfst du sie behalten und besehen«, erklärte Simen Tjing. »Ich habe mir die Rolle nur geliehen, um sie zu Hause zu beschauen, und muß sie ihr zurückgeben.«
»Sie geht mir nicht mehr aus dem Haus, und wenn du mich schlügest.«
»Mach keinen Unfug!« sagte Simen Tjing und bemühte sich, die Rolle zu erhaschen.
»Wenn ich sie in Fetzen reiße, kann sie niemand mehr ansehen.«
»Gut«, sagte Simen Tjing, »ich gebe sie ihr meinetwegen erst, wenn du sie gehörig betrachtet hast. Aber sie hat noch etwas Besonderes, das sollst du erhalten, wenn du ihre Bilder zurückgegeben hast.«

»Du Schlauberger!« Beide lachten nun.
Dann plauderten sie noch eine Weile und überließen sich schließlich den Freuden ihrer Sinne.
Lieber Leser! Seit ältesten Zeiten gibt es geheime Zaubermittel, die die Sinne beeinflussen. Als der die Häuser abklappernde blinde Liu für Goldlotos die Wendung zur Gunst vollzogen hatte, dauerte es nicht mehr lange, und Simen Tjings Zorn verwandelte sich in größte Liebe. Auf Kummer und Trauer waren die herrlichsten Freuden und Wonnen gefolgt. Simen Tjing wagte nicht mehr, Goldlotos zu strafen.

XIII.

Eines Tages fiel Frau Mondtraut der bedrückte Gesichtsausdruck ihres Gatten auf.
»Du bist ja von eurer Teegesellschaft so früh zurückgekehrt!« sagte sie.
»Während wir in der Vergnügungsstätte von Duftlieb Dscheng zechten, erschienen plötzlich einige Amtsbüttel und führten Hwa Dse-hü ohne weitere Erklärungen ab. Wir alle waren entsetzt. Ich ging zu Zimtknospe und hielt mich dort geraume Zeit verborgen, sandte aber jemand zu Erkundigungen aus. Es handelt sich um eine Vermögensklage von Familienangehörigen des alten Hämlings gegen den jungen Hwa. Die Klage ist in der Reichshauptstadt Kaifeng anhängig gemacht worden und von dort an unser Kreisamt mit dem Ersuchen zur Festnahme gekommen. Erst das hat uns wieder beruhigt, aber wir gingen alle nach Hause.«
»So mußte es kommen«, erklärte Frau Mondtraut. »Tagaus, tagein bist du mit diesen Gesellen zusammen, kümmerst dich nicht um deine Familie und erregst draußen nur Anstoß. Künftig wirst du noch Prügel beziehen. Du wirst diesen Lebenswandel wohl erst aufgeben, wenn du dir den Schädel eingerannt hast. Willst du je auch hören, was deine rechtmäßige Frau zu Hause sagt? Aber wenn die Frauenzimmer in den Vergnügungsstätten dir etwas weismachen, da spitzt du deine Eselsohren!«
»Wer es wagen wollte, die Hand gegen mich zu erheben, der müßte sieben Köpfe und achtfachen Mut haben«, sagte Simen Tjing lachend.
»Du bist mir der Rechte«, bemerkte Frau Mondtraut. »Nur zu Hause führst du das große Wort.«

Während dieses Gespräches erschien Dai-an mit der Meldung, die Gemahlin des benachbarten Herrn Hwa habe durch ihren Boten Tjän-fu den Herrn zu einer Besprechung zu sich gebeten. Simen Tjing wurde ganz zappelig, als er dies hörte, und wollte hinaus.

»Bald wird es soweit kommen, daß niemand mehr Lust hat, dir etwas zu raten«, bemerkte Frau Mondtraut.

»Daß ich zur Nachbarsfamilie hinübergehe, um zu hören, was es gibt, hat doch nichts zu besagen!« Damit begab sich Simen Tjing zum Hause Hwa Dse-hüs.

Unvollständig bekleidet und halb geschminkt kam Väsele Li aus ihrem Schlafzimmer. Ihre Miene war verstört, ihr Gesicht blaßgelb. Sie sank in die Knie und sprach in flehendem Ton:

»Herr Oberrat, ich weiß mir nicht mehr zu helfen! Leiht mir Eure nachbarliche Unterstützung! Er hat auf niemand hören wollen. Um die Angelegenheiten seiner Familie hat er sich nicht gekümmert. Inzwischen hat man heimlich gegen ihn gehetzt, und nun ist das Unglück da. Eben hat er mir durch einen Boten sagen lassen, ich möchte mich um Fürsprache für ihn bemühen. Wie und wo soll ich nun einen Nothelfer finden? Alles empört sich in mir, wenn ich an ihn denke. Nie hat er hören wollen. Jetzt wird man ihn in die Reichshauptstadt bringen und ihn dort prügeln. Er hat es sich aber selber zuzuschreiben. Eine Schmach ist es nur für den guten Namen des ehrwürdigen Alterchens, des heimgegangenen Höflings. Weil ich mir nicht anders zu helfen weiß, habe ich Euch, Herr Oberrat, herübergebeten, um Euch anzuflehen, dafür zu sorgen, daß er nicht vorgeführt werde.«

»Schwägerin, bitte, erhebt Euch doch nur! Seid unbesorgt! Ich weiß nur noch nicht, um was es sich eigentlich handelt!«

»Ja, natürlich«, erwiderte die Frau. »Mit einem Worte läßt sich die Sache aber nicht erklären. Der verstorbene alte Höfling hatte vier Neffen. Der Alte hatte etwas Vermögen zusammengerafft. Er wußte, daß unser Hwa Dse-hü, einer dieser Neffen, ein Taugenichts ist, und hatte deshalb mir seine Sachen zur Verwahrung übergeben. Die drei anderen Neffen mieden seine Nähe, weil der Alte mit Prügeln nicht kargte. Als er nun im vergangenen Jahr das Zeitliche segnete, erhielten die anderen drei Neffen ihren Anteil an Betten und Hausrat, aber das Barvermögen in meiner Hand wurde nicht verteilt. Oft habe ich meinem Manne zugeredet, ihnen doch etwas abzugeben. Er hat aber nicht hören wollen. Nun haben die anderen ihn hereingelegt.«

»Das ist doch nur ein Erbschaftsstreit. Der hat nichts zu bedeuten. Weil Ihr es wünscht, Schwägerin, betrachte ich seine Angelegenheit wie meine eigene.«
»Wenn Ihr helfen wollt, so ist schon alles in Ordnung. Darf ich fragen, welche Beziehungen Ihr benutzen wollt und was Ihr an Geschenken benötigt? Ich möchte alles vorbereiten.«
»Es wird nicht viel kosten«, meinte Simen Tjing. »Ich habe gehört, daß der Präsident Jang in der Reichshauptstadt Kaifeng ein Günstling des Prinzenerziehers Zai ist. Dieser und der mit mir verwandte Kommandierende General Jang sind Amtsträger, die dem Kaiser Vortrag halten und etwas zur Sprache bringen können. Diese beiden Beziehungen will ich ausnutzen, um bei dem Präsidenten Jang vorstellig zu werden. Für den Prinzenerzieher Zai sind etliche Geschenke nötig. Der Kommandierende General Jang ist ja mit meiner Familie verwandt, und da sollte er Geschenke annehmen?«
Väsele Li begab sich nun in ihr Schlafgemach, öffnete die Truhen und entnahm ihnen sechzig Schuh feinsten Silbers im Gesamtgewicht von dreitausend Unzen. Simen Tjing sollte das Silber für die Zwecke der Fürsprache an sich nehmen.
»Die Hälfte dürfte reichen«, meinte er.
»Behaltet den Überschuß!« sagte Frau Hwa. »Hinter meinem Bette habe ich noch vier Kisten mit kostbaren Prunkgewändern. Edelsteingürtel, Staatshüte und allerlei Geschmeide. Sie möchte ich dem Herrn Oberrat auch zur Aufbewahrung für mich aushändigen.«
»Ich fürchte nur, Bruder Hwa möchte nach seiner Rückkehr Nachforschungen anstellen; was dann?«
»Alle diese Gegenstände hat mir der alte Höfling eigenhändig zur Aufbewahrung übergeben. Mein Mann weiß gar nichts davon.«
»Ich füge mich Eurem Wunsche, Schwägerin, und will Leute zum Abholen senden.«
Simen Tjing besprach die Angelegenheit mit Frau Mondtraut. Sie riet, den Transport des Silbers durch die Diener mittels der Speisetraggestelle zu bewerkstelligen, die Kisten und Koffer mit den Sachen aber bei Nacht über die Mauer schaffen zu lassen, um die Geheimhaltung zu sichern. Simen Tjing war der Vorschlag recht. Er ließ zunächst durch die Diener die dreitausend Unzen Silber mittels zweier Speisetraggestelle herüberholen und dann am Abend durch Väsele Li mit Unterstützung von Lenzfreude und Lenzbunt unter Benutzung von Tischen und Bänken die

Kisten und Koffer über die Mauer reichen. Alles wurde in die Räume von Frau Mondtraut geschafft.
Von seiner Verwandtschaft, der Familie Tschen, erbat sich Simen Tjing ein Schreiben. Dann sandte er die Boten in die Reichshauptstadt. Sie kamen unbehelligt dort an und übergaben Brief und Geschenke dem Kommandierenden General Jang. Dieser ersuchte seinerseits den Großkanzler und Prinzenerzieher Zai um ein Schreiben an den Präsidenten Jang in Kaifeng.
Der Präsident Jang ließ Hwa Dse-hü aus der Haft vorführen. Alle Beteiligten betraten die Amtshalle und knieten dort nieder. Auf die Frage nach dem Verbleib des Familienvermögens stammelte Hwa Dse-hü, der inzwischen von Simen Tjing Nachricht erhalten hatte, nach des Hämlings Ableben sei alles für das Begräbnis und die Seelenmessen verausgabt worden bis auf zwei Hausanwesen und ein Landgut. Diese seien noch vorhanden. Alles übrige, wie Betten nebst Bettzeug und Hausrat aller Art, sei unter die Verwandten verteilt worden.
»Vermögen solcher Höflinge des Frauenpalastes wie des Eurigen lassen sich kaum nachprüfen«, bemerkte Präsident Jang. »Wie gewonnen, so zerronnen. Da alles verausgabt ist, werde ich verfügen, daß das Kreisamt von Klarenfluß einen Beamten mit Abschätzung und Verkauf der beiden Wohnanwesen und des Feldgrundstücks und mit der Teilung und Aushändigung an die Neffen betraut.«
Diese traten nochmals vor und beantragten kniend, Hwa Dse-hü wegen der sonstigen Geldwerte in Haft zu behalten. Darüber ärgerte sich der Präsident und fuhr sie an: »Warum kommt Ihr erst jetzt damit, nachdem so lange Zeit verstrichen ist, und belästigt mich?«
Hwa Dse-hü erhielt nicht einen einzigen Schlag. Die gegebene Verfügung, der Grundbesitz solle abgeschätzt werden usw., wurde an das Kreisamt in Klarenfluß abgefertigt.
Väsele Li, die gehört hatte, daß Hwa Dse-hü aus der Haft entlassen worden sei und heimkehre, bat Simen Tjing zur Beratung zu sich. Sie wollte ihn veranlassen, für einige Unzen Silber das Nachbargrundstück zu erwerben. Über kurz oder lang würde sie ja doch die Seine werden. Simen Tjing besprach die Angelegenheit zu Hause mit Frau Mondtraut. Diese warnte ihn: Hwa Dse-hü möchte eines Tages Argwohn schöpfen, wenn er dessen Grundstück erstehe. Simen Tjing beherzigte das auch.
Nach Hwa Dse-hüs Rückkehr wurde das eine Wohnanwesen des Hämlings an der Hauptstraße an die Familie Wang, Ver-

wandte des Kaiserhauses, das Landgrundstück vor dem Südtor an den Wehrbezirkskommandanten Dschou Sju verkauft. Das übriggebliebene kleine Wohnanwesen wagte niemand zu erwerben, weil es Simen Tjing eng benachbart lag. Hwa Dse-hü sandte wiederholt Boten zu Simen Tjing, um ihm zum Ankaufe zu raten, doch dieser lehnte stets wegen Geldmangels ab: Schulden wolle er nicht machen. Da man im Kreisamte dringend wünschte, die eingegangene Verfügung zu erledigen, schickte Väsele Li heimlich die alte Feng zu Simen Tjing, er solle das Grundstück von dem für sie verwahrten Gelde kaufen. Erst hierauf willigte Simen Tjing ein und zahlte das Geld. Im ganzen wurden eintausendachthundertfünfundneunzig Unzen Silber erlöst und zu gleichen Teilen unter die drei Neffen verteilt. Hwa Dse-hü als der Urheber des Rechtsstreits erhielt gar nichts. Sein Geld, seine Wohnanwesen und das Feldgrundstück waren dahin. Von den beiden Kisten mit den dreitausend Unzen Silber war keine Spur vorhanden. Das beunruhigte ihn. Er forderte Väsele Li auf, von Simen Tjing Rechenschaft über das Wo und Wie des Verbrauchs und den Rest zu fordern, um vielleicht eine andere Wohnstätte zu erstehen. Aber sie schalt ihn nur mehrere Tage hindurch aus: »Du Teufelsbalg, zu rechter Zeit hast du dich nicht um deine Angelegenheiten gekümmert, nur immer bei Blumen genächtigt und unter Weiden geschlafen, bis man dich in eine Falle gelockt und verhaftet hat. Damals schicktest du einen Zettel zu mir und ließest mir sagen, ich solle Fürsprache für dich suchen. Wie sollte ich nun als alleinstehende Frau, die ich kaum einen Schritt vor die Türe gegangen bin, mich auf so etwas verstehn? Wen kannte ich? Wie viele Beschämungen habe ich einstecken müssen! Hauptsächlich ist der gute Ausgang unserem Nachbarn, dem Oberrat Simen, zu danken, der mit Rücksicht auf eure freundschaftlichen Beziehungen aus früheren Tagen trotz Nacht und Kälte und Unwetter Diener in die Reichshauptstadt gesandt hat, um deine Sache ins reine zu bringen. Jetzt, da dein Prozeß beendigt ist, du wieder mit beiden Beinen auf festem Boden stehst und dein Leben gerettet hast, denkst du nur an den Besitz. Und wenn du vorn und hinten in der Rechnung suchtest und behauptetest, es müsse noch etwas Geld übrig sein, es ist eben doch nichts mehr da. Aber dein Zettelchen ist noch vorhanden. Hätte ich sonst wohl gewagt, dein Geld hervorzuholen, um Fürsprache zu erreichen?«

»Wenn ich auch den Zettel geschrieben habe, so konnte ich doch

mit Recht hoffen, daß noch etwas übrigbleiben müßte«, gab Hwa Dse-hü zurück.
»Du Dummkopf«, wehrte Väsele Li ab. »Früher hättest du achtsam sein sollen! Und wenn du tausend- und abertausendmal meinst, es ist zuviel verausgabt worden, wo können denn deine dreitausend Unzen Silber wohl geblieben sein? Der Prinzenerzieher Zai und der Kommandierende General Jang lassen sich wohl mit kleinen Lebensmittelgaben abfinden? Nicht einen einzigen Schlag hat dein Schweineleib zu spüren bekommen. Ungeschoren hat man dich freigelassen, damit du nun daheim so das Maul aufreißt. Du solltest ein Gastmahl veranstalten und zeigen, daß du Dankbarkeit kennst. Kehr erst nochmals alles mit dem Besen aus, und dann frag ihn und mich nach der genauen Abrechnung!«
So schalt sie fort. Hwa Dse-hü erwiderte nichts. Am nächsten Tag ließ Simen Tjing durch Dai-an ihm einige Geschenke bringen, um ihn zu beschwichtigen. Hwa Dse-hü veranstaltete nun ein Mahl und bat Simen Tjing dazu, um ihm seinen Dank abzustatten. Gleichzeitig wollte er ihn dabei nach dem Verbleib seines Geldes fragen. Er vertraute darauf, von ihm ein paar hundert Unzen Silber zurückerstattet zu bekommen. Die sollten ihm einen Hauskauf ermöglichen. Väsele Li paßte das aber nicht. Sie ließ heimlich durch die alte Feng Simen Tjing raten, der Einladung keine Folge zu leisten, ihm auch nur eine Phantasierechnung zu erteilen und zu erklären, es seien bei allen Instanzen Zahlungen zu leisten gewesen und so sei alles Silber verbraucht worden. Hwa Dse-hü wurde die Zeit beim Warten zu lang. Er ließ Simen Tjing wiederholt dringlichst durch Boten bitten, doch zu kommen. Aber Simen Tjing hatte sich, um der Einladung aus dem Wege zu gehn, in die Vergnügungsstätten begeben und ließ nur antworten, daß er nicht zu Hause sei. Hwa Dse-hü wurde fast ohnmächtig vor Ärger.
Später aber trieb er doch noch zweihundertfünfzig Unzen Silber auf und kaufte in der Löwenstraße ein Anwesen. Kaum war er nach all den schwierigen Auseinandersetzungen dorthin gezogen, als es das Unglück wollte, daß er sich stark erkältete. Seit Beginn des elften Mondes war er an das Bett gefesselt. Er sollte nicht wieder aufstehn. Anfänglich ließ er noch den Arzt rufen, dann aber scheute er die Geldausgabe und verhielt sich abwartend. So wurden aus einem Tage zwei, aus zweien drei, bis er nach zwanzig Tagen den Geist aushauchte, im Alter von vierundzwanzig Jahren.

Eines Tages erfuhr Väsele Li, wann Goldlotos Geburtstag habe. Noch war nicht die fünfte Woche seit Hwa Dse-hüs Ableben verstrichen. Sie kaufte Geschenke ein und begab sich in ihre Sänfte, angetan mit einem weißseidenen Pelz und einem blauen, golddurchwirkten Rocke, zu Goldlotos' Geburtstagsfeier. Um den Kopf trug sie ein grobes weißes Hanftuch geschlungen, das Haar mit einem Perlendiadem umwunden. Die alte Feng brachte das Gepäck, und Tjän-fu folgte der Sänfte als Diener. Als sie eingetreten war, warf sie sich vor Frau Mondtraut viermal auf das Antlitz. Frau Mondtraut bat Holdchen Li, Edelburg Meng und Goldlotos hinzu, und man begrüßte einander. Goldlotos bedankte sich für Väsele Lis Geburtstagsgeschenke. Nun wurden die ältere Schwägerin Wu und Mutter Pan vorgestellt. Wesentlich später kam auch Schneeholdchen Sun hinzu.
Die Weinkannen wurden gefüllt, der Lammbraten angerichtet, und nun wurde zum Mahle gebeten. Frau Mondtraut bemerkte, daß Väsele Li keinen Becher Wein ablehnte, und bald waren alle in heiterer Stimmung. Da sah Frau Mondtraut in Goldlotos' Haar einen goldenen Haarpfeil mit dem Schriftzeichen ›Langes Leben‹ und richtete an Frau Hwa die Frage: »Wo habt Ihr das Schmuckstück anfertigen lassen, das Ihr Goldlotos, unserer sechsten Schwester, geschenkt habt? Es ist recht hübsch. Wir möchten uns ähnliche beschaffen und tragen.«
»Gnädige Frau, ich besitze noch einige. Wenn Ihr sie haben wollt, werde ich in den nächsten Tagen allen Damen diese Haarpfeile schenken.«
»Ich habe selbstverständlich nur einen Scherz gemacht«, erklärte Frau Mondtraut. »Wir sind ihrer zu viele. Wie könntet Ihr derartige Geschenke machen!«
Während des Trinkens und scherzhaften Plauderns war die Sonne allmählich nach Westen gerückt. Die alte Dienerin Feng war hinten bei Schneeholdchen mit Wein bewirtet worden und hatte dabei so viel zu sich genommen, daß ihr Antlitz ganz rot war. Nun erschien sie, um Väsele Li zum Aufbruch zu mahnen: »Wollen wir jetzt heim? Dann werde ich die Sänfte vorbereiten lassen!«
»Bitte, Frau Hwa, geht noch nicht!« sagte Mondtraut.
»Laßt die Alte mit der Sänfte heimkehren!« Auf dieses Drängen hin gab Väsele Li die Schlüssel ihres Hauses der alten Feng: »Laß also die Sänfte zurückgehn und mich morgen abholen!« Sie flüsterte ihr ins Ohr: »Lenzfreude soll aus dem Schmuckkästchen im obersten Koffer vier goldene Haarpfeile mit dem

Schriftzeichen ›Langes Leben‹ herausnehmen. Bringe sie morgen mit! Ich will sie den vier Damen zum Geschenk machen.«
Danach begab man sich zur Ruhe. Simen Tjing hatte sich den ganzen Tag über nicht blicken lassen; er war auswärts gewesen. Erst abends kehrte er heim und schlief bei Edelburg, Väsele Li bei Goldlotos.
Am nächsten Morgen führte Goldlotos Väsele Li in den Garten und zeigte ihr alles. Väsele Li sah, daß nach ihrem früheren Grundstück ein Durchgangstürchen eingebaut worden war. Frau Hwas früheres Grundstück solle mit dem alten Besitz zu einer Einheit verbunden werden. Väsele Li horchte auf.
Beim Frühstück erschien die alte Feng, zog aus dem Ärmel ein älteres Tüchlein, in das die vier goldenen Haarpfeile mit dem Schriftzeichen des langen Lebens eingewickelt waren, und reichte es Väsele Li. Diese gab das erste Stück Frau Mondtraut und dann je eines Holdchen Li, Edelburg Meng und Schneeholdchen Sun. Alle steckten die Schmuckstücke ins Haar und bedankten sich.
Dann stellte sich heraus, daß Väsele Li am Tage des Lampenfestes Geburtstag habe, und man beschloß, ihr dann einen Gegenbesuch zu machen. Als Väsele Li im Begriffe war, das Haus zu verlassen, wollte sie sich auch von Simen Tjing verabschieden. Frau Mondtraut erklärte indessen, er sei in aller Frühe aufgestanden und ausgegangen.

XIV.

Rasch verstrich die Zeit bis zum Fünfzehnten des ersten Mondes. Am Vortage sandte Simen Tjing den Diener Dai-an zu Väsele Li mit vier Schüsseln Speisen und Tunken, einem Krug Wein, je einem Teller Kuchen in Pfirsichform, sogenannten Geburtstagspfirsichen, und Geburtstagsnudeln und einem vollständigen Satz Gewänder aus doppelt starkem Taft mit eingewirkten Goldfäden, dazu einer Karte von Frau Mondtraut zum Geburtstag.
Väsele Li ließ dann durch die alte Feng fünf Einladungskarten überbringen. Etwas später sandte sie Simen Tjing eine geheime Einladung zum Nachtessen.
Frau Mondtraut ließ am folgenden Tage Schneeholdchen zur Beaufsichtigung des Haushalts zurück und verließ mit allen anderen und dem ganzen Gefolge das Haus. Bald waren sie an

Väsele Lis neugekauftem Haus am Lampenmarkt in der Löwenstraße angelangt. Väsele Li wußte, daß Frau Mondtraut und die anderen Damen auch des Laternenfestes wegen gekommen waren. Sie hatte deshalb in dem Obergeschoß des an der Straße gelegenen Gebäudes hinter Wandschirmen Tische decken und dort viele Zierlaternen aufhängen und die beiden Sängerinnen Holdchen Dung und Goldreifchen Han kommen lassen.
Später lehnten sich alle an die Fenster und beobachteten, wie auf dem Lampenmarkte die Menschenmenge hin und her wogte. Da ging es ausgelassen und heiter zu. Auf den Straßen waren Dutzende von Lampenverkaufsständen errichtet.
Welche Pracht und welche Vielfalt gab es da zu schauen, wie viele oft kuriose Einfälle, tausenderlei Motive! Überall Laternen, die über den Köpfen der Menge zu schweben schienen oder gebündelt an Pfählen schwankten. Ebenso vielfältig war die Menschenmenge, die zu ihren Füßen wogte: Arm und reich, Mann und Weib und Kind, die allen Schichten angehörten. Hinzu kam noch die bunte Fülle der Händler und der Lärm der polternden Karren und Wagen.
Frau Mondtraut schaute eine Weile zu, zog sich dann aber angesichts des Menschengewirrs mit Holdchen Li zurück und nahm wieder ihren Platz an der Festtafel ein, um etwas Wein zu genießen. Goldlotos und Edelburg sowie die beiden Sängerinnen konnten sich vom Fenster nicht trennen. Goldlotos hatte die Ärmel ihres weißen Seidenjäckchens aufgerafft, so daß die goldverzierte Litze am Kleidärmel darunter sichtbar wurde. Ihre zehn Finger lugten hervor wie Frühlingszwiebeln. Sechs goldene, steigbügelförmige Ringe hatte sie angelegt. Mit halbem Oberkörper reckte sie sich hinaus und spähte umher; zwischen den Zähnen zerbiß sie Melonenkerne und spie die Kernhülsen hinab auf das Volk. Unaufhörlich lachte und scherzte sie gemeinsam mit Edelburg.
Nach einer Weile wollte Frau Mondtraut aufbrechen. Väsele Li wollte sie natürlich nicht fortlassen, aber Frau Mondtraut drängte nach Hause. Väsele Li geleitete sie und Holdchen Li bis zur Türe, wo sie in die Sänften stiegen und sich entfernten. Sie kehrte zu Edelburg und Goldlotos zurück, die noch blieben.
An diesem Tage hatte Simen Tjing, durch Freunde verführt, bei Mutter Li im Vergnügungsviertel gezecht, sich aber unruhig gefühlt, weil er an Väsele Lis Abendeinladung denken mußte. Endlich hatte er sich freimachen können.

XV.

Er ritt, von Dai-an gefolgt, aus der Lustbarkeitsstätte direkt in die Löwenstraße zu Väsele Li. Das Tor war dort verschlossen. So wußte er augenblicklich, daß sich die Damen in ihren Sänften heimbegeben hatten. Dai-an rief nach der alten Feng. Sie öffnete und ließ Simen Tjing ein. In der Halle stand mit einer Kerze in der Hand Väsele Li in schlichtem Gewande, aber mit Blumenschmuck im Haare. Sie hatte am Türvorhang hinausgespäht. Um Simen Tjing zu empfangen, eilte sie ihm mit Lotosblumen-Schritten entgegen. Ihr Hunnan-Rock flatterte, als sie die Stufen hinabschritt.

»Wärest du etwas früher gekommen«, begann sie lächelnd, »so hättest du deine dritte und fünfte Gemahlin noch angetroffen. Sie sind eben erst gegangen. Deine erste hat sich heute früher entfernt. Sie behauptete, du seiest nicht daheim. Wo warst du denn?«

Er berichtete, daß er sich nur mit Mühe habe von seinen Freunden lösen können.

»Meinen Dank zunächst für die vielen Geschenke von dir!«

Sie trug wiederum den köstlichen Festwein auf, brachte die leckersten Speisen und zündete alle Lampions in der Halle an. Dann ließ sie die warmen Wintervorhänge herunter und füllte den Metallofen mit Kohle. Den Raum durchflutete würziger Ambraduft. Väsele Li reichte Simen Tjing Wein, fiel auf ihr Antlitz und sprach:

»Mein Mann ist nun tot. Verwandte sind nicht da. Wir trinken heute diesen Becher Wein, weil ich darauf baue, daß Ihr die Verantwortung für mich übernehmen und mich nicht als häßlich verschmähen werdet. Ich möchte Euch von Herzen gern das Bett machen, die Steppdecken zusammenfalten und Euren anderen Gemahlinnen eine Schwester werden. Das ist mein sehnlichster Herzenswunsch. Nur weiß ich nicht, wie Ihr darüber denkt.« Tränen perlten ihr dabei aus den Augen. Simen Tjing ergriff mit der einen Hand den Weinbecher und zog mit der anderen Väsele Li empor: »Bitte, steh doch auf! Warte nur das Ende deiner Trauerzeit ab, so werde ich Rat finden! Du brauchst keine Sorge zu haben. Heute ist dein Geburtstag. Laß uns da trinken!«

Er leerte den Becher, füllte seinerseits auch einen, reichte ihn ihr. Sie trank ihn aus, und beide setzten sich darauf zur Tafel.

Während sie speisten, erschien Dai-an, fiel vor Väsele Li auf sein

Antlitz und gratulierte ihr zum Geburtstage. Sie erhob sich rasch, erwiderte seine Begrüßung und ließ ihm in der Küche reichlich servieren. Simen Tjing seinerseits befahl ihm, rasch nach Hause zu gehn, sobald er gegessen habe.
»Wenn deine Herrinnen zu Hause fragen sollten, so verrate ja nicht, daß dein Herr hier ist!« bemerkte Väsele Li.
»Selbstverständlich«, erklärte Dai-an. »Ich werde sagen, der Herr bleibe in den Vergnügungsstätten über Nacht. Morgen früh komme ich ihn abholen. Das ist dann schon gut.«
Simen Tjing nickte zustimmend. Lenzfreude mußte ihm zwei Scherf Silber reichen.
»Bringe mir morgen dein Maß! Ich werde dir ein Paar schöne Schuhe fertigen«, fügte Väsele Li hinzu.
Die alte Feng verriegelte das Tor.
Väsele Li und Simen Tjing spielten Rätselraten, und nach einer Weile ließ sie Lenzfreude im Schlafzimmer eine Kerze anzünden. Nach Hwa Dse-hüs Ableben hatte Simen Tjing mit Väsele Lis Zustimmung auch Lenzfreude und Lenzbunt genommen. Deshalb verbarg das Pärchen vor ihnen nichts mehr, ließ sich das Lager herrichten und Früchte und Wein reichen. Hinter dem Vorhang aus violettem Brokat entblößte Frau Väsele Li ihren puderweißen Körper, während Simen Tjing, an ihre duftende Schulter gelehnt, ihren hellen Leib umfing. Sie fragte Simen Tjing, wann er ihr früheres Wohnanwesen instandsetzen lassen wolle.
»Nach dem zweiten Mond werde ich mit den Arbeiten beginnen lassen«, antwortete er. »Dein früheres Anwesen wird ganz offengelegt, mit meinem Garten einheitlich verbunden und eingeebnet werden. Vorn soll eine Laube aus aufrollbaren Matten auf einer kleinen Anhöhe errichtet werden; sie soll Ausblick auf den Garten gewähren. Hinten werde ich ein zweistöckiges Gartenhaus ›Zur Blumenfreude‹, dreiräumig, erbauen lassen.«
Väsele Li wies mit dem Finger hinter ihr Bett: »In Teekistchen habe ich hier noch dreißig bis vierzig Pfund Weihrauchholz, zweihundert Pfund weißes Pflanzenwachs, zwei Krüge Quecksilber und achtzig Pfund mongolischen Pfeffer. Du kannst alles in den nächsten Tagen holen lassen, für mich verkaufen und zum Hausbau verwenden. Wenn ich dir nicht zu häßlich bin, so erzähle doch zu Hause deiner Ersten, wie ich mich von ganzem Herzen danach sehne, deinen Frauen Schwester zu werden. Die wievielte ich werde, ist mir völlig gleichgültig. Ich kann eben ohne dich nicht mehr sein, liebster Schatz.« Tränen perlten ihr

dabei aus den Augen. Simen Tjing trocknete sie rasch mit einem Tuche.

»Warte doch nur, bis deine Trauerzeit vorüber ist und die Häuser erbaut sind! Ich habe keinen Wohnraum für dich, wenn ich dich früher heimholen soll.«

»Da du mir die Heirat bestimmt zusagst«, bemerkte Väsele Li, »so laß doch nur ja das Gebäude für mich auf dem Platz bei deiner Fünften errichten! Ich fühle mich zu ihr hingezogen. Sie ist ein so lieber Mensch. Das Wesen deiner ersten Gattin gefällt mir nicht so gut. Sie mustert einen mit so scharfem Blick.«

»Sie hat ganz im Gegenteil einen sehr gütigen Charakter. Sonst würde sie sich doch mit den anderen Frauen nicht vertragen. Ich will also demnächst drüben ein gleichgroßes dreiräumiges, zweistöckiges Häuschen wie jetzt hüben dir als Wohnung einrichten lassen mit zwei Seitentüren. Ist dir das so recht?«

»Damit erfüllst du ganz meinen Herzenswunsch, Liebster«, antwortete Väsele Li. Und nun tummelten sich beide wie ein Phönixpaar unersättlich in ihrer Leidenschaftlichkeit. Erst gegen Morgen schlummerten sie eng aneinandergeschmiegt auf einem Kissen ein. Bis zur Essenszeit an diesem Tage schliefen sie durch, erhoben sich auch dann noch nicht und aßen im Bett. Väsele Li verstand sich auf das »Reiten« besonders gut. Sie steckte seinen Stengel ein wie eine Blume in eine Vase und bewegte sich hin und her. Gerade empfanden beide höchste Wonne, als Dai-an draußen mit einem Pferd erschien, um Simen Tjing abzuholen, und an das Tor pochte. Simen Tjing rief ihn an das Fenster, um ihn zu befragen. Dai-an berichtete, es seien drei Kaufleute aus West- und Südchina mit einer Menge feiner Ware bei ihm daheim angekommen. Er sei von der ersten Herrin geschickt worden, den Herrn heimzubitten, um den Handel abzuschließen.

»Du hast doch nicht erzählt, daß ich hier sei?« forschte Simen Tjing.

»Ich habe nur gesagt, Ihr seiet bei Fräulein Zimtknospe.«

»Sie hätte doch die Händler durch Ohm Fu abfertigen lassen können.«

»Ohm Fu hat mit ihnen verhandelt«, wandte Dai-an ein. »Die Männer lehnten aber ab. Sie wollten den Vertrag erst nach Rückkehr des Herrn unterzeichnen.«

»Das Geschäft geht vor«, mischte sich Väsele Li ein. »Würde deine Gemahlin sich nicht mit Recht wundern, wenn du nicht heimkämst?«

Simen Tjing folgte diesem Rate. Er erhob sich gemächlich, kämmte und wusch sich, legte ein Haarnetz um und kleidete sich an. Väsele Li richtete unterdessen das Mahl her und ließ ihn speisen. Dann legte Simen Tjing den Augenschutz an und ritt nach Hause. Die Waren der vier oder fünf Händler im Laden wurden gewogen. Sie ließen sich Anzahlung leisten und unterzeichneten den Vertrag.

Als sie abgefertigt waren, begab sich Simen Tjing zu Goldlotos.

»Wo warst du gestern? Sag mir die Wahrheit, andernfalls werde ich schelten, daß der Staub nur so fliegt!« bedrängte sie ihn.

»Während ihr bei Frau Hwa zu Gaste waret, ging ich mit meinen Freunden auf dem Lampenmarkt spazieren, dann in die Vergnügungsstätten zum Schälchen Wein. Über Nacht bin ich dort geblieben und jetzt zurückgekommen, als mich der Diener heute abholte.«

»Daß der Diener dich abgeholt hat, weiß ich. In den Vergnügungsstätten war aber wohl nur dein Geist, nicht wahr? Treuloser Schelm! Du hältst mich noch zum Narren! Das Dirnenweib hat, als es uns losgeworden war, alles angestellt, dich noch zu sich zu rufen, um eine Nacht zu buhlen. Nachdem ihr euch ausgetobt habt, hat sie dich entlassen. Dai-an, dieser Verbrecherschlingel, ist schon an solche Flunkereien gewöhnt. Der Ersten hat er jenes und mir dies erzählt. Als er das Pferd heimbrachte, erkundigte sich die Herrin, warum du nicht heimgekommen seiest und wo du zechtest. Er antwortete: Ihr hättet euch mit Freunden zu Zimtknospe Li begeben. Am anderen Tage solle er dich abholen. Als ich ihn später zu mir rief, gestand er alles. Woher weiß der Schlingel es, daß ich und du ein Herz und eine Seele sind? Du hast ihn wohl geheißen, mich zu verständigen?«

Weil nichts mehr zu verheimlichen war, erzählte Simen nun, wie ihn Väsele Li gestern habe rufen lassen und er mit ihr beim Weine gefeiert habe: »Sie sagte, ihr habet sie allein gelassen. Sie hat geweint und mir geklagt, daß sie niemanden habe. Sie sehne sich danach, daß ich sie heirate. Wann ich mit dem Hausbau beginnen wolle? Sie habe noch Weihrauch, Wachs und dergleichen. Ein paar hundert Unzen seien die Sachen wert. Ich solle sie durch einen Makler verkaufen lassen und das Geld zur Errichtung ihres Wohnhauses verwenden. Sie drängt auf die Herstellung. Sie möchte als deine Schwester zu dir ziehen und fürchtet nur, du könntest es ablehnen.«

»Ich brenne schon darauf, sie bei mir zu haben. Ich fühle mich hier auch einsam und verlassen«, erklärte Goldlotos. »Sie kann mir, deiner Frau mit älterem Rechte, Gesellschaft leisten. Aber ich habe doch wenig zu sagen, frag also zunächst die Erste!«
»Ihre Trauerzeit ist ja noch nicht um«, bemerkte Simen Tjing. Doch wir wollen uns kurz fassen: Simen Tjing bestellte eines Tages einen Makler und ließ durch ihn Väsele Lis Weihrauch, Wachs und die sonstigen Spezereien wiegen und für insgesamt dreihundertachtzig Unzen Silber verkaufen. Väsele Li behielt davon nur einhundertachtzig Unzen zur Bestreitung ihrer Lebensbedürfnisse; den Rest überließ sie Simen Tjing als Zuschuß zum Hausbau. Ein Geomant wurde gerufen und am achten Tage des zweiten Mondes nahmen die Arbeiten ihren Anfang. Zunächst wurden die alten Gebäude der Familie Hwa niedergerissen. Die Trennungsmauer der beiden Grundstücke brach man durch. Die Fundamente wurden gelegt. Für eine Laube warf man einen Hügel auf. Gartenhäuschen, Terrassen und andere Tummelplätze wurden errichtet.
Nach einem Monat sagte Väsele Li zu Simen Tjing: »Ich will Hwa Dse-hüs Seelentafel verbrennen lassen. Ob nun unser Hausgrundstück verkauft werden soll oder nicht, betraue jemand mit seiner Bewachung und nimm mich baldigst zu dir! Es ist mir gleichgültig, in den Rang der wievielten Frau du mich versetzen willst. Ich habe nur den Wunsch, dir zu dienen, das Bett zu machen und das Lager zu bereiten. Ließe es sich denn nicht einrichten, daß ich nach Verbrennung der Seelentafel zunächst zu deiner Fünften ziehe und bei dir für ein paar Tage Unterschlupf finde?«
Nach seiner Heimkehr am nächsten Morgen besprach er alles ausführlich mit Goldlotos.
»Ich weiß ja, daß alles gut ist«, erklärte sie. »Ich möchte ihr auch so rasch wie möglich zwei Räume als Wohnung überlassen. Aber besprich die Sache erst noch mit der Ersten!«
Simen Tjing begab sich stracks zu Frau Mondtraut. Er offenbarte ihr Väsele Lis Wunsch.
»Du kannst sie des Anstandes wegen doch nicht heiraten«, meinte Frau Mondtraut. »Erstens ist ihre Trauerzeit noch nicht um. Zweitens hast du doch seinerzeit mit ihrem Manne gesellschaftlich verkehrt. Drittens hast du mit ihrer Unterstützung sein Haus erstanden und von ihr die vielen Sachen zur Aufbewahrung erhalten. Von ihren Sippenangehörigen soll der älteste Hwa ein gerissener Gesell und eine boshafte Haut sein, wie ich

gehört habe. Wenn ihm etwas zu Ohren käme! Nur ja nicht! Dann setzt du dir eine Laus in den Pelz.«
Schweigend steckte Simen Tjing diese Vorhaltungen ein, dann bat er erneut Goldlotos um Rat.
»Sie hat auch recht!« meinte Goldlotos. »Sage zu Väsele Li, du habest mit deiner Fünften gesprochen, deren Häuschen auch als Drogenlager diene. Für ihren Haushalt sei deshalb kein Platz mehr. Das beste sei, noch kurze Zeit zu warten. Ihr Haus sei schon zu drei Vierteln fertig. Du triebest die Handwerker zur Eile an, und habe man es erst fertig gefirnißt und gestrichen, so sei ihre Trauerzeit auch um, und du würdest sie dann heimholen. Bestünde sie dagegen darauf, ohne die nötigen Vorbereitungen zu deiner Fünften zu ziehen, so sei das nichts Rechtes; so zusammengepfercht könne man doch nicht leben! Wahrscheinlich wird Väsele Li sich damit beruhigen.«
Hocherfreut brach Simen Tjing auf und vertröstete Väsele Li. Zwei Monate waren nun schon die Bauarbeiten im Gange. Das Gartenhäuschen ›Zur Blumenfreude‹ näherte sich der Vollendung. Noch nicht errichtet war die Mattenlaube. Da war eines Tages der fünfte Mond herangekommen und mit ihm die Zeit des üppigen Wachstums, wo man an die Türen Beifußbüschelchen hängte und allerlei Zierat von Zauberbildern und Sprüchen.
Väsele Li hatte ein Festmahl vorbereitet und Simen Tjing zu sich gebeten, um ihm Reisklöße vorzusetzen und mit ihm die Angelegenheit ihres Umzuges zu erörtern.
Sie hatte den Fünfzehnten des fünften Mondes ausgewählt, um buddhistische Mönche zur Messe und zur Verbrennung der Seelentafel kommen zu lassen. Danach sollte Simen Tjing sie einholen.
»Hast du zur Einäscherung der Seelentafel auch die drei Brüder Hwa gebeten?« erkundigte sich Simen Tjing bei Väsele Li.
»Ich habe jedem eine Einladung zugesandt. Ob sie kommen oder nicht, ist ihre Sache.«
An diesem Tage feierte Simen Tjing im Kreise der Blutsbrüder Jing Bo-djaus Geburtstag. Als die Sonne sich bereits zum Westen neigte, erschien Dai-an mit dem Pferde, um Simen Tjing abzuholen, und flüsterte ihm ins Ohr, Frau Hwa bitte ihn, etwas zeitiger zu kommen. Simen Tjing gab ihm einen Wink, abzutreten. Aber Jing Bo-djau stellte Dai-an: »Spitzbube, komm mal her und sag die Wahrheit! Sprichst du sie nicht, werde ich eines deiner Öhrchen abdrehen. Wie oft habe ich im Jahre Geburts-

tag? Wie kommst du also dazu, obwohl die Sonne noch hoch am Himmel steht, mit dem Pferde zu erscheinen? Wer hat dich denn eigentlich hergeschickt? Eine deiner Herrinnen daheim oder eine aus dem Viertel, wo die Achtzehnjährigen wohnen?«

»Niemand hat mich geschickt«, gab Dai-an zur Antwort. »Meine Wenigkeit vermutete nur, mein Herr möchte bei Nachteinbruch heim wollen.«

Vergeblich bemühte sich Jing Bo-djau noch eine Weile, aus ihm etwas herauszulocken, dann schenkte er Dai-an einen Humpen Wein ein, gab ihm auch eine Schüssel mit Näschereien und ließ ihn dann abtreten.

Etwas später rief Simen Tjing Dai-an in eine abgelegene Ecke und erkundigte sich, wer von der Familie Hwa eingetroffen sei.

»Nur der älteste Hwa war mit seiner Frau seit zwei Tagen da. Inzwischen ist er nach Hause zurückgekehrt. Frau Hwa hat seiner Frau zehn Unzen Silber und zwei Kleider geschenkt. Dafür ist sie vor Frau Hwa auf ihr Antlitz gefallen«, berichtete Dai-an.

»Haben sie gar keine Bemerkungen wegen der Wiederverheiratung gemacht?« forschte Simen Tjing.

»Sie haben nicht das allergeringste einzuwenden gewagt, sondern sogar erklärt, wenn Frau Hwa übergesiedelt sei, wollten sie am dritten Tage dem Herrn einen Besuch abstatten.«

Hocherfreut erkundigte sich Simen Tjing noch, ob die Totenmesse beendet sei.

»Die Mönche sind längst fort. Die Seelentafel ist verbrannt. Frau Hwa bittet den Herrn, etwas früher zu ihr zu kommen«, berichtete Dai-an.

»Schon gut«, sagte Simen Tjing. »Geh hinaus und gib auf das Pferd acht!«

Als Dai-an dies tun wollte, rief ihn Jing Bo-djau, der beide in einem Nebengange belauscht hatte, so plötzlich an, daß Dai-an zusammenfuhr: »Du spitzbübischer Halunke! Du hast es mir nicht sagen wollen, aber erfahren hab' ich es jetzt doch.«

»Hundsfott, posaune nichts aus!« fiel Simen Tjing ein.

»Dir zuliebe will ich nichts verraten«, antwortete Jing Bo-djau.

Sie begaben sich wieder zur Tafel, und hier wurde die Sache allgemein erörtert. Man drang auf Simen Tjing ein: »Bruder, du bist uns der Rechte! In einer so wichtigen Angelegenheit hüllst du dich in Schweigen und sagst deinen Brüdern auch nicht ein einziges Wort? Sollte der älteste Hwa irgend etwas einwenden wollen, so brauchst du uns Brüdern doch nur einen Befehl zu geben. Wir gehn für dich durchs Feuer. Während wir in dieser Weise brüderlich für dich eintreten wollen, hüllst du dich in Schweigen und verrätst nichts!«

»So will ich es euch denn beichten«, sagte Simen Tjing. »Die Heirat ist abgemachte Sache. Selbstverständlich lade ich euch alle ein.«

Allmählich war es dunkel geworden. Simen Tjing ließ sich nun durch nichts mehr halten. Auf einmal stand er auf und entfernte sich. Jing Bo-djau wollte die Türe verriegeln und ihn nicht fortlassen. Sjä Si-da meinte jedoch: »Bruder Jing, laß ihn laufen, damit er nichts versäumt und die Schwägerin nicht unwillig wird!«

Simen Tjing schwang sich auf sein Pferd und ritt geradewegs zur Löwenstraße.

Väsele Li hatte die Trauerfrisur abgelegt und sich neu und kostbar gekleidet. In ihrer Empfangshalle schimmerten und leuchteten die Laternen. »Hat das Ehepaar Hwa heute keinerlei Bemerkungen fallen lassen?« fragte Simen Tjing sofort. Sie bestätigte, was ihm der Diener bereits mitgeteilt hatte.

»Wenn sie es gern wollen«, sagte Simen Tjing, »mögen sie ruhig unser Grundstück betreten. Aber ein böses Wort würde ich mir nicht bieten lassen.«

»Ich hätte sie auch nicht ungeschoren ziehen lassen, wenn sie zu stänkern gewagt hätten«, erklärte Väsele Li und füllte einen versilberten Pokal mit Südwein. Lenzbunt schenkte ihr ein, und das Paar trank einige Becher miteinander.

Simen Tjing sah, wie Väsele Li weinselig wurde, hin- und herschwankte und ihm verliebte Blicke zuwarf. Sie küßten einander, und die Wangen erglühten dabei wie Aprikosen der Seligen. Väsele Li drückte Simen Tjing an ihre Brust.

XVI.

Einige Tage später lagen sie wieder in der Dämmerung beisammen. Unter Küssen gaben sie sich einander hin. Lenzfreude, die aufwartete, brachte dem Paar aus einer kleinen Schachtel allerlei seltsame Früchte und Leckereien und schenkte aus einem goldbraunen Kännchen rötlichen Wein. Da vernahm man draußen

am Haupttore Klopfen. Die alte Feng mußte nachsehen gehen und das Tor öffnen. Dai-an war gekommen.
»Ich habe ihm doch befohlen, mich morgen abzuholen. Warum kommt er denn jetzt zu so später Stunde?« bemerkte Simen Tjing und ließ ihn hereinrufen, um ihn zur Rede zu stellen.
Der junge Bursche trat aufgeregt, aber zaghaft an die Schlafzimmertür. Einzutreten erlaubte er sich nicht, weil Simen Tjing mit Frau Hwa das Lager teilte.
»Die Tochter und der Schwiegersohn sind gekommen«, meldete er am Türvorhange. »Das Haus ist voll von Koffern und Körben. Die Herrin schickt mich, Euch sofort zur Beratschlagung heimzubitten.«
Unruhe bemächtigte sich jetzt auch Simen Tjings. Väsele Li half ihm beim Ankleiden, dann schlug er auf sein Pferd ein und ritt stracks nach Hause.
Dort erblickte er in der hinteren Halle im Scheine von Laternen und Kerzen seine Tochter und seinen Schwiegersohn. Er erkundigte sich nach dem Grund ihres so unerwarteten Kommens. Der Schwiegersohn Tschen Djing-dji warf sich auf sein Antlitz und erzählte mit Tränen in den Augen: »Unser Herr Jang am Kaiserhof ist jüngst von einem Zensor angeklagt und zu Fall gebracht worden. Ein kaiserlicher Erlaß hat seine Verhaftung angeordnet. Er soll in den Südkerker übergeführt und verhört werden. Alle seine Familienangehörigen und seine Gefolgschaft sollen vernommen und zum Holzkragen oder zur Auffüllung der Grenzwehr verurteilt werden. Sein Sachwalter Jang ist nachts zu uns geeilt und hat meinen Vater heimlich verständigt. Mein Vater war ganz bestürzt und drängte mich, mit Frau, Hausrat und Gepäck zunächst einmal bei Euch unterzukommen und uns für einige Zeit verborgen zu halten. Er selber ist nach der Reichshauptstadt aufgebrochen, um dort bei der Tante weitere Nachrichten einzuziehen und zu warten, bis sich die Lage geklärt hat.«
»Hat dein Vater dir einen Brief mitgegeben?« fragte Simen Tjing.
»Ja, hier ist er!« Simen Tjing las:
»Ich, Euer Verwandter Tschen Hung, neige grüßend mein Haupt und teile folgendes mit: Von den Grenzpässen sind Alarmnachrichten eingelaufen. In das Gebiet des Hahngaus (Sjungdschou) ist der Feind eingefallen. Der Kriegsministerialrat Wang hat keine Hilfstruppen entsandt und dadurch militärische Erfordernisse vernachlässigt. Herr Jang am Hofe wird auch

verantwortlich gemacht. Gegen ihn hat ein Zensor Anklage erhoben. Seine Heilige Majestät hat voll Zorn befohlen, daß er festgenommen, in den Südkerker eingeliefert und von den vereinigten drei Gerichtshöfen verhört werde. Die Familien- und Sippenangehörigen sowie die Gefolgschaft sollen dem Gesetze gemäß an die Grenze geschickt werden, um das Heer aufzufüllen. Die Kunde davon hat mich und meine ganze Familie in Schrecken versetzt. Da ich nicht weiß, wohin wir sonst flüchten könnten, vertraue ich zunächst meinen Sohn und Eure Tochter mit dem notwendigsten Gepäck und Hausrate versehen vorübergehend Eurer uns durch das Band der Verwandtschaft verknüpften Familie zur Obhut an. Ich selber begebe mich sofort in die Reichshauptstadt, verberge mich dort bei meinem Schwager Dschang Schi-liän und warte weitere Verfügungen ab. Ich habe meinen Sohn beauftragt, fünfhundert Unzen Silber mitzunehmen, und bitte Euch, damit meine Sache unter Übernahme der Mühewaltung auf Euch zu regeln. Bei Lampenlicht und in der Eile ist dieser Brief nicht so ausgefallen, wie er sein sollte.
Am Zwanzigsten des Mittsommermondes.

Nochmals grüßend Hung.«

Simen Tjing zuckte an Händen und Füßen, als er das las. Er hieß Frau Mondtraut für Wein und ein Mahl zur Bewirtung von Tochter und Schwiegersohn sorgen. Dann ließ er die Dienerschaft drei Räume im östlichen Seitengebäude vor der Empfangshalle als Wohnung für das Paar fegen und säubern. In Frau Mondtrauts Räumen im Herrschaftshause wurden sämtliche Koffer, Körbe und weichen Ballen untergestellt. Tschen Djingdji holte die fünfhundert Unzen Silber hervor und händigte sie Simen Tjing zur Beilegung der Angelegenheit ein.

Simen Tjing ließ den Haushälter Wu kommen und gab ihm fünf Unzen Silber. Noch in der gleichen Nacht mußte er auf der Geschäftsstelle des Kreisamtes eine Abschrift des Erlasses fertigen, der aus der Hauptstadt eingetroffen war sowie das Amtsblatt ihm zur Einsicht bringen. Zum Schluß las er:

»Das Verbrecherpaar Wang Fu und Jang Djän ist dem Gesetze gemäß mit Enthauptung zu bestrafen, weil unser Heer versagt hat und sie geduldet haben, daß die feindlichen Truppen tief in das Reich eingedrungen sind, daß wir Mannschaften verloren, Offiziere eingebüßt und Gebietsverluste erlitten haben. Die Untersuchung hat die Mitschuld ihrer Diener, Schriftführer, Unterbeamten und Verwandten Dung Scheng, Lu Hu, Jang Scheng, Pang Sijüän, Han Dsung-jen, Tschen Hung, Hoang Yü,

Liu Scheng und Dschau Hung-dau ergeben, so daß auch sie als Verbrecher zu gelten haben. Sie werden sämtlich zu einem Monat Holzkragen verurteilt und sind nach Ablauf der Frist an die Grenze zu senden, um die Grenzwehr aufzufüllen.«

Hätte Simen Tjing nur nicht den Namen Tschen Hung zu Gesicht bekommen! Eiligst packte er nun Gold- und Silbergeschmeide zu einer Traglast zusammen, rief seine Diener Lai-bau und Lai-wang in sein Schlafgemach und gab ihnen flüsternd den Auftrag, Lasttiere zu mieten und in Tages- und Nachtmärschen zur Reichshauptstadt zu eilen, um dort weitere Nachrichten einzuziehen. Sie sollten sich natürlich nicht in den Unterschlupf der Verwandtschaft Tschen begeben. Falls die Lage ungünstig scheine, so möchten sie etwas springen lassen, alles geschickt ordnen und schleunigst Meldung senden. Er gab den beiden Dienern zwanzig Unzen Silber, und sie mieteten Träger und brachen dann in aller Frühe, um die fünfte Nachtwache, mit dem Gepäck nach der östlichen Reichshauptstadt auf.

Simen Tjing fand während der ganzen Nacht keinen Schlaf. Am frühen Morgen des nächsten Tages befahl er Lai-dschau und dem vierten Fei, die Bauarbeiten im Garten einzustellen. Alle Handwerker wurden heimgeschickt, und alles blieb liegen. Das Tor ließ er täglich sorgfältig verschlossen halten. Auch die Dienerschaft durfte ohne wichtigen Anlaß das Haus nicht verlassen. Niedergeschlagenheit und Kummer bemächtigten sich seiner.

Er wanderte im Hause hin und her. Die Gedanken um Väsele Lis Heirat ließ er nach den neun Himmelsgewölben jenseits der Wolken entschwinden.

Sein bekümmertes Wesen und seine verstörte Miene veranlaßten Frau Mondtraut zu dem Versuch, ihn zu beruhigen: »Es betrifft doch nur die Verwandtschaft Tschen! Für die Widersacher, die jeder hat, liegt die Ursache in ihm selber, wie jeder Schuldner seinen besonderen Gläubiger hat. Deine Niedergeschlagenheit ist deshalb unbegründet.«

»Was verstehst du als Frau schon davon!« gab Simen Tjing zur Antwort. »Die Familie Tschen ist uns verschwägert. Meine Tochter und mein Schwiegersohn, diese Unglückswürmer, sind zu uns gezogen. Von jeher hat es sehr viele unter unseren Nachbarn gegeben, die uns grollen.«

Väsele Li wartete inzwischen, ohne daß sich etwas rührte. Deshalb sandte sie die alte Feng zweimal aus. Sie fand Simens Haustor stets verrammelt. Auch nicht der Zahn eines Menschen wurde sichtbar. Das war ihr völlig unerklärlich. So rückte der

Vierundzwanzigste heran, an dem die Hochzeitsgaben ausgetauscht werden sollten. Väsele Li schickte wiederum die alte Feng, und zwar dieses Mal mit dem Braut-Kopfschmuck, um Simen Tjing zu sich zur Besprechung zu bitten. Trotz ihres Pochens öffnete niemand das Tor. Sie nahm nun Aufstellung unter dem Dachvorsprung des Hauses gegenüber und wartete dort. Nach einer Weile erschien Dai-an, um die Pferde zu tränken.

»Was führt Euch her, Mutter Feng?« fragte er, als er ihrer ansichtig wurde.

»Meine Herrin schickt den Schmuck. Warum ist es bei euch nur so totenstill? Sie bittet deinen Herrn, zu ihr zu einer Besprechung zu kommen.«

»Der Herr hatte in den letzten Tagen einiges zu regeln und deshalb keine Zeit. Nehmt den Schmuck wieder mit, Mütterchen! Wartet, bis ich die Pferde getränkt habe; ich werde dann dem Herrn Mitteilung machen.«

»Guter Junge! Ich will hier warten. Bringe den Schmuck deinem Herrn hinein und melde, die Gnädige ist auf ihn recht böse!«

Dai-an band die Pferde an und begab sich hinein. Erst nach geraumer Zeit kam er wieder heraus: »Ich habe mit dem Herrn gesprochen. Er hat den Schmuck an sich genommen. Ihr sollt der Gnädigen viele Empfehlungen bestellen. Sie möchte sich noch ein paar Tage gedulden, bis der Herr ausgeht und zur Besprechung zu ihr kommt.«

Die alte Feng machte sich nun auf den Heimweg und erzählte ihrer Herrin, was sie wußte. Diese wartete wieder einige Zeit, aber kein Laut, keine Nachricht traf ein. Väsele Lis Seele verzehrte sich in wirren Träumen. Die alte Feng empfahl, zur ärztlichen Untersuchung Djang Dschu-schan zu bestellen, einen noch nicht ganz dreißigjährigen Mann von untersetzter Gestalt, einen Windbeutel und höchst leichtfertigen und tollen Leutepreller. Als er in das Schlafgemach trat, ruhte Väsele Li, in Decken gehüllt, auf dem Bett. Knoten- und Schläfenhaare umrahmten gewölkartig ihr Haupt. Sie machte einen unsagbar bekümmerten Eindruck. Nachdem zunächst Tee aufgetragen worden war, rückte eine Zofe Matratze und Kissen zurecht, und der Heilkünstler untersuchte den Puls.

»Es ist mir soeben geglückt, die Krankheitsursache zu ermitteln«, stellte er dann, überwältigt von ihrer natürlichen Anmut und Schönheit, fest. »Euer Leberpuls ist hart wie eine Saite. Er tritt an der Schlagaderstelle prall hervor. Auch der Puls für

Schwindelanfälle ist da bemerkenswert. Er muß schon lange am Spaltungspunkt der Speichenarterie wahrnehmbar sein. Das hängt mit den sechs Begehrlichkeiten und sieben Gemütszuständen zusammen. Das weibliche und das männliche Prinzip stehn bei Euch miteinander im Widerstreit; daher die plötzlichen Frostschauer und dann wieder die unerwarteten Hitzewellen. Voll Schwermut scheint Ihr etwas im Herzen zu bewegen, was nicht Euren Wünschen entspricht. Aber, habt Ihr meine Arznei genommen, gnädige Frau, so wird Eure werte Leibesbeschaffenheit völlig zur Ruhe kommen.« Damit erhob er sich. Man wog ihm ein Entgelt im Gewichte von fünf Punkten auf der Waage zu, und die alte Feng mußte die Arznei einholen. Väsele Li nahm sie am Abend ein und schlief daraufhin ruhig und ohne Angstzustände. Langsam begann sie, auch wieder mehr Nahrung zu sich zu nehmen, kämmte und regte sich, und nach Verlauf von einigen Tagen war sie wieder geistig frisch wie früher. Nun veranstaltete sie eines Tages ein Essen, legte drei Unzen Silber zurecht und ließ Djang Dschu-schan durch die alte Feng zu sich bitten, um ihm ihren Dank abzustatten.

Seit jener Untersuchung sehnte sich dieser längst herzlich danach, Väsele Li wieder einmal zu sehen. Als ihm ihre Einladung zuging, warf er sich sofort in schickliche Kleidung und begab sich hin. In ihrer Haupthalle begrüßte Väsele Li ihn in ihrer prächtigsten Gewandung. Nach zweimaligem Teeaufguß bat sie ihn in ihr Gemach, das von Moschus- und Orchideenduft durchflutet war. Hier war die Tafel gedeckt. Die kleine Zofe Lenzbunt stand zur Seite und reichte ihm in einer goldbemalten Schale die drei Unzen Silber.

Djang Dschu-schan zierte sich eine geraume Weile, dann nahm er das Silber an. Nun bot ihm Väsele Li Wein dar und wies ihm den Platz an. Nach drei Runden begann er, sie verstohlen zu mustern. Gepudert und gemalt, wie sie war, erschien sie wie aus Edelstein geschnitten. Ihre Holdheit und reizvolle Anmut machten tiefsten Eindruck auf ihn.

»Eigentlich dürfte ich mir die Frage nach der Zahl der Lenze der gnädigen Frau kaum gestatten«, begann er, die Unterhaltung in Gang zu bringen.

»Vierundzwanzig Jahre meines Lebens habe ich bereits vergeudet«, erwiderte Väsele Li.

»Was könnte da nun nicht nach Wunsch gegangen sein, daß Ihr neulich unter Schwermut und Unzufriedenheit zu leiden hattet?«

»Ich will es offen bekennen, Herr Djang«, bemerkte sie lächelnd; »mein Mann hat das Zeitliche gesegnet. Einsam und verlassen steh' ich in den Angelegenheiten der Haushaltsführung da. Das trübsinnige Grübeln hat mich kränklich gemacht.«
»Welchen Arzt hattet Ihr seinerzeit zu Rate gezogen?«
»Herrn Hu aus der Großen Straße.«
»Ach, Hu mit dem verteufelten Mundwerk. Er hat keine Hochschule besucht wie ich. Was versteht er vom Pulsfühlen? Wie konntet Ihr ihn zu Rate ziehen, gnädige Frau!«
»Nachbarn hatten ihn uns empfohlen. Daß mein Mann schließlich kein gutes Schicksal gehabt hat, dafür kann er nichts.«
»Habt Ihr Kinder, gnädige Frau?«
»Weder Söhne noch Töchter!«
»Wie schade, gnädige Frau, so in der Blütezeit der Lenze allein zu leben! Hättet Ihr denn nicht den Wunsch, Euch wieder zu vermählen?«
»Ich habe mich kürzlich bereits verlobt und werde demnächst in die neue Familie übersiedeln.«
»Darf ich mir die Frage erlauben, wem Ihr Eure Hand zugesagt habt, gnädige Frau?«
»Dem Oberrat Simen, der vor dem Kreisamt die Drogenhandlung hat.«
»Wie schmerzlich, wie schmerzlich! Warum wollt Ihr ihn heiraten, gnädige Frau? Ich mache regelmäßig Krankenbesuche in seinem Hause und kenne deshalb seine Verhältnisse sehr genau. Dieses Mannes Spezialität ist es, sich im Kreisamt in Rechtsangelegenheiten einzumischen, Geldgeschäfte großen Stiles und Sklavenhandel zu betreiben. Er hat im Hause fünf, sechs Frauen und Nebenfrauen, die Dienerinnen gar nicht gerechnet. Sehr unangenehm ist seine Neigung zum Prügeln. Erregt eine Frau auch nur im geringsten sein Mißfallen, so läßt er sie durch Vermittler verkaufen. Er ist ein Anführer derer, die Mädchen Fallen stellen. Ihr habt es mir noch gerade rechtzeitig mitgeteilt, gnädige Frau. Trätet Ihr in seine Familie ein, so glichet Ihr einer Motte, die ins Lampenlicht fliegt. Ihr wäret gefangen, wüßtet schließlich nicht mehr aus noch ein, und jede Reue käme zu spät. Neuerdings hat außerdem seine Verwandtschaft irgend etwas verschuldet. Er ist in die Angelegenheit mitverwickelt, hält sich deshalb zu Hause verborgen und wagt sich nicht vor die Türe. Begonnene Bauarbeiten hat er halbfertig eingestellt, und alles verfällt. Aus der Reichshauptstadt ist eine Verfügung eingetroffen, die Verhaftungen durch die zuständigen Kreisämter anord-

net. In wenigen Tagen dürften auch seine Grundstücke zum größten Teil beschlagnahmt und eingezogen werden. Da habt Ihr doch keinen Anlaß, gnädige Frau, ihn zu heiraten.«
Väsele Li schwieg ob dieser Mitteilungen. So viel Hab und Gut von ihr ging bei ihm verloren. Djang Dschu-schan sprach so lebhaft auf sie ein. Da sie nicht wußte, ob er verheiratet war, sprach sie: »Ich bin Euch für die Fingerzeige unendlich dankbar. Solltet Ihr mir jemand aus Eurem Bekanntenkreis vorschlagen können, so laßt es mich wissen! Warum sollte ich Eurem Rate nicht Folge leisten?«
Djang Dschu-schan ergriff die Gelegenheit, die Frage zu stellen, wie denn der betreffende Mann beschaffen sein müsse, damit er sich leichter umsehen und berichten könne.
»Ob sein Rang höher oder geringer ist, ist mir weniger wichtig. Es müßte eine Persönlichkeit wie Ihr selber sein.«
Es stimmte Djang Dschu-schan überglücklich. Hastig erhob er sich von der Tafel und fiel auf die Knie: »Meine Gnädige, wenn Ihr mich mit Eurem Mitgefühle beehrt und mit mir einen Ehebund schließen wolltet, dann ginge mein sehnlichster Lebenswunsch in Erfüllung.«
Väsele Li lachte und ergriff seine Hand: »Bitte, erhebt Euch doch! Ich habe mich noch gar nicht zu erkundigen gewagt, wie lange Ihr schon Witwer und wie alt Ihr seid. Für eine Heirat müßte doch auch eine Vermittlerin gesucht werden, damit es dem Brauche gemäß vor sich geht.«
Djang Dschu-schan fiel wiederum auf die Knie: »Ich bin neunundzwanzig Jahre alt und am Siebenundzwanzigsten des ersten Mondes um die sechste Morgenstunde geboren. Meine Frau ist leider im vergangenen Jahre verschieden. Meine Familie ist arm, mein eigener Stand ist niedrig und gering. Ihr habt mich heute der Ehre Eures goldenen Jawortes gewürdigt; was soll da noch jemand vermitteln?«
»Wenn du kein Geld hast, so ziehe meine alte Dienerin Feng als Zeugin hinzu, da brauchst du niemand zu dingen. Sie mag einen glücklichen Tag und eine günstige Stunde auswählen und dich dann zur Einheirat und zum Einzuge zu uns rufen. Bist du einverstanden?«
Djang Dschu-schan verneigte sich schleunigst tief.
»Gnädige Frau, das wäre, als ob Ihr mir erneut Eltern und Elternhaus schenktet.«
Beide reichten darauf einander ein Schälchen Vermählungswein und besiegelten so ihr Eheversprechen. Djang Dschu-schan

zechte noch bis zum Abend und schickte sich erst dann zum Heimweg an.
Väsele Li besprach die Angelegenheit mit Mutter Feng: Simen Tjing sei nun einmal in irgendeine mißliche Sache verwickelt. Niemand könne wissen, ob die Geschichte gut oder böse auslaufe. Sie stehe überdies allein. Einmal sei sie bereits erkrankt und dem Tode nahe gewesen. Gegenwärtig erscheine es ihr das Beste, Herrn Djang als Mann zu sich zu nehmen.
Schon am nächsten Tage sandte sie die alte Feng zu ihm mit der Botschaft, der Achtzehnte des sechsten Mondes sei als Glückstag ausgewählt. Djang Dschu-schan heiratete dann auch bei ihr ein. Drei Tage nach der Vermählung streckte Väsele Li dreihundert Unzen Silber vor, um für Djang Dschu-schan ein Geschäft mit zweiräumiger Straßenfront zu eröffnen, und alles wurde dazu neu hergerichtet.
Anfänglich machte der Heilkundler seine Krankenbesuche noch zu Fuß, später erstand er einen Esel und ritt in den Straßen umher.

XVII.

Lassen wir Djang Dschu-schans Einheirat bei Väsele Li beiseite und kehren wir zurück zu Lai-bau und Lai-wang, die mit dem Auftrage, in der Reichshauptstadt irgendeine Regelung zu treffen, unterdessen in aller Frühe auf dem Braun der Kaiserstraße schritten und auch noch abends den roten Lehmstaub der Welt traten. Endlich hatten sie eines Tages die Hauptstadt erreicht. Sie gingen durch das Tor des Zehntausendjährigen Lebens hinein, nahmen in einer Gaststätte Quartier und ruhten aus. Am nächsten Tage suchten sie die Straßengespräche und den Gassenklatsch zu belauschen und erfuhren daraus, daß man den Kriegsminister Wang gestern einem Verhör unterzogen und ein kaiserlicher Erlaß die Entscheidung im Spätherbst befohlen habe. Noch seien nicht alle aus der Sippe des Kommandierenden Generals festgenommen und abgeurteilt worden.
Lai-bau und sein Gefährte begaben sich mit ihren Geschenken eiligst in die Nähe des Eingangstores zum Herrensitz der Familie Zai. Sie waren in früheren Tagen schon zweimal geschäftlich dort gewesen, der Weg war ihnen vertraut. Bald sahen sie einen Mann in schwarzem Gefolgschaftsgewande herauseilen und nach Osten gehn. Lai-bau erkannte in ihm den Amtmann Jang

des Generals Jang und wollte ihn anrufen und ausfragen, wie die Dinge ständen. Mangels entsprechender Weisung seines Herrn schwieg er jedoch und ließ ihn vorüber. Eine Weile später verneigten sie sich vor dem Pförtner des Palastes und fragten: »Ist Durchlaucht, der Prinzenerzieher, anwesend?«
»Durchlaucht ist von den Beratungen am Hofe noch nicht zurück«, gab der Torhüter zur Antwort. »Was ist euer Wunsch?«
»So bittet den Haushälter Di heraus; meine Wenigkeit möchte ihn wegen einer Eingabe einmal sprechen«, bat Lai-bau nunmehr.
»Der Haushälter Di ist ebenfalls abwesend.«
Lai-bau merkte, daß er nicht die Wahrheit sagte, verstand, daß er etwas haben wollte, zog aus dem Ärmel eine Unze Silber und reichte sie dem Mann. Dieser forschte nun: »Willst du Durchlaucht sprechen, oder wünschest du eine Audienz bei Seiner Exzellenz dem Großkanzler? Für Angelegenheiten, die Durchlaucht betreffen, ist der Oberhaushälter Di Djiän zuständig. Eingaben an Seine Exzellenz sind bei dem Haushälter Gau An anzubringen. Jeder hat seinen besonderen Geschäftsbereich. Überdies ist Durchlaucht vom Kaiserhofe noch nicht zurück. Nur Seine Exzellenz der Großkanzler ist anwesend. Worum handelt es sich? Ich werde dir den Haushälter Gau herausrufen, um das Gesuch bei Seiner Exzellenz anzubringen. Es läuft auf eines hinaus.«
»Ich gehöre zum Palastpersonal des Kommandierenden Generals Jang«, plauderte Lai-bau in vertraulichem Tone, »und möchte in einer bestimmten Angelegenheit vorgelassen werden.«
Der Dienstling wagte es nun nicht mehr, es an Zuvorkommenheit mangeln zu lassen, und ging in den Palast hinein. Bald kam Gau An heraus, Lai-bau begrüßte ihn rasch und überreichte ihm zehn Unzen Silber mit den Worten: »Meine Wenigkeit ist ein Familienmitglied von Exzellenz Jang. Gemeinsam mit dem Amtmann Jang wollte ich bei Durchlaucht einer Auskunft wegen vorsprechen. Ich nahm einen Imbiß ein und habe mich dadurch verspätet. Er ist wider Erwarten hier gewesen, bevor ich ihn eingeholt hatte.«
Angesichts des Geschenkes erklärte Gau An: »Der Amtmann Jang ist eben fort. Durchlaucht ist noch nicht vom Kaiserhofe zurück. Wartet ein Weilchen! Ich will Euch auch noch zur Audienz bei Seiner Exzellenz einführen.«

Damit geleitete er Lai-bau an der ersten Empfangshalle vorbei durch ein zweites Portal hindurch zu einem von Norden nach Süden sich öffnenden dreiteiligen, schlichten Saal. Das Holzgeländer war hellgrün lackiert. Auf einem zinnoberroten Türschild standen auf steingrünem Grund in großer goldener Schrift mit der Widmung als kaiserliches Geschenk, vom Himmelssohn eigenhändig mit kaiserlichem Pinsel geschrieben, die Worte: Erholungsstätte des Großkanzlers.

Zai Djings Sohn Zai Yu war nämlich auch Günstling bei Hofe. Er war Großkanzler des Palastes »Heil und Eintracht« und gehörte außerdem als Verwalter des Weltallopfertempels dem Kultusministerium als Minister an.

Lai-bau wartete vor der Tür. Gau An begab sich zunächst hinein, meldete ihn an und trat wieder heraus, worauf Lai-bau zur Audienz hineingerufen wurde. Er kniete in der Halle nieder. In losem Hausgewand und mit weicher Mütze saß Zai Yu im Saal und fragte ihn: »Woher kommst du?«

»Meine Wenigkeit ist ein Angehöriger der Familie von Exzellenz Jang und gehört zu Tschen Hungs Gefolgschaft«, antwortete Lai-bau bescheiden. »Ich reiste mit dem Amtmann Jang, um Durchlaucht die Aufwartung zu machen und um Auskunft zu bitten. Wider Erwarten ist der Amtmann Jang bereits hier gewesen. Meine Wenigkeit ist ihm nachgeeilt und kommt verspätet zur Audienz.«

Nach diesen Worten reichte er seine Besuchseinführung, die er im Ärmel bei sich geführt hatte. Zai Yu las nur: fünfhundert Zentner geschälter Reis, dann rief er Lai-bau näher heran: »Durchlaucht Zai hält sich wegen der Erörterungen der Zensoren seit einigen Tagen auch von den Staatsgeschäften fern. Außerdem hat neulich ein Verhör durch die drei Strafoberrichter stattgefunden. Der Reichskanzler Li hat alles eigenhändig niedergelegt. Hinsichtlich Exzellenz Jangs Fall ist gestern vom Hofe die Nachricht eingelaufen, daß Seine Majestät Gnade walten lassen wollen. Es soll noch eine Verhandlung stattfinden. Besonders namhaft gemachte Verbrecher aus der Zahl seiner Gefolgschaft und Dienstlinge werden noch verhört und je nach dem Verbrechen bestraft werden. Geh zu Exzellenz Li und laß dir dort alles mitteilen!«

Lai-bau warf sich auf sein Antlitz: »Meine Wenigkeit hat keine Verbindung im Palast von Exzellenz Li. Ich hoffe, Eure Exzellenz werden Wohlwollen walten lassen und Rücksicht auf die Familie von Exzellenz Jang nehmen.«

»Geh zur Brücke der Heiligen-Han-Dynastie!« sagte Zai Yu. »Neben ihr, am mehrstöckigen Torhaus auf dem nördlichen Abhang, erkundige dich nach dem jetzigen Reichskanzler, Großkanzler im Palaste der Regierungsbeiräte, Minister im Kulturministerium, Exzellenz Li Bang-jän. Wer kennt ihn nicht? Aber ich werde dir außerdem noch einen Begleiter mitgeben.«
Von einem der anwesenden Beamten ließ er sich ein Briefblatt reichen, setzte darauf sein Siegel und schickte den Haushälter Gau An mit, um bei Exzellenz Li das Nötige zu berichten.
Gau An wiederholte den erhaltenen Auftrag und verließ mit Lai-bau den Palast. Sie riefen Lai-wang heran und begaben sich nun mit den Geschenken über den Drachenkraft-Damm vorbei an der Brücke der Heiligen-Han-Dynastie zum Portal des Schlosses von Li Bang-jän. Es traf sich gerade, daß dieser von seinem Dienst bei Hofe zurückgekehrt war. In karminrotem kreppseidenem Mantel mit einem Nephritgürtel um die Lenden geleitete er einen hohen Würdenträger hinaus, der die Sänfte bestieg und sich entfernte. Als er in die Empfangshalle zurückgekehrt war, meldete ein Torhüter ihm, der Großkanzler, Exzellenz Zai, habe seinen Haushälter zur Audienz gesandt. Gau An wurde nun hineingerufen und erstattete Bericht. Dann ließ man Lai-bau und Lai-wang vor. Auf der Terrasse vor der Halle knieten beide nieder. Gau An neben ihnen überreichte Zai Yus Schreiben und die Liste der Einführungsgeschenke, die Lai-bau darauf im Hintergrund ausbreitete. Li Bang-jän bemerkte mit einem Blick auf sie: »Es handelt sich doch um eine Gefälligkeit gegenüber Exzellenz Zai. Dein Herr Jang ist außerdem ein Verwandter. Wie vermöchte ich da mit Anstand die Geschenke anzunehmen! Überdies ist neulich die Sache, die deinen Herrn Jang betrifft, infolge einer Rührung des höchsten kaiserlichen Herzens niedergeschlagen worden. Nur einige der Untergebenen, gegen die die Zensoren schwere Anklagen erhoben haben, sind verhört und abgeurteilt worden.« Er schloß, indem er einem der harrenden Beamten winkte: »Bringt einmal die gestern aus dem Ministerium eingegangene Liste mit den Namen her und zeigt sie ihnen vor!«
Auf dieser Liste waren unter Wang Fus Namen aufgeführt der Schriftführer Dung Scheng, der Diener Wang Liän, der Aufseher Hoang Yü und unter Jang Djäns Namen als Schuldige der Schreiber Lu Hu, der Amtmann Jang Tscheng, die Kanzlisten Han Dsung-jen und Dschau Hung-dau, der Aufseher Liu Tscheng sowie von der Verwandtschaft und den Sippenangehö-

rigen Tschen Hung, Simen Tjing und der vierte Hu. Es hieß: »Sie sind sämtlich Falken und Hunde und ein Rudel von Füchsen, die sich gebärden, als besäßen sie eines Tigers Kraft. Ich bitte inständigst, den Gerichtshof anzuweisen, diese ganze Rotte von Verbrechern entweder in Gebiete wilder Volksstämme zu verbannen, wo sie Ungeheuern und Teufeln wehren mögen, oder sie hinrichten zu lassen, damit den Gesetzen des Reiches Genüge geschehe.«

Lai-bau berührte nur immerfort aufgeregt mit der Stirn den Erdboden: »Meine Wenigkeit ist Simen Tjings Diener. Ich hoffe auf die Hochherzigkeit Eurer Exzellenz, ein einzelnes Leben zu schonen.«

Auch Gau An, der Haushälter, sank auf die Knie und unterstützte die Bitte. Li Bang-jän überlegte: Für den Freikauf eines einzigen Namens fünfhundert Unzen Silber! Warum sollte er diesen kleinen Dienst nicht erweisen! Die anwesenden Diener mußten einen Schreibtisch herantragen; er ergriff den Pinsel und änderte in dem Dokument den Namen Simen Tjing in Dja Liän ab, nahm die Geschenke an und entließ Lai-bau und seine Gefährten. Er schrieb noch einen kurzen Antwortbrief an den Großkanzler und belohnte Gau An, Lai-bau und Lai-wang mit einem Päckchen von fünf Unzen Silber. Lai-bau verabschiedete sich auf der Straße vom Haushälter Gau, kehrte in seine Gaststätte zurück und eilte in Tages- und Nachtmärschen nach Klarenfluß. Zu Haus erzählte er Simen Tjing alles von Anfang an. Auf Simen Tjing wirkte der Bericht, als habe man ihn aus einem Faß eiskalten Wassers gezogen. Zwei Tage danach ließ er das Tor nicht mehr geschlossen halten, ließ im Garten weiterbauen, und allmählich wagte er sich auch wieder auf die Straße.

Eines Tages gewahrte Dai-an, er ritt gerade durch die Löwenstraße, daß in Väsele Lis Hauseingang eine große Drogenhandlung eröffnet worden war. Im Geschäftsraum lagen große Stapel von Spezereien. Man sah einen kleinen zinnoberroten Ladentisch. Über der Tür befand sich ein Firmenschild in Lackfarbe, und außerdem hing auch noch ein Geschäftsschild herab. Lebhafter Verkehr herrschte im Laden. Zu Hause erzählte er Simen Tjing, was er gesehen habe. Von Djang Dschu-schans Einheirat bei Väsele Li wußte er noch nichts, und so berichtete er nur, Frau Hwa habe einen Geschäftsführer angestellt und eine Drogenhandlung eröffnet. Simen Tjing nahm die Mitteilung ungläubig hin.

Um die Mitte des siebenten Mondes – der goldene Herbstwind

wehte sanft, und nephritklarer Tau netzte das Erdreich – stieß Simen Tjing eines Tages bei einem Ritte durch die Straßen auf Jing Bo-djau und Sjä Si-da. Sie begrüßten ihn: »Warum hast du dich denn nur so lange nicht blicken lassen, Bruder? Wir waren mehrmals an deinem Herrensitz, fanden aber das Tor verschlossen und erlaubten uns nicht, anzuklopfen. Es war ziemlich langweilig in dieser Zeit. Was hast du denn nur zu Hause getrieben, Bruder? Du hast die Schwägerin wohl schon heimgeführt und uns Brüder nicht zum Schmause geladen?«

»Ich habe eine peinliche Geschichte erlebt. Den Hochzeitstag habe ich verschoben.«

»Wir hatten nicht die leiseste Ahnung davon«, bemerkte Jing Bo-djau. »Heute aber lassen wir dich nicht frei. Wir laden dich ein, uns zu Silberschönchen Wu zu begleiten, dort ein paar Gläschen zu trinken und damit allen Trübsinn zu verscheuchen.«

Simen Tjing zechte bei Silberschönchen Wu bis zur Abenddämmerung. Als man ihn fortließ, war er halb berauscht. Er trieb sein Roß heimwärts. Am Eingang zur Oststraße stieß er auf die alte Feng. Simen Tjing brachte sein Pferd zum Stehen: »Wo willst du hin?«

»Die Herrin hat mich zum Kloster vor der Stadt gesandt, um am Allerseelentag für den verstorbenen Herrn Kisten mit Papiergeld zu verbrennen«, antwortete sie.

»Wie geht es der Herrin?« fragte Simen Tjing in seinem Rausch. »Morgen werde ich sie besuchen kommen.«

»Ihr erkundigt Euch noch nach ihrem Ergehn?« wunderte sich die Alte. »Zu Eurer Hochzeit war doch alles fix und fertig wie ein gargekochtes Gericht. Das hat jetzt ein anderer verzehrt und dazu den Kochtopf mitgenommen.«

Simen Tjing erschrak. »Sie hat sich doch nicht anderweitig verheiratet?«

»Sie hat lange auf Euch gewartet und mich auch mit dem Braut-Kopfschmuck zu Euch gesandt. Vergebens hab' ich mehrmals versucht, Euch zu Gesicht zu bekommen. Euer Haustor war verschlossen. Ich hab' Euren Oberdiener hineingeschickt, Euch um möglichst baldigen Besuch gebeten. Ihr seid nicht gefolgt und habt damit die Hochzeit mit dem anderen zustande kommen lassen. Was gibt es da noch zu reden!«

»Wer ist es denn?« forschte Simen Tjing.

Die alte Feng erzählte nun alles. Simen Tjing wurde ganz aufgeregt.

»Ach, wie jammervoll!« rief er aus. »Hätte sie irgend jemand geheiratet, so würde mich das nicht weiter geärgert haben; warum nur diesen Knirps, diese Schildkröte! Gibt es dafür überhaupt eine Erklärung?« Damit ritt er stracks heim.
Er saß ab und schritt durch das zweite Portal. Da sah er, wie sich dort Frau Mondtraut, Edelburg, Goldlotos und seine Tochter im Hofe vor der großen Empfangshalle im Mondschein mit Sprüngen über ein Seil belustigten. Bei seinem Erscheinen zogen sich die Damen zurück. Nur Goldlotos entfernte sich nicht, sondern lehnte sich an einen Pfosten der Halle und nestelte an ihren Schuhen. In seinem Weinrausche schimpfte Simen Tjing vor sich hin: »Dirnenpack, was lärmt ihr hier und hüpft umher!« Zweimal trat er mit dem Fuß nach Goldlotos und ging dann nach hinten, jedoch nicht in Frau Mondtrauts Zimmer, sondern in ein Schreibstübchen im westlichen Seitengebäude. Dort verlangte er Bettzeug. Die Magd schlug er, den Dienerjungen schalt er und zeigte sich übelgelaunt.
Die Frauen standen verschüchtert beieinander. Frau Mondtraut grollte Goldlotos: »Du sahst doch, daß er einen Rausch hatte. Wärest du zur Seite getreten, alles wäre in Ordnung gewesen. Aber da mußt du ihm auch noch vor die Augen treten, um mit ihm zu tändeln. Dadurch hast du ihn veranlaßt, uns zu beschimpfen.«
»Daß er auf uns geschimpft hat, mag noch hingehn. Wie kann er aber seine Tochter auch ein Dirnenweib nennen!« bemerkte Edelburg. »Heute morgen ging er noch ganz friedlich fort. Wie kann man es sich nur erklären, daß er bei seiner Rückkehr diese Tonart anschlägt!«
Sofort wurde Dai-an herangerufen, und durch ihn erfuhr man den Grund seiner Mißstimmung.
»Also diesem schamlosen Dirnenweib, die sich aus Mannstollheit verheiraten mußte, haben wir es zu verdanken, daß er hier seinen Zorn an uns ausgelassen hat«, sagte Frau Mondtraut.
Simen Tjing traf am nächsten Morgen – er hatte seinen Verdruß im Seitengebäude des vorderen Anwesens ausgeschlafen – die Anordnung, daß der Schwiegersohn Tschen Djing-dji gemeinsam mit dem vierten Fei die Bauarbeiten im Garten beaufsichtigen und die Rechnungsführung besorgen sollte. Lai-bau ließ er die Torwache übernehmen.
Simen Tjings Tochter weilte tagsüber in den rückwärtigen Räumen bei Frau Mondtraut und den anderen Frauen. Sie speiste auch mit ihnen und kehrte nur abends zur Nachtruhe nach vorn

in das Seitengebäude zurück. Tschen Djing-dji war die ganze Zeit über nur im Garten und beaufsichtigte dort die Arbeiten. Die Haupthalle zu betreten, ohne dorthin gerufen zu sein, nahm er sich nicht heraus. Seine Mahlzeiten brachte ihm einer der Dienerjungen. So hatte er die zahlreichen Frauen Simen Tjings noch nie zu Gesicht bekommen.

Eines Tages – Simen Tjing war, dem Tausendschaftsführer Ho vom Strafgericht das Abschiedsgeleite zu geben, fortgegangen – gedachte Frau Mondtraut, Tschen Djing-djis Mühewaltung zu belohnen, da er bei der Beaufsichtigung der Gartenarbeiten hart hatte helfen müssen und nicht einmal für die Mahlzeiten für kurze Zeit Ruhe fand.

»Wenn ich mich darum kümmere«, meinte sie zu Edelburg und Holdchen Li, »so könnte man sagen, ich gehe zu weit. So möchte ich mich eigentlich nicht hineinmischen. Andererseits kann ich es wieder nicht mitansehen, daß fremder Leute Kind in unserem Hause täglich vom Aufstehn in der Frühe bis zum Schlafengehn in der Nacht sich hart und angestrengt für uns abmüht.«

»Schwester, Ihr seid doch das Oberhaupt unseres Haushaltes«, bemerkte Edelburg.

Frau Mondtraut gab darauf Anweisung, ein Festmahl mit Wein und Nachtisch zu bereiten, und bat um die Mittagszeit den Schwiegersohn zu Tisch. Er begab sich flugs ins Haus. Vor Frau Mondtraut verneigte er sich und setzte sich dann zur Seite. Edelsteinchen holte Tee, stellte die Tafel zurecht und trug Speisen und Wein auf.

»Schwiegersohn, Ihr habt tagaus, tagein hart mit der Beaufsichtigung der Bauarbeiten zu schaffen, und deshalb hab' ich Euch eingeladen, daß Ihr Euch hier etwas erholt«, sagte Frau Mondtraut. »Sonst gibt es ja nie Ruhe. Heute ist nun der Vater nicht zu Hause. Es drängt auch nichts. Deshalb habe ich einen Becher leichten Weines bereitgestellt, um Euch meine Anerkennung für Eure Mühewaltung auszudrücken.«

»Ich muß dem Vater und Euch, Mutter, für die wohlwollende Förderung danken«, antwortete Tschen Djing-dji. »Aber meine Arbeiten sind nicht so anstrengend, daß Ihr Euch meinetwegen diese Mühe machen solltet.«

Frau Mondtraut leistete ihm eine Weile Gesellschaft und trank mit. Dann mußte die Dienerin Edelsteinchen die Tochter Simens rufen.

»Sie kommt im Handumdrehen«, meldete Edelsteinchen.

Bald danach ließ sich im Nebenraum das Rascheln von Domino-

steinen vernehmen. Der Schwiegersohn erkundigte sich, wer spiele.
»Die Tochter und Schatzflöte«, antwortete Frau Mondtraut.
»Da zeigt sich, daß sie nicht weiß, was sich gehört!« bemerkte Tschen Djing-dji. »Ihr laßt sie rufen, Mutter, sie aber kommt nicht, sondern spielt nebenan Domino.«
Nicht lange darauf trat Simens Tochter durch den Türvorhang. Sie nahm ihrem Manne gegenüber Platz, und sie tranken gemeinsam.
»Kann unser Schwiegersohn auch Domino spielen?« fragte Frau Mondtraut die Tochter.
»O ja! Duft und Gestank weiß er zu unterscheiden.«
Frau Mondtraut kannte Tschen Djing-dji nur als willigen, aufrichtigen Schwiegersohn. Sie hatte keine Ahnung, daß das junge Herrchen in Liedern und Schwänken und Gassenhauern, im Würfeln und im Schachspiel, im Domino- und Zeichenrätselspiel bewandert war.
»Da Ihr das Dominospiel kennt, so laßt uns hineingehn und ein Weilchen zuschaun!« ermunterte ihn Frau Mondtraut.
»Mutter, geht nur mit der Tochter hinein! Für mich schickt es sich nicht«, gab Tscheng Djing-dji zur Antwort.
»Als Schwiegersohn und naher Angehöriger braucht Ihr Euch doch nicht zu scheuen«, meinte Frau Mondtraut, und damit gingen sie alle in die Stube.
Dort lag Edelburg Meng auf der ausgebreiteten weinroten Decke einer Liegestatt, um dem Spiele zuzuschauen. Bei Tschen Djing-djis Eintritt wollte sie sich zurückziehen, aber Frau Mondtraut erklärte: »Es ist doch der Schwiegersohn und kein Fremder. Begrüßt ihn nur!« und zu Tschen Djing-dji gewandt: »Das ist Eure dritte Mutter.«
Der Schwiegersohn verneigte sich eilig und tief, und Edelburg erwiderte den Gruß mit tausendfältigem Segenswunsch. Nun spielte Frau Mondtraut mit Edelburg und der Tochter Domino, und Tschen Djing-dji schaute zu. Simens Tochter verlor die erste Partie. Nun trat Tschen Djing-dji heran, spielte mit und gab Ratschläge. Da tauchte plötzlich Goldlotos unter dem Türvorhang auf und trat ein. Ihr Haar war mit Silberfäden zu einem Knoten gewunden, in den sie frische Blumen eingeflochten hatte. »Ich habe mich gefragt, wer hier sein könnte«, bemerkte sie kichernd. »Unser Schwiegersohn Tschen ist es also.«
Auffahrend wandte Tschen Djing-dji den Kopf. Sein Herz pochte, es zuckte ihm im Auge, und das Denken versagte. Es war,

Wie wenn sich heute wiedersahn,
die vor fünfhundert Jahren
ein Liebespaar einst waren.

»Das ist die fünfte Mutter, Schwiegersohn, begrüßt sie nur gehörig!« sagte Frau Mondtraut.
Tschen Djing-dji verneigte sich tief. Goldlotos erwiderte seinen Gruß mit dem Wunsche zehntausendfältigen Segens, dann ging das Spiel weiter.
Plötzlich meldete Dai-an die Heimkehr des Herrn. Frau Mondtraut ließ den Schwiegersohn eiligst von Edelsteinchen durch einen Seitenausgang hinausgeleiten. Simen Tjing war unterdessen vom Pferde gestiegen und nach vorn gegangen, um die Bauarbeiten zu besichtigen. Danach begab er sich in Goldlotos' Räume. Sie bewillkommnete ihn und half ihm aus den Kleidern: »Du hast noch nichts genossen. Ich lasse dir durch die Dienerin Wein holen«, bemerkte Goldlotos.
Alsbald war auch der Tisch gedeckt; die Speisen wurden für ihn aufgetragen. Während des Trinkens sprachen sie darüber, daß er zum Richtschmause für die Mattenzeltlaube eine Anzahl Verwandter und Bekannter geladen habe; alle hätten zugesagt, wollten Körbchen mit Früchten und Wein spenden und alles rot ausschmücken. Dazu dürfte es an Wein nicht fehlen, und die Küche müsse alles für die Bewirtung bereithalten. So plauderten sie eine Zeitlang. Inzwischen war es Abend geworden. Schlehenblüte hatte die Lampe gebracht und sich in ihre Kammer zurückgezogen. Beide begaben sich auch zur Ruhe auf das Lager. Da Simen Tjing wegen des Abschiedsgeleites früh aufgestanden und von der Anstrengung ermüdet war, jetzt auch noch einige Becher Wein getrunken hatte, war er leicht berauscht, und kaum hatte er das Haupt auf die Kopfstütze gelegt, als er auch schon eingeschlummert war. Er schnarchte donnerartig.
Es war übermäßig schwül. Wie konnte Goldlotos Schlaf finden! Als sie den Kopf wandte, fiel ihr Blick auf Simen Tjing, der auf der Matratze in tiefem Schlummer lag. Sie schüttelte ihn, doch er erwachte nicht. Sinnlichkeit überwallte sie, ehe sie sich dessen versah. Sie begann mit ihren zarten Fingern an ihm zu spielen. Dann beugte sie sich hinab auf seine Körpermitte. Simen Tjing brummte erwachend: »Du geiles Frauenzimmer«, gebot ihr aber keinen Einhalt.
Als Goldlotos etwa die Zeit, die man für eine Mahlzeit benötigt, die Purpurflöte gespielt hatte, kam ihm plötzlich ein Einfall. Er

rief Schlehenblüte. Sie solle Wein holen und sich mit der Weinkanne an das Bett stellen.
Die Kerze ließ er auf das Brett hinter der Bettstatt setzen.
»Du hinterhältiger Geselle!« schalt Goldlotos. »Wann hast du dir das ausgeklügelt? Die Magd zusehen zu lassen!«
»Väsele Li hat es immer so mit mir getrieben. Sie ließ ihre Dienerin dabeistehn und Wein einschenken«, erzählte Simen Tjing.
»Ich müßte dich eigentlich gehörig ausschelten«, sagte Goldlotos. »Du solltest den Namen dieses Frauenzimmers nicht mehr erwähnen, sie hat es nicht ausgehalten und aus Geilheit einen anderen geheiratet. An mir allein aber hast du neulich deine üble Laune ausgelassen und nur mich mit dem Fuße gestoßen. Ich habe nie etwas gegen Väsele Li gehabt, aber du hast ja nie auf mich gehört, sondern nur auf deine Erste.«
Mit diesen Worten traf Goldlotos in Simen Tjings Herz. Glut stieg in ihm auf, und er wurde rot bis in die Schläfen.
»Ich werde mich künftig nicht mehr um sie kümmern!« rief er zornig aus.
Seit jener Zeit war Simen Tjing auf Frau Mondtraut schlecht zu sprechen. Sie redeten nicht miteinander, wenn sie sich sahen. Frau Mondtraut bekümmerte sich nicht darum, bei welcher Frau er sich aufhielt. Ob er früh fortging und spät heimkehrte, sie fragte nicht danach. Kam er in ihre Räume, um irgend etwas zu holen, so ließ sie ihn durch die Mägde abfertigen und beachtete ihn nicht. Die Herzensbeziehungen beider waren abgekühlt.
Simen Tjing bevorzugte nun Goldlotos. Sie sah damit ihre Wünsche erfüllt und fühlte sich täglich wohler. Sie putzte und schmückte sich und ließ sich hätscheln und verwöhnen. Seitdem sie in den zurückgelegenen Räumen Tschen Djing-dji begegnet war, diesem verschmitzten, pfiffigen Burschen, trachtete sie danach, auch mit ihm anzubändeln. Nur die Furcht vor Simen Tjing hielt sie zurück. War Simen Tjing ausgegangen, so ließ sie jedoch Tschen Djing-dji durch eine Dienerin rufen, setzte ihm Tee vor und spielte mit ihm Schach. Beide waren einander sehr nahe.
Am Tage des Richtfestes für das neuerbaute Mattenzelt hatten die Verwandten und Freunde alles rot geschmückt, ihre Glückwünsche dargebracht und Kästchen mit Obst geschenkt. Die zahlreichen Handwerker hatten ihre Belohnungen erhalten. Alle Gäste waren in der großen Festhalle bewirtet worden. Bis Nachmittag hatte man geschmaust und sich dann zerstreut. Simen Tjing hatte früh aufstehn müssen und begab sich nun in

den zurückgelegenen Räumen zur Ruhe. Tschen Djing-dji suchte Goldlotos in ihrem Schlafzimmer auf und bat um Tee. Sie saß gerade auf dem Bett und zupfte an der Laute.
»Vorn ist doch das Richtfest gefeiert worden. Den halben Tag hat man geschmaust und gezecht. Hast du dort denn nichts zu trinken bekommen, daß du jetzt zu mir kommst und um Tee bittest?« sagte sie.
»Um offen zu sein, ich bin von Mitternacht an auf und hatte bis jetzt zu schaffen. Zu trinken habe ich nichts bekommen«, war seine Antwort.
»Wo ist der Vater?« erkundigte sich Goldlotos.
»Er hat sich in den rückwärtigen Räumen schlafen gelegt.«
»Wenn du nichts bekommen hast, soll Schlehenblüte dir etwas von dem gedämpften, knusprigen Obstkuchen bringen«, bemerkte Goldlotos.
Das junge Herrchen speiste nun von den vier Gerichten, die auf dem Tischchen der Lagerstatt aufgetragen waren. Da Goldlotos mit der Laute hantierte, scherzte er: »Fünfte Mutter, was für eine Melodie spielt Ihr da? Wollt Ihr mir nicht etwas vorsingen?«
»Mein lieber Schwiegersohn Tschen«, lachte sie. »Ich bin doch nicht eine, auf die du dir Hoffnungen machen könntest. Warum soll ich dir da etwas vorsingen? Paß auf, daß ich es nicht dem Vater sage, wenn er ausgeschlafen hat!«
»Fünfte Mutter, ich bitte inständigst, habt Mitleid mit mir! Ich werde es nicht wieder tun«, flehte Tschen Djing-dji, der kichernd rasch in die Knie gesunken war.
Auch Goldlotos lachte. Seit dieser Zeit wurde das Bürschchen mit ihr täglich vertraulicher. Er trank mit ihr Tee oder speiste mit ihr. In ihrem Wohn- und Schlafraum ging er ein und aus und scherzte mit ihr. Er lehnte sich an ihre Schulter oder an ihren Rücken. Sie nahmen gar keine Rücksicht mehr.
Frau Mondtraut sah in Tschen Djing-dji ein halbes Kind. Deshalb hatte sie diesen ungezogenen Schwiegersohn in den Familienverkehr hineingebracht. Die daraus folgenden Vorgänge in der eigenen Familie blieben ihr verborgen.

XVIII.

Etwa ein halbes Jahr war bereits seit der Inangriffnahme der Arbeiten am Garten und der Mattenzeltlaube verflossen. Der Anstrich der Bauten war vollendet, und ringsum erstrahlte alles

in neuem Glanz. Die Gratulanten hatten tagelang gefeiert und geschmaust.
Eines Tages im ersten Drittel des achten Mondes hatte der Strafrichter Sja aus Anlaß der Feier seines Geburtstages auf seinem neuerworbenen Landgut ein Gelage vorbereitet und dazu vier Singmädchen mit einer ganzen Kapelle und eine Gauklertruppe kommen lassen. Simen Tjing war um die Frühstückszeit zu der Geburtstagsfeier hingeritten. Frau Mondtraut veranstaltete unterdessen mit Holdchen Li, Edelburg Meng, Schneeholdchen Sun, Simens Tochter und Goldlotos Pan ein Festmahl. Sie ließ das Tor zum neuen Garten feierlich öffnen, und die Frauen lustwandelten nun dort zwischen Blumen, Bäumen, Lauben und Terrassen. Da konnte man alles auf einmal gar nicht überschauen. Es war ein wirklich prächtiger Garten.
Bald wandelten unter Führung von Frau Mondtraut die Frauen Hand in Hand auf den duftenden Pfaden, bald ließen sie sich auf den wohlriechenden Wiesen nieder und unterhielten sich mit dem Pflanzensuchspiel. An das Geländer gelehnt, beobachtete die eine ihr Spiegelbild im Wasser, und es machte ihr Spaß, rote Kranzerbsen nach den Goldfischen zu werfen. Eine andere betrachtete, über eine Balustrade gebeugt, die Blütenpracht und vergnügte sich damit, die bunten Falter mit ihrem seidenen Fächer zu scheuchen. Frau Mondtraut bestieg unterdessen den am höchsten erbauten Pavillon »Zum Schlummer in den Wolken« und spielte dort mit Edelburg Meng und Holdchen Li Schach. Goldlotos, Simens Tochter und Schneeholdchen Sun hielten sich im Gartenhäuschen »Zur Blumenfreude« auf, schauten vom ersten Stockwerk hinunter und bewunderten die Pflanzen und Blüten. Sie gewährten zu allen acht Jahresabschnitten den Anblick ewigen Lenzes. Man konnte sich nicht sattschauen.
Als nach einiger Zeit Wein aufgetragen wurde, nahm Frau Mondtraut den Ehrenplatz ein, Holdchen Li setzte sich ihr gegenüber, und der Rangordnung gemäß folgten zu beiden Seiten Edelburg, Schneeholdchen, Goldlotos und Simens Tochter.
»Ich habe ja ganz vergessen, den Schwiegersohn zu uns zu bitten«, erinnerte sich Frau Mondtraut und schickte flugs Edelsteinchen nach ihm.
Tschen Djing-dji erschien alsbald mit himmelblauseidener Mütze, einem violett-seidenen Festtagsgewand und schwarzen Schuhen mit verzierten Kappen. Er verneigte sich und nahm

neben seiner Frau, Simens Tochter, Platz. Nun wurden die Becher herumgereicht, und man trank einander zu. Nach ein paar Gläschen nahm Frau Mondtraut das Schachspiel mit Holdchen Li und Simens Tochter auf. Schneeholdchen und Edelburg wandten sich zum Gartenhäuschen, um von dort aus Umschau zu halten. Goldlotos schlug an dem Hügel neben dem Teich mit ihrem weißseidenen Fächer lustig nach Schmetterlingen. Unbemerkt trat Tschen Djing-dji leise von rückwärts an sie heran und lachte: »Fünfte Mutter, du verstehst es nicht, einen Falter zu fangen. Laß mich es dir besorgen. So ein Falter steigt plötzlich hoch, bald senkt er sich nach unten. Er ist ein unbeständiges, bewegliches Ding.«

Goldlotos wandte ihren gepuderten Nacken um, musterte ihn mit einem Seitenblick und schalt: »Nichtsnutziger Schelm! Du bist des Todes, wenn es jemand hört.«

Kichernd trat Tschen Djing-dji auf sie zu, umarmte und küßte sie. Mit einer abwehrenden Handbewegung schob sie ihn zurück. Wider Erwarten hatte Edelburg sie in der Ferne vom Gartenhäuschen »Zur Blumenfreude« aus beobachtet und rief: »Schwester, komm doch einmal hierher! Ich will dir etwas sagen!«

Goldlotos verließ Tschen Djing-dji und begab sich zu ihr. Tschen Djing-dji ging verdrossen in sein Schlafgemach. Ihm war schwer ums Herz.

Auf dem Heimweg vom Essen beim Strafrichter Sja bog Simen Tjing in die südliche Ziegelgasse ein. Die Kämpen dieses Gäßchenviertels – wie man sie in der Sung-Zeit nannte; heutigen Tages würde man von Janhagel sprechen – kannten ihn sämtlich. Einer war ein gewisser Lu Hwah, mit dem Spitznamen Grasotter, ein anderer Dschang Scheng, die Straßenratte. Sie hatten von Simen Tjing oft Zuwendungen erhalten. Als Simen Tjing sie erblickte – sie waren gerade beim Glücksspiel –, brachte er sein Roß zum Stehen und rief sie an: »Ich habe eine kleine Angelegenheit, um deren Besorgung ich euch bemühen möchte. Wollt ihr sie übernehmen?«

»Welche Frage, Herr Oberrat! Wir haben bisher so zahlreiche Beweise Eures Wohlwollens erhalten, daß wir auf Euren Befehl durch siedendes Wasser gehn.«

»So kommt morgen zu mir! Ich werde euch dann Weisungen erteilen.«

»Warum bis morgen warten! Sagt uns doch, um was es sich handelt!«

Simen Tjing erzählte ihnen nun im Flüstertone von Djang Dschu-schans Heirat mit Väsele Li.

»Ich will nur, daß ihr mich rächt.« In einem Täschchen hatte er noch vier, fünf Unzen Bruchsilber verborgen. Das schüttete er ihnen hin. »Nehmt es als Trinkgeld und besorgt die Sache für mich nur ordentlich! Ich werde mich euch dann noch dankbar zeigen.«

»Hat meine Wenigkeit nicht schon genug Wohltaten von Euch erhalten?« wehrte Lu Hwah ab. »Nun handelt es sich auch noch um diese Kleinigkeit! Das Silber anzunehmen, erlauben wir uns auf keinen Fall.«

»Wenn du es nicht nimmst, kann ich dich auch um nichts bitten«, widersprach Simen Tjing, hieß Dai-an das Silber zu sich stecken, gab seinem Pferd einen Schlag und wollte davonreiten. Aber Dschang Scheng hielt ihn an.

»Lu Hwah, du kennst des Herrn Wesensart nicht. Wenn du es nicht nimmst, so sieht es so aus, als ob wir uns um die Sache drücken möchten.« Er strich also das Silber ein, fiel auf sein Antlitz und sagte: »Keine zwei Tage, und Ihr werdet Eure Freude haben.«

Es war schon spät, als Simen Tjing zu Hause eintraf. Frau Mondtraut zog sich mit den Frauen bei seiner Ankunft in die hinteren Gemächer zurück. Simen Tjing ging zu Goldlotos.

»Wir haben heute mit deiner Tochter den Garten eingeweiht und uns alles angesehen«, sagte Goldlotos, während sie ihm beim Ablegen seines Gewandes behilflich war. »Willst du noch etwas Wein? Ich werde ihn dir durch die Magd holen lassen.«

Während er auf seinem Stuhle saß, betrachtete er Goldlotos. Sie trug ein sandelholzfarbenes, quergestreiftes, ungefüttertes Seidenjäckchen mit Mittelschluß und bunter Kreppborte, darunter einen weißen, hochgeglänzten, längsgestreiften Rock mit karminroter Atlasborte und Schuhe aus weißer Seidengaze mit hohen Sohlen. Ihr Haupthaar hatte sie mit Silberfäden zu einem Knoten zusammengebunden und darüber goldplattierten schillernden Muschelschmuck gelegt. An den Schläfen hielten Spangen mit zahlreichen blauen Verzierungen das Haar zusammen. Von dem weiß geschminkten und gepuderten Antlitz hoben sich ihre roten, würzigen Lippen ab. Jäh erwachte Simen Tjings Sinnenfreude. Er ergriff ihre beiden Hände, zog sie an sich, umarmte und küßte sie. Als bald darauf Schlehenblüte den Wein vorsetzte, reichten sich beide die Schälchen. Goldlotos hatte ihren Rock hochgerafft und sich Simen Tjing auf den Schoß gesetzt. Sie nahm einen Schluck Wein und flößte ihn Simen Tjing ein. Dann schob sie ihm mit ihrer zarten Hand einen Lotuskern in den Mund.

»Er schmeckt aber herb! Warum soll ich ihn essen?« wehrte Simen Tjing.

»Die Frau reicht dir etwas, und du willst es nicht?« Nach diesen Worten nahm Goldlotos einen frischen Walnußkern zwischen ihre Lippen und reichte ihm diesen als Entschädigung. Simen Tjing begann ihren Busen zu streicheln. Sie öffnete ihr seidenes Hemdchen, entblößte ihre prachtvollen Brüste. Er berührte sie zärtlich, auch mit den Lippen. So belustigten sich beide und vollendeten ihr Spiel im Phönixfluge.

»Ich will dir etwas erzählen«, plauderte Simen Tjing in fröhlicher Laune. »Bald wirst du lachen. Der Doktor Djang hat doch eine Drogenhandlung eröffnet. In den nächsten Tagen wird sie nicht mehr bestehen.«

Auf ihre Frage: »Inwiefern?« erfuhr Goldlotos von Simen Tjing die Einzelheiten seiner heutigen Begegnung mit Lu und Dschang.

»Der Heilkundige Djang macht doch bei uns Krankenbesuche. Ich halte ihn für einen bescheidenen Herrn. Bei Begegnungen hält er immer den Kopf zu Boden gesenkt. Es tut mir leid, daß du ihm so etwas antust.«

»Du durchschaust ihn nicht«, erklärte Simen Tjing. »Du sagst, er halte immer den Kopf gesenkt. Er sieht eben hauptsächlich nach deinen Füßen.«

»Er sollte imstande sein, nach den Füßen fremder Frauen zu gucken? Das glaube ich nicht. Er ist doch ein gebildeter Mensch.«

»Du siehst nur seine liebenswürdige Miene, aber innerlich ist er voller Tücke.«

Doch zurück zu Väsele Li. Seit Djang Dschu-schans Einheirat waren bereits zwei Monate verstrichen. Anfänglich hatte er das Bestreben, sie zu ergötzen, und hatte allerlei Liebestränkchen zusammengestellt, um ihre Zuneigung zu gewinnen. Sie hatte nun aber ihre Erlebnisse mit Simen Tjing gehabt, die dem Sturmwinde vergleichbar waren. Djang Dschu-schans Zärtlichkeiten befriedigten sie deshalb nicht, erzeugten vielmehr im Laufe der Zeit in ihr Abneigung. Oft jagte sie ihn um Mitternacht in den Laden, dort zu schlafen. Weil sie innigst Simen Tjing liebte und seiner gedachte, ließ sie Djang bald nicht mehr in ihre Schlafstube.

Djang Dschu-schan hatte sich gerade einmal verärgert in den Laden begeben, als zwei verwahrlost aussehende Kerle hastig eintraten und sich auf der Kundenbank niederließen.
»Führt Ihr hier Hundegallenstein?« fragte der eine.
»Treibt keine Possen«, sagte Djang Dschu-schan. »Man führt doch nur Rindergallenstein.«
»Wenn Ihr keinen Hundegallenstein habt, so doch wenigstens Eisasche. Zeigt sie mir mal; davon möchte ich ein paar Unzen haben«, forderte jener nunmehr.
»In den Drogenhandlungen gibt es nur sogenannte Eisbrocken oder Kampfer, aus Persien eingeführt«, bemerkte Djang Dschu-schan.
»Frag ihn nicht weiter«, fiel der andere ein. »Bedenke, seit wann er das Geschäft erst betreibt; wie kann er da deine beiden Drogen führen! Wir wollen geradeheraus zu ihm reden. Freund Djang, stellt Euch nicht, als ob Ihr schlaft und träumt! Als Eure Frau vor drei Jahren starb, habt Ihr doch von Bruder Lu hier dreißig Unzen Silber geborgt. Kapital und Zinsen machen jetzt ein erkleckliches Sümmchen aus. Heute kommen wir, um es zurückzufordern.«
Djang Dschu-schan hörte das, sprachlos vor Schreck.
»Ich habe doch gar nichts von ihm geborgt!« erklärte er.
»Würde ich wohl etwas fordern, wenn du nichts geborgt hast?« rief der andere.
»Ich weiß nicht einmal Eure werten Vor- und Zunamen. Wie könnt Ihr da von mir Geld fordern?«
»Freund Djang, du bist auf dem Holzwege!« rief jener. »Wenn ich an die Zeit denke, da du mit der Schelle deine Salben und Pülverchen verhökertest! Du bist doch nur dank der Unterstützung des Herrn Lu in deiner gegenwärtigen Lage.«
»Mein Name ist nämlich Lu, und zwar Lu Hwah«, mischte sich dieser ein. »Du hast damals dreißig Unzen Silber zur Beerdigung deiner Frau geborgt. An Kapital und Zinsen schuldest du mir jetzt achtundvierzig, die ich zurückfordere.«
»Hätte ich es getan, so wäre doch ein Schuldschein da und ein Vermittler.«
»Ich, Dschang Scheng, bin doch der Vermittler gewesen!« erklärte nun dieser, zog gleichzeitig aus seinem Ärmel einen Schuldschein heraus und wies ihn vor.
Djang Dschu-schan wurde vor Zorn wachsbleich und schimpfte: »Verdammte Kerle! Hundepack! Wie kommt ihr Spitzbuben dazu, an mir Erpressungen zu versuchen?«

Da versetzte ihm Lu Hwah über den Ladentisch hinweg einen Fausthieb auf die Nase. Gleichzeitig schleuderte er die Drogen aus den Gestellen auf die Straße.
»Räuberische Spitzbubenbande!« schrie Djang Dschu-schan. Er wollte den kleinen Tjän-fu zu Hilfe rufen, doch Lu Hwah versetzte diesem einen Fußtritt, so daß er sich nicht mehr vorwagte. Dschang Scheng sagte jetzt beschwichtigend: »Bruder Lu! Da du dich schon so lange hast hinhalten lassen, so gib noch zwei Tage Frist, das Geld zu beschaffen und zu zahlen, dann ist diese Angelegenheit erledigt. Und du, Freund Djang Dschu-schan, was sagst du dazu?«
»Der Ärger bringt mich um. Ich geh' mit ihm vor den Richter. Wer hat von ihm etwas geborgt?« erklärte Djang Dschu-schan.
»Du hast wohl heute früh schon wieder getrunken?« sagte Dschang Scheng zu ihm, und ehe Djang Dschu-schan sich dessen versah, war ihm von Lu Hwah wieder ein Faustschlag versetzt worden, so daß er rücklings mit breit gespreizten Beinen zu liegen kam und beinahe kopfüber in die Gosse gestürzt wäre. Sein Haar war in Unordnung geraten und sein Käppchen ganz beschmutzt.
»Am hellen, lichten Tage ...« begann Djang Dschu-schan laut zu schreien, als der Blockvogt erschien und alle fesselte.
Väsele Li war auf den Lärm hinter den Vorhang getreten. Im ersten Augenblicke war sie starr vor Erregung, dann ließ sie die alte Feng die Ladenschilder abnehmen und in das Haus bringen. Eine große Menge der auf die Straße geschleuderten Waren hatten inzwischen andere fortgeschleppt. Hinter verschlossenen Türen wartete Väsele Li den Lauf der Dinge ab.
Der Vorfall war Simen Tjing frühzeitig berichtet worden. Er ersuchte den Blockvogt durch Boten, die Sache in aller Frühe des nächsten Morgens vor das Polizeigericht zu bringen. Gleichzeitig verständigte er auch den Richter Sja durch eine Mitteilung.
Als am nächsten Tage die Leute vorgeführt wurden, bestieg der Richter seinen Amtssitz. Er überflog die Eingabe des Blockvogts und rief Djang Dschu-schan zum Verhör vor: »Du also bist Djang Dschu-schan! Warum zahlst du Lu Hwahs Darlehn denn nicht zurück, sondern prügelst dich noch mit ihm? Das ist doch eine Gemeinheit.«
»Meine Wenigkeit kennt ja den Menschen überhaupt nicht und hat nichts von ihm geborgt«, antwortete Djang Dschu-schan. »Ich wollte die Sache gründlich klargestellt sehen, doch er ließ

sich auf nichts ein, betrug sich unziemlich, schlug und trat mich und plünderte meinen Laden!«

»Was hast du dazu zu sagen?« rief der Richter Sja nun Hwah vor.

»Er hat ehemals für das Begräbnis seiner Frau Geld von meiner Wenigkeit geborgt und heute, drei Jahre später, immer noch nicht zurückgezahlt«, erklärte Lu Hwah. »Sein Schuldschein über das Darlehn ist vorhanden, und Dschang Scheng hier ist der Vermittler. Ich hoffe, Euer Gnaden werden die Angelegenheit eingehend prüfen!« Damit zog er aus der Brustbekleidung eine Urkunde hervor und überreichte sie. Richter Sja entfaltete und las sie: »Unerhört!« Er schlug zornig mit der Hand auf den Tisch. »Vermittler und Schuldschein sind da, und trotzdem die Sache noch abzustreiten!«

Er rief den links und rechts stehenden Schergen zu, ihn tüchtig mit den großen Prügeln zu schlagen. Sofort packten drei oder vier Männer ohne Zaudern zu, warfen Djang Dschu-schan zu Boden und versetzten ihm dreißig derbe Schläge, so daß die Haut in Fetzen flog. Gleichzeitig beauftragte der Richter zwei Amtsboten, mit einem Ausweis unter Mitführung Djang Dschu-schans sich in seine Wohnung zu begeben und dort die dreißig Unzen Silber an Lu Hwah zurückgeben zu lassen, geschehe es nicht, ihn zum Amte zurückzubringen und in den Kerker einzuliefern.

Djang Dschu-schan brannten die zerschlagenen Beine gar arg. Weinend und schluchzend ging er spreizbeinig heim und klagte Väsele Li sein Leid. Er bat sie um das Silber für Lu Hwah. Sie aber schalt ihn: »Du unverschämter Kerl! Hast du mir irgendwelches Silber gegeben, daß du es von mir forderst?«

Auf das Geschimpfe hin drängten Djang Dschu-schans vier Begleiter fortgesetzt: »Djang Dschu-schan, wenn du kein Silber hast, so halt uns doch nicht unnötig hin! Laß uns sogleich zum Amte zurückgehn und berichten!«

Väsele Li blieb schließlich nichts anderes übrig, als ihm die dreißig Unzen in schneehellem Silber zu geben, und er händigte sie vor den Amtsboten an Lu Hwah aus. Die Schuldurkunde wurde zerrissen, und die Sache war damit abgetan.

Lu Hwah und Dschang Scheng begaben sich sofort mit den dreißig Unzen Silber zu Simen Tjing und erzählten ihm alles. Er behielt sie in seiner Mattenzeltlaube eine geraume Weile bei sich und bewirtete sie mit Trank und Speise. Über ihren Bericht zeigte er sich höchst befriedigt.

Lu Hwah wollte Simen Tjing die dreißig Unzen übergeben, doch er lehnte das ab: »Behalte sie nur zum Dank und als Belohnung.«
Djang Dschu-schan sah ein, daß seines Bleibens bei Väsele Li nicht mehr sein könne. Weinend und schluchzend suchte er trotz der unerträglichen Schmerzen an seinen Beinen ein anderes Obdach. Er ließ alle Waren, die er mit Väsele Lis Geld eingekauft hatte, zurück; nur seine eigenen alten Drogenvorräte, Mühlen, Siebe und Kästen nahm er mit sich. Damit war die Trennung beider vollzogen.
Nach Djang Dschu-schans Abzug waren alle ihre Gedanken nur noch bei Simen Tjing, und da sie überdies erfahren hatte, daß seine Familie unbehelligt geblieben war, machte sie sich nun selber Vorwürfe. Ihre Mahlzeiten vernachlässigte sie täglich. Träge nur malte sie ihre zarten Brauen. An den Türpfosten gelehnt, spähte sie hinaus. Aber es war alles umsonst. Niemand kam zu ihr.

Am Fünfzehnten des achten Mondes erschienen viele Damen in der Haupthalle, um Frau Mondtraut zu ihrem Geburtstag zu besuchen. Simen Tjing, der mit ihr nicht sprach, begab sich zu Zimtknospe in die Vergnügungsstätte. Er trug Dai-an auf, das Pferd heimzuführen und ihn abends abzuholen. Dann ließ er sich Jing Bo-djau und Sjä Si-da zum Würfelspiele kommen. Als gegen Abend Dai-an Simen Tjing abholen wollte, fragte ihn dieser: »Zu Hause ist doch nichts Besonderes vorgekommen?«
»Alle Damen sind schon fort. Frau Hwa aus der Löwenstraße hat heute übrigens der Herrin durch die alte Feng vier Schüsseln köstlichster Früchte, zwei Schüsseln Geburtstagskuchen und einen Ballen Stoff als Geburtstagsgeschenk geschickt, ihr auch ein Paar Schuhe gearbeitet.«
Simen Tjing fiel es auf, daß Dai-ans Antlitz gerötet war, und er forschte, wo er getrunken habe.
»Eben hat mich Frau Hwa durch die alte Feng rufen lassen und mir Wein vorgesetzt«, sagte Dai-an. »Frau Hwa ist jetzt voller Reue und hat in meiner Gegenwart bitterlich geweint. Meine Wenigkeit hat sie angefleht, den Herrn zu ihr zu bitten, Eure Befehle entgegenzunehmen und, was Ihr auch immer saget, ihr zu berichten.«
»Das niederträchtige, gemeine Frauenzimmer hat sich doch verheiratet«, erboste sich Simen Tjing. »Warum behelligt sie

mich da jetzt noch? Ich habe außerdem keine Zeit hinzugehn. Verhandle du mit ihr. Wozu noch diese Tee-Einladung und warum noch so viele Förmlichkeiten! Ich werde einen günstigen Tag auswählen und sie dann heimholen lassen.«

»Meine Wenigkeit weiß Bescheid«, sagte Dai-an.

»Geh nur, es ist schon gut!« erklärte Simen Tjing.

Dai-an machte sich von der Vergnügungsstätte unmittelbar zu Väsele Li auf und kramte aus.

»Mein lieber Junge«, sagte diese hocherfreut, »ich danke dir für die Mühe, daß du mit dem Herrn gesprochen und damit die Sache zustande gebracht hast. Komm morgen auf alle Fälle her und hilf Tjän-fu, Leute anzunehmen, die meine Sachen hinüberschaffen.«

Am nächsten Morgen wurde ein halbes Dutzend Handlanger als Träger gedungen, die mehrere Tage mit dem Umzuge zu schaffen hatten. Simen Tjing sagte Frau Mondtraut von alledem nichts. Die Sachen wurden in das neu erbaute Gartenhäuschen »Zur Blumenfreude« gebracht.

Als Hochzeitstag wurde der Zwanzigste des achten Mondes ausgewählt. In großer Sänfte, mit einem Ballen Atlas als Geschenk, vier roten Laternen und unter Begleitung von Dai-an, Ping-an, dem Bilderjungen und Lai-sing wurde Väsele Li eingeholt. Sie hatte ihre beiden Dienerinnen durch die alte Feng vorausgesandt. Nach Rückkehr der Alten übertrug sie ihr und Tjän-fu die Bewachung ihres Hausanwesens und bestieg dann die Brautsänfte.

Zwar war Simen Tjing an diesem Tage zu Hause geblieben, doch er hielt sich nur im bequemen Hausanzug mit einfacher Mütze in einer Gartenlaube auf und wartete Väsele Lis Kommen ab. Als die Sänfte am Hauptportal eingetroffen war, begab sich geraume Zeit zunächst niemand zum Empfang hinaus. Edelburg ging deshalb in das Herrschaftshaus und redete auf Frau Mondtraut ein: »Schwester, Ihr seid doch das Oberhaupt. Sie ist nun schon am Portal. Wenn Ihr sie nicht einmal bewillkommnet, so will ich mich nicht wundern, wenn der Herr böse wird. Er sitzt im Garten in einer Laube, und die Sänfte steht vor der Türe! Wenn niemand ihr an diesem Tage entgegengeht, kann sie dann überhaupt bei uns einziehen?«

Frau Mondtraut war unentschlossen, ob sie sich zum Empfang hinausbegeben sollte. Sie war innerlich empört und vermochte ihren Ärger nicht zu unterdrücken. So ging sie in ihrer Unschlüssigkeit zunächst nicht hinaus. Da sie aber wiederum Simen

Tjings unangenehme Wesensart scheute, schritt sie nach reiflicher Überlegung gelassen mit ihren Lotosfüßchen, die den nach Hunan-Art geschnittenen Rock nur wenig bewegten, zur Begrüßung hinaus. Väsele Li begab sich in ihre neue Wohnung. Die beiden Mägde Lenzfreude und Lenzbunt hatten dort im Schlafgemach das Bett geordnet, und nun harrte sie nur auf Simen Tjings Kommen. Er hatte aber, das hatte sie nicht bedacht, noch den alten Groll im Herzen und mied ihre Räume.

Am nächsten Morgen wurde Väsele Li zu Frau Mondtraut gebeten. Sie eröffnete den Frauen der Familie, daß Väsele Li den Rang der sechsten Gemahlin erhalte. Drei Tage hindurch wurde gefeiert, wurden Gäste eingeladen, Verwandte empfangen und Wein getrunken. Nur Simen Tjing ließ sich in Väsele Lis Räumen nicht blicken. Die erste Nacht hatte er bei Goldlotos verbracht.

Auch am dritten Tage, die Gäste hatten sich verabschiedet, ging Simen Tjing noch nicht zu ihr, sondern legte sich mit Edelburg Meng zur Ruhe. Da ihr neuer Ehemann drei Nächte hintereinander nicht zu ihr gekommen war, schickte Väsele Li die beiden Dienerinnen um Mitternacht zu Bett. Sie weinte sich satt, schlang dann eins ihrer Fußbänder um den Hals und hängte sich am Baldachin auf.

Als die Dienerinnen ein Weilchen geschlafen hatten, wachten sie auf. Plötzlich erblickten sie die hängende Herrin. Voller Bestürzung an allen Gliedern bebend, riefen sie sofort Schlehenblüte heraus: »Unsere Herrin hat sich erhängt!«

Erschrocken erhob sich Goldlotos, um nachsehen zu gehn. Sie sah Väsele Li, mit einem karmesinroten Gewande bekleidet, steif über dem Bette hängen. Rasch schnitt sie mit Schlehenblüte das Band durch und löste Väsele Li aus der Schlinge heraus. Diese erbrach eine geraume Weile danach Schleim und kam wieder zum Bewußtsein. Goldlotos ließ durch Schlehenblüte sofort Simen Tjing rufen. Dieser zechte gerade noch bei Edelburg und hatte sich noch nicht zu Bett gelegt.

Simen Tjing bemerkte: »Glaubt doch dem Frauenzimmer nicht! Sie hat sich nur totgestellt, um einem Schrecken einzujagen. Ich werde es ihr aber noch anstreichen. Morgen abend werde ich mich persönlich überzeugen, ob sie sich erhängt. Tut sie es nicht, so wird sie von mir mit der Peitsche eine gehörige Tracht Prügel erhalten. So ein niederträchtiges Frauenzimmer!«

Simen Tjing fand Väsele Li im Bett. Sie lag auf einer Seite, weinte und schluchzte. Als er eintrat, richtete sie sich nicht auf.

Darüber verstimmt, jagte Simen Tjing zunächst die beiden Dienerinnen zur Stube hinaus, dann ließ er sich im leeren Zimmer auf einem Stuhle nieder.
»Frauenzimmer! Wenn du schon lebensüberdrüssig bist, warum mußtest du dann erst in mein Haus kommen, um dich zu erhängen? Ich habe noch nie zugesehen, wie sich jemand erhängt hat. Mach es mir jetzt einmal vor; ich will zuschauen!« Dabei zog er einen Strick hervor und schleuderte ihn ihr vors Gesicht: »Häng dich auf!«
Väsele Li fielen Djang Dschu-schans Worte ein: Simen Tjing sei der gerissenste Fallensteller für Frauen und Mädchen. Verzweifelt schluchzte sie auf und weinte. Wütend befahl ihr Simen Tjing, das Bett zu verlassen, sich zu entkleiden und niederzuknien. Sie zögerte, diesem Befehl Folge zu leisten. Da riß er sie vom Bett herunter auf den Fußboden, zog aus dem Ärmel die Peitsche hervor und schlug ein paarmal zu. Jetzt erst entkleidete sich Väsele Li und sank zitternd in die Knie. Simen Tjing blieb sitzen und eröffnete ein eingehendes Verhör:
»Ich habe dir doch erklärt, dich etwas zu gedulden, ich hätte eine Familienangelegenheit zu regeln. Warum bist du mir nicht gefolgt, sondern hast schleunigst und eiligst den Arzt Djang, diesen Burschen, geheiratet?«
»Ich will lieber schweigen. Die Reue kommt ja doch zu spät«, klagte Väsele Li. »Als du fortgegangen warst und nicht wieder erschienst, dachte ich nur an dich von früh bis spät. Das Grübeln und Sinnen machte mich krank.«
»Doch damit, daß du jetzt rasch den Mann wechselst, ist die Sache nicht abgetan. Ich will dir nur die Wahrheit gestehn: Daß die beiden Kerle seinerzeit den Arzt verprügelt haben und alles Weitere war eine kleine List von mir, um den Burschen ein für alle Male zu erledigen.«
»Ich weiß jetzt, daß es ein Kniff von dir war. Aber ich habe schwer gelitten. Hätt' ich einsam leben müssen, das wäre mein Tod gewesen«, sagte Väsele Li.
Simen Tjings Zorn hatte sich allmählich gelegt, und nun richtete er an sie die Frage:
»Frauenzimmer, komm einmal heran! Du sollst mir etwas sagen! Bin ich oder ist jener Kerl, der Arzt Djang, forscher?«
»Wie sollte er sich mit dir vergleichen können! Du bist wie der Himmel und er dagegen wie ein Ziegelbrocken. Worin sollte er sich mit dir messen können? Laß uns ihn gar nicht weiter erwähnen! Und hätte Hwa Dse-hü zu seinen Lebzeiten sich mit

dir messen können, würde ich doch nicht immer so nach dir verlangt haben. Du bist wie eine Arznei, die mich genesen macht. Seitdem ich dich einmal erlebt hatte, verging kein Tag, verstrich keine Nacht, da ich nicht ständig an dich dachte.«
Diese Worte weckten in Simen Tjing wieder die alte Zuneigung zu ihr. Er freute sich unendlich, ließ die Peitsche fallen und zog Väsele Li vom Boden auf. Sie kleidete sich an, und dann umarmte er sie: »Kind, du sagst die Wahrheit. So ist es tatsächlich. Jener Bursche hätte ja sein Glück nie zu schätzen gewußt.«
Schlehenblüte mußte den Tisch zurechtrücken und aus der Küche Wein und Speisen holen.

XIX.

Simen Tjing und Väsele Li umarmten und liebkosten einander. Sie tranken und plauderten bis Mitternacht. Erst dann rollten sie die blaugrün schillernde Steppdecke auf, legten das Kissen zurecht mit dem Mandarinenentenpaar und begaben sich zum Schlummer ins Bett. Das Licht der Lampe erzeugte eine Dämmerstimmung, in der das Paar den in Eintracht ruhenden Phönixen auf dem Metallspiegel glich. Duftrauch stieg aus dem Weihrauchöfchen empor. Sie waren wie Schmetterlingspaare, die sich zwischen Blumen tummeln. Es war wirklich so: Ist es möglich, daß wir träumen trotz der Silberlampe Licht?
Sie schliefen bis zur Essenszeit am nächsten Tage. Väsele Li hatte sich gerade erhoben, um sich vor dem Spiegel zu kämmen, als sie Lenzfreude hinter sich das Essen bringen sah. Zunächst spülte sie ihren Mund und aß Simen Tjing zur Gesellschaft ein halbes Näpfchen. Sie wies Lenzfreude an, den gestern übriggebliebenen Rest Güldenprachter Wein durchzuseihen und zu bringen, nahm den Krug in Empfang und leistete Simen Tjing Gesellschaft. Zwei Kännchen trank jeder von ihnen. Dann erst wuschen, kämmten und verschönten sie sich. Väsele Li holte aus ihren Koffern Schmucksachen und weiche Kleidungsstücke hervor und hielt sie Simen Tjing zur Ansicht hin. Auch hundert westländische Perlen nahm sie heraus, um sie Simen Tjing zu zeigen. Aus ihrer früheren Zeit beim Großsekretär Liang hatte sie sie mitgebracht.
Nun holte sie einen in Gold gefaßten rabenschwarzen Knopf eines Mandarinenhutes hervor und erklärte, daß er von dem verstorbenen alten Hämling stamme. Er war von ausgezeichne-

ter Beschaffenheit und wog nicht ganz eine halbe Unze. Väsele Li bat Simen Tjing, ihn zu einem Silberschmied zu bringen und ihr ein Paar Ohrgehänge daraus machen zu lassen. Dann brachte sie ein Haarkäppchen aus Goldfäden, das neun Unzen schwer war.
»Haben deine erste und deine übrigen Frauen auch derartige Haarkäppchen?« fragte sie.
»Sie besitzen mehrere verschiedenartige Haarkäppchen aus Silberfäden, aber nichts Derartiges«, antwortete er.
»Dann kann ich mich damit kaum zeigen. Bring es einem Silberschmied zur Umarbeitung und laß ihn daraus einen goldenen Schmuck mit neun Phönixen fertigen! Jeder Phönix soll im Schnabel eine Perle halten. Von dem Reste soll er mir dann noch ein Schmuckstück fertigen, wie es deine Erste vorn an der Stirn trägt, mit einer in Gold gefaßten Göttin der Barmherzigkeit, in ihrer vollen Holdheit aus Nephrit.«
Simen Tjing nahm alles an sich und ging fort.
Zu seiner Überraschung stand Goldlotos unfrisiert am östlichen Seitentor und rief ihn an: »Freundchen, wohin des Weges? Jetzt kommst du erst heraus?«
»Ich muß etwas besorgen«, war Simens Antwort.
»Warum diese Eile? Ich habe dir etwas mitzuteilen«, gab sie zurück.
Da sie ziemlich energisch gerufen hatte, kehrte Simen Tjing um, und sie führte ihn in ihre Stube. Auf einem Stuhle nahm sie Platz und ergriff seine Hände: »Komm näher, damit ich dich etwas fragen kann!«
»Schon gut, Frauenzimmerchen, wir können plaudern, wenn ich zurückkomme.« Damit wollte Simen Tjing hinaus. Goldlotos fühlte beim Streicheln, daß er etwas Schweres im Ärmel hatte.
»Was hast du da? Laß es mich sehen!«
»Es ist mein Geldpäckchen!«
Sie glaubte ihm nicht, fuhr mit der Hand in seinen Ärmel und holte ein goldenes Haarkäppchen heraus. »Das gehört doch ihr! Wohin willst du damit?«
»Sie fragte mich, ob ihr etwas Derartiges hättet, und als ich es verneinte, meinte sie, daß sie es auch nicht tragen könne. Darum hat sie mir aufgetragen, es von einem Silberschmied umarbeiten zu lassen. Er soll zwei Kopfschmuckstücke daraus anfertigen.«
»Wie schwer ist denn das Käppchen, und was will sie gemacht haben?«

»Es wiegt neun Unzen. Sie will einen Kopfschmuck mit Muschelverzierungen und neun Phönixköpfen und einen anderen, wie ihn die Erste trägt, vorn mit einer Göttin der Barmherzigkeit aus Nephrit in ihrer ganzen Holdheit.«
»Für den Muschelschmuck mit neun Phönixen genügen vollauf etwas über drei und eine halbe Unze Gold«, meinte Goldlotos. »Der Schmuck der Ersten wiegt – ich habe es festgestellt – nur etwas mehr als eine und eine halbe Unze. Von dem Rest laß mir auch einen solchen Muschelschmuck mit neun Phönixen wie für sie anfertigen!«
»Der Schmuck mit der Gottheit muß doch solide und haltbar gearbeitet werden!« wich Simen Tjing aus.
»Auch wenn er haltbar und solide hergestellt wird, sind nur drei Unzen Gold nötig; das ist schon reichlich. Es bleiben also noch zwei bis drei Unzen Gold für meinen Muschelschmuck übrig.«
»Du Frauenzimmerchen«, sagte Simen Tjing lachend. »Stets wünschst du, etwas für dich herauszuholen.«
Väsele Li wurde in den Kreis der Frauen nicht gerade freundlich aufgenommen. Man machte auch scherzhaft recht unangenehme Anspielungen, so daß sie sich in ihre Gemächer zurückzog. Simen Tjing trat bei ihr mit der Nachricht ein, der Silberschmied Gu habe die Arbeit übernommen. Dann besprach er die Absendung von Einladungskarten für den Fünfundzwanzigsten, zu dem er Freunde und Bekannte zum Hochzeitsschmaus laden wolle. Der älteste Hwa müsse auf alle Fälle auch gebeten werden.
»Wenn seine Frau demnächst ihren Besuch macht, will ich es ihr nochmals sagen. Das genügt doch. Wenn du ihn aber einladen willst, so tu es meinetwegen! Die alte Feng muß mein Haus ganz allein bewachen«, fuhr sie fort. »Ordne doch an, daß noch jemand abwechselnd mit Tjän-fu die Nachtwache übernimmt! Lai-wang darfst du aber nicht hinsenden. Deine Erste hat erklärt, seine Frau sei kränklich und er dürfe deshalb nicht fort.«
»Das habe ich nicht gewußt«, bemerkte Simen Tjing, rief sofort Ping-an und befahl ihm, abwechselnd mit Tjän-fu eine Nacht um die andere die Hauswache in der Löwenstraße zu halten.
Ehe man sich dessen versah, war auch der fünfundzwanzigste Tag da. Alles war im Hause Simen Tjings für den Hochzeitsschmaus mit Blumen geschmückt, die Tafel stand gedeckt, und für Belustigungen und Schaustellungen aller Art war Sorge getragen. Vier Sängerinnen, nämlich Zimtknospe Li, Silber-

schönchen Wu, Schatzelfe Dung und Goldreifchen Han waren von der Mittagszeit an zugegen. Die Gäste tranken zunächst in der Mattenzeltlaube Tee, und als alle vollzählig erschienen waren, nahm man in der Haupthalle zum Festessen Platz. Die Ehrensitze erhielten die beiden älteren Schwäger Hwa und Wu. Jing Bo-djau eröffnete als erster die Ansprachen und sagte dabei:

»Ich sollte als Jüngerer mich eigentlich nicht erdreisten, die neue Schwägerin herauszubitten, um ihr unsere Aufwartung zu machen und unsere Gefühle innigster Herzlichkeit kundzutun.«

Simen Tjing antwortete sofort ausweichend: »Meine jüngste Nebenfrau ist etwas zurückhaltend und findet nicht den Mut, die Begrüßungen entgegenzunehmen. Entbindet sie also davon!«

Da man aber immer weiter in ihn drang, rief er Dai-an heran, um den Wunsch der Gäste auszurichten. Als dieser dann nach einer Weile mit der Antwort zurückkam, die sechste Herrin bitte, ihr das zu erlassen, gingen Goldlotos und Edelburg zu ihr und bewogen sie endlich zu erscheinen.

Eine Wolke von Moschus- und Orchideenduft stieg auf, als sie eintraf. Zupfinstrumente und Flöten klangen harmonisch zusammen. Väsele Li trug einen karminrotbunten Seidenmantel mit langen Ärmeln, darunter einen hellgrünen, mit allerlei Blumen und Blütenzweigen in Gold gewirkten Rock. Um die Hüften schwang sich ein Frauengürtel aus grünem Nephrit. Goldverbrämte Manschetten schützten ihre Handgelenke. Über der Brust hingen Fransen in Farbengemisch. Am Rocksaum klingelten Edelsteingehänge. Das Haupthaar war reich durchsetzt mit Perlen und Eisvogelfederschmuck. Den Schläfenhaaren gaben schräg eingesteckte kostbare Haarpfeile Zusammenhalt. Blumenschmuck umrahmte ihr gepudertes Antlitz, und unter dem Rock im Hunan-Schnitt schauten rote Füßchen, winzig wie Mandarinenenten, hervor.

Hastig erhob sich alles von den Sitzen und verneigte sich. Edelburg, Goldlotos und Holdchen Li standen unterdessen um Frau Mondtraut herum hinter der durch Vorhänge gebildeten Trennwand der Empfangshalle, um zuzuschauen und zu lauschen. Als sie den Gesang hörten:

Der Himmel hat sie nun verbunden;
sie gleichen einem Phönixpaar;
nie in Äonen ward gefunden
ein Eh'bund, der vollkomm'ner war.

bemerkte Goldlotos zu Frau Mondtraut: »Schwester, hört nur den Gesang! Für eine Nebenfrau ist er doch höchst unpassend. Wenn sie wie Fisch und Wasser zusammengehören und in Äonen das vollkommenste Ehepaar sein sollen, wo bleibt Ihr denn da?«

Auf Frau Mondtraut, die an sich gütig veranlagt war, mußten diese Worte aufreizend wirken. Dazu hörte sie mit an, wie Jing Bo-djau und Sjä Si-da beruhigen konnten, daß ihnen nur ein Mund gewachsen war, um in schmeichlerischem Lobe zu wetteifern. Väsele Li verließ dann die Halle. Die Sängerinnengruppe hatte gemerkt, daß sie über Geld verfügte, und umdrängte und umschmeichelte sie: Gnädige hier, Gnädige dort! Man half ihr beim Putzablegen, faltete ihre Gewänder zusammen und tat alles, was nur möglich war.

Frau Mondtraut war verdrossen in ihre Räume zurückgekehrt. Da brachten Dai-an und Ping-an zahlreiche Hochzeitsgeschenke, Stoffe, Kleidungsstücke und gefüllte Kästchen, zu ihr. Sie würdigte sie keines Blickes, sondern schalt: »Spitzbuben, tragt es zur Fünften! Warum bringt ihr es zu mir?«

Da Dai-an erwiderte, der Herr habe befohlen, die Sachen zu ihr zu bringen, ließ Frau Mondtraut sie durch Schatzflöte auf das Bett werfen. Nicht lange danach erschien Frau Mondtrauts Bruder bei ihr. Sie begrüßten einander, dann setzten sie sich, und Herr Wu begann: »Es tut mir leid, daß du neulich mit deiner Schwägerin so viel Mühewaltung gehabt hast. Ich wollte mich auch bei meinem Schwager für die Einladung bedanken. Übrigens hat man mir zu Hause erzählt, daß ihr nicht miteinander sprecht, du und der Schwager. Ich bin mit der Absicht gekommen, dir gut zuzureden. Angst vor der Frau kennzeichnet den törichten Mann, aber Respekt vor dem Mann die edle Frau. Hindere ihn nicht in seinem Treiben! Er wird schon nichts Falsches tun. Erst darin offenbart sich dein Edelsinn, daß du stets gütig mit ihm sprichst.«

»Ich bin doch immer gut zu ihm gewesen«, sagte Frau Mondtraut. »Die neue Schwester ist so reich, daß ich, das Mädchen aus armer Beamtenfamilie, für ihn erledigt und abgetan bin. Kümmere dich nur nicht weiter um ihn! Es geht schließlich doch nur mich an. Laß ihn mit mir machen, was er will!« Dabei begann sie zu weinen.

»Schwester, du vertrittst nicht den richtigen Standpunkt«, sagte der Bruder. »Wir sind doch beide vernünftige Menschen. Ändere lieber dein Verhalten! Ihr müßt euch als Eheleute gut miteinander

ander stellen, dann hat unsereiner, wenn er einmal herkommt, auch etwas Abglanz davon.«
Simen Tjing blieb während der folgenden Nächte in Väsele Lis Räumen. Alle Frauen fanden sich damit ab. Nur Goldlotos war darüber maßlos aufgebracht. Sie hetzte heimlich bei Frau Mondtraut, stellte sich aber Väsele Li gegenüber herzlich und behauptete bei ihr wiederum, Frau Mondtraut sei unerträglich. Väsele Li kannte sie noch nicht, ging in ihre Falle und vertraute sich ihr ganz an. Doch richtig ist:

Sag andern nur drei Zehntel
von dem, was dich erfüllt.
Der ist nicht wohl beraten,
der ganz sein Herz enthüllt.

Dadurch, daß Simen Tjing Väsele Li geheiratet hatte, war ihm ganz unverhoffter Besitz zugefallen. Er ließ seinen Landsitz und seine Wohnhäuser innen und außen überholen. Reis und Getreide füllten seine Speicher. Zu Herden wuchsen die Scharen seiner Maultiere und Pferde, und der Diener und Knechte gab es eine ganze Reihe. Den Namen von Väsele Lis Diener änderte er von Tjän-fu in Lautenjunge um. Dann kaufte er noch zwei Dienerknaben, die er Lai-an und Schachjunge benannte. Goldlotos' Zofe Schlehenblüte, Schatzflöte aus dem Herrschaftshause, Väsele Lis Dienerin Lenzfreude und Edelburgs Zofe Duftwunder versah er mit Kleidung und Putz, hielt darauf, daß sie schmuck aussahen, und ließ ihnen in einem Seitenhause neben der vorderen Empfangshalle durch Holdchen Lis Bruder, den Musiker Li Ming, Musik- und Gesangunterricht erteilen. Schlehenblüte erlernte das Lautenspiel. Schatzflöte das Harfenspiel, Lenzfreude die Leier und Duftwunder die mongolische Fiedel. Zu jedem Tee und jeder Mahlzeit zog er Li Ming hinzu und gab ihm monatlich auch noch fünf Unzen Silber. An der Straßenfront wurden auf seine Anordnung zwei Räume als Geschäftslokal hergerichtet. Er stellte zweitausend Unzen Silber zur Verfügung und ließ durch den Geschäftsführer Fu und Fei Ditschwan ein Pfandhaus eröffnen. Der Schwiegersohn Tschen Djing-dji erhielt die Schlüssel und hatte die Ein- und Auslieferungen unter sich. Fei Ditschwan wurde die Buchhaltung, das Vermessen und Verwiegen übertragen. Die Aufsicht über die Drogenhandlung und die Pfandleihanstalt behielt der Geschäftsführer Fu; er prüfte auch die Güte des Silbers und tätigte die Ein- und Verkäufe. Die

Drogen wurden im Stockwerk über Goldlotos' Räumen gestapelt und über Väsele Lis Wohnräumen Schränke und Gestelle zur Aufbewahrung der verpfändeten Kleider, Schmucksachen, Altertümer, Gemälde, Schriftwerke und Kuriositäten bereitgestellt. Der tägliche Umsatz war beträchtlich. Tschen Djing-dji mußte Tag für Tag in aller Frühe aufstehn und kam erst abends spät zu Bett. Simen Tjing hatte helles Wohlgefallen an ihm. In allen Angelegenheiten feierlich-förmlicher Art ließ er ihn das Schreibwerk erledigen. Kamen Gäste, so wurde er zur Gesellschaft hinzugezogen. Ohne ihn gab es keinen Tee und keine Mahlzeit mehr. Wer hätte geahnt, daß dieser junge Bursche aber wie eine Nadel in der Watte, wie ein Dorn im Fleische war.

Die Zeit raste pfeilgeschwind, und ehe man es gedacht, war das letzte Drittel des elften Mondes da. Von einer Teegesellschaft bei Dschang dem Borger brach Simen Tjing noch vor Einbruch der Dunkelheit frühzeitig auf. Er war zu Roß gekommen in Begleitung von Jing Bo-djau, Sjä Si-da und Dschu Schi-niän. Kaum waren sie aus der Türe, da sahen sie den Himmel mit dunklem Gewölk sich dicht bedecken, und rasch begann der Schnee in schimmernden und flatternden Flöckchen zu Boden zu fallen.

»Wenn wir jetzt heimgehn, so können wir zu Hause auch nichts mehr anfangen«, meinte Jing Bo-djau. »Wir sind schon lange nicht in der Vergnügungsstätte bei Zimtknospe gewesen, um uns nach ihrem Ergehn zu erkundigen. Wie einst Meng Hau-jän sollten wir heute, da es schneit, im Schnee spazieren und Schlehenblüten suchen, sie also einmal besuchen gehn.«

»Bruder Jing hat recht«, bemerkte Dschu Schi-niän. »Ohne Rücksicht auf Wind und Wetter zahlst du ihr monatlich zwanzig Unzen Silber, um sie zu verpflichten. Wenn du sie nun trotz dieser Bindung nicht besuchst, so machst du es ihr sehr bequem.«

Da Jing Bo-djau, Sjä Si-da und Dschu Schi-niän ununterbrochen Simen Tjing zusetzten, lenkte er sein Pferd zur Oststraße in das Lustbarkeitsviertel. Es war gegen Abend, als sie bei Zimtknospe ankamen. Eine Magd kehrte im Empfangszimmer mit einer Laterne in der Hand den Fußboden. Zimtfee und die alte Hausmutter Li erschienen; und nach der Begrüßung nahmen die vier Herren auf Lehnstühlen Platz.

Die Alte sah unterdessen nach dem Tee, und eine Dienerin deckte die Tafel zu einem Weinschmause.

»Warum läßt sich denn Zimtknospe gar nicht blicken?« forschte Simen Tjing.

»Sie war die ganze Zeit zu Hause und hat Euch erwartet«, sagte die Alte. »Da Ihr aber nicht erschienet und heute ihre fünfte Tante Geburtstag hat, hat sie sich zu ihr begeben, weil sie sie mit einer Sänfte abholen ließ.«
In Wirklichkeit war das aber gar nicht der Fall. Da Simen Tjing in der letzten Zeit nicht gekommen war, hatte sie den Besuch des jungen Herrn Ding mit dem Namen Schwang-tjau (Doppelbrücke) angenommen, des Sohnes vom Seidenhändler und Ministerialrat Ding aus Hangdschou. Er hatte Seidenstoffe für tausend Unzen Silber verkauft und weilte in einem Gasthause. Ohne Wissen seines Vaters war der Sohn in die Vergnügungsstätte gekommen und hatte Zimtknospe erst einmal für zehn Unzen Silber und zwei Kleider für sich verpflichtet und bereits zwei Nächte bei ihr zugebracht. Gerade hatte er mit ihr gespeist, als ganz unerwartet Simen Tjing gekommen war. Die Hausmutter hatte sie in aller Hast nach hinten in ein stilles und abgelegenes Zimmerchen des dreistöckigen Hauses geschickt.
Simen Tjing schenkte der Alten Glauben. »Da Zimtknospe nicht da ist, seht nur zu, Mütterchen, daß uns Wein vorgesetzt wird! Wir wollen warten, bis sie wiederkommt.«
Die Alte sorgte nun mit ganzem Eifer für den Schmaus. Zimtfee spielte auf der Harfe und sang eine neue Melodie dazu. Die Gäste belustigten sich mit Rätselraten und sprachen dem Weine tüchtig zu. Nun wollte es das Schicksal, daß Simen Tjing, um auszutreten, nach hinten ging.
Im östlichen Seitengebäude hörte er plötzlich lachen. Er schlich ans Fenster und spähte hinein. Da sah er Zimtknospe einem Südchinesen mit viereckiger Mütze Gesellschaft leisten und mit ihm trinken. Wild brauste sein Innerstes auf. Er ging nach vorn und warf den gedeckten Tisch um, so daß Schüsselchen und Becherchen zu Scherben zersplitterten. Dann schrie er seinen vier Trabanten Ping-an, Dai-an, dem Bilderjungen und dem Lautenjungen zu, Türen, Fenster, Wände und Bettstellen der Familie Li zu zertrümmern. Beschwichtigungsversuche Jing Bo-djaus, Sjä Si-das und Dschu Schi-niäns waren vergeblich.
Der junge Herr Ding versteckte sich infolge des Krachs eiligst unter dem Bett und flehte Zimtknospe an, ihm das Leben zu retten.
»Bah!« meinte diese. »Das hat nichts auf sich. Die Mutter ist doch noch draußen. So etwas erleben wir immer wieder. Es hat gar nichts zu besagen. Mag er sich doch austoben und ausbrüllen. Nur geh nicht hinaus!«

Als die Alte Simen Tjing so wütend sah, wollte sie durch eine Lüge eine Brücke bauen. Sie trat vor und versuchte, die Sache einzurenken; doch Simen Tjing hatte für nichts Ohren. Es fehlte nicht viel, so wäre auch die alte Mutter Li noch verprügelt worden. Nachdem Simen Tjing eine Zeitlang gerast hatte, schwor er, die Stätte nie wieder zu betreten, schwang sich aufs Pferd und ritt durch den Schnee nach Hause.

XX.

Als Simen Tjing daheim anlangte, war es bereits die Zeit der zweiten Nachtwache. Auf den Anruf seines Dieners wurde das Hauptportal geöffnet. Er schwang sich aus dem Sattel und stapfte durch die Schneekristalle. Es fiel ihm auf, daß das zweite Portal halb geöffnet war. Im Hof herrschte Stille, kein Laut war zu hören. Simen Tjing wähnte, hier irgendeinem Geheimnis auf die Spur kommen zu können, schlich leise durch das Tor und lauschte neben der getünchten Wand. Er sah zunächst nur Edelsteinchen heraustreten und auf der Veranda einen Tisch aufstellen.

Frau Mondtraut hatte, seitdem sie mit Simen Tjing schmollte, in jedem Monat dreimal gefastet und an jedem mit einer Sieben bezeichneten Tage zu den Gestirnen gebetet und Weihrauch verbrannt, um den Gatten zu schützen und möglichst bald umzustimmen. Simen Tjing wußte nichts davon. Nachdem Edelsteinchen den Weihrauchtisch hingestellt hatte, sah er ein Weilchen später Frau Mondtraut in Feierkleidung heraustreten, den Weihrauch in dem gefüllten Öfchen anzünden, zum Äther hinaufblicken, sich tief verneigen und dann beten:

»Ich, eine geborene Wu, bin mit Simen Tjing verheiratet. Leider denkt mein Gatte nur an Halbweltfrauen; so bin ich in den besten Lebensjahren kinderlos geblieben. Wir sind insgesamt sechs Frauen ohne jede Nachkommenschaft. Niemand wird dereinst da sein, unsere Gräber zu pflegen und für uns zu beten. Von früh bis spät quält mich das, und da ich mir keinen Rat weiß, so flehe ich inbrünstig, den Gatten zu lenken, daß er bald heimkehre, das Vergnügen meide und sein Herz wieder der Familie zuwende, auf daß eine von uns sechs Frauen baldigst einem Kinde das Leben schenke. Das ist mein sehnlichster Wunsch.«

Tief gerührt über ihre Worte, dachte Simen Tjing bei sich: Sie liebt nur mich mit ganzem Herzen und ist die wahrhaft echte

Ehefrau. Es hielt ihn nichts mehr. Er trat einige Schritte vor und schloß sie in die Arme. Sie hatte nicht damit gerechnet, daß er bei dem starken Schneewetter heimgekommen sein könnte, erschrak und wollte ihn von sich stoßen, um in ihr Zimmer zu eilen. Er aber hielt sie fest in den Armen und sagte: »Mein Schwesterlein, ich hatte gar keine Ahnung, daß du von ganzem Herzen nur auf mein Wohl bedacht bist. Wie hab' ich bisher gefehlt, als ich dein Herz verwaisen ließ! Jetzt ist es fast zu spät zur Reue.«
»Du hast dich in dem heftigen Schneetreiben wohl verirrt«, wehrte Frau Mondtraut ab. »Glaubst du etwa, hier in meinen Räumen von den Dirnen eine zu treffen, die mit dir ein Stelldichein verabredet hat? Laß mich in Ruhe!«
Simen Tjing zog Frau Mondtraut in die Stube hinein. Beim Schein der Lampe sah er, daß sie ein karminrotes, seidenes Pelzjäckchen mit Mittelschluß trug, darunter einen zartgelben Rock und auf dem Kopf ein Zobelkäppchen und ein goldenes Diadem mit der Gottheit der Erleuchtung. Wie hätte Simen Tjing nicht in Liebe entbrennen müssen!
»Ich war die ganze Zeit verwirrt, daß ich auf deine edlen Worte nicht gehört und mich deinen guten Absichten gegenüber undankbar erwiesen habe. Tausendmal verzeih mir doch!«
»Was hat es für einen Zweck, dich immer wieder mit guten Worten zu mahnen. Laß mich hier in dieser Stube mein Leben für mich führen und bemühe dich nicht um mich! Verlaß mich so schnell wie möglich, sonst müßte ich die Mägde rufen und dich hinausjagen.«
»Ich habe heute schon Ärger genug hinunterschlucken müssen. Ungeachtet des heftigen Schneesturms bin ich gekommen, um dir davon zu erzählen.«
»Ob du nun Ärger hast oder nicht, mir brauchst du davon nichts zu sagen. Besprich es mit denen, die dafür Sinn haben.«
Da Frau Mondtraut Simen Tjing nicht anschaute, machte er sich ganz klein und rief nur liebes Frauchen hin, liebes Frauchen her. Frau Mondtraut bekam das satt: »Dein Betragen ist wirklich lästig und albern. Ich rufe jetzt die Magd.«
Das tat sie auch. Bei Edelsteinchens Eintreten erhob sich Simen Tjing eiligst, und da ihm gerade nichts Besseres einfiel, diese hinauszuschicken, sagte er: »Draußen schneit es heftig, willst du denn nicht den Weihrauchtisch hereinholen?«
»Ich hab' ihn vorhin schon hereingebracht«, gab Edelsteinchen zur Antwort.

Frau Mondtraut mußte lachen: »In Gegenwart der Magd schwindelst du!«
Als Edelsteinchen hinausgegangen war, kniete Simen Tjing wieder nieder und bettelte.
»Ich sollte dich hundert Jahre lang nicht beachten«, sagte Frau Mondtraut. Erst jetzt setzte sie sich mit ihm und hieß Schatzflöte ihm Tee bringen. Simen Tjing berichtete nun, wie er nach der Teegesellschaft bei Tschang zusammen mit Jing Bo-djau zur Familie Li gegangen und wie es dann dort zum Krach gekommen sei.
»Ich schwöre, daß ich keine Freudenstätte mehr betreten werde!«
»Ob du hingehst oder nicht, liegt nicht in meiner Macht«, bemerkte Frau Mondtraut. »Wenn du das Mädchen auch mit noch so viel klingendem Gold zu fesseln suchst, du kannst nur ihren Körper anbinden, aber nicht ihr Herz.«
Simen Tjing gab ihr recht. Er schickte darauf die Dienerinnen fort, legte die Kleider ab und begab sich ins Bett, um sich mit Frau Mondtraut zu ergötzen.
»Willst du auf der Lagerstatt essen?« sagte diese. »Nur nicht zu hastig! Es genügt doch, daß ich dir heute erlaube, in meiner Stube zu schlafen. Denke nicht an anderes.« Aber schließlich waltete Simen Tjing beim lebhaften Wolken- und Regenspiele seines Amtes, emsig wie ein Pirol im Geäst und tastend wie ein Schmetterling.
In dieser Nacht schliefen sie innig Kopf an Kopf geschmiegt und eng umschlungen.
In der Frühe des nächsten Morgens begab sich Edelburg zu Goldlotos. Schon beim Eintreten rief sie: »Die Schwester ist wohl noch nicht auf?«
»Unsere Herrin hat sich eben erhoben und frisiert sich; tretet ein und nehmt Platz!« antwortete Schlehenblüte. Edelburg sah eintretend, wie Goldlotos vor dem Frisiertisch ihr duftendes Haar knotete.
»Ich bin hier, dir eine Neuigkeit zu erzählen, oder weißt du sie etwa schon?« fragte Edelburg.
»Wie könnte ich hier in diesem weltentrückten Winkel wohl etwas gehört haben! Was gibt es denn?« war Goldlotos' Antwort.
»Er ist gestern um die zweite Nachtwache heimgekommen, in das Herrschaftshaus gegangen, hat sich mit Frau Mondtraut ausgesöhnt und die Nacht bei ihr verbracht.«

»Als wir, wer weiß wie oft, zur Versöhnung mahnten«, knurrte Goldlotos, »hat sie von hundert, ja zweihundert Jahren geredet. Man selber war ja in ihren Augen liederlich. Nun haben sie sich so schnell wieder vertragen!«
»Wenn es zwischen ihnen Streit und Unfrieden gegeben hat«, meinte Edelburg, »so hat sie die Versöhnung uns zu verdanken. Aber nun frisiere dich rasch und komm mit, um mit Väsele Li zu sprechen! Wir wollen jeder eine halbe Unze Silber geben. Väsele Li soll eine ganze herausrücken, denn die Geschichte ist ihretwegen entstanden. Dann wollen wir ein Festessen veranstalten, einmal um dem Paar Wein zu kredenzen, und sodann zur Belustigung der ganzen Familie und zur Feier des prächtigen Schneefalles.«
»Einverstanden«, sagte Goldlotos. »Ob der Herr heute etwas vorhat?«
»Was soll er bei diesem Schneewetter vorhaben! Als ich kam, war bei ihnen noch alles still. Die Tür des Herrschaftshauses wurde gerade geöffnet, und Edelsteinchen hat Wasser hineingetragen.«
Goldlotos beendete eiligst ihren Haarbau und begab sich gemeinsam mit Edelburg zu Väsele Li. Diese schlief noch. Lenzfreude rief: »Die dritte und die fünfte Herrin sind da!«
Edelburg und Goldlotos traten ein und sagten: »Schwester Väsele, du bist ein Faultier!«
Goldlotos fuhr mit der Hand unter die Bettdecke, holte eine silberne Kugel mit Weihrauch zum Ausräuchern des Bettes hervor und rief: »Schwester Väsele hat ein Ei gelegt!«
Sie lüftete dann die Bettdecke, so daß Väsele Lis nackter weißer Körper sichtbar wurde. Diese begann, sich eiligst anzuziehen.
»Schwester Väsele«, sagte Edelburg. »Wir kommen, dir eine Neuigkeit zu berichten. Er hat sich gestern mit der Ersten ausgesöhnt. Wir geben je eine halbe Unze, du mußt etwas mehr spenden, weil seinerzeit alles deinetwegen entstanden ist, und wir wollen heute, weil so schöner Schnee gefallen ist, uns eine Freude machen und einen Schmaus geben, zu dem wir den Herrn mit der Ersten einladen. Ist dir das recht?«
»Ganz nach deinem Belieben, Schwester!« sagte Väsele Li. »Sag', wieviel ich geben soll. Ich bin dabei.«
»Es genügt, wenn du eine Unze gibst«, bemerkte Goldlotos. »Wiege sie ab, damit wir dann in die Küche gehn und dort auch Holdchen Li und Schneeholdchen Sun auffordern.«
Während Väsele Li sich ankleidete und die Füße band, ließ sie

Lenzfreude einen Koffer öffnen und ein Stück Silber herausnehmen. Es wog eine und eine Viertel-Unze.
»Bleib du bei Väsele Li zur Gesellschaft, während sie sich frisiert! Ich hole Geld von Holdchen Li und Schneeholdchen Sun«, erklärte Edelburg.
Etwa eine Stunde hatte Goldlotos zugeschaut, wie sich Väsele Li kämmte und wusch, als Edelburg zurückkam: »Hätte ich das geahnt, so hätte ich die ganze Geschichte nicht angeregt. Es betrifft doch die ganze Familie! Das kleine Frauenzimmer behauptete: Mir ist das Glück nicht hold. Er kommt nicht mehr zu mir. Woher soll ich Geld haben? Ich mußte erst eine halbe Stunde betteln, bis sie mir eine silberne Haarnadel gab. Stell einmal ihr Gewicht fest!«
Goldlotos ergriff die Waage. Die Nadel wog etwas über dreieinhalb Scherf. Sie erkundigte sich, wie sich Holdchen Li zu der Sache gestellt habe.
»Anfänglich tat sie, als ob sie auch nichts habe«, berichtete Edelburg. »Ärgerlich ging ich hinaus. Da ließ sie mich schnell durch die Dienerin zurückrufen und gab mir dann dieses Silber. Ganz unnötig hat sie mich erst in heftige Erregung gebracht.«
Goldlotos wog Holdchen Lis Silber. Es wog nicht ganz eine halbe Unze. Sie schalt: »Das filzige Frauenzimmer! Bei jeder Gelegenheit will sie eine Rolle spielen. Niemals gibt sie die volle Summe. Immer knappt sie etwas ab.« Sie hatten nun mit Edelburgs und Goldlotos' Beitrag insgesamt drei Unzen und ein Scherf zusammengebracht und ließen durch Lenzbunt den Diener Dai-an rufen. Goldlotos fragte ihn zunächst aus: »Gestern bist du doch mit dem Herrn bei der Familie Li gewesen. Was war denn eigentlich der Anlaß seines Ärgers?«
Dai-an berichtete nun im einzelnen, was sich im Hause der Mutter Li abgespielt habe. Dann strich er das Silber ein und ging mit Lai-sing einkaufen. Nun wurden hinten im offenen Vorraum Brokatvorhänge angebracht und Schutzwände aufgestellt, der wärmende Schlehenblütenvorhang herabgelassen, die Öfen mit Kohle gefüllt und die Tafel gedeckt. Als alles fertig war, erschienen Holdchen Li, Edelburg Meng, Goldlotos Pan und Väsele Li, um Simen Tjing und Frau Mondtraut einzuladen. Holdchen Li ergriff ein Weinschälchen, Edelburg trug den Krug, Goldlotos reichte Speisen und Väsele Li kniete dazu nieder. Der erste Becher wurde Simen Tjing gereicht. Er nahm den Wein lachend an. Nun vertauschte Frau Mondtraut die Rolle, ließ Schatzflöte die Weinkanne halten und schenkte allen Frauen ein.

Nur Schneeholdchen Sun nahm den Wein kniend in Empfang, die übrigen behandelten Frau Mondtraut wie eine Schwester. Simen Tjing und Frau Mondtraut saßen auf den Ehrensitzen, Holdchen Li, Edelburg Meng, Goldlotos Pan, Väsele Li, Schneeholdchen Sun und Simens Tochter nahmen die Plätze quer zu beiden Seiten ein.
Jetzt begannen die vier in der Musik ausgebildeten Zofen Schlehenblüte, Lenzfreude, Schatzflöte und Duftwunder Laute, Harfe, Fiedel und Mondgitarre zu spielen und zur Begleitung zu singen.
»Warum ist eigentlich der Schwiegersohn nicht hergebeten worden?« fragte Frau Mondtraut und sandte gleichzeitig einen Diener nach ihm.
Es währte nicht lange, so kam Tschen Djing-dji. Er verneigte sich vor der ganzen Tafelrunde und ließ sich neben Simens Tochter nieder. Frau Mondtraut wies Edelsteinchen an, auch für ihn zu decken zur Teilnahme an Schmaus und Scherz mit der ganzen Familie.
Simen Tjing beobachtete den Schneefall jenseits des Vorhangs. Es schneite, als ob Baumwollflocken beim Pflücken oder Weidenkätzchen beim Abstreifen niedergingen oder Birnblütenblättchen wie wild durcheinandertanzten. Auch Frau Mondtraut sah zu, wie die Mauer und die Steine vom Großen See sich hoch mit Schnee bedeckten. Sie erhob sich, ließ sich von Edelsteinchen eine Teekanne reichen und sammelte mit eigener Hand Schnee hinein. Dann ließ sie zarte Phönixzungen-Teeblättchen aus Kiang-nan aufbrühen und setzte das Getränk allen vor.
Während sie den Tee tranken, erschien Dai-an: Li Ming sei da und warte nebenan. Simen Tjing ließ ihn hereinrufen. Er trat ein und warf sich vor allen Anwesenden auf das Antlitz. Dann ging er zur Seite.
»Woher kommst du? Es trifft sich recht günstig«, redete ihn Simen Tjing an.
»Ich hatte kein bestimmtes Ziel. Vorhin erteilte ich im Nordviertel am Weinessigtor einigen Kindern beim Herrn Minister Liu Unterricht. Nun wollte ich einmal nach dem Herrn und den Damen sehen. Die kleinen Fräulein beherrschen den Takt einiger Stücke noch nicht völlig. Deshalb bin ich gekommen.«
Simen Tjing reichte ihm eine Tasse Lorbeertee, die er gerade in der Hand hielt: »Trink! Geh nicht fort, sing mir etwas vor!«
»Wie befohlen!« antwortete Li Ming. Zuerst genoß er im Hin-

tergrunde den Tee, dann trat er wieder vor und stimmte die Harfe. Mit geschlossenen Füßen nahm er den Gästen gegenüber Aufstellung und sang mit Kopfstimme stehend das Lied »Es weicht des Winters Bild dem Frühling in der Kaiserstadt«. Nach dem Gesang winkte Simen Tjing Li Ming zu sich heran, um ihm zur Belohnung Wein zu reichen. Er ließ sich durch Edelsteinchen die Weinkanne geben und schenkte ihm einen silbernen, mit Schmelzlack überzogenen Becher in Pfirsichform voll. Kniend trank Li Ming drei Becher hintereinander. Simen Tjing ließ ihm auch von den vier auf dem Tische stehenden Gerichten einen Teller füllen. Li Ming verzehrte die Speisen im Hintergrunde. Dann wischte er sich mit einem seidenen Taschentüchlein den Mund, trat wieder vor und nahm neben der hölzernen Schutzwand Aufstellung. Simen Tjing erzählte ihm sein gestriges Erlebnis mit Zimtknospe Li.

»Meine Wenigkeit hat davon noch gar nichts gehört«, erklärte Li Ming. »Ich bin noch nicht dort gewesen. Wenn ich mir die Sache aber überlege, kann das nicht auf Zimtknospe zurückzuführen sein. Die Alte muß die ganze Geschichte eingefädelt haben. Ärgert Euch nicht weiter! Ich will ihr gehörig die Meinung sagen, sobald ich hinkomme.«

Sie zechten an diesem Tage bis zur ersten Nachtwache. Alle Frauen nahmen an der Freude teil. Zuerst zogen sich Tschen Djing-dji und seine Frau, Simens Tochter, zurück. Als später alle tranksatt waren, schenkte Simen Tjing Li Ming nochmals Wein ein und entließ ihn dann mit den Worten: »Verrat zu Hause nicht, daß du hiergewesen bist!«

Am nächsten Morgen hatte sich das Schneewetter verzogen, da erschienen Jing Bo-djau und Sjä Si-da, um Simen Tjing zur Familie Li einzuladen. Sie hatten von dieser eine gebratene Gans und Wein erhalten, weil sie befürchtete, Simen Tjing möchte ihr noch eins auswischen. Sogleich legte Simen Tjing seinen Kuchen aus der Hand und wollte hinaus.

»Warum kommen diese beiden Teufelsboten eigentlich schon wieder?« äußerte Frau Mondtraut. »Iß doch erst zu Ende, bevor du hinausgehst, und laß sie draußen warten! Willst du etwa ausgehn? Trotz der Schneemassen? Wer weiß, wohin sie dich wieder schleppen!«

»Laß einen der Dienerjungen das Gebäck nach vorn bringen! Ich kann ja mit ihnen speisen«, beruhigte Simen Tjing sie, stand auf und ging hinaus.

»Wenn du mit Ihnen frühstückst, so sei nicht zu vertrauensselig!

Heute ist doch Edelburgs Geburtstag!« schärfte ihm Frau Mondtraut noch ein.
»Als ihr neulich verärgert heimgegangen waret, Bruder«, sagten die Herren Jing und Sjä nach der Begrüßung, »haben wir der Mutter Li gehörig unsere Meinung gesagt. Sie war ganz niedergeschlagen. Heute morgen hat sie uns beide zu sich gebeten. Die Frauen haben auf den Knien gelegen, geweint und geklagt. Sie fürchten, du möchtest in deinen Gefühlen schwankend werden. Sie haben ein Weinessen bereitgestellt. Wir sollen dich hinbestellen, damit sie Abbitte leisten können.«
»Ich bin in meinen Gefühlen nicht wankend. Ich geh' nicht mehr hin«, erklärte Simen Tjing.
»Bruder, an sich seid Ihr im Rechte mit Eurem Zorn«, bemerkte Jing Bo-djau, »aber um es zu berichten: Zimtknospe kann gar nichts dafür. Jener Herr Ding ist eigentlich ein Freund von Zimtfee. Er hat nie nach Zimtknospe verlangt. Herr Ding hatte nun für zehn Unzen Silber ein Essen bei der Familie Li bestellt. Als wir hinkamen, hatte er eben das Geld gebracht. Da er sich nicht mehr ungesehen entfernen konnte, haben sie den Südländer in der Hast hinten versteckt, und du hast ihn dann erblickt. Tatsächlich hat er Zimtknospe nicht berührt. Das haben die Frauen heute bei ihrem Seelenheil beschworen. Sie haben sich auf ihr Antlitz geworfen und uns beide angefleht, dich so oder so zu ihnen zu bitten, damit sie dir die ganze Geschichte des bedauerlichen Vorfalles auseinandersetzen und deinen Groll etwas beschwichtigen können.«
»Ich habe meiner Frau geschworen, nicht wieder hinzugehn. Im übrigen bin ich nicht weiter böse. Bestellt Grüße! Aber weitere Bemühungen sind ganz zwecklos. Ich habe zudem heute etwas zu Hause vor und kann deshalb tatsächlich nicht fort.«
Erregt knieten die beiden Männer nieder und flehten:
»Bruder, redet doch nicht so! Es würde den Eindruck erwekken, als ob wir nicht imstande gewesen seien, unseren Wunsch durchzusetzen, also gar keinen Einfluß hätten. Wir brauchen uns ja nur ein kurzes Weilchen aufzuhalten. Dann gehn wir wieder.«
Beide bettelten so inständig, daß Simen Tjing schließlich einwilligte. Darauf wurde der Tisch gedeckt, und sie frühstückten gemeinsam. Rasch war der Imbiß verzehrt. Simen Tjing befahl Dai-an, ihm das Übergewand zu holen.
Frau Mondtraut saß gerade mit Edelburg zusammen und fragte Dai-an: »Wo will der Herr hin?«

»Ich weiß es nicht«, antwortete Dai-an. »Ich soll nur das Übergewand holen.«
»Spitzbübischer Schlingel«, schalt Frau Mondtraut. »Heute ist der Vorabend zum Geburtstag deiner dritten Herrin. Sollte der Herr zu spät heimkehren, so bekommst du die Prügel!«
Es erübrigt sich, über die Vorbereitungen zum Geburtstagsfest und das Warten der Frauen etwas zu sagen. Gehen wir zu Simen Tjing und zur Familie Li. Hier hatte man einen Festschmaus vorbereitet und zwei Mädchen zu Spiel und Gesang kommen lassen. Zimtknospe und Zimtfee bewillkommneten Simen Tjing in Festkleidung. Die kriecherische Alte erschien und kniete grüßend nieder. Während die beiden Schwestern Wein kredenzten, rissen Jing Bo-djau und Sjä Si-da, die dabeistanden, ihre Witze und bemerkten zu Zimtknospe: »Wir haben uns den Mund fusselig reden müssen, um deinen Herrn herzubitten, und nun bietest du uns nicht einen Schluck Wein an.«
»Komm mal näher«, sagte Jing Bo-djau, »gib mir einen Kuß!« Und ohne Umschweife umschlang er ihren Nacken und küßte sie.
Man scherzte, aß und trank, aber trotz aller Verführung brach Simen Tjing nicht zu spät auf.
Als Simen Tjing eintrat, hatte Frau Mondtraut alles zum Schmause vorbereitet. Schatzflöte mußte die Weinkanne halten und Simens Tochter den Wein kredenzen, und zwar zunächst Simen Tjing und dann den Frauen. Dann nahm man Platz. Schlehenblüte und Lenzfreude spielten und sangen im Hintergrunde. Nachdem man eine Weile getrunken hatte, wurde der Tisch abgeräumt und erneut aus Anlaß des Geburtstags von Edelburg zum Weinschmause gedeckt. Auf Schüsseln wurden vierzig Gänge von Delikatessen und Schleckereien aufgetragen. Aus den Krügen wurde der köstliche Wein geschenkt, und sein rötliches Naß perlte in den Bechern. Der Schwägerin Wu war der Ehrensitz angewiesen worden. Da sie nicht viel Wein vertrug, zog sie sich bei Beginn der ersten Nachtwache von der Tafel zurück. Frau Mondtraut und die anderen Frauen blieben bei Simen Tjing.
Nachts ruhte er wieder bei Frau Mondtraut.

XXI.

Lai-wangs Frau war an Auszehrung gestorben, und Frau Mondtraut hatte ihn neu mit der Tochter des Sarghändlers Sung Jen verheiratet, die ebenfalls Goldlotos hieß. Ursprünglich war sie in die Familie des Richters Zai verkauft worden, wo sie der Hausfrau zur Seite gestanden hatte. Später jagte man sie dort wegen irgendeines Verstoßes fort, und sie verheiratete sich mit dem Koch Djang Tsung. Dieser leistete bei Simen Tjing häufig Aushilfsdienste. Lai-wang hatte ihn zu jeder Tageszeit rufen müssen. Dabei hatte er seine Frau kennengelernt. Sie hatten zusammen getrunken und gescherzt, und er hatte mit ihr zu tändeln begonnen. Unerwarteterweise bekam nun eines Tages jener Djang Tsung in angeheitertem Zustande mit einem anderen Koch Streit wegen einer Vermögensteilung und wurde mit ihm handgemein. Der andere erschlug ihn mit einer Axt, schwang sich über die Mauer und entfloh. Die Witwe hatte Lai-wang gebeten, Simen Tjing zu veranlassen, beim Kreisamt die Festnahme des Verbrechers für sie zu beantragen, um zu erreichen, daß er mit dem Tode bestraft und Djang Tsungs Ermordung gesühnt würde. Lai-wang hatte dann später Frau Mondtraut vorgespiegelt, sie sei ein Mädchen aus einfachem Stande, das sich auf Näharbeiten verstehe. Daraufhin hatte Frau Mondtraut fünf Unzen Silber gespendet, zwei vollständige Gewänder, vier Ballen dunkelroten Stoff und einige Haarpfeile und sie an Lai-wang verheiratet. Da sie Goldlotos hieß, Frau Mondtraut sie aber schicklicherweise so nicht rufen konnte, änderte sie ihren Namen in Nixblume um.

Die Frau war vierundzwanzig Jahre alt, also zwei Jahre jünger als Goldlotos. Sie hatte eine zartweiße Haut, war weder dick noch mager und dazu mittelgroß. Ihre Füßchen waren noch etwas kleiner als Goldlotos' Füßchen. Die Verschmitzte verstand es ausgezeichnet, sich veränderten Umständen anzupassen. Sie wußte sich zu schminken und zu schmücken. Kurz, sie stand obenan unter den koketten, Männer anlockenden und die Familiensitten verderbenden Frauen.

Anfänglich verrichtete sie Küchenarbeiten wie die anderen Frauen. Zu dieser Zeit trug sie noch keinen Schmuck. Nach etwa einem Monat hatte sie Edelburgs und Goldlotos' Tracht abgeguckt, baute nun ihr Haar auch kunstvoll aufgetürmt in luftigen Flechten und malte ihre Augenbrauen möglichst lang. Wenn sie im Herrschaftshaus Tee auftrug und Wasser brachte, war sie

Simen Tjing unter die Augen gekommen. Daraufhin reifte eines Tages in ihm ein Plan. Er sandte Lai-wang mit fünfhundert Unzen Silber nach Hangdschou, um dort seidene Staatsgewänder mit Drachenstickerei als Geburtstagsgeschenk für den Großkanzler einzukaufen und zum Gebrauch in seinem eigenen Hause Kleidungsstücke für alle Jahreszeiten. Die Hin- und Rückreise mußte reichlich ein halbes Jahr dauern. Mitte des elften Mondes war er mit einem Karren über Land aufgebrochen. Seitdem dachte Simen Tjing früh und spät nur noch daran, sein Weib zu verführen. Bisher hatte sich jedoch dazu noch keine Gelegenheit geboten.

Als nun aus Anlaß von Edelburgs Geburtstag Frau Mondtraut mit allen Damen in der hinteren Halle beim Weine saß, war Simen Tjing zufällig nicht ausgegangen. Auf Frau Mondtrauts Weisung hatte Schatzflöte für ihn in ihrem Zimmer decken und dort das Essen anrichten lassen.

Simen Tjing beobachtete nun von dort aus hinter dem Vorhang, wie Nixblume in einem rotseidenen Jäckchen und einem violetten Seidenrocke Wein einschenkte.

»Das ist doch Nixblume, die Lai-wang neulich geheiratet hat?« fragte er Schatzflöte. »Wie kann sie nur eine rote Jacke mit einem violetten Rock tragen! Das ist ja eine scheußliche Zusammenstellung. Sage der Herrin morgen, sie soll ihr einen Rock anderer Farbe geben, der zur Jacke paßt!«

»Den violetten Rock hat sie dazu noch von mir leihen müssen!« bemerkte Schatzflöte.

Damit schien aber der Vorfall erledigt. Bald nach Edelburgs Geburtstag hatte Frau Mondtraut jedoch einer Einladung der gegenüberwohnenden Familie Tjau Folge geleistet. Gegen Nachmittag war Simen Tjing in etwas angeheitertem Zustand nach Hause gekommen. Als er an das Portal zum zweiten Gehöft gelangte, wollte Nixblume dort gerade hinaus. Sie prallten beide aufeinander. Simen Tjing schlang seinen Arm um ihren Nacken, küßte sie und sagte lallend: »Kind, wenn du mir zu Willen bist, so kannst du an Schmuck und Kleidung haben, was du begehrst.«

Sie wehrte seinen Arm ab, sagte aber nichts und ging nach vorn. Simen Tjing begab sich in das Herrschaftsgebäude, sandte ihr durch Schatzflöte einen Ballen blauen Atlas in ihre Stube und ließ ausrichten, er habe neulich gesehen, wie sie zu dem roten Jäckchen einen violetten Rock getragen habe; das sei eine scheußliche Zusammenstellung gewesen und habe übel ausgesehen. Er schicke ihr deshalb den Ballen Atlas; sie möge sich daraus einen Rock nähen. Nixblume öffnete den Ballen. Es war ein blauschillernder Atlasstoff, der mit Blumen aller Jahreszeiten und mit dem Ornament ›Freude‹ durchwirkt war.

»Was dann, wenn die Herrin sieht, daß ich mir etwas daraus anfertige?« wandte sie ein.

»Er will es ihr morgen selber berichten«, erklärte Schatzflöte. »Sei nur unbesorgt! Er hat gesagt, er wird dir kaufen, was du wünschst, wenn du ihm in dem einen Punkt zu Willen bist. Heute ist die Herrin nicht zu Hause. Da hätte er gern eine Zusammenkunft mit dir. Wie denkst du darüber?«

Nixblume lächelte und schwieg zunächst. Dann fragte sie: »Wann will der Herr denn kommen? Ich werde im Zimmer auf ihn warten.«

»Der Herr meinte, er könne nicht zu dir kommen«, sagte Schatzflöte. »Die Diener würden es beobachten. Du sollst heimlich in die Grotte am Hügel kommen. Dort ist niemand.«

»Ich habe nur Angst, daß die fünfte oder die sechste Herrin etwas merken. Das wäre mir höchst peinlich«, wandte Nixblume ein.

»Die Dritte und die Fünfte spielen beide im Zimmer der Sechsten Schach«, beruhigte sie Schatzflöte.

Nachdem man das Stelldichein in dieser Weise vereinbart hatte, kehrte Schatzflöte zu Simen Tjing zurück und erstattete ihm Bericht. Beide hatten dann auch ihr Abenteuer hinter dem Hügel, während Schatzflöte für sie an der Türe Wache stand.

Während Goldlotos und Edelburg noch bei Väsele Li Schach spielten, kam plötzlich Phönixchen, um Edelburg zu melden, der Herr sei heimgekommen. Die drei Frauen trennten sich darauf. Edelburg kehrte in die hinteren Gemächer zurück. Goldlotos ging zunächst in ihr Zimmer, glättete die Schminke auf ihrem Antlitz und begab sich auch in jene Gemächer. Am zweiten Portal angelangt, bemerkte sie Edelsteinchen in der Tür zu den Herrschaftsräumen und fragte, ob der Herr im Zimmer sei. Edelsteinchen machte eine verneinende Handbewegung und wies nach vorn. Goldlotos verstand die Andeutung. Sie ging dorthin zum Seitentürchen bei dem Hügel. Da sah sie Schatzflöte die Pforte versperren. Goldlotos vermutete, Schatzflöte beabsichtigte mit Simen Tjing dort zu buhlen, und ging erst recht hindurch.

»Herrin, bleibt hier!« sagte Schatzflöte in Aufregung. »Der Herr hat innen etwas zu erledigen.«

»Albernes Ding!« schalt Goldlotos. »Hab' ich etwa vor dem Herrn Angst?« Ohne weitere Umstände ging sie in den Garten und suchte ihn ab. Als sie an den Hügel mit der Grotte »Zum Frühlingsversteck« gelangte, wurde sie innen das Paar gewahr, das gerade fertiggeworden war. Nixblume hatte auf das Geräusch von Tritten hurtig ihren Rock zugebunden und strebte hinaus. Sie wurde feuerrot bei Goldlotos' Erscheinen.
»Spitzbübisches Aas, was hast du hier getrieben?« fragte Goldlotos.
»Ich wollte den Bilderjungen rufen«, erwiderte Nixblume und verschwand.
Goldlotos sah Simen Tjing das Beinkleid zubinden.
»Schamloser Kerl!« schalt sie. »Gesteh mir die Wahrheit! Wie oft hast du der Dirne beigewohnt? Wenn du nicht die Wahrheit sagst, kannst du es ja darauf ankommen lassen, ob ich es demnächst der Ersten berichte.«
»Sachte, sachte, du schreckliches Frauenzimmer!« rief lachend Simen Tjing. »Mach nicht solches Geschrei. Ich will dir die Wahrheit sagen. Es war heute das erste und einzige Mal.«
»Ach, ich glaube dir nicht! Du brauchst dich nicht zu wundern, wenn ich mit dir rechte, nachdem ich euch erwischt habe.«
Simen Tjing entfernte sich lachend. Goldlotos begab sich in den zurückgelegenen Teil des Anwesens und hörte dort die Mägde darüber reden, daß der Herr durch Schatzflöte einen Ballen blauen Atlasstoff nach vorn geschickt habe, wer den Stoff wohl erhalten haben könne? Ihr war es sofort klar, daß nur Nixblume die Empfängerin gewesen sei. Doch sie erwähnte auch Edelburg gegenüber davon kein Wort.
Nixblume machte sich nun täglich bei Goldlotos zu schaffen, holte ihr entweder heißes Wasser oder Essen, nähte für sie oder fertigte ihr Schuhe an. Ging Goldlotos zu Väsele Li Schach spielen, so begleitete sie sie regelmäßig. Kurz, sie suchte ihr immer gefällig zu sein. Goldlotos ließ es zu, daß sie mit Simen Tjing zusammentraf und sich die beiden einander hingaben. Dadurch wollte sie den Mann erfreuen.
Seit dem Beginn der heimlichen Beziehungen zu Simen Tjing erhielt Nixblume von ihm hinter dem Rücken der anderen Frauen Kleider, Schmucksachen, wohlriechenden Tee und dergleichen mehr. Silber hatte sie immer in ganzen Unzen bei sich, und sie machte am Hauptportal Einkäufe von Blumen, Eisvogelfederschmuck, Schminke und Puder. Allmählich putzte sie sich heraus und kleidete sich viel kostbarer als früher. Zu Frau

Mondtraut erklärte Simen Tjing, sie könne besonders gut Tee kochen, sie solle sie nicht mehr am Küchenherd arbeiten, sondern gemeinsam mit Schatzflöte bei ihr aufwarten lassen. Höchstens dürfe sie in der Küche Speisen für Frau Mondtrauts Mahlzeiten zubereiten, außerdem auch für Frau Mondtraut Näharbeiten ausführen.

Eines Tages, es war der Achte des zwölften Mondes, hatte sich Simen Tjing früh am Morgen erhoben, um einer Verabredung mit Jing Bo-djau gemäß an einem Leichenbegängnis teilzunehmen. Er hatte durch seine Diener zwei Pferde satteln lassen und wartete nun auf Jing Bo-djau, der noch nicht gekommen war. Da tauchte Li Ming auf. Simen Tjing, der in der vorderen Halle neben dem Stubenöfchen saß, ließ seine Hausmusikantinnen Schlehenblüte, Schatzflöte, Duftwunder und Lenzfreude in vollem Staate antreten und hörte dem Musik- und Gesangunterricht Li Mings zu. Der Schwiegersohn Tschen war auch zugegen und unterhielt sich mit ihm. Da erschien Jing Bo-djau.

»Du hast mich einfach warten lassen! Laß uns die Reisgrütze einnehmen und dann aufbrechen!« Simen Tjing gab Weisung, aus der Küche den Reis zu bringen, dazu zehn Sorten Gemüse und vier Teller mit Näschereien. Silberplattierte Tassen waren mit Sago gefüllt. Ferner gab es Haselnüsse, Pinienkerne und kandierten Reis. Simen Tjing, Jing Bo-djau und der Schwiegersohn Tschen speisten zusammen. Während des Mahles füllte Simen Tjing jedem dreimal die kleinen silbernen Becher mit Güldenprachter Wein. Mehr als die Hälfte des Kruges blieb übrig. Simen Tjing befahl dem Bilderjungen, den Wein nebst dem Tisch samt Speisen darauf ins Nebengelaß hinüberzuschaffen und dort Li Ming essen zu lassen. Dann fuhr er in sein Obergewand und ritt mit Jing Bo-djau zum Begräbnis der Familie des Untersuchungsrichters Schang.

Li Ming blieb allein zurück; er aß und trank gemächlich. Schatzflöte, Duftwunder und Lenzfreude hatten Simen Tjing zum Portal geleitet, dann noch ein Weilchen im Nebengebäude gescherzt und sich darauf zum östlichen Flügel begeben, um dort in den Räumen der Tochter Simens zu tollen. Nur Schlehenblüte war allein bei Li Ming zurückgeblieben, der mit ihr das Lautenspiel üben wollte. Er war etwas angeheitert. Da Schlehenblütes weite Ärmel ihr auf die Hände fielen, zog Li Ming ihre Hand hervor und preßte sie dabei etwas kräftiger. Schlehenblüte schrie scheltend auf: »Du widerlicher Unhold! Was fällt dir ein, meine Hand zu drücken? Warte, ich werde es dem Herrn bei seiner

Rückkehr sagen! Er wird dir eine Tracht Prügel verabfolgen und dich aus dem Hause jagen.«
Eiligst ergriff Li Ming sein Obergewand und eilte hinaus.
Schlehenblüte ging unter wütendem Schimpfen in die hinteren Gebäude. Dort weilten Goldlotos, Edelburg, Väsele Li und Nixblume beim Schachspiel. Sie hatten Schlehenblütes Schelten schon von weitem vernommen.
»Kleine Schelmin, wer hat dich denn so gereizt?« fragte Goldlotos.
»Li Ming war es, das Ekel«, antwortete Schlehenblüte und berichtete.
»Nun, dann erzähl es dem Herrn, wenn er heimkommt, damit er den unverschämten Halunken hinausjagt!«
»Er wird darauf pochen, daß er Holdchen Lis jüngerer Bruder sei«, bemerkte Schlehenblüte. »Aber wer hat davor Angst!«
Als Simen Tjing abends heimkehrte, berichtete ihm Goldlotos alles ausführlich. Er befahl Lai-sing, von nun an Li Ming das Grundstück nicht mehr betreten zu lassen.
Eines Tages faßte Simen Tjing, vom Wein angeregt, Goldlotos bei der Hand und sagte: »Kleines Schlaumäulchen! Ich muß etwas mit dir besprechen. Ich möchte Nixblume eine Nacht bei mir haben. Hinten ist kein geeigneter Ort. Du bist ihr gegenüber immer so nachsichtig, so könnte ich die Nacht mit ihr in deinen Räumen verbringen.«
»Ich sollte dir die richtige Antwort geben. Das ist ja eine unerhörte Tollheit. Hure meinetwegen mit ihr, wo du Lust hast! Das wäre ja noch schöner, wenn ich es bei mir geschehen ließe.«
»Da ihr Weiber mir das verweigert, werde ich mit ihr in der Grotte unter dem Hügel übernachten. Laß die Dienerin Bettzeug hinschaffen und Feuer anzünden, sonst ist die Kälte nicht auszuhalten.«
»Ich sollte dich gehörig ausschelten!« rief Goldlotos lachend. »Im eisigen zwölften Monde willst du wohl das Eis auf dem Steinbett auftauen? Aber schon gut, troll dich nur!«
Goldlotos befahl tatsächlich Herbstaster, Bettzeug in die eisige Grotte »Zum Frühlingsversteck« am Fuße des Hügels zu bringen und dort Feuer anzuzünden.
Nixblume war des Glaubens, Simen Tjing werde noch nicht gekommen sein, als sie in den Garten trat. Sie lehnte deshalb das Gartentürchen nur vorsichtig an, verriegelte es aber nicht. Aber Simen Tjing saß schon in der Grotte »Zum Frühlingsversteck« mit einer Kerze in der Hand, als sie eintrat. Das Lager lockte zu

irdischer Lust und Freude, aber die Kälte ließ sie erschauern. Zwei Liebes-Räucherkerzen, die sie aus dem Ärmel zog, zündete sie an und befestigte sie im Erdboden. Trotz des Beckens mit glühenden Kohlen war es im Raume schaurig kalt. Sie kroch deshalb rasch unter das Deckbett, auf das auch noch ein Zobelpelz gelegt war. Simen Tjing entledigte sich seines Obergewandes, eines weißseidenen Hausjäckchens, setzte sich auf das Bett, zog Nixblume das Beinkleid aus und drückte sie an seine Brust. Während ihre Beine zu beiden Seiten lagen, wurden sie körperlich eins.

Indessen war Goldlotos mit leisen Schritten herbeigeschlichen, um zu spähen und zu lauschen. Weder gefrorene Moosstückchen noch Dornen und Stacheln, die ihren Rock zerreißen mochten, hatten sie gehindert. Sie hörte alsbald Nixblume ausrufen: »Es ist so kalt, als liege Eis im Bett. Das ist nur deine Schuld, du Schelm. Wie ein erbärmlicher Bettler kannst du nicht einmal ein passenderes Plätzchen auftreiben.« Und später: »Es ist wirklich kalt; laß uns doch schlafen! Warum beschaust du nur so genau meine Füße? So kleine Füßchen hast du wohl noch nie gesehen. Ich kann kein fertiges Oberzeug für mich erhalten. Wenn mir jemand etwas kaufen wollte, wie soll er es anstellen!«

»Kind, schon gut!« sagte Simen Tjing. »In den nächsten Tagen kauf' ich dir Schuhoberzeug in allen Farben. Wer konnte ahnen, daß deine Füße noch kleiner sind, als die meiner fünften Frau!«

»Wie kannst du nur meine Füße mit den ihren vergleichen!« betonte Nixblume. »Gestern hab' ich einmal ihre Schuhe anprobiert. Ich konnte sie noch über meine ziehen. Aber die Größe ist ja unerheblich. Die Form und die Art ihres Schuhwerks sind sehr hübsch!«

Nach einer Weile fragte Nixblume wieder: »Wie lange bist du denn schon mit deiner Fünften verheiratet? Hast du sie als Mädchen genommen, oder war es ihre zweite Heirat?«

»Sie hat sich verbessern wollen«, war Simen Tjings Antwort.

»Richtig gesagt also eine, die längst die Fesseln der Ehe gewohnt war. So ist sie also auch nur eine Buhlerin von dir.«

Goldlotos erstarrte förmlich vor Erregung über diese Äußerung. Ihre Arme erschlafften. Erbost zog sie sich zurück. Sie begab sich zum Seitenpförtchen und verschloß es von außen mit einem ihrer silbernen Haarpfeile.

In der Frühe des nächsten Tages stand Nixblume zuerst auf, kleidete sich an, ordnete ihr Haar und ging hinaus. Sie fand den Riegel des Seitentürchens nicht vorgeschoben und erschrak.

Vergeblich suchte sie aber die Pforte zu öffnen. Auch Rütteln war nutzlos. Sie mußte zurück zu Simen Tjing. Dieser rief über die Gartenmauer hinweg, Lenzfreude solle die Tür öffnen. Da sahen sie, daß die Pforte mit einem von Goldlotos' Haarpfeilen verschlossen war, und wußten nun, daß sie sie abends belauscht hatte. Mit schlechtem Gewissen begab sich Nixblume nach vorn.

Nixblume benahm sich in der Folgezeit ziemlich vorlaut. Immer stand sie am Eingangsportal, um bald dieses, bald jenes einzukaufen. Den Geschäftsführer Fu nannte sie Meister Fu, Tschen Djing-dji redete sie Eidam an. Den vierten Fei betitelte sie Alter Vierter. Wegen ihrer Vertraulichkeiten mit Simen Tjing wurde sie gegen die anderen überheblich, und immer lag sie mit allen möglichen Leuten in Wortwechsel und Streit. Vor nichts schreckte sie zurück. Das einemal rief sie: »Meister Fu, ich bitte Euch um die Gefälligkeit, am Tor für mich nach dem Puderverkäufer Ausschau zu halten.«

Zahm, wie der Geschäftsführer Fu war, hielt er dann sorgfältig für sie die Wache.

Später kaufte Nixblume am Hauptportal immer gleich für ganze Unzen Zierat aus Eisvogelfedern, Taschentüchern und dergleichen. Melonenkerne trug sie metzenweise ins Haus, verteilte sie dann unter alle Zofen und ließ alle mitknabbern.

Ihren Kopf schmückte sie mit einem Perlendiadem. Wie Laternenschein leuchteten gelb die goldenen Ohrgehänge. Unter ihrem Obergewand trug sie ein rotseidenes Beinkleid mit fadengestickten Knieschützern. In ihren weiten Ärmeln führte sie parfümierten Tee mit sich, und am Körper trug sie vier bis fünf Duftbehältnisse. An einem einzigen Tage pflegte sie zwei, ja drei Scherf Silber auszugeben. Und alles stammte von Simen Tjing, der es ihr heimlich zusteckte.

Seitdem sich Nixblume von Goldlotos erkannt fühlte, hielt sie sich täglich nur bei ihr auf, erwies ihr kleine Gefälligkeiten, war aufmerksam und fleißig, brachte ihr Tee und Wasser, fertigte ihr Schuhe an, nähte für sie und griff selbst da nachdrücklich zu, wo sie gar nichts anzurühren brauchte. Aber für ihren eigentlichen Dienst im Herrschaftshause bei Frau Mondtraut steckte sie täglich nur noch den Kopf zur Türe hinein, um dann sogleich weiter zu Goldlotos zu eilen.

XXII.

Im Garten hatte vor längerer Zeit Frau Mondtraut eine Schaukel errichten lassen. Weil Simen Tjing nicht zu Hause war, hatten alle Frauen Muße und lustwandelten nun, um die Frühlingsmattigkeit nach dem strengen Winter zu verscheuchen. Dabei bestiegen erst Frau Mondtraut und Edelburg die Schaukel. Nach ihnen sollten Holdchen Li und Goldlotos es tun, doch Holdchen Li dankte, ihr Körpergewicht sei zu schwer, sie könne nicht schaukeln. So sollten Väsele Li und Goldlotos es versuchen. Als beide ein Weilchen geschaukelt hatten, forderte Edelburg Goldlotos auf: »Komm, Schwester, wir beide wollen es einmal stehend ausführen, aber du darfst nicht albern.«

Sie schaukelten nun beide. Während sie auf dem bunt bemalten Brett standen, umklammerten ihre nephritgleichen Hände fest die Stränge. Auf Frau Mondtrauts Geheiß gaben Nixblume und Schlehenblüte ihnen Schwung. Die Schaukel schwang hoch. Da lachte Goldlotos begeistert auf.

»Schwester, wenn du auf der Schaukel lachst, kannst du nicht feststehn«, warnte Frau Mondtraut.

Kaum ausgesprochen, verlor Goldlotos den Halt und glitt klatschend aus. Hätte sie sich nicht noch am Schaukelgestell halten können, so wäre sie abgestürzt und hätte auch noch Edelburg mit heruntergezogen.

»Ich habe dich gewarnt, Schwester«, bemerkte zornig Frau Mondtraut.

»Ach, Edelburg taugt nicht zum Schaukeln«, erklärte trotzig Goldlotos. »Wartet einmal, ich werde es mit Schwester Väsele Li stehend tun.«

»Seid doch nur vorsichtig!« mahnte Frau Mondtraut, während sie Schatzflöte und Schlehenblüte sich seitlich aufstellen und ihnen Schwung geben ließ.

Sie schwangen auf und nieder, als Schwiegersohn Tschen erschien.

»Schwiegersohn, du kommst gerade recht, die Mägde haben zu wenig Kraft«, sagte Frau Mondtraut.

Tschen Djing-dji eilte sofort herbei. Er faßte zunächst Goldlotos' Rock und sagte: »Steh fest, ich schiebe!«

Sie schwebten nun himmelhoch hinauf, als flögen Göttinnen dahin. Väsele Li rief, als sie mit auf der Schaukel war, vorwurfsvoll: »Schwiegersohn, gib mir doch auch einen Schwung!«

»Meine Beste, keine Überstürzung! Eins nach dem andern!« Er

hob Väsele Lis Rock etwas empor, so daß ihr karminroter Unterrock hervorschaute, und gab ihr einen Schubs.

Bis in Hüfthöhe hatten sich jetzt die Röcke gehoben, darum stiegen beide ab, und nun schaukelten Schlehenblüte und Simens Tochter gemeinsam, nach ihnen auch Schatzflöte und Nixblume. Nixblume faßte mit den Händen die Stricke, bewegte stehend mit den Füßen mehrmals das Schaukelbrett hin und her und, ohne daß jemand die Schaukel in Schwung gesetzt hätte, sauste sie bald hinauf bis zu halber Wolkenhöhe und dann wieder plötzlich erdabwärts, ein entzückender Anblick.

»Schaut nur die Gevatterin! Sie versteht zu schaukeln«, bemerkte Frau Mondtraut zu Edelburg und Väsele Li.

Doch genug hiervon.

Inzwischen war Lai-wang, Nixblumes Ehemann, in Hangdschou gewesen, um dort für den Großkanzler Zai als Geburtstagsgeschenk Gewänder weben zu lassen und einzukaufen. Soeben war er zurückgekehrt. Er hatte eine ganze Menge Traglasten in Kisten und Körben zu Schiff mitgebracht. Zunächst war er aber allein nach Haus gekommen. Am Tor stieg er von seinem Maultier, lud sein Gepäck ab und begab sich in die hinteren Gemächer.

Dort stieß er auf Schneeholdchen Sun, die in der Tür der Empfangshalle stand. Er verneigte sich vor ihr, und sie rief über das ganze Antlitz schmunzelnd aus: »Ach, wie schön, daß du heimgekommen bist! Du hast auf der Reise durch Wind und Frost wohl viel Ungemach gehabt? So lange haben wir uns nicht gesehen! Wie braun du geworden bist!«

»Wo ist denn der Herr?« erkundigte sich Lai-wang.

»Dein Herr ist heute einer Einladung des Herrn Jing und anderer zu einem Bummel nach außerhalb gefolgt. Die Damen und die Tochter sind im Garten und schaukeln.«

»Ach«, meinte Lai-wang, »das sinnlose Schaukeln!«

Schneeholdchen schenkte ihm eine Tasse Tee ein und erkundigte sich, ob er schon gegessen habe.

»Ich esse jetzt nicht. Wenn ich die Herrin gesehen habe, will ich mich in meine Stube begeben und mich erst waschen.« Dann schloß Lai-wang mit der Frage: »Meine Frau ist doch in der Küche tätig. Warum zeigt sie sich nicht?«

»Deine Frau?« Schneeholdchen lachte ironisch auf. »Die ist mächtig aufgestiegen. Täglich leistet sie nur noch den Damen Gesellschaft, spielt mit ihnen Schach, Domino und dergleichen. Die und in der Küche arbeiten!«

Während solcher Reden war Edelsteinchen in den Garten gegangen und hatte ihn Frau Mondtraut gemeldet. Diese kam heraus. Lai-wang trat vor und warf sich vor ihr aufs Antlitz. Sie erkundigte sich – er war inzwischen zur Seite getreten – wie Hin- und Rückreise verlaufen sei, und schenkte ihm zwei Fläschchen Wein. Eben hatte er davon getrunken, als Nixblume, seine Frau, hinzukam. Frau Mondtraut sagte: »Nun geh in deine Behausung, wasch dich und schlaf dich aus, damit du, wenn der Herr heimkommt, ihm ordentlich Bericht erstatten kannst!«
Lai-wang begab sich in seine Räume. Nixblume händigte ihm den Schlüssel zum Öffnen der Tür aus und goß ihm Waschwasser zur Beseitigung des Straßenstaubes ein. Als sie seinen Knappsack zur Seite legte, bemerkte sie: »Greulicher, braungebrannter Stromer, wie lange haben wir uns nun nicht gesehen! Du hast dich inzwischen wohl gemästet?«
Sie suchte ihm ein Gewand zum Wechseln heraus und stellte ihm das Essen hin. Danach schlief er ein. Als er erwachte, war es bereits Abend. Nach Simen Tjings Rückkehr trat Lai-wang vor ihn und berichtete in ehrfürchtiger Ergebenheit: »Die in Hangdschou als Geburtstagsgeschenk für den Großkanzler Zai anzufertigenden Seidenstoffe und Hausgewänder habe ich sämtlich besorgt, eingeschlagen und in vier Kisten verpackt zu Schiff mitgebracht. Die Träger habe ich noch nicht abgelohnt und auch den Zoll noch nicht erledigt.«
Hocherfreut zahlte Simen Tjing ihm die Trägerlöhne aus, um die Sachen in der Frühe des nächsten Morgens in die Stadt schaffen zu lassen. Außerdem schenkte er ihm fünf Unzen Silber als Beitrag zum Haushalt für seine Familie und übertrug ihm das Amt des Einkäufers für den Haushalt.
Lai-wang hatte für sich selber einige Geschenkgegenstände mitgebracht und sandte davon unauffällig an Schneeholdchen Sun zwei seidene Tücher, zwei Paar blumenverzierte Kniehöschen, vier Schächtelchen Hangdschou-Puder und zwanzig Stückchen Schminke. Dafür erzählte ihm Schneeholdchen heimlich, wie in den vier Monaten seiner Abwesenheit seine Frau mit Simen Tjing in Beziehungen getreten und Schatzflöte die Kupplerin gewesen sei. Goldlotos' Räume hätten ihnen als Liebesnest gedient. Zuerst hätten sie es unten am Hügel und später in der Stube getrieben. Tagelang hätten sie vom Hellwerden bis zum Abend und wieder die Nacht hindurch bis zum Morgen beieinander geschlafen. Dafür habe er ihr Kleider, Schmucksachen, Eisvogelfederblumen, Silber und Geld gegeben. Einen großen

Sack voll habe sie immer bei sich getragen, wovon sie die Dienerschaft am Tor habe einkaufen lassen. Tagtäglich seien so von ihr zwei bis drei Scherf Silber ausgegeben worden.
»Da brauche ich mich nicht über die Kleider und Schmucksachen in den Kisten zu wundern«, bemerkte Lai-wang. »Als ich sie danach fragte, behauptete sie, sie habe alles von der Herrin.«
»Welche Herrin soll es ihr gegeben haben?« wehrte Schneeholdchen ab. »Nein, sie hat alles vom Herrn erhalten.«
Lai-wang behielt, was er erfahren hatte, für sich. Eines Abends kehrte er nach einem Trunke heim und öffnete die Koffer. Sein Blick fiel auf einen Ballen von blauem Atlas mit auffallendem Blumenmuster.
»Wo kommt der Atlas her?« forschte er. »Wer hat ihn dir gegeben? Gesteh sofort die Wahrheit!«
Nixblume lachte und erwiderte ahnungslos: »Abscheulicher Strolch, wozu die Frage? Von der Herrschaft habe ich ihn geschenkt erhalten, weil ich keine Jacke hatte. Da mir noch die Zeit fehlte, ihn zu verarbeiten, habe ich ihn in den Koffer getan. Wer möchte ihn mir sonst gegeben haben?«
»Unverschämtes Frauenzimmer«, polterte Lai-wang. »Du redest nur unsinniges Zeug! Den hat dir jener gegeben. Und wie kommst du zu diesen Schmuckstücken?«
»Bah, abscheulicher Kerl! Die Schmucksachen und Kämme habe ich von meiner Tante geborgt. Wer sonst sollte sie mir gegeben haben?«
Lai-wang versetzte ihr einen Stoß und hätte sie beinahe auch noch mit Schlägen bedacht: »Freches Frauenzimmer, du wagst auch noch Widerworte? Man hat mit eigenen Augen gesehen, daß du mit jenem Schweinehund, dem kein Sittengesetz etwas gilt, Heimlichkeiten gehabt hast, daß die Magd Schatzflöte die Kupplerin gespielt und dir den Atlas gebracht hat, daß ihr vorn im Garten und dann später in den Räumen jener Sau, der Pan, es ganz öffentlich getrieben habt. Tagelang habt ihr dort gehurt, als hättet ihr nichts anderes zu tun. Und du versuchst, dich vor mir reinzuwaschen?«
»Greulicher Stromer, keinen anständigen Tod bist du wert«, heulte Nixblume auf. »Was erlaubst du dir nur? Bist du nach Hause gekommen, mich zu prügeln? Man muß doch stets bei den Tatsachen bleiben. Wenn dich jemand einen anderen umbringen heißt, würdest du es auch tun? Über diesen Ballen blauen Atlasstoff muß ich noch besonders mit dir reden. Als die

dritte Herrin voriges Jahr im elften Monde Geburtstag hatte, sah sie, daß ich ein rotes Jäckchen und darunter einen Rock trug, den ich von Schatzflöte geborgt hatte. ›Aber Frau! Wie abscheulich sieht das aus, wie kann man nur so gehn!‹ hieß es, und darauf schenkte man mir diesen Atlas. War denn Zeit, ihn zu verarbeiten? Das weiß doch jeder. Aber du schimpfst einfach drauflos! Du verkennst deine Frau! Sie ist nicht so, daß sie alles einsteckt. Morgen werde ich gehörig loswettern, daß man es hört, wie mir mein Lebensglück zerstört wird, gleichgültig, ob ich den Anstifter herausfinde oder nicht.«

»Wenn nichts vorgefallen ist, dann bleib doch freundlich!« sagte Lai-wang einlenkend. »Mach rasch das Bett! Ich will schlafen.«

»Du dummer Kerl, du wirst noch in der Gosse verrecken«, maulte Nixblume, während sie die Steppdecke ausbreitete. »Du hast zuviel von dem gelben Fusel hinuntergegossen. Schlaf stocksteif! Grundlos ärgerst du deine Frau so, daß sie schelten muß.« Damit drehte sie Lai-wang auf der Lagerstatt herum, und sogleich hörte man sein donnerartiges Geschnarche. Am anderen Morgen begab sich Nixblume nach hinten und befragte Schatzflöte, wer die ganze Geschichte aufgedeckt habe. Sie kamen jedoch der Sache nicht auf den Grund.

Dann aber begab sich folgendes: Edelsteinchen sollte eines Tages Schneeholdchen zu Frau Mondtraut rufen, konnte sie aber nirgends finden. Als sie sich nach vorn begab, sah sie dort Schneeholdchen aus Lai-wangs Räumen heraustreten. Edelsteinchen nahm an, Schneeholdchen habe sich mit seiner Frau unterhalten. Sie ging in die Küche, sah aber dort Nixblume, die Fleisch hackte. Seit dieser Zeit wußten alle, daß Schneeholdchen und Lai-wang Heimlichkeiten hatten.

Bald darauf machte Lai-wang in der Trunkenheit unter der Dienerschaft seinem Zorn durch Schmähungen gegen Simen Tjing Luft: Während seiner Abwesenheit habe Schatzflöte seiner Frau zur Verführung einen Ballen blauen Atlas bringen müssen, es sei zur Buhlerei im Garten gekommen, hinterher habe Goldlotos ihre Stube als Liebesnest zur Verfügung gestellt, Simen Tjing solle ihm ja nicht in die Hände fallen; sonst müsse er an ihm dartun, wie ein Messer blank hineindringe und rot herauskomme. Auch das Frauenzimmer, Goldlotos Pan, habe das Leben verwirkt, aber er, Lai-wang, könne dafür höchstens eines einzigen Todes sterben. »Paßt nur auf«, fuhr er fort, »was ich sage, tue ich! Die Goldlotos Pan, behaupte ich, hat ihren Ehemann, den großen Wuh, seinerzeit umgebracht. Ihr Schwager Wuh Sung erhob Anklage. Wer aber hat dann eigentlich die Sache geordnet, ist ihretwegen in die Hauptstadt gereist und hat es mit Geschenken zuwege gebracht, daß Wuh Sung eiligst in die Grenzwehr eingereiht und entfernt wurde? Jetzt, da sie mit beiden Beinen festen Grund fühlt, sind alle meine Dienste vergessen, und sie hat nun meine Frau zur Buhlerei angestiftet. Haß und Rachsucht ihr gegenüber reichen bei mir bis zum Himmel.«

Unvermutet war auch der Diener Lai-sing Ohrenzeuge geworden. Er hatte ursprünglich im Haushalt für Simen Tjing die Lebensmitteleinkäufe besorgt und Geld gewechselt. Diese Tätigkeiten hatte Simen Tjing wegen der Beziehungen zu Lai-wangs Frau ihm abgenommen und auf Lai-wang übertragen. Daher war Lai-sing auf Lai-wang schlecht zu sprechen, und dessen Äußerungen veranlaßten ihn, sich verstohlen in Goldlotos' Räume zu schleichen und ihr alles zu hinterbringen. Edelburg weilte gerade bei Goldlotos, als Lai-sing unter dem Türvorhang auftauchte.

»Was gibt es?« fragte Goldlotos. »Welcher Einladung ist der Herr heute eigentlich gefolgt?«

»Er ist mit dem jüngeren Herrn Jing zu einem Begräbnis gegangen«, war Lai-sings Antwort. »Ich wollte Euch nur was melden, doch Ihr müßtet es für Euch behalten und mich nicht verraten.«

»Was ist es denn? Sprich nur frei heraus!« ermunterte Goldlotos.

»Es betrifft nur Lai-wang«, sagte Lai-sing. »Er hat gestern getrunken und geschimpft, auch allerlei Andeutungen gemacht. Den ganzen Tag hat er gewettert, auf die Dienerjungen und mich eingeschlagen. Ich bin ihm aus dem Weg gegangen und habe ihm keine Beachtung geschenkt. Vor der ganzen Dienerschaft, vor groß und klein, hat er auf den Herrn und die Gemahlin geschimpft.«

»Inwiefern auf mich? Der schurkische Halunke!« forschte Goldlotos.

»Das wage ich gar nicht über die Lippen zu bringen«, zögerte Lai-sing. »Aber es ist ja nur die dritte Herrin hier, also kein Fremder.« Dann erzählte Lai-sing, was der Leser bereits weiß, und endete: »So bin ich hierhergeschlichen, um die Herrin zu warnen.«

Edelburg überlief es vor Schreck eiskalt. Und Goldlotos! Hätte sie nur nichts davon zu hören brauchen! Dunkelrot überzog sich ihr gepudertes Gesicht. Sie knirschte mit den silberweißen Zähnen und fuhr auf:

»Der Sklave ist des Todes! Weder früher habe ich ihm Anlaß zum Haß gegeben noch in der jüngsten Zeit irgendwelchen Grund zur Feindschaft. Wenn der Herr hinter seinem Weib her ist, warum verwickelt er mich in die Sache! Dulde ich diesen Sklaven in der Familie Simen Tjings, ich wäre nie und nimmer eine Frau. Und ihm die Rettung meines Lebens verdanken? – Geh nur ab!« befahl sie Lai-sing. »Wenn der Herr heimkommt und dich fragt, wirst du es ihm auch ebenso erzählen?«

»Aber Herrin, was redet Ihr nur!« beteuerte Lai-sing. »Ich habe Lai-wang doch nicht fälschlich beschuldigt. Ich habe nur Wort für Wort wiedergegeben, was er gesagt hat. Wie mich der Herr auch ausfragen möge, ich kann nur dasselbe berichten.« Damit entfernte er sich.

»Hat der Herr wirklich mit der Frau etwas gehabt?« fragte Edelburg. Goldlotos mußte sie notgedrungen aufklären.

Als Simen Tjing abends heimkam, fand er Goldlotos in ihrer Stube mit aufgelöstem Haar. Ihre duftenden Wangen waren wie verschlafen, ihre Augen verweint. Er forschte nach der Ursache, und sie erzählte ihm, wie Lai-wang im Trunke gedroht habe, den Herrn umzubringen: »Lai-sing hat es selber gehört. Er ist zur Stelle. Ich habe darüber nachgedacht. Du trachtest hinter seinem Rücken nach seinem Weibe, und er giert heimlich nach einer deiner Nebenfrauen. Solche Bettgeschichten sind nicht recht. Wenn der Bursche dich tötet, so hast du es verdient, aber warum werde ich in die Sache hineinverwickelt? Er will ja auch mich gleich mit umbringen. Weil wir nicht schon früher Maßnahmen ergriffen haben, muß man sich jetzt Tag und Nacht vor seiner hinterhältigen Hand ängstigen. Wir Menschen haben ja auf dem Rücken keine Augen.«

»Wer steht denn in Beziehungen zu dem Burschen?« forschte Simen Tjing.

»Frage doch nicht mich, sondern Edelsteinchen, dann wirst du es zu wissen bekommen. Der Sklave hat mich nicht nur gedemütigt, er hat auch erzählt, ich hätte seinerzeit meinen Mann vergiftet, darauf habest du mich geheiratet, und nur dank seiner Bemühungen um Fürsprache sei ich mit dem Leben davongekommen.«

Simen Tjing begab sich nach vorn, rief Lai-sing, suchte mit ihm

einen stillen Winkel auf und fragte ihn nach allen Einzelheiten. Der Diener erzählte ihm alles ausführlich. Simen Tjing begab sich nun in die hinteren Gemächer und verhörte dort Edelsteinchen. Alles stimmte zu Goldlotos' Worten. Sie hatte wirklich einmal mit eigenen Augen Schneeholdchen aus Lai-wangs Stube herauskommen sehen, als dessen Frau nicht bei ihm war. Simen Tjing verabfolgte Schneeholdchen eine Tracht Prügel. Frau Mondtraut mußte ihn erst beschwichtigen, dann nahm er Schneeholdchen Kopfschmuck und Kleider fort und gebot ihr, nur noch mit den Gesindefrauen in der Küche zu arbeiten. Sie dürfe sich keinem Manne zeigen.
Simen Tjing ließ durch Schatzflöte jetzt Nixblume rufen und sprach sich heimlich mit ihr aus.
»Aber so etwas!« beteuerte diese. »Was Ihr nicht redet, Herr! Er hat das nicht gesagt. Ich will einen heiligen Eid für ihn leisten. Er hatte doch nur zwei Gläschen Wein getrunken, wie sollte er es da gewagt haben, als hätte er sieben Köpfe und achtfachen Mut, Euch hinter dem Rücken zu schmähen? Ich möchte überhaupt einmal wissen, wer die Geschichte aufgebracht hat.«
Simen Tjing schwieg; erst als sie in ihn drang, erzählte er, daß es von Lai-sing ausgehe.
»Weil Ihr, Herr, uns mit den Einkäufen beauftragt habt, meint Lai-sing, wir seien es, die ihn um seine Verdienstmöglichkeiten gebracht hätten; deshalb hat er die Geschichte angezettelt. Grundlos hat er meinen Mann mit seiner Giftschnauze begeifert, und Ihr glaubt ihm auch! Seine Hinterhältigkeit verzeih' ich ihm nicht. Herr, folgt meinem Rat: Laßt meinen Mann nicht im Hause, gebt ihm ein kleines Kapital und laßt ihn irgendwo fernab von hier Handel treiben! Wenn er fort ist, können wir uns von früh bis spät miteinander unterhalten, das ist doch bequemer.«
Simen Tjing wurde wieder ganz heiter: »Du hast recht, liebes Kind! Ich hatte die Absicht, ihn in die Reichshauptstadt zu schicken, um für den Salzhändler Wang Sse-feng bei dem Großkanzler Zai Fürsprache nachzusuchen, und nach der Rückkehr ihn auch den Geburtstagsgeschenktransport begleiten zu lassen. Da er aber gerade von Hangdschou heimgekommen war, erschien mir das nicht gut möglich. Ich hatte deshalb vorgesehen, daß Lai-bau gehen solle. Aber aufgrund deines Zuredens schicke ich eben morgen ihn. Wenn er wieder zurück ist, werde ich ihn damit betrauen, gemeinsam mit dem Oberhaushalter nach Hangdschou zu reisen und dort für tausend Unzen Seidenstoffe,

Krepp und Seidengarne zum Wiederverkauf einzuhandeln. Ist dir das recht?«
»So ist es sehr schön«, stimmte Nixblume hocherfreut zu.
Da niemand in der Nähe war, umarmte und küßte er sie, und unter Zungenküssen gab sie sich ihm hin.
»Väterchen, du hast mir doch ein geflochtenes Haarkäppchen versprochen. Warum hast du es mir noch nicht flechten lassen? Wann soll ich es denn tragen, wenn nicht jetzt? So muß ich tagaus, tagein dieses gewöhnliche Haarnetz anlegen.«
»Schon gut«, beruhigte sie Simen Tjing. »Ich lasse morgen eins für acht Unzen beim Silberschmied für dich anfertigen. Aber wenn die Herrin sich erkundigt, woher du es hast?«
»Das ist nicht schwierig! Ich habe schon meine Ausrede, mit der ich sie abfertige. Ich erkläre einfach, ich habe es mir von meiner Tante geborgt. Was ist da zu befürchten?«
So gingen sie auseinander. Am nächsten Morgen nahm Simen Tjing in der Haupthalle Platz und rief Lai-wang vor: »Packe deine Kleider und ordne dein Reisegepäck! Morgen, am Achtundzwanzigsten des dritten Mondes, mußt du nach der Reichshauptstadt aufbrechen, um Fürsprache beim Großkanzler Zai nachzusuchen. Sobald du zurück bist, muß ich dich auf Einkaufsreisen nach Hangdschou schicken.«
Lai-wang war höchst erfreut, sagte bereitwilligst zu und begab sich in seine Wohnung, um sein Gepäck zu schnüren.
Während er anschließend ausging, um Geschenke einzukaufen, bekam Lai-sing Wind davon. Er verständigte sofort Goldlotos. Sie begab sich in die Mattenzeltlaube im Garten, wo, wie sie gehört hatte, Simen Tjing weilen sollte, traf ihn aber nicht an, sondern sah dort nur den Schwiegersohn Tschen Djing-dji Geschenke einpacken.
»Wo ist der Vater? Was packst du da ein?« wollte sie wissen.
»Er war eben hier und ist jetzt zur ersten Mutter gegangen, um das Geld des Salzhändlers Wang Sse-feng auszuzahlen. Ich verpacke hier Geschenke, die in die Reichshauptstadt zum Großkanzler Zai sollen.«
»Wer wird sie hinbringen?« forschte Goldlotos.
»Gestern hieß es, der Vater habe dazu Lai-wang ausersehen.«
Nun hatte Goldlotos zuverlässige Unterlagen, ging durch den Garten den entsprechenden Weg und traf Simen Tjing mit dem Gelde. Sie rief ihn in ihre Stube und fragte, wen er denn morgen in die Hauptstadt entsenden wolle.
»Lai-wang und den Haushalter Wu«, lautete Simen Tjings Be-

scheid. »Wegen des Silbers des Salzhändlers Wang Sse-feng und überhaupt in der ganzen Angelegenheit ist schon einer mehr nötig, also gehn zwei.«

»Ganz wie du denkst«, erwiderte Goldlotos. »Was ich dir gesagt habe, beachtest du aber nicht. Du hörst nur einseitig auf das, was dir dieses Sklaven-Frauenzimmer empfiehlt. Wie du sie auch fragst, sie nimmt natürlich ihren Mann in Schutz. Was der Knecht früher geäußert hat, kann doch nicht nach einem Tage vergessen sein. Offenbar läßt er dir seine verderbte Frau, um sich mit dem Silber fein säuberlich davonzumachen. Dann, mein Lieber, magst du dir die Augen ausschauen! Wenn nur das Deinige verloren ist, so mag das hingehen; aber fürchtest du nicht, daß du die tausend Unzen Silber der anderen ersetzen müßtest? Ich rede dir ins Gewissen, doch handle nach deinem Belieben! Das Weib hat nur ihres Kerles Wohl im Auge. Ich zanke nicht, weil du das Weib begehrst. Behältst du ihn im Hause, so ist das nicht gut, schickst du ihn aber in Geschäften fort, ist es auch unklug. Läßt du ihn hier, so muß man von früh bis spät die Augen offenhalten und sich vor ihm in acht nehmen. Schickst du ihn fort, so wird es für ihn die Hauptsache sein, dein Geld zu unterschlagen. Du läßt ganz außer Betracht, daß du dann nichts sagen kannst. Wenn du durchaus das Weib des Sklaven haben willst, so entferne ihn zuerst vom Grundstück! Und selbst, wenn du in der Liebe zu ihr auch nicht wankst, für sie wird hingegen alles abgetan sein.«

Diese Worte brachten Simen Tjing zum Erwachen aus seinem Rausche, und am nächsten Tage änderte er seine Anordnung. Er ließ Lai-wang rufen: »Ich habe mir die Sache während der Nacht durch den Kopf gehn lassen. Erst vor kurzem bist du aus Hangdschou zurückgekehrt. Wenn ich dich jetzt wieder in die Hauptstadt schickte, wäre das gar zu beschwerlich für dich. Das beste ist, ich lasse Lai-bau an deiner Stelle die Reise machen, während du dich einige Tage zu Hause ausruhst. Ich finde schon in der nächsten Zeit für dich eine lohnende Beschäftigung am Tor.«

Lai-wang wagte nichts einzuwenden. Er betrank sich jedoch, schwatzte wirres Zeug, ärgerte Nixblume und drohte, Simen Tjing umzubringen.

»Fletsche nicht die Zähne wie ein bissiger Köter! Du redest Unsinn!« schalt sie ihn aus. »Die Mauern haben Ritzen und die Wände Ohren. Streck dich lang und schlaf dich aus!« Damit brachte sie ihn zu Bett, und er schlief ein. Am nächsten Morgen schlich sie sich zu Schatzflöte und ließ Simen Tjing herausbitten.

Sie besprachen sich an einem einsamen Plätzchen hinter der Küchenmauer, während Schatzflöte für sie an der hinteren Pforte Posten stand.
»Du bist mir ein Kerl!« fuhr Nixblume ihn verärgert an. »Du hattest ihn doch für die Reise ausersehen, warum hast du jemand andern geschickt? Dir glaub' ich nun überhaupt nichts mehr. Ich hatte doch alles mit dir besprochen, und du schenkst dem keine Beachtung!«
»Ich hatte Bedenken, er möchte im Palast des Großkanzlers Zai nicht hinreichend bekannt sein. Deshalb habe ich Lai-bau geschickt. Ich will aber deinem Mann einen Laden verschaffen.«
»An was für einen denkst du?«
»Ich werde ihn veranlassen, sich einen Geschäftsführer zu suchen, um am Portal eine Weinhandlung zu eröffnen.«
Beglückt begab sich Nixblume in ihre Stube und erzählte alles ausführlich Lai-wang.
Eines Tages nahm Simen Tjing in der vorderen Halle Platz, ließ Lai-wang zu sich rufen und legte sechs Silberpäckchen auf den Tisch.
»Nimm diese sechs Silberpäckchen – dreihundert Unzen –, suche dir einen Geschäftsführer und eröffne am Portal ein Weinstübchen! Zahle mir aus Erkenntlichkeit monatlich Zinsen! So haben wir beide davon Vorteil.«
Lai-wang warf sich aufs Antlitz, steckte die sechs Päckchen zu sich und kehrte in seine Wohnung zurück.
»Er hat mich beschwichtigt«, erzählte er seiner Frau. »Diese dreihundert Unzen Silber hat er mir gegeben. Ich soll einen Geschäftsführer suchen und eine Weinschenke eröffnen.«
»Geh behutsam vor! Warum gleich ein Geschäft auftun? Beruhige du dich erst mal und halte nicht wieder allerlei unsinnige Reden, wenn du getrunken hast!«
»Stecke das Silber in die Kiste! Ich werde mir einen Gehilfen suchen«, erklärte Lai-wang und ging hinaus.
Bis zum Abend gelang ihm das nicht. Wieder trank er und kam stark berauscht nach Hause. Nixblume brachte ihn zu Bett; dann wurde sie von Schatzflöte gerufen und begab sich in das rückwärtige Anwesen. Der schlummernde Lai-wang hatte um die erste Nachtwache seinen Rausch noch nicht ausgeschlafen. Plötzlich hörte er im Halbschlummer jemand geheimnisvoll an seinem Fenster rufen: »Lai-wang, der Schamlose hat wieder deine Frau in den zurückliegenden Teil des Gartens gelockt, um seinen Zeitvertreib mit ihr zu haben, während du hier ahnungs-

los schläfst!« Lai-wang riß die Augen auf: Seine Frau war nicht im Zimmer. Er glaubte, Schneeholdchen habe ihn verständigt. Wut stieg in ihm auf, sofort war er auf den Beinen. Er kam bis zum Seitengebäude, da wurde im Dunkeln plötzlich eine Bank vorgeschoben, so daß er straucheln mußte. Ein Messer fiel klirrend zu Boden. Von verschiedenen Seiten stürzten vier, fünf Dienerjungen blitzschnell hervor, schrien laut: »Ein Einbrecher!« und nahmen ihn fest.

»Ich bin doch Lai-wang«, wehrte dieser, »und komme doch nur herein, um meine Frau zu suchen. Warum nehmt ihr mich fest?«

Doch ohne Erklärung trieben ihn die Diener zur Halle. Dort saß Simen Tjing. Er ließ Lai-wang vorführen. Dieser kniete vor ihm nieder: »Meine Wenigkeit fuhr im Schlaf auf, und weil ich meine Frau nicht in der Stube sah, kam ich herein, um sie zu suchen. Warum nimmt man mich als Einbrecher fest?«

Nun legte Lai-sing das Messer sichtbar vor Simen Tjing. Dieser brauste auf: »Ich habe dir doch nach deiner Rückkehr dreihundert Unzen Silber zur Gründung eines Geschäftes aushändigen lassen, warum dringst du im Dunkel der Nacht hier ein? Du wolltest mich ermorden. Wozu hattest du sonst das Messer mit? – Führt ihn in seine Stube und holt mir meine dreihundert Unzen Silber!« befahl er den Umstehenden.

Die Diener zerrten ihn sofort hin. Nixblume hatte sich in den hinteren Räumen mit Schatzflöte unterhalten, als sie von dem Auftritt erfuhr. Eiligst stürzte sie in ihre Stube und jammerte: »Du schliefst doch ganz brav in deinem Rausch? Warum mußtest du mich unnötigerweise suchen gehn?« Sie entnahm der Kiste die sechs Päckchen Silber und brachte sie mit Lai-wang in die Halle. Simen Tjing prüfte sie beim Scheine der Lampe. Nur eines enthielt Silber, der Inhalt der übrigen bestand aus Zinn- und Bleistücken. »Warum ist mein Silber vertauscht worden?« fuhr Simen Tjing zornig auf. »Wo bist du gewesen? Heraus mit der Wahrheit!«

»Der Herr war so wohlwollend, meiner Wenigkeit ein Geschäft ermöglichen zu wollen«, begann Lai-wang unter Tränen. »Wie könnte ich einen Betrug durch Umtausch des Silbers gewagt haben?«

»Du wolltest mir obendrein noch ans Leben! Das Messer ist vorhanden. Warum machst du noch Ausflüchte?« Damit rief er Lai-sing vor. Dieser kniete nieder und erklärte: »Hast du dich nicht allen gegenüber gebrüstet, daß du den Herrn umbringen wolltest? Und schimpftest du nicht, daß der Herr dich keine Geschäfte machen lasse?«

Lai-wang vermochte nur mit aufgerissenem Munde dazustehn.

Simen Tjing rief den Dienerjungen zu: »Fesselt ihn und schließt ihn im Wächterhaus ein! Morgen werde ich die Anzeige machen und ihn zum Strafgericht schicken.«

Da trat Nixblume mit aufgelöstem Haar hinzu und sank vor Simen Tjing in die Knie: »Herr, er ist doch harmlos mich suchen gegangen. Warum nimmt man ihn als Räuber fest? Eure sechs Silberpäckchen habe ich in Verwahrung gehabt und die ursprüngliche Verpackung nicht angetastet. Ihr Inhalt kann gar nicht vertauscht worden sein.«

Weil sich Simen Tjing durch diese Worte in die Enge getrieben fühlte, rief er Lai-an zu: »Hebt sie auf und bringt sie in ihre Stube zurück!«

Vor Tageshelle verfaßte Simen Tjing die Anklage. Lai-sing, der als Zeuge aufzutreten hatte, mußte sie zu sich stecken und Lai-wang zum Strafgericht bringen. Vergeblich hatten Mondtraut und Nixblume es zu verhindern gesucht. Simen Tjing hatte bereits durch Dai-an hundert Zentner geschälten Reis dem Strafrichter und auch für den Tausendschaftsführer Ho gesandt, und beide hatten das Geschenk angenommen. In der Gerichtssitzung überreichte Lai-sing die Strafanzeige. Empört rief man Lai-wang vor. Er mußte niederknien, leugnete aber alles, was man ihm zur Last legte. Da man auch mit der Fingerknöchelpresse nicht weiterkam, warf man ihn zunächst in den Kerker, um ihn durch Haft gefügig zu machen.

Seit Lai-wang abgeführt worden war, hatte sich Nixblume nicht mehr gekämmt und gewaschen. Fahl war ihr Antlitz; sie weinte hinter der verschlossenen Tür. Speisen und Trank lehnte sie ab. Das bereitete Simen Tjing Unbehagen, und so schickte er Schatzflöte und die Frau des vierten Fei wiederholt zu ihr, um sie zu beruhigen. Sie redeten ihr zu, unbesorgt zu sein. Der Herr habe ihn, damit er sich ändere, doch nur ein paar Tage einsperren lassen, da er im Trunke so unbändig gewesen sei. Er werde in Kürze freikommen. Nixblume glaubte ihnen aber nicht. Sie schickte ihrem Manne durch Lai-an Speisen in den Kerker. Als dieser zurückkam, befragte sie ihn, erhielt aber nur ähnliches zur Antwort. Jetzt erst hörte Nixblume auf zu weinen. Sie begann wieder, ihre Augenbrauen zu malen, Farbe und Puder aufzutragen und sich außerhalb ihrer Stube zu zeigen.

»Es ist niemand im Zimmer. Wollt Ihr nicht eintreten, Herr?« rief Nixblume Simen Tjing zu, als er an ihrer Türe vorbeiging. Er folgte der Einladung, plauderte eine Weile mit ihr und täuschte sie: »Mein Kind, sei unbesorgt! Ich habe dir zuliebe eine Eingabe an die Behörde eingereicht. Er bleibt nur ein paar Tage eingesperrt, um sein Temperament zu zähmen. Ich will ihn doch noch ein Geschäft eröffnen lassen.«

Nixblume schlang ihren Arm um Simen Tjings Nacken: »Mein liebster Schatz! Ob du ihn ein Geschäft eröffnen läßt oder nicht, alles soll recht sein. Wenn er jetzt freikommt, werde ich ihn veranlassen, geistigen Getränken zu entsagen. Wohin und wie weit du ihn dann schicken willst, er wird sich nicht zu weigern wagen. Außerdem, wenn dir das jetzige Verhältnis unbehaglich ist, suche ihm eine andere Frau, damit wäre doch alles erledigt. Ich bin nicht für alle Ewigkeit die seine.«

»Liebling, du hast recht«, sagte Simen Tjing. »Ich will in den nächsten Tagen von der Familie Tjau das Anwesen jenseits der Straße kaufen und drei Räume für dich als Wohnung herrichten lassen. Bist du dorthin umgezogen, so haben wir es bequemer mit dem Verkehr.«

»Ja, gut, Liebster, handle ganz nach deinem Gutdünken!« Damit verriegelten sie die Türe. Es war Nixblume leicht, sich ihm hinzugeben, weil sie im Sommer niemals ein Beinkleid, sondern nur zwei Röcke übereinander trug. Sie schenkte Simen Tjing ein Duftbeutelchen, das sie bei sich hatte, aus silberweißem Garn in Filetarbeit. Es war mit Pinien- und Tannenzäpfchen gefüllt. Auf ihm waren zwischen Gräsermustern die Schriftzeichen eingestickt: Holdheit, Duft, Schönheit, Anmut. Überglücklich war Simen Tjing sogleich zum Schwure bereit, mit ihr zusammen zu leben und zu sterben. Aus seinem Ärmel zog er einige Unzen Silber und schenkte sie ihr. Immer wieder beruhigte er sie, sie möge doch nicht trauern, das könne ihr nur schaden. Morgen wolle er den Richter Sja in einer Eingabe um die Freilassung ersuchen.

Nachdem Simen Tjing gegangen war, begab sich Nixblume in die rückwärtigen Räume. Sie ließ den Mägden und Frauen gegenüber mancherlei durchblicken. So erfuhr es Edelburg und erzählte es ganz ausführlich Goldlotos weiter: Der Herr beabsichtige, Lai-wang bald freizulassen, ihm eine andere Frau zu beschaffen, von der Familie Tjau drüben auf der anderen Seite der Straße das Anwesen zu kaufen und Nixblume dort unterzubringen.

Goldlotos meinte erregt: »Ich sage dir schon heute: Wenn ich es zulasse, daß diese Sklavin und Ehebrecherin Simen Tjings siebente Ehefrau wird, will ich nicht länger Pan heißen!«
Simen Tjing begab sich abends in den Garten zu der blaugrünen Laube. Er wollte gerade den Schwiegersohn kommen lassen, um die Eingabe an den Strafrichter Sja aufzusetzen und um Freilassung Lai-wangs zu bitten, da trat Goldlotos plötzlich ein, stützte sich auf den Schreibtisch und fragte: »Was für eine Eingabe soll der Schwiegersohn verfassen?«
Für Simen Tjing gab es nichts mehr zu verheimlichen: »Ich habe vor, Lai-wang freigeben zu lassen.«
Goldlotos hielt den Diener zurück: »Du brauchst den Schwiegersohn Tschen nicht zu rufen.«
Dann setzte sie sich mit dem Bemerken: »Du bist wie ein Schiff, das sich vom Winde steuern und von der Strömung treiben läßt. Meinen so eindringlichen Rat befolgst du nicht, sondern hörst nur auf die aufmuckende Sklavin und Ehebrecherin. Und wenn du ihr auch täglich auf den Honig noch Zucker streust, sie liebt doch nur ihren Mann. Wenn du den Knecht jetzt freikommen läßt, mußt du nach meiner Ansicht seine Frau auch freilassen. Du würdest ihm sonst die beste Waffe gegen dich in die Hand geben. Kannst du die Liebelei aber nicht lassen, so ist es nur richtig, nicht nur einfach, sondern doppelt hart zu sein. Mache mit dem Knechte Schluß, dann kannst du seine Frau unbesorgt in deine Arme schließen.«
Mit diesen Worten stimmte sie Simen Tjing wieder um. Er schrieb nun dem Strafrichter Sja, er möchte innerhalb der nächsten Tage Lai-wang vorführen, verhören und verprügeln lassen.
Verhör und Prügel wollten jedoch kein brauchbares Bild ergeben. Da die beiden Richter, alle Untersuchungsbeamten von oben bis unten, die Verhaftungspolizei, die Gerichtswachtmeister und das ganze Gefängnispersonal von Simen Tjing Gaben empfangen hatten, waren alle für Strenge, kein einziger für Milde. Nur der mit der Sache befaßte Schriftführer Tin war wirklich rechtschaffen. Er durchschaute die Sache und hatte mehrfach mit den Richtern persönliche Auseinandersetzungen. Für diese war infolgedessen Vorsicht geboten und rasches Handeln schwierig. Nach einigen Tagen schien ihnen aber der Rücksichtnahme genug geschehen zu sein. Sie ließen Lai-wang vorführen, ihm vierzig Schläge aufzählen und beschlossen, ihn nach seiner Heimat Geruhsamgau abzuschieben. Es wurde fest-

gestellt, daß von der ursprünglichen Silbersumme siebzehn Unzen verbraucht seien. Die fünf Päckchen Blei und Zinn mußte Simen Tjings Diener Lai-sing in Empfang nehmen. Ein Bote gab durch einen Zettel Simen Tjing Nachricht, daß der Abtransport in den nächsten Tagen stattfinden werde. Die Richter setzten in der Amtshalle die Urkunde auf, ließen den mürbe geprügelten Lai-wang vorrufen, die Ketten schließen und sie mit den Amtssiegelmarken versehen, damit er sofort zur weiteren Strafverbüßung nach Geruhsamgau abtransportiert werden könnte. Der bedauernswerte Lai-wang hatte etwa einen halben Monat im Kerker geschmachtet. Über Geldmittel verfügte er nicht. Er war körperlich ganz ausgezehrt, und seine Kleidung war abgerissen. Nirgendwo bot sich ihm eine Zuflucht. So flehte er seine beiden Transportbegleiter an: »Meine Herren Brüder, nicht einmal den Bruchteil eines Kupferlings habe ich bei mir. Ich möchte noch etwas Wege- und Zehrgeld für die beiden Herren aufbringen. Geleitet mich aus Mitgefühl zum Grundstück meines Dienstherrn. Ich will meine Frau, meine Kleider und meine Koffer herausverlangen und alles zu Geld machen. Ich werde es Euch danken und so auch reichlichere Wegzehrung beschaffen.«
»Du bist höchst einfältig!« erklärten die Begleiter. »Dein Herr hat die ganze Geschichte angezettelt. Er sollte willens sein, dir Frau, Kisten und Koffer herauszugeben?«
»Habt doch Erbarmen, meine Herren Brüder«, flehte Lai-wang. »Führt mich wenigstens in die Nähe meines Dienstherrn! Ich will ein paar Verwandte oder Nachbarn bitten, für mich ein gutes Wort einzulegen. Bekomme ich nicht viel, so vielleicht doch etwas.«
Seine Begleiter willigten ein. Lai-wang kam zunächst an Jing Bo-djaus Tür. Der schützte Abwesenheit vor. Dann wandte er sich an die beiden Nachbarn Bo-djaus. Sie sprachen bei Simen Tjing wegen Lai-wangs Frau und seiner Koffer vor.
Simen Tjing zeigte sich nicht und schickte einige Knechtsjungen hinaus, die sie fortjagten.
Nixblume hatte von alledem nicht eine Silbe erfahren.
Die Geleitbüttel begaben sich nun mit Lai-wang zu dessen Schwiegervater, dem Sarghändler Sung Jen. Er schenkte ihm eine Unze Silber und gab den beiden Transportbegleitern einen Strang Kupferlinge sowie einen Scheffel Reis als Zehrung auf den Marsch mit. Weinend und schluchzend verließ dann Lai-wang im ersten Drittel des vierten Mondes den Kreis Klarenfluß für den weiten Weg nach Geruhsamgau.

Eines Tages trug Nixblume der Wind Äußerungen zu, die sie dahin deutete, daß Lai-wang freigelassen sei und am Portal um Kleider und Koffer gebeten habe. Was dann weiter geschehen sei, wisse man nicht. Nixblume erkundigte sich etliche Male bei den Dienern, doch sie verrieten nichts. Plötzlich sah sie Yüä-an hinter Simen Tjings Pferd heimkommen. Sie rief ihn an:
»Wie geht es Bruder Lai-wang im Kerker? Wann kommt er heraus?«
»Gevatterin, ich will es dir nur sagen«, erwiderte Yüä-an, »er ist bereits heraus.« Und dann erzählte er alles, wie man den Ärmsten behandelt hatte. Das war zuviel für Nixblume. Laut jammernd zog sie sich in ihre Stube zurück. Als keine Träne mehr zu fließen vermochte, nahm sie ein langes Handtuch, knüpfte es oben an den Türbalken und hängte sich auf. Nichtsahnend war Lai-dschaus Ehehälfte Grünranke, die neben ihr wohnte, zurückgekommen und hatte gehört, wie Nixblume in ihrer Stube weinte. Dann regte sich eine Weile nichts, nur Stöhnen und Röcheln war zu hören. Da pochte sie an die Tür und rief, doch niemand antwortete. Bis in Hände und Füße hinein erregt, ließ sie den kleinen Ping-an das Fenster aufbrechen und hineinspringen. Er sah Nixblume am Türbalken hängen, löste sie ab und öffnete die Tür. Beide flößten ihr Ingwersuppe ein. Bald darauf erschienen Frau Mondtraut, der es gemeldet worden war, und dann Holdchen Li, Edelburg Meng, Simens Tochter, Väsele Li, Schatzflöte und Edelsteinchen. Auch die Frau des vierten Fei eilte herbei. Von Grünranke gestützt, saß Nixblume am Boden und schluckte würgend, tränenlos und lautlos. Frau Mondtraut rief sie an, doch sie hielt nur den Kopf gesenkt, erbrach Schleim und Speichel. Da trat Simen Tjing durch den Türvorhang ins Zimmer und rief – er sah Nixblume auf dem kalten Fußboden sitzen und weinen – Schatzflöte zu: »Führe sie doch auf die Lagerstatt!«
»Die Herrin hat soeben das gleiche befohlen, doch sie will nicht«, war Schatzflötes Antwort.
»Eigensinniges Kind! Auf dem kalten Fußboden wirst du dich erkälten«, meinte Simen Tjing. »Wenn dich etwas quält, so sag es mir doch! Was soll diese Torheit?«
Nixblume schüttelte den Kopf: »Was nennst du mich hier Kind! Du bist der Henkersknecht und bist gewohnt, Menschen bei lebendigem Leibe zu begraben, sie zu Tode zu quälen und sich dann noch ihr Leichenbegängnis anzusehen. Wenn du schon den Abschub veranlaßtest, so hättest du doch gleich uns beide weg-

bringen lassen sollen. Wozu hast du mich hier zurückbehalten?«

»Mein Kind«, sagte abermals Simen Tjing. »Du bist doch gar nicht in die Sache verwickelt! Der Bursche war gefährlich. Jetzt kannst du ganz unbesorgt sein. Ich weiß schon, was ich zu tun habe.« Er befahl Schatzflöte: »Leiste du mit Feis Frau ihr nachts Gesellschaft! Ich werde durch einen Diener Wein schicken.« Damit entfernte er sich und begab sich in den Laden, ließ sich dort vom Geschäftsführer Fu einen Strang Kupferlinge geben, kaufte Gebäck, füllte es in eine Schachtel, tat eine Flasche Wein hinzu und schickte alles durch Lai-an zu Nixblume.

»Du Schurke«, fuhr Nixblume ihn an: »Nimm es so rasch wie möglich wieder fort, sonst schleudere ich es auf den Boden.«

»Gevatterin, nehmt es doch nur!« mahnte Lai-an. »Wenn ich es zurückbringe, bekomme ich vom Herrn Schläge.« Damit stellte er alles auf den Tisch und machte sich davon.

Simen Tjing hatte die Weisung gegeben, daß Feis Frau und Grünranke bei Tage Nixblume Gesellschaft leisten sollten. Abends schickte er ihr Schatzflöte, die bei ihr bleiben sollte. Sie redete behutsam auf sie ein: »Schwester, du bist doch ein verständiger Mensch und in der Blüte der Jahre. Ein glückliches Schicksal hat es gefügt, daß dich der Herr liebt. Mit der Herrschaft verglichen, bist du zwar jetzt noch nicht vollberechtigt; aber gegenüber der Dienerschaft lebst du im Überfluß. Viel besser ist es doch, zum Herrn zu halten als zum Knecht. Nun ist er fort, und es nützt dir nichts, daß du schmollst. Wenn du weinst, so hat das Vorteile und Nachteile, aber vernachlässige ja nicht dein Leben! Künftig keusch und unberührt zu bleiben ist für dich nicht mehr Pflicht.«

Nixblume hörte das zwar an, verharrte aber täglich im Weinen und Wehklagen. Auch die Reis-Mahlzeiten hielt sie nicht ein. Schatzflöte berichtete das Simen Tjing. Dieser veranlaßte nun Goldlotos, mit Nixblume zu reden. Doch auch das blieb ohne Erfolg. Erbost äußerte Goldlotos zu Simen Tjing: »Das aufsässige Buhlweib denkt mit ganzem Herzen eben nur an ihren Kerl. Wie willst du das Herz einer derart treuen Frau für dich gewinnen?«

»Wenn sie früher an Treue gedacht hätte, wäre sie doch beim Koch Djang Tsung geblieben!« sagte lachend Simen Tjing. Dann aber nahm er in der vorderen Halle Platz, versammelte alle Diener um sich und forschte nach, wer zu Nixblume über Laiwangs Abschub geplaudert habe. Wenn man es ihm sofort sage, solle es auch nicht einen Schlag geben, andernfalls aber werde jeder dreißig Schläge erhalten und der Schuldige aus dem Hause gejagt werden, wenn er es in Erfahrung bringe. Da kniete plötzlich der Bilderjunge nieder: »Als seinerzeit Yüä-an mit dem Herrn heimkam, hörte ich in dem engen Seitengange, wie die Gevatterin Nixblume ihn ausfragte. Er ließ seinen Mund durchgehn.«

Simen Tjing geriet in helle Wut und schrie den Dienern zu, Yüä-an auf der Stelle herbeizuschaffen. Der aber hatte rechtzeitig Wind bekommen und war in Goldlotos' Wohnung geflüchtet. Diese wusch sich gerade, als der Diener in ihr Zimmer stürzte, vor ihr in die Knie sank und mit Tränen in den Augen flehte: »Fünfte Herrin, rettet doch nur meine Wenigkeit!« Zitternd berichtete er, was geschehen sei.

»Abscheulicher Schlingel!« meinte Goldlotos. »Also nur um jene Sklavendirne handelt es sich. Ich befehle dir: Bleib in meinem Zimmer und geh nicht hinaus!« Damit versteckte sie ihn hinter der Tür.

Simen Tjing schickte nacheinander zwei Diener in Goldlotos' Räume, die ihn dort suchen sollten, doch sie herrschte sie an und jagte sie zurück. Nun kam Simen Tjing selber wie ein Windstoß angebraust. Eine Reitpeitsche in der Hand, wollte er wissen, wo der Sklave stecke. Goldlotos beachtete ihn gar nicht. Da holte er Yüä-an hinter der Stubentür hervor. Als er ihn schlagen wollte, trat Goldlotos dazwischen, entwand Simen Tjing die Peitsche und warf sie aufs Bett: »Weil die Sklavendirne an ihren Mann denkt und sich aus Scham erhängen wollte, möchtest du deine Wut an dem Dienerjungen kühlen. Was geht die Sache ihn an?«

Während Simen Tjing noch zornig die Augen rollte, rief Goldlotos dem Diener zu: »Scher dich nach vorn an deine Arbeit! Sollte er dich schlagen wollen, so bin ich noch da.« Yüä-an ließ sich das nicht zweimal sagen.

Da Goldlotos merkte, wie Simen Tjing an Nixblume hing, griff sie zu einer List. Bei Schneeholdchen in der Küche stichelte sie: Lai-wangs Frau habe erklärt, Schneeholdchen habe nach ihrem Mann getrachtet und ihn zu seinem üblen Gerede veranlaßt, über das erzürnt der Herr ihren Mann habe abtransportieren lassen. »Daß du neulich geschlagen wurdest und dir deine guten Kleider weggenommen wurden, rührt alles von ihrer Petzerei her.«

Sie fand bei Schneeholdchen offene Ohren. Dann begab sie sich nach vorn und hetzte bei Nixblume: »Schneeholdchen hat auf dich geschimpft: Als du noch Sklavin in der Familie Zai gewesen seist, hättest du Jahre hindurch mit verschiedenen Hausherren Beziehungen unterhalten. Wenn du nicht heimlich hier mit dem Herrn angebändelt hättest, würde dein Mann das Haus nicht haben verlassen müssen. Deine Tränen solltest du dir aufheben, um dir deine Hacken zu waschen.«

So entfachte Goldlotos zwischen beiden Haß und Feindschaft. Einmal mußte es zu einer Entladung kommen. Am Achtzehnten des vierten Mondes, dem Geburtstage von Holdchen Li, kamen aus der Vergnügungsstätte die alte Mutter Li und Zimtknospe Li zur Geburtstagsfeier. Frau Mondtraut behielt sie bei sich und veranstaltete für alle Frauen des Hauses ein Festessen in der hinteren Halle. Simen Tjing war einer Einladung außerhalb des Hauses gefolgt. Nixblume hatte nach ihrer Mahlzeit hinter einem Vorhange zugeschaut, dann war sie in ihre Stube gegangen und hatte dort bis spät in den Nachmittag geschlafen. Da wurden zweimal hintereinander Mägde gesandt, sie zu rufen, ohne daß sie kam.

Schneeholdchen begab sich nun zu ihr: »Gevatterin, Ihr seid wohl zu vornehm?«

Da Nixblume sie nicht beachtete, sondern ihr Antlitz in die Kissen vergrub, stichelte Schneeholdchen weiter: »Gevatterin, wenn du an deinen Mann denkst, so hättest du das früher tun sollen, dann weilte er noch im Hause.«

Diese Worte erinnerten Nixblume an alles, was Goldlotos gesagt hatte. Leidenschaftlich sprang sie auf: »Du hast doch keinen Grund, mich auch noch zu verhöhnen. Als du einmal verprügelt und eingesperrt wurdest, hat niemand davon gesprochen. Du hättest dir selber Zügel anlegen sollen.«

»Du mannstolles Frauenzimmer, wie darfst du es wagen, mich zu beschimpfen?« schrie Schneeholdchen in heller Wut.

»Wenn ich mannstoll bin und es mit dem Herrn halte, so ist das besser, als wenn du dich mit einem Sklaven einläßt. Du hast hinter meinem Rücken mir den Mann untreu gemacht und kommst jetzt noch hergelaufen?«

Schneeholdchen versetzte ihr, ehe sich Nixblume wehren konnte, einen Schlag ins Gesicht. Im Nu waren sie in eine Prügelei verwickelt.

Frau Grünranke kam hinzu und zog Schneeholdchen zurück. Beide schimpften noch ununterbrochen fort, als Frau Mondtraut tadelnd dazwischenfuhr: »Ihr habt beide kein bißchen Anstandsgefühl und nehmt keine Rücksicht darauf, ob jemand anwesend

ist. Wartet nur, wenn der Herr heimkommt, ob ich es ihm nicht sage!«
Schneeholdchen ging daraufhin fort. Zu Nixblume, deren Haarfrisur ganz zerzaust war, bemerkte Frau Mondtraut: »Willst du dir nicht rasch das Haar kämmen, bevor du mitkommst?«
Nixblume erwiderte nichts. Sie begleitete Frau Mondtraut zurück, ging dann wieder in ihre Stube und verriegelte die Tür. Ihre Tränen rannen, bis die Dunkelheit hereinbrach. Da Nixblume ihres Kummers nicht mehr Herr zu werden vermochte, suchte sie zwei Fußwickelbänder hervor, knüpfte sie am Türbalken fest und erhängte sich. Fünfundzwanzig Jahre war sie alt, als sie so aus dem Leben schied.

XXIII.

Lai-bau war gerade aus der Residenz zurückgekehrt und erstattete Simen Tjing in der Mattenzeltlaube Bericht: Oheim Di lasse sich dem Herrn vielmals empfehlen. Zum Geburtstage Seiner Hoheit, am Fünfzehnten des sechsten Mondes, solle der Herr unter allen Umständen in die Residenz kommen, da mancherlei zu besprechen sei.
Der Bericht befriedigte Simen Tjing im höchsten Maße. Er ließ nunmehr für dreihundert Unzen Silber durch den Silberschmied Gu und zahlreiche Silberarbeiter in der Mattenzeltlaube für den Großkanzler Zai zum Geburtstag ein Bildwerk, ferner zwei Krüge aus Gold herstellen. Endlich wählte er noch zwei Nephritbecher, zwei karminrote Seidengewänder mit bunter Drachenstickerei aus – und zwei Ballen schwärzlichen Glanzstoffs mit karminrot-seidenem Drachenmuster. Er ließ alles zusammenpacken, und Lai-bau mußte gemeinsam mit dem Haushälter Wu am Achtundzwanzigsten des fünften Mondes von Klarenfluß in die Residenz aufbrechen.
Zwei Tage darauf herrschte außergewöhnliche Hitze. Simen Tjing war deswegen nicht ausgegangen. Mit aufgelöstem Haar, das Gewand nur übergeworfen, weilte er in dem blau-grünen Gartenhäuschen oder in der Mattenzeltlaube des Gartens und schaute zu, wie die Dienerjungen Blumen und Rasen gossen. Gerade vor der blau-grünen Gartenhalle wuchs in einem Kübel eine duftende, glückverheißende Staude mit leuchtenden Blüten. Simen Tjing ließ Lai-an ein Krüglein Wasser bringen und gab acht, daß die Staude begossen wurde, als Goldlotos und

Väsele Li auftauchten. Beide trugen als Alltagskleidung silberhell-gestreifte Hemdchen und cremefarbene seidene Schlepp-röcke mit Filetstickereien und nachgestickten Goldfäden. Väsele Li hatte auch ein Westchen aus karminrotem Glanzstoff an, Goldlotos ein solches in rosa, und statt jeder Kopfbedeckung nur ein Haarnetz aus Hangdschou-Seide, das ihr schwarzes Haar wolkenartig zusammenhielt und nur vier Knötchen heraustreten ließ. An ihre Stirn hatte sie drei Verzierungen aus Eisvogelfedern geheftet. Von dem gepuderten Antlitz und dem geölten Haupthaar hoben sich ihre zinnoberroten Lippen und die weißen Zähne scharf ab. Heiter kamen die beiden Frauen Hand in Hand herbei.

»Ach, hier also steckst du, beim Blumengießen!« sagten sie. »Warum hast du dich denn noch nicht frisiert?«

»Laßt eine Magd Wasser bringen. Ich werde es hier tun«, erwiderte er.

»Stelle die Gießkanne hin und trag meiner Dienerin auf, rasch Wasser und Kamm zu bringen!« rief Goldlotos Lai-an zu; dieser gehorchte. Als sie den Goldlack sah, wollte sie ein paar Blüten pflücken, um sich damit zu schmücken, doch Simen Tjing wehrte ihr: »Halt die Hände still! Ich schenke jeder eine Dolde.« Er hatte nämlich schon einige noch nicht ganz aufgeblühte Dolden gepflückt und sie in eine Craquelé-Vase getan. Aber Goldlotos raubte sich einen Zweig und steckte ihn ins Haar. Simen Tjing reichte Väsele Li auch einen. Da kamen Schlehenblüte mit Kamm und Spiegel und Herbstaster mit Waschwasser. Ihnen gab er drei Zweige mit, die sie Frau Mondtraut, Holdchen Li und Edelburg Meng bringen sollten. »Bittet eure dritte Herrin auch herbei, sie soll mir etwas auf der Mondgitarre vorspielen!«

»Gib mir den Blütenzweig für Schwester Edelburg!« erklärte Goldlotos. »Ich will ihn ihr bringen. Laß Schlehenblüte die beiden anderen Frau Mondtraut und Holdchen Li hintragen! Und wenn ich zurück bin, mußt du mir noch einen Zweig geben. Ich rufe dir doch die Sängerin herbei. Dafür will ich ihn haben.«

»Arglistige Schelmin!« sagte Simen Tjing lachend. »Auch in dieser Hinsicht willst du bevorzugt sein!« Damit gab er ihr noch einen Zweig.

Goldlotos steckte ihn seitlich in den Haarknoten und ging.

Nur Väsele Li blieb zurück. Simen Tjing sah unter ihrem Seidenrock ihr karminrotes Seidenbeinkleid durchschimmern, das auch durchsichtig war und im Sonnenschein den edlen Bau

ihrer Beine mit dem eisklaren Fleisch erkennen ließ. Sinnlichkeit überwältigte ihn. Er hob sie auf ein Bambusstühlchen, schob ihren Hunanrock beiseite, streifte das rote Höschen halb herunter.
Wider Erwarten war jedoch Goldlotos nicht Edelburg rufen gegangen. Sie hatte am Seitentürchen des Gartens eine Weile überlegt, hatte beschlossen, durch Schlehenblüte den Blumenzweig hinbringen zu lassen, und war auf den Zehen zurück an die Schutzwand vor der blau-grünen Halle geschlichen. Dort lauschte sie lange und hörte, wie die beiden drinnen in bester Unterhaltung waren undVäsele Li flüsterte: »Es ist mir unbequem.«
»Inwiefern ist es dir unbequem?« fragte Simen Tjing.
»Ich will es dir verraten. Ich trage ein Kindchen.«
»Mein Herzchen«, sagte Simen Tjing höchst erfreut, »warum hast du mir das nicht früher mitgeteilt?«
Während Goldlotos noch draußen lauschte, sah sie Edelburg über die Wiese kommen. »Fünfte, was tust du da?« rief sie aus. Goldlotos machte eine abwehrende Handbewegung. Dann traten beide in das Gartenhäuschen ein. Simen Tjing war so überrascht, daß er nicht wußte, wo er Hände und Füße lassen sollte.
»Was hast du nur getrieben?« fragte Goldlotos. »Du hast dich ja noch immer nicht gekämmt und gewaschen!«
»Ich wartete noch auf die Jasminseife, die die Magd bringen sollte«, war Simen Tjings Antwort. Er wusch und kämmte sich, setzte sich dann zu Edelburg und fragte: »Was hast du in der Stube getrieben? Du hast ja die Mondgitarre nicht mitgebracht!«
»Ich habe für die erste Schwester Perlen aufgefädelt. Die Mondgitarre wird Schlehenblüte bringen.«
Diese tauchte auch bald danach auf. Auf Simen Tjings Wunsch deckte sie zum Weine.
»Soll Schlehenblüte nicht die erste Schwester herbeibitten?« regte Edelburg an.
»Sie trinkt doch keinen Wein, da ist die Einladung überflüssig«, wehrte Simen Tjing ab und nahm den Ehrensitz ein; die drei Frauen setzten sich zu ihm. Goldlotos stellte ihren Stuhl beiseite und nahm auf einem der kühlen Hocker aus bläulichem Porzellan Platz.
»Fünfte, bleib lieber hier auf dem Stuhl sitzen! Der Hocker ist vielleicht zu kühl!« warnte Edelburg.

»Nur keine Sorge«, antwortete Goldlotos. »Bei mir altem Weib besteht nicht die Gefahr, daß sich etwa ein Lebewesen in mir erkältet.«
Simen Tjing schien das überhört zu haben. Nach drei Runden Wein mußte Schlehenblüte auf seinen Wunsch Edelburg die Mondgitarre und Goldlotos die Laute reichen, sie sollten zusammen das Lied singen »Der Feuergott zeigt seine Macht und spendet Licht dem All«.
Goldlotos lehnte ab: »Ich mache nicht mit, wenn Schwester Väsele nicht auch ein Instrument spielt.«
»Sie kann doch keines spielen«, entschuldigte sie Simen Tjing.
»Dann soll sie wenigstens die Klappern nehmen.«
»Das Frauenzimmerchen hat immer nur Flausen im Kopfe«, meinte lachend Simen Tjing, rief aber Schlehenblüte zu, schnell ein Paar rote Elfenbeinklappern herbeizuholen.
Väsele Li nahm sie. Dann erst spreizten die beiden anderen leicht ihre zierlichen Finger, griffen in die Saiten aus Nixenseide und stimmten gemeinsam die Weise an »Es ziehen wilde Gänse hin über Dünensand«. Die Zofe Lenzbunt sorgte mit einem Fächer für Kühlung. Nach dem Liede reichte Simen Tjing jeder ein Glas Wein. Indessen waren Wolken heraufgezogen. Leiser Donner ertönte. Plötzlich prasselte ein Regenschauer über Blumen und Gräser.
Kurze Zeit darauf stand ein Regenbogen über der Landschaft, und Edelsteinchen erschien, um Edelburg zu rufen. »Die Erste läßt mich holen«, entschuldigte sich Edelburg. »Ein paar Perlenblumen sind noch nicht fertiggestellt. Ich will lieber hingehn, sonst wird sie böse.«
»Ein paar Lieder laßt uns noch singen, aber dabei aufbrechen! Ich möchte der Schwester gern bei ihrer Arbeit zusehen«, bat Väsele Li.
»Ich komme mit«, sagte Simen Tjing, reichte Edelburg die Mondgitarre, klatschte selber mit den Händen den Takt, und alle sangen gemeinsam:

Allgemach verhallt der Donner.
Wolken schwanden. Lotos-Duft
Bei des Neumonds erstem Haken –
Herrlich Bild! – füllt rings die Luft!

So waren sie unter gemeinsamem Gesang an das Seitentürchen des Gartens gelangt. Edelburg reichte Schlehenblüte die Mondgitarre und begab sich mit Väsele Li zu den hinteren Gemächern.

»Schwester Edelburg, so warte doch, ich geh' mit«, rief Goldlotos ihnen noch nach und wollte sich Simen Tjing entziehen, da hielt er sie fest: »Schlaumäulchen, du möchtest dich auf listige Weise drücken. Ich gebe dich aber nicht frei.« Damit zerrte er sie zu sich heran. »Laß uns zum Wurfspiel in die Weinlaube gehen.«

Goldlotos, schnell wieder versöhnt, stimmte zu. Simen Tjing hieß nun Schlehenblüte Wein holen. Sie zog es aber vor, Goldlotos die Mondgitarre zu reichen und sich eiligst fortzumachen. Schulter an Schulter schritten sie dahin; schnell hatten sie den smaragdgrünen Teich umwandert, die Osterluzei-Laube gestreift, gingen an der blaugrünen Gartenlaube vorbei und hinein in die wirklich wundervolle Weinlaube. Hier standen vier Porzellanhocker und an einer Seite ein Topf. Goldlotos legte die Mondgitarre beiseite und spielte mit Simen Tjing: Wer trifft am besten hinein? Da erschienen Schlehenblüte mit Wein und Herbstaster mit einem Fruchtbehälter und einer Schüssel eisgekühlter Früchte.

»Du gingst doch vorhin so unwillig fort, und nun bringst du den Wein doch?« scherzte Goldlotos.

»Wo in aller Welt soll man euch suchen?« war Schlehenblütes Gegenfrage. »Wer konnte es wissen, daß ihr euch plötzlich hierherbegeben würdet.«

Herbstaster stellte die Sachen hin und entfernte sich. Darauf untersuchte Simen Tjing die Obstschachtel. Sie enthielt ein achtteiliges Behältnis mit köstlichen Früchten, ein silbernes Kännchen Traubenwein, zwei goldene Becherchen, die wie Lotosfruchtkapseln gestaltet waren, und zwei Paar Eßstäbchen aus Elfenbein. Alles stellte er auf einem Bambustischchen zurecht, und dann spielte er mit Goldlotos weiter. Während des Spiels wurde sie von ihm mit Wein vollgepumpt. Nach und nach überzog Pfirsichblütenröte ihr Antlitz, und die Äuglein fielen ihr fast zu. Simen Tjing verlangte nach parfümiertem Reizwein und hieß Schlehenblüte ihn holen.

»Schlaumäulchen«, rief Goldlotos ihr zu, »ich möchte dich auch um etwas bitten. Hole mir Bambusmatte und Kopfstütze aus meinem Zimmer! Ich bin schrecklich müde und möchte mich hier ein Weilchen hinlegen.«

Aber Schlehenblüte zierte sich: »Ach, ihr habt doch so viele zur Bedienung, ich mag nicht wieder dir die Sachen holen.«

Simen Tjing gab nach: »Du brauchst sie nicht zu tragen. Laß Herbstaster sie herbringen! Hole du nur den Wein!«
Nach geraumer Zeit erschien Herbstaster mit Matte, Kopfstütze und Bettzeug. Auf Goldlotos' Wunsch breitete sie die Decken aus und verriegelte die Gartentür. Im übrigen sollte sie nur kommen, wenn sie gerufen würde. Herbstaster entfernte sich. Da stand Simen Tjing auf, entledigte sich seines nephritfarbenen seidenen Leibgurtes, legte ihn über das Holzwerk der Laube und begab sich zum Pfingstrosenbeet, um dort beiseite zu treten. Als er zurückkam, hatte Goldlotos alle ihre Kleidungsstücke abgelegt und lag auf dem Rücken auf Matte und Decken. Nur die karminroten Schuhe hatte sie noch an den Füßen. Mit weißseidenem Fächer wedelte sie sich Kühlung zu. Unmöglich konnte Simen Tjing bei diesem Anblick ruhig bleiben. Trunken zog er sich ebenfalls aus, ließ sich auf einem der Porzellanhocker nieder und berührte mit seinen Zehen ihren Blumenkelch. Dann streifte er ihr die buntbestickten roten Schuhe ab, löste scherzend ihre Fußbänder, machte das eine Ende jedes Bandes an einem Fuße fest und knüpfte die anderen Enden dann an das Gerüst der Weinlaube, so daß Goldlotos einem goldenen Drachen mit gespreizten Pranken ähnelte, mit dem er nun wild kämpfte.
In diesem Augenblick erschien Schlehenblüte mit dem heißen Wein. Sie wagte nur einen Blick nach den beiden, stellte den Weinkrug hin und stieg hinauf zum künstlichen Hügel mit dem Gartenhäuschen »Wo man in den Wolken schlummert«. Dort beugte sie sich über den Schachtisch und spielte mit den Schachfiguren. Simen Tjing hob den Kopf und winkte ihr mit der Hand, doch Schlehenblüte kam nicht.
»Ich werde dich gleich herunterholen, Schlaumäulchen«, rief er, wandte sich von Goldlotos ab und eilte mit langen Schritten die Steinstufen zu dem Gartenhäuschen hinan. Schlehenblüte war aber längst auf der anderen Seite einen kleinen Nebenpfad hinuntergeeilt und tief in die Blumen hineingelaufen, um sich zu verstecken. Simen Tjing entdeckte sie jedoch, griff um ihre Hüften und trug sie in die Weinlaube. »Trink doch ein Gläschen!« ermunterte er sie lachend, umarmte sie, nahm sie auf den Schoß und trank ihr zu.
Weil Goldlotos' Beine an dem Weinlaubengitter festgebunden waren, bemerkte Schlehenblüte: »Was habt ihr beide da nur gemacht, am hellen, lichten Tage! Wenn jemand hinzukäme, was für ein Anblick.«

»Ist das Gartentürchen denn nicht geschlossen?«
»Ja, ich habe es zugemacht.«
»Schlaumäulchen, paß mal auf, wie ich treffen kann! Man nennt das ›Mit goldenen Kugeln auf Silberschwäne schießen‹.«
Der Eisschüssel entnahm er einige goldgelbe Pflaumen, warf sie nach Goldlotos' Schoß und traf dreimal hintereinander. Und dreimal hintereinander leerte er einen Becher Wein, – eine Belohnung, die er sich selber für seine Treffsicherheit ausgesetzt hatte. Er ließ sich von Schlehenblüte Kühlung zufächeln, ohne sich um Goldlotos zu kümmern. Berauscht, wie er war, streckte er sich auf einem Liegestuhl zum Schlummer aus und schlief auch sogleich ein. Schlehenblüte benutzte diese Gelegenheit, um fortzuschleichen.
Nach zwei Stunden wachte Simen Tjing auf und sah sich um. Goldlotos war noch immer an das Laubengitter gefesselt. Von neuem packte ihn die Lust, und erst als diese befriedigt war, bemerkte er, wie sehr er Goldlotos erschöpft hatte. Sie gab nur noch winselnde Laute von sich. Ihre Zungenspitze war eiskalt. Alle ihre Glieder streckte sie von sich. Simen Tjing löste eiligst ihre Fesseln und warf ihr die Kleider über; Schlehenblüte und Herbstaster mußten das Bettzeug fortschaffen und Goldlotos in ihre Räume geleiten.

XXIV.

Simen Tjing war Goldlotos in ihr Gemach gefolgt und dort über Nacht geblieben. Zeitig verließ er sie am nächsten Morgen. Um die Mittagszeit erhob sich auch Goldlotos. Sie wollte ihre Schlafschuhe wechseln und suchte deshalb die roten Schuhe, die sie am Tage vorher getragen hatte, aber einer der Schuhe war nicht aufzufinden. Sie befragte ohne Erfolg Schlehenblüte, dann rief sie Herbstaster herbei und erfuhr:
»Ich habe Euch gestern gar nicht mit Schuhen hereinkommen sehen.«
»Nun sieh mal an!« rief Goldlotos. »Ich bin wohl gar barfuß hereinspaziert!«
»Hättet Ihr Schuhe angehabt, Herrin, müßten sie doch im Zimmer sein.«
»Sie müßten im Zimmer sein! Nun, dann suche sie nur!«
Herbstaster durchstöberte die ganze dreiräumige Wohnung, aber der Schuh war nicht zu finden.

»Herrin«, meinte Herbstaster schließlich, »ich fürchte, daß Ihr ihn im Garten gelassen habt.«
»Geh ihn mit der widerspenstigen Sklavin im Garten suchen!« wies Goldlotos sofort Schlehenblüte an. »Findet er sich, gut! Falls nicht, laß sie mit einem Stein auf dem Kopf im Hofe knien!«
Bald kamen Schlehenblüte und Herbstaster ohne Schuh zurück.
»Bring sie in den Hof hinaus!« befahl Goldlotos.
Herbstaster barg weinend ihr Gesicht in den Händen und schluchzte: »Laßt mich noch einmal suchen! Ich habe die Schneegrotte doch noch nicht durchsucht«, wehrte Herbstaster ab.
Obwohl es Goldlotos und Schlehenblüte unsinnig erschien, dort zu suchen, gab Goldlotos nach. Wie überraschte es sie, als Herbstaster mit einem roten Schuh in der Hand nach einiger Zeit wieder auftauchte. Er sei zusammen mit einer Strohmatte und Beruhigungsweihrauch eingepackt gewesen. Goldlotos nahm den Schuh in die Hand, holte den anderen dazu und verglich sie. Es waren beides karminrote bestickte Schuhe aus Atlas mit Blumen aller Jahreszeiten, mit glatten weißen Seidensohlen, grünen Hackenschlaufen und blauen Spitzen. Nur das Einfassungsgarn der Schuhe zeigte einen kleinen Unterschied. Bei dem einen war es gelbgrün, bei dem anderen blaugrün. Erst bei genauem Hinschauen war die Verschiedenheit zu entdecken. Goldlotos probierte die Schuhe sofort an. Der gefundene war etwas enger als der alte. Da wußte sie, daß es ein Schuh von Laiwangs Frau war. Wann mochte diese ihn dem Herrn, diesem niederträchtigen Gewaltmenschen, gegeben haben? Goldlotos musterte den Schuh noch eine Weile, dann erklärte sie: »Es ist nicht mein Schuh! Geh sofort in den Hof, dich niederknien, Sklavin!«
Schlehenblüte legte Herbstaster einen großen Stein auf den Kopf. Goldlotos wählte ein anderes Schuhpaar aus und zog es an. Weil es in ihrem Zimmer zu heiß war, hieß sie Schlehenblüte den Frisiertisch in das Hochstübchen »Zum Blumengenuß« tragen, um sich dort zu kämmen.
An diesem Morgen war der Schwiegersohn Tschen Djing-dji aus dem Ladengeschäft gekommen, um Kleidungsstücke zu holen. An der Gartenpforte spielte gerade der kleine Hartpflock, Lai-dschaus Söhnchen. Da Tschen Djing-dji einen silbernen Haarhaubenreif in der Hand hielt, rief der Junge: »Was hast du da, Gevatter? Gib es mir zum Spielen!«

»Das ist doch ein Haarhaubenreif, den jemand versetzt hat und jetzt einlösen will. Ich habe ihn geholt, um ihn auszuliefern«, wehrte Tschen ab.
»Gevatter, gib ihn mir zum Spielen!« bettelte das Äffchen. »Ich gebe dir etwas Schönes in Tausch.«
»Dummerchen! Der Reif ist ein Pfandstück. Ich hole dir einen anderen zum Spielen, wenn du es willst. Was hast du denn Schönes? Zeig's mir!«
Der Kleine zog nun aus seiner Lendengegend einen roten bestickten Schuh heraus und reichte ihn Tschen Djing-dji. Dieser betrachtete ihn und forschte, woher er ihn habe.
»Ich habe gestern im Garten gespielt und dort zugesehen, wie unser Vater die Beine der fünften Herrin hochgebunden und sich dann auf dem Boden der Weinlaube mit ihr geschaukelt hat. Als der Vater danach ins Haus ging, kam Tante Schlehenblüte. Ich bat sie um ein paar Früchte. Den Schuh habe ich vom Boden der Weinlaube aufgelesen.«
Tschen Djing-dji hatte den Schuh in der Hand. Er maß gerade drei Zoll. Da wußte er, daß er von Goldlotos' Fuß stammte.
»Laß ihn mir, morgen suche ich dir einen schönen anderen Reif zum Spielen aus«, sagte er, und der Kleine gab sich damit zufrieden.
Ich habe ihr ein paarmal den Hof gemacht, überlegte Tschen Djing-dji, während er den Schuh im Ärmel barg. Aus ihren Worten konnte ich Hoffnung schöpfen, doch wenn ich es richtig getroffen zu haben glaubte, entschlüpfte sie. Ganz unverhofft hat mir der Himmel diesen Schuh in meine Hände gelangen lassen. Nun kann ich sie aufs Lager bekommen.
Sofort begab er sich zu Goldlotos. »Schwiegersohn Tschen, komm herauf, es ist niemand hier!« rief Goldlotos, als sie ihn kommen sah, worauf das junge Herrchen mit hochgerafftem Gewand in das Obergeschoß eilte. Goldlotos saß am weit geöffneten Fenster und frisierte sich. Tschen Djing-dji trat neben sie, ließ sich auf einem kleinen Hocker nieder und schaute ihr zu, wie sie ihr geöltes schwarzes Haar mit der Hand festhielt und durchkämmte. Es reichte bis auf den Fußboden. Er sagte kein Wort, sondern schmunzelte nur.
»Was gibt es zu belächeln, Schwiegersohn?«
»Du vermißt doch wahrscheinlich etwas.«
»Was geht es dich an, ob ich etwas vermisse, und woher weißt du es?«
»Ich bin in bester Absicht hergekommen, und du fängst an, mich

auszuzanken. Dann geh' ich lieber.« Damit erhob er sich, aber Goldlotos ergriff seine Hand: »Du verstehst es, alles zu verdrehen. Seit Nixblume tot ist, erinnerst du dich wieder anderer Frauen. Was vermisse ich denn?«
Tschen Djing-dji zog den Schuh aus dem Ärmel hervor und lachte: »Wessen Schuh mag das wohl sein?«
»Du verdammter Tunichtgut! Also du hast meinen Schuh gestohlen und mich veranlaßt, die Magd zu bestrafen?«
»Werte Freundin! Schämst du dich nicht? Ich bin in den letzten Tagen nicht in deine Stube gekommen. Wie soll ich ihn da gestohlen haben?«
»Du Nichtsnutz, warte nur! Ich werde es dem Vater erzählen.«
»Versuche nur, mich einzuschüchtern!«
»Du hast doch mit Nixblume geschäkert! Wenn du meinen Schuh nicht gestohlen hast, wie kann er sonst in deine Hände gelangt sein? Gib ihn zurück! Du kommst noch billig davon. Solltest du dich aber weigern, wirst du durch meine Hand dein Leben einbüßen.«
»Da niemand hier ist, können wir die Sache bequem regeln. Du willst den Schuh haben, so gib mir etwas in Tausch!«
»Was willst du denn in Tausch haben?«
»Fünfte Mutter! Schenk mir das Tüchlein, das du im Ärmel trägst! Ich gebe dir den Schuh dafür.«
»Ich suche dir in den nächsten Tagen ein anderes schönes Tuch aus. Dieses hat doch der Vater täglich mit eigenen Augen gesehen. Ich kann es dir also nicht gut schenken.«
»Fünfte Mutter, und gäbest du mir hundert andere Tücher, sie gelten nicht. Ich wünsche dieses, meine Freundin.«
»Du hartgesottener Sünder, ich habe nicht genug Ausdauer, um mit dir zu feilschen.« Damit gab sie ihm das Tuch aus feinster Filetarbeit. Tschen Djing-dji nahm es rasch an sich und verneigte sich tief.
»Versteck es sorgfältig! Laß es nicht die Tochter sehen! Sie hat ein böses Mundwerk.« Dann gestand ihr Tschen Djing-dji, wie er in den Besitz des Schuhes gelangte. Dunkelrot überzog sich Goldlotos' gepudertes Antlitz.
»Seht nur, wie der kleine Lümmel den Schuh besudelt hat! Ich werde ihn durch den Vater verdreschen lassen.«
»Tu das nicht. Unter keinen Umständen aber darf bekannt werden, daß ich es erzählt habe.«
Während dieser lebhaften Auseinandersetzung hörte man Lai-an

kommen: Der Herr warte in der vorderen Empfangshalle und bitte den Schwiegersohn, einige Höflichkeitsbriefe zu schreiben. Goldlotos drängte Tschen Djing-dji zu gehn, stieg selber vom Obergeschoß hinunter und ließ Schlehenblüte einen Stock holen, um Herbstaster zu verprügeln. Diese wollte sich nicht niederlegen: »Ich habe doch den Schuh der Herrin gefunden und soll nun noch geschlagen werden?«

Goldlotos wies ihr den von Tschen Djing-dji gebrachten Schuh vor:

»Widerspenstige Sklavin! Du hast jenen Schuh für den meinigen angesehen; und wo hattest du diesen gelassen?«

Herbstaster riß verblüfft die Augen auf: »Das ist aber merkwürdig. Nun sind gleich drei Schuhe der Herrin zum Vorschein gekommen.«

»Freches Ding«, fuhr Goldlotos sie an. »Irgendeinen beliebigen Schuh hast du gebracht, um mich zu täuschen.« Ohne weitere Worte zu verlieren, hieß sie Schlehenblüte, Herbstaster zu Boden zerren und ihr zehn Schläge verabfolgen. Diese schrie mit einem Blick auf Schlehenblüte: »Du allein bist schuld, weil du die Gartentür offengelasssen hast.«

»Du hast doch das Bettzeug der Herrin zusammengepackt«, fuhr Schlehenblüte sie an. »Dabei hast du nicht auf die Schuhe geachtet. Da wagst du noch zu murren?«

Ohne etwas zu entgegnen, schluckte Herbstaster ihren Ärger hinunter.

Wider alle Vernunft teilte Goldlotos Simen Tjing die Geschichte mit, wie der kleine Hartpflock den Schuh aufgelesen habe. Ohne weiter zu fragen, stürmte Simen Tjing in der ersten Aufwallung los. Nichtsahnend spielte der Kleine auf der Steinterrasse. Simen Tjing packte ihn im Nacken, schlug mit der Faust auf ihn ein und stieß ihn mit den Füßen. Erst als der Junge schrie wie ein Schwein, das abgestochen wird, ließ Simen Tjing von ihm ab. Die Eltern, Lai-dschau und seine Frau, eilten hinzu und brachten ihr Kind mit vieler Mühe nach geraumer Zeit wieder zu sich. Sie trugen den Knaben in ihre Wohnung und erfuhren endlich nach vielen Fragen die Geschichte von dem aufgelesenen Schuh. In ihrer Erregung über den Vorfall begab sich Grünranke wutschnaubend in die Küche und schimpfte wild darauf los:

»Das widerwärtige Frauenzimmer verdient keinen ehrenhaften Tod, dieses Ferkel!« schrie sie und rief, als spräche sie zu Goldlotos selber: »Was für einen Groll hast du gegen mein Kind? Es ist

doch knapp zwölf Jahre alt. Was versteht der Junge schon?«
Noch tagelang zeterte sie.

Goldlotos saß mit Simen Tjing beim Wein und erfuhr nichts davon. Als sie abends ins Bett gingen, sah Simen Tjing, daß Goldlotos zwei grünseidene Schlafschuhe mit karminroten Hakken trug.

»Ach, wie kannst du nur diese unschönen Schuhe anziehen!« sagte er.

»Ich hatte doch nur ein Paar rote Schlafschuhe, den einen Schuh hat der Bengel besudelt!«

»Kindchen, fertige dir in den nächsten Tagen ein neues Paar an! Du weißt ja gar nicht, wie erregend rote Schuhe aussehen.«

»Nun gut!« rief Goldlotos. »Aber dabei fällt mir ein, was ich mit dir besprechen wollte. Schlehenblüte, hol doch einmal jenen Schuh! – Weißt du, wessen Schuh das ist?«

»Nein!« antwortete Simen Tjing.

»Nun sieh mal an! Das sind ja schöne Geschichten! Den stinkenden Huf von Lai-wangs Weib Nixblume behandelst du wie ein wertvolles Kleinod und verbirgst ihn im Frühlingsversteck in der Schneegrotte. Was ist denn nur daran so seltsam und wertvoll? Herbstaster hielt ihn für meinen Schuh und hat ihn hervorgeholt. Dafür habe ich sie bestrafen müssen. – Schaffe mir den Schuh sofort hinaus!« rief sie Schlehenblüte zu. Diese hob ihn mit einem Blicke zu Herbstaster auf: »Ich schenk' ihn dir, du magst ihn anziehen.«

»In den Schuh der Herrin paßt nur eine meiner Zehen«, sagte Herbstaster.

»Widerborstige Sklavin«, schalt Goldlotos. »Du nennst das Sauweib auch noch deine Herrin? Sie ist freilich, als sie lebte, eine Geliebte des Hausherrn gewesen. Wie würde er ihren Schuh sonst so sorgsam verbergen. Na, erzähl nur morgen von dem verborgenen Wertstück überall herum, du schamloses Ding!«

Herbstaster ging mit dem Schuh hinaus, doch Goldlotos rief sie zurück und ließ sich ein Messer bringen: »Ich will mit dem Schuh das Dirnenweib zerstückeln! Sieh her!« wandte sie sich an Simen, »je inniger du sie liebst, desto mehr zerschneide ich das Muster. Ja, starr nur hin! Zu jeder Stunde hast du ihn ja dir beguckt und dich ihrer erinnert, während du an unsereine, die mit dir so herzlich zusammenlebt, nicht mehr denkst. Da soll man mit dir noch eines Sinnes und eines Herzens sein?«

»Schon gut! Wunderliches Frauenzimmerchen! Bei ihren Lebzeiten hat sie dir jedenfalls immer die schuldige Ehrfurcht erwie-

sen.« Damit umschlang er Goldlotos' Nacken und küßte sie, und wieder gab es Wolken und Regen.
Am nächsten Morgen machte sich Goldlotos an ihre neuen karminroten Schuhe, und weil sie wußte, daß sowohl Väsele Li als auch Edelburg dabei waren, sich Schuhe anzufertigen, ließ sie diese zu sich kommen. Während sie zu dritt arbeiteten, kamen sie auf den Vorfall mit dem Knaben Hartpflock zu sprechen, und so erfuhr Goldlotos, daß alle genau unterrichtet waren. Wütend berichtete sie am Abend Simen Tjing darüber. Am nächsten Morgen wollte er Lai-dschau mit Frau und Kind aus dem Hause jagen. Nur weil Frau Mondtraut sich für sie ins Mittel legte, wurden sie in die Löwenstraße geschickt zur Beaufsichtigung des dortigen Anwesens. Auf dem Hauptgrundstück durften sie nicht bleiben. Ping-an kam zurück und ward an ihrer Stelle Pförtner. Als später Frau Mondtraut den Anlaß erfuhr, war sie über Goldlotos sehr erbittert.
Immer wieder verstand es diese, Simen Tjing an sich zu fesseln und immer neue Wünsche erfüllt zu bekommen. So war ihr Bettgestell neu und wies Muscheleinlagen auf. Da nämlich Väsele Li ein derartiges Bett besaß, hatte Goldlotos ihm so lange in den Ohren gelegen, bis er ihr für sechzig Unzen Silber auch eins kaufte, dessen Kopf- und Endstücke Geländerform hatten, in die zur Verzierung Muster von Blumen, Gräsern, Federn und Zimtblüten aus Muscheln eingelegt waren. Ein purpurner Gazebettvorhang mit Batistbändern war an silbernen Haken aufgehängt.
In diesem Bett lag jetzt Goldlotos. Sie war nackt und trug den rotseidenen Brustschützer auf dem bloßen Körper. Sie hatte eine rotbatistene Decke über sich gezogen. Auf ihrem Kopfkissen war ein Mandarinentenpaar eingestickt. So schlummerte sie gerade besonders fest auf der kühlen Matte, als Simen Tjing überraschend sie besuchte. Bei ihrem Anblick von Leidenschaft durchwallt – hieß er Schlehenblüte fortgehn und die Tür schließen. Er entledigte sich lautlos seiner Kleidung, stieg in das Bett und lüftete die seidene Bettdecke. Sie hatte, um damit Simen Tjings Zuneigung zu gewinnen, weil er seinerzeit in der blaugrünen Grotte die zarte weiße Haut an Väsele Lis Körper so schön gefunden hatte, heimlich die Herzen von Jasminblüten mit Öl angemengt und sich damit und mit Puder am ganzen Körper eingerieben, so daß er weiß glänzte, glatt war und wunderbaren, einnehmenden Duft ausströmte. Als Simen Tjing ihren weißen Leib erblickte und dazu ihre frisch gefertigten

karminroten Schlafschuhe, hob er kräftig ihre Schenkel empor und trieb sein verliebtes Spiel.
»Du sollst mich zum Bade erwartet haben?« fragte Simen Tjing.
»Wenn du ein Bad nehmen willst, werde ich Schlehenblüte Wasser bringen lassen«, sagte Goldlotos.
Alsbald wurde nun der Badebottich in die Stube gebracht und mit heißem Wasser gefüllt. Beide verließen das Bett, nahmen in dem Zuber, der nach Orchideen duftete, gemeinsam ein Bad und tummelten sich dabei voller Lust. Durch das Bad in Stimmung gekommen, legte Simen Tjing Goldlotos auf das Brett über dem Badezuber und fuhr mit klatschendem Geräusch hin und her, wohl über hundertmal.
Als auch für Simen Tjing der Regen versprüht war, rieben sie sich trocken und ließen den Badebottich entfernen. Sie zogen kurze Jäckchen über, begaben sich auf das Bett und ließen sich das Tischchen der Lagerstatt hinaufstellen, um Früchte zu schmausen und um zu zechen.
Goldlotos hatte Herbstaster den Auftrag gegeben, Weißwein für den Herrn zu holen. Sie selber hatte Früchte und Gebäck für ihn bereit. Nach geraumer Weile brachte Herbstaster ein silbernes Kännchen mit Wein. Goldlotos nahm wahr, daß der Wein eiskalt war. Mit einem Ruck goß sie Herbstaster den Inhalt des Bechers ins Gesicht.
»Du abscheuliches Ding verdienst den Tod!« schimpfte sie. »Ich habe dir doch befohlen, heißen Wein zu holen. Bring sie auf den Hof und laß sie knien!« wandte sie sich an Schlehenblüte.
Herbstaster verzog die Mundwinkel und murmelte vor sich hin:
»Die Herrschaft wollte doch immer eisgekühlten Wein. Wer kann ahnen, daß man heute eine andere Melodie liebt.«
»Was faselst du da?« fuhr Goldlotos auf und befahl Schlehenblüte: »Gib ihr links und rechts je zehn Ohrfeigen!«
»Ich werde mir doch nicht an ihrem dicken Fell die Hände besudeln«, erklärte Schlehenblüte. »Laßt sie doch einfach mit einem Stein auf dem Kopfe knien, Herrin!« Ohne ein weiteres Wort zu verlieren, zerrte sie sie auf den Hof hinaus, ließ sie sich einen großen Stein auf den Kopf legen und niederknien.
Bald aber erbarmte sich das Schicksal der armen geplagten Herbstaster: Sie kam in Tausch gegen eine neue Magd, Sommerblümel benannt, in die große, gemeinsame Küche, als Küchenmagd und war damit den Übergriffen ihrer Herrin entzogen.

XXV.

Nun zu Lai-bau und dem Oberhaushälter Wu, die die Geburtstagsgeschenklast begleiteten! Trotz Hitze, Hunger und Durst kamen sie vor dem Tore des Zehntausendjährigen Lebens in der östlichen Residenzstadt an. Am anderen Tage schafften sie die Traglasten und Kisten mit den Geschenken zur Brücke der Heiligen-Han-Dynastie vor das Schloß des Großkanzlers Zai. Lai-bau ließ den Oberhaushälter Wu bei den Geschenken bleiben.

Er selber begab sich in seiner schwarzen Bedienentracht zum Torhüter. Doch der fuhr ihn gleich an: Sein Gebieter sei so hochgestellt, daß er nicht jeden Hofrat Simen, Riemen und Striemen empfangen könne. Einer der anwesenden Palastdiener, der Lai-bau kannte, beruhigte diesen indessen.

»Der Torhüter ist noch nicht lange hier. Er kennt dich nicht. Nimm es nicht übel! Du bittest um eine Audienz bei Durchlaucht. Warte ein Weilchen! Ich werde dir Oheim Di herausbitten.«

Lai-bau entnahm seinem Ärmel ein Päckchen Silber im Gewicht einer Unze und reichte es dem Manne. Doch dieser lehnte ab: »Ich brauche nichts. Lege noch einen Teil zu und schenke es den beiden andern da!« Lai-bau zog rasch zwei Silberpäckchen hervor und gab den beiden Männern am Tore je eine Unze.

»Da du von Klarenfluß kommst, so warte noch ein wenig!« bemerkte der Torhüter jetzt mit freundlicher Miene. »Ich werde dich zunächst zum Haushälter Di bringen. Durchlaucht ist eben erst vom Tempel des Höchsten und Reinsten Himmelsgewölbes zurückgekommen, wo er Weihrauch verbrannt hat. Jetzt schlummert er in seinem Arbeitszimmer.«

Nach einer Weile erschien der herausgebetene Haushälter Di. Er trug luftiges Schuhwerk, einfarbige Strümpfe und eine Dauisten-Kutte mit blauen Troddeln. Bei seinem Kommen warf sich Lai-bau sofort aufs Antlitz. Di erwiderte seine Begrüßung und bemerkte: »Du hast dich doch schon früher einmal mühen müssen; jetzt bringst du Geburtstagsgeschenke für Durchlaucht?«

Lai-bau händigte ihm zunächst eine Empfehlungskarte aus, und die Träger brachten einige Stoffballen aus Nanking und dreißig Unzen Silber. »Herr Simen, mein Gebieter, läßt sich Herrn Di vielmals empfehlen«, erklärte Lai-bau. »Er besitzt nichts, um die Wärme seiner Gefühle zu offenbaren. Diese geringfügigen Geschenke wolle Herr Di verteilen.«

»Die Geschenke darf ich eigentlich nicht annehmen«, wehrte der Haushälter Di, »Euch aber auch nicht kränken ...«
Lai-bau zog nun die Liste der Geschenke für den Großkanzler hervor. Di überflog sie, gab sie dann Lai-bau zurück und riet ihm, die Sachen hereintragen zu lassen. Am zweiten Portale mußte Lai-bau warten. Dort befand sich auf der Westseite eine dreiräumige Vorhalle, in der man die dort harrenden Leute mit Tee zu bewirten pflegte. So brachte auch ein kleiner Junge alsbald zwei Tassen Tee für Lai-bau und den Oberhaushälter Wu. Ein Weilchen später trat der Großkanzler aus seinem Gebäude. Di Djiän meldete sie zunächst an. Dann führte er sie zur Audienz hin. Sie knieten auf der Treppenstufe nieder. Di Djiän überreichte zunächst das Verzeichnis der Geburtstagsgeschenke dem Großkanzler zur Einsicht. Lai-bau und der Oberhaushälter Wu boten nun die Gaben dar. Gelb flammten da die goldenen Krüge auf den Nephritschalen, und licht blinkte das Bildwerk auf seinem Sockel. Blendend war der Anblick der bunten, drachenbestickten Brokatgewänder, und die mit Hanf durchstickten Atlasstoffe aus Nanking verbreiteten abwechselnd goldigen und smaragdenen Glanz. Mit Lammfett versetzter Wein in frisch versiegelten Krügen und die erlesensten Früchte der Jahreszeit waren auf Schüsseln hoch aufgetürmt. Wie hätte dieser Anblick nicht freudig stimmen sollen!
»Diese Geschenke kann ich doch wirklich nicht annehmen, tragt sie nur wieder zurück!« erklärte der Großkanzler.
Hastig warfen sich Lai-bau und sein Begleiter zu Boden:
»Unser Herr Simen hat bisher seiner Ehrfurcht nicht hinreichend Ausdruck gegeben. Diese geringwertigen Sächelchen werden Durchlaucht zum Weiterverschenken dargebracht.«
»Na dann«, erwiderte der Großkanzler und wies die nebenstehenden Diener an, sie in Empfang zu nehmen. »Ich habe schon öfter deines Herrn Aufmerksamkeiten erfahren, besitze aber nichts, wodurch ich sie erwidern könnte. Hat dein Herr bereits irgendeine beamtete Stellung?«
»Mein Herr ist nur ein schlichter Landbewohner. Ein Amt hat er nicht inne.«
»Da er noch nicht Amtsträger ist und mir der Hof gestern für mehrere Fälle die Vollmacht zur Bestallung nach meinem eigenen Ermessen erteilt hat, so will ich deinem Herrn eine Stellung im Strafvollzugsamte von Schantung als stellvertretender Strafrichter mit dem Range eines Tausendschaftsführers geben und

damit die freigewordene Stelle des Tausendschaftsführers Ho Djin ausfüllen. Ist es so recht?«
Lai-bau fiel sogleich dankbar auf sein Antlitz: »Meinem Herrn wird damit eine unendlich große Gunst von Euer Durchlaucht zuteil.«
Der Großkanzler winkte den Beamten, die in der Halle ihren Dienst versahen, ihm einen Schreibtisch heranzutragen, füllte eine leere Bestallungsurkunde mit Simen Tjings Namen aus und fügte den Rang hinzu. Dann wandte er sich an Lai-bau:
»Ihr beide habt mir die Geschenke überbracht und damit viel Mühsal gehabt. Wer ist eigentlich der andere, der hinter dir kniet?«
»Seine Wenigkeit ist Simen Tjings Schwager namens Wu Djän-én.«
»Da du Simen Tjings Schwager bist, so betrachte ich dich auch als einen musterhaften Mann«, betonte der Großkanzler und ließ sich von den Beamten einen Bestallungsvordruck reichen. »Ich mache dich zum stellvertretenden Kurierpostmeister in deinem Heimatorte Klarenfluß.«
Wu Djän-én warf sich auf sein Antlitz, während der Großkanzler eine dritte Bestallungsurkunde ergriff, Lai-baus Namen einfügte und ihn zum Weibel beim Lehnsfürsten von Streiterstadt in der Provinz Schantung machte.
Di Djiän bewirtete danach Lai-bau und den Oberhaushälter Wu mit üppigen Platten und mächtigen Schüsseln. Als sie sich satt gegessen hatten, wandte er sich an Lai-bau: »Ich hätte eine Bitte an deinen Herrn, etwas für mich zu regeln. Ob er wohl dazu bereit sein dürfte?«
»Welche Frage, Herr Di! Dank Eurer Unterstützung ist uns seitens Durchlaucht so viel Wohlwollen und Förderung widerfahren. Um was es sich auch handele, wenn Ihr es nur wollt, gibt es nichts, worin nicht Eurem Befehle willfahrt werden würde.«
»So will ich ganz offen reden. Ich bin der Durchlaucht rechte Hand. Bisher habe ich nur eine einzige Frau. Ich nähere mich den Vierzigern und bin überarbeitet und kränklich. Ich habe keinerlei Nachkommenschaft. Nun bitte ich deinen Herrn, ein hübsches Mädchen für mich zu suchen, so ungefähr fünfzehn oder sechzehn Jahre alt, und es mir zuzusenden. Was es kostet, werde ich bis zum letzten Kupferling regeln.« Nach diesen Worten überreichte er Lai-bau ein Geschenk und ein Antwortschreiben und gab auch den beiden Boten fünf Unzen Silber Zehrgeld für

die Reise. Lai-bau lehnte die Annahme mehrfach ab: »Eben sind wir von Durchlaucht beschenkt worden, da müßt Ihr, Herr Di, Eure Gabe zurücknehmen.«
Aber Herr Di bestand auf dem Gegenteil. So fand schließlich alles ein sehr erfreuliches Ende. Am nächsten Tag wurde wohlgemut die Rückreise angetreten.

Als es einmal während der Hundstage besonders heiß war, weilte Simen Tjing im Kreise seiner Familie im Rundausblick der großen Mattenzeltlaube und weidete seine Augen an den Blumen. Man trank Wein. Frau Mondtraut und Simen Tjing hatten die Ehrenplätze inne, die Nebenfrauen und Simens Tochter saßen zu beiden Seiten. Schlehenblüte, Lenzfreude, Schatzflöte und Duftwunder, die vier häuslichen Musikantinnen, spielten und sangen. Es wurde ein schönes Festmahl.
Väsele Li war nicht unter den versammelten Frauen.
»Was treibt deine Herrin denn in ihrer Stube?« fragte deshalb Frau Mondtraut die Zofe Lenzbunt.
»Sie klagt über Leibschmerzen und hat sich hingelegt.«
»Sag ihr schleunigst, sie solle herkommen und den Gesang mitanhören!«
Simen Tjing fragte Frau Mondtraut, was es bedeute.
»Schwester Väsele Li fühlt plötzlich Schmerzen im Leib und hat sich in ihrer Stube hingelegt. Aber ihre Zeit wird erst der siebente, achte Mond sein.«
»Wenn es noch so lange bis dahin ist, so laßt Väsele Li holen«, bemerkte Simen Tjing.
Bald darauf kam sie.
»Ich fürchte, du hast dich erkältet. Trink heißen Wein, dann wird es dir bestimmt besser werden!« mahnte Frau Mondtraut.
Allen wurde eingeschenkt. Simen Tjing befahl Schlehenblüte: »Singt mir einmal das Lied: ›Es fühlen alle Menschen der Sommersonne Brand!‹«
Väsele Li aber saß an der Tafel mit gekrauster Miene, wartete das Ende des Gesanges nicht ab, sondern kehrte in ihre Stube zurück. Frau Mondtraut blieb, bis das Lied verklungen war, dann schickte sie voller Besorgnis Edelsteinchen aus, um nach Väsele Li zu sehen. Als diese mit der Nachricht zurückkehrte, daß die Herrin mit Schmerzen im Leibe sich auf der Lagerstatt hin- und herwälze, ließen alle den Wein stehn und begaben sich zu Väsele Li, um sich nach ihrem Ergehen zu erkundigen. Die Wehen schienen bereits einzusetzen.

»Lege dich besser nicht nieder, sonst verlagert sich vielleicht die Frucht!« riet Frau Mondtraut. »Die Hebamme haben wir bestellt. Sie muß sogleich erscheinen.«
Während die anderen Frauen auch noch im Zimmer blieben, als die Hebamme eintraf, verließ Goldlotos den Raum und zog Edelburg mit sich. Daß Väsele ein Kind bekam, stimmte Goldlotos unbehaglich.
Bald danach erscholl aus dem Zimmer Kindergeschrei.
»Ich möchte den Hausherrn um meinen Glückslohn bitten: Ein Knäblein ist geboren«, erklärte die Hebamme.
Frau Mondtraut brachte die Nachricht Simen Tjing. Hoch erregt wusch er sich die Hände. Dann trat er vor die Tafel mit dem Sitze der Götter und Ahnen, füllte das Räucherbecken mit Weihrauch und gelobte ein hundertundzwanzigteiliges Opferfest. Er flehte für Mutter und Kind um Ruhe und Frieden, daß das Kind beim Bade von Glück begleitet sei und ohne Sorgen und Kummer auf seinem Strohlager schlummern möge.
Während sich die ganze Familie über die Geburt des Kindes freute und ein allgemeiner Trubel herrschte, ging Goldlotos um so verärgerter in ihre Wohnung, verriegelte die Türen, legte sich auf das Bett und weinte.

Dinge, die wir schwer ertragen,
Gibt es vielerlei;
Worte, die uns wohlbehagen,
Unter zehn kaum drei.

Am Abend ruhte Simen Tjing in Väsele Lis Zimmer und betrachtete dabei unaufhörlich das Knäblein. Den Anbruch des nächsten Tages konnte er kaum erwarten, um sich zu erheben und die Diener zu allen Verwandten und Nachbarn mit zehn Schächtelchen Freudennudeln zu senden. Jing Bo-djau und Sjä Si-da begaben sich auf die Nachricht, daß Simen Tjing ein Sohn geboren worden sei und er Freudennudeln geschickt habe, eiligst zu ihm, um ihn zu beglückwünschen. Simen Tjing behielt sie in der Mattenzeltlaube zum Essen. Er hatte sie gerade wieder hinausgeleitet und wollte nun einen Diener aussenden, um durch eine Vermittlerin eine Kinderwärterin besorgen zu lassen, als die Gevatterin Süeh mit einer Amme auftauchte. Es war eine etwa dreißigjährige Frau einfachen Standes, die erst kürzlich ihr Kind verloren hatte. Vor noch nicht ganz einem Monde war ihr Mann in das Heer eingetreten. Darüber war sie nicht hinweggekommen. Weil ihr Mann in den Krieg gezogen war, fürchtete sie, unversorgt zu bleiben. Sie beanspruchte nur sechs Unzen Silber. Da sie sauber aussah, redete Frau Mondtraut zu, die sechs Unzen zu zahlen und sie zu behalten. Man gab ihr den Namen Ideal und beauftragte sie, sich nur um das Kind zu kümmern. Außerdem wurde die alte Feng gerufen, um in Väsele Lis Privatzimmer die Aufwartung zu übernehmen. Sie erhielt monatlich eine halbe Unze Silber. Dafür hatte sie auch Väsele Lis Kleider und Wäsche zu besorgen.

Und gerade in diese durch die Ankunft des Kindes mit großer Geschäftigkeit angefüllten Tage fiel die Rückkehr von Lai-bau und Schwager Wu. Ihr ausführlicher Bericht und die Überreichung seiner Bestallungsurkunde erfüllte Simen Tjing mit riesiger Freude.

Am Tage nach Beendigung der Waschungsfeier erfuhren alle Verwandten und Freunde, daß Simen Tjings sechste Frau einem Sohne das Leben geschenkt hatte und daß noch vor Ablauf des dritten Tages danach nun auch die Nachricht von dieser herrlichen Beförderung eingetroffen sei. Von unten auf war er zur Höhe, zum Range eines Tausendschaftsführers gelangt. Wer wäre da nicht gern erschienen, um sich anzubiedern, Geschenke zu bringen und Glück zu wünschen! Ununterbrochen kamen und gingen die Menschen den ganzen Tag.

XXVI.

Eifersüchtig nahm Goldlotos wahr, daß seit der Geburt von Väsele Lis Söhnchen, dem Ratskerlchen, Simen Tjing immer bei dieser übernachtete. Sie war in beständiger Unruhe. Während sie eines Tages Simen Tjing in der Vorderhalle beim Mahle wußte, zog sie vor dem Spiegel ihre mottenfühlerzarten Brauen nach, ordnete ihre Zikadenfrisur neu, legte ein wenig Rot auf die Lippen und trat dann in vollem Schmuck aus ihrer Stube heraus. Da hörte sie aus Väsele Lis Zimmer Kindergeschrei.

Sie trat ein und erkundigte sich nach der Ursache.

»Seine Mutter hat sich zu den hinteren Gemächern begeben, und nun bangt sich das Kindchen nach ihr«, antwortete die Amme Ideal.

Goldlotos neckte es lachend: »Eben erst zur Welt gekommen, und schon kennst du deine Mutter? Warte, ich will dich auf den Arm nehmen und die Mutter suchen gehn!«

»Fünfte Herrin, nehmt das Kindchen nicht auf den Arm! Es könnte Euer Gewand beschmutzen«, warnte die Amme.
»Warum diese Besorgnis? Nimm eine Unterlage und wickle es fest ein, dann geschieht nichts!« fuhr Goldlotos sie an, drückte das Ratskerlchen an die Brust und begab sich zu den hinteren Gemächern. Frau Mondtraut sah, wie sie das Kindlein emporhob und zu ihr sagte: »Denke dir, das Oberrätlein kommt die Mutter suchen.«
»Was redest du da, Fünfte? Warum trägst du das Kind zu so später Stunde noch umher? Wenn du es dazu noch so in die Höhe hebst, wird es sich ängstigen. Seine Mutter ist gerade in der Stube.« Eiligst rief sie: »Schwester Väsele, komm her! Dein Söhnchen sucht dich!«
Als Väsele Li ihr Kind in Goldlotos' Armen sah, rief sie: »Oberrätlein, du lagst doch so schön im Stübchen im Arm der Amme. Warum mußt du mich da suchen kommen?«
»Es weinte fürchterlich«, bemerkte Goldlotos. »Da hab' ich es spazierengetragen.«
Väsele Li nahm das Kind an sich. Als sie wieder ihre Räume betrat, tadelte sie leise die Amme: »Warum überläßt du der Fünften das Kind?«
»Die fünfte Herrin wollte es durchaus auf den Arm nehmen«, erwiderte diese.
Väsele Li sah nun zu, wie das Kind die Brust nahm, und bettete es dann zum Schlaf. Aber kurze Zeit später fuhr es weinend auf, und gegen Mitternacht begann es zu fiebern, so daß Väsele Li ernstlich in Unruhe geriet.
Als Simen Tjing spät Väsele Lis Räume betrat, um nach seinem Söhnchen zu sehen, weinte es noch immer. Er fragte nach der Ursache. Väsele Li erwähnte nichts von Goldlotos, sondern erwiderte nur, sie wisse es nicht.
Simen Tjing begab sich darauf zu Frau Mondtraut und sprach mit ihr. Auch diese erwähnte Goldlotos' Verhalten nicht, sondern sagte: »Ich will morgen die alte Liu rufen lassen.«
»Ruf doch nicht das alte Frauenzimmer, sondern zieh einen Kinderarzt zu Rate!« erklärte Simen Tjing.
»Was soll ein Kinderarzt bei einem erst einen Monat alten Kind!« gab Frau Mondtraut hartnäckig zur Antwort.
Am nächsten Morgen – Simen Tjing hatte sich in sein Amt begeben – ließ Frau Mondtraut die alte Liu durch einen Dienerjungen rufen. Diese schaute sich das Bübchen an und meinte, es habe sich aufgeregt. Sie erhielt drei Scherf Silber und flößte dem

Kleinen etwas Arznei ein. Er sank nun in Schlaf, ohne die Milch zu erbrechen. Väsele Li fiel ein Stein vom Herzen.
Auch Simen Tjing war mittags beruhigt, als er sich mit Frau Mondtraut zum Essen niedersetzte. Da wurde ihm Herr Jing gemeldet.
»Schon wieder?« fragte Frau Mondtraut.
»Bruder Jing kennt einen gewissen Herrn Ho, einen Geschäftsmann aus dem Seegau (Hudschou), der in einem Gasthaus vor dem Stadttor für fünfhundert Unzen Seidengarne gestapelt hat. Er möchte rasch die Heimreise antreten und hat sich mir mit dem Vorschlag genähert, das Lager gegen Barzahlung zu einem Preisnachlaß zu kaufen. Ich habe ihm nur vierhundertfünfzig Unzen Silber bewilligt. Das Geschäft ist abgeschlossen worden. Für heute ist Zahlung vereinbart. Ich habe vor, in dem leerstehenden Anwesen in der Löwenstraße eine Garnhandlung zu eröffnen. Ich werde jemand dazu anstellen. Lai-bau hat ja jetzt von der lehnsfürstlichen Regierung von Streiterstadt eine Besoldung zuerkannt erhalten. Er könnte also mit dem neuen Angestellten dort das Haus behüten und andererseits Geschäfte machen. Herr Jing hat mir mitgeteilt, daß er einen Herrn Han aus dem Garnfach kenne. Er hat ihn mir wiederholt anempfohlen und will ihn in einigen Tagen einmal vorstellen, damit ich einen Vertrag mit ihm schließen kann.«
Simen Tjing wog nun vierhundertundfünfzig Unzen Silber zu und ließ sie durch Lai-bau hinausbringen. Der Schwiegersohn Tschen hatte sich inzwischen zu dem wartenden Jing Bo-djau gesellt. Als er das Silber kommen sah, war er höchlich erfreut.
»Hier zahle ich die vierhundertundfünfzig Unzen Silber aus. Lai-bau soll sie an sich nehmen. Packt sie gemeinsam ein! Heute ist ein günstiger Tag. Mietet Karren, schafft die Ware her und schließt sie erst einmal ein!« Nach diesen Worten ritten Jing Bo-djau und Lai-bau mit dem Silber zu der Herberge außerhalb des Stadttores, um den Handel abzuschließen.
Jing Bo-djau hatte, darauf konnte man nicht kommen, heimlich mit dem Händler gefeilscht, bis dieser mürbe geworden und mit nur vierhundertundzwanzig Unzen Silber zufrieden war. So machte er hinter Simen Tjings Rücken einen Schnitt von dreißig Unzen Silber. Lai-bau gegenüber zog er nur neun Unzen als Vermittlungsgebühr heraus und teilte sie mit ihm ganz genau.
Han war ein untersetzter Mann von dreißig Jahren. Simen Tjing schloß sofort mit ihm einen Vertrag, und dann wurde der Laden eröffnet. Vom ersten Tage an gingen die Geschäfte gut.

Leider aber widerfuhr bald darauf Frau Mondtraut ein böses Mißgeschick. Sie, die bereits im fünften Monat schwanger war, stürzte auf einer Treppe, und so kam es zu einer Fehlgeburt. Sie konnte nun Simen Tjing nicht den männlichen Erben schenken, was sie so sehr sich gewünscht hatte; nicht einmal erfahren würde er, daß ein zweiter Sohn unterwegs gewesen war!
Eines Tages erinnerte Simen Tjing ein Brief an eine Angelegenheit, die ihm infolge der letzten Ereignisse ganz entfallen war. Mit Bestürzung las er:
»Euer ergebenster Di Djiän aus der Residenz neigt sein Haupt und entbietet seinen Gruß. Obwohl ich Euch persönlich noch nicht habe empfangen können, sind mir wiederholt überschwengliche Beweise Eurer Freundschaft zuteil geworden. Unerschöpflichen Dank bin ich dafür schuldig.
Was meine eigene unbedeutende Angelegenheit betrifft, mit der ich Euren Sendling zu behelligen mir erlaube, hoffe ich, daß sie geregelt ist. Weil sich mir heute dazu die Beförderungsangelegenheit bietet, gestatte ich mir, als bescheidene Gabe zehn Unzen Silber mit meinen besten Wünschen zu übermitteln, und harre nun, wo ich stehe oder sitze, in demütiger Sehnsucht, daß Ihr Euch herablaßt, mich einer Antwort zu würdigen. Meine Dankbarkeit wird sich nie erschöpfen ...«
Simen Tjing seufzte, dann rief er: »Einer der Dienerjungen soll rasch Heiratsvermittlerinnen rufen gehn.«
»Was gibt es denn?« fragte Frau Mondtraut.
»Der Haushälter Di aus dem Schlosse Seiner Durchlaucht des Großlehrers in der Hauptstadt hatte mir seinerzeit geschrieben, er sei kinderlos geblieben, und mich gebeten, ihm hier eine Braut zu suchen, ob arm oder reich sei ohne Bedeutung, auf Verlobungsgeschenke komme es nicht an. Sie müsse nur trefflich sein. Für ihn handle es sich darum, Nachkommenschaft zu erhalten. Brautausstattung und Verlobungsgeschenke solle ich, sie könnten kosten, was sie wollen, für ihn verauslagen. Er werde mir jeden Betrag erstatten. Der Mann kann mich in meiner Amtsstellung bei Seiner Durchlaucht kräftig unterstützen. Bisher war ich so mit Dienstgeschäften überhäuft, daß ich die Sache vollständig vergessen hatte, zumal Lai-bau tagsüber immer im Laden ist und mich nicht erinnert hat. Jetzt hat Di mir ein Schreiben übermitteln lassen, wie es um die Brautsuche für ihn stehe. Dazu hat er mir geschenkweise zehn Unzen Silber gesandt und mich beglückwünscht. Morgen will der Bote meine Antwort abholen. Was soll ich nur antworten, ohne Verstimmung

aufkommen zu lassen? Ruf die Heiratsvermittlerinnen und trag ihnen auf, unter allen Umständen eiligst für ihn eine passende Braut zu suchen. Wenn es gar nicht anders geht, könnten wir ihm Väsele Lis Dienerin Lenzbunt schicken.«

»Die Magd hast du doch schon genommen. Wie kannst du sie ihm anständigerweise senden? Diese Sache ist doch nicht mit einem Wareneinkauf zu vergleichen. Den Vermittlerinnen muß man Zeit lassen.«

»Aber der Bote will doch morgen Bescheid holen«, wandte Simen Tjing ein. »Was soll ich nur antworten?«

»Laß ihn morgen herkommen und gib ihm reichlich Wegzehrung! Antworte schriftlich mit Empfehlungen, das Mädchen sei gefunden, aber die Brautausstattung an Kleidung und Putzsachen noch nicht beschafft. Alles werde in kurzer Zeit besorgt sein.«

Simen Tjing leuchtete das ein. Er ließ sofort den Schwiegersohn Tschen kommen, ein Antwortschreiben aufsetzen, das am nächsten Tag dem Boten mit reichlich Zehrgeld übergeben wurde.

Simen Tjing ritt eines Tages durch die Straßen, da stieß er auf die Mutter Feng, die mit der Beschaffung des Mädchens für Di beauftragt worden war.

»Wie steht es? Warum hast du mir noch keine Meldung gebracht?« fragte er sie.

»Ich habe mir dieser Tage zwar etliche angesehen, aber keine war geeignet. Dann ist mir plötzlich ein Mädchen vor die Augen gekommen, ein tadelloses Menschenkind. Es wird im neuen Jahre fünfzehn. Gerade gewachsen ist es wie ein Pinselstiel und schlank der Körperbau. Das Antlitz ist voll und frisch. Ihr Kosename ist Minnelieb. Auch Ihr, Verehrtester, werdet das Mädchen ganz außerordentlich reizend finden.«

»Was sollte ich wohl mit dem Mädchen anfangen? Es handelt sich doch darum, daß der Haushälter Di im Palast Seiner Durchlaucht des Großkanzlers Zai eine zweite Gemahlin wünscht. Er hat mich beauftragt, ihm ein Mädchen zu suchen. Wenn du das für ihn fertigbringst, wird es natürlich dein Schaden nicht sein. Wessen Tochter ist sie denn? Erbitte mir die Karte mit den Geburtsdaten zur Einsicht!«

»Wessen Tochter? Das will ich Euch sagen. Die Familie ist so nah wie eines Ziegels Breite: Es handelt sich um das Töchterchen Eures Gehilfen Han, der das Garngeschäft leitet. Wenn Ihr sie sehen wollt, will ich mit ihrem Alten sprechen, eine Karte mit den Geburtsdaten erbitten und einen Tag vereinbaren. Dann geht Ihr einfach hin, und die Sache ist abgemacht.«

»So sprich denn mit ihm!«

Nach zwei Tagen tauchte sie auf, um Bericht zu erstatten, und gab ihm die Karte.

»Herr Han meint, wenn der Herr ihr solches Wohlleben angedeihen lassen wolle, so habe das Kind wohl Glück. Nur sei seine Familie arm.«

»Sag ihm, er brauche sich um kein Fädchen zu bemühen. Alle nötigen Kleidungsstücke, Schmucksachen, Toilettengeräte, Koffer, Schränke und dergleichen werde ich für ihn besorgen. Dazu werde ich ihm noch zwanzig Unzen Silber als Geschenk geben. Seine Frau soll für das Mädchen nur Schuhwerk beschaffen, das genügt. Wenn es so weit ist, werde ich sie durch ihren Alten in die Reichshauptstadt geleiten lassen. Sollte das Mädchen einen Sohn oder, was freilich nur halb so gut wäre, eine Tochter gebären, dann brauchte das Elternpaar nicht weiter bekümmert darüber zu sein, wie es zu Reichtum und Ehren gelange.«

»Er gestattet sich die Anfrage, wann Ihr sie Euch ansehen wollt.«

»Ich kann morgen mit dir hingehn. Sag ihm, keinerlei Vorbereitungen seien nötig. Ich werde nur ein Täßchen dünnen Tee trinken und dann wieder gehn.«

»Du meine Güte!« rief die alte Feng. »Ihr werdet doch zu den Leuten nicht nur gehn, um sie zu kränken?«

»Es geht aber nicht anders«, wehrte Simen Tjing ab. »Du weißt nicht, was ich zu tun habe.«

»Nun gut, ich will mit ihm sprechen.«

Am nächsten Tag bestieg Simen Tjing sein Pferd und gelangte, von Dai-an und dem Lautenjungen gefolgt, zu Han Dau-gos Wohnung. Die alte Feng bat ihn in die weiter hinten liegenden Räume. Bald darauf erschien die sechste Wang mit ihrer Tochter Minnelieb, um sich vorzustellen. Simen Tjing betrachtete die Tochter nicht weiter; seine Blicke hafteten an der Frau. Sie trug ein violettseidenes Jäckchen, ein goldverziertes Westchen aus dunklem Atlas und einen nephritfarbenen Rock, unter dem ein Paar rasch und fest auftretende Füßchen hervorlugten. Sie war schlank und hatte ein Antlitz wie ein Melonenkern.

Als Simen Tjing sie sah, pochte sein Herz. Seine Augen wurden unstet. Nachdem die sechste Wang ihn begrüßt hatte, hieß sie ihre Tochter Minnelieb nähertreten. Diese blickte zu Simen

Tjing auf und bewegte sich wie ein Blütenzweig im Winde, warf sich viermal aufs Antlitz, erhob sich und trat dann zur Seite. Geschwinde trug die alte Feng Tee auf. Die sechste Wang ließ ihre Tochter Simen Tjing den Tee reichen. Dieser musterte jetzt das Mädchen von oben bis unten: das Haar geschichtet wie schwarzes Gewölk, die vollen Wangen gepudert, die Brauen geschwärzt, der geheimnisvolle Gesichtsausdruck von verführerischer Blumenschönheit, ihre Haut so wundersam wie ein Edelstein, dem Wohlgeruch entströmt.
Simen Tjing befahl Dai-an, einem Paket, das in eine Decke gehüllt war, zwei Brokattücher, vier goldene Fingerringe und zwanzig Unzen Silber zu entnehmen, und ließ alles durch die alte Feng auf das Teebrett setzen. Die sechste Wang legte ihrer Tochter sogleich die Ringe an. Diese bedankte sich und zog sich dann zurück.
»In zwei Tagen wird Eure Tochter in mein Haus geholt werden«, bemerkte Simen Tjing, »um ihr Kleider anfertigen zu lassen. Für den Barbetrag bitte ich, ihr Schuhwerk zu beschaffen.«
Dankend warf sich die sechste Wang aufs Antlitz.
»Ist der Gehilfe Han nicht zu Hause?« fragte Simen Tjing.
»Er hat am Morgen mit mir alles besprochen und ist dann in das Geschäft gegangen. Ich werde ihn veranlassen, sich morgen in Eure Wohnung zu begeben und sich vor Euch aufs Antlitz zu werfen.«
Geschickt wußte die Frau bei jedem Satz der Unterhaltung und bei jeder Öffnung des Mundes das Wort Herr einzuflechten und gewann Simen Tjings Herz für sich. Als er im Begriff stand, das Haus zu verlassen, empfahl er sich ihr wiederholt; er müsse gehn. Sie bat ihn, noch etwas zu bleiben, doch er lehnte ab, begab sich stracks heim und berichtete alles Frau Mondtraut.
Wie besprochen, kam am zweiten Tag Hans Tochter in Simens Haus, wurde mit allen für ihr neues Leben wichtigen Dingen reichlich versehen und dann von Lai-bau und ihrem Vater in die Reichshauptstadt geleitet.

XXVII.

Die sechste Wang war allein zurückgeblieben, fühlte sich vereinsamt und weinte mehrere Tage hindurch. Als Simen Tjing einmal gerade nichts zu tun hatte, ritt er zum Haus in der Löwenstraße, um dort nach dem Rechten zu sehen.

Die alte Feng brachte ihm Tee. Simen Tjing schenkte ihr eine Unze Silber: »Für deine Bemühung! Kaufe dir Kleiderstoff!« Dankend warf sich die Alte eilig vor ihm aufs Antlitz. »Bist du in den letzten Tagen gar nicht bei ihr gewesen?« erkundigte er sich.

»Wann wäre das nicht geschehen, um ihr Gesellschaft zu leisten? Seit dem Fortgang ihrer Tochter hat sie niemand im Haus. Sie hat mehrere Tage hindurch geweint.«

Da niemand in der Nähe war, flüsterte Simen Tjing der Alten leise in das Ohr: »Wenn du sie wieder einmal besuchst, sage ihr, ich lasse mich ihr empfehlen, und wenn ich Muße habe, werde ich sie besuchen und einen halben Tag bei ihr zubringen. Hör einmal heraus, ob sie damit einverstanden ist! Ich hole mir Bescheid.«

Die Alte preßte ihre Hand vor den Mund und lachte verschmitzt.

»Alter Freund, aha! Zu abendlicher Stunde will ich mal so dreist sein und vorsichtig mit ihr darüber sprechen. Wenn sie sich auch immer verlockend aufputzt, habe ich doch noch nicht bemerkt, daß sie sich hingibt. Komm morgen wieder, alter Freund! Ich will sie fragen, und wenn ich Bescheid habe, ihn Euch geben.«

»Recht so!« erklärte Simen Tjing und ritt heim. Die Alte machte sich zur sechsten Wang auf den Weg. Sie plauderten beide eine Weile. Allmählich kam dann das Gespräch dahin, wohin es die alte Feng haben wollte: »Ich will einmal eine dumme Frage stellen. Da Euer Mann nicht zu Hause und alles bei Euch so leer und verlassen ist, hast du da nachts in deiner Einsamkeit keine Angst?«

»Davon redest du auch noch? Würdest du mir wohl abends Gesellschaft leisten?«

»Ich fürchte, ich kann nicht immer kommen. Aber ich könnte dir jemand empfehlen, der dir Gesellschaft leisten würde.«

Auf die Frage der sechsten Wang, wer es denn sei, hielt sich die alte Feng die Hand vor den Mund und lachte.

»Es ist dein Brotherr! Gestern erschien er bei mir und meinte: Da dein Kind fort ist, müßtest du dich doch einsam und verlassen fühlen. Er will dir einen halben Tag Gesellschaft leisten kommen. Was meinst du dazu? Es ist ja niemand hier.«

Schmunzelnd meinte die sechste Wang: »Er hat doch in seinem Haus etliche Frauen, die Gestalten aus Götterhainen gleichen. Sollte er wirklich ein so häßliches Ding wie unsereins zu begeh-

ren willens sein? Wenn er sich jedoch herablassen will, so bitte ihn, morgen zu kommen. Ich will ihn hier erwarten.«
Simen Tjings Freude über die Zusage der sechsten Wang war nicht zu übertreffen. Er wog der alten Feng sogleich eine Unze Silber zu, um Wein und Speisen besorgen zu lassen.
Nach der Mittagszeit legte Simen Tjing bequeme Kleidung an, setzte eine schlichte Kopfbedeckung auf, zog den Augenschleier über und begab sich in Begleitung von Dai-an und dem Schachjungen zu Han Dau-gos Wohnung. Vor der Türe saß er ab und trat ins Haus. Das Pferd ließ er zum Grundstück in der Löwenstraße führen und gab den Auftrag, ihn am Abend abzuholen. Nur Dai-an behielt er zur Bedienung bei sich. Nachdem Simen Tjing in dem offenen Vorraum ein Weilchen gesessen hatte, erschien in ihrem besten Putz und in Festkleidung die sechste Wang und begrüßte ihn: »Neulich haben wir unseres Kindes wegen des Herrn Herz bemüht. Mit einem Worte kann man das gar nicht abtun.« Sie warf sich viermal vor Simen Tjing aufs Antlitz.
Die alte Feng trug Tee herein, und die sechste Wang reichte ihn dar. Dai-an hatte unterdessen das Haupttor verriegelt. Die sechste Wang saß ein Weilchen bei Simen Tjing, dann bat sie ihn, in ihrer Stube Platz zu nehmen. Dort befand sich an der Wand, die dem Eingang gegenüber lag, in einer Art Seitengelaß hinter einer Tür eine heizbare Lagerstatt. Simen Tjing nahm darauf Platz. Die sechste Wang brachte starken Tee mit reichlichen Zutaten wie Walnußkernen und doppelt eingesalzenen Bambussprossen. Als er sie mit dem Teebrett hantieren sah, bemerkte er: »Ihr müßtet ein Mädchen zur Hilfe haben.«
»Ja, seit dem Fortgang unserer Tochter ist alles für mich recht unbequem, das muß ich offen zugeben.«
»Das ist leicht zu ändern. Die alte Feng soll für Euch eine dreizehn- bis vierzehnjährige Magd suchen.«
»Ach, damit muß ich wohl warten, bis der Mann zurück ist. Wir werden dann nicht umhin können, hier und dort etwas zusammenzukratzen, bis ich die alte Feng bitten kann, mir ein Kind zur Bedienung zu suchen.«
»Aber das ist doch nicht nötig! Ich werde ihr geben, was es kosten soll.«
»Wie könnte ich anständigerweise Euch mit dieser Ausgabe behelligen! Wir haben Euch doch schon genug Mühe verursacht.«
Der gewandte Plauderton der sechsten Wang gefiel Simen Tjing

sehr. Als nun die alte Feng hereinkam und den Tisch zurechtstellte, verhandelte er sofort mit ihr über den Kauf einer Magd.

»Wenn der Herr dir den Kauf zugesagt hat, so bedanke dich nur dafür«, bemerkte die alte Feng zur sechsten Wang. »Gevatterin Dschau im Südviertel hat ein dreizehnjähriges Kind. Sie will nur vier Unzen Silber haben. Die sollte der Herr dir kaufen.«

Die sechste Wang bedankte sich rasch unter tausendfachen Segenswünschen. Inzwischen wurden Speisen und Wein aufgetragen. Die sechste Wang schenkte einen Becher voll, reichte ihn mit beiden Händen Simen Tjing und wollte sich dann vor ihm aufs Antlitz werfen. Er zog sie aber rasch empor. Mit eigener Hand wählte sie nun etwas feingeschnittenes Fleisch und Gemüse aus, rollte es in die flachen Mehlkuchen ein, legte diese Röllchen auf einen Teller und reichte ihn Simen Tjing. Beide tranken einander immer wieder zu. Dai-an weilte unterdessen in der Küche. Dort leistete ihm die alte Feng Gesellschaft.

Nach einigen Runden Wein rückte die sechste Wang ihren Schemel näher an Simen Tjing heran. Bald tranken beide aus einem Becher. Da niemand mehr hereinkam, schlang Simen Tjing seinen Arm um ihren Nacken und herzte und küßte sie. Sie tastete nach seinem Nephritstengel. Als sich ihre Leidenschaft nicht länger mehr zurückhalten ließ, verriegelten sie die Tür und entledigten sich ihrer Kleider. Simen Tjing legte die silberne Stütze an. Die Frau führte sein Glied in ihren Schoß und entzückte Simen durch die Vielfalt ihres Liebesspiels.

Am nächsten Tag begab er sich in das Garngeschäft in der Löwenstraße und zahlte der alten Feng die vier Unzen Silber zum Ankauf der Dienstmagd. Den Namen des Mädchens änderte er in Goldstöffchen. In Erinnerung an das süße Erlebnis ritt Simen Tjing nach zwei Tagen wieder zur sechsten Wang. Der Schachjunge und Dai-an begleiteten ihn abermals bis zur Tür, dann mußte jener das Pferd zum Haus in der Löwenstraße führen. Ihre besondere Aufgabe sah die alte Feng darin, Wein einzuschenken, Einkäufe zu tätigen und bei allen kleinen Besorgungen Eifer zu zeigen. Auf diese Weise kam sie zu Öl und Essen für ihren eigenen Mund. Simen Tjing gab der sechsten Wang jedesmal, wenn er kam, eine oder zwei Unzen Silber für Auslagen. Er erschien am hellen Tage und kehrte erst bei Anbruch der ersten Nachtwache nach Hause zurück.

Da die alte Feng täglich bei der sechsten Wang behilflich war, kam sie kaum noch ins Haus Simen Tjings. Einige Male ließ

Väsele Li sie durch einen der Dienerjungen rufen, doch sie hatte niemals Zeit. Bisweilen hatte sie ihre Türe verschlossen und war den Tag über fort.
Nach einiger Zeit kehrten Lai-bau und Han Dau-go aus der Residenzstadt zurück. Sie berichteten Simen Tjing eingehend, wie der Haushälter Di beim Anblick des Mädchens hocherfreut erklärt habe, der Herr hätte sich um ihn sehr bemüht. Sie hätten zwei Tage im Schlosse wohnen dürfen, dann habe er ein Antwortschreiben aufgesetzt, dem Herrn einen Rappen geschickt, als Hochzeitsgabe für Han Dau-gos Tochter fünfzig Unzen Silber gesandt und ihnen selber zwanzig Unzen Silber als Reisespesen eingehändigt.
»Reichlich!« sagte Simen Tjing und überflog den Brief, der von Bekundungen der Dankbarkeit überfloß.
Han Dau-go war im Begriff, nach Hause zu gehn, als ihm Simen Tjing nachrief: »Gehilfe Han, nimm doch die Hochzeitsgabe für deine Tochter mit! Sie ist für euch als Ehepaar bestimmt zum Dank und Entgelt für die Erziehung der Tochter.«
»Uns sind schon so gewichtige Gunstbeweise von Euch, Herr, zuteil geworden«, lehnte Han Dau-go wieder und wieder ab. »Die Hochzeitsgabe haben wir doch schon erhalten. Wie könnte ich es wagen, auch noch dieses Geld anzunehmen! Der Herr hat schon so viel Mühe gehabt.«
»Wenn du meiner Aufforderung nicht folgst, werde ich böse. Trag es heim, aber gib es nicht aus! Ich habe schon einen Plan damit.«
Han Dau-go warf sich zum Dank auf sein Antlitz, verabschiedete sich und ging. Als seine Frau ihn kommen sah, nahm sie fröhlich sein Reisegepäck in Empfang, stäubte seine Kleidung ab und fragte ihn lang und breit aus, wie es ihrer Tochter dort gehe. Han Dau-go berichtete darauf über seine Hin- und Rückreise: »Es sind gute Menschen. Sie haben dem Kinde eine dreiräumige Wohnung und zwei Mägde zur Bedienung gegeben, von Kleidung und Schmucksachen gar nicht zu reden. Am zweiten Tage wurde sie in die hinteren Gemächer geführt und der Gemahlin vorgestellt. Der Haushälter Di ist hocherfreut. Er bewirtete uns zwei Tage in seinem Schloß. Wir konnten gar nicht alles verzehren. Dann gab er noch fünfzig Unzen Silber als Hochzeitsgabe, die mir Simen Tjing aufdrängte. Ich wollte sie durchaus nicht annehmen. Der Oberrat gestattete das aber nicht und befahl mir, sie mit nach Hause zu bringen.« Mit diesen Worten händigte er den Geldbetrag seiner Frau ein.

Ihr fiel ein Stein vom Herzen. Sie bemerkte zu Han Dau-go: »Wir müssen uns morgen noch mit einer Unze Silber bei der Mutter Feng bedanken. Während deiner Abwesenheit hat sie mir immer Gesellschaft geleistet. Der Oberrat hat ihr auch eine Unze gegeben.«
Während sie so sprach, trat die Magd Goldstöffchen mit Tee ein.
»Wessen Fräulein ist denn das?« erkundigte sich Han Dau-go, als er sie sah.
»Das ist die Magd, die wir gekauft haben. Sie heißt Goldstöffchen. Komm einmal näher und wirf dich vor dem Herrn auf dein Antlitz!« Dann erzählte die Frau – das Mädchen war wieder in die Küche zurückgegangen – von den Begebnissen mit Simen Tjing: »Nach deiner Abreise ist er mehrmals hier gewesen. Er hat uns die Magd für vier Unzen gekauft. Jedesmal brachte er ein, zwei Unzen mit. Der Oberrat hat auch gesehen, wie unbequem es hier ist, und hat uns den Kauf eines Hauses in einer Hauptstraße zugesagt, damit wir dorthin ziehen könnten.«
»Ich war erstaunt, daß er vorhin das Silber nicht annehmen wollte«, bemerkte Han Dau-go, »und daß ich es nach Hause nehmen, aber nicht ausgeben sollte. Das hängt also damit zusammen!«
»Haben wir nun nicht fünfzig Unzen Silber?« meinte sie. »Demnächst wird er uns bestimmt noch einige Unzen zulegen und das Haus aussuchen. Ich habe ihm zwar meinen Körper gegeben, aber dafür hat er allerlei Gaben gebracht und für unsere Kleidung gesorgt.«
»Wenn ich morgen ins Geschäft gehe und er kommen sollte, so stell dich nur, als ob ich nichts wüßte! Behandle ihn ja nicht nachlässig. Es ist so leicht, dann Geld zu verdienen.«
»Gewiß, du kannst jetzt behaglich leben. Aber du weißt nicht, wie bitter mir dabei zumute gewesen ist.«

Vergeblich hatte Goldlotos Abend für Abend auf Simen Tjing gewartet. Als sie dann auch noch gewahr wurde, daß er einmal statt zu ihr zu Väsele Li, der Mutter seines Sohnes, ging, benahm sie sich so auffällig, daß Väsele Li ihrem Gatten selber den Rat gab, bei Goldlotos zu schlafen. Sie fürchtete sich vor Goldlotos' Eifersucht.
Goldlotos wünschte sich in sein Herz hineinzubohren und heftete sich ganz vernarrt auf dem Kopfkissen an ihn. Auf alle mögliche Art suchte sie ihn in ihre Netze zu verstricken. Ihre

Tränen benetzten das Bettzeug. Nur danach trachtete sie: das Herz des Mannes an sich zu fesseln. Aber daß Simen Tjing sich nur zu der sechsten Wang hingezogen fühlte, ahnte sie nicht.
Für diese hatte er in der Löwenstraße östlich der Steinbrücke mit hundertundzwanzig Unzen Silber ein Anwesen erworben, das in der Straßenfront zweiräumig und vier Hausgruppen tief war. Das erste Gebäude enthielt die Empfangshalle für Gäste, eines diente als Opferstätte für Buddha und die Vorfahren, eines als Wohngebäude und das letzte als Küche.
Nach ihrem Umzuge dorthin wurde es unter den Nachbarn und Anwohnern bekannt, daß es einem Angestellten Simen Tjings gehörte. Wenn Simen Tjing ins Haus kam, hatte Han Dau-go Nachtwache im Geschäft. Drei-, viermal geschah es im Monat. Dabei wurden Simen und die sechste Wang so heiß miteinander wie ein Holzkohlenfeuer.
Die fromme Frau Mondtraut lud des öfteren zwei Nonnen zu sich, die eine trug den Namen Wang, die andere wurde meist mit ihrem Rang, also mit Frau Oberin, angeredet. Eines Nachts ruhten Frau Mondtraut und die Nonne Wang nebeneinander, und diese stellte die Frage: »Wie kommt es nur, meine Verehrte, daß sich bei Euch kein freudiges Ereignis einstellt?«
»Ach, redet nicht von freudigem Ereignis. Ich habe doch mein sechs bis sieben Monde altes Kindchen durch einen Sturz verloren; seitdem bin ich nicht wieder guter Hoffnung geworden.«
»Mein Mütterchen! Schon sieben Monde! Da hat es ja schon richtige Gestalt gehabt!«
»Es ging um Mitternacht in den Nachteimer ab. Die Magd und ich zündeten eine Lampe an und betrachteten es noch. Es wäre ein kleiner Junge geworden.«
»Wie schade für Euch, mein Mütterchen! Hättet gerade Ihr, meine Verehrte, ein Söhnchen geboren, das wäre doch gewaltig besser gewesen als bei den anderen. Seht nur, wie gut es vorn der Sechsten geht, seit sie den Sohn hat, und sie gehört doch noch nicht lange zur Familie.«
»Ob jemand Kinder hat, bestimmt der Himmel.«
»Na, es macht ja nichts. Eine Bekannte namens Süeh versteht sich auf Geheimarzneien. Aber man braucht da etwas, was schwer zu erlangen ist.«
»Und was ist das?«
»Die Nachgeburt eines erstgeborenen Kindes. Man muß sie mit Wein waschen, zu Asche verbrennen und in die Zauberarznei

mischen. Alsdann muß man den sieben mal siebenten zyklischen Tag, den der Ratte, abwarten und nüchtern die Arznei mit gelbem Wein einnehmen. Genau auf den Tag gerechnet wird dadurch innerhalb eines Mondes der Zustand der guten Hoffnung erreicht, und zwar ganz zuverlässig.«

»Handelt es sich bei der Frau Süeh auch um eine Nonne, dann bittet sie doch einmal zu mir«, sagte Frau Mondtraut.

»Wartet damit, ich will Euch selber, meine Verehrte, die Zauberarznei beschaffen. Freilich, jenes eine ist schwer zu besorgen.«

»Ich gebe dir Geld. Du kannst dir Zeit nehmen, es zu beschaffen.«

Dann plauderten sie noch eine Weile, bis sie in Schlaf sanken.

XXVIII.

In Gwangling, einer Stadt der Provinz Kiangsu, lebte ein Hofrat Miau Tjän-sju, der Tausende von Kupfergeldsträngen an Vermögen besaß, die Dichtkunst liebte und guter Lebensart war. Vierzig Jahre alt, hatte er nur eine unverheiratete Tochter. Seine Ehefrau, eine geborene Li, litt an einer chronischen Krankheit und war bettlägerig. Alle Familienangelegenheiten besorgte die geliebte Nebenfrau, eine geborene Diau. Der Hofrat hatte, um sie ehelichen zu können, dreihundert Unzen Silber gezahlt.

Eines Tages bettelte ein alter buddhistischer Mönch am Eingang seines Hauses um Almosen und sagte, er stamme aus dem Kloster der Gnadenverkündung in der östlichen Residenzstadt. Da einem Tempelsaal noch das vergoldete Buddhabildwerk fehle, besuche er, wie die Wolken wandernd, Leute, die zu Spenden willig seien. Als der Hofrat Miau das vernahm, rückte er ohne weiteres fünfzig Unzen Silber heraus.

»So viel ist nicht nötig; die Hälfte reicht aus«, erklärte der Mönch.

»Mein Meister, sollte etwas über die Kosten des Buddhabildwerkes hinaus übrigbleiben, mag es als Gabe zu Fastenspeisen dienen.«

Der Mönch bedankte sich. Als er im Begriffe stand, sich zu entfernen, sagte er: »In des Herrn Hofrats linker Augenhöhle bemerke ich eine Ankündigung tödlicher Gefahr. Geht in diesem Jahr nicht auf Reisen, sonst muß es großes Unglück geben.«

Kaum einen halben Monat danach wandelte der Hofrat zufällig im Garten umher, als er hinzukam, wie sein Diener Miau Tjing mit der Nebenfrau Diau tuschelte. Daraufhin verprügelte er ihn und jagte ihn aus dem Hause. Miau Tjing wandte sich flehend an Verwandte und Nachbarn, und dank ihrem Zureden wurde er im Dienst behalten. Aber in der Tiefe des Herzens blieb der Haß.

Nun gab es einen Vetter des Hofrats namens Hoang, einen Mann aus dem Gehobengau Jangdschou und stellvertretenden Bezirksleiter in Kaifeng, dieser östlichen Residenz. Er, der einen akademischen Grad hatte und über umfangreiches Wissen verfügte, sandte dem Hofrat eine Einladung, zur Residenz zu kommen. Der Hofrat Miau war über diesen Brief hoch erfreut und sofort bereit zu reisen.

»Aber kürzlich hat dir doch der Mönch geweissagt, daß dir Unglück drohe«, warnte seine Frau, die geborene Li. »Ich halte es für besser, lieber nicht zu reisen.«

Aber der Hofrat Miau wollte nichts mehr davon hören. Gleich ließ er durch seinen Diener Miau Tjing das Reisegepäck zusammenstellen, darunter zwei Koffer mit Silbermetall, um reichlich Geschenke machen zu können, und ein Schiff mit Waren beladen. Die Diener An-tung und Miau Tjing wollte er als Begleitung mitnehmen, seine Frau und die Nebenfrau sollten das Haus betreuen. Dann wählte er einen günstigen Tag aus und trat die Reise gerade zu Ende des Herbstes an.

Nun war er aber an eine Räuberdschunke geraten. Die beiden Steuerleute waren Halunken, der eine der dritte Tschen, der andere der achte Weng. Zudem hatte Miau Tjing, gegen seinen Herrn haßerfüllt und rachsüchtig wegen der früheren Bestrafung, bisher nur darauf gelauert, Vergeltung üben zu können. Jetzt schien ihm die rechte Gelegenheit gekommen, sich den beiden Steuerleuten anzuvertrauen: »In den Lederkoffern meines Herrn befinden sich tausend Unzen Silber und für zweitausend Unzen Atlasstoffe, außerdem eine große Menge Kleidungsstücke. Macht ihr mit, so bin ich bereit, alles mit euch zu teilen.«

»Wir hatten schon längst diese Absicht«, sagten die beiden Schiffer grinsend.

Das Wetter der Unglücksnacht war düster. Hofrat Miau und sein Diener An-tung schliefen mitschiffs. Miau Tjing hielt sich am Heck der Dschunke auf. Annähernd um die Zeit der dritten Nachtwache schrie er mehrmals: »Räuber! Räuber!«

Hofrat Miau schrak aus seinen Träumen auf und steckte den Kopf zur Kajüte heraus. Da traf ihn das Beil des dritten Tschen unterhalb des Nackens. Dann stieß man ihn in die wogenden Wasserfluten. Der Diener An-tung wollte sich gerade davonmachen, als ihm der achte Weng mit einem Knüttel einen betäubenden Schlag versetzte, so daß er ins Wasser stürzte. Danach teilten die drei die Beute unter sich. Die beiden Schiffer erklärten:
»Wenn wir die Waren behalten, kann es beim Verkauf Schwierigkeiten geben. Du als sein Gefolgsmann hast die Waren verladen. Verkaufst du sie, hat niemand Argwohn.«
Demgemäß nahmen die beiden Schiffer nur die tausend Unzen Silber aus dem Lederkoffer und ein paar Kleider des Hofrats, dann ruderten sie wieder zurück. Miau Tjing benutzte ein anderes Schiff und verfrachtete auf ihm seine Ware bis zur Anlegestelle von Klarennähe (Lintjing). Nachdem er die Zollabfertigung erledigt hatte, lud er die Waren in einem Gasthaus außerhalb der Stadt Klarenfluß ab. Wenn er altbekannte Geschäftsleute aus Jangdschou traf, sagte er, sein Herr komme mit einem anderen Schiffe nach.
An-tung war zwar, wer hätte das gedacht, durch den Knüttelschlag betäubt ins Wasser gestürzt, aber glücklicherweise nicht tot. Ein alter Fischer hörte sein Wimmern und rettete ihn. Aus Dankbarkeit blieb An-tung bei dem Alten, um so mehr, als er seinen Herrn für tot hielt. Eines Tages aber hatte sich der Fischer mit An-tung an Land begeben, um Fische zu verkaufen. Dabei stießen sie auf Tschen und Weng. An-tung erstattete natürlich sofort Anzeige im Amt des Wehrbezirkskommandanten Dschou, der die Kanalpolizei leitete. Als dieser sah, daß Beute als Beweisstück nicht vorhanden war, nahm er die Anklage gar nicht an. Nun wiederholte An-tung die Anzeige beim Strafgericht. Weil ein Raubmord vorlag, nahm der Richter Sja die Anklage an und schickte Häscher mit An-tung als Begleiter aus, die Tschen und Weng verhafteten. Bei der Vernehmung der Schiffer gestanden sie, da An-tung anwesend war, und sagten ferner aus, daß Miau Tjing die Ermordung mitgeplant und sich mit ihnen in die Beute geteilt habe; dann sei er seiner Wege gegangen. Nun wurden abermals Häscher ausgesandt, um diesen zu fangen. Miau Tjing aber hatte Wind von den Vorgängen bekommen und war beim Makler Lö untergeschlüpft, der Wand an Wand mit Han Dau-go in der Löwenstraße wohnte.
Lös Frau war mit der sechsten Wang eng befreundet. Als der Makler Lö die traurige Miene Miau Tjings gewahrte, fragte er

ihn nach der Ursache und meinte dann, als er sie erfahren hatte: »Das ist nicht schlimm. Frau Han nebenan ist eine Buhle des Herrn Strafrichters Simen: Ihr Mann, sein Angestellter, verkehrt viel bei uns und tut uns jeden Gefallen. Wieviel willst du daran wenden, damit meine Frau drüben mit jener verhandelt?«

»Könnte ich es erreichen, daß mir keine Schwierigkeiten entstehen, so würde ich die Gefälligkeit reichlich vergelten«, jammerte Miau Tjing auf den Knien liegend. Er schrieb ein Gesuch und fügte fünfzig Unzen Silber und zwei Satz Kleider aus geblümtem Atlas bei.

Makler Lö ließ seine Frau alles hinübertragen und mit der sechsten Wang das Nötige besprechen. Über die Maßen erfreut, nahm diese Kleider, Silber und Gesuch an sich und wartete auf Simen Tjings Kommen. Aber er erschien nicht. Am späten Nachmittag sah sie Dai-an, der auf einem Maultier durch die Straßen ritt, und rief ihn an: »Woher kommst du denn?«

»Ich habe mit dem Herrn Geschenke zum Bezirksamt Ostniederung gebracht.«

»Jetzt ist dein Herr wohl noch nicht zurück?« erkundigte sich die sechste Wang.

»Doch! Mit dem vierten Fei ist er vorweg heimgekehrt.«

Daraufhin bat sie Dai-an hereinzukommen, sagte ihm Näheres und zeigte ihm die Bittschrift.

»Gevatterin Han«, meinte Dai-an. »Ihr wollt Euch dieser Sache wirklich annehmen? Wähnt ja nicht, daß sie leicht sei! Die paar überbrachten Unzen Silber reichen nicht einmal aus, um die Niederen zu bezahlen. Sprecht selber mit dem Herrn, Gevatterin Han! Gebt mir zwanzig Unzen Silber, und ich werde unseren Herrn herbeibitten; da könnt Ihr, meine Verehrte, mit ihm ganz nach Belieben verhandeln.«

»Du Schlaumäulchen, wenn du essen willst, darfst du doch den Koch nicht übel behandeln. Gelingt die Sache, so wird es nicht schwer sein, deinen Wunsch zu erfüllen. Es soll dir an nichts fehlen.«

Dai-an zog weiter, und abends besuchte tatsächlich Simen Tjing die sechste Wang.

Sie unterhielten sich eine Weile, dann meinte die sechste Wang: »Vielleicht wird es dem Herrn zu kühl. Wir wollen im Schlafzimmer Platz nehmen.« So ließ sie Simen Tjing sich in ihr Schlafgemach begeben. Dort stellte sie einen Stuhl über ein Holzkohlenbecken, und er ließ sich darauf nieder. Dann zeigte sie Simen Tjing zunächst die Bittschrift Miau Tjings: »Er hat,

weil er dort zu Gast ist, die Frau des benachbarten Maklers Lö gebeten, mit mir zu sprechen. Die beiden Schiffer haben ihn in die Sache hineingezogen. Er hofft nun, daß sein Name herausgelassen und er nicht vorgeführt werde. Zum Dank hat er mir hier einige Geschenke gesandt. Auf alle Fälle rechne ich auf Euch: Könnt Ihr die Geschichte nicht auf sich beruhen lassen?«
Die sechste Wang holte aus ihrer Kiste die fünfzig Unzen Silber heraus und zeigte sie Simen Tjing.
»Die paar Sächelchen?« Simen Tjing lachte auf. »Was willst du damit für ihn getan haben? Du bedenkst nicht, daß dieser Miau Tjing ein Diener des Hofrats Miau ist und mit den beiden Schiffern seinen Herrn umgebracht und in den Kanal gestoßen hat. Die geringste Strafe ist Tod durch Zerstückelung. Die beiden Schiffer haben gestanden, daß Miau Tjing noch für zweitausend Unzen Silber Ware bei sich habe. Was soll also da das bißchen Silber hier? Gib es ihm rasch zurück!«
Die sechste Wang ging sofort in die Küche und ließ durch ihre Magd Goldstöffchen die Frau des dritten Lö rufen. Dieser gab sie die Geschenke zurück und erzählte ihr alles zur Weitergabe an Miau Tjing. Diesen überlief es wie kaltes Wasser. Er bat den dritten Lö, mit ihm zu beraten, ob es nicht besser sei, die gesamten zweitausend Unzen Ware zu opfern, um wenigstens sein Leben zu retten.
»Da der Herr drüben solches geäußert hat«, erklärte der Makler Lö, »läßt sich daran auch nicht ein Tüttelchen rütteln. Den beiden Beamten muß für tausend Unzen Ware gegeben werden. Wenn die übrigen, Gefängnisaufseher, Gefangenenführer und Häscher, die andere Hälfte erhielten, das wäre dann wohl genug.«
»Aber meine Waren sind noch nicht verkauft«, wandte Miau Tjing ein. »Woher soll ich das Geld beschaffen?«
Sie schickten deshalb die Frau des Maklers Lö nochmals zur sechsten Wang, um zu vereinbaren, daß, wenn der Herr Ware annehme, sie im Wert von tausend Unzen Silber geliefert werde; falls er das nicht wolle, so bäten sie untertänigst, der Herr möge noch zwei, drei Tage Zeit gewähren, damit bis dahin alles unter Preis zu Geld gemacht werden könne. Sodann würde er persönlich dem Herrn die Geschenke ins Haus bringen. Die sechste Wang begab sich mit dem Angebot erneut ins Schlafzimmer.
»Unter solchen Umständen werde ich den Häschern befehlen, noch einige Tage Frist zu geben«, erklärte Simen Tjing.
Lös Frau eilte mit dieser Auskunft zurück zu Miau Tjing. Dieser

war von Herzen froh. Er ließ durch Vermittlung des Maklers Tag und Nacht Käufer suchen, um die Waren loszuschlagen. In kaum drei Tagen war alles vollständig abgesetzt; der Erlös betrug eintausendsiebenhundert Unzen Silber. Zu dem, was er ursprünglich der sechsten Wang gegeben, das aber nicht angerührt worden war, legte er noch fünfzig Unzen und gab noch vier Satz erstklassige Kleider dazu. Am Neunzehnten sandte Miau Tjing sein Geschenk von tausend Unzen Silber, in vier Weinkrügen verpackt, nebst einem Schreiben nach Eintritt der Dunkelheit zu Simen Tjing. Von dessen Personal, das Bescheid wußte, gab er Dai-an, Ping-an, dem Leibpagen und dem Lautenjungen zehn Unzen Silber. Dai-an beanspruchte, weil er die Sache bei der sechsten Wang eingeleitet hatte, auch zehn Unzen. Simen Tjing kam bald danach heraus und setzte sich in der Mattenzeltlaube nieder. Lampen wurden nicht angezündet. Der Mond, der aufgegangen war, verbreitete nur verschwommenes Licht. Man brachte das Silber zu ihm. Als Miau Tjing, der schwarz gekleidet war, Simen Tjing gewahrte, warf er sich fortwährend aufs Antlitz.

»Meine Wenigkeit ist der rettenden Gnade des Herrn teilhaftig geworden; diese zu vergelten wäre mir unmöglich, selbst wenn ich meinen Körper zerstückeln und meine Knochen zermalmen ließe.«

»Ich habe deine Sache noch nicht eingehend geprüft«, erwiderte Simen Tjing. »Die beiden Schiffer haben dich stark belastet. Wenn du vor das Gericht kämest, würdest du für höchst straffällig gelten. Da du aber Fürsprecher gesucht hast, werde ich dir noch einmal den Tod ersparen. Nähme ich dieses dein Geschenk nicht an, dann würdest du dich beunruhigen. Die Hälfte will ich noch deinem Richter, Herrn Sja, zukommen lassen, also mit ihm teilen. Halte dich nicht mehr lange hier auf, sondern reise Tag und Nacht hindurch in deine Heimat!«

Miau Tjing, wieder beim Makler Lö, packte sofort seinen Knappsack. Ihm waren noch hundertundfünfzig Unzen Silber verblieben. Er gab davon fünfzig Unzen und die übriggebliebenen Rollen Atlas dem Ehepaare Lö zum Danke. Lö mietete um die Zeit der fünften Nachtwache für ihn Maultiere auf weite Reise, und Miau Tjing zog nach Jangdschou ab. Am nächsten Tage bat Simen Tjing den Richter Sja zu sich. Als dieser die Empfangshalle betreten hatte und die förmlichen Begrüßungen erledigt waren, führte ihn Simen Tjing in die Mattenzeltlaube. Diener brachten Tee und stellten einen Tisch zum Mahle zurecht. Dann schleppten sie alles mögliche herbei: Hühner, Schweinsfüße, Gänsefleisch, Enten, frischen Fisch und Zukost zum Reis. Nachdem sie davon genossen hatten und das Tischgerät fortgeräumt worden war, wurden Speisen zum Wein aufgetragen und auf einem silbernen Tablett kleine goldene Becher gebracht, in die langsam eingeschenkt wurde. Erst beim Weine brachte Simen Tjing die Angelegenheit Miau Tjings zur Sprache:

»Der Bursche hat sich gestern an einen besseren Herrn gewandt, der wiederholt mit mir Rücksprache genommen und Geschenke gebracht hat. Ich mag die Sache natürlich nicht allein entscheiden. Deshalb habe ich Euch, Herr Kollege, heute hergebeten, um den Fall zu erörtern.« Damit zog er das Geschenkangebot hervor und reichte es dem Richter Sja zur Einsicht.

»Ich überlasse die Entscheidung in dieser Sache ganz dem werten Ermessen des Herrn Amtsfreundes«, erklärte dieser, als er das Angebot gelesen hatte.

»Nach meiner bescheidenen Meinung«, schlug Simen Tjing vor, »können wir morgen die Banditen mit der Beute abtransportieren lassen. Diesen Miau Tjing brauchen wir aber nicht weiter. Der Kläger An-tung kann draußen festgehalten werden. Wenn die Leiche des Hofrats Miau gefunden ist, können wir weiter beraten. Das ist dann noch nicht zu spät. Die Geschenke werde ich dem Herrn Kollegen zusenden.«

»Das wäre doch unrecht, Herr Amtsfreund! Eure Ansicht ist sehr richtig. In dieser Sache habt Ihr, Herr Amtsfreund, Euer Herz allein verschwendet, wie könntet Ihr mir etwas abzugeben haben! Das geht ganz entschieden nicht.«

Nun stimmten beide hin und her, aber Simen Tjing ließ nicht nach; so wurde das Geschenk zwischen beiden gleichmäßig geteilt, und fünfhundert Unzen Silber in Speiseschachteln verpackt.

Simen Tjing und der Richter Sja betraten am folgenden Morgen im Sinne ihrer Verabredung den Sitzungssaal. Der Ankläger, die Gefängnisbeamten und -inspektoren waren von oben bis unten von Lö reichlich geschmiert worden. Als die Strafinstrumente bereitstanden, wurden die beiden Schiffer Tschen und Weng aus dem Kerker geholt und einem Verhör unterzogen. Da sie aber beteuerten, daß der Diener Miau Tjing den Plan mit ihnen geschmiedet habe, rief Simen Tjing zornig den links und rechts stehenden Schergen zu, sie sollten sie foltern. Er schrie sie zornig an: »Wie könnt ihr die Sache auf einen anderen abwälzen wollen!« Damit rief er An-tung vor und richtete an ihn die Fragen: »Wer hat deinen Herrn getötet? Wer hat dich ins Wasser gestoßen?«

»An jenem Tage um die dritte Nachtwache hörte ich Miau Tjing rufen: ›Räuber!‹ Mein Herr schaute zur Kajüte hinaus, als er durch den dritten Tschen einen tödlichen Hieb erhielt und ins Wasser geschleudert wurde. Meine Wenigkeit bekam von dem achten Weng einen Schlag mit einem Knüttel und stürzte über Bord. Nur auf diese Weise bin ich mit dem Leben davongekommen. Wo Miau Tjing geblieben ist, weiß ich nicht.«

»Die Art, wie dieser Junge aussagt, zeigt, daß seine Schilderung wahr ist. Wie könnt ihr daran rütteln und drehen?« rief Simen Tjing.

Nun wurde den beiden Männern die Folterpresse angelegt, und jeder bekam dreißig Schläge. Die Richter ließen eine Verhandlungsschrift anfertigen und sandten sie mit einem eingehenden Bericht an das Bezirksamt Ostniederung. Der Präsident Hu Schi-wen, der mit Simen Tjing verkehrte, legte ein Aktenstück gemäß dem Bericht an und entschied, daß die Bootsleute Tschen und Weng festgestelltermaßen Raubmörder und mit dem Tode zu bestrafen seien.

An-tung konnte gegen Bürgschaft frei bleiben. Er ließ einige Zeit vergehn, dann begab er sich in die östliche Residenz und brachte in dem Bezirksamt von Kaifeng bei dem stellvertretenden Bezirksleiter Hoang die Anklage an, Miau Tjing habe seinen Herrn bestohlen, aber es durch Bestechung erreicht, daß sein Name im Strafgericht unerwähnt gelassen worden sei; wann werde wohl das seinem Herrn zugefügte Unrecht Sühne finden?

Der stellvertretende Bezirksleiter Hoang hörte ihn an, setzte dann in der Nacht noch ein Schreiben auf und schickte An-tung mit diesem und seiner beigefügten Anklage unter Gewährung von Reisegeld zum Revisionsamt des Statthalters von Schantung, zum Zensor Dseng. Listig wußte er sich bis zu diesem durchzuschlängeln und ihm das Schreiben zu übergeben.

Als der Zensor es zu Ende gelesen hatte, forschte er, wo die Klageschrift sei. Die Diener eilten rasch hinab zu An-tung:

»Seine Gnaden wollen wissen, ob du eine Anklageschrift hast.«

Er zog sie von der Brust hervor und gab sie ihnen. Der Zensor Dseng sah sie durch, griff zum Schreibpinsel und erließ eine Verfügung, die Beamtenschaft des Bezirksamtes von Ostniederung habe die Angelegenheit erneut zu untersuchen und gerecht aufzuklären, die Leiche sei zu besichtigen. Er verlangte eingehenden Bericht unter Beifügung der Akten. Darauf hieß er Antung im Bezirksamt von Ostniederung das Weitere abwarten. Dieser warf sich rasch aufs Antlitz, stand dann auf und ging durch die Seitentüre hinaus. Der Zensor Dseng tat seine Verfügung und die Klageschrift in einen Briefumschlag, drückte sein Siegel darauf und sandte einen Boten mit den Papieren zum Bezirksamt von Ostniederung.

Als Hu Schi-wen, der Leiter des Amtes, die Verfügung seines Vorgesetzten zu Gesicht bekam, wurde er so erregt, daß Hände und Füße kaum Halt hatten. Er gab den Auftrag weiter an den stellvertretenden Landrat des Kreises Lichtental namens Di. Dieser war zwar rechtschaffen und nicht geldgierig, aber töricht in der Anstellung von Ermittlungen. Die Leute nannten ihn deshalb den Wirrkopf Di.

Auf dem Wege zum Kreise Klarenfluß war er einmal westlich der Stadt am Kanalufer entlanggeritten. Da war ihm vor dem Kopf seines Pferdes ein Luftwirbel aufgefallen, der kreisend mit seinem Reittier mitzog. Er beauftragte die Amtsdiener, dem Wirbel zu folgen. Erst an der Einmündung des Klarenflusses hatte der Wirbel aufgehört. Darauf ließ Di das Erdreich am Kanalufer mehrere Fuß tief aufhacken. Da kam eine Leiche mit einem Beilhieb im Nacken zum Vorschein. Nun war er so töricht gewesen, die Mönche eines Klosters verhaften zu lassen, nur weil es in der Nähe des Fundortes lag und sie gestanden hatten, die vom Wasser angespülte Leiche geborgen und aus Gnade und Barmherzigkeit beerdigt zu haben. Er glaubte ihnen nicht und warf sie in den Kerker, ohne sich jedoch endgültig wegen dieser Sache schlüssig geworden zu sein. Das lag nun bereits zwei Monde zurück.

Jetzt, als plötzlich die Anklage gebracht worden war, ließ man An-tung in Begleitung eines Beamten nun sofort zu dem Leichnam führen, ob er ihn erkenne. Beim Anblick des Toten schluchzte An-tung laut auf und rief entsetzt: »Ja, das ist wirklich mein Herr, den die Räuber getötet haben. Die Wunde vom Beilhieb ist noch erkennbar.«

Die Sache war damit einwandfrei aufgeklärt. Herrn Dseng erstattete man Bericht; alle Mönche wurden sofort freigelassen. Die Schiffer Tschen und Weng wurden vorgerufen und verhört. Sie verharrten bei ihrer Aussage, daß Miau Tjing der Haupträdelsführer gewesen sei. Zornig sandte Dseng in Tag- und

Nachtmärschen Leute nach Jangdschou, die Miau Tjing herbeischaffen sollten. Gleichzeitig erhob er Anklage wegen passiver Bestechung und Rechtsbeugung gegen die beiden Richter des Strafgerichts, die den Fall untersucht hatten. Darum ließ sich eines Tages der Richter Sja bei Simen Tjing melden.

»Es liegt eine Sache vor. Ich bin gekommen, den Herrn Amtsfreund von ihr in Kenntnis zu setzen, aber vielleicht begeben wir uns dazu lieber in ein anderes Zimmer.«

Simen Tjing befahl dem Leibpagen, die Tür zur Mattenzeltlaube zu öffnen, und geleitete den Richter Sja dorthin. Die Diener mußten sich entfernen.

»Heute morgen war Exzellenz Li vom Kreisamt bei mir mit der Mitteilung, daß der Statthalter neuerdings eine Anklage zur Reichshauptstadt geschickt habe. Ihr, Herr Amtsfreund, und ich sind die Angeschuldigten. Ich habe eine Abschrift fertigen lassen. Hier ist sie, Herr Amtsfreund!«

Simen Tjing wurde bleich vor Schrecken. Er nahm die Abschrift näher zur Lampe und las:

»Bericht des Statthalters und Revisors für Schantung, des Zensors Dseng Sjau-hü, zur Anklage gegen zügellose, pflichtvergessene Amtsträger militärischen Ranges mit der Bitte, huldvollst ihre Beseitigung zu verfügen, damit den Grundsätzen des Rechts zur Geltung verholfen werde.

Euer Staatsdiener ist darüber belehrt worden, daß die kaiserlichen Besichtigungsreisen bezwecken, das Gesamtreich in allen Teilen zu beaufsichtigen und dabei Sitten und Gebräuche kennenzulernen; daß es hingegen dem Untersuchungsdienst des Zensoramtes obliegt, unehrliche Amtsträger auszumerzen, um die Grundsätze des Rechtes in erhöhtem Maße zur Geltung zu bringen. Ehemals, so berichteten die Frühlings- und Herbstannalen, bewirkten die Besichtigungsreisen der Kaiser und Fürsten, daß in allen Gebieten des Landes die Zucht gewahrt wurde, daß des Volkes Sitten rein blieben, daß des Herrschers Worte und sein Wille kund wurden, daß ihm alle Schichten des Volkes gehorsam waren und daß des Reiches heilige Verwaltung sichtbar in Erscheinung trat.

Eurem Staatsdiener ist seit vorigem Jahre die Oberaufsicht über die Gebietsteile Tsi und Lu in Schantung übertragen worden. Das Jahr nähert sich seinem Ende. Der Reihe nach sind bei allen Stellen mit umfassender Befehlsgewalt über die Zivil- und Militärbeamten Nachforschungen in Hinsicht darauf angestellt worden, ob sie auch makellos seien. Einiger Einblick in die wahren Verhältnisse ist möglich gewesen. Da die Amtszeit zu Ende geht, muß vorschriftsmäßig ein Bericht erstattet und Ew. Majestät unterbreitet werden. Mit der Anklage gegen gewisse Amtsträger mit umfassender Befehlsgewalt wird die Bitte an die allerhöchste Stelle gerichtet, ihre Absetzung anzuordnen.

Der ordentliche Tausendschaftsführer, Träger des Wegbereiter-Abzeichens und amtierende Richter im Untersuchungsgericht der Provinz Schantung, Sja Yän-ling, hat nur die Fähigkeit, Gras und Kraut zu mähen. Sein Verhalten ist voll von Gemeinheiten, und bei allen Sitzungen zeigt er sich seit langem als ein Schandfleck der Beamtenschaft. Wenn in früheren Zeiten Hüter des Krongutes und die hauptstädtischen Beamten sich Unregelmäßigkeiten und Ausbeutungen zuschulden kommen ließen, so wurden sie von den ihnen unterstehenden Beamten entlarvt. Jetzt verwalten das Gefängniswesen in Schantung aber begehrliche Beamte, und das ist ihren Kollegen ein Hemmnis. Der Richter Sja hat seinem Sohne Tschang-en unter falschem Heimatausweise die militärische Laufbahn ermöglicht. Statt wirklich Schuldige zu verhören, läßt Sja Ersatzmänner für sie vernehmen. Dadurch sind die sittlichen Vorschriften unserer Geistesgrößen wie fortgefegt.

Der stellvertretende Strafrichter und Tausendschaftsführer Si-men Tjing ist der eigentliche Verbrecher am Ort. Nur durch persönliche Beziehungen ist er in sein Amt gelangt und hat auf unredliche Weise militärische Würde erschlichen. Er ist so unwissend, daß er selbst das einfache Schriftzeichen für Nagel nicht kennt. Er läßt seine Frauen und Nebenfrauen auf Straßen und Gassen bummeln, und seine Bettgeschichten sind unsauber. Mit Singdämchen zecht er in den Weinstuben. Auch mit der Frau eines gewissen Han hat er eine Buhlschaft. Er giert nur nach ausschweifenden Vergnügungen und ist unverbesserlich. Er hat sich von einem gewissen Miau Tjing bestechen lassen und vertuscht alles. Doch die Spuren seiner Bestechlichkeit sind unverwischbar.

Beide genannten Amtsträger sind voll von Niedertracht, unfähig, ihre Pflichten zu erfüllen, und längst ungeeignet für ordentliche Amtsführung. Keinen Augenblick dürfen sie weiter im Amte bleiben.

In Ehrfurcht blickt Euer Staatsdiener empor und lauscht gebeugt der erhabenen Entscheidung, hofft auch auf den kaiserlichen Befehl an das zuständige Ministerium, die Angelegenheit nochmals gründlichst zu untersuchen und, falls in Eures Staatsdieners

Ausführungen in der Tat kein Irrtum sein sollte, sofort die Richter Sja Yän-ling und Genossen zu entfernen, damit in die Beamtenschaft wieder Ordnung kommt und die heilige Sittlichkeit ewig strahlend leuchte.«

Simen Tjing und der Richter Sja blickten einander betroffen an. Sie sannen wortlos nach.

»Gibt es bei dieser Sachlage irgendeinen Ausweg, Herr Amtsfreund?« hob Richter Sja an.

»Da die Sache nun einmal so weit ist, hängt alles von uns allein ab. Es bleibt nichts anderes übrig, als daß wir Geschenke bereitstellen und rasch jemand in die Hauptstadt senden.«

Auf diese Worte Simen Tjings verabschiedete sich Sja eiligst und stellte zu Hause zweihundert Unzen Silber und zwei silberne Weinkannen bereit, Simen Tjing goldgefaßte Edelsteine, ein Achat-Putzkästchen und dreihundert Unzen Silber. Richter Sja beauftragte seinen Diener Sja Schou und Simen Tjing den Diener Lai-bau. Als die Geschenke zusammengepackt worden waren, schrieb Simen Tjing noch einen Brief an den Haushälter Di. Dann mieteten die beiden Diener in aller Frühe Maultiere und machten sich auf den Weg, um in Tag- und Nachtmärschen in der Angelegenheit zur Hauptstadt zu eilen.

Zu diesen Sorgen trat nun noch die Sorge um seinen Sohn. Das Ratskerlchen hatte nach der Heimkehr von einem Ausflug zur Familiengruft die Nacht hindurch geweint und die Annahme der Milch verweigert. Aufgeregt teilte Väsele Li dies Frau Mondtraut mit.

»Wie habe ich dagegen gesprochen, daß es zur Stadt hinausgetragen wurde, ist es doch noch nicht einmal ein Jahr alt!« erklärte Frau Mondtraut. »Doch Simen, der unverständige Mensch, wollte das nicht einsehen.«

Da Väsele Li sich keinen Rat wußte und Simen Tjing vorn in der Halle mit dem Richter Sja redete, ließ Frau Mondtraut die alte Liu rufen und außerdem einen Kinderarzt holen. Die Türen gingen unablässig auf und zu, die ganze Nacht herrschte Unruhe. Die alte Liu erklärte, dem Kind sitze der Schrecken in den Gliedern, es habe unterwegs den Herrn der fünf Bahnen getroffen. Das sei aber nicht weiter schlimm. Man müsse Opferpapier kaufen und ihn verscheuchen, dann werde es wieder gut werden. Das Kind nahm zwei arsenhaltige Pillen, die sie zurückgelassen hatte, und danach beruhigte es sich.

Ungeduldig harrte indessen Simen Tjing der Rückkehr der beiden Diener, die die Hin- und Rückreise in Eilritten ohnegleichen zurücklegten. Das Antwortschreiben, das dann Lai-bau seinem Herrn überbrachte, entzückte diesen über alle Maßen: die Sache sei unbedeutend. Die Amtszeit des jetzigen Statthalters sei zu Ende, ein neuer bereits bestimmt. Die Anklage sei außerdem noch gar nicht eingelaufen. Wenn sie eingehe, werde er, Di, mit Durchlaucht verhandeln und sie, und sei sie noch so schwer, nur mit der Verfügung versehen: ›Dem zuständigen Ministerium zur Kenntnisnahme‹. Dann solle Durchlaucht unter Benutzung einer Karte den stellvertretenden Wehrminister Jü bestimmen, die Anklage nur den Akten einzuverleiben und nicht weiter an die allerhöchste Stelle zu leiten. Und entfalte der Ankläger selbst himmelstürmende Kraft, es würde nicht mehr schaden können!

XXIX.

Nachdem auch Sja Schou heimgekommen war und Bericht erstattet hatte, besuchte der Richter Sja sofort Simen Tjing, um sich zu bedanken: »Herr Amtsfreund, daß ich noch das Glück genieße, unter den Lebenden zu weilen, verdanke ich Euch. Wie hätte sonst die Sache zu einem guten Ende gebracht werden können?«

»Seid ganz beruhigt«, meinte Simen Tjing lachend. »Wenn man überlegt, daß wir beide nichts Unrechtes getan haben, konnte unser Gegner behaupten, was er wollte. Seine Durchlaucht ist doch einsichtig genug!«

Simen Tjing ließ unterdessen die Tafel decken, behielt Richter Sja zum Essen bei sich, und beide plauderten und scherzten bis zum Abend. Erst dann verabschiedete sich Sja und begab sich nach Hause.

Am nächsten Morgen erschienen beide wie gewöhnlich im Amt, um ihre Dienstgeschäfte zu versehen.

Doch zurück zum Statthalter Dseng! Seine Eingabe war zwar hingelangt, aber wirkungslos geblieben; da sagte er sich, daß die beiden Beamten bestochen hatten, und war ergrimmt. Er begab sich in die Hauptstadt und suchte einen Empfang bei Hofe nach. Dabei brachte er eine Denkschrift an, die nachwies, daß die Geldmittel des Landes nur durch ihren beständigen Umlauf von Wert seien. Nehme man aber vom Volke das Fett, um es in der Hauptstadt anzusammeln, so sei das keine Verwaltungsmaßnahme, die den inneren Frieden fördere. Die Regelung mit den

Getreidehandelsscheinen dürfe auch nicht durchgeführt, die Münzänderung in Zehn-Kupferling-Stücke nicht angewandt werden; die Gesetzgebung über die Salzhandelsscheine immerfort abzuändern sei verfehlt. Er habe es erfahren, daß die wirtschaftliche Kraft des Volkes erschöpft sei. Wer werde da noch das Reich verteidigen?
Zai Djing aber unterbreitete wütend dem Kaiser Hui-Dsung eine Gegeneingabe: jener sei nur einer, der ohne Maß und Ziel große Worte mache, dabei jedoch ein Störenfried für die Verwaltung des Landes.
Gegen Dseng wurde daraufhin vom Ministerium des Innern eine Untersuchung eingeleitet. Es erfolgte seine Versetzung in ein geringeres Amt, und er wurde mit der Verwaltung des Gaues Tjingdschou in der Provinz Schensi beauftragt. Nun war der Statthalter von Schensi, der Zensor Sung Pan, ein Bruder der Gemahlin des Kanzlers Zei Yu. Zai Djing wies ihn heimlich an, Dseng wegen privater Angelegenheiten anzuklagen, seine Dienerschaft festnehmen zu lassen und es mit List dahin zu bringen, daß er eingekerkert werde. Dsengs Name wurde in der Amtsträgerliste gestrichen, er selber über das Gebirge verbannt. Das war die Rache! Doch das geschah später und braucht hier eigentlich nicht berührt zu werden.
Eines Tages brachte Simen Tjing in Erfahrung, daß der Salzkämmerer Zai Sen, ein Adoptivsohn des Großkanzlers Zai Djing, sowie der Statthalter und Zensor Sung sich auf dem Wege zu ihm befänden und ihre Schiffe bereits bis in das Gebiet von Ostprangen gelangt seien. Simen Tjing beriet mit dem Richter Sja über die Maßnahmen zum Empfang. Lai-bau hatte sich unterdessen von Ostprangen aus auf das Schiff begeben und als erster dem Zensor Zai Geschenke aus Anlaß der Unterbrechung der Reise überbracht. Später erschienen Simen Tjing und der Richter Sja, die fünfzig Wegstrecken über ihren Bezirk hinaus entgegengeeilt waren, um die Herren für den Hafen von Klarenfluß willkommen zu heißen. Sie begaben sich zunächst auf das Schiff des Zensors Zai, statteten ihren Besuch ab und sprachen über eine Einladung des Herrn Sung. Zai erklärte, er werde mit ihm bestimmt zu Simen Tjing kommen.
Es waren auch der Präsident von Ostniederung, Herr Hu, und die gesamten höheren Beamten des Gaues, des Kreises und aller Ortschaften sowie die Offiziere der Armee und der Garde, die Gelehrten, die buddhistischen und dauistischen Priester und die Geomanten mit Besuchskarten zum feierlichen Empfang er-

schienen. Der Wehrbezirkskommandant Dschou, der Truppeninspektor Djing, der Drillmeister Dschang waren mit ihren Gefolgsmannen zu Fuß und zu Roß in festlichem Aufzuge gekommen, um die Raststelle freizuhalten und abzusperren und Befehle weiterzugeben. Alle Hühner und Hunde waren eingesperrt worden. Unter Trommeln und Flöten ging der Empfang vor sich. Der Statthalter begab sich in das Revisionsamt; er musterte alle Beamten, die Urkunden wurden überreicht, und er blieb eine Nacht zur Ruhe dort.
Am nächsten Morgen meldete ihm sein Torhüter, daß der Kontrolleur des Salzwesens, Herr Zai, seine Aufwartung zu machen gekommen sei. Der Statthalter ging ihm sogleich zum Empfang entgegen, und nach den Begrüßungsförmlichkeiten setzte man sich als Gast oder Gastgeber auf den entsprechenden Plätzen nieder, und Tee wurde gereicht. Dann erkundigte sich der Statthalter Sung: »Wann gedenkt Ihr weiterzureisen, Herr Prüfungskollege?«
»Ich will noch ein, zwei Tage verweilen«, war Zais Antwort, und er fügte hinzu: »Ich habe hier im Kreise Klarenfluß einen Bekannten namens Simen, Führer einer Tausendschaft, den Angehörigen einer mächtigen Sippe des Ortes, einen rechtschaffenen, zurückhaltenden Mann, der wohlhabend und gesittet ist. Er ist auch ein Schützling Seiner Durchlaucht Zai, und ich kenne ihn bereits von einem Besuch. Da er mich weit vor seinem Heimatort zum Empfang begrüßt hat, möchte ich ihm auf seinem Herrensitz meinen Gegenbesuch machen.«
»Um welchen Tausendschaftsführer Simen handelt es sich denn?« erkundigte sich Sung.
»Er ist zur Zeit stellvertretender Strafrichter des Ortes und Führer einer Tausendschaft. Er hat gestern dem Herrn Prüfungsgefährten übrigens auch bereits seine Aufwartung gemacht.«
Der Statthalter Sung ließ seine Diener die Besuchskarten herbeibringen und bemerkte, als er die von Simen Tjing und dem Strafrichter Sja sah: »Ist das der, der mit dem Haushälter Di Djiän verschwägert ist?«
»Ganz recht, der ist's. Er ist draußen, harrt auf Weisungen und sähe es gern, daß ich mit dem Herrn Examensbruder ihn zu einem Essen besuchte. Wie denkt Ihr darüber, Herr Prüfungskollege?«
»Ich bin doch zum ersten Male hier in meinen Amtsbezirk gelangt, da kann ich wohl nicht gut hin«, meinte Sung.

Aber Herr Zai erwiderte: »Herr Prüfungskollege, wozu die Scheu? Wir gehen doch nur um des Haushälters Di Djiän willen einmal hin. Was hindert daran?« Damit gab er Weisung, die Sänften zum gemeinsamen Aufbruche bereitzustellen. Die entsprechende Meldung wurde hinausgegeben.
Mit dem prunkenden Empfang, den Simen Tjing dann seinen beiden hohen Gästen bereitete, übertraf er sich selber: Für das Festmahl und die Geschenke mochte er wohl tausend Unzen Silber ausgegeben haben!
Jedoch der Statthalter Sung war etwas nervös veranlagt; er saß nicht sehr lange ruhig und stand auf, als er kaum einen Akt des Singspiels angehört hatte. Beunruhigt bat Simen Tjing ihn immer wieder zu bleiben. Auch der Zensor Zai meinte: »Herr Prüfungskollege, Ihr habt doch nichts vor. So verweilt doch noch! Warum nur auf einmal diese Eile?«
»Bleibt selber nur sitzen, Herr Prüfungskollege!« antwortete der Statthalter Sung. »Ich möchte noch im Revisionsamt einige dienstliche Anordnungen treffen.«
Simen Tjing hatte längst vorher seine Diener angewiesen, die Geschenke von den beiden Schautischen diskret in Speisenträger zu packen, insgesamt zwanzig Traglasten. Die Diener und Träger hielten sich bereit. Vom Tische für den Statthalter Sung waren darunter zwei Krüge Wein, zwei geschlachtete Schafe, zwei Paar Blumen aus Goldfäden, zwei Stücke roten Atlasses, ein goldenes Tablett, zwei silberne Henkelkannen, zehn silberne Weinbecher, zwei silberne Weinrest-Abgußkännchen und ein Paar Eßstäbchen aus Elfenbein. Bei dem Zensor Zai war es das gleiche. Alles war auf einer Liste verzeichnet. Der Statthalter Sung lehnte die Annahme mehrmals ab: »Wie könnte ich das annehmen wollen?« Dabei blickte er den Zensor Zai an.
»Herr Prüfungskollege«, meinte dieser, »es geschieht doch in Eurem Verwaltungsbereich. Es ist also eine Selbstverständlichkeit.« Zu Simen Tjing gewandt fügte er hinzu: »Nur ich, der ich wie Euer Schüler von Euch lernen kann, darf mir die Annahme nicht gestatten.«
»Ach diese winzigen Aufmerksamkeiten«, sagte Simen Tjing. »Ich möchte die Herren doch damit nur zum Trinken angeregt haben. Dabei kann man doch nichts finden.«
Derweil die beiden Würdenträger sich gegen die Annahme noch dankend sperrten, war aber alles bereits zur Tür hinausgetragen worden. So konnte der Statthalter Sung nicht umhin, sich bei Simen Tjing zu bedanken.

»Heute zum ersten Male bei Euch, um Euer musterhaftes Wesen kennenzulernen, habe ich Euch veranlaßt, die Mühe für das üppige Mahl zu übernehmen; und nun habe ich sogar noch diese Fülle von Gaben empfangen. Wie kann ich das alles nur über mich ergehen lassen! Ich will bestrebt bleiben, mich für dieses allzu reiche Wohlwollen erkenntlich zu zeigen und es nicht zu vergessen.« Damit wandte er sich an den Zensor Zai: »Bleibt sitzen, Herr Prüfungskollege, auch wenn ich mich jetzt verabschiede!« So brach er auf.
Simen Tjing wollte ihm noch weiter das Geleit geben, doch der Stadthalter Sung ließ das nicht zu und drängte ihn, sich zurückzubegeben; grüßend erhob er die Hände, stieg in die Sänfte und entfernte sich.
Simen Tjing kehrte zur Tafel zurück, dem Zensor Zai zur Gesellschaft. Nachdem dieser Kopfbedeckung und Gurt abgelegt hatte, bat ihn Simen Tjing, sich mit ihm jetzt in der Mattenzeltlaube niederzulassen. Die Musikanten wurden entlohnt, und nur die Schauspieler sollten bleiben. Die Dienerschaft mußte ein neues Festmahl auftischen mit den köstlichsten Lekkerbissen und den vollkommensten Früchten, und die beiden schlemmten und zechten.
»Ich habe heute meinen Prüfungskollegen Herrn Sung begleitet, und wenn ich mich dazu bei Euch niederließ, so habe ich eigentlich meine Befugnisse überschritten. Ich habe auch noch an so reichem Mahle teilgenommen und so vieles geschenkt erhalten, dessen bin ich ja gar nicht würdig.«
»Ach, diese winzigen Sächelchen! Eure Worte beunruhigen mich. Ich wollte nur meinen Gefühlen Ausdruck verleihen«, wehrte Simen ab.
»Er wollte zunächst nicht mit. Erst als ich erklärt hatte, Eure untadelige Persönlichkeit sei mit Seiner Durchlaucht innig befreundet, entschloß er sich zum Kommen. Er weiß auch, daß Schwägerschaftsbande Eure Familie mit dem Oberhaushälter Di Djiän verknüpfen.«
»Hoffentlich hat ihm mein Verwandter Di auch ein paar Worte gesagt«, bemerkte Simen Tjing. »Meiner Ansicht nach gibt Herr Sung sich etwas verschroben.«
»Er stammt zwar aus der Provinz Kiangsi, doch er hat eigentlich nichts Verdrehtes an sich. Aber er hat heute seinen ersten Besuch gemacht, warum sollte er sich da nicht eigenartig gebaren?« Zai lachte.
Bald war das Eis völlig gebrochen. Obwohl der hohe Herr Zai

noch am selben Abend wieder wegreisen wollte, ließ er sich bereden, zur Nacht zu bleiben. Er schickte sein Gefolge fort, Simen Tjing ließ nun aus der Vergnügungsstätte Holdchen Dung und Goldreifchen Han in Sänften herholen, ohne daß sie bemerkt wurden.

Dann wagte er den entscheidenden Vorstoß: »Ich habe da noch eine Sache, aber ich wage nicht recht, Euch damit zu behelligen.«

»Was ist es denn, Herr Simen? Sagt es doch frei! Es gibt nichts, worin ich nicht Eure Befehle entgegennähme.«

»In vergangenen Jahren haben meine Verwandten an der Grenze bei der Leistung von Korn- und Strohabgaben Salzscheine zwangsweise in Zahlung erhalten, für die in Jangdschou, das Eurer Verwaltung untersteht, Salz ausgeliefert werden soll. Ich bitte herzlich, Euch der Sache mit Wohlwollen anzunehmen, wenn Ihr dorthin gelangt seid, und etwas frühere Freigabe und Belieferung zu veranlassen. Das wäre eine liebenswürdige Großmut.« Damit reichte ihm Simen Tjing die Bittschrift.

Der Zensor Zai überflog sie: Die Händler Lai-bau und Zui Ben bitten, die ihnen zugeteilten alten dreißigtausend Salzscheine für das Gebiet Hwai bei Fälligkeit rechtzeitig beliefern zu wollen.

»Da bestehn doch gar keine Schwierigkeiten«, sagte er lachend.

Simen Tjing rief Lai-bau heran, hieß ihn niederknien und befahl ihm: »Wirf dich vor Herrn Zai aufs Antlitz!«

»Kommt, sobald ich in Jangdschou eingetroffen bin, und besucht mich im Revisionsamt! Ich werde Euch einen Monat früher als den anderen Händlern liefern lassen«, sagte der Zensor Zai.

»Das ist gar zu rücksichtsvoll, verehrter Freund«, erwiderte Simen Tjing. »Zehn Tage genügen reichlich.«

Zensor Zai steckte die Bittschrift in seinen Ärmel. Danach spazierten sie durch den Garten, bis Simen Tjing den Zensor aufforderte, in die blaugrüne Grotte zu treten. Dort hatte man längst die Bambusvorhänge herabgelassen. Silberne Lampen verbreiteten Helligkeit, und wieder war die Tafel zum Weinschmause gedeckt. Jetzt traten die beiden Sangesschönen in reichstem Festschmuck in Tätigkeit. Auf den Vorderstufen fielen sie viermal auf ihr Antlitz nieder.

»Herr Simen!« rief er. »Warum nur solche Liebe und Großzügigkeit! Ich fürchte, das geht wirklich zu weit.«

»Aber wie sollte das etwas Besonderes sein«, wehrte Simen Tjing lachend ab.
Herr Zai fühlte sich nun bemüßigt, sich als Musterprüfling, der er gewesen war, zu beweisen. Er bat um Tusche, Pinsel und Papier, die ihm sofort gebracht wurden. Er ergriff den Pinsel und schrieb, ohne nur an einem Pünktchen etwas zu ändern, in klassischer, markiger Schrift beim Schein der Lampe das Gedicht nieder:

Der Uhr fehlt es gewiß an Eile nicht,
Wenn man genießt fast bis zur Trunkenheit.
Doch drängt – und formt man auch nur ein Gedicht –
Die Wasseruhr noch weiter vor die Zeit!
Und wenn die Stunde bald zum Abschied zwingt,
So kommt für mich hinzu als neues Leid,
Daß ich nicht weiß, wann Wiederkehr mir winkt.

Er ließ den Leibpagen das Gedicht an der Wand befestigen als Erinnerung für spätere Zeiten.
»Wie heißt ihr denn?« fragte Zai die beiden Mädchen.
»Meine Wenigkeit heißt Holdchen Dung und jene Goldreifchen Han«, antwortete die erste.
»Habt ihr auch Freundesnamen?« erkundigte sich Zai weiter.
»Wir sind unbedeutende Sängerinnen«, antwortete sie. »Wie könnte man uns Freundesnamen beigelegt haben!«
»Seid doch nicht so bescheiden!« wehrte Zai ab, und als er weiter drängte, sagte Goldreifchen Han: »Meiner Wenigkeit Freundesname ist Edeldame.«
»Und meiner Wenigkeit bescheidener Freundesname Primelfee«, bemerkte Holdchen Dung.
Der Name Primelfee erfreute den Zensor Zai so sehr, daß in ihm der Wunsch wach wurde, sie bei sich zu behalten. Er ließ vom Leibpagen das Schachtischchen holen und die Figuren aufstellen. Dann spielte er mit Holdchen Dung zwei Partien Schach, wobei ihnen Simen Tjing zuschaute. Goldreifchen Han schenkte aus güldenem Weinkruge ein, und der Leibpage trug Lieder vor. Der Zensor Zai gewann die erste Partie. Als Holdchen Dung getrunken hatte, kredenzte sie dem Zensor ein Glas, und Goldreifchen Han reichte auch Simen Tjing eins, das dieser zur Gesellschaft leerte. Wiederum spielte das Paar, dabei siegte Holdchen Dung. Rasch reichte sie ein Glas dem Zensor Zai, und Simen Tjing trank wieder mit.

»Herr Simen, es ist spät geworden; ich vertrage nicht soviel Wein«, sagte der Zensor, begab sich ins Freie und blieb zwischen den Blumen stehn. Es war in der ersten Hälfte des vierten Mondes, und der Mond ging gerade auf.
»Es ist noch früh, verehrtester Freund«, meinte Simen Tjing. »Goldreifchen Han ist doch noch da, sie hat noch kein Glas dargeboten erhalten.«
»Ja, recht so, laßt sie kommen! Hier zwischen den Blumen stehend will ich ein Glas leeren.«
Nun reichte ihm Goldreifchen Han mit ihren zarten Fingern einen vollgefüllten vergoldeten Becher in Pfirsichform, während Holdchen Dung dazu Früchte anbot.
In der grünlich-blauen Grotte hatte der Leibpage unterdessen auf dem Lager Kissen und Bettzeug ausgebreitet und alles zur Ruhe zurechtgelegt, und bald schlummerte dort Zensor Zai mit Holdchen Dung in den Armen.
Am nächsten Morgen ritt Simen Tjing mit dem Zensor Zai und Dienerschaft zum »Kloster der ewigen Seligkeit«. Dort hatte man einen Raum für ein letztes Abschiedsmahl vorbereiten lassen. Wiederum wurde ausgezeichnet gegessen und getrunken, dann aber gab es die letzten formellen Verbeugungen, und der hohe Gast schwankte in einer Sänfte, begleitet von Dienerschaft, zur wartenden Dschunke dahin.
Simen Tjing kehrte aufseufzend an den Tisch zurück, um zur Erholung noch ein wenig in der Stille des Klosters zu verweilen. Der Abt kam eilig herbei, um sich zu bedanken.
Simen Tjing ließ durch Dai-an eine Unze Silber aushändigen und dankte seinerseits: »Herr Abt, ich habe Euch heute sehr behelligt, und verzeiht mir jetzt, ich muß einmal austreten.«
Der Abt wies rasch einen jungen Bettelmönch an, die Tür zu öffnen.
Als Simen Tjing seine Kleidung geordnet hatte, sah er hinter der Abtei den fünf Räume großen Saal der geistigen Versenkung mit vielen Wandermönchen, die die heiligen Schriften studierten.
Da erblickte er einen Mönch von ungewöhnlichem Körperbau und angespanntem Gesichtsausdruck. Er trug eine fleischfarbene Kutte mit spitz zugeschnittenem Kragen. Sein Kinnbart war zerzaust und auf dem Schädel hatte er einen blauen Auswuchs. Er war von seltsamster Gestalt, ein echter Jünger Buddhas, so erschien er jedenfalls Simen Tjing, einer, dem besondere Kräfte zugewachsen sein mochten, um seinen Körper und sein Antlitz so zu formen. Er rief ihn an:

»Woher stammst du, und in welcher Ortschaft bist du ansässig, Mönch?«
Der aber gab auf diesen ersten Anruf keinerlei Antwort, auch beim zweiten verharrte er in Schweigen; erst beim dritten sah man den Mönch auf dem Sitze seiner geistigen Versenkung sich aufrichten und Arme und Hüfte strecken. Dann öffnete er ein Auge, straffte sich, nickte mehrmals und antwortete mit rauher Stimme: »Warum fragst du mich? Ich bin ein Sanskritmönch aus dem Kloster ›Zur kalten Halle‹. Ich verteile Arzneien, um den Menschen zu helfen. Was habt Ihr auf dem Herzen, daß Ihr mich angesprochen habt?«
»Da Ihr stärkende Arzneien verteilt, möchte ich um etwas Kräftigendes zur Hebung der Fruchtbarkeit bitten. Habt ihr das?«
»Jawohl, jawohl!«
»Dann möchte ich Euch in mein Haus laden. Wollt Ihr kommen?«
»Jawohl, jawohl!«
»So macht Euch doch sofort auf den Weg!« ermunterte ihn Simen Tjing.
Der Mönch richtete sich auf, nahm seinen eisernen Wanderstab vom Ende seines Lagers, stützte sich darauf, warf über die Schulter seinen Sack, in dem sich zwei Kürbisflaschen mit Arzneien befanden, und verließ den Saal der geistigen Versenkung. Simen Tjing beauftragte Dai-an, zwei Esel zu mieten und mit dem Mönch heimzureiten. Er werde sofort nachkommen.
»Ach, dessen bedarf es nicht«, wehrte der Mönch. »Reitet nur voraus! Ich reite nicht, werde aber wohl doch vor Euch ankommen.«
Das muß ein bedeutender Mönch von besonderen Fähigkeiten sein, wie könnte er sonst so reden, dachte Simen Tjing; und damit jener sich nicht womöglich davonmache, befahl er Dai-an, den Mann unter allen Umständen zu begleiten. Nun verabschiedete sich Simen Tjing vom Abt des Klosters, schwang sich aufs Roß und ritt, gefolgt von seinen Dienern, heim.
Es war gerade der Geburtstag der sechsten Wang und zugleich von Holdchen Li. Die geladenen Damen schmausten in den hinteren Räumen. Am späten Nachmittage ließ die sechste Wang durch ihren jüngeren Bruder Wang Djing, da sie sonst niemand hatte, den sie hätte schicken können, Simen Tjing zu sich bitten. Sie hatte ihrem Bruder eingeschärft, am Portal nur nach Dai-an zu fragen und mit diesem zu reden. Weil aber Dai-an nicht da war, blieb er am Haustor wohl eine gute Doppelstun-

de stehn. In dieser Zeit begleitete Frau Mondtraut und Holdchen Li gerade die alte Mutter Li, die Leiterin einer der Lustbarkeitsstätten, zum Portal und zu ihrer Sänfte. Frau Mondtraut erblickte Wang Djing, den fünfzehn- bis sechzehnjährigen mit dem wohlaufgesteckten Haar, und wollte wissen, wer er sei. Der junge Bursche trat rasch vor und warf sich vor Frau Mondtraut aufs Antlitz. »Ich komme von der Familie Han und möchte Bruder An etwas sagen.«
»Welchem Bruder An?« forschte Frau Mondtraut.
Ping-an, der zugegen war und fürchtete, sie könnte erfahren, daß der Bote von der sechsten Wang komme und daß er sich verschnappe, trat vor und schob den Knaben beiseite: »Er ist von der Familie des Gehilfen Han gesandt, um von Dai-an zu erfahren, wann der Gehilfe heimkommen werde.«
Dadurch getäuscht, sagte Frau Mondtraut nichts weiter, sondern begab sich zurück in die Familienräume. Gar nicht lange danach kam Dai-an mit dem Mönch am Portal an. Jenem taten die Beine weh, und er triefte am ganzen Körper von Schweiß, der Mönch aber war gar nicht angestrengt, und sein Atem ging ruhig. Ping-an erzählte Dai-an: Die sechste Wang von drüben habe, um Simen Tjing zu sich zu bitten, Wang Djing geschickt: »Unverhofft hat ihn die Herrin gesehen. Hätte ich die Sache nicht vertuscht, wäre der Pferdefuß zum Vorschein gekommen. Sollte die Herrin dich später fragen, so mußt du entsprechend antworten.«
In diesem Augenblick erschollen auf der Straße Rufe; Simen Tjing kam nach Hause. Er sah den Mönch und war erstaunt.
»Mein Meister, Ihr seid wie ein Geist und wirklich vor mir da!« Er forderte ihn höflich auf, hineinzugehn und in der Halle Platz zu nehmen, rief den Leibpagen herbei, das Obergewand in Empfang zu nehmen, vertauschte seine Kopfbedeckung mit einem bequemen Käppchen und trank mit dem Mönch Tee.
»Mein Meister, nehmt Ihr Wein zu Euch?« fragte Simen Tjing den Mönch, als dieser alles um sich her betrachtet hatte.
»Wein und Fleisch halte ich armer Mönch für gleich statthaft.«
Simen Tjing brauchte also nicht durch einen der Dienerjungen Fastenspeisen besorgen zu lassen, sondern ließ Wein und Reis holen. Da Holdchen Li gerade Geburtstag hatte, gab es in der Küche alle möglichen Leckereien und Zuspeisen. Als der Tisch gedeckt war, ermunterte Simen Tjing den Mönch zum Zugreifen, und dieser ließ sich nicht lange bitten. In kurzer Zeit hatte er alles verspeist.

Simen Tjing ließ abräumen und erkundigte sich dann nach der Arznei für das Ehegemach.
»Ich habe eine Arznei, die Lau-dse selber geläutert hat. Das Rezept stammt von der Königinmutter des Westens. Schlechten Menschen hilft die Arznei nicht, ihnen darf sie nicht ausgeliefert werden. Sie hilft nur dem, dem das Geschick wohlwill. Da Ihr mich so zuvorkommend bewirtet habt, will ich Euch etliche Pillen geben.« Damit entnahm er seinem Tragesack eine der Kürbisflaschen und schüttelte über hundert Pillen heraus. »Nehmt jedesmal nur ein einziges Körnchen, keinesfalls mehr!« schärfte er ein. »Schluckt es mit Branntwein hinunter!«
Dann holte er die andere Kürbisflasche hervor und entnahm ihr eine rote Salbe im Gewicht von zwei Zehntel Unzen mit der Anweisung, jedesmal nur zwei Tausendstel Unze, keinesfalls mehr aufzuschmieren.
Simen Tjing nahm alles höflich mit beiden Händen in Empfang.
»Ich möchte mir noch die Frage gestatten, welche Wirkung die Arznei wohl habe.«
Der Mönch leierte herunter: »Schier unerschöpflich wird Eure Manneskraft sein, und wären es gleich zehn, die Ihr zu befriedigen hättet. Die Zähne werden sich festigen in Eurem Gebiß und die Haare schwarz und glänzend gedeihen. Und droht Erschlaffung, belebt Euch aufs neue nur ein Schluck kühlen Wassers.«
Simen Tjing war aber noch nicht zufrieden. »Bitte«, bat er den Mönch, »verratet mir noch die Rezepte für Eure Arzneien: denn wenn ich alles verbraucht habe, was dann?« Auf seinen Wink hatte bereits Dai-an aus dem Hinterzimmer zwanzig bis dreißig Unzen Silber für die Bezahlung des Mönches herbeigeholt. Der Mönch aber lachte.
»Ich armer Mönch habe doch alle Familienbande gelöst und wandere mit den Wolken dahin. Was sollte ich mit diesen Schätzen anfangen? Nehmt sie nur wieder an Euch!«
Damit ergriff er seinen Pilgerstab und schlenderte zum Portal hinaus.
An jenem Tage feierte, wie bereits erwähnt, Holdchen Li ihren Geburtstag. Die Nonne Wang aus der Klosterklause der Göttin der Barmherzigkeit hatte die Nonne Süeh aus der Klosterklause zur Lotosblume gebeten mitzukommen, und diese wiederum brachte ihre beiden Jüngerinnen Miau-feng (Wunderphönixchen) und Miau-tjü (Wunderwonne) mit. Frau Mondtraut kam rasch zum Empfang heraus. Die Nonne Süeh trug eine blitzsau-

bere Nonnenhaube, hatte eine teefarbene Priesterkutte aus grober Wolle übergeworfen, und ihr runder Kopf war völlig glatt und blank rasiert. Sie war von kräftigem Wuchs und wohlbeleibt, ihr Mund groß und wie ein Teich geformt, und ihre Wangen wiesen faltige Linien auf. Bei ihrem Eintritt legte sie die Hände flach aneinander und begrüßte so Frau Mondtraut und die anderen Damen; eiligst erwiderten alle Frauen etwas verwirrt diese Höflichkeitsbezeigung. Frau Mondtraut, die beobachtete, wie jene ihre Augenbrauen auseinanderzog, die Augen fast schloß, wie sie sich aufspielend mit ihresgleichen umsprang und gelehrte Wendungen so gesucht im Munde führte, daß sie mit jedem Mundauftun eine neue herausbrachte, nannte sie nur Oberin Süeh. Diese wiederum bezeichnete Frau Mondtraut als Heilige des Hauses oder redet sie mit Frau Rat an. Deswegen behandelte Frau Mondtraut auch die Nonne mit besonderer Ehrfurcht.

Frau Mondtraut bewirtete alle mit Tee, Pflanzenkost und Nachtisch. Es war dazu eine große Tafel gedeckt, aber ganz und gar anders als bei den Alltagstees. Die beiden Nönnchen Wunderwonne und Wunderphönixchen, die eben erst vierzehn, fünfzehn Jahre alt geworden waren und die sehr zierlich aussahen, nahmen ihren Imbiß an einem besonderen Tisch nebenan ein. Nach dem Tee ließen sich alle in dem Herrschaftshause nieder und lauschten den Darlegungen über den Heilspfad.

Doch zurück zu Simen Tjing! Den Mönch hatte er hinausgeleitet und kam zurück. Da raunte ihm Dai-an zu: »Vorhin hat die Gevatterin Han durch ihren jüngeren Bruder den Herrn zu sich bitten lassen. Heute sei ihr Geburtstag, hat sie ausrichten lassen. Der Herr möchte auf alle Fälle ein Weilchen bei ihr zubringen.«

Simen Tjing war nach dem Empfang der Arznei schon der Gedanke gekommen, diese zu erproben. Die Einladung von der sechsten Wang kam zwar unerwartet, entsprach aber seinem Wunsch. Er ritt in bequemem Gewande mit schlichter Mütze, aber mit der Augenmaske, von Dai-an gefolgt, zu ihr.

Die sechste Wang warf sich vor Simen Tjing aufs Antlitz, ließ sich dann auf einem Seitenplatz nieder und bemerkte: »Es liegt nichts Besonderes vor; ich habe den Herrn nur hergebeten, um zur Zerstreuung etwas hier zu verweilen. Vielen Dank auch noch für den gesandten Wein!«

»Deinen Geburtstag hatte ich gänzlich vergessen«, entschuldigte sich Simen Tjing. »Ich habe heute jemand das Abschiedsgeleit

zur Stadt hinaus gegeben und kam jetzt erst zurück.« Darauf zog er aus dem Ärmel einen Haarpfeil hervor und überreichte ihn ihr: »Meine herzlichsten Glückwünsche zu deinem Geburtstage!«
Die sechste Wang nahm den Haarschmuck in Empfang und betrachtete ihn. Es war ein Stück, das an beiden Enden das Schriftzeichen Langlebigkeit trug.
»Das Muster ist hübsch«, erklärte sie und wünschte Simen Tjing rasch dankend tausendfältigen Segen.
Dann bat er sie, etwas Branntwein zu besorgen. Sie fragte erstaunt: »Ach, du bist wohl des Weines überdrüssig?«
Noch erstaunter war sie, als sie ihn eine Pille mit dem Branntwein hinunterschlucken und sein Glied mit einer rötlichen Salbe bestreichen sah. Ihre Neugierde ließ sie nicht ruhen, so daß er ihr schließlich seine Begegnung mit dem seltsamen Mönch erzählte.
Inzwischen hatte es sich sechs Zoll emporgereckt, und nun gaben sie sich nie zuvor empfundenen Wonnen hin.
Ohne sich zu unterbrechen, sagte plötzlich Simen: »Ich werde deinen Mann mit Lai-bau und Zui Ben nach Jangdschou schikken, das Salz in Empfang zu nehmen, und, wenn es verkauft ist, ihn nach dem Seegau senden zum Einkauf von Seidengeweben. Wäre dir das recht?«
»Mein lieber Schatz, schicke ihn, wohin es dir gefällt. Es genügt, daß er nicht hier ist. Wer aber wird den Dienst im Laden versehen?«
»Der vierte Fei wird es an seiner Stelle tun.«
Später saßen sie noch eine Weile beim Wein, bis Simen Tjing endlich nach Hause ritt.

Dort hatte Goldlotos mit den anderen Frauen buddhistische Lieder angehört, die die beiden kleinen Jüngerinnen der Nonne Süeh vorgetragen hatten.
Aber wider Erwarten wandte sich Simen Tjing nach seinem Erscheinen nicht mehr in die hinteren Räume, weil es schon spät in der Nacht war; der Lautenjunge mußte ihn direkt zum Gartentürchen bringen, und dann ging Simen Tjing in Väsele Lis Stube. Nur Obergewand und Mütze wurden von dem Lautenjungen in die rückwärtigen Räume gebracht. Edelsteinchen nahm sie in Empfang. Das gewahrte Frau Mondtraut und fragte, ob der Herr zurück sei.
»Ja, er hat sich vorn zur sechsten Herrin begeben«, antwortete der Lautenjunge.

»Da seht mal, was für ein gesitteter Mann er ist«, erklärte Frau Mondtraut. »Hier harrt man seiner, und er kommt nicht.«
Väsele Li begab sich nun aufgeregt nach vorn und machte Simen Tjing Vorhaltungen: »Deine Zweite wartet doch auf dich, damit du an ihrer Geburtstagsfeier teilnimmst.«
»Ich bin beschwipst, morgen erledige ich das«, sagte lachend Simen Tjing.
»Und wenn du auch beschwipst bist, so geh doch bitte nach hinten und trink dort einen Becher Wein! Die Zweite muß sich doch über dich ärgern, wenn du nicht kommst.« Sie drängte Simen Tjing mit aller Gewalt, bis er sich dorthin begab.
Frau Mondtraut erkundigte sich – Holdchen Li hatte ihm eben Wein dargereicht –: »Hast du dort, wo du herkommst, ganz mutterseelenallein gesessen?«
»Ich war mit Bruder Jing zusammen«, gab Simen Tjing zur Antwort.
»Na also«, bemerkte Frau Mondtraut. »Ich sagte es ja, ohne Gesellschaft trinkst du doch nicht!«
Damit war die Sache abgetan. Simen Tjing blieb nicht lange sitzen, sondern kehrte in Väsele Lis Räume zurück. Als er nun ihr Zimmer betrat, mußte ihm Lenzfreude beim Entkleiden zur Hand gehn; er wollte bei Väsele Li zur Nacht ruhen. Diese hatte in der Annahme, er werde nicht mehr kommen, sich mit dem Ratskerlchen zu Bett begeben und war bereits eingeschlummert. Als sie nun den Kopf wandte und Simen erkannte, versuchte sie ihn abzuwehren. Aber dessen Verlangen war noch immer nicht gestillt. Er legte seinen Arm um ihren Nacken, küßte sie und erzählte ihr lachend, daß er die Arznei des Mönches im Körper habe: »Wenn du mich nicht zu dir nimmst, vergehe ich vor Lust.«
Sie sah ihn an: »Oh, wie entsetzlich groß es ist!« Aber sie vermochte ihm nicht länger Widerstand zu leisten.
Frau Mondtraut hatte sich unterdessen mit den Nonnen Süeh und Wang im Herrschaftshaus zu Bett begeben. Die Nonne Wang hatte ihr dabei, von anderen unbemerkt, die von der Nonne Süeh vorschriftsmäßig beschaffte Nachgeburt eines erstgeborenen Söhnchens zugesteckt. Diese wiederum gab Frau Mondtraut die Gebrauchsanweisung. Am neunundvierzigsten zyklischen Tage solle sie das Mittel mit Wein einnehmen. Liege sie dann abends mit dem Herrn Rat, werde sie ganz bestimmt empfangen. Aber kein Mensch dürfe irgend etwas davon erfahren. Frau Mondtraut nahm die Arznei rasch zu sich, bedankte

sich bei den beiden Nonnen und bemerkte zur Nonne Wang: »Ich habe im ersten Monde sehr auf dich gewartet, aber du kamst nicht.«

»Ihr habt gut reden, meine beste Freundin«, antwortete diese. »Jene Sache ist äußerst schwer zu beschaffen gewesen. Nur der Nonne Süeh ist alles zu verdanken. Es stammt von einer Frau, die ihr erstes Kindchen geboren hat. Es traf sich, daß die Oberin Süeh gerade dort war. Sie hat der ihr gut bekannten Hebamme drei Scherf Silber heimlich zugesteckt und es so erhalten. Sie hat es für Euch, meine verehrte Freundin, in Alaunwasser abgebrüht, fein zermahlen, in zwei neuen Töpfen mit dem Bildnis eines Mandarinenentenpaares geweicht und geläutert und dann durch ein doppeltes Seidentuch geseiht. Schließlich hat sie es in die Zauberarznei hineinverrührt und nun erst hergebracht.«

»Ich bin der Oberin Süeh und der Meisterin Wang zu größtem Danke verpflichtet«, erklärte Frau Mondtraut und gab jeder als Verbindlichkeitsgeschenk zwei Unzen Silber. »Wenn ich demnächst empfangen habe, werde ich der Oberin Süeh noch gelben Gebetsatlasstoff zu einem Gewande schenken.«

Am Vormittag des nächsten Tages platzte Simen Tjing in eine Unterhaltung zwischen Mondtraut, ihrer Schwägerin und den beiden Nonnen hinein. In Eile zog sich die Schwägerin mit der Oberin Süeh und der Nonne Wang in die Stube von Holdchen Li zurück. Simen Tjing hatte sie noch gesehen und fragte Frau Mondtraut:

»War das nicht die Nonne Süeh, die niederträchtige, feiste, glatzköpfige Vettel? Was will die hier bei uns?«

»Unnütz überanstrengst du dir auf diese Weise die Zunge«, sagte Frau Mondtraut. »Wieso hat sie deinen Zorn erregt? Woher weißt du überhaupt, daß sie Süeh heißt?«

»Weißt du nicht, was für eine Kupplerin sie ist?« fragte Simen Tjing. »Sie hat die junge Tochter des Amtsrats Tschen, die im Disang-Kloster aus Anlaß eines Trauerfalles war, mit einem jungen Bürschchen buhlen lassen. Drei Unzen Silber hat sie mit Dank dafür genommen. Die Sache ist herausgekommen. Sie ist ins Amt gebracht worden. Ich ließ ihr zwanzig Schläge versetzen. Sie sollte wieder in den Laienstand eintreten. Warum ist das noch nicht geschehen?«

»Sie ist doch eine gläubige Buddha-Jüngerin und führt einen tugendhaften Lebenswandel.«

»Ja, indem sie nachts Kerle ins Kloster läßt!«

»Laß deine schmutzigen Ketzereien. – Wann sollen übrigens die drei aufbrechen?«
»Ich habe eben Lai-bau zu unserem Vetter Tjau geschickt. Er soll fünfhundert Unzen Silber bereitstellen, ich ebensoviel. Am Zwanzigsten will ich sie abreisen lassen; der Tag ist günstig.«
»Und wer soll die Geschäfte im Garnladen wahrnehmen?«
»Der vierte Fei.«
Frau Mondtraut entnahm nun einer Kiste das Silber und wog es ab, bevor sie es den dreien übergab. In der Mattenzeltlaube wurde es unter Aufsicht verpackt. Jeder der drei erhielt außerdem fünf Unzen und die Weisung, alles zu Hause fertig zu machen und das Gepäck zu schnüren. Da erschien Jing Bo-djau in der Mattenzeltlaube.
»Wozu packst du das Silber ein, Bruder?« erkundigte er sich bei Simen Tjing. Simen Tjing erzählte ihm, daß er am Zwanzigsten Lai-bau und die beiden anderen nach Jangdschou sende, um das Salz zu bezahlen.
»Bruder, meinen Glückwunsch!« rief Jing Bo-djau. »Das gibt bestimmt einen großen Gewinn!«
Simen Tjing forderte ihn auf, Platz zu nehmen, und ließ Tee auftragen.
»Weißt du schon von Zimtknospe Lis unangenehmer Geschichte?« fragte plötzlich Jing Bo-djau.
»Ich weiß nichts von einer unangenehmen Geschichte.«
»Der dritte Sohn des Reichsherolds Wang ist doch der Mann der Enkelin eines Hofmarschalls, des sechsten Hoang, aus der östlichen Residenz. Dieser alte Hämling hat den Eheleutchen tausend Unzen Silber geschenkt, die jedoch der Ehemann gemeinsam mit unserem alten Sun, dem pockennarbigen Dschu und dem kleinen Dschang Sjän in den Vergnügungsstätten verpraßte. Auch Zimtknospe Lis Haus hat er besucht und dem kleinen Mädchen Düftel Tji den Gürtel gelöst. Vor Ärger hat sich seine Frau zu erhängen versucht. Von all dem hat der alte Hämling Wind bekommen und den Oberhofmarschall Dschu veranlaßt, alle Beteiligten festnehmen zu lassen, was gestern in Zimtknospes Haus geschah. Zimtknospe konnte ins Nachbarhaus entweichen. Sie wollte heute kommen und dich um Hilfe anflehen.«
Nach diesen Worten hatte es Jing Bo-djau eilig, sich zu entfernen. Am Portal erblickte er Zimtknospes Sänfte.
Sie selber war schon ausgestiegen. Simen Tjing begab sich in die rückwärtigen Räume, wo er Zimtknospe, die ihm gemeldet

worden war, antraf. Sie trug ein teefarbenes Gewand und war ungepudert. Der Haaraufbau über dem blassen Antlitz war verwirrt. Weinend hob sie an: »Väterchen, was mach' ich nur!« Und sie erzählte Simen Tjing, was dieser bereits von Jing Bodjau erfahren hatte, und schloß mit den Worten: »Heute erschienen schon wieder Schergen, die nach mir fahnden. Ich soll in die Reichshauptstadt zum Verhör. Wenn Ihr mich nicht rettet, was soll dann werden?«

»Steh doch auf!« sagte lachend Simen Tjing zu Zimtknospe, die auf die Knie gefallen war. »Wessen Name steht denn noch auf dem Haftbefehl?«

»Auch Düftel Tji steht darauf, der der junge Wang den Gürtel gelöst hat, der auch entkommen ist. Was aber haben ich und unser Haus Li damit zu tun? Unsere Familie hat nicht einen einzigen Kupferling von ihm gesehen, und wenn ich ihm meinen Körper verkauft habe, soll er mit Eiterbeulen bedeckt werden!«

Frau Mondtraut, die bei dem Gespräch zugegen war, bemerkte jetzt: »Genug!« und wandte sich dann an Simen Tjing: »Lege doch ein gutes Wort für sie ein.«

»Hat man Düftel Tji schon verhaftet?« erkundigte er sich.

»Sie hält sich bei der Familie Wang verborgen.«

»Dann bleibe du ein paar Tage bei mir«, erklärte Simen Tjing, »ich will zum Kreisamt senden, um dort ein Wort für dich einzulegen.«

Er ließ den Leibpagen eine Eingabe schreiben und sie zum Kreisamt, zu Herrn Li, bringen. Bald darauf aber kam er schon wieder zurück: »Der Herr Landrat hat mich beauftragt, viele Empfehlungen zu bestellen. So gern er sonst den Wünschen des Herrn nachkomme, in diesem Falle handele es sich aber um eine Anweisung der vorgesetzten Behörde in der Reichshauptstadt, die dem Kreisamt die Verhaftung aufgetragen habe. Er könne nur die Vollstreckung des Haftbefehles um einige Tage aufschieben. Soll die Festnahme ganz unterbleiben, müsse sich der Herr schon an die Obrigkeit in der Hauptstadt wenden.«

Simen Tjing seufzte tief auf. »Lai-bau wird schon in ein oder zwei Tagen aufbrechen, ihn kann ich leider nicht in die Hauptstadt senden.«

»Ach was!« meinte Frau Mondtraut. »Schicke die beiden anderen voraus und beauftrage Lai-bau, für Zimtknospe in der Hauptstadt ein gutes Wort einzulegen. Er kann dann noch nachreisen. Sieh nur, wie sie sich ängstigt!«

Zimtknospe warf sich vor den beiden nieder, und Simen Tjing ließ Lai-bau rufen: »Am Zwanzigsten wirst du nicht abreisen. Laß die beiden anderen vorausgehen. Du hingegen mußt sofort in die Hauptstadt, um für Fräulein Zimtknospe tätig zu sein. Sprich bei Väterchen Di vor, erkläre ihm die Umstände und bitte ihn, die Sache beizulegen.«
Zimtknospe verneigte sich tief vor Lai-bau. Er erwiderte, gleichfalls mit einer Verbeugung gegenüber Zimtknospe: »Sofort reise ich ab.«
Simen Tjing ließ von seinem Leibpagen ein weiteres Schreiben aufsetzen für den Haushälter Di, dem zwanzig Unzen Silber beigefügt wurden und das er dann Lai-bau aushändigte. Zimtknospe reichte ihm fünf Unzen Silber als Zehrgeld. Simen Tjing wehrte ab, Zimtknospe erhielt ihr Geld zurück, und statt dessen gab Frau Mondtraut fünf Unzen Silber als Reisegeld an Lai-bau.
Lai-bau versprach, morgen in aller Frühe sich auf den Weg zu machen.
Die ältere Schwägerin, die Großmuhme Jang, Holdchen Li, Edelburg Meng, Goldlotos Pan, Väsele Li, Simens Tochter, die Gesellschafterin Jüh und Zimtknospe saßen im Zimmer von Frau Mondtraut beim Weine, bei Gesang und Lautenspiel.
Zimtknospe war nun wieder guter Stimmung und rief: »Gebt mir doch eine Laute, ich möchte den Damen ein Lied vortragen.«
»Zimtknospe ist wahrhaft ein Geschöpf aus den Vergnügungsstätten«, sagte Edelburg lachend. »Wie rasch sich ihre traurige Miene verändert hat!«
Zimtknospe ließ sich jedoch nicht davon abhalten, mit ihren edlen Fingern die Saiten zu zupfen und zu singen. Gleich darauf meldete der Lautenjunge, der das Tafelgerät hereinbrachte, daß sich der Herr in die Räume der fünften Herrin begeben habe. Goldlotos vermochte jetzt kaum mehr ruhig zu sitzen. Frau Mondtraut, der dies nicht verborgen blieb, wollte ihr helfen und ließ sie laufen.
Goldlotos blieb mit Simen Tjing zusammen. Sie wurde die dritte, an der er die Wunderpillen des Mönches erprobte.
Einige Tage später saßen in den hinteren Räumen wieder einmal Frau Mondtraut und die übrigen Frauen auf der Veranda. Sie sahen den Barbier Dschou hinter der Schutzwand auftauchen. Er hatte bereits am Vormittag Simen Tjings Kopf verschönt.
»Du kommst uns gerade recht, kleiner Dschou!« rief Väsele Li.

»Komm herein und rasiere unserem Kleinen das Köpfchen. Seine Haare sind lang genug.«
Der kleine Dschou trat eilig vor und warf sich vor allen aufs Antlitz: »Der Herr hat mich hergesandt, um dem Söhnchen den Kopf zu schaben.«
»Schwester«, sagte Frau Mondtraut zu Goldlotos, »sieh im Kalender nach, ob der Tag dafür günstig ist.«
Goldlotos ließ sich von Edelsteinchen den Kalender reichen und verkündete dann: »Es ist ein günstiger Tag.«
Der kleine Dschou hatte kaum mit dem Messer begonnen, als das Söhnchen zu winseln begann. Der kleine Dschou ließ sich aber durch das weinende Kind nicht stören, das sich unversehens verschluckte und keinen Laut mehr hervorbrachte. Ganz rot war sein Gesichtchen geworden, und Väsele Li, die das bemerkte, erschrak heftig und rief: »Aufhören mit dem Rasieren!«
Seinerseits erschrocken lief der kleine Dschou ohne sein Handwerkszeug davon.
»Das Kind entwickelt sich nicht richtig«, bemerkte Frau Mondtraut. »Es hat ein empfindliches Köpfchen. Wir müssen ihm künftig selber das Haar schneiden.« Man tätschelte das Kind, das sich schließlich wieder beruhigte.
Väsele Li übergab es der Amme.
»Sieh doch mal im Kalender nach, wann wir den Tag der Ratte haben«, wandte sich Frau Mondtraut an Goldlotos.
»Am Dreiundzwanzigsten«, stellte Goldlotos nach einem Blick in den Kalender fest. »Warum willst du das wissen?«
»Ach, ohne besonderen Anlaß«, wich Frau Mondtraut aus.
An diesem Tage unterhielt Zimtknospe Simen Tjing und einige seiner Freunde mit ihrem Lautenspiel. Später saß man beim Brettspiel, und Simen Tjing benutzte die Gelegenheit, um Zimtknospe mit den Augen zuzuzwinkern, dann entfernte er sich, und Zimtknospe begab sich auch hinaus. Am Blumenbeet beim Fels vom Großen See tat sie, als ob sie Blumen pflücken wolle, dann war sie plötzlich verschwunden. Simen Tjings Zechkumpane fragten den bedienenden Jungen: »Wo bleibt dein Herr?«
»Er wird gleich wieder aus den rückwärtigen Räumen zurück sein«, bemerkte dieser.
»Merkwürdig«, brummte Jing Bo-djau. »Ich werde ihn suchen gehen.« Damit entfernte er sich, während Sjä Si-da mit dem Leibpagen Schach spielte.
Simen Tjing war indessen nur in Väsele Lis Zimmer gegangen, hatte dort die Pille eingenommen und suchte nun Zimtknospe.

An der Mattenzeltlaube erblickte er sie und zog sie in die Schneegrotte beim Frühlingsversteck. Nachdem er die Tür hinter sich geschlossen hatte, ließ er sich auf das niedrige Bett sinken, drückte Zimtknospe an seine Brust und setzte sie schließlich auf seinen Schoß. Er ließ Zimtknospe sein Glied sehen. Auch sie erschrak, genau wie die anderen Frauen. Er veranlaßte sie, die Flöte zu spielen, dann hob er ihre kleinen Füße in Brusthöhe und betätigte sich.
Unerwarteterweise war Jing Bo-djau, der erfolglos umhergeschlendert war, zur Mattenzeltlaube gelangt. Deutlich hatte er Lachen vernommen, so schlich er sich näher und lauschte an der Grottentüre. Dann stieß er jäh die Tür auf und drang polternd ein: »Rasch, Wasser her, damit ihr wieder auseinanderkommt!«
»Du Scheusal!« schrie Zimtknospe, und Simen Tjing brüllte ihn an: »Abscheulicher Hundsfott, mach, daß du fortkommst!«
»Nun, kleines Frauenzimmerchen«, erklärte Jing Bo-djau, »darum mußt du mich schön bitten, sonst laufe ich zu Frau Mondtraut. Aber ich will mich mit einem Kuß zufriedengeben.« Damit packte er Zimtknospe, küßte sie, und dann ging er hinaus.
Nun setzten sie das unterbrochene Spiel fort, bis schließlich der Regen versprüht und die Wolken verflogen waren. Dann strichen sie ihre Kleider zurecht und traten hinaus.
Am nächsten Tag ging Simen Tjing nicht ins Amt, sondern zur Stadt hinaus. Er besuchte das Anwesen des Kammerherrn Liu, bei dem er zum Essen eingeladen war. Die Frauen benutzten seine Abwesenheit zu einem Festgelage.
»Warum nimmt dein Mann nicht daran teil?« fragte Frau Mondtraut die Tochter.
»Vom Vater ist er ausgeschickt worden, Schulden einzutreiben. Er muß bald zurück sein.«
Nach kaum einer Stunde erschien Tschen Djing-dji tatsächlich. Er setzte sich zu seiner Frau und berichtete Frau Mondtraut: »Ich habe das Geld eingezogen, insgesamt zweihundertfünfzig Unzen Silber, und es in Euer Zimmer bringen lassen. Schatzflöte hat es in Empfang genommen.«
Nun trank man sich gegenseitig zu, und bald waren alle in fröhlicher Stimmung. Frau Mondtraut spielte mit Holdchen Li und Zimtknospe Schach.
Edelburg und die anderen Frauen standen auf, um zu lustwan-

deln, die Blumen zu bewundern und mit Gräsern zu spielen. Goldlotos schritt mit einem weißseidenen Fächer wedelnd allein in das Palmendickicht hinter dem Hügel, um dort Kühlung zu suchen. Am Fuße der Mauer fiel ihr im Rasen ein Büschel wilder Veilchen auf, weil es so lieblich aussah; sie schickte sich an, es zu pflücken. Unerwarteterweise hatte der Schwiegersohn Tschen Djing-dji sie erspäht, war ihr verstohlen nachgeschlichen und redete sie an: »Fünfte Mutter, meine Beste, was suchst du da? Hier ist sehr schlüpfriger Grasboden. Du könntest straucheln, und das würde mir weh tun.«

Goldlotos wandte den gepuderten Nacken und sah ihn mit Augen, klar wie herbstliches Wasser, von der Seite an. Halb lächelte sie, halb schalt sie: »Dir sollte es weh tun können, wenn ich hier straucheln würde? Warum bist du mir überhaupt nachgestiegen? Hast du übrigens die Tücher eingekauft, um die wir gebeten haben?«

Tschen Djing-dji holte sie aus dem Ärmel hervor und reichte sie ihr kichernd: »Die Tücher für die sechste Mutter sind auch darunter. Was bekomme ich zum Dank?«

Dabei näherte er sein Gesicht ihrer Schulter.

Goldlotos schob ihn weg. Zufällig kam Väsele Li mit dem Kleinen auf dem Arm und hinter ihr die Amme Ideal des Weges. Sie sah Goldlotos mit dem Fächer eine Bewegung machen, ahnte nicht, daß sie Tschen Djing-dji abgewehrt hatte, und wähnte, Goldlotos hasche nach einem Schmetterling. So rief sie ihr zu: »Fünfte, wenn du Schmetterlinge fängst, gib sie dem Kleinen zum Spielen.«

Erschrocken war Tschen Djing-dji in der Hügelgrotte untergetaucht. Besorgt, Väsele Li könnte ihn gesehen haben, fragte Goldlotos absichtlich: »Hat dir der Schwiegersohn schon deine Tücher gegeben?«

»Noch nicht!«

»Eben hat er sie mir, da er sie in Gegenwart der Tochter nicht gut geben konnte, aus seinem Ärmel heimlich zugesteckt.«

Die beiden Frauen ließen sich jetzt im Schatten der Bäume nieder, breiteten auf den Steinen des Blumengestelles die Tücher aus und verteilten sie untereinander.

»Hier ist es schattig und kühl«, sagte Väsele Li, und zur Amme gewandt: »Ruf Lenzfreude! Sie soll das kleine Kopfkissen des Kindes bringen und eine kühle Matte und auch das Dominospiel. Ich will hier mit der Fünften Domino spielen. Gib du auf die Stube acht!«

Bald brachte Lenzfreude Matte, Kissen und Dominospiel. Väsele Li breitete die Matte aus, legte den Kleinen auf das Kissen, und sie selber setzte sich zu Goldlotos zum Domino. Nach einem Weilchen ließ sie Lenzfreude aus der Stube eine Kanne guten Tee holen. Edelburg hatte sie zufällig von der Laube »Wo man in den Wolken schlummert« aus erblickt. Sie winkte Väsele Li zu:

»Die Erste ruft dich. Sie will dir etwas sagen!«

Väsele Li ließ das Kind zurück und bat Goldlotos, es im Auge zu behalten, sie werde gleich wiederkommen. Aber Goldlotos, deren Gedanken bei Tschen Djing-dji weilten, dachte nicht daran, auf das Kind zu achten, sondern benutzte den freien Augenblick, um mit zwei, drei Schritten zur Grotte zu gehn und Tschen Djing-dji zuzuraunen:

»Es ist niemand da. Komm heraus!«

»Komm, sieh dir mal diese Morchel an!« lockte Tschen Djing-dji sie hinein.

Goldlotos ließ sich narren und ging hinein. Da sank Tschen Djing-dji vor ihr in die Knie, um sie zu bewegen, daß sie sich ihm hingebe...

Währenddessen aber begab sich Väsele Li in die Laube.

»Spiel mit!« forderte Frau Mondtraut sie auf.

»Aber unten ist niemand, der auf das Kind achtgibt«, wandte Väsele Li ein.

»Goldlotos ist doch dort«, meinte Edelburg.

»So geh du doch, für sie auf das Kind aufpassen, Dritte!« schlug Frau Mondtraut vor.

»Schwester, dann möchte ich dich bitten, das Kind zu mir zu bringen«, sagte Väsele Li zu Edelburg und befahl Edelsteinchen: »Hole du Matte und Kissen!«

Edelburg und Edelsteinchen begaben sich in das Dickicht. Dort lag das Kind weinend auf der Matte. Von Goldlotos war nirgends etwas zu sehen. In der Nähe aber war eine große Katze sichtbar, die, als sie Menschen kommen sah, davonstob.

»Wo mag die Fünfte nur stecken?« bemerkte Edelburg. »Das Kind hier so im Stich zu lassen!«

Goldlotos trat rasch aus der Grotte heraus. »Wer soll fort sein?«

Edelburg betrat die Grotte nicht, nahm vielmehr den Kleinen auf den Arm und eilte mit ihm zur Laube. Edelsteinchen folgte ihr mit Matte und Kissen. Da Goldlotos verklatscht zu werden fürchtete, folgte sie ihnen auf den Fersen.

Tschen Djing-dji benutzte die Gelegenheit, daß niemand in der Nähe war, um aus der Grotte zu entschlüpfen, und schritt an der Mattenzeltlaube vorbei weiter.
Da das Kind die Brust nicht wollte, sondern immer noch weinte, wies Frau Mondtraut Väsele Li an, es in das Zimmer tragen zu lassen und es zum Einschlummern zu bringen. Man trank aber nicht mehr, und die Gesellschaft löste sich auf.
Tschen Djing-dji hatte Goldlotos nicht besitzen können und war verstimmt. Er wußte, daß Simen Tjing bis zum Abend nicht heimkommen würde, deshalb eilte er wie immer blitzschnell hinter die Mattenzeltlaube und lugte von dort aus. Goldlotos war nun auch schon durch ihn betört. Sie grübelte nach und seufzte tief. Unerwartet war Tschen Djing-dji aus seinem Versteck herbeigekommen, von wo aus er sie erblickt hatte. Am liebsten hätte er sie wie einen Schluck Wasser in sich aufgenommen. Nun schloß er sie in die Arme und küßte sie.
»Du mein Weib aus früherem Dasein. Das letztemal sind wir durch Edelburg, die Böse, getrennt worden. Beinahe hätte ich mich vor Wut umgebracht.«
Goldlotos versuchte sich zu befreien. Aber Tschen Djing-dji war nicht bereit, sie freizugeben, und schickte sich an, den Gurt ihres Beinkleides zu lösen.
Röte überzog Goldlotos' Pfirsichwangen. Längst von Leidenschaft überwältigt, stellte sie sich zunächst noch, als ob sie nicht wolle, aber von Tschen Djing-djis Männlichkeit fortwährend berührt, konnte sie sich schließlich nicht mehr zügeln. Sie tastete hin und machte dem Andrängenden den Weg frei. An das obere Geländer gelehnt, gaben sie sich dem Genuß der so sehr ersehnten Vereinigung hin. Doch in dieser Stellung befriedigte es sie nicht ganz, und so bat er, daß sie sich hinlege. Sie fürchtete jedoch, daß jemand kommen könnte, und wehrte ab: »Gib dich für heute zufrieden, ein anderes Mal sollst du deinen Willen haben.«
Da wurden jenseits der Mauer menschliche Stimmen laut.
Beide fuhren auseinander. Es waren der Leibpage und Dai-an, die trunken und laut zum Tor hereinkamen.
Frau Mondtraut wußte nun, daß Simen Tjing bald nachfolgen werde. Nicht lange danach stieg er vom Pferd und trat durch das Portal. Er war berauscht und begab sich in das Gemach von Frau Mondtraut, schloß sie in die Arme und wollte ins Bett. Weil sie aber wünschte, daß er am nächsten Tag zu ihr komme, dem Dreiundzwanzigsten des Monats, dem Tag der Ratte, um nach

Einnahme jenes Zaubermittels sich mit ihm zu vereinigen, behielt sie ihn nicht bei sich, sondern bemerkte: »Ich bin heute unpäßlich. Geh in ein anderes Schlafzimmer!«

»Ich weiß schon, es ist dir unangenehm, daß ich einen Rausch habe.«

»Ich bin tatsächlich noch nicht wohl. Komm morgen abend!«

Simen Tjing begab sich in Goldlotos' Gemach.

Am nächsten Morgen erhob sich Frau Mondtraut hochgestimmt. Es war der Tag der Ratte. Nachdem sie sich gewaschen und gekämmt hatte, ließ sie durch Edelsteinchen den Altartisch für Räucherwerk vorbereiten, darauf ein kostbares Weihrauchöfchen stellen und besten Weihrauch anzünden. Nun machte sie in der Richtung nach Westen ihre Gebetsverneigungen, um bei Buddha Zuflucht zu suchen. Sie hielt die Räucherstäbchen eine Zeitlang, dann schlug sie das Sutraheftchen auf und machte nach jedem Abschnitt, den sie gelesen hatte, eine Verbeugung. So las sie die vierundzwanzig Abschnitte und verneigte sich vierundzwanzigmal: »Ich, die ich aus der Sippe Wu stamme, aufwärts richte ich meinen Blick und flehe um Hilfe und Heil, auf daß ich baldigst Nachkommenschaft gebäre.«

Nach diesem Gebet brachte Edelsteinchen heißen Wein und schenkte ein Näpfchen voll. Frau Mondtraut ergriff es, nahm mit der anderen Hand die Zauberarznei, verrührte sie, kniete darauf, nach Westen gewandt, nieder, schluckte alles hinunter und nahm auch das letzte Restchen der Arznei ein. Zwar empfand sie in der Kehle einen etwas ranzigen Geschmack, überwand aber dieses Gefühl und verschluckte alles. Hierauf verneigte sie sich andächtig wieder viermal. Sie verließ an diesem Tage ihr Zimmer nicht.

Als Simen Tjing abends heimkehrte, hatte Frau Mondtraut das Bett bereits zurechtgemacht und auf sein Kommen gewartet. Eng setzten sie sich zueinander. Er aß ein wenig von Fisch und Ente, trank jedoch zehn Becher Wein. Dann entledigten sie sich der Kleidung, und wie Fisch und Wasser gehörten sie zueinander.

Endlich kam eines Tages Lai-bau aus der östlichen Hauptstadt zurück und warf sich vor Simen Tjing aufs Antlitz.

»Hast du den Haushälter Di besucht?« erkundigte sich Simen Tjing. »Und wie steht es mit Zimtknospe Lis Sache?«

»Ja, meine Wenigkeit hat Herrn Di gesprochen. Als er Euren

Brief gelesen hatte, befahl er seinem langjährigen Diener, eine Karte zu dem Hofmarschall Dschu zu bringen und mit ihm zu reden. Meine Wenigkeit ist mitgegangen. Der Hofmarschall Dschu verfügte persönlich: Da die Weisung aus dem Palaste des Großkanzlers komme, müßte man alle freilassen. Aber weil sie ein Hofmarschall, der sechste Hoang, angeklagt habe, sei es schwer, zu widersprechen. Die noch nicht angekommen seien, brauchten sämtlich nicht mehr vorgeladen zu werden. Die bereits Verhafteten sollten einige Zeit gefangengehalten werden. Die Beamten des Innenpalastes seien ihrer Wesensart nach nicht willensfest. Man werde warten, bis seine Stimmung sich etwas beruhigt habe, dann sollten alle milde abgeurteilt werden, und damit sei es abgetan.«

»Steht es so, dann wird Düftel Tji auch nicht vorgeführt werden. Ein Glück für das Frauenzimmerchen«, bemerkte Jing Bo-djau, der gerade auf Besuch war.

»Herr Di erkundigte sich, ob der Herr nicht demnächst dem Hohen Herrn Großkanzler zum Geburtstag Glück zu wünschen kommen werde. Es sei schon besser, wenn Ihr die Reise einmal machtet.«

»Ich bin freilich gar nicht darauf vorbereitet hinzureisen«, zögerte Simen Tjing. »Aber ich muß mich wohl auf den Weg machen. Du hast Mühsal gehabt. Geh, stärke dich mit Wein und Essen und ruhe dich aus! In zwei Tagen mußt du noch nach Jangdschou reisen.«

Simen Tjing wollte danach in die Frauengemächer, um Zimtknospe Li zu verständigen.

»Bleib ein Weilchen sitzen! Ich komme gleich wieder«, sagte er zu Jing Bo-djau. Aber dieser benutzte die Gelegenheit, um sich zu verabschieden.

Zimtknospe Li hatte bereits die gute Kunde erhalten: Sie warf sich vor Simen Tjing und Frau Mondtraut aufs Antlitz: »Womit kann ich das dem Herrn und der Herrin nur vergelten?«

»Du bist doch schon lange mit uns vertraut«, meinte Frau Mondtraut.

»Ja, unsereins durfte sich auf Euer Erbarmen verlassen. Aber Düftel Tji wird nun also auch vergeben.«

»Da hat das Frauenzimmerchen wirklich Glück gehabt«, sagte Simen Tjing lachend.

Nachdem sie so noch eine Weile geplaudert hatten, kehrte Zimtknospe in ihre Vergnügungsstätte zurück.

Als der für die Reise zum Großkanzler sorgfältig ermittelte günstige Tag angebrochen war, reiste Simen Tjing mit großem Gefolge und zwanzig Traglasten ab.
Nach zehn Tagen war er am »Stadttor der zehntausend Geschlechter« angelangt. Der Tag senkte sich zur Neige, als er an der Wohnung des Haushälters Di abstieg.
Alsbald wurden Leckerbissen von erlesenstem Geschmack aufgetragen. Nach zwei Runden Wein hob Simen Tjing an:
»Ich, Euer Diener, bin nun dieses Mal gekommen, um Seiner Durchlaucht dem Großkanzler zum Geburtstag meine Aufwartung zu machen. Ich habe einige unbedeutende Geschenke vorbereitet, um damit dem Großkanzler meine Ehrfurcht zu bezeigen. Hoffentlich wird nichts abgelehnt. Seit langem habe ich, Euer Diener, mich schon von Herzen danach gesehnt, einmal zu ihm emporschauen zu dürfen. Euch als meinen Verwandten möchte ich bitten, im voraus darum einzukommen, daß ich, falls es möglich sein sollte, vom Großkanzler als Pflegesohn angenommen werde, dann hätte ich mein Leben nicht umsonst gelebt.«
»Warum sollte das schwierig sein?« meinte Di. »Unser Herr ist zwar ein hoher Würdenträger am Hofe, läßt sich aber sehr gern schmeicheln. Wenn er nun die Fülle der Geschenke sieht, wird er Euch nicht nur bestimmt in Huld als Pflegesohn annehmen, er wird Euch natürlich auch einen höheren Amtsrang verleihen.«
Simen Tjing war über diese Äußerung unendlich glücklich.
Nachdem sie noch ein Weilchen getrunken hatten, führte der Haushälter Di Simen Tjing in ein zurückgelegenes Herrenzimmer zur Nachtruhe. Simen Tjing entkleidete sich, begab sich zu Bett und schlief nun allein, was er nicht gewöhnt war.
Am nächsten Morgen erschien der Haushälter Di. Alsbald trug der Diensthabende in einer zinnoberroten Sammeltrage dreißig und mehr Sorten Leckereien auf, dazu einen silbernen Krug, aus dem er Wein einschenkte. Nach einigen Runden Wein wurde das Tischgerät abgeräumt. »Bitte bleibt noch ein Weilchen sitzen!« bat der Haushälter Di. »Ich gehe jetzt hin und komme gleich wieder.« Er war noch nicht lange fort gewesen, da kam er schon eilig zurück, um Simen Tjing zu melden: »Der alte Herr wäscht und kämmt sich gerade in seinem Studierzimmer. Draußen ist alles voller Zivilbeamten und Militärs, die ihre Glückwünsche aussprechen wollen. Ich habe aber schon mit Durchlaucht gesprochen. Ihr sollt jetzt zuerst hinein. Ich

werde vorausgehn und alles in die Wege leiten.« Damit entfernte er sich.

Simen Tjing war überglücklich. Er ließ durch seine eigenen Diener und einige des Haushälters Di die zwanzig Traglasten Gold, Silbersachen, Atlasstoffe usw. vor den Herrensitz des Großkanzlers schaffen. Er sah, wie sich die Menschen Schulter an Schulter drängten. Es waren mehr oder weniger hohe Amtsträger.

Mit ehrfürchtig gebeugtem Oberkörper durchschritt Simen Tjing den Haupteingang. Der Haushälter Di empfing ihn. Da die Flügel des Mittelportales geschlossen waren und die Mandarine sämtlich durch die Seitentore schritten, fragte Simen Tjing: »Warum wird denn heute zu einem so wichtigen Ereignisse das mittlere Tor nicht aufgetan?«

»Durch das Mitteltor ist einmal der Kaiser geschritten, deshalb wagt niemand mehr hindurchzugehn.«

Simen Tjing folgte Di durch einige weitere Portale. An diesen standen überall Offiziere als Posten. Sie machten aber nicht die geringsten Schwierigkeiten, verbeugten sich vielmehr, sobald sie den Haushälter Di erblickten, und erkundigten sich, woher er komme.

»Mein Verwandter ist aus Schantung erschienen, um Seiner Durchlaucht zum Geburtstage Glück zu wünschen«, gab Di zur Antwort.

Wiederum schritten sie durch mehrere Türen und um einige Ecken. Allenthalben waren die Pfosten voll Malereien und die Balken geschnitzt. Da erregte Simen Tjings Aufmerksamkeit ein geheimnisvolles Musizieren, das vom Himmel zu kommen schien.

»Woher tönen, so fern von den Wohnungen des Volkes, Musikinstrumente?« fragte er.

»Das ist die Damenkapelle Seiner Durchlaucht. Sie besteht aus vierundzwanzig Musikantinnen. Zu jedem Frühstück, Mittagessen und zum Nachtmahle liefern sie die musikalische Begleitung. Jetzt, glaube ich, frühstückt er. Hier sind wir unweit des Studierzimmers Seiner Durchlaucht«, erklärte der Haushälter Di. »Da müssen wir etwas leiser auftreten.«

Den Windungen des Wandelganges folgend, kamen sie an eine große Halle ähnlich der in einer Tempelanlage oder in einem Genienpalaste. Vor ihr tummelten sich Genienreiher, Pfauen und kostbare Vögel aller Art. Da gediehen auch Hortensiensträucher, indische Feigenbäume und Eibisch, die unaufhörlich

alle vier Jahreszeiten hindurch grünten. Unübersehbar leuchteten die Blüten. Simen Tjing scheute sich, zuerst hineinzugehn; so hieß er den Haushälter Di voranschreiten und folgte ihm dann im gleichen Tritt und in gemessenem Abstande bis zur Halle. In ihr erblickte er auf einem Lehnsessel, der mit einem Tigerfell bedeckt war, einen Herrn in purpurnem, drachenbesticktem Gewande, den Großkanzler. Hinter ihm stand wie ein einziger lebender Wandschirm eine Schar von zwanzig bis dreißig schönen Mädchen, alle in Palast-Putz und -Tracht; sie hatten Tücher zu reichen oder Fächer zu halten und bildeten einen Halbkreis. Haushälter Di trat jetzt zur Seite. Simen Tjing machte viermal die Ehrenerweisung. Da erhob sich auch der Großkanzler und erwiderte flüchtig die Begrüßung. Alsbald trat der Haushälter Di an den Großkanzler Zai heran und wisperte ihm ein paar Worte in das Ohr. Simen Tjing fühlte, daß es sich um seine Angelegenheit handelte, und machte wiederum vier Verneigungen. Der Großkanzler erwiderte diese Begrüßung nicht weiter, sondern nahm sie an zum Zeichen, daß mit den vier Verneigungen Simen Tjing als sein Pflegesohn angenommen worden sei. Dieser begann jetzt wie zu einem Vater zu reden:
»Ich, das Kind, habe dem hohen Herrn noch gar nicht meine Ehrfurcht erwiesen. Für den heutigen glanzvollen Geburtstag habe ich nun einige nichtige Gaben vorbereitet, um mit den winzigen Geschenken über tausend Wegstrecken Entfernung hinweg meine Gefühle zu bekunden mit dem Wunsche, daß Ew. Durchlaucht Lebensdauer dem Gebirgszuge im Süden an Höhe gleich sei.«
Der Großkanzler drückte den Wunsch aus, Simen Tjing möge Platz nehmen; ein Untergebener holte einen Stuhl herbei. Simen Tjing setzte sich und trank den ihm gereichten Tee, während der Haushälter Di hinauseilte und die Sachen hereintragen ließ. Die zwanzig Traglasten Geschenke wurden unter den Stufen aufgestellt, und man überreichte das Verzeichnis der Gaben: Ein karminroter Staatsmantel mit Drachenstickerei, ein grünes Abendgewand, ebenfalls mit Drachenstickerei, zwanzig Stücke Brokat aus Han, zwanzig Stücke westländischen Tuches und an sonstigen bunten und einfarbigen Gewebstoffen zusammen vierzig Ballen, ein Nephritgürtel, ein vergoldeter Gürtel aus Hartholz, zehn helleuchtende Perlen, zweihundert Unzen Gold und anderes mehr bildeten die Geschenkgabe für die Audienz beim Großkanzler.
»Vielen Dank!« sagte dieser äußerst aufgeräumt. Er hatte inzwi-

schen die Geschenkliste überflogen und wies den Haushälter Di an, alles in die Schatzkammer schaffen zu lassen. Er ließ Wein holen, um Simen Tjing zu bewirten. Der aber erhob sich, weil er den Großkanzler so beschäftigt wußte, und verabschiedete sich.
»So kommt denn unter diesen Umständen nachmittags um so früher!« bemerkte der Großkanzler. Simen Tjing verneigte sich nochmals und ging hinaus. Der Großkanzler geleitete ihn ein paar Schritte, Simen Tjing verließ das Schloß. In Dis Wohnung legte er Hut und Gürtel ab, nahm etwas zu sich und machte ein Schläfchen. Dann bestieg Simen Tjing die Sänfte und begab sich, gefolgt von seinen vier Dienern, wieder zum Palast des Großkanzlers. Bei Simen Tjings Kommen schritt dieser eilig in den Vorraum zu seinem Empfang. Simen Tjing bat bescheiden, Durchlaucht wolle vorangehen, während er selber mit gebeugtem Rücken sacht auftretend den Raum betrat.
»Ihr habt Euer Gefährt und Gefolge so weit herbemüht, Euch auch durch die reichen Geschenke geschädigt; bitte, nehmt heute ein Weilchen Platz, damit ich bescheiden meine Aufrichtigkeit in geringem Maße zu offenbaren vermag«, erklärte der Großkanzler.
»Daß mir als Eurem Sohne der Himmel Kopfbedeckung und der Erdboden das Schuhwerk ist, verdanke ich einzig und allein Väterchens großem Segen. Wie könnte mein winzig Stäubchen ehrfürchtiger Liebe dazu hinreichen, daß irgendwelche freundlichen Gefühle zu mir in Eurem Busen entständen!«
In herzlichem Tone scherzten die beiden ganz wie Vater und Sohn. Die vierundzwanzig hübschen Mädchen gaben gemeinsam ein Konzert, und der Bediente vom Tage schenkte Wein ein. Der Großkanzler Zai wollte Simen Tjing einen Becher kredenzen, aber dieser sträubte sich dagegen mit ganzer Kraft: er wage es nicht, das anzunehmen. Schließlich leerte er ihn, aber im Stehen. Darauf nahm er an der Tafel Platz. Simen Tjing hieß seinen Leibpagen einen goldenen Becher in Pfirsichform mit Wein füllen, begab sich dann langsam zum Sitzplatz des Großkanzlers und fiel auf die Knie:
»Väterchen möchte ich tausend Lebensjahre wünschen.«
»Steh auf, mein Kind!« erwiderte der Großkanzler, über das ganze Gesicht schmunzelnd, nahm den Wein in Empfang und trank ihn aus.
So tranken sie bis zum Abend, dann verabschiedete sich Simen Tjing und begab sich zur Nachtruhe zurück in Haushälter Dis Heim.

Alle Kammerherrn und Palastbeamten wollten in jenen Tagen Simen Tjing zum Wein und Essen bei sich sehen. So verbrachte er acht, neun Tage, da traf ihn das Heimweh wie ein Pfeil. Dai-an mußte packen. Der Haushälter Di drängte, als hinge sein Leben davon ab, Simen Tjing zum Bleiben. Am nächsten Morgen aber verabschiedete sich Simen Tjing in aller Frühe und brach nach Schantung auf.

Seit Simen Tjings Abreise hatten die Frauen immer voll Sehnsucht Ausschau gehalten, waren aber in ihren Stuben geblieben, wo sie sich mit Handarbeiten beschäftigten. Sie kamen auch nicht aus ihren Gemächern, um sich die Zeit zu vertreiben. Nur Goldlotos putzte sich. Erpicht, mit dem Schwiegersohn Tschen Djing-dji anzubändeln, lief sie täglich im Garten zur Schneegrotte, in der Hoffnung, es einmal günstig zu treffen. Tschen Djing-dji dachte auch mit ganzem Herzen an sie. Aber es bot sich keine Gelegenheit zu einer Begegnung.

Eines Tages stürmte dann Dai-an hastig zur Tür herein – Frau Mondtraut, Edelburg und Väsele Li saßen beisammen –, warf sich vor Frau Mondtraut und den anderen Damen aufs Antlitz und meldete, daß der Herr zurückkomme.

Frau Mondtraut ordnete an, dem Boten reichliche Kost vorzusetzen, und begab sich dann mit den Nebenfrauen und Gefährtinnen zum Empfang in die Halle. Nach geraumer Zeit entstieg Simen Tjing seiner Sänfte und dann ging man daran, sich gegenseitig über alle Vorfälle zu unterrichten. Simen Tjing ruhte in dieser Nacht bei Frau Mondtraut. Mit den beiden war es so, als ob nach langer Dürre milder Regen falle.

XXX.

Goldlotos hielt in ihrem Schlafzimmer eine Löwenkatze. Diese war am ganzen Körper rein weiß, nur auf der Stirn hatte sie einen schwarzen Fleck, der einem Schildkrötenrücken glich. Holzkohle im Schnee (d. h. ein Geschenk zur rechten Zeit) wurde sie deshalb genannt, auch Schneelöwe. Wenn Simen Tjing nicht bei Goldlotos weilte, schlief die Katze nachts in ihrem Bett. Sie war stubenrein und folgsam. Goldlotos liebte sie sehr und packte ihr das Fleisch täglich in ein rotseidenes Tuch, das sie die Katze aufreißen ließ, um zu ihrem Fressen zu gelangen.

Als der Kleine von Väsele Li krank gewesen war, hatte er einige Tage die Arznei der alten Liu einnehmen müssen. Da war es ihm

etwas besser gegangen. Väsele Li hatte ihm ein rotes Atlashemdchen angezogen, und jetzt lag das Kind im offenen Vorraum auf der heizbaren Lagerstatt und spielte. Lenzfreude beaufsichtigte es. Die Amme hielt gerade nebenan ihre Mahlzeit. Da kauerte, von niemand beachtet, jener Schneelöwe auf dem Wandbrett der Lagerstatt. Er hielt das Kind, das mit dem roten Hemdchen bekleidet war und sich spielend bewegte, wohl für Fleisch, mit dem er täglich geneckt und gefüttert worden war, sprang mit einem Satz hinab und zerkratzte den kleinen Körper. Man hörte nur einen Aufschrei des Kindes, dann gab es keinen Laut mehr von sich. Händchen und Füßchen krampften sich ihm zusammen. In heller Aufregung nahm die Amme das Kind auf die Arme. Sie hoffte, daß – wenn nach einem Weilchen der Krampf gewichen sei – das Kind wieder gesund sein würde. Aber in kurzen Zwischenräumen verfiel es immer wieder in Krämpfe. Sie schickte Lenzfreude, um Väsele Li herzubitten. Väsele Li war es bei dem Anblick, als hacke man mit einem Messer auf sie ein. Sie riß das Kind in ihre Arme und preßte ihr Gesicht an seinen Mund.
Frau Mondtraut ließ sich berichten und dann Goldlotos kommen: »War das deine Katze?«
»Wer kann das behaupten?« erwiderte Goldlotos gelassen. Frau Mondtraut wies auf die Amme und Lenzfreude hin.
»Sie kommt immer hierher und springt herum«, erklärte Lenzfreude.
»Warum hat sie denn früher das Kind nicht zerkratzt? Immer! hast du doch behauptet«, fiel ihr Goldlotos ins Wort. »Welchen Unsinn ihr da faselt!«
Lieber Leser! Goldlotos hatte gesehen, daß, seitdem Väsele Li das Kind hatte, Simen Tjing ihr in hundert Dingen den Willen tat, und wenn sie eines wünschte, ihr zehnerlei gewährte. Deshalb hatte sie insgeheim diesen Plan ausgeheckt und die Katze abgerichtet. Das Kind sollte zu Tode erschreckt und Väsele Li in Trauer versetzt werden, damit sich Simen Tjing wieder ihr zuwende.
Frau Mondtraut ließ rasch die alte Mutter Liu rufen. Diese fühlte den Puls des Kindes:
»Dieses Mal ist das Kind heftig erschreckt worden. Es wird das kaum überstehn.« Sie zog eine Pille hervor, die in ein Metallblättchen gewickelt war, löste sie in einem Becher auf und flößte ihm die Arznei ein.
»Besser wäre es noch, den Körper an einigen Stellen zu beizen«, meinte sie.

»Wer wird das wagen!« lehnte Frau Mondtraut ab. »Da müssen wir warten, bis der Vater heimkommt!«
»Dann kann es zu spät sein«, sagte Väsele Li.
»Es ist dein Kind«, sagte Frau Mondtraut.
Nun bekam das Kind Brandmale über den Augenbrauen, auf den Wangen, in den Fingergelenken und auf der Herzgrube, insgesamt fünf, und dann legte man es zum Schlafe nieder. Das Kind versank in einen ganz tiefen Schlummer bis zum Abend und war noch nicht wieder erwacht, als Simen Tjing heimkam. Die alte Liu verschwand durch einen Seitengang wie eine Rauchwolke, nachdem ihr Frau Mondtraut noch eine halbe Unze Silber gegeben hatte. Frau Mondtraut erzählte ihm, daß das Kind Krämpfe gehabt habe und daß es ihm nicht gut gehe. Als Simen Tjing die Brandmale gewahrte, kochte es in ihm. Frau Mondtraut konnte jetzt nichts mehr verheimlichen.
In ihm wallte heftige Empörung auf, und die fünf Eingeweideteile füllten sich mit Ärger. Er ging in Goldlotos' Räume. Ohne ein Wort zu verlieren, suchte er den Schneelöwen, hob ihn an den Beinen hoch und schleuderte ihn auf das Steinfundament.

Nimmermehr fängt sie die Ratten, die Mäuse auf Erden.
Rückgekehrt ist sie zur Dunkelheit, Fuchsgeist zu werden.

Goldlotos sah ihn die Katze hinausnehmen und totschlagen. »Dieser verbrecherische Gewaltmensch! Verrecken soll er selber!«
Simen Tjing begab sich in Väsele Lis Zimmer.
»Amme, Lenzfreude!« rief er. »Ich habe euch geheißen, gut auf das Kind zu achten, warum habt ihr es durch die Katze erschrekken lassen? Und, daß ihr dann noch auf diese alte Vettel, das Frauenzimmer Liu, gehört habt! Wenn es gut ausgeht, mag es dabei sein Bewenden haben, sonst werde ich die Vettel ins Strafamt bringen und ihr die Folterpresse anlegen lassen.«
Väsele Li hoffte immer noch, daß sich das Kind erholen würde, doch alles deutete auf Unheil, nichts auf Freude.
Eines Abends lag Väsele Li auf ihrem Bett. Im Dämmerschlafe sah sie ihren früheren Mann Hwa Dse-hü durch die Türe hereintreten im weißen Gewand, genauso wie zu seinen Lebzeiten. Als er Väsele Li erblickte, schalt er in strengem Tone:
»Nichtsnutziges Frauenzimmer! Wie kamst du dazu, mir meine Vermögenswerte zu rauben und sie Simen Tjing zu geben? Ich geh' dich jetzt verklagen.«

»Ach, Lieber! Vergib mir doch nur und laß deinen Groll!« rief Väsele Li und griff flehend mit einer Hand nach seinem Ärmel. Dann fuhr sie erschrocken aus dem Traum hoch, kalter Schweiß brach ihr aus, und sie bekam eine Gänsehaut am ganzen Körper. Am anderen Tage erzählte sie Simen Tjing ausführlich, was sie im Traume erlebt hatte.
Simen Tjing beruhigte sie: »Denke nicht mehr an ihn! Ich schicke jetzt einen Diener mit einer Sänfte und lasse Silberschönchen Wu holen. Sie soll dir Gesellschaft leisten. Auch die alte Feng will ich rufen lassen, sie soll dich ein paar Tage pflegen.«
Aber ehe noch die Sonne im Westen stand, begann das Kind am Busen der Amme unaufhörlich krampfhaft zu zucken. Väsele Li trat hinzu, nahm das Kind an ihre Brust und befahl weinend der Magd: »Lauf und bitte den Herrn her!«
Simen Tjing kam gerade noch zurecht, um beim letzten Atemzug zugegen zu sein, zur Schen-Stunde, der dritten bis fünften Nachmittagsstunde, am Dreiundzwanzigsten des sechsten Monats.

XXXI.

Da Goldlotos das Kind nicht mehr am Leben wußte, ward sie täglich geistesfrischer.
Bei Väsele Li hingegen brach infolge der Aufregung und der Sehnsucht nach ihrem Kinde ihr altes Leiden wieder aus. Wie früher setzten Monatsblutungen ein, die nicht aufhörten. Nach und nach nahm sie beträchtlich an Gewicht ab. Ihre Glieder wurden hager, und ihre Schönheit und reizende Anmut von früher waren dahin.
Eines Nachts war ihr, als ob jemand an die Fensterläden pochte. Väsele Li rief nach den Mägden. Die lagen jedoch in tiefem Schlaf und gaben keine Antwort. So erhob sie sich selber, schlüpfte in die Schuhe und öffnete die Stubentür. Sie spähte hinaus. Da war es ihr, als ob sie ihren früheren Mann Hwa Dse-hü sehe, wie er das Kind auf dem Arme trug und ihr zurief: »Ich habe ein neues Heim gefunden. Komm mit, es beziehen!« Väsele Li mochte sich indessen nicht von Simen Tjing trennen und wollte nicht mitgehn. Mit beiden Händen schloß sie ihr Kind in die Arme. Da versetzte ihr Hwa Dse-hü einen Stoß, sie stürzte zu Boden – und erwachte.
Zu jener Zeit traf Lai-bau mit dem Frachtschiff aus Nanking

wieder ein. Die Herrichtung des Ladens wurde beendet, und der Vierte des neunten Mondes für die Geschäftseröffnung ausersehen. Als an jenem Tage die Waren ausgeladen wurden, füllten sie einschließlich des Gepäcks insgesamt zwanzig große Karren. Am Tage der Geschäftseröffnung sandten die Freunde und Verwandten Fruchtschachteln und roten Stoff zur Ausschmükkung. Über zwanzig Personen kamen. Simen Tjing trug ein tiefrotes Gewand mit Kopfbedeckung und Gürtel. Als Opferpapier verbrannt worden war, überreichten alle Verwandten und Freunde ihre Fruchtschachteln. Ihnen wurden Becher mit Wein gereicht, und dann ward hinten in der Halle an fünfzehn Tischchen zum Mahle gedeckt. Der Verkauf ließ sich schon am ersten Tage gut an. Am Ladentisch stand der tüchtige Gehilfe Han Dau-go, der allerdings manches zu eigenem Vorteil wendete. Als eines Abends Simen Tjing nach einer seiner üblichen Zusammenkünfte mit der sechsten Wang angeheitert Väsele Lis Schlafzimmer aufsuchte, erkundigte sie sich: »Wo hast du heute getrunken?«

»Han Dau-gos Familie hatte mich eingeladen, um mich von der Trauer über den Verlust des Kindes abzulenken.« Er schickte sich nach diesen Worten an, Lenzfreude zu rufen, da er das Obergewand ablegen wollte, um bei Väsele Li zu übernachten.

»Geh nur in ein anderes Schlafzimmer zur Nachtruhe! Du siehst ja, von mir ist nur noch ein Hauch da.«

»Ich kann im Herzen nicht von dir lassen. Nur bei dir will ich schlafen. Wie ist's also? Keine Aussicht?«

Väsele Li lachte auf.

»Wer schenkt dir Glauben mit deiner lallenden Zunge! Wirst du, wenn ich demnächst gestorben bin, auch nicht von mir lassen können?« Dann fügte sie hinzu: »Also warte doch, bis ich ganz wiederhergestellt bin. Geh zu Goldlotos! Sie wartet auf dich. Gehst du nicht hin, wird sie argwöhnen, ich wolle dich hier festhalten.«

So hatte sie selber Simen Tjing zu Goldlotos hinübergeschickt. Diese hatte sich gerade zum Schlafe hingestreckt, da gewahrte sie ihn, wie er ins Zimmer trat.

»Mein Kind, du bist früh zu Bett gegangen.«

»Welcher Wind hat dich in meine Stube verweht? Bei wem bist du denn heute zum Wein gewesen?«

»Der Gehilfe Han, der von der Reise aus dem Süden zurückgekommen ist, hat, weil mein Kind nicht mehr am Leben ist, mich

zu sich eingeladen, einerseits um mich auf andere Gedanken zu bringen, andererseits weil ich ihm mit der Geschäftsreise besonderes Wohlwollen bezeigt hatte.«

»Während er auf Reisen unterwegs war, hast du der sechsten Wang, seinem Weibe, besonderes Wohlwollen bezeigt.«

»Der Frau eines Angestellten! Wo gibt es so etwas!« widersprach Simen Tjing.

»Du schwatzt dummes Zeug! Wir wissen doch Bescheid. War das niederträchtige Frauenzimmer an deinem Geburtstage etwa nicht hier? In aller Heimlichkeit hast du ihr Väsele Lis Haarpfeil mit dem Schriftzeichen für Langlebigkeit zugesteckt und ihr gestattet, ihn zu tragen und sich so recht damit aufzuspielen. Die Erste, Edelburg Meng, ja, die ganze Familie, alle haben es doch gesehen. Als ich sie einmal befragte, wurde sie puterrot. Hat sie es dir nicht erzählt? Heute hast du dich wieder hingeschlichen, du schamloser Kerl.«

Simen Tjing leugnete hartnäckig: »Heute leistete mir ihr Mann Gesellschaft. Sie hat sich gar nicht sehen lassen.«

»Wer weiß denn nicht, daß ihr Mann ein offenkundiger Zuhälter ist! Er hat dir doch sein Weib längst überlassen, will deines Hauses Geschäfte besorgen und dabei für sich Geld verdienen.«

Simen Tjing legte sein Obergewand ab und setzte sich auf den Bettrand. Er verhielt sich ganz ruhig und lachte nur. Dann ergriff er das Schächtelchen mit dem durchbohrten Herzen, entnahm ihm eine Pille, tat sie in seinen Mund, und im Rausch der Sinne ging dann ihr Streit unter. Am bald darauf stattfindenden Chrysanthemenfest stellte es sich heraus, daß der Gesundheitszustand von Väsele Li sich sehr verschlechtert hatte. Widerstrebend nahm sie daran teil, sprach auch dem Weine zu, aber dann mußte sie schnellstens ihre Stube aufsuchen. Auf dem Nachtstuhl floß es wie Harn von ihr ab. Als sie aufstand und ihren Rock anlegen wollte, bekam sie plötzlich einen Schwindelanfall; sie stürzte vornüber und schlug mit dem Kopf auf den Boden auf. Lenzfreude war zwar dabei gewesen und hatte sie noch gestützt, aber sie verletzte sich beim Aufschlag an der Stirnhaut. Mit Hilfe der Amme wurde sie auf die Lagerstatt gebracht, wo sie dann einen halben Tag bewußtlos lag. Aufgeregt hatte Lenzfreude rasch Lenzbunt zur ersten Herrin geschickt. Lenzbunt begab sich zur Tafel und berichtete es dort Frau Mondtraut und den anderen Damen. Frau Mondtraut überließ diesen die Tafel und ging eiligst nach Väsele Li sehen.

Sie fand sie von Lenzfreude und der Amme gestützt auf dem Ofenbett in sitzender Haltung, ohne daß sie das Bewußtsein wiedererlangt hatte. Sie erkundigte sich, wie es denn nur komme, daß es Väsele Li so schlecht gehe, sie sei doch noch ganz wohl in ihr Zimmer gelangt. Lenzfreude öffnete den Eimer des Nachtstuhls und zeigte ihn Frau Mondtraut. Ganz entsetzt fuhr diese zurück.
»Sie hat eben doch vielleicht zuviel Wein getrunken. Das hat ihr Blut in Wallung gebracht, so daß so viel abgeflossen ist.«
»Wann soll sie viel getrunken haben?« äußerten Edelburg und Goldlotos.
Frau Mondtraut ließ ihr einen Heutrank einflößen. Nach einer Weile kam Väsele Li wieder zu sich und begann zu sprechen.
»Schwester Väsele Li, wie fühlst du dich?« fragte Frau Mondtraut.
»Mir ist nichts. Ich konnte mich nur nicht aufrecht halten und stürzte hin.«
Frau Mondtraut wollte sofort von Lai-an den Herrn rufen lassen. Dabei fragte sie Väsele Li: »Soll er den approbierten Arzt Jen rufen, einmal nach dir zu sehen?«
»Ach, ihn holen!« wehrte Väsele Li unwillig ab. »Laß es doch! Es macht nur Aufsehen und erzeugt Unruhe bei groß und klein. Es stört ihn beim Wein.«
»Mache das Bett und laß die Herrin schlafen!« befahl Frau Mondtraut darauf Lenzfreude. Weiter Wein zu trinken, brachte Frau Mondtraut nun nicht über sich, sondern bestimmte, daß das Tafelgerät abgeräumt wurde; alle Frauen kehrten in die weiter abgelegenen Räume zurück.
Aber alle Arzneimittel vermochten nicht zu helfen, und eines Tages war Väsele Li ihrem verstorbenen Gatten und ihrem Kinde ins Totenreich nachgefolgt.

XXXII.

Simen Tjing hatte den Porträtmaler Han beauftragt, die Verstorbene im Bildnis festzuhalten, und seine Freunde gebeten, daran teilzunehmen. Die Gesellschaft hatte gerade das Mahl beendet und das Tischgerät war abgeräumt worden, als der Maler eintraf. Simen Tjing tauschte mit ihm Begrüßungen und bemerkte: »Ich habe Euch, verehrter Herr, herbemüht, um ein lebenswahres Bildnis zu erhalten, das nach dem Leichnam geschaffen werden muß.«

»Dem Wunsche will meine Wenigkeit gern nachkommen«, antwortete der Kunstmaler Han.
»In meinem Herzen fühle ich den Schmerz um sie. So muß ich von ihr wenigstens ein Bildnis zurückbehalten, um es früh und spät zu betrachten und ihr Andenken zu pflegen.« Dann veranlaßte Simen Tjing die Damen, sich zurückzuziehen. Er ließ den Vorhang wegnehmen und führte Herrn Han zu der Toten. Die anderen folgten.
Der Maler hob das »Banner mit dem Wunsche der tausend Herbste« auf. Er warf sodann einen angespannten, prüfenden Blick auf Väsele Li. Er sah das rabenschwarze Tuch, das man ihr umgebunden hatte, und bemerkte auch, daß, obwohl sie lange leidend gewesen, ihre Farbe noch die einer Lebenden war. Ihr schönes Antlitz hatte sich nicht verändert. Die gelblich erblaßten Lippen waren noch voll. Schluchzend trocknete sich Simen Tjing immerfort die Tränen. Lai-bau und der Lautenjunge hielten den Vorhang, das Pinselbehältnis und die Farben. Herr Han hatte mit einem Blick das Bild in sich aufgenommen. Alle umstanden ihn und ermunterten ihn zu malen.
Bald danach war das Brustbild entworfen mit einem Antlitz wie aus Nephrit, auch die Haut war hübsch und zart getroffen. Er zeigte es herum. Es war das Bildnis einer Schönheit.
»Geh es den Damen zeigen, ob sie meinen, daß es gelungen sei oder nicht, und woran es etwa fehle, damit noch Änderungen vorgenommen werden können«, befahl Simen Tjing, nachdem er es betrachtet hatte, Dai-an.
»Hinterläßt sie denn Kinder, daß man es für diese malt«, sagte Goldlotos abschätzig. »Richtig wäre es dann aber, wenn einmal alle sechs Weiber gestorben sind, auch sechs Bilder malen zu lassen.«
Edelburg und Holdchen Li bemerkten: »Erste, komm doch einmal her und sieh dir das Bild der Schwester an! Es gleicht ihr, wie sie damals aussah. Nur der Mund ist etwas zu flach.«
»Die linke Stirnseite sitzt ein wenig tiefer«, meinte Frau Mondtraut. »Die Brauen müßten noch geschwungener sein. Aber wie kann der Mann nach dem Leichnam so gut malen!«
Man gab das Bild zurück. Dai-an berichtete von den Äußerungen, die die Damen getan hatten. Schnell hatte der Maler die gewünschten Änderungen vorgenommen. Simen Tjing war entzückt und entlohnte ihn reichlich. Ein üppiges Mahl wurde ihm außerdem vorgesetzt.
Das Bild, das die Tote in ganzer Gestalt zeigen und dem Sarge

vorausgetragen werden sollte, fertigte der Maler später in seinem Hause an.
Man saß bis zur Dunkelheit beisammen, und dann erst ging jeder heim. Simen Tjing begab sich an diesem Abend nicht in die zurückliegenden Räume. Er ließ sich auf einem Liegestuhl aus Bambus nieder, den er neben Väsele Lis Seelentafel hatte aufstellen lassen. Ringsum von Wandschirmen verdeckt, ruhte er für sich. Bei Tageslicht ging Simen Tjing in die Gemächer der Frau Mondtraut, um sich dort zu kämmen und zu waschen. Er setzte eine weiße Kappe von der Form auf, wie sie in der Tang-Zeit (620–906 n. Chr.) üblich war, und legte ein Trauergewand an mit weißwollenen Socken, weißen Schuhen und einem Trauerflorgürtel um den Leib.
Während der vier Trauerwochen schlief Simen Tjing stets vorn bei der Seelentafel. Morgens war Schlehenblüte die Betten zusammenlegen gekommen und hatte sie fortgetragen. Zum Waschen und Kämmen pflegte sich Simen Tjing nach hinten zu begeben. Dann versuchte der Leibpage mit Schatzflöte anzubändeln. Erst wenn sie ausgiebig miteinander geplänkelt hatten, ging Schatzflöte wieder nach hinten. An einem Tage hatte Schatzflöte mit dem Leibpagen ein Stelldichein im Studierzimmer des Gartens verabredet. Goldlotos war aber unerwartet früh aufgestanden und ging plötzlich in die Halle. Sie fand die Lampe an der Seelentafel erloschen. Im Mattenzelte standen und lagen Tische und Stühle in wirrem Durcheinander. Nur der Bilderjunge kehrte dort den Boden, weiter war keine Seele da.
»Spitzbube!« fuhr ihn Goldlotos an. »Zum Säubern bist du allein hier. Wo sind denn alle anderen hin?«
»Die sind noch nicht aufgestanden.«
»Stelle den Besen beiseite und geh nach vorn, von dem Schwiegersohn ein Stück weiße Seide holen, wenn sie vorhanden ist; denn Mütterchen Pan fehlt noch ein Trauerrock. Auch ein Kopftuch und eine Leibschärpe soll er für sie hergeben. Sie will heute nach Hause.«
»Der Schwiegersohn wird wohl noch schlafen; aber wartet, ich werde nach ihm fragen!« Nach geraumer Weile kam der Bilderjunge zurück: »Der Schwiegersohn behauptet, das falle nicht in seinen Aufgabenbereich. Die Herrin möge die Sachen vom Leibpagen fordern.«
»Weiß ich, wo der steckt? Geh ihn mir suchen!«
Der Bilderjunge wandte sich dem Seitengebäude zu und lugte

hinein: »Eben war er hier. Wahrscheinlich ist er in das Studierzimmer im Garten gegangen, um sich zu kämmen.«
»Dann fege du nur weiter! Ich werde mir den Schlingel selber holen!« Damit machte sich Goldlotos auf zum Studierzimmer im Garten. Dort hörte sie unerwartet Lachen im Innern. Sie stieß die Tür auf und gewahrte den Leibpagen mit Schatzflöte auf dem Bett in bestem Kosen. »Ihr treibt ja schöne Dinge«, wetterte sie los.
Erschrocken warf sich das Pärchen, an Händen und Füßen bebend, auf die Knie.
»Du gerissener Schlingel, hol mir eine Rolle Trauerseide und einen Ballen Stoff für Mütterchen!«
Der Leibpage holte sofort alles herbei. Sie kehrte mit den Sachen geradewegs in ihre Räume zurück. Schatzflöte folgte ihr, um sie herumscharwenzelnd. Sie bat flehend: »Fünfte Herrin, sagt doch ja nichts dem Herrn!«
»Sag mir die Wahrheit, wie oft hast du schon mit ihm gebuhlt? Verheimliche mir nicht ein Wörtchen, dann soll die Sache auf sich beruhen!«
Schatzflöte berichtete nun, wie es zu der Liebelei mit dem Pagen gekommen war.
»Wenn ich dir vergeben soll, mußt du mir in dreifacher Hinsicht zu Willen handeln.«
»Herrin, wenn Ihr mir nur verzeiht, will ich tun, was Ihr auch von mir fordern möget.«
»Erstens hast du mir sofort alles zu berichten, was bei deiner Herrin geschieht. Meldest du es nicht und ich erfahre es, rechne nicht mit Nachsicht. Zweitens mußt du beschaffen, was ich von dir verlange. Und drittens: Bei deiner Herrin ist doch bisher keine Empfängnis zustande gekommen, wie hat sie jetzt eine zuwege gebracht?«
»Ich will der fünften Herrin nichts verheimlichen«, sagte Schatzflöte. »Meine Herrin hat eine Zauberarznei aus der Nachgeburt eines Knaben – die Nonne Süeh hat sie geliefert – eingenommen.«
Goldlotos behielt es im Gedächtnis, erzählte aber nichts von dem Vorgefallenen Simen Tjing.
Weil Goldlotos höhnisch gelacht hatte, nahm der Leibpage an, die Geschichte könnte wenig spaßig ausgehen. Er entnahm dem Schrank im Studierzimmer eine Anzahl Taschentücher, Schweißtücher, Zahnstocher, Haarpfeile, Schleifen und sonstige Geschenke. Er selber hatte über zehn Unzen Silber zusammen-

gespart. Vorn an der Ladenkasse erschwindelte er sich vom Geschäftsführer Fu zwanzig Unzen Silber, indem er behauptete, noch Trauerseide einkaufen zu sollen. Damit wanderte er stracks zum Tore hinaus und mietete ein Reittier für eine weite Reise. An der Landungsstelle bestieg er ein Schiff aus der Umgegend und fuhr nach Sudschau, in seine Heimat.

Bald jedoch wurde der Schlüssel vom Stoffmagazin vermißt. Zuletzt hatte ihn der Leibpage gehabt, aber der war nirgends zu sehen.

»Er hat mich heute morgen um zwanzig Unzen Silber aus der Kasse gebeten«, erzählte der Geschäftsführer Fu. »Er wollte Trauerseide einkaufen, weil, wie er behauptete, der Herr es angeordnet habe, da die vorhandene Seide nicht ausreiche. Wahrscheinlich ist er jenseits des Stadtviertels einkaufen gegangen.«

»Ich habe ihm keine Weisung erteilt«, erklärte Simen Tjing. »Wie kann er da von dir Geld verlangen?« Sofort ließ er den Leibpagen in den Seidenläden jenseits des Stadtviertels suchen. Aber auch dort war keine Spur von ihm.

»Geh doch mal in dein Herrenzimmer gründlich nachsehn! Er wird vielleicht noch manches mitgenommen haben«, meinte Frau Mondtraut.

Simen Tjing überprüfte alles. Den Vorratsraumschlüssel sah er an der Wand hängen. Im großen Schrank vermißte er eine Menge Schweißtücher, Taschentücher, Silber in Geschenkumschlägen, Zahnstocher, Schleifen und dergleichen. Wut stieg in ihm auf. Er ließ die zuständigen Amtsbüttel nebst Gehilfen kommen und befahl ihnen, sich überall auf den Straßen und Gassen umzuhören. Aber vergebens.

Am Achten des zehnten Mondes begann die vierte Trauerwoche. Alle Mönche aus dem Kloster »Zum kostbaren Segen« vor dem Westtore der Stadt waren gebeten worden. Sie sollten Bußgebete singen und Messen lesen. Simen Tjing war an diesem Tage nicht zu Hause. Er hatte sich mit dem Geomanten Sü zur Grabstätte begeben, um mit der Aushebung der Gruft zu beginnen. Erst nachmittags kehrte er heim. Abends entließ er die Mönche. Am nächsten Tage ließ er Wein, gedeckte Tische, Speisen und was man alles benötigte, zum Grabstättenhügel schaffen. Sein Haushälter und die Gehilfen mußten auf seinem Landgut vor und hinter der Gruft Mattenzelte errichten und außerdem ein dreiräumiges Zeltschutzdach bauen lassen. Dann wurden die Nachbarn aus der Umgegend eingeladen und mit

Wein und Braten reichlich bewirtet. Nach dem Abschied zogen sie alle, auf Schultern und Rücken reich beladen, heim. Mehr davon zu erzählen lohnt nicht.
Am Elften, dem Haupttrauertage, erschienen zuerst Sänger mit Gongs und Pauken sowie die Schauspieler für Vorstellungen zu ebener Erde. Nachdem sie vor der Seelentafel der Seele Verehrung erwiesen hatten, führten sie Tanzspiele vor. Als die Darbietungen beendet waren, entfernten sich die Spieler. Die Blutsverwandten und verschwägerten Angehörigen verabschiedeten sich nun von der Seelentafel und verbrannten Opferpapier. Ihr lautes Wehklagen erfüllte die weite Trauerstätte.
Am nächsten Tage sollte die Überführung vor sich gehen. Schon in aller Frühe war das Inschriftbanner hinausgetragen worden, auch alle sonstigen Banner und Ehrenschirme, ferner Papiernachbildungen von allen möglichen Gegenständen. Buddhistische Mönche, Dauisten, Trommler, Musikanten mit feineren Instrumenten und die Dienerschaft kamen hin. Simen Tjing hatte vorher den Kommandanten Dschou um Gestellung von fünfzig Schutzleuten und Soldaten gebeten. Amtsträger, Gelehrte, Verwandte, Nachbarn und Freunde stellten sich an diesem Tag ein. Wagen und Pferde verursachten Lärm und versperrten die Gassen. Die Sänften der eigenen Familie zusammen mit denen der Verwandtschaft zählten wohl über hundert.
Jetzt kniete der Schwiegersohn Tschen Djing-dji vor dem Sarge nieder und zerschmetterte das Wasserbecken. Vierundsechzig Männer standen bereit, den Sarg zu tragen. Der Ordner für den Begräbniszug stand auf erhöhtem Gestell, klopfte den Takt mit der Klapper und gab damit das Zeichen für die Sargträger, die Tragbalken zu schultern. Es herrschte an jenem Tage gerade Osterwetter, so daß das Leichenbegängnis ungetrübt verlief und viele Zuschauer sich einfanden.
Frau Mondtraut, Holdchen Li und die anderen Frauen wurden in mehr als zehn eigenen Sänften getragen und folgten in einer Reihe hintereinander dem Sarge. Simen Tjing schritt in Hanfmütze und Trauergewand mit allen Verwandten und Freunden auch hinter dem Sarge. Der Schwiegersohn Tschen Djing-dji blieb dicht bei dem Sarguntergestell und stützte es mit. Als der Zug bei der östlichen Straßenmündung angelangt war, kam ihm der Priester Wu aus dem Tempel des Erhabenen-Höchsten entgegen. Simen Tjing hatte ihn mit Geschenken, die er hatte bereitstellen lassen, gebeten, Väsele Lis Bildnis zu entrollen. Der Priester in tiefrotem, bunt verziertem Reihermantel, mit der

Donnerkappe auf dem Kopfe, die das neunfache Bild der Sonne aufwies, mit zinnoberroten Schuhen und mit einem Elfenbeinzepter in der Hand, saß in einer von vier Männern hoch auf den Schultern getragenen Sänfte, als er vor dem Leichenzug erschien. Er ergriffVäsele Lis Bild und hielt es mit der Hand empor. Tschen Djing-dji kniete vor dem Priester nieder. Der Leichenzug machte halt, und alle horchten auf, wie der Priester von seinem hohen Platz aus ein Loblied auf die Verstorbene sang und mit den Versen endete:

Diese edle Seele, ach, sie wich!
Niemals kehret sie zum gleichen Ort.
Und zu welcher fernen Region
Sich ihr Geist gewandt, niemand ermißt.
Zur Erinnerung blieb lebenswahr
Nur ein Bildnis für die Trauerschar.

Mit dem entrollten Bild und dem Sarge setzte sich der Zug wieder in Bewegung. Trommeln dröhnten und Musik scholl zum Himmel, während die Klagerufe die Erde erschütterten. Alle Verwandten und Freunde hatten Simen Tjing bis zum Stadttor zu Fuß begleitet, dann bestiegen sie die Pferde. Tschen Djing-dji, der Schwiegersohn, geleitete mitstützend den Sarg. So gelangte man bis zum Gipfel des Grabhügels bei der Fünfmeilensenke. Der Bürgerwehrdrillmeister Dschang mit zweihundert Mannen hatte gemeinsam mit den beiden Kämmerlingen Liu und Süeh frühzeitig vor der Gruft auf der kleinen Anhöhe ein Zelt errichten lassen. Musik der Bläser setzte ein, kupferne Gongs und Kupfertrommeln wurden geschlagen, dem nahenden Leichenzuge zum Empfang. Als er in Sicht kam, zündete man die Gerätschaften für die Unterwelt und die Nachbildungen aus Papier an. Rauchschwaden verdeckten den Himmel. Auf dem Grabhügel wurde der Sarg abgesetzt. Der Geomant Sü und der Leiter des Bestattungswesens bestimmten die Richtung mit dem Kompaß. In der Zeit zwischen neun und elf Uhr vormittags erfolgte das Opfer und die Kundgebung an den Erdgott und die Gottheit des Bezirkes. Danach erst wurde der Sarg versenkt und mit Erde bedeckt.
Alle Beamten seiner Behörde, die Verwandten, Freunde und Angestellten drängten sich um Simen Tjing, um ihm Wein zu reichen. Trommeln und Musik schallten himmelan, Rauch und Feuer umhüllte die Erde. Ein lebhaftes Treiben hob nun an.

Am Nachmittag wurde die Seelentafel heimgebracht. Frau Mondtraut nahm in der für die Seele bestimmten Sänfte Platz und hielt die Tafel und das Seelenbanner in den Armen. Tschen Djing-dji half das Untergestell für die Seelentafel tragen. Trommler, Musikanten und die sechzehn Dauisten-Knaben trommelten und flöteten zu beiden Seiten. Der ältere Schwager Wu, der Patrizier Tjau, der jüngere Schwager Wu, die Schwäger Hwa und Schen, der jüngere Schwager Meng, Jing Bo-djau, Sjä Si-da und der Bakkalaureus Wönn sowie Haushälter und Gefolgschaft begleiteten sämtlich Simen Tjing in die Stadt zurück. Die Sänften der Damen folgten hart hinterher. Am Hauptportal des Anwesens zündete man Fackeln an und zog so ein. In Väsele Lis Wohnraum wurde die Seelentafel aufgestellt, darauf opferte der Geomant Sü in der vorderen Halle den Geistern und nahm anschließend die Vertreibung böser Einflüsse aus dem Hause vor. An allen Türen und Toren wurden gelbe Zaubersprüche angeheftet, auf daß Unglück fernbleibe. Die Feierlichkeiten, die vier Wochen lang gedauert hatten, waren nun zu Ende. Ungeheure Geldsummen hatten sie verschlungen.
Die plötzliche Trennung von Väsele Li konnte Simen Tjing nicht verwinden; abends begab er sich wieder in ihr Zimmer, um der Seelentafel Gesellschaft zu leisten und in deren Nähe zu übernachten. Um Mitternacht, während die schrägen Strahlen des Mondlichtes das halbe Fenster beleuchteten, warf er sich der einsamen Lampe gegenüber allein hin und her, ohne Schlaf finden zu können.
Er seufzte lange, stöhnte und dachte in Sehnsucht an die schöne Entschlafene.
Wenn Väsele Lis Seele am Tage Tee und Essen geopfert wurde und Simen Tjing persönlich sah, wie die Magd alles hinstellte, dann speiste er gewissermaßen Väsele Li gegenüber mit ihr. Einladend erhob er die Eßstäbchen: »Iß doch auch etwas!« mit der Höflichkeit, als sei sie noch am Leben. Mägde und Amme konnten das nicht ertragen und schluchzten mit unterdrückten Tränen. Wenn sonst niemand zugegen war, reichte die Amme Ideal ihm immer Tee und Wasser und drängte sich an ihn heran. Das war kaum drei Nächte so gegangen. Am folgenden Tage hatte Simen Tjing viele Herren und Damen geladen, um, wie man sagt, das Grab zu erwärmen, d. h. der Toten am Grabe Gesellschaft zu leisten. Noch von der Gesellschaft mit den Gästen berauscht, war er heimgekehrt. Lenzfreude war ihm behilflich, als er sich zur Ruhe legte. In der Nacht wünschte er

Tee und rief nach Lenzfreude. Diese antwortete nicht; dafür erschien die Amme und reichte ihm Tee. Sie nahm wahr, daß die Steppdecke von der Lagerstatt herabgeglitten war und den Fußboden berührte, und legte sie, nachdem sie ihm die Teetasse abgenommen hatte, mit der Hand zurecht. Simen Tjing wurde auf einmal munter, schlang seinen Arm um ihren Nacken, gab ihr einen Kuß und bohrte seine Zungenspitze in ihren Mund. Sie sog daran, ohne einen Laut von sich zu geben. Auf Simen Tjings Aufforderung hin entkleidete sie sich und schlüpfte zu ihm unter die Bettdecke. Nach genußreichem Beilager sagte die Amme: »Ihr habt mich so erhöht, und weil die Herrin auch nicht mehr am Leben ist, habe ich unbedeutendes Weib den herzlichen Wunsch, daß ich Euer Haus nie mehr zu verlassen brauche. Verfahrt mit mir nach Eurem Belieben, Herr!«
»Mein Kind«, antwortete er, »wenn du dir mit der Aufwartung Mühe gibst, brauchst du um deinen Lebensunterhalt nicht mehr in Sorge zu sein.«
Die Amme suchte sich auf diese Worte hin in Schmeicheleien noch zu überbieten und richtete sich in ihrem Verhalten genau nach seinen Wünschen. Darüber war Simen Tjing aufs höchste erfreut.
Nach dem Aufstehn in der Frühe des anderen Tages holte die Amme Simen Tjings Schuhwerk und faltete ihm das Deckbett zusammen. Keine Arbeit überließ sie mehr Lenzfreude, sondern war äußerst emsig tätig und erledigte alles. Simen Tjing öffneteVäsele Lis Stubentür, suchte vier Haarpfeile von ihr hervor und schenkte sie der Amme zur Belohnung. Dankend warf diese sich aufs Antlitz.
Lenzfreude merkte nun, daß Simen Tjing die Amme zu sich genommen hatte.
Von nun an verhielt sich die Amme ganz anders als in den vergangenen Tagen, putzte und schmückte sich, lachte und redete in Gegenwart der Mägde und Diener. Das entging Goldlotos' Blicken keineswegs lange.

XXXIII.

Eines Abends schlich sich Simen Tjing wieder einmal zu Väsele Lis Räumen. Er pochte an die Tür. Lenzbunt öffnete ihm, und Lai-an entfernte sich. Simen Tjing trat in den offenen Vorraum. Dort sah er Väsele Lis Bildnis und erkundigte sich, ob ihr Suppe

und Reis als Speiseopfer dargebracht worden seien. Die Amme Ideal erschien und bejahte: »Eben haben ich und die Schwester das Opfer dargebracht.«
Derweil Simen Tjing auf einem Stuhle Platz nahm, brachte Lenzfreude Tee. Sie mußte ihm beim Ablegen von Obergewand und Gürtel behilflich sein. Die Amme Ideal entnahm daraus, daß er in den Räumen zur Nacht bleiben wolle, machte eiligst das Bett und wärmte es mit einer Wärmkruke vor. Nachdem Simen Tjing zu Bett gebracht worden war, riegelte Lenzbunt das Seitentürchen ab. In der vorderen offenen Halle stellten sie Bänke zusammen, breiteten ihr Bettzeug darauf aus und legten sich schlafen. In der Nacht verlangte Simen Tjing Tee. Die Dienerinnen deuteten das richtig und redeten rasch der Amme zu hineinzugehn.
»Mein Kind«, sagte Simen Tjing, »dein Körper und deine Haut sind ebenso weiß und zart wie die deiner Herrin. Wenn ich dich umarme, so ist das gerade so, als ob ich bei ihr sei. Du mußt dir nur Mühe geben, mich zu pflegen, dann sorge ich auch für dich.«
»Herr, redet doch nicht so! Das hieße den Himmel mit der Erde vergleichen, aber wenn Ihr mich verstießet, das wäre mein Tod. Wenn Ihr, Herr, mich abends nur eines Blickes würdigt, so genügt das durchaus.«
»Wie alt bist du denn?«
»Ich gehöre zum Jahre des Hasen und bin jetzt einunddreißig.«
»So bist du also ein Jahr jünger als ich.«
Ihre Art zu sprechen und ihre Leidenschaftlichkeit im Bett hatten Simen Tjing ungemein behagt. Als er am Morgen aufstand, ging sie ihm zur Hand, holte ihm Schuhe und Strümpfe und brachte ihm Kamm und Wasser zum Frisieren und Waschen. Sie war äußerst besorgt um ihn und ließ so Lenzfreude und Lenzbunt hintanstehn. Auf ihre Bitte um etwas zwiebelweiße Seide für ein Jäckchen zur Trauer um die Herrin sagte Simen Tjing ihr alles zu und befahl sofort einem Diener, aus dem Laden drei Stücke zwiebelweiße Seide zu holen, je ein Stück für jede. Heimlich hinter dem Rücken von Frau Mondtraut steckte er ihr Silber, Geld, Kleidungsstücke und Schmucksachen zu.
Am nächsten Morgen hörte Goldlotos von der Sache und begab sich zu Frau Mondtraut: »Schwester, willst du ihm nichts sagen? Der schamlose Kerl ist gestern nacht ganz heimlich inVäsele Lis Wohnung gegangen und hat bei der Amme die Nacht gelegen. Er benimmt sich wie jemand, der mit Hunger in den Augen auf

eine Melonenschale starrt. Wenn künftig ein Kind zur Welt kommt, zu wessen Familie soll es gehören? Er sollte doch mehr auf sein Ansehn achten. Was ist das nur für eine Art!«

»Ihr wollt mich immer nur vorspannen«, widersprach Frau Mondtraut, »damit ich ihm Vorhaltungen machen soll. Ihr seid dann hinterher ihm wieder gut. Dann bin ich die Dumme. Sprecht nur selber mit ihm! Ich kümmere mich nicht um eure törichten Bettgeschichten.«

Goldlotos sagte kein Wort mehr, sondern kehrte in ihre Räume zurück. Am Morgen darauf hatte die Frau des Patriziers Tjau durch Tjau-Tung Einladungskarten an Mondtraut und die anderen Damen gesandt. Da der Diener sagte, der Herr schlafe in seinem Zimmer, wagte niemand, ihn fragen zu gehn. Während nun Frau Mondtraut Tjau-Tung in ihren Räumen bewirtete, erklärte Goldlotos: »Ich werde mal mit den Einladungskarten hingehn und ihn fragen.« Sie stieß die Tür des Herrenzimmers auf: »Mein Jüngelchen, was machst du nur hier? Wir wunderten uns, daß wir dich nicht zu sehen bekommen.« Während sie so sprach, hatte sie Simen Tjing angesehen und fragte: »Warum hast du dir die Augen so rot gerieben?«

»Ich muß wohl im Schlaf auf dem Gesicht gelegen haben.«

Er hatte jedoch im Schlaf geweint, als ihm Väsele Li erschienen war.

»Es sieht aber ganz so aus, als hättest du geweint.«

»Warum sollte ich grundlos weinen?«

»Wahrscheinlich hast du an irgendeine Person gedacht, die dir am Herzen liegt.«

»Wer sollte schon in meinem Herzen oder unter meinem Herzen stecken?«

»Väsele Li liegt dir im Herzen und die Amme unter ihm«, erwiderte Goldlotos. »Wir stehen außerhalb deines Herzens und zählen überhaupt nicht mehr.«

»Was redest du da schon wieder für dummes Zeug! Doch«, lenkte er ab, »ich will mit dir etwas Ernstes besprechen. Was für Kleider habt ihr Väsele Li angezogen, und zwar zuunterst, als sie eingesargt wurde?«

»Warum diese Frage?«

»Ohne Anlaß. Ich frage eben nur.«

»Deine Frage hat einen bestimmten Grund. Am Oberkörper hatte sie zwei seidene Gewänder, goldgrundiert, darunter ein weißseidenes Jäckchen, einen weißseidenen Rock und ein karminrotes Beinkleid.«

Simen Tjing nickte mehrmals: »Ich habe sie eben im Traum gesehen.«
»Wenn ich dereinst sterbe, wird niemand meiner gedenken.«
Simen Tjing beugte sich zu ihr, schlang seinen Arm um ihren Nacken und küßte sie auf den Mund: »Du hast eine listige Zunge.«
»Mein Jüngelchen, ich, deine erfahrene Frau, sollte dein Herz nicht erraten können?«
Während sich beide Zungenküsse gaben, fühlten sie die alte Lust wiederkehren. Simen Tjing geriet in Wallung, er zog sie an seine Brust. Während sie seinem Wunsch, die Flöte zu spielen, nachkam, erschien im Augenblick höchster Seligkeit Lai-an und meldete durch den Türvorhang hindurch, daß Herr Jing gekommen sei. »Bitte ihn herein«, antwortete Simen Tjing.
Ganz erregt konnte Goldlotos kaum schnell genug rufen: »Lai-an, Halunke! Daß du ihn nicht hereinläßt! Warte, bis ich draußen bin!«
»Herr Jing, tretet etwas zur Seite!« sagte Lai-an nach draußen. »Es ist noch jemand im Zimmer.«
Kaum war Goldlotos hinausgeschlüpft, trat Jing Bo-djau ein. Er begrüßte Simen Tjing und nahm Platz: »Bruder, ich bin entsetzlich vergrämt.«
»Warum nur? Erzähle!«
»Wir sind doch völlig mittellos, und nun ist gestern meine Nebenfrau noch mit einem Kinde niedergekommen!«
»Ein Junge oder Mädchen?«
»Ein kleiner Bengel.«
»Du Dummkopf!« schalt Simen Tjing. »Wie kannst du dich darüber grämen? Ist er von Lenzblüte, dem Sklavengeschöpfchen, geboren?«
»Ja, von deiner Schwägerin Lenzblüte«, lachte Jing Bo-djau. »Bruder, du bedenkst nicht die jetzige, kalte Jahreszeit. Wir können uns nicht mit euch Reichen vergleichen. Wird da ein Kind geboren, so ist es, als ob auf Brokat noch eine Blume gestickt wird, und es herrscht Freude, aber wir haben, mich mitgerechnet, jetzt noch einen Schatten mehr. Was können wir mit dem anfangen? Alle Mäuler der Familie wollen essen. Kleidung wird gebraucht. Und plötzlich um Mitternacht hat sich nun noch dieses dumme Kerlchen eingeschlichen! Wie sollte ich Geld hervorzaubern. Meine Frau, die meine Mißstimmung gewahrte, hat, anders wußte sie sich nicht zu helfen, der Hebamme einen silbernen Ohrlöffel gegeben. Morgen, am dritten Tage,

dem der feierlichen Waschung, wird sie es andern kundtun, und wenn der erste Monat um ist, woher sollen wir da das Nötige nehmen? Ich bleibe dann nicht zu Hause. Ziellos werde ich irgendeinen Tempel aufsuchen, um dort ein paar Tage zu verweilen.«
»Die Mönche werden kommen und eiligst deinen Platz im warmen Bett einnehmen.« Jing Bo-djau verzog absichtlich traurig den Mund, sagte aber kein Wort. »Mein Söhnchen, gräme dich nicht!« sagte nun Simen Tjing. »Wieviel Geld brauchst du? Ich will die Sache für dich ordnen.«
»Was meinst du mit: Wieviel?« fragte Jing Bo-djau.
»Na, genügend, um deine Unterhaltsbedürfnisse zu decken.«
»Zwanzig Unzen Silber genügen. Ich habe hier ein Scheinchen ausgeschrieben. Eine Zahl einzusetzen, habe ich nicht fertigbekommen.«
»Schwatze keinen Unsinn! Was sollen Scheine unter Freunden?«
In diesem Augenblick brachte Lai-an Tee. Simen Tjing rief ihm zu: »Stell die Tasse hin! Ruf Yüä-an!« Diesem, der bald darauf erschien, gab er die Weisung: »Sage deiner ersten Herrin: Im innern Zimmer auf dem Wandbrett am Bett sind noch zwei Päckchen Silber. Bring eins davon her!« Yüä-an brachte das Silber herbei, und Simen Tjing händigte es Jing Bo-djau aus: »Nimm die ganzen fünfzig Unzen. Der Verschluß ist noch nicht angetastet. Sieh nach!«
»Es ist allzu viel«, heuchelte Jing Bo-djau.
»Zu viel? Nimm es nur! Offensichtlich ist dein zweites Fräulein Tochter auch schon herangewachsen. Du magst auch ihr etwas Schuhwerk und Kleidung anschaffen, damit sie bei der Feier der Vollendung des ersten Monats schmuck aussieht.«
»Du hast recht, Bruder«, sagte Jing Bo-djau und machte hastig eine Verbeugung des Dankes. »Bruder, das ist ein reicher Freundschaftsbeweis. Wer sonst wäre willens gewesen, es zu tun? Nimmst du wirklich den Schein nicht an?«
»Einfältiger Kerl! Das Kind bleibt auch nicht dein Kind. Es wird von uns beiden gemeinsam aufgezogen werden. Ich meine das im Ernst. Wenn der Monat um ist, laß die Sklavin Lenzblüte herkommen und mich eine Weile bedienen. Das mag die Zinsen ersetzen, die ich nicht fordere.«
»Deine Tante Lenzblüte ist in diesen Tagen sehr zusammengefallen, ähnlich wie deine Mutter es war.«
Beide neckten einander in dieser Weise noch länger. Dann verabschiedete sich Bo-djau.

Die Unrast, die Simen Tjing nach Väsele Lis Tod überkommen hatte, wurde keineswegs geringer, seit er mit der Amme öfter beisammen war. Sie genügte ihm auf die Dauer in ihrer einfachen Art nicht. So ließ er sich durch Freunde verführen, eines Abends die alte Vergnügungsstätte wieder aufzusuchen und trank dort mit Mondlieb.

Nach einiger Zeit hatte er sich mit Mondlieb in deren Kammer zurückgezogen. Die Luft war lau wie im Lenz und von Orchideen- und Moschusduft würzig erfüllt. Sie legte ihre Obergewänder ab und behielt nur einen weißseidenen Dauistenmantel an. Aneinandergeschmiegt legten sich beide auf das Lager und trieben ihre Kurzweil.

Danach fragte Mondlieb: »Bist du in den letzten Tagen mit Zimtknospe zusammen gewesen?«

»Seit dem Trauerfall in meiner Familie habe ich sie nicht zu Gesicht bekommen«, antwortete Simen Tjing.

»Ich hätte dir etwas zu sagen, aber du mußt es ganz für dich behalten.«

»Was denn?«

Mondlieb überlegte, dann erklärte sie: »Ich sag' es lieber nicht, sonst könnte es scheinen, als ob ich sie hinterrücks verleumde.«

Simen Tjing schlang seinen Arm um ihren Nacken: »Listiges Schlaumäulchen! Ich verrate dich schon nicht. Das muß dir doch genügen.«

Darauf erzählte Mondlieb ausführlich, daß Zimtknospe Li jetzt wieder gut mit dem dritten Wang stehe. Düftel Tji habe er jetzt den Laufpaß gegeben und sich wieder mit Schmuckranke von der Familie Tjin angefreundet. Auf beiden Stellen habe er Geld springen lassen und, nachdem er sich völlig verausgabt habe, seinen Pelz für dreißig Unzen Silber versetzt. Auch habe er einen Satz goldener Armreifen seiner Frau bei Zimtknospe Lis Familie abgegeben als Nächtigungsentgelt für einen Monat.

»Ich habe sie so gewarnt«, schimpfte Simen Tjing, »sich mit diesem Bürschchen einzulassen. Aber sie hört nicht! Und doch hat sie es mir versprochen.«

»Ärgere dich nicht, Väterchen!« beruhigte ihn Mondlieb. »Ich will dir einen Weg zeigen, wie du wahrscheinlich dem dritten Wang eins aufs Maul geben und deinem Verdrusse Luft machen kannst.«

»Erzähle, ich möchte ihn wissen!«

»Ich will es dir sagen, aber laß es niemand sonst wissen! Auch nicht den Schmarotzer Jing.«
»Ein Narr müßte ich sein.«
»Des dritten Wang Mutter, die Dame Lin, ist noch nicht vierzig Jahre alt. Sie ist sehr schlank gewachsen und verführerisch. Während ihr Sohn tagaus, tagein in den Vergnügungsstätten weilt, hat sie Neigung zu Abenteuern. Sie gibt sich den Anschein, Nonnenklöster zu besuchen, aber sie geht dann zu der Vermittlerin, der alten Wen, die ihre Helfershelferin ist. Sie soll sehr leidenschaftlich sein. Das sage ich dir, falls du ihr künftig einmal begegnest; du wirst es bei ihr nicht schwer haben. Noch eine günstige Gelegenheit kommt hinzu: Des dritten Wangs Frau, die jetzt erst neunzehn Jahre alt ist, ist eine Nichte des Hofmarschalls, des sechsten Hoang. Sie ist bildschön und versteht sich aufs Brettspiel. Da der dritte Wang immer abwesend ist, lebt sie fast wie eine Witwe und grämt sich beinahe zu Tode. Sie hat sich seinetwegen schon mehrmals erhängen wollen. Hast du einmal seine Mutter erobert, brauchst du nicht besorgt zu sein, daß seine Frau dir nicht auch zufällt.«
Simen Tjing wurde durch dieses Bettgespräch sehr erregt. Er umarmte das Puderköpfchen: »Mein Schätzchen, woher weißt du das alles?«
Mondlieb erzählte nicht, daß sie regelmäßig in jener Familie sang, sondern erklärte nur: »Ein Bekannter hat es mir berichtet!«
»Wer ist denn der Bekannte?«
»Ich will es dir sagen«, antwortete Mondlieb. »Sein Freund aus dem Süden, der mir den Gürtel gelöst hat. Er kommt alljährlich zweimal zu Handelsgeschäften her, aber er schläft kaum eine oder zwei Nächte in unserem Viertel. Meistens ist er außerhalb, um bei anderen zu katzbuckeln.«
»Mein Kindchen, du hast dich in mein Herz gedrängt. Ich werde allmonatlich dreißig Unzen Silber zur Bestreitung deines Lebensunterhaltes an deine Mutter schicken. Dann brauchst du niemand anders zu empfangen. Wenn ich Zeit habe, komme ich.«
»Gib ganz nach Belieben meiner Mutter ein paar Unzen! Jetzt warte ich also nur noch dir auf.«
»Ganz bestimmt sende ich dreißig Unzen.« Darauf schickten sich beide erneut an, sich einander hinzugeben.
»Willst du nicht deine Kleidung ablegen?« fragte Mondlieb Dscheng.

»Ach, wir können uns doch in Kleidern vergnügen«, antwortete Simen Tjing und zog das Kopfkissen heran. Das Puderköpfchen tat sein Beinkleid ab und legte sich dann mit dem Rücken auf das Kissen. Er nahm ihre beiden kleinen Lotosfüßchen über seine Schultern. Als sich der Regen versprüht hatte, rückten beide ihre Kleidung zurecht, brachten sich auch im Gesicht in Ordnung, wuschen sich die Hände und kehrten an die Tafel zu den Freunden zurück.

Am nächsten Morgen rief Simen Tjing seinen Diener Dai-an zu sich und fragte ihn, ob er wisse, wo die Ehemaklerin Wen wohne, die den Schwiegersohn vermittelt habe. »Sie soll mich besuchen kommen, ich habe etwas mit ihr zu besprechen.«

»Die Gevatterin Wen ist mir nicht bekannt, ich werde mich aber an den Schwiegersohn wenden.«

»Dann mach dich sofort auf den Weg!«

Dai-an ging in den Laden und erkundigte sich bei Tschen Djing-dji. Dieser erteilte ihm gern die Auskunft. Der Weg zu ihr war verwickelt, aber schließlich stand er vor der roten Pforte, die man ihm bezeichnet hatte. Rasch sprang er vom Pferd, schlug mit der Reitpeitsche an die Pforte und rief: »Ist die Gevatterin Wen zu Hause?«

Ihr Sohn Wen Tung öffnete mit der Frage: »Von wem kommst du?«

»Vom Strafrichter Herrn Simen. Frau Wen möchte flugs hinkommen.«

Als Wen Tung vernahm, daß er vom Herrensitz des Strafrichters und Oberrats Simen komme, forderte er Dai-an auf, Platz zu nehmen.

»Meine Mutter ist nicht zu Hause. Sobald sie kommt, werde ich es ihr bestellen.«

»Ihr Esel ist doch aber da. Warum täuschst du vor, sie sei nicht zu Hause?« erklärte Dai-an und zwängte sich an ihm vorbei in die hinten gelegenen Räume.

Da saß, nichts vermutend, die alte Wen mit ihrer Schwiegertochter in Gesellschaft einer Anzahl älterer Frauen beim Tee.

»Da ist ja die Gevatterin Wen!« rief Dai-an. »Und mir zu antworten, sie sei nicht zu Hause!«

Die Alte lachte hell auf und begrüßte Dai-an mit dem Wunsche zehntausendfältigen Segens:

»Ich muß dich schon bemühen, nach Hause zurückzukehren und

zu berichten, daß ich heute eine Teegesellschaft bei mir habe. Ich weiß auch nicht, warum mich dein Herr bestellt. Morgen früh aber werde ich hinkommen.«

»Mir ist nur befohlen worden, dich zu rufen.«

»In all den Jahren«, sagte die Gevatterin Wen, »hat dein Herr beim Mägdekauf oder bei Ehevermittlungen, oder wenn es sich um Schmuck handelte, die Mutter Feng, die Gevatterin Süeh oder die alte Wang für sich springen lassen und unsereins ganz vernachlässigt. Heute will er nun Bohnen im kalten Topf zum Kochen bringen. Ich vermute, er läßt mich nur rufen, weil deine sechste Herrin gestorben ist. Ich soll wohl das Nest deiner sechsten Herrin wieder füllen?«

»Das weiß ich nicht. Mein Herr wird selber mit dir sprechen.«

»Unter diesen Umständen werde ich mitkommen.«

Als Dai-an mit der Gevatterin Wen zu Hause eintraf, sagte Ping-an, der Herr halte sich im Grundstück drüben, jenseits der Straße, auf, in der Kanzlei des Bakkalaureus Wönn. Simen Tjing, Dai-ans ansichtig geworden, trat sofort in den kleinen Empfangsraum hinaus und ließ sich dort nieder.

»Ich habe die Gevatterin Wen geholt. Sie wartet draußen«, berichtete Dai-an.

»Laß sie eintreten!« befahl Simen Tjing.

Diese hob geräuschlos den wärmenden Türvorhang hoch, kam herein und warf sich vor Simen Tjing aufs Antlitz.

»Ich habe dich sehr lange nicht zu Gesicht bekommen, Gevatterin«, sprach er sie an.

»Da bin ich nun zur Stelle«, war ihre Antwort.

»Welche angeseheneren Familien besuchst du eigentlich regelmäßig?« fragte Simen Tjing.

»Die Verwandten des Kaiserhauses in der Hauptstraße, die Familie des Herrn Dschou in der Kommandantur, die mit dem Kaiserhause verwandte Familie Tjau, den alten zweiten Herrn Dschang und Herrn Sjas Familie. Mit ihnen allen bin ich gut bekannt.«

»Hast du Fühlung mit dem Herrensitz des Reichsherolds Wang?«

»Das ist meine feste Kundschaft. Die gnädige Frau und die Gemahlin des dritten Wang unterstützen mich beständig, denn sie kaufen von mir Blumen- und Eisvogelfederschmuck.«

»Dann habe ich ein Anliegen an dich.« Damit zog Simen Tjing einen Schuh Silber aus seinem Ärmel, reichte ihn ihr und fuhr im Flüsterton fort: »Kannst du nicht einen Weg für mich finden, der gnädigen Frau einmal zu begegnen? Ich werde mich dafür erkenntlich zeigen.«

»Hahaha!« lachte die Gevatterin Wen. »Wer hat Euch denn von ihr erzählt?«

»Ich erfahre doch manches.«

»Wenn wir nun schon einmal von der gnädigen Frau sprechen: Sie ist fünfunddreißig, eine durch und durch erstrangige Dame, hundertfältig gewandt und durchtrieben und sieht aus, als ob sie nur dreißig sei. Wenn sie sich auch darauf einläßt, so treibt sie es doch ganz im Verborgenen. Wohin immer sie ausgeht, sie läßt sich von zahlreichem Gefolge begleiten. Der junge Herr Wang spielt in der Öffentlichkeit eine Rolle; da kann sie doch nicht beliebig ihre Füße irgendwohin setzen. Aber in die tief im Innern des eigenen Wohnanwesens gelegenen Räume gewährt sie wohl heimlich Zutritt, wenn der dritte Herr Wang nicht zu Hause ist. Es ginge also nur ganz im Verborgenen, so, daß kein Mensch etwas erfährt. Indessen, ich darf es schwerlich wagen, die Geschichte einzufädeln. Ich getraue mir deshalb auch nicht, dieses Silber vom Herrn als Belohnung anzunehmen. Mitteilungen des Herrn könnte ich schon eher der gnädigen Frau zustellen, dabei hat es dann aber sein Bewenden.«

»Nimmst du das Geld nicht, so bedeutet das Ablehnung meines Auftrages, und ich bin böse. Glückt die Sache aber, so werde ich dir noch etliche Stücke Seide und Atlas schenken.«

Sie warf sich aufs Antlitz, nahm das Silber und fügte hinzu: »Ich will heimlich mit der gnädigen Frau reden. Dann komme ich Euch berichten.«

»Nimm es als wichtige Sache! Ich warte auf dich. Komm nur hierher! Ich schicke keinen Boten.«

»Geht es morgen nicht, so spätestens übermorgen. Ich komme, sobald ich ihre Zusage habe.« Damit ging die Gevatterin Wen hinaus.

Noch am späten Nachmittag – ihre Teegesellschaft hatte sie inzwischen entlassen – wandte sie sich dem Prunkgehöft des Reichsherolds Wang zu. Sie begrüßte die Dame Lin, als sie sie sah, mit dem Wunsche zehntausendfachen Segens, dann ging sie auf ihr Ziel los.

»Der dritte Herr Wang ist wohl nicht zu Hause?« fragte sie.

»Er ist schon wieder zwei Nächte nacheinander nicht heimgekommen. Er übernachtet nur in dem Vergnügungsviertel. Alle Tage ist er mit diesen Bummlern zusammen, schläft nur bei diesen Blumen und Weiden und läßt seine Frau, die noch

schmuck wie ein Blütenzweig ist, rücksichtslos zu Haus allein!«
»Warum zeigt sich seine Gemahlin nicht?« fragte wieder die Gevatterin Wen.
»Sie ist aus ihrem Schlafzimmer noch nicht herausgekommen.«
Da niemand zugegen war, erklärte die Gevatterin Wen: »Gnädige Frau, beruhigt Euch! Ich wüßte einen Weg, den jungen dritten Herrn in sich gehn zu lassen, so daß er nicht wieder die Vergnügungsstätten aufsucht. Wenn es die gnädige Frau gestattet, erlaube ich mir, davon zu reden.«
»Wann hätte ich deinen Worten nicht Folge geleistet? Also sag es freimütig.«
»Herr Simen Tjing ist jetzt strafvollzugsleitender Tausendschaftsführer im Strafamt. Er leiht Mandarinen Geld, besitzt vier oder fünf Verkaufsstätten, ein Atlasgeschäft, eine Drogenhandlung, einen Laden für weiche Seidenstoffe und einen Woll- und Seidengarnvertrieb. Draußen auf den Strömen und Seen fahren für ihn Handelsschiffe. In Jangdschou hat er eine Niederlassung mit amtlich gestattetem Salzhandel. An die Regierungsbehörde von Ostniederung (Dungping) liefert er Weihrauch und Wachs. Gehilfen und Oberhaushälter stehn ihm etliche zehn zur Seite. Der Hofgroßmeister Zai in der östlichen Hauptstadt ist sein Pflegevater, der Oberhofmarschall Dschu sein Gönner. Der Haushälter Di ist ein Verwandter von ihm. Gebietsverweser und Statthalter verkehren bei ihm, von Regierungspräsidenten und Landräten gar nicht zu reden. Felder dieser Familie reihen sich an Felder. In seinen Vorratsspeichern ist so viel Reis, daß er verdirbt. Von seiner Hauptgemahlin abgesehen, die eine Tochter des Tausendschaftsführers Wu, eines Offiziers des linken Standortflügels von Klarenfluß (Tjingho) ist, hat er an sogenannten Nebenfrauen mit langen Damengewändern noch fünf oder sechs. Sängerinnen, Tänzerinnen und Kammerzofen, die er begünstigt, gibt es zehnfach. Jeden Tag ist es geradeso bei ihm, als feiere man ein Fest. Jetzt ist er noch nicht älter als einunddreißig oder zweiunddreißig Jahre, ein forscher Kerl in seinen besten Jahren. Er gebraucht gern Stärkungsmittel, um seine üppige Manneskraft zu erhalten, und ist gewöhnt, Reizmittel anzuwenden. Brettspiele, alles kann er. Feder- oder Schlagball, nichts, was er nicht verstände. Alle Philosophen- und Gelehrtenschulen kennt er und weiß aus Sätzen und Schriftzeichen wahrzusagen. Was er einmal gesehen hat, behält er im Gedächtnis. Es ist mit

ihm, als ob man Edelsteine anschlägt und Gold erklingen läßt. Hundertfach ist er bewandert. Er hat von unserer Familie Wang erfahren, daß wir seit Generationen eine Sippe von Männern mit Haarpfeilen und Huttroddeln sind, unsere Grundlage also nicht oberflächlich ist. Andererseits weiß er, daß unser dritter junger Herr auf der Kriegsschule studiert. Er möchte auch Euch einmal einen Besuch abstatten, doch er ist Euch noch nicht begegnet und kann deshalb nicht einfach kommen. Gestern hörte er, daß der Gnädigen Geburtstag nahe bevorstehe und daß Ihr dann den Adel von allen vier Meeren empfangt. Von Herzen gern möchte er auch dabeisein, um der gnädigen Frau zum Geburtstag Glück zu wünschen. Ich wollte jedoch erst einmal um eine Zusage der gnädigen Frau bitten, daß des Herrn Besuch genehm ist. Dann wäret Ihr, gnädige Frau, in der Lage, nicht nur mit ihm bekannt zu werden und in freundschaftlichen Verkehr zu treten, sondern ihn auch zu bitten, jene Bummler auseinanderzutreiben. Das kann unserer Familie nicht zum Schaden gereichen.«

Die Dame Lin war durch diese Schilderungen der Frau Wen ganz benommen und gepackt: »Aber wie kann ich mich denn mit ihm treffen?«

»Das ist nicht weiter schwierig«, meinte die Alte. »Ich werde sagen, die gnädige Frau bitte um Befreiung davon, beim Strafvollzugsamt erst eine Anklage einreichen zu müssen, um gegen den Klüngel vorzugehen, der den dritten Herrn Wang verführe. Deshalb bitte sie den Herrn um einen Besuch zu einer vorherigen persönlichen Unterredung. Warum sollte das nicht durchführbar sein?«

Erfreut über diese Worte, war die Dame Lin einverstanden, ihn am übernächsten Abend zu erwarten. Mit dieser Zusage ging die alte Wen heim. Des anderen Tages begab sie sich zu Simen Tjing in die Kanzlei. Nun berichtete Frau Wen, wie sie die Dame Lin dadurch gewonnen, daß sie des Herrn Eigenschaften und Familie gepriesen habe, wie er reich an Kenntnissen sei, ein Amt innehabe, wie er die Rechtlichkeit fördere und Geld gering schätze, auch wie leidenschaftlich er sei. »Sie hat zugesagt, morgen abend, wenn der dritte Wang nicht zu Hause ist, bei sich den Herrn zu einem kleinen Mahle zu erwarten. Vorwand ist eine Bitte um Fürsprache, insgeheim wünscht sie das Stelldichein.«

Simen Tjing war über die Maßen erfreut. Er ließ von Dai-an zwei Stücke Seide und Atlas als Belohnung für Frau Wen holen.

»Falls Ihr morgen hingeht, Herr, so nicht zu früh, erst zu der

Zeit, wenn man Lampen zur Hand nimmt und auf den Straßen Stille herrscht«, mahnte Mutter Wen. »Pocht dann an das hintere Tor in der Imbißgasse! Neben diesem wohnt als Mieterin eine alte Frau Dwan. Bei ihr werde ich warten. Laßt nur Euren Oberdiener an die Tür klopfen, Herr, dann komme ich sogleich heraus und lotse Euch in den Hafen hinein.«

Die alte Wen verabschiedete sich und verständigte die Dame Lin.

Es war am nächsten Tag um den Neunten des Mondes und entsprechend düster. Vom Augenschleier geschützt, ritt Simen Tjing, begleitet von Dai-an und dem Lautenjungen, rasch durch die Hauptstraße in die Imbißgasse zum hinteren Eingangstor des Prunkgehöfts von Reichsherold Wang. Simen Tjing brachte, ein halbes Haus von dem hinteren Portal entfernt, sein Pferd zum Halten und ließ Dai-an zunächst an die Haustüre der Mutter Dwan klopfen. Diese Alte wohnte im Hintergebäude der Familie des Reichsherolds Wang. Sie war durch Empfehlung der Gevatterin Wen dahin gekommen und bewachte von früh bis spät die hintere Eingangspforte. Als nun die alte Wen bei ihr am Tor klopfen hörte, öffnete sie rasch. Sie sah Simen Tjing und wartete am hinteren Portal, bis er abgesessen und den Augenschleier abgelegt hatte, dann geleitete sie ihn hinein. Dem Lautenjungen hatte sie befohlen, das Pferd zu den Leuten gegenüber zu führen und unter dem Dachvorsprung des Hauses linker Hand zu warten. Dai-an blieb in der Stube der alten Frau Dwan. Mutter Wen bat Simen Tjing hinein und schloß darauf das hintere Tor.

Nach der Abriegelung schritt sie durch den Seitenpfad an einer Flucht von Gesindeunterkünften vorbei. Dann standen sie an dem wirklichen Wohngebäude der gnädigen Frau, einem fünfräumigen Hause. Ein kleines Seitentor daneben war geschlossen. Die Gevatterin Wen klopfte leicht mit dem Torring. Eine Zofe erschien und öffnete. Gevatterin Wen führte Simen Tjing zur hinteren Halle. Dort lüftete sie die Türvorhänge.

Simen Tjing erblickte ein Ahnenbild, dann vernahm er klingende Geräusche. Zur Gevatterin Wen, die aus der hinteren Stube eine Tasse Tee für ihn brachte, sagte er: »Bittet die gnädige Frau heraus, damit ich ihr meine Aufwartung machen kann!«

»Trinkt zuvor diesen Tee! Ich habe der gnädigen Frau eben Meldung machen lassen.«

Die Dame Lin stand bereits hinter dem Vorhang. Sie erspähte Simens stattliche Erscheinung.

Die Dame Lin war hocherfreut über diesen Anblick. Sie rief leise die Gevatterin Wen zu sich heran und erkundigte sich, für wen er die Trauermütze aus weißem Atlas trage.
»Er trauert um seine sechste Gattin, die erst kürzlich, im neunten Mond, entschlafen ist, also vor noch nicht langer Zeit. In seiner Familie sind jetzt gering gerechnet noch so viele Frauen wie Finger an der Hand. Er ist ein richtiger Draufgänger.«
Durch diese Worte wurde die Dame Lin noch höher gestimmt, erklärte aber, als die Gevatterin Wen sie drängte hinauszutreten: »Ich schäme mich so. Wie kann ich hinausgehn! Bitte ihn hereinzukommen!«
Gevatterin Wen ging hinaus und meldete Simen Tjing:
»Die gnädige Frau bittet den Herrn, sie in ihrer Stube zu besuchen.«
Da wallten rote Stoffe und Bettvorhänge herab. Wollteppiche bedeckten den Boden. Moschus- und Orchideenduft erfüllten die Luft. Es herrschte wohlige Wärme wie im Frühling. Oberhalb des bestickten Ruhelagers schwebte wie eine Wolke ein Vorhang. Brokatene Wandschirme leuchteten wie Fenster, die der Mond bescheint. Sie trug einen Hut mit Goldfäden und blätterförmiger schillernder Stickerei. Ein Reihermantel mit breiten Brustschildern aus weißer Seide umgab sie. Das Atlasgewand darunter war goldgrundiert und hatte die Farbe des Weihrauchholzes. Reich mit Blumen war es bestickt. Den karminroten Rock aus Palastbrokat schloß eine breite Borte ab. Die Schuhe aus weißer Seide hatten hohe Sohlen und trugen das Bild des Reihers.
Simen Tjing blickte sie an und verneigte sich. Die Frau erwiderte die Begrüßung der Sitte entsprechend. Nach dieser feierlichen Begrüßung nahm Simen Tjing auf dem Stuhl Platz, während die Dame Lin etwas entfernt auf der heizbaren Lagerstatt ihm Gesellschaft leistete, wobei sie ihr Antlitz zur Seite wandte.
Eine kleine Magd, Malwe genannt, brachte Tee. Simen Tjing zur Gesellschaft trank auch die Dame Lin.
»Die gnädige Frau hat schon lange gehört, daß der Herr das Strafvollzugsamt rühmlich verwaltet«, bemerkte Frau Wen. »Daher hat sie es sich erlaubt, durch mich den Herrn herzubitten, um ihn in einer Angelegenheit zu bemühen. Sie weiß jedoch nicht, ob der Herr zustimmen werde!«
»Ich habe ja noch nicht erfahren, welche Befehle mir die gnädige Frau erteilen werde«, bemerkte Simen Tjing.
»Ich lege Eurer Hoheit alles offen dar«, hob diese darauf an.

»Unsere Familie hat zwar seit zwei Geschlechtern das Reichsheroldsamt versehen, aber unglücklicherweise ist mein Gatte und Gebieter schon lange verstorben, so daß unsere Familie keine großen Ersparnisse gemacht hat. Mein Sohn ist in jungen Jahren verzogen worden. Die Prüfung für das erbliche Amt hat er noch nicht bestanden. Zwar ist er jetzt in die Kriegsschule eingetreten, aber er vernachlässigt infolge seiner Jugend die Studien. Er hat einige lasterhafte und betrügerische Nichtsnutze kennengelernt, die ihn täglich verleiten. Heute habe ich mich erkühnt, Eure Hoheit zu bitten, sich meiner einsam-kalten Hütte zu nähern, und lege nun alles, was ich auf dem Herzen habe, gerade wie in einer Eingabe dar. Voll Hoffnung bitte ich Eure Hoheit tausend- und zehntausendmal, mir die Gunst zu erweisen, die Rotte auf irgendeine gangbare Weise auseinanderzutreiben, damit mein Sohn seine Fehler ablege, sich erneuere und ganz seiner Ehre und seinem Rufe lebe, um der Vorfahren Amt zu erlangen. Das alles wäre dann tatsächlich der Gunst Eurer Hoheit zu danken. Reichliche Dankesgeschenke sind eine Selbstverständlichkeit.«

»Gnädige Frau, wie könnt Ihr nur so sprechen!« wehrte Simen Tjing ab. »Eure verehrte Familie ist bereits durch ganze Geschlechterfolgen Trägerin von Ehrenzeichen-Schmuckstücken, und seit der vorigen Dynastie entstammen ihr Heerführer und Kanzler. Wenn Euer werter Sohn die Kriegsschule besucht, muß er sich natürlich um des verdienstvollen Ruhmes willen anstrengen, den soldatischen Geist der Vorfahren weiterzuführen. Unbedacht ist er gutgläubig den Betörungen dieser Bummler erlegen, und so weilt er dauernd bei Blumen und Wein. Tatsächlich, so ist das Gebaren junger Leute. Da die gnädige Frau es befiehlt, werde ich gehorsam, sobald ich ins Amt komme, diese Rotte maßregeln und bestrafen, vielleicht kann man sie für alle Zukunft zügeln.«

Während der Unterhaltung ließen Brauen und Augen die gegenseitige Anziehung erkennen. Als nun nicht lange darauf Gevatterin Wen den Tisch zurechtstellte und Wein auftrug, verabschiedete sich Simen Tjing absichtlich.

»Ich, Euer Diener bin heute zum ersten Male zur Unterredung erschienen, habe aber nicht einmal Geschenke mitgebracht. Wie könnte ich nun als Gegenleistung das reiche Wohlwollen der gnädigen Frau annehmen und länger bleiben!«

»Ich wußte nicht, ob sich Hoheit herablassen würden zu kommen, so habe ich nichts Ordentliches vorbereiten können. Leider ganz unzulänglich habe ich jetzt in der kalten Jahreszeit nur einen

Becher wässerigen Weines bereitgestellt und kann meinen Dank nur unvollkommen damit bekunden!«
Die Magd schenkte ein. Aus Gold war die Kanne, aus der ein köstliches Getränk gespendet wurde. Auf Nephrittellern waren herrliche Speisen aufgehäuft. Die Dame Lin erhob sich und kredenzte den Wein. Da trat Simen Tjing an die Tafel:
»Ich muß der gnädigen Frau zuerst einen Becher darbieten.«
Gevatterin Wen mischte sich ein: »Am Fünfzehnten dieses elften Mondes hat die gnädige Frau Geburtstag. Zu diesem Tag könnt Ihr Geschenke senden und der gnädigen Frau langes Leben wünschen.«
In kurzer Zeit waren sechzehn Gänge köstlich schmackhafter Speisen aufgetragen. Silberne Lampen verbreiteten von oben her Helligkeit, während unten das metallene Öfchen Wärme spendete. Sie reichten einander die Becher, rieten Rätsel, lachten und scherzten in Verliebtheit. Der Wein erzeugte Leidenschaft. So zechten sie, bis allmählich die Wasseruhr mit dem Lotosmuster anzeigte, daß es schon spät sei. Beider Liebesgefühle waren erregt. Gevatterin Wen hatte sich zurückgezogen. Mehrmals hintereinander hatte man nach Wein gerufen, ohne daß jemand kam. So merkte Simen Tjing denn, daß ringsumher niemand anwesend war, und rückte näher an die Dame Lin heran, bis ihre Knie sich berührten. Die Unterhaltung wurde gewagter. Er ergriff ihre Hand und umfaßte ihr Handgelenk. Sie berührten sich mit den Schultern. Er umschlang zuerst ihren gepuderten Nacken. Sie lachte nur, sagte aber kein Wort. Als sie nachher ihre purpurnen Lippen öffnete, bohrte Simen Tjing ihr seine Zunge in den Mund, daß es hörbar schnalzte. Sie lachte, flüsterte leise, verriegelte dann die Stubentüre, legte ihr Gewand ab und lockerte das Geschmeide; dann öffnete sie ein wenig den brokatenen Bettvorhang, breitete leicht die bestickte Steppdecke aus, legte das Kissen mit dem Phönixmuster quer und durchtränkte die Bettdecke mit Phönixduft. Als ihre gepflegten Körper aneinanderlagen, preßte er ihren weißen Busen an sich. Da Simen Tjing wußte, daß sie sehr leidenschaftlich war, hatte er das Reizmittelpäckchen zu sich gesteckt, auch eine Pille des indischen Mönchs eingenommen. Sie betastete sein Glied und erkannte dessen mächtige Maße. Er berührte ihren Schoß und wartete der Frau mit äußerster Kraft auf. Endlich kam ihm der Erguß. Das Haar der Frau hatte sich aufgelöst. Die Blume war erschlafft, die Weide ermattet. Sie ruhten nebeneinander und hielten sich noch in den Armen. Dann standen sie auf, und kleideten sich an. Sie

öffnete die Stubentür. Vor dem Spiegel brachte sie ihr Antlitz in Ordnung; dann rief sie die Magd, Wasser zum Händewaschen zu bringen. Wieder tranken sie den duftenden Wein. Nach drei Bechern verabschiedete sich Simen Tjing und erhob sich. Sie begleitete ihn bis zum Seitentürchen, dann kehrte sie um. Die Gevatterin Wen hatte schon vorher das hintere Portal geöffnet und Dai-an und den Lautenjungen gerufen, das Pferd heranzuführen. Es war tief in der Nacht und still. Der ganze Himmel schien Simen Tjing wie bereift. Stimmungsvolles Schweigen herrschte in der Natur. So kam Simen Tjing nach Hause und legte sich zur Ruhe.

Am anderen Morgen rief er die Häscher zusammen und befahl ihnen festzustellen, welche Leute den dritten jungen Herrn Wang zum Besuch des Vergnügungsviertels verführten. Bereits am späten Nachmittag brachten sie ihm die Liste der Missetäter, von der er mit einem Pinsel die Namen von Zimtknospe Li, Düftel Tjing, vom alten Sun und von Dschu Schi-niän strich, die übrigen fünf befahl er zu verhaften. Gegen Abend erfuhren die Häscher, daß der dritte Wang in Gesellschaft der anderen mit Zimtknospe Li beim Weine sitze. Sie legten sich in den Hinterhalt und verhafteten sie, als sie Mutter Lis Haus verließen. Der dritte Wang verbarg sich jedoch unter Zimtknospes Bett und gelangte unbehindert gegen Morgen nach Hause.

Die fünf Verhafteten erhielten am nächsten Tage eine Folterung und jeder zwanzig schwere Stockhiebe, so daß ihnen die Haut in Fetzen hing und sie fürchterlich schrien. Simen Tjing ermahnte sie: »Werdet ihr nochmals bei einer Missetat erwischt, bekommt ihr den Holzkragen und Anprangerung beim Stadttor!« Dann ließ er sie laufen.

Sie stoben davon, aber nach einer Weile, als sie wieder bei Sinnen waren, fragten sie sich, warum ihnen ein solches Mißgeschick widerfahren sei, warum nur ihnen und nicht den anderen, die ebenfalls im Hause der Mutter Li gewesen waren, warum nicht den Mädchen und nicht dem dritten Wang?

Und der eine sagte: »Bestimmt steckt Simen Tjing dahinter, weil der dritte Wang ihm seine Buhle, Zimtknospe Li, abtrünnig gemacht hat. An ihn hat er sich nicht gewagt, und wir haben dafür büßen müssen!«

Und der zweite und der dritte, vierte und fünfte sagten: »Welche Parteilichkeit! Jetzt wollen wir zu Zimtknospe Li gehen und den dritten Wang suchen, für den man uns grundlos geprügelt hat. Sollen wir uns damit abfinden? Muß er uns nicht ein paar

Unzen zum Lebensunterhalt geben, damit wir nicht noch obendrein von unseren Weibern zu Hause ausgelacht werden!«
So zogen sie ins Vergnügungsviertel, fanden aber das Haus von Mutter Li fest verrammelt, und eine Magd sagte hinter der Tür, daß der dritte Wang seit gestern nacht nicht wiedergekommen sei. So mußten sie also abziehen. Sie begaben sich nun zum Herrensitz der Familie Wang. Hier ließ man sie im Empfangssaal Platz nehmen und warten, bis endlich ein Diener ihnen bestellte, der junge Wang sei nicht im Hause. Der wagte sich jedoch nur nicht aus seinem Schlafzimmer heraus, denn er hatte ihre lärmenden Vorwürfe und ihre Schmerzensschreie gehört. Schließlich verlangten sie die Dame zu sprechen. Diese trat aber nicht heraus, sondern sagte jenseits der Schutzwand: »Geduldet euch noch ein Weilchen, meine Herren! Er ist wirklich auf dem Landgut und nicht zu Hause. Ich werde einen Diener hinschicken.«
Dann ließ sie Tee hinaustragen und den Männern vorsetzen. Der dritte Wang, dieser Angsthase, bestürmte seine Mutter, Fürsprache zu suchen. Sie meinte schließlich: »Die Gevatterin Wen ist mit der Familie des Herrn Strafrichters Simen bekannt. Aber wie kann ich sie jetzt herbitten, da du sie das letztemal verärgert hast.«
»Beste Mutter!« rief der dritte Wang. »Bestelle sie her! Ich will ihr Abbitte leisten.«
Darauf schickte die Dame Lin den Diener Yung-ding heimlich durch das hintere Tor zur Gevatterin Wen hinaus. Als sie dann zur Stelle war, machte sie absichtlich viel Umständlichkeiten: »Ich habe wohl in alter Zeit einmal die Ehe für seine Tochter vermittelt, aber ich bin in diesen letzten Jahren nicht mehr in sein Haus gekommen. Ich kann ihn nicht belästigen.« Die Gevatterin Wen wandte ihren listigen Blick seiner Mutter zu.
»Bitte versuche es doch und lege für ihn ein gutes Wort ein«, sagte diese.
»Allein kann ich nicht gehn. Zieht Euch gebührend an! Ich will Euch persönlich in das Wohnhaus des Herrn Simen führen. Ihr könnt ihn selber besuchen und bitten, Gnade walten zu lassen.«
»Wenn ich nun von denen da draußen gesehen werde, was dann?« gab der dritte Wang zu bedenken.
»Ich werde sie beschwichtigen gehn«, meinte die Gevatterin Wen. »Wir wollen etwas Wein, Fleisch und Tee auftragen und sie mit dem Essen hinhalten. Unterdessen führe ich dich heimlich durch das hintere Tor hinaus.« Also ging die alte Wen in die

vordere Halle und verneigte sich dort vor allen: »Die gnädige Frau schickt mich. Sie läßt sich den Herren Brüdern vielmals empfehlen. Unser junger Herr ist auf dem Landgut. Aber ein Bote ist zu ihm unterwegs. Er wird gleich hier sein. Bitte, bleibt noch ein Weilchen sitzen! Wenn der junge Herr kommt, werden wir auf ihn einwirken, alles gutzumachen.«

»Die Gevatterin Wen ist doch sehr einsichtsvoll«, erklärten alle Anwesenden zu diesen Worten. »Mutter Wen, du weißt, was recht und billig ist. Wir wollen dir einen Weg weisen: Wenn jemand etwas springen läßt und für ein Geschenk Fürsprache gewinnt, dann ist die Sache für alle geregelt. Wir wollen aber nicht verhehlen, daß wir, seit wir verprügelt aus dem Amt gekommen sind, noch nicht das geringste genossen haben.«

Gevatterin Wen ließ nun eiligst zum Essen und Trinken auftischen. Sie hielt auf diese Weise alle beschäftigt. Unterdessen setzte der dritte Wang eine Gelehrtenmütze auf und ging in schwarzem Gewande mit einer Geschenkliste, durch Augenmaske unkenntlich gemacht und von der alten Wen geführt, ganz heimlich zum Hintertor hinaus und zu Fuß unmittelbar zu Simen Tjings Anwesen. Dieser las die Eingabe und Besuchskarte, die einleitend die Worte trug: »Euer Schutzbefohlener und Diener aus der Familie Wang verneigt sich tief mit hundert formgebotenen Verbeugungen«, und ließ zunächst die Gevatterin Wen vor. Nach Rücksprache mit ihr ließ er auch den dritten Wang zu Worte kommen: »Ich, Euer unbedeutender Neffe, habe ein Anliegen, getraue mich aber eigentlich nicht, damit vor Euer verehrtes Antlitz zu treten.« Dabei zog er aus dem Ärmel seine Bittschrift und überreichte sie, wobei er von seinem Stuhl aufstand, um niederzuknien. Simen Tjing zog ihn mit einer Hand zurück: »Sprecht nur, was sollte es schaden?«

»Ich, Euer unbedeutender, talentloser Neffe, habe wirklich schuldhaft gehandelt. Ich hoffe und bitte, daß Ihr, verehrter Oheim, Euch meines seligen Vaters erinnert, der ein Offizier gewesen ist. Bitte, verzeiht mir die Schuld aus Unwissenheit, um mir Beschämung zu ersparen. Laßt mich nicht vor das Strafamt treten! Das wäre dann der Tag, da mir der Tod bevorgestanden, ich aber das Glück erlangt hätte, wieder zu leben. Ich will es mit Nephritringen zu vergelten wissen. Ich bin in Furcht und Sorge.«

Simen Tjing faltete die Bittschrift auseinander. Auf der Vorderseite fand er die Namen jener fünf Burschen und sagte: »Jeden

von diesen Strolchen habe ich heute im Amt bereits schwer gerügt und dann entlassen. Wie kommen sie dazu, nachdem ihnen verziehen worden ist, dich zu belästigen?«
»Sie haben erklärt, Ihr, werter Oheim, hättet sie im Amt getadelt und gestraft und sie unter Bedeckung entlassen, um dann auch mich noch an Amtsstelle erscheinen zu lassen. Sie schimpfen und lärmen bei mir zu Hause und möchten Geld erpressen, so daß ich nicht mehr in Ruhe zu leben vermag. Weil ich keine Stelle weiß, mich zu beschweren, bin ich zu Euch gekommen, Oheim. Ich bitte, mich deshalb zu bestrafen.« Damit überreichte er seine Geschenkliste. Simen Tjing tat einen Blick hinein.
»Diese Strolche! Ich habe ihnen doch vergeben, und sie wagen es, dich zu belästigen!« Er reichte die Geschenkliste zurück: »Mein edler Freund! Bitte, geh wieder heim! Ich behalte dich nicht hier. Ich werde diese Bande erneut verhaften lassen. In ein paar Tagen werde ich mir eine Einladung erlauben.«
»Wie könnte ich mich erkühnen, dessen mich für würdig zu halten? Ich bin der Ehre teilhaftig geworden, daß Ihr, Oheim, Euren geringen Neffen nicht im Stiche laßt, da ist es meine Schuldigkeit, mich dafür erkenntlich zu zeigen.« Mit unzähligen Dankesäußerungen schritt er hinaus.
Simen Tjing ging bis zum zweiten Portale mit. Dort entschuldigte er sich: »Ich trage nur schlichte Hauskleidung und kann dich nicht hinausgeleiten.«
Der dritte Wang ging also allein, legte die Augenmaske an und machte sich, von seinem Diener gefolgt, auf den Heimweg. Die Gevatterin Wen ließ sich von Simen Tjing noch Verhaltungsregeln geben. Er schärfte ihr ein: »Setze ihn nicht weiter in Unruhe! Ich werde die Bande erneut festnehmen lassen.«
So kam die alte Wen mit dem dritten Wang unbemerkt heim. Überraschend hatte Simen Tjing sofort einen Häscher mit vier seiner Geleitsmänner zum Herrensitz des Reichsherolds Wang gesandt. Dort schmausten und zechten die Gesellen gerade lärmend, als sie ohne weitere Erörterungen in Ketten gelegt wurden. Vor Schreck wurden sie erdfahl und erklärten:
»Der dritte Wang hat ein übles Spiel mit uns getrieben.«
»Was für ein übles Geschwätz!« schalten die Häscher. »Habt ihr was vorzubringen, sagt es dem Richter!«
Bald waren alle vor Simen Tjing gebracht worden.
»Ich werde euch Spitzbuben schon fassen!« wetterte er los. »Ich habe euch glimpflich behandelt, und da besitzt ihr die Frechheit, unter Hinweis auf mein Amt andere einzuschüchtern? Sagt die

Wahrheit, wieviel Geld habt ihr erschwindelt? Wenn ihr es nicht gesteht, lasse ich die Folterpressen holen.«

Sie warfen sich immerfort aufs Antlitz: »Unsere Wenigkeiten haben wirklich nicht den Bruchteil eines Kupferlings erpreßt. Wir haben nur gesagt, wir seien verprügelt, aber aus dem Amt entlassen worden. Auf diese Äußerung hin hat uns seine Familie mit etwas Speise und Trank bewirtet. Erpreßt haben wir gar nichts von ihm.«

»Ihr solltet dort überhaupt nicht hingehn!« schalt Simen Tjing. »Ihr Strolche betört die Söhne anständiger Häuser und wollt mit nackter Hand Geld. Das ist wirklich der Gipfel der Frechheit. Weil ihr mir nicht die Wahrheit gestehn wollt, werdet ihr alle in den Kerker geworfen werden. Morgen wird die Sache genau untersucht und Beweis erhoben werden. Holzkragen und Anprangerung wird man über euch verhängen.«

»Himmlischer Herr Richter, schont das Leben unserer Wenigkeiten«, heulten und flehten da alle. »Wir werden uns bestimmt nie wieder erdreisten, sein Anwesen zu betreten und ihn zu behelligen.«

»Wenn ich euch jetzt aber vergebe, so sollt ihr euer Herz waschen. Einen richtigen Lebensberuf müßt ihr ergreifen und dürft euch nicht in den Teehäusern herumdrücken oder die Vergnügungsstätten besuchen, die Söhne anderer in Versuchung führen und euch Vermögenswerte erschleichen. Bekomme ich euch wieder in mein Amt, so lasse ich euch totschlagen.«

Dann rief er ihnen zu, sie sollten machen, daß sie fortkämen.

Im nächsten Augenblick waren die fünf außer Sichtweite.

Frau Mondtraut erkundigte sich bei Simen Tjing, welcher dritte Wang dagewesen sei.

»Es ist der dritte junge Mann aus dem Herrensitz des Reichsherolds Wang, der neulich in der Angelegenheit von Zimtknospe Li mit beteiligt war. Das leichtfertige Frauenzimmer hat sich nicht geändert und sich wieder mit ihm eingelassen. Er hält sie für dreißig Unzen Silber im Monat aus. Sie hat mich zum Narren gehalten. Das habe ich von einer mir ergebenen Person erfahren, die mir geraten hatte, deswegen das Pack festnehmen und ins Amt bringen zu lassen. Dort haben sie die Folter zu spüren bekommen und eine Tracht Prügel bezogen. Wer hätte gedacht, daß die Bande ihn wieder aufsuchen und belästigen würde, um einige Unzen Silber herauszuholen, indem sie behaupteten, er müsse vors Strafgericht! Da er bisher noch nicht vor Gericht gestanden hat, hat er verängstigt die Gevatterin Wen gebeten, mit einem schriftlichen Angebote von fünfzig Unzen Silber bei mir Fürsprache einzulegen. Ich habe soeben die Bande wieder verhaften lassen und allen eine Strafpredigt gehalten, um sie von ihm fernzuhalten. Eine Familie stürzt ins Unglück, bei so ungeratenen Nachkommen. ›Was für ein gutes Fundament hatte dein Ahnherr gelegt!‹ sagte ich ihm. ›Er ist Reichsherold gewesen, und du besuchst die Kriegsschule. Nun läßt du alles außer acht und vernachlässigst deine Frau, die schön wie ein Blütenzweig ist.‹ Ein so junger Mensch, noch nicht einmal zwanzig Jahre alt und durch und durch verderbt!«

»Du trinkst doch auch das Wasser aus trüben Brunnen«, warf Frau Mondtraut ein. »Es gibt nichts, was du nicht treibst. Was soll da bei dir klarer und reiner sein? Und du willst andere zurechtweisen?«

Simen Tjing zog sich wortlos zurück.

XXXIV.

Der dritte Wang sandte am Nachmittag den Diener und die Gevatterin Wen mit einer Einladung für den Elften zum Mahl in seinem Hause, um seinem Dank für die persönliche Unterstützung ein wenig Ausdruck zu verleihen. Simen Tjing war beim Empfang der Einladung ganz ungemein erfreut. In Gedanken sah er den Tag kommen, da Wangs Frau in seiner Hand sein würde. Aber das Mißgeschick wollte es, daß am Abend des Zehnten durch einen Boten der Personalabteilung in der Hauptstadt die Anweisung eintraf, es sei von den Strafvollzugsbeamten aller Provinzen zur Kenntnis zu nehmen, daß sie sich blitzschnell in die Reichshauptstadt zu begeben hätten, um während der Zeit des Wintersonnenwendfestes sich bei Hofe vorzustellen und für die kaiserliche Huld der Beförderung zu danken. Das betraf auch Simen Tjing, der zum Tausendschaftsführer, also zum Kreisrichter, aufgerückt war. Dem dürfe durch Versäumnis nicht zuwidergehandelt werden, andernfalls Bestrafung zu gewärtigen sei.

Am Tage, nachdem Simen Tjing dieses gelesen und sich im Amt mit dem ebenfalls beförderten Richter Sja verständigt hatte, begaben sich beide alsbald nach Hause, um für ihr Reisegepäck und die für die Vorlassungen am Hofe erforderlichen Geschenke zu sorgen. Sie vereinbarten, die Reise unverzüglich anzutreten. Simen Tjing ließ die Gevatterin Wen durch Dai-an rufen und sie

dem dritten Wang ausrichten, er könne nicht zum Gastmahl kommen, da er zur Vorstellung bei Hofe reisen müsse.
»Da der verehrte Herr Oheim verhindert ist, so mag er mir gestatten, nach seiner Rückkehr ganz ergebenst eine Einladung vorzubereiten.«
Mit über zwanzig Mann als Reisebegleitung brachen die beiden Herren auf.
Während Simen Tjings zweiwöchiger Abwesenheit ließ Frau Mondtraut – wegen der vielen Frauen und Mädchen im Haushalt und um Zwischenfälle vorzubeugen – das Haupttor gänzlich geschlossen halten und das zweite nachts. Keine der Frauen kam aus ihren Räumen heraus, wo sie sich mit Näharbeiten beschäftigten. Wenn der Schwiegersohn Tschen Djing-dji in die rückwärtig gelegenen Räume wollte, um Kleidungsstücke vom Speicher zu holen, gab ihm Frau Mondtraut jemand zur Überwachung mit. So war es Goldlotos unmöglich gemacht, wieder mit ihm in Verbindung zu kommen. Ihre schlechte Laune ließ sie dann an der Amme aus.
Einmal hatte Frau Mondtraut ein großes Bündel Gewänder, Hemden und Unterkleider von Simen Tjing herausgegeben und die Amme beauftragt, sie gemeinsam mit der Gevatterin Han zu waschen und zu stärken. Schlehenblüte, die ebenfalls mit Waschen beschäftigt war, schickte Herbstaster zu ihr, einen Wäschebleuel zu entleihen. Da die Amme selber gerade mit dem Bleuen beschäftigt war, gab sie ihn jedoch nicht her.
»Du hast doch erst vorgestern einen Wäscheklopfer geholt, jetzt kommst du deswegen schon wieder! Ich brauche ihn selber!«
Herbstaster entfernte sich verärgert und beklagte sich bei Schlehenblüte über die Ungefälligkeit der Amme.
Goldlotos war das zu Ohren gekommen. Der Anlaß war ihr sehr willkommen. Sie hetzte Schlehenblüte auf, selber hinüberzugehen und den Wäschebleuel zu fordern.
In ihrer hitzigen Gemütsart stürmte Schlehenblüte wie eine Windsbraut in Väsele Lis Behausung: »Wer will hier Herrin spielen!?«
»Du meine Güte«, entrüstete sich die Amme. »Da liegt doch der Wäscheschlegel. Wer ihn braucht, soll ihn nehmen.« Dann hob sie an, sich erregt zu verteidigen: »Die erste Herrin hat befohlen, die Gelegenheit, da Mutter Han da ist, zu nutzen und diese Hemden und seidenen Beinkleider des Herrn zu waschen und zu stärken. Als Herbstaster den Klopfer fordern kam, habe ich ihr gesagt: Warte, ich will nur noch ein paar Schläge tun! Und nun

behauptet sie, ich habe ihn ihr verweigert. Ein Glück, daß Lenzfreude es mitangehört hat!«
Plötzlich trat Goldlotos hinzu:
»Seit deine Herrin gestorben ist, schaltest du wohl in diesen Räumen? Die Kleidungsstücke, die dein Herr am Leibe trägt, können natürlich nur von dir besorgt werden, wie? Eine andere kann seinem Herzen ja nicht nahestehen! Wir übrigen Weiber sind für ihn tot und abgetan. Aber ich lasse es mir nicht gefallen, daß du dich so aufspielst!«
»Fünfte Herrin, wie könnt Ihr nur so etwas behaupten? Es ist uns doch von der ersten Herrin so befohlen worden«, verteidigte sich die Amme.
»Du girrendes Luder wagst noch, mir zu widersprechen? Hast du denn nicht um Mitternacht dem Herrn Tee gebracht und die Bettdecke zurechtgezogen? Hast du nicht ein Umhangjäckchen zum Anziehen verlangt? Du wähnst, ich wüßte nicht, was für Ränke du hinter dem Rücken heimlich schmiedest. Selbst wenn du dir einen dicken Bauch erschleichst, ich habe trotzdem keine Angst.«
»Nein, denn Kinder anderer werden ja hier wohl umgebracht!«
Als ob Flammen ihr im Herzen aufloderten, wurde Goldlotos über und über rot. Sie packte mit einer Hand die Amme bei den Haaren und stieß mit der anderen nach ihrer Brust. Aber dank der Gevatterin Han, die einschritt und beschwichtigte, vermochte Goldlotos nur noch zu schimpfen: »Du Dirne nimmst uns, die wir hier schon zum Erbarmen gelangweilt sind, noch den Mann weg! Was bedeutest du hier im Hause überhaupt? Zum Ammendienst und nichts anderem hat man dich hergeholt, merke dir das!«
Gemächlich war Edelburg herbeigekommen: »Fünfte Schwester! Ich habe dich zum Schachspiel eingeladen, warum kommst du nicht und regst dich statt dessen so auf?« Damit nahm sie sie bei der Hand und zog sie in ihre Stube. Dort setzte sie sich: »Erzähle mir, um was es sich gehandelt hat!«
Goldlotos ließ ein Weilchen ihre Erregung abklingen. Da Schlehenblüte Tee gebracht hatte, trank sie erst etwas, dann machte sie sich Luft und berichtete alles über Simen Tjing und sein Verhältnis zur Amme.
»Die erste Schwester hält sich den ganzen Tag hinten auf und stellt sich taub und stumm. Tut jemand den Mund auf, dann heißt es, das sei unrecht«, endete sie.

Edelburg hatte schmunzelnd zugehört, dann fragte sie: »Wie hast du alle diese Einzelheiten erfahren?«
»Warum sollte man es nicht wissen. Eine Leiche, die im Schnee beerdigt ist, muß, sobald er schmilzt, zum Vorschein kommen.« Und dann machten sie sich ans Schachspiel.
Bald darauf kam Simen Tjing heimgeritten. Als er das hintere Empfangszimmer betrat, kam ihm Frau Mondtraut entgegen. Wasser wurde eingegossen. Während er sich wusch, mußte eine Magd im Hof einen Tisch aufstellen und den Weihrauchofen mit Weihrauchbrand füllen. Dann leistete er vor dem Thronsitz des Gottes über Himmel und Erde ein Gelübde.
»Wofür legst du das Gelübde ab?« forschte Frau Mondtraut.
»Dafür, daß ich mit dem Leben davon- und heimgekommen bin«, begann Simen Tjing. »Wir waren gerade über den Gelben Fluß und bis zum Kreise des I-Flusses zum Fährenkopf Achtekken gelangt, als uns unterwegs ein Taifun überraschte. Sand und Steine gerieten uns in die Augen und blendeten uns. Es war nicht voranzukommen. Auf hundert Wegstrecken Entfernung sah man keinen Menschen. Dazu kam, daß angesichts der zahlreichen Traglasten ernstlich zu befürchten war, daß Räuber erscheinen könnten. In diesem Augenblick erreichten wir ein altes Kloster. Aber die Mönche waren arm. Sie hatten nicht einmal Licht und Feuer. Nur etwas Bohnengrütze gab es zu essen. So brachten wir die Nacht zu. Am nächsten Tage hatte sich der Sturm gelegt, und wir brachen auf. Die Mühsale dieser Reise waren doppelt so groß wie die der damaligen. So habe ich unterwegs gelobt, ein Schwein und ein Schaf schlachten zu lassen und dem Gott des Himmels und der Erden zu opfern.«
Jetzt kamen Holdchen Li, Edelburg Meng, Schneeholdchen Sun, Goldlotos Pan und die Tochter zur Begrüßung. Sie wünschten Simen Tjing zehntausendfachen Segen, stellten ihre Fragen und leisteten ihm Gesellschaft.
Auf einmal fiel es Simen Tjing ein, daß voriges Mal, als er aus der östlichen Hauptstadt zurückgekehrt war, Väsele Li noch am Leben gewesen war. So begab er sich in ihre Räume und verneigte sich vor ihrer Seelentafel unter Tränen. Die Amme Ideal, Lenzfreude und Lenzbunt kamen hinzu und warfen sich vor ihm aufs Antlitz. Frau Mondtraut ließ bald durch Edelsteinchen melden, der Tisch sei hinten zum Essen gedeckt, sie bitte ihn zu kommen.
Zur Nachtruhe suchte er Goldlotos auf. Sie kam ihm hundertfäl-

tig entgegen und war in allem gefügig. Nach Beendigung ihrer körperlichen Vereinigung plauderten sie auf den Kissen von den Geschehnissen während der Trennung. Goldłotos' Verlangen war nicht gestillt, sie wollte durchaus Simen Tjing an sich fesseln. Einen halben Monat waren sie getrennt gewesen; bei Tag und Nacht hatte das Feuer der Leidenschaft in ihr gelodert. Fast hätte sie sich selber hassen mögen, weil sie ihn jetzt leiblich bei sich hatte und ihn doch nicht ganz und gar in sich hineinzunehmen vermochte. Da fragte Simen Tjing: »Mein Kind, hast du Sehnsucht nach mir empfunden, während ich von Hause fern war?«

»Ich konnte keinen Augenblick Ruhe finden, da du den halben Monat fort warst. Zu lang waren Abende und Nächte. Ich war ganz allein und fand keinen Schlaf. War das Bett noch so vorgewärmt und das Deckbett noch so mollig, es fröstelte mich. Vergeblich wartete ich; du kamst nicht. Neben das Kissen flossen mir die Tränen, ich weiß nicht, wie viele. Später hat mich Schlehenblüte, weil, wie sie behauptete, ich stöhne und seufze, bestürmt, abends Schach mit ihr zu spielen. Wir haben so die Zeit zugebracht und auch Fuß gegen Fuß geschlafen. So war mir ums Herz, mein Brüderchen, aber wer weiß, wie es mit dem deinen stand?«

»Alle wissen genau, daß ich mich zu dir körperlich am meisten hingezogen fühle.«

»Laß nur sein! Mich täuschst du nicht! Meinst du, ich wüßte nicht Bescheid? Als Väsele Li das Kind hatte, hast du mich übersehen. Aber wo sind sie nun hin? Nur ich, deine Altbewährte, bin noch bei dir. Und jetzt machst du dich an die Amme Ideal heran, das Weibsbild, diesen krummen Knochen. Aber sie hat doch noch ihren Mann, also ist sie das Weib eines Lebenden. Aber du hast sie begehrt. Du bist doch ein Mandarin und stehst im Staatsdienst! Wenn es nun nach draußen dringt? Das dreiste Frauenzimmer hat, während du fort warst, wegen eines Wäscheklopfers mit Schlehenblüte und mir großen Krach geschlagen und sich gegen mich gestellt.«

»Laß gut sein, mein Kind! Sie ist und bleibt eine Person, die dient.«

»Ach, das hört sich recht gut an, aber seitdem Väsele Li nicht mehr lebt, hält sie deren Nest besetzt. Ich habe erfahren, daß du ihr, wenn sie sich recht um dich bemühe, die Habe ihrer Herrin zugesagt hast.«

»Sei doch nicht so leichtgläubig! Das habe ich nicht gesagt. Sei

nachsichtig ihr gegenüber! Ich werde sie veranlassen, sich morgen vor dir aufs Antlitz zu werfen und abzubitten.«
»Einerseits mag ich ihre Abbitte nicht, andererseits erlaube ich dir auch nicht, daß du in jenen Räumen schläfst.«
»Ich schlafe doch dort nur, weil ich über meine Liebe zu Väsele Li nicht hinwegkommen kann und ihre Seelentafel betreuen muß.«
»Wenn jemand schon hundert Tage tot ist, wozu da noch seine Seelentafel betreuen? Die behütest du in jener Stube auch gar nicht.«
Um ihr weitere Worte abzuschneiden, umarmte er stürmisch Goldlotos' Nacken und küßte sie auf den Mund.
Vom dritten Wang war unterdessen wieder ein Bote gesandt worden und schon früh gekommen, um an die Einladung zu erinnern.
Nunmehr machte sich Simen Tjing auf den Weg zum Prunkhaus des Reichsherolds Wang. Am Tor angelangt, ließ er zunächst seine Besuchskarte hineintragen. Schnell kam der dritte Wang ihm entgegen. In der Empfangshalle begrüßten sie einander in aller Form. Auf der Haupteingangsseite der Halle hing eine vom Kaiser verliehene Inschrifttafel, deren goldene Schriftzeichen lauteten: »Halle unverbrüchlicher Treue zum Staat.« Nach der formstrengen Begrüßung setzte sich Simen Tjing auf den Ehrensitz, während der dritte Wang seitab auf einem Stuhl ihm Gesellschaft leistete und ihm Tee reichte. Nachdem dieser von den Dienern wieder weggetragen worden war, unterhielten sie sich wie bei Gästen üblich. Dann wurde die Tafel zum Festmahl gedeckt und Wein gereicht. Der dritte Wang hatte zwei junge Sänger bestellt; diese musizierten auf ihren Zupfinstrumenten und sangen dazu.
»Bitte die werte Frau Mutter heraus, damit ich ihr einmal meine Aufwartung mache!« verlangte Simen Tjing; der dritte Wang gehorchte rasch und ließ den Befehl in die hinteren Räume weitergeben.
Bald kam der Diener zurück: »Die Dame bitte, der Herr möge zum Besuche vorsprechen.« Da forderte der dritte Wang Simen Tjing auf, sich in die inneren Gemächer zu begeben.
»Mein edler Freund, geh, bitte, voran!« wünschte Simen Tjing.
Beide begaben sich in den Mittelsaal. Die Dame Lin hatte mit Perlen und Eisvogelfederzierat ihren Kopf geschmückt und ein tiefrotes Gewand mit langen Ärmeln angelegt. Um ihre Hüfte

schlang sich ein Gürtel mit Edelsteinen in Goldfassung. Darunter trug sie einen mit allerlei Blumen gemusterten schwarzen Brokatrock. Im Puderschmuck wirkte sie wie ein Wesen aus Silber. Simen Tjing verneigte sich und bat die Dame, sich auf den Ehrenplatz zu begeben, damit er seine Begrüßung machen könne. Sie aber wehrte ab.
»Hoheit sind doch Gast, bitte, tretet auf den Ehrenplatz!«
So boten sie einander einen halben Tag lang den Vortritt an, dann warfen sich beide gleichzeitig voreinander aufs Antlitz. Simen Tjing hatte in einem Umschlagtuch ein goldgrundiertes Kleid bereit gehalten. Es wurde jetzt auf einer Platte überreicht. Der Dame Lin gefiel die Pracht des Kleides ungemein. Gevatterin Wen brachte auf silberner Unterlage einen goldenen Becher. Simen Tjing, der ihn ergriffen hatte, wurde von der Dame Lin zum Dank ebenfalls durch Überreichung eines Bechers Wein geehrt. Dann bot auch der dritte Wang ihm Wein. Simen Tjing wollte diesen Höflichkeitsbeweis gerade erwidern, als die Dame Lin bemerkte: »Bitte, Hoheit, erhebt Euch und nehmt seine Ehrfurchtsbezeigung entgegen!«
»Das erlaube ich nicht, das geht doch nicht an.«
»Wie können Hoheit so sprechen bei einem Rang von solcher Bedeutung. Könntet Ihr nicht an ihm Vaterstelle vertreten? Mein Sohn hat von Jugend auf die Studien vernachlässigt und sich zweifelhaften Menschen angeschlossen. Wenn Hoheit willens sein sollten, ihn liebevoll zu beaufsichtigen und in allem zu unterweisen, so könnte er ein ordentlicher Mensch werden. Heute heiße ich ihn also in meinem Beisein, Hoheit als Pflegevater zu begrüßen.«
»Verehrte Hohe Frau, obwohl richtig sein mag, was Ihr sagt, so ist Euer werter Sohn doch begabt und noch jung an Jahren. Es wird also nur wenig Mühe machen, daß er den rechten Lebenswandel übe. Verehrte Hohe Frau, Ihr dürft den Mängeln nicht Gewicht beimessen.«
Die Dame bot darauf Simen Tjing den Ehrenplatz. Der dritte Wang ergriff einen Becher, reichte Simen Tjing dreimal Wein und erwies ihm vierfache Ehrenbezeigungen. Darauf trat Simen Tjing auf den geringeren Platz und verneigte sich dankend gegenüber der Dame Lin. Lächelnd antwortete diese mit dem Wunsche zehntausendfältigen Segens. Von dieser Zeit an wurde Simen Tjing vom dritten Wang Vater genannt.

XXXV.

Eines Tages kamen in Sänften zuerst die Großmuhme Jang, die Schwägerin Wu und die alte Pan. Danach trafen die Oberin Süeh, die Nonne Wang und zwei Nönnchen mit den Namen Wunderwonne und Wunderphönixchen sowie Fräulein Jüh ein. Alle hatten in Schachteln Geschenke mitgebracht, die sie für die Geburtstagsfeier Edelburgs eingekauft hatten. Frau Mondtraut setzte ihnen im Herrschaftshause Tee vor, und alle Frauen und Mädchen versammelten sich dort zu geselligem Treiben. Nach dem Tee nahm jede, wie es ihr gefiel, irgendwo Platz. Goldlotos hatte etwas für Simen Tjing zu nähen und begab sich in ihre Stube. Plötzlich trat die Nonne Süeh ins Zimmer, um ihr die aus einer Nachgeburt hergestellte Arznei zu bringen, die eine Empfängnis sichern sollte. »Wähle den neunundvierzigsten zyklischen Tag, den der Ratte! Auf nüchternen Magen! Wenn du dann abends den Herrn Rat zu dir nimmst, kommt wahrscheinlich schon beim ersten Male die Empfängnis zustande. Bei der Ersten, unserer Frommen, ist von mir ärmlicher Nonne auch die Fruchtbarkeit sichergestellt worden. Jetzt ist sie bereits in der Mitte ihrer Schwangerschaft. Ich will dir außerdem noch ein Mittelchen nennen: Nähe einen Duftbeutel aus Brokat! Ich habe einen zinnoberroten Zauberspruch geschrieben. Ihn steck in das Beutelchen und trag es auf dem bloßen Leibe. Höchstwahrscheinlich gibt es dann ein Knäblein.«

Goldlotos war über diese Worte von ganzem Herzen froh. Sie nahm Zauberspruch und Arznei an sich und verbarg sie in ihren Koffern. Nun holte sie den Kalender und stellte fest, daß der neunundvierzigste zyklische Tag, der der Ratte, auf den Neunundzwanzigsten fiel. Sie händigte der Nonne drei Scherf Silber ein: »Das ist natürlich nichts und soll nur zum Tee-Imbiß für dich zu Hause dienen. Wenn die Empfängnis zustande gekommen ist, werde ich dir ein Stück Seide für ein Kleid geben.«

»Ich bin nicht auf Vorteil aus. Ich tu nur gute Werke an anderen und erlöse Menschen aus Nöten.«

So plauderten die beiden Frauen eine Weile und begaben sich danach wieder in die rückwärtigen Räume. Etwa um die Mittagszeit ließ Frau Mondtraut in dem Raum mit der heizbaren Lagerstatt einen Tisch aufstellen und forderte alle Frauen sowie die Nonnen auf, dort Platz zu nehmen. Dann ließ sie auch in den offenen Vorraum einen Acht-Genien-Tisch bringen, Kohlefeuerbecken hinsetzen und Wein auftragen, um Edelburgs Geburts-

tagsvorfeier festlich zu begehen. Bald floß überreich das goldgelbe Naß in die hocherhobenen Prunkbecher. Edelburg Meng trug Festkleidung und war mit Edelsteinen und Perlen geschmückt. Zuerst reichte sie Simen Tjing Wein, danach allen Frauen. Mit dieser Höflichkeitserweisung war zugleich die Tafelordnung festgelegt, und man setzte sich.
Tschen Djing-dji und Simens Tochter kamen ebenfalls Edelburg zum bevorstehenden Geburtstage beglückwünschen und nahmen sodann seitab Platz. Aus der Küche wurden Geburtstagsnudeln, dann Nachtisch und wiederum Speisen zum nochmaligen Nachreichen gebracht, und alle schmausten und tranken. Während Simen Tjing oben an der Tafel saß, kam ihm auf einmal zum Bewußtsein, daß zu Edelburgs Geburtstagsvorabend im verflossenen Jahre Väsele Li noch zugegen gewesen war, in diesem Jahre zwar alle fünf Frauen und Nebenfrauen anwesend waren, sie aber fehlte. Er wurde traurig und Tränen traten ihm in die Augen. Da eine Weile danach Li Ming und die beiden Musikantenknaben sich zeigten, rief Simen Tjing sie zu sich: »Singt mir doch ein Stück aus dem Liederring: ›Sehnsucht nach dem Flötenspiel!‹«
Die beiden jungen Musiker begannen sofort:

Ihm kam im Kreis der Gäste
Das Flötenspiel in den Sinn.
Die Liebliche fern dem Feste!
Entrückt! Wohin? Wohin?

Goldlotos merkte, daß Simen Tjings Gedanken bei der toten Väsele Li weilten. Er hielt den Kopf gesenkt und lauschte aufmerksam, aber Goldlotos behagte das nicht, und so begannen sich beide nach Beendigung des Gesanges zu streiten. Frau Mondtraut machte dem bald ein Ende:
»Fünfte Schwester, du bist unduldsam. Warum streitet ihr beide euch nur? Großmuhme Jang und die Schwägerin sind in der Schlafstube allein, und niemand ist bei ihnen. Geht hin und leistet ihnen Gesellschaft! Ich komme gleich nach.«
Als die Feier zu Ende gegangen war, hatte Goldlotos zwar gesagt, daß sie in ihre Räume wolle, war dann aber wieder nach vorn gestürzt und hatte sich im Schatten der Mauer versteckt gehalten, als Simen Tjing durch das zweite Portal schritt. Sie sah ihn in das Herrschaftshaus gehn und schlich unter das Fenster, um zu lauschen.

Nicht lange danach hörte Goldlotos Frau Mondtraut an Simen die Frage stellen: »Warum hast du für heute diese zwei neuen Schafsköpfe von Musikanten kommen lassen? Sie können ja fast nichts.«
Unbemerkt war Goldlotos bis hinter die heizbare Lagerstatt hineingeschlichen und sagte plötzlich: »Was fragst du ihn? Die Weise, die du, Schwester, von ihnen hören wolltest, ließ er sie nicht singen, sondern ließ ohne Rücksicht auf die anderen ›Erinnerung an Flötenspiele‹ vortragen!«
Edelburg fuhr zusammen, wandte sich um und gewahrte Goldlotos. »Ach, die fünfte Schwester ist es, die da plötzlich redet«, bemerkte sie. »Ich bin heftig erschrocken. Sie schleicht gern umher wie ein Geist. Seit wann stehst du denn schon hinter mir?«
»Schon geraume Zeit steht die fünfte Herrin da«, sagte Edelsteinchen.
Goldlotos nickte und wandte sich an Simen Tjing: »Wir alle gefallen dir nicht mehr. Die eine, die erste Schwester, die dem Haushalt so vollendet vorsteht, sollte nicht für dich sorgen können? Ja, ja, nur jene ist tüchtig gewesen. Aber sie ist tot! Warum hast du sie nicht festgehalten? Wie hast du überhaupt leben können, bevor sie ins Haus kam? Jetzt kann man, wie man es auch anstellen mag, sich deinen Wünschen nicht anpassen. Wird sie nur erwähnt, dann zittert dein Herz. Jetzt gebrauchst du eine andere als Ersatz und freust dich darüber maßlos.«
Diese Scheltworte brachten Simen Tjing in Erregung. Er sprang auf, setzte der Enteilenden nach und stieß mit dem beschuhten Fuß nach ihr. Aber Goldlotos war auf und davon. Simen Tjing stürmte ihr nach, sah sie aber nicht mehr, sondern begegnete nur Schlehenblüte, die an der Eingangstür zum Herrschaftshaus stand. Er stützte sich mit einem Arm auf ihre Schulter und schritt mit ihr nach vorn. Es war Frau Mondtraut nicht entgangen, daß er angeheitert gewesen war, deshalb hatte sie es gar nicht erwarten können, daß er sich zum Schlafe nach vorn begab. Sie selber wollte den drei Nonnen zuhören, die die heiligen Schriften verkündeten. So rief sie Edelsteinchen zu, sie möge eine Laterne anzünden und Simen Tjing nach vorn begleiten.
Goldlotos und Schatzflöte standen auf dem Wandelgang im Dunkeln, so daß Simen Tjing sie nicht gewahrte und an ihnen vorüberging. Da sagte Schatzflöte zu Goldlotos:
»Der Herr scheint in Euer Zimmer gehn zu wollen, Herrin.«

»Er ist angesäuselt. Beruf es nicht! Laß ihn erst mal eingeschlafen sein, dann werde ich langsam hingehn.«
Goldlotos ging dann an ihre Zimmertür, trat aber nicht ein, sondern spähte durchs Fenster. Simen Tjing saß auf dem Bett, umarmte Schlehenblüte und liebelte mir ihr. Um ihn nicht zu stören, begab sie sich wieder in die rückwärtigen Räume.
Dort fand sie Frau Mondtraut, Holdchen Li, Edelburg Meng, Simens Tochter, die Schwägerin, die Muhme Jang sowie die Nonnen mit den Nonnenzöglingen, die alle beisammen in der Stube saßen. Die Oberin Süeh hockte mit untergeschlagenen Beinen auf der heizbaren Lagerstatt der Frau Mondtraut. Auf dem Bettischchen brannte Weihrauch. Während alle ringsum lauschten, wie sie die buddhistische Heilslehre verkündete, hob Goldlotos mit heiterer Miene den Türvorhang empor und trat ein.
»Du wirst dir Unsegen zuziehen«, warnte Frau Mondtraut. »Er ist in deine Räume gegangen und sucht dich, und du bringst ihn nicht zu Bett! Wie kannst du wieder herkommen? Ich war in Sorge, er könnte dich dort prügeln.«
»Frag ihn doch, ob er sich unterstehen würde, mich zu schlagen!« lachte Goldlotos.
»Was du vorhin gesagt hast, kam gar zu schlimm heraus. Er war doch unter dem Einfluß des Weines. Du bist wirklich eine Böse.«
Spät kehrte sie in ihr Schlafzimmer zurück. Die Lampe auf dem Tisch war fast ausgebrannt. Sie stocherte sie wieder auf. Dann trat sie an das Bett. Darin sah sie Simen Tjing schnarchend schlafen. Sie löste ihr seidenes Gurtband, entledigte sich ihres Rockes, stieg aufs Bett und zwängte sich unter das Deckbett, um mit Simen Tjing auf gleichem Kopfkissen zu ruhen.
»Garstiges Frauenzimmer, warum kommst du jetzt erst?«
»Wir haben in den hinteren Räumen noch Wein getrunken.«
Gleich darauf umarmte er sie leidenschaftlich. Der kleine Streit war vergessen.
Am nächsten Morgen hatte Goldlotos nach neuem Tändelspiel Simen Tjing die Zusage entlockt, ihr Väsele Lis Pelz zu eigen zu geben. Während Simen Tjing sich kämmte und wusch, blieb Goldlotos noch im Bett liegen. Da erinnerte sie ihn: »Solange du noch Zeit hast, laß ihn dir gleich bringen, hinterher fehlt dir die Muße dazu!«
Simen Tjing begab sich in Väsele Lis Zimmer. Dort hatten sich die Amme und die Mägde früh erhoben, Teewasser bereitet und

das Opfer angesetzt. Er schaute zu, wie die Amme Ideal, die schwach geschminkt und gepudert war und ihre Mottenfühleraugenbrauen lang nachgemalt hatte, ihm lächelnd Tee brachte und dann neben ihm zu plaudern anhob. Er schickte Lenzfreude nach hinten, sie sollte den Schlüssel zum Schlafzimmer von Väsele Li holen.

»Wozu laßt Ihr ihn holen, Herr?« forschte die Amme.

»Ich will den Pelz herausnehmen und ihn deiner fünften Herrin zum Tragen geben.«

»Den Zobelpelz von Väsele Li?«

»Sie hat es sich nun einmal in den Kopf gesetzt, ihn anzuziehen, so geb' ich ihn ihr.«

Simen Tjing zog die Amme an seine Brust und befühlte ihren Busen: »Meine Kleine, du hast doch schon ein Kind geboren, aber deine Brust ist noch so fest.«

Beide schmiegten die Wangen aneinander und gaben sich Zungenküsse. »Ich sehe, daß Ihr immer bei der fünften Herrin seid und gar nicht zu den anderen geht. Wenn sie nur nicht so argwöhnisch wäre und auch einmal nachgeben könnte! Als Ihr seinerzeit nicht zu Hause waret, hat sie wegen eines Wäscheklopfers mit mir gewaltigen Krach gemacht. Dank der Gevatterin Han und der dritten Herrin, die zum Guten redeten, ist es geglückt, uns auseinanderzubringen. Als Ihr heimkamt, habe ich Euch nicht davon zu erzählen gewagt. Welches Schwatzmaul ihr hinterbracht hat, daß Ihr mir zugetan seid, weiß ich nicht. Hat sie mit Euch noch nicht darüber gesprochen?«

»Sie hat es mir auch gesagt. Zeige dich ihr gegenüber noch höflicher, damit ist es abgetan. Ihr Mundwerk ist zwar scharf, aber nachtragend ist sie nicht.«

»Nach der Auseinandersetzung hat sie wieder freundlich mit mir gesprochen und erklärt: Ihr, Herr, weilet hauptsächlich bei ihr. Ich solle ihr nur nichts verheimlichen.«

»Es ist nun einmal so, alle müssen eben friedfertiger sein«, bemerkte Simen Tjing und versprach der Amme: »Heute abend komme ich hierher zum Übernachten.«

Während sich die beiden aussprachen, erschien Lenzfreude mit dem Schlüssel und öffnete auf Simen Tjings Wunsch die Schlafzimmertür. Er öffnete die Schränke, suchte den Pelz hervor und schüttelte ihn. Dann hüllte er ihn in ein Umschlagtuch und ließ ihn von Lenzfreude hinaustragen.

»Mir fehlt ein schönes Jäckchen zu meinen Röcken«, flüsterte die Amme Simen Tjing zu. »Sucht doch bei dieser Gelegenheit etwas für mich heraus, Herr, auch ein Stück Unterzeug der Herrin könntet Ihr mir geben!«

Simen Tjing brachte ihr ein blaugrün getöntes Atlasjäckchen, einen Rock aus gelber Rohseide und ein blauseidenes, brokatenes Beinkleid, ferner ein Paar Überzughosen mit Blumenverzierung. Die Amme warf sich zum Dank aufs Antlitz. Simen Tjing schloß die Schlafzimmertür ab und schickte die Amme mit dem Pelz hinüber zu Goldlotos.

Goldlotos verstand sofort, warum die Amme den Pelz brachte.

»Hat er dir auch einige Stücke gegeben?« forschte sie.

»Er hat mir zwei seidene Kleider geschenkt. Ich soll sie am Jahresende tragen. Er hat mir geraten, mich vor der Herrin aufs Antlitz zu werfen.« Mit diesen Worten fiel sie vor Goldlotos nieder und berührte viermal mit der Stirn den Boden.

»Schwester, es ist nicht nötig, daß du immer so viel Umstände machst«, wehrte Goldlotos. »Er liebt dich doch nun einmal. Es können viele Schiffe im Hafen fahren. Störe du mich nur nicht, dann kümmere ich mich auch nicht um deine Angelegenheiten.«

»Ihr seid, Herrin, hier in den vorderen Räumen für mich maßgebend, wenn auch die erste Herrin in den rückwärtigen Räumen mich übernommen hat.«

»Von den Kleidungsstücken mußt du aber der ersten Herrin etwas sagen«, mahnte Goldlotos.

»Ich habe neulich die erste Herrin bereits darum gebeten. Sobald der Herr die Koffer öffnet, sagte sie, mag er dir zwei Stücke geben.«

»Dann ist es gut«, sagte Goldlotos und entließ die Amme.

Inzwischen brachte Simen Tjing den Schlüssel Mondtraut wieder zurück.

»Wozu hast du die Türe geöffnet?« wollte sie wissen.

»Goldlotos sagte mir, sie habe keinen Pelz, wenn sie morgen der Einladung von Frau Jing zum Fest ihres Neugeborenen folgen solle; sie möchte den Pelz von Väsele Li tragen.«

Frau Mondtraut warf Simen Tjing einen bedeutsamen Blick zu:

»Du kannst den eigenen großen Mund nicht zügeln. Wie hast du, als Väsele Li gestorben war, gescholten, daß man die Mägde aus ihren Räumen verteile. Für das, was du jetzt machst, gibt es keine Worte. Sie hat gemerkt, daß der Pelz nicht getragen wird, und schon kann sie es nicht erwarten, ihn anzulegen.«

Simen Tjing steckte schweigend die Vorwürfe ein, und während mit den Gästen die Geburtstagsfeier ablief, weilte er auswärts bei einem Essen. Spät am Abend kam er auf Lai-an gestützt, der eine Laterne trug, herangestolpert und strebte zu Väsele Lis Räumen hin. Er gewahrte Goldlotos, faßte sie bei der Hand und ging mit in ihre Stube, Lai-an zog sich zurück und meldete sich bei Frau Mondtraut.

»Kommt der Herr?« fragte sie Lai-an.

»Der Herr ging ins Zimmer der fünften Herrin, aber widerstrebend«, berichtete Lai-an.

Frau Mondtraut war ob dieser Nachricht ziemlich ungehalten und bemerkte zu Edelburg: »So ein Taugenichts! Ich dachte, er würde heute zu dir gehn. In diesen Tagen hat er wieder begonnen, toller zu werden, und hält sich nur dort vorn auf.«

»Schwester, laß ihn ruhig sich dort einnisten!« beruhigte Edelburg. »Unsere Bemerkungen könnten sonst so aufgefaßt werden, als ob wir uns um ihn stritten. Ja, es ist schon so: Was er sich in den Kopf gesetzt hat, können wir nicht daraus vertreiben.«

»Freilich, Goldlotos versteht's. Kaum hörte sie, daß man sich vorn trenne, da stürmte sie davon, als gelte es das Leben«, sagte Frau Mondtraut.

Hand in Hand war Goldlotos mit Simen Tjing in ihr Zimmer gegangen. Aber er blieb da nur auf dem Bette sitzen.

»Warum ziehst du dich nicht aus?« fragte sie ihn.

Er drückte sie kräftig an sich und kicherte: »Ich kam nur mit, um dir zu sagen, daß ich hinübergehen und dort die Nacht verbringen möchte. Gib mir das Reizmittelpäckchen!«

Goldlotos seufzte tief und lange, dann gab sie nach.

Am nächsten Morgen erstattete Schatzflöte Goldlotos Bericht: »Fünfte Herrin! Warum kamt Ihr gestern nicht nach hinten zur Unterhaltung? Meine Herrin hat viel über Euch geredet: Kaum hättet Ihr gehört, daß sich vorn die Gesellschaft auflöse, und schon seiet Ihr in Euer Zimmer gestürmt. Es war doch gestern der Geburtstag der dritten Herrin, dennoch hättet Ihr ihn nicht zu ihr gehn lassen, so sehr nähmet Ihr den Herrn für Euch in Anspruch. Die dritte Herrin wehrte ab: Sie unterziehe sich nicht gern der Last, sich um ihn zu zanken. Die verschiedenen Frauen seien nun einmal da, möge er ihnen nach Belieben beiwohnen.«

»Meinst du, er habe gestern bei mir geschlafen?« fragte Goldlotos.

»In wessen Zimmer könnte der Herr denn sonst gegangen sein?« warf Schatzflöte ein.
»Eine andere hat das Nest von Väsele Li mit Beschlag belegt.«
»Auch weil Ihr den Pelz von ihm verlangt und ihr darüber nichts gesagt habt, ist meine Herrin auf Euch nicht gut zu sprechen.«
»So ein albernes Geschwätz!« wetterte Goldlotos. »Dem Hausherrn steht doch die Entscheidung zu.«
»Herrin, behaltet für Euch, was ich Euch zu berichten gekommen bin, und verratet mich nicht! Meine Herrin trifft Vorbereitungen, den Kopfschmuck anzulegen. Fünfte Herrin, macht Euch auch rasch fertig!« Damit begab sich Schatzflöte wieder nach hinten.
Nachdem sich die Frauen von der älteren Schwägerin Wu, den Nonnen und der alten Mutter Pan verabschiedet hatten, begaben sie sich in einer größeren und vier kleineren Sänften, begleitet von Geleitsleuten, die durch Rufe die Straße frei machten, und gefolgt von dem Schachjungen und Lai-an, zu Jing Bo-djaus Familie, wohin sie anläßlich der Vollendung des ersten Mondes nach der Geburt des Kindes eingeladen worden waren. Die Amme Ideal und Lenzfreude hatten für den Fall, daß Simen Tjing abends zum Essen kommen sollte, einen Tisch mit Speisen und Früchten tadellos vorbereitet, auch einen Krug Güldenprachter Wein hatten sie dabei. Um die Mittagszeit baten sie die alte Mutter Pan und Schlehenblüte zu sich. Fräulein Jüh spielte und sang; so saßen sie in der Stube beisammen und speisten. Inmitten dieses Schmauses sollte es zu einem Zwischenfall kommen.
Angeheitert, wie diese kleine Gesellschaft bald war, trug man das Verlangen, sich von der blinden Sängerin, Fräulein Schen, die gerade zu Gast weilte, einige Lieder vortragen zu lassen. Schlehenblüte forderte sie dazu auf, aber Fräulein Schen fand es unter ihrer Würde, sich durch eine Zofe etwas befehlen zu lassen, um so weniger, als Fräulein Jüh bereits für sie sang. Heftig wurde sie von Schlehenblüte deswegen beschimpft, so daß Fräulein Schen unter Tränen sofort das Haus verließ.
Als Frau Mondtraut abends bei ihrer Heimkehr mit den übrigen Frauen davon erfuhr, machte sie Goldlotos für das Verhalten ihrer Zofe Schlehenblüte heftige Vorwürfe, zumal ihr Ärger über Goldlotos' ständig anmaßender werdendes Verhalten immer größer geworden war. Es kam zu einem heftigen Wortwechsel zwischen den beiden Frauen, den der inzwischen ebenfalls heimgekehrte Simen Tjing – er war zu einem Festessen

geladen gewesen – dadurch zu schlichten versuchte, daß er erklärte, Fräulein Schen sei sicherlich durch ein paar Unzen wieder zu versöhnen.
Mißmutig hatte sich Frau Mondtraut dann in ihr Schlafzimmer zurückgezogen, wohin ihr Simen Tjing später nachfolgte. Goldlotos wartete im Zimmer nebenan darauf, daß sie gemeinsam mit Simen Tjing nach vorn gehen könne. Sie wollte an diesem Abend das Zaubermittel der Nonne Süeh einnehmen und sich von Simen Tjing beiwohnen lassen, um am neunundvierzigsten zyklischen Tage, dem der Ratte, mit Empfängnis Glück zu haben. Als sich nun Simen Tjing nicht rührte, kam sie heran, hob den Türvorhang hoch und rief ihm zu: »Wenn du nicht gleich mitkommst, kann ich nicht länger auf dich warten.«
»Mein Kind, geh ein paar Schritte voran! Ich trinke nur noch aus und komme«, sagte Simen Tjing, und Goldlotos begab sich in ihre Wohnung.
»Ich will aber nicht, daß du hingehst«, widersprach Frau Mondtraut. »Ich habe noch mit dir zu reden. Tragt ihr beide etwa eine gemeinsame Hose? Rücksichtslos in meine Stube hinein zu rufen! Ist nur sie dein Weib, die anderen nicht? Alle müssen mit gleicher Liebe behandelt werden. Seitdem du von der Reichshauptstadt zurück bist, hat man nicht einmal deinen Schatten hier bemerkt. Für mich ist das gleichgültig. Aber Edelburg Meng hat heute bei der Gevatterin Jing drüben nichts Rechtes zu sich genommen. Mit Brechreiz ist sie heimgekommen. Gehst du nicht wenigstens einmal in ihr Zimmer nach ihr sehen?«
»Wirklich?« rief Simen Tjing, und dann begab er sich in Edelburgs Zimmer. Er traf sie dort bereits halb entkleidet an. Zusammengekauert lag sie auf der Lagerstatt und war gerade im Begriff, sich zu erbrechen. »Du mein Herz und meine Leber, wie ist dir zumute? Sag es mir!«
»Wozu fragst du noch? Geh nur deiner Wege!« antwortete sie mühsam.
»Aber ich ahnte doch nichts von deinem Befinden!«
»Ich kann es mir denken, daß du nichts ahnst. Wir sind ja nicht deine Weiber. Troll dich nur zu deiner Herzliebsten!«
Simen Tjing umarmte ihren gepuderten Nacken und küßte sie auf den Mund: »Weißt du denn nicht, daß ich in den letzten Tagen siebenfach, ja achtfach geschäftlich in Anspruch genommen war und keine freie Stunde hatte.«
»Ich kann mir schon denken, daß dein Herz keine freie Stunde hat. Die Herzliebste hat dich festgehalten.« Sie fühlte Simen

Tjings Mund an ihren Wangen und wehrte ihn ab: »Du strömst Weingeruch aus.«
»Hast du noch nichts gegessen? Die Magd soll Essen holen! Ich habe auch noch nichts zu mir genommen«, sagte Simen Tjing.
»Ich habe unausstehliche Schmerzen und soll essen! Willst du essen, tu es allein!«
»Wenn du nichts ißt, mag ich auch nichts. Wir wollen uns dann beide gemeinsam schlafenlegen. Morgen früh lasse ich den Arzt Jen holen.«
»Auch noch einen Arzt rufen! Die alte Liu soll kommen. Deren Arznei will ich einnehmen. Das genügt.«
Ein plötzlicher Einfall kam ihm: »Neulich hat mir der Beamte des Prüfungswesens zehn in Wachs eingebettete Pillen Rindergallenstein als Arznei geschickt. Sie wirken ganz ausgezeichnet.« Sofort schickte er Duftwunder danach.
Nach kurzer Zeit brachte Duftwunder die Arznei. Simen Tjing ließ sorgsam den Wein anwärmen und entfernte das Wachs; innen kam die gelbe Goldpille zum Vorschein. Er ließ Edelburg sie schlucken. Dann mußte Duftwunder ihm auch ein Becherchen einschenken, er wollte seine Arznei nehmen. Da blickte ihn Edelburg von der Seite an:
»Willst du dein Reizmittel nehmen, so geh es in einem anderen Schlafzimmer schlucken.«
»Papperlapapp, mein Kind!« sagte Simen Tjing lachend. »Ich nehme kein Reizmittel. Wir wollen schlafengehn.«
Nachdem Edelburg ihre Arznei genommen hatte, entkleidete sie sich gemeinsam mit Simen Tjing und ging mit ihm ins Bett. Er tastete unter dem Deckbett nach ihrer Brust und massierte die Brustwarzen. Während er einen Arm um ihren Nacken schlang, fragte er sie: »Ist dir nach der Arznei etwas besser, meine Liebste?«
»Die Schmerzen haben aufgehört.«
Nun zog er langsam eines ihrer Beine empor und drückte es an seine Brust. Er packte das weiße, schlank gewachsene Beinchen, das noch den bestickten Schuh aus dunkelroter Seide hielt.
»An dir gefällt mir nichts so sehr wie deine weißen Beinchen. Keine hat so weiche und zarte wie du.«
»Du Heuchler!« erwiderte Edelburg. »Wer glaubt deinem Wattenmund?«
Aber dann fand er den Weg, und sie, die bis jetzt Gleichgültigkeit vorgetäuscht hatte, verging unter seinem Ungestüm.

Am nächsten Morgen stand Simen Tjing früh auf und ging ins Amt. Weil Frau Mondtraut Simen Tjing festgehalten und nicht zu Goldlotos gelassen hatte, so daß diese dadurch den neunundvierzigsten zyklischen Tag, den der Ratte, versäumt hatte, war Goldlotos mißgestimmt.
Frau Mondtraut suchte Edelburg auf und fragte sie: »Hast du die Wachspille eingenommen und in der Herzgegend keine Beschwerden mehr?«
»Heute morgen habe ich zweimal sauren Schleim erbrochen. Seitdem erst ist mir wohler«, erzählte diese.
Nun stellte sie Goldlotos zur Rede: »Wir haben nur den einen Mann. Seit seiner Rückkehr aus der Reichshauptstadt ist er alle Tage von dir festgehalten worden. Auch nicht der Saum seines Schattens ist in die rückwärtigen Räume gelangt.«
»Er ist doch gar nicht in mein Zimmer gegangen«, widersprach Goldlotos. »Worauf willst du hinaus?«
»Wie kamst du dazu, als er gestern ganz gemütlich bei mir saß, den Vorhang emporzuheben, rücksichtslos hereinzuplatzen und ihn nach vorn zu rufen? Erbärmliches Geschöpf, das nicht nach Rang und Ordnung fragt! Wegen jenes Pelzes hast du heimlich den Mann beschwatzt, um ihn anziehen zu können, und hast nicht ein Tönchen davon erwähnt.«
»Freilich, den Pelz habe ich von ihm verlangt. Er hat aber doch wohl nicht nur, weil ich den Pelz wollte, die Tür öffnen lassen. Ein paar Kleider hat er auch noch jemand gegeben. Warum tadelst du die nicht? Wenn es aber hierauf ankommt, wer ist dann mannstoll?«
Frau Mondtraut wurde durch diese wenigen Sätze im Innersten getroffen. Sie wurde über beide Wangen rot und fuhr auf:
»Das soll wohl heißen, ich bin toll? Wie du auch reden magst, ich hab ihn, der verwitwet war, damals als Mädchen geheiratet. Ich bin kein hergelaufenes Weib. Nur Schamlose, die dem Mannsvolk nachlaufen, sind toll. Unsereins aber ist rechtschaffen und anständig und nicht toll.«
Die ältere Schwägerin Wu, die zugegen war, versuchte, sie zu beruhigen: »Tantchen! Was ist nur mit dir?«
Doch Frau Mondtraut sprach, was sie auf der Zunge hatte, aus: »Du hast den Tod der einen auf dem Gewissen. Jetzt bin ich nur noch zuviel.«
»Du meine Güte!« mischte Edelburg sich ein. »Erste Herrin, was ist nur heute mit dir? Mit einem Stockschlage triffst du gleich uns alle. Aber«, sie wandte sich an Goldlotos, »so etwas habe ich

von dir auch noch nicht erlebt. Gib doch der Ersten mit einem Wörtlein nach, dann nimmt der Streit ein Ende!«
Goldlotos, in dieser Weise von Frau Mondtraut heruntergemacht, sank nieder, wälzte sich am Boden, gebärdete sich wie wild und schlug sich selber mehrmals ins Gesicht. Ihr Haar löste sich auf und fiel nach einer Seite. Heulend stieß sie hervor: »Ich will sterben. Wozu noch leben! Mich loszuwerden wird auch nicht schwer werden. Warte, bis er heimkommt und mir einen Scheidebrief gibt, dann zieh ich ab. Ihr braucht mich nicht hinauszuwerfen.«
Edelburg, die den Wortstreit der beiden ausarten sah, versuchte, Goldlotos aus dem Zimmer zu entfernen: »Gräßlich bist du. Alle in der Familie sollten ihre Zungen zügeln. So ein Durcheinander anzurichten! Die Nonnen werden uns noch auslachen. Komm mit mir.«
Aber Goldlotos war nicht geneigt, sich zu erheben. Da zogen Edelburg und Schatzflöte sie gemeinsam in die Höhe und nahmen sie mit.
Gleich darauf verabschiedeten sich die Nonnen von Frau Mondtraut und den anderen.
»Verlacht uns nicht, Meisterinnen!« entschuldigte sich Frau Mondtraut.
»Nein, nein, in welcher Küche gibt es keinen Rauch?« antwortete Süeh.
Als die Nonnen fort waren, bemerkte Frau Mondtraut zu der Schwägerin, bei der sie saß: »Sieh nur! Durch die Aufregung sind mir die Arme schlaff und die Hände eiskalt geworden.«
»Tantchen! Ich habe dich so ermahnt, dich weniger zu erregen, jedoch du hattest kein Ohr für mich. Du stehst doch kurz vor der Niederkunft!«
»Schwägerin, nur gut, daß du hiergewesen bist und es erlebt hast. Es wird wieder heißen, ich habe den Zank vom Zaune gebrochen. Der Störer der Nachtruhe wird jetzt den Nachtwächter festnehmen. Ich lasse die Leute gewähren, sie hingegen mich nicht. Sie hält den Mann mit Haut und Haaren fest und treibt es gemeinsam mit den Mägden. Da gehen Dinge vor sich! Nichts, was es dort nicht gibt! Was andere nicht zu tun wagen, das treibt sie. Ihr fehlt jede weibliche Schamhaftigkeit. Als Väsele Li noch lebte, hatte sie den ganzen Tag mit ihr Streit. Nur ihr Gesicht ist menschlich, ihr Herz das einer Bestie! Man muß abwarten, bis der Herr kommt. Sie wird schwere Anklagen

erheben. Soll er sich doch von mir scheiden lassen! Dann hat alles ein Ende.«

Inzwischen leitete Simen Tjing im Amte das Verhör in einer Diebstahlsangelegenheit. Erst um die Mittagszeit kam er nach Haus.

Er fand Frau Mondtraut auf dem Ofenbett liegen. Er rief sie an, sie aber gab keine Antwort. Er befragte die Mägde, aber sie wagten nichts zu erzählen. Darauf ging er zu Goldlotos. Sie sah er mit wirrem Haar und verstörter Miene auf einer Kopfstütze schlafen. Er befragte sie, aber auch sie blieb stumm. Nun begab er sich in Edelburgs Zimmer. Diese konnte ihm nichts verheimlichen und erzählte von dem Streit zwischen Mondtraut und Goldlotos. Erregt ging er ins Herrschaftshaus zurück, faßte Frau Mondtraut bei der Hand und zog sie in die Höhe: »Wozu schenkst du jenem Dirnchen überhaupt Beachtung, da du in anderen Umständen bist? Warum hast du dich überhaupt mit ihr gestritten?«

»Habe ich angefangen? Sie ist gekommen, um mit mir anzubinden. Frage doch alle!« Sie erzählte ihm getreu, was vorgefallen war und endete erschöpft: »Ich habe mich so aufgeregt, daß mein Blut in Wallung geraten ist. Was werde ich für ein Kindchen bekommen? Es kann nicht gedeihen. Jetzt ist mir so, daß ich nicht lebe und nicht sterbe. Um Mitternacht suche ich mir einen Strick, ach, und erhänge mich. Dann magst du nach Belieben mit ihr leben. Ich will nicht so wie Väsele Li umkommen. Wenn dir in drei Jahren nicht eine Frau stirbt, ist ihr nicht wohl.«

Ob ihrer Worte bemächtigte sich seiner noch mehr Unruhe. Er drückte sie an seine Brust: »Meine beste Frau! Vergleich dich doch nicht mit jenem Frauenzimmerchen! Was versteht die schon von Rangordnung oder vom Unterschied zwischen Duft und Gestank? Ich werde sie sofort zurechtweisen.«

»Du wirst das wagen?« spottete Frau Mondtraut. »Sie wird dir eine Schlinge um den Hals werfen.«

»Dann wird sie Fußtritte von mir zu spüren bekommen. Jetzt aber soll ein Junge den Arzt Jen holen, der soll dich untersuchen.«

»Wozu den Arzt bestellen? Laß die alte Liu einmal nach mir sehen. Wenn ich ihre Arznei genommen habe und das immer noch nicht genügen sollte, mögen mir am Kopf ein paar Nadelstiche gemacht werden. Damit wird es schon besser werden.«

»Rede keinen Unsinn! Was versteht die alte Vettel schon von Schwangerschaft und Geburt? Der Arzt muß her.«

Er ließ den Lautenjungen flugs zum Stadttor hinausreiten und Herrn Jen mitteilen, es sei höchst dringlich: »Bring ihn gleich mit!«
Simen Tjing hielt Frau Mondtraut in ihrem Zimmer in seiner Obhut. Auf seinen Befehl kochte die Magd Reisgrütze. Er redete Frau Mondtraut zu, etwas davon zu genießen. Aber sie rührte nichts an. Der Lautenjunge kam unverrichteter Sache zurück. Morgen ganz früh werde Herr Jen kommen, heute sei er nicht da.
Frau Mondtraut hatte wahrgenommen, daß der Patrizier Tjau wiederholt Simen Tjing gedrängt habe, zu ihm zu kommen. Deshalb sagte sie jetzt: »Geh zur Familie Tjau, sonst machst du sie verdrießlich.«
Simen Tjing fügte sich, zog sein Übergewand an und begab sich zur Familie Tjau, wohin er zum Wein geladen worden war. Die erste Nachtwache hatte noch nicht begonnen, da kam er zurück. Frau Mondtraut saß mit der Schwägerin, Edelburg und Holdchen Li zusammen. Beim Eintritt Simen Tjings zog sich die Schwägerin rasch zurück.
»Ist dir jetzt besser?« fragte Simen Tjing.
»Die Schwägerin hat mir zur Gesellschaft mitgegessen. Ich habe einige Mundvoll Reisgrütze verzehrt. Das Druckgefühl in der Herzgegend ist nicht mehr so stark. Ich habe nur noch etwas Kopfweh und Hüftschmerz.«
»Das ist nicht weiter schlimm. Morgen kommt dich der Arzt Jen untersuchen. Wenn du seine Arznei einnimmst, der Ärger verraucht ist und die Leibesfrucht sich beruhigt hat, dann wird alles wieder gut.«
Der Arzt Jen kam am Morgen angeritten. Simen Tjing ging ihm eilig entgegen und führte ihn in das Empfangszimmer. »Die Erste aus meinem bescheidenen Innengemach leidet an plötzlicher Unpäßlichkeit. Ich bitte Herrn Jen um eine ärztliche Untersuchung.« Dann gab er dem Lautenjungen den Befehl: »Sag der ersten Herrin, Herr Jen sei da.«
Simen Tjing fiel es auf, daß Frau Mondtraut so lange auf sich warten ließ, und ging persönlich hinein, um sie zu mahnen. Er sah, daß sie sich ankleidete; also ließ er den Arzt Jen in dem offenen Vorraum Platz nehmen. Nach wenigen Augenblicken trat Frau Mondtraut aus ihrem Gemach, blickte auf und wünschte dem Arzt zehntausendfältigen Segen. Höflich trat dieser rasch zur Seite und verneigte sich, um die Begrüßung zu erwidern. Sie hieß den Arzt Jen, ihr den Puls fühlen. Als dieser nach geraumer

Zeit damit fertig war, sprach Frau Mondtraut ihm wiederum den Wunsch für zehntausendfachen Segen aus, zog sich in ihre Stube zurück und schickte einen Dienerjungen mit Tee hinaus. Nachdem der Arzt getrunken hatte, erläuterte er umständlich seinen Befund, sprach von schwachem Puls, Erregungszuständen, die die Schwangerschaft und die Leber verursachten, schrieb seine Rezepte, nahm schließlich sein Honorar in Empfang und verabschiedete sich.

Edelburg hatte sich inzwischen in Goldlotos' Behausung begeben. Diese hatte sich nicht frisiert, ihr Gesicht war gelblich; sie saß auf der Lagerstatt. Edelburg redete auf sie ein: »Fünfte! Warum stellst du dich so an? Ordne dein Haar! Heute wird ein Essen veranstaltet. Wir sind voller Tätigkeit. Verbirg die üble Laune in deinem Busen, hole die gute hervor und leiste Abbitte! Wir beide, du und ich, stehen doch unter niedrigem Dach, müssen also den Kopf doch wohl senken. Würdest du sonst nicht dem Herrn große Ungelegenheiten bereiten und dir seinen Zorn zuziehen?«

»Du lieber Himmel«, erwiderte Goldlotos. »Wie könnte ich mich denn mit ihr vergleichen? Sie hat doch klar ausgesprochen, daß sie ein rechtschaffenes und anständiges Wesen und die wirkliche Ehefrau sei! Die anderen sind doch nur hergelaufene Geliebte.«

»Nun fängst du wieder an«, tadelte Edelburg. »Hab' ich gestern nicht selber gesagt: Mit einem Stockhiebe werden drei und vier getroffen? Wenn du jetzt nicht zu ihr gehst, was soll dann werden? Es lassen sich doch niemals Lippen von den Wangen trennen. Die beiden gehören eng zueinander. Bring deine Frisur in Ordnung, und dann gehen wir beide gemeinsam.«

Auf Goldlotos machten diese Worte Eindruck. Sie überlegte eine Weile, schluckte ihren Unmut hinunter, setzte sich an den Frisiertisch, griff zu Haarbürste und Spiegel, strich ihr Haar glatt und band den Knoten. Darauf zog sie ihr Kleid an und begab sich mit Edelburg in das Herrschaftshaus.

»Erste Schwester«, sagte Edelburg, »ich habe es fertiggebracht, sie herzuführen.«

Goldlotos warf sich vor Frau Mondtraut aufs Antlitz, und damit war die Versöhnung vollzogen.

XXXVI.

Simen Tjing kam erst am nächsten Abend in Goldlotos' Räume. Sie hatte ihn nicht erwartet. Ihren Kopfputz hatte sie schon abgelegt und das schwarze, wolkige Haar lose zusammengebunden. Mit ihrem blumengleichen, aber ungepflegten Antlitz, auf dem Schminke und Puder nur lässig aufgetragen waren, lag sie zusammengekauert im Nachtgewand auf dem Bett und verhielt sich still. Eine Lampe hatte sie im Zimmer nicht angezündet. Als Simen Tjing eintrat, rief er nach Schlehenblüte, blieb aber ohne Antwort. Da gewahrte er, daß Goldlotos auf dem Bett schlief. Auf seinen Anruf gab sie keinen Laut. Da setzte sich Simen Tjing auf ihr Bett: »Durchtriebenes Schlaumäulchen, warum gibst du keine Antwort?« Er zog sie in die Höhe: »Warum bist du so verdrießlich?«

Goldlotos begann, sich zu verstellen. Sie wandte das Gesicht weg, während ihr über die gepuderten Wangen ohne Unterlaß die Tränen perlten. Simen Tjing, obwohl unempfindlich wie Eisen, wurde es weh ums Herz. Er schlang einen Arm um ihren Nacken: »Laß das doch! Was habt ihr beide nur für sinnlose Auseinandersetzungen!«

Fast verging ein halber Tag, ehe Goldlotos eine Antwort gab: »Wer hat mit ihr Auseinandersetzungen? Sie hat immer nur grundlos an mir etwas zu beanstanden und macht mich in Gegenwart anderer herunter: Ich sei mannstoll und dir nachgelaufen. Sie aber sei eine edle Frau und die rechte Gemahlin. Wer hat dich veranlaßt, wieder zu mir zu kommen? Was soll das? Geh und behüte sie, dann machst du es recht! Damit ersparst du mir den Vorwurf, daß ich dich seit deiner Rückkehr von der Reise in meinem Zimmer festgehalten habe. Bezüglich des Pelzes hat es ihr mißfallen, daß ich sie nicht gefragt habe; auf eigene Faust hätte ich auf den Mann eingewirkt, um ihn zu bekommen. Du hast mich in deine Familie als deine Nebenfrau eingeführt. Ich gelte aber gar nichts mehr. Gestern fürchtetest du, sie aufzuregen. Wer hat sie in ihrem Zimmer behütet? Wer hat den Arzt bestellt? Und wer gibt sich die größte Mühe, sie zu bedienen? Unsereins muß auf der Schattenseite des Berges leben. Stürbe ich in diesem Zimmer, niemand fragte danach. Und dann wird man noch geholt, um mit Tränen in den Augen Abbitte zu leisten.«

Unaufhörlich rannen Tränen über ihr Pfirsichantlitz. Sie lehnte sich an Simen Tjings Brust, stöhnte und schluchzte. Simen

Tjing, der sie in seinen Armen hielt, redete ihr zu: »Laß es doch gut sein, mein Kindchen! Ihr solltet beide im Reden vorsichtiger sein. Wen soll ich schelten, um recht zu handeln? Gestern wollte ich nach dir sehen kommen, sie ließ mich aber nicht her. Ich habe bei Edelburg Meng geschlafen, aber mit meinem Herzen war ich bei dir.«

»Schon gut! Mir gegenüber gibst du dir immer den Anschein der Liebe, aber tief liebst du nur deine echte Frau. Jetzt, da sie ein Kind trägt, wiegt unsereins so leicht wie ein Grashalm.«

Simen Tjing umarmte ihren Nacken und küßte sie auf den Mund: »Schlaumäulchen, rede doch keinen Unsinn!«

Da brachte Herbstaster Tee herein. »Sie ist mir zu schmutzig«, rief Simen Tjing. »Warum läßt du gerade sie Tee bringen, und weshalb zeigt sich Schlehenblüte nicht?«

»Sie hungert; ihr Atem geht nur noch ganz schwach«, erklärte Goldlotos. »Seit drei oder vier Tagen hat sie nicht einmal ein bißchen Wassersuppe zu sich genommen und sehnt sich danach zu sterben. Sie sagt, die erste Herrin habe sie in Gegenwart anderer Sklavin geschimpft. Das hat sie bis ins Mark getroffen.«

»Ist das wahr?« fragte er ungläubig.

»Geh und sieh, ob es wahr ist!« antwortete Goldlotos.

Er fand Schlehenblüte auf dem Ofenbett im Schlaf. Ihr Gesicht war ungepflegt. Simen Tjing rief sie an: »Durchtriebenes Schlaumäulchen, warum stehst du nicht auf?«

Sie stellte sich schlafend. Da zog Simen Tjing sie in die Höhe. Schlehenblüte dehnte und streckte sich und schnellte dann wie ein Karpfen empor. Fast hätte sie Simen Tjing umgerissen.

»Nimm deine Hände von mir, Liebster«, sagte Schlehenblüte. »Warum willst du dir einer Magd wegen Sorgen machen?«

»Schlaumäulchen«, bemerkte Simen Tjing, »fängst du auch an, Launen zu zeigen? Zwei Tage lang sollst du nichts zu dir genommen haben?«

»Was schert es dich? Ich bin doch nur Sklavenbrut. Wenn die stirbt, laß sie verenden, wie sie mag. Aber wenn ich auch Magd bin, so habe ich doch niemals etwas verdorben. Warum mußte denn wegen des in allen Straßen hurenden und in allen Gassen sumpfenden niederträchtigen Blindenweibes die erste Herrin gegen mich so heftig losziehen und behaupten, daß meine Herrin mich nicht im Zaume halte? Ich soll doch nicht etwa wegen der Blindenvettel fünf Hiebe erhalten? Wehe, wenn sie mir in die Hände gerät!«

»Ich kam her, damit du mir Tee bereitest«, lenkte Simen Tjing ab. »Herbstaster ist mir nicht sauber genug.«

»Ich bin zu schwach und kann mich kaum rühren.«

»Schlaumäulchen, wer hat dich fasten geheißen? Wir wollen beide in das andere Zimmer hinübergehn. Ich habe auch noch nicht gegessen. Herbstaster soll etwas zum Essen und Trinken holen.« Damit faßte Simen Tjing Schlehenblüte bei der Hand und ging mit ihr in Goldlotos' Schlafzimmer. Simen Tjing und Goldlotos setzten sich eng aneinander, während Schlehenblüte daneben mitspeiste. Sie tranken einander zu und schmausten bis zur ersten Nachtwache, bevor sie sich der Nachtruhe überließen.

Am Morgen danach hielten, während Simen Tjing und Frau Mondtraut auswärts waren, Dai-an und Wang Djing, den Simen Tjing auf Bitten der sechsten Wang in seine Dienste genommen hatte, das Haus unter ihrer Aufsicht. Um die Mittagszeit stellte sich Mutter Wang, die die Teestube vor dem Kreisamt betrieb, mit dem neunten Ho am Hauptportal ein und erkundigte sich bei Dai-an, ob der Herr zu Hause sei.

»Freund Ho und Mutter Wang! Was für Seltenheiten! Welcher Windstoß hat euch zu uns verschlagen?« rief Dai-an.

»Hätte ich nicht geschäftliche Besorgungen zu erledigen, würde ich nicht hier eindringen«, war ihre Antwort. »Nur wegen des neunten Ho nahm ich bejahrte Frau mir die Freiheit, zu kommen. Er wollte in Sachen seines jüngeren Bruders deinem Herrn eine Bitte vortragen.«

»Unser Herr ist heute ausgegangen, um Herrn Hou das Abschiedsgeleit zu geben. Die erste Herrin ist auch nicht zu Hause. Alte Freundin, warte ein Weilchen! Ich will es der fünften Herrin melden«, rief Dai-An und kam bald wieder: »Unsere fünfte Herrin bittet Euch einzutreten.«

Mutter Wang sah Goldlotos in Brokat und Atlas gekleidet. Mit gepudertem Antlitz und mit Perlen- und Edelsteinschmuck saß sie auf dem Ofenbett und hielt die Füße über ein Kohlenbeckengestell. Die alte Wang machte eine tiefe Verbeugung. Goldlotos erwiderte die Begrüßung: »Mutter Wang, erspart Euch das doch! Warum habe ich dich die ganze Zeit nicht mehr zu sehen bekommen?«

»Ich alte Frau habe immer an Euch gedacht, nur wagte ich nicht, Euch besuchen zu kommen. Ist denn noch kein Bübchen eingetroffen?«

»Ich habe zweimal Fehlgeburten gehabt«, klagte Goldlotos. »Hat sich dein Sohn verheiratet?«

»Noch nicht. Seit seiner Rückkehr aus dem Hwai-Gebiete – er war mit einem Kaufmann dorthin gereist – ist schon über ein Jahr verstrichen. Von Ersparnissen haben wir uns einen Esel gekauft und mahlen mit ihm Mehl. Der Herr ist wohl nicht zu Hause?«
»Nein. Die Erste ist auch nicht daheim. Was hast du auszurichten?«
»Der neunte Ho hat mich gebeten, mit dem Herrn zu sprechen. Sein jüngerer Bruder, der zehnte Ho, ist in eine Diebesgeschichte verwickelt. Morgen kommt er in der Sache zum Verhör. Er soll ein Hehler gewesen sein, hat aber eigentlich mit der Sache nichts zu tun. Ich bitte inständig, daß der Herr ihn wohlwollend behandele. Sobald der zehnte Ho auf freiem Fuß ist, wird er Geschenke kaufen. Hier ist die Eingabe.« Sie überreichte sie Goldlotos.
»Ich lege sie ihm vor«, versprach sie.
»Der neunte Ho wartet vorn. Er soll sich morgen Nachricht holen kommen, werde ich ihm sagen«, antwortete die alte Wang.
Goldlotos ließ Schlehenblüte für Tee sorgen.
»Herrin, du hast hier großes Glück angetroffen.«
»Wenn man sich nicht ärgern müßte, wäre es gut. Aber den ganzen Tag hört hier das Gezänke nicht auf.«
»Mein Frauchen«, mahnte die Mutter Wang. »Wenn man sich Gold ins Haar steckt, Silberschmuck trägt und Knechte und Mägde zur Bedienung hat, wie kann man sich da ärgern?«
»Hauptfrau und Nebenfrau, da muß es ja Ärger geben.«
»Wem bist du an Klugheit nicht überlegen? Wenn du bei deinem Manne eine so schöne Zeit genießen kannst, so freue dich darüber, solange es geht«, mahnte die Alte, stand auf und verabschiedete sich.
Als Frau Mondtraut abends ihre Schwägerin zum Tor begleitete, um Abschied zu nehmen, sah sie, daß sich der Bilderjunge neben dem Tor versteckt hielt und unaufhörlich weinte. Ping-an aber zerrte an ihm fortgesetzt herum. Als die Schwägerin fort war, schalt sie Ping-an aus:
»Nichtsnutziger Schlingel, was soll das Gezerre?«
»Meister Wönn dort drüben ruft nach ihm, aber er will nicht hingehn«, erwiderte Ping-an.
»So rede ihm im Guten zu!« Frau Mondtraut wollte vermitteln und wandte sich nun an den Bilderjungen: »Wenn dein Meister dich ruft, so gehorche doch! Warum heulst du so?« Aber sie bekam keine Antwort.

Indessen kam Dai-an herangeritten und fragte, was hier los sei.
Ping-an wiederholte: »Der Meister Wönn drüben ruft nach ihm, aber er geht nicht. Statt dessen weint er.«
Dai-an lachte: »Nicht ohne Grund hat der Magister den Spottnamen ›Warmarsch‹.«
Bei Goldlotos brauchte der Wind noch nicht aufgekommen zu sein, da hatte es schon bei ihr geregnet. Sie rief den Bilderjungen zu sich heran: »Sage mir die Wahrheit! Was will er von dir? Rückst du nicht mit der Sprache heraus, bekommst du Prügel.«
Nun gestand er, daß ihn der Magister mißbrauche. Abends, als Simen Tjing wieder im Hause war, erzählte ihm Frau Mondtraut von dem Vorfall. Sofort ließ er sich den Bilderjungen vorführen, und nun kam noch anderes ans Tageslicht: »Er will von mir stets erfahren, was in den Damengemächern vorgehe, er wollte mich verleiten, Silbergeräte an mich zu nehmen und ihm abzuliefern. Auch Schriftstücke des Herrn hat der Magister anderen gezeigt.«
Simen Tjing war außer sich. Er befahl, daß dem Magister sofort das Haus verschlossen bleiben solle. Ping-an schärfte er ein: »Sage ihm, dein Herr brauche die Räumlichkeiten, um Ware unterzubringen.«

Wer einen Tiger darstellt, malt
Das Fell, jedoch die Knochen nicht;
So kennt beim Menschen man auch nie
Das Innere, nur sein Angesicht.

An Goldlotos' Geburtstag kam es zu einem anderen peinlichen Zwischenfall. Ihre Mutter, Frau Pan, war gekommen und hatte gebeten, daß Goldlotos das Sänftengeld für sie bezahle, annehmend, daß in dem reichen Hause der geringe Betrag keine Rolle spiele. Goldlotos sagte laut vor allen Anwesenden: »Woher soll ich das Geld dazu haben? Wer kommt, soll doch sein eigen Sänftengeld mitbringen.« So wandte sich Goldlotos den rückwärtigen Räumen zu. Da sah sie ihre Mutter, gab ihr aber das Sänftengeld nicht, sondern erklärte, sie habe nichts.
»Gib deiner alten Mutter einen Scherf und setze den Betrag in die Haushaltsrechnung, damit ist's erledigt«, riet Frau Mondtraut.
»Ich werde ihn doch nicht reizen«, widersprach Goldlotos. »Er

hat mir nur die Bezahlung der Einkäufe von seinem Geld übertragen; ich bin nicht ermächtigt worden, davon die Kosten für Sänften zu bestreiten.«
Draußen drängten die Sänftenträger und wollten fort. Um eine Zuspitzung zu verhindern, zog Edelburg aus ihrer Ärmeltasche einen Scherf Silber und ließ sie abfertigen. Nicht lange danach erschienen die beiden Schwägerinnen und die Oberin. Frau Mondtraut ließ zum Tee decken. Als sie getrunken hatten, begab sich die alte Mutter Pan nach vorn in die Räume ihrer Tochter. Dort wurde sie von Goldlotos gehörig angefahren: »Wenn du kein Geld für die Sänfte hast, wer hat dich kommen geheißen? Nur um die Armut so nach außen zu tragen, daß einen die anderen gering achten!«
»Mein liebes Kind, wenn nicht von dir, woher soll ich alte Frau sonst etwas Geld bekommen?«
»Aus welcher Quelle soll ich dir etwas geben? Durch sieben Löcher wollen hier acht Augen sehen. Wenn du Geld für die Sänfte hast, so komm hierher, wenn nicht, so brauchst du nicht zu kommen. Ich denke, hier wird dich, die arme Verwandte, niemand vermissen.«
Mutter Pan begann laut zu schluchzen. Schlehenblüte beruhigte die alte Frau und brachte ihr, als diese sich im inneren Zimmer auf der heizbaren Lagerstatt niedergelassen hatte, flugs eine Tasse Tee. Die alte Mutter Pan schlief bekümmert auf dem Ofenbett ein.

XXXVII.

Simen Tjing schickte Dai-an in den Herrensitz des Reichsherolds mit zwei Einladungskarten zur Feier des Lampenfestes, die eine für die Hohe Frau Lin und die andere für die Gemahlin des jungen Wang, die geborene Hoang. Er schickte ihn auch ins Vergnügungsviertel, dort rechtzeitig Zimtknospe Li, Silberschönchen Wu, Mondlieb Dscheng und die vierte Hung als Liedermädchen und Li Ming, Wu Hwe und Dscheng Feng als Sängerburschen zu bestellen.
Alle Gäste strömten herbei. Um die Mittagszeit kam die Dame Li allein in einer großen Sänfte, gefolgt von einer kleineren. Nach der Begrüßung bat sie Simen Tjing um eine Unterredung. Dieser fragte, warum die Gemahlin des jungen Wang nicht komme.

»Mein Sohn ist nicht zu Hause. Es wäre also sonst niemand dort«, erklärte die Dame Lin.

Jetzt fehlte nur noch die Gemahlin des Tausendschaftsführers Ho, die geborene Lan. Sie nahte erst spät nachmittags in einer von vier Trägern gehaltenen großen Sänfte; eine Dienerin folgte ihr in einer kleineren Sänfte, und Gefolgsleute brachten einen Kleiderkoffer. Außerdem kamen zwei Diener in Schwarz mit, die die Sänftentragstangen mitstützten und sie bis an das zweite Portal hineintrugen. Hier erst entstieg sie der Sänfte. Vorn wurden die Trommeln gerührt und Empfangssignale gegeben. Frau Mondtraut und die anderen Frauen gingen ihr bis zum zweiten Portal entgegen.

Simen Tjing hielt sich verstohlen im westlichen Seitengebäude auf. Er hatte dort die Vorhänge herabgelassen und spähte hindurch. So erblickte er die geborene Lan. Sie konnte noch nicht zwanzig Jahre alt sein, war schlank gewachsen, gepudert und geschminkt und trug Festkleidung mit Edelstein- und Perlenschmuck. Ihr Kopf war mit Perlen und Eisvogelfedern geziert, und ins Haar hatte sie beiderseitig Phönixschwingen gesteckt. Am Leibe trug sie einen tiefroten Mantel mit langen Ärmeln, in den bunte Blumen und vier Einhorn-Gestalten eingewirkt waren. Ihre Hüften umschloß ein straff sitzender vergoldeter Edelsteingürtel. Darunter sah man den Saum eines blauen Rockes aus geblümtem Brokat. Wenn die beiden Füßchen klipp klapp trippelten, ging Moschus- und Orchideenduft von ihnen aus.

Sie glich wohl einer Blume,
Doch einer, die auch spricht,
Und einem Edelsteine,
Dem's nicht an Duft gebricht.

Besser wäre es für Simen Tjing gewesen, er hätte sie nicht gesehen. Jetzt, da er sie einmal zu Gesicht bekommen hatte, verflog sich sein Geist bis über Wolkenhöhe in das neunfache Himmelsgewölbe. Er hatte sie noch nicht körperlich berührt, und schon war er von ihr geistig und seelisch gefangengenommen.

Nach kurzer Pause führten Frau Mondtraut und die anderen Damen sie in den hinteren Empfangssaal hinein, wo Vorstellung und Begrüßung in aller Form erfolgte. Danach wurde Simen Tjing zur Vorstellung gebeten. Als er davon hörte, legte er rasch Festkleidung an, setzte seinen Hut auf und unterzog sich den

Begrüßungsvorschriften. Dabei schien es ihm, als erstehe in der Welt ein Wald von Edelsteinbäumen und als schwebe die Göttin vom Zauberberge hernieder. Während er sich in gebotener Form verneigte, pochte ihm das Herz und seine Blicke irrten umher, so wenig hatte er sich in der Gewalt. Nach der Vorstellung trat er in den Hintergrund, während Frau Mondtraut die Damen zunächst in die Mattenzeltlaube führte, in der zum Tee gedeckt worden war. Danach wurde im großen Saal unter den Klängen der Musik die Tafelordnung bestimmt, und zwar nach Rang und Stand. Die hohe Frau Lin erhielt den Ehrensitz.
Darauf traten die vier Brettlsängerinnen Zimtknospe Li, Silberschönchen Wu, Mondlieb Dscheng und die vierte Hung an und sangen Laternenlieder, die sie selber begleiteten.
Simen Tjing, für den in der Mattenzeltlaube mit dem älteren Schwager Wu, Jing Bo-djau, Sjä Si-da und Tschang Dschi-djiän ein eigenes Festmahl hergerichtet worden war, bei dem Li Ming, Wu Hwe und Dscheng Feng Lieder mit Musikbegleitung vortrugen, verließ alle Augenblicke die Tafelrunde, um von der Schutzwand der großen Halle aus dort hineinzuäugen.
Lieber Leser! Der helle Mond bleibt nicht immer voll. Die bunten Wolken zerstreuen sich leicht. Wenn die Freude aufs höchste gestiegen ist, naht der Umschwung Trauer, wie auch nach des Unglücks größter Tiefe Glück aufsteigt. Das sind natürliche Zusammenhänge. Simen Tjing ging völlig auf in Ehrgeiz und Gewinnstreben und in der Betätigung seiner sinnlichen Triebe. Er ahnte nicht im geringsten, daß nach Himmelsgesetz das Maß seiner Schuld voll war.
Abends wurden in der Halle die Laternen angezündet. Während die kleinen Burschen musizierten, schlief Simen Tjing noch vor der Zeit der ersten Nachtwache in Gegenwart seiner Gäste an der Tafel schnarchend ein. Jing Bo-djau ordnete eine Trinkanweisung an, ließ Rätsel lösen und trieb seinen Ulk mit ihm: »Bruder, heute bist du nicht in gehobener Stimmung.«
»Ich habe gestern nicht geschlafen und weiß selber nicht, warum ich heute mich so schlaff und schläfrig fühle«, entschuldigte er sich.
Im Augenblick der größten Ausgelassenheit meldete Dai-an auf einmal, die hohe Frau Lin und die Gemahlin des Herrn Ho brächen auf. Simen Tjing verließ die Tafel, begab sich im Dunkel bis zum zweiten Portal und beobachtete ungesehen, wie sie in ihre Sänften stiegen. Frau Mondtraut und die anderen Frauen hatten sie hinausbegleitet und dann noch im Vorhof dem

Feuerwerk zugesehen. Die geborene Lan hatte bereits ihr Gewand gegen ein karminrotes, goldgrundiertes Kleid und ein Zobeljäckchen gewechselt. Die hohe Frau Lin hatte ein weißseidenes Jäckchen und um den Nacken einen Zobelpelzumhang angelegt. Sie trug goldenen Haarschmuck und Edelsteinbehänge. Die Diener hatten Laternen angezündet und nun umdrängte man sie, während sie in die Sänften stiegen. Dann entfernten sie sich.

Simen Tjings gierige Augen sahen, während ihm der Speichel im Munde zusammenlief, wie die geborene Lan sich entfernte. Er grollte mit sich selber, daß er mit ihr nicht ein Paar werden konnte. Verstohlen schlich er durch den Seitenweg wieder zurück. In dieser Zeit gerade, wo gäbe es sonst den Stoff zu dieser Erzählung, fügte es ein seltsamer Zufall – die Schicksalsfäden paßten für die eheliche Verbindung –, daß Lai-djüos Frau, die Frau seines neuen Dieners, als die Damengesellschaft sich aufgelöst hatte, aus den zurückliegenden Räumen nach ihrer Stube ging. Als sie die Tür öffnete und aufblickte, sah sie Simen Tjing. Es war kein Platz mehr, um sich vor ihm zu verstecken. Er hatte schon früher gesehen, wie hübsch und anmutig sie gestaltet war, und war seit langem auf sie erpicht. Er schloß sie in seiner Weinlaune in die Arme, trat in ihre Stube, küßte sie und hielt sich an ihr für das ihm Entgangene schadlos. Dennoch unbefriedigt, stellte er sich bald wieder bei der Gesellschaft ein, die sich nach und nach auflöste.

Er übernachtete im Herrschaftshause. Um Mitternacht hatte Frau Mondtraut einen Traum. Sie erzählte ihn, als es hell geworden war, Simen Tjing: »Vielleicht, weil ich am Tage die hohe Frau Lin in ihrem tiefroten Plüschgewande gesehen hatte, erlebte ich im Dunkeln der Nacht folgenden Traum: Ein roter Flauschmantel, den du aus einer Truhe der Schwester Li für mich zum Tragen herausgesucht hattest, wurde von Goldlotos mit rohem Griff gepackt, weil sie ihn anlegen wollte. Das veranlaßte mich, ärgerlich zu erklären: Zieh doch ihren Pelz an! Aber unterlaß es, auch diesen Mantel noch an dich zu reißen! Zornig erregt, zerrte sie den Mantel an sich und riß ein klaffendes Loch hinein. Ich fuhr sie heftig an. Bei der lärmenden Auseinandersetzung mit ihr erwachte ich.«

»Ich lasse dir morgen einen Mantel anfertigen«, beruhigte Simen Tjing sie. »Träume verraten immer, was man innerlich wünscht.«

Am nächsten Morgen beim Aufstehn war ihm der Kopf schwer. Er hatte keine Lust, ins Amt zu gehen. Nachdem er sich frisiert und gewaschen hatte, kleidete er sich an und begab sich in das vordere Herrenzimmer. Dort ließ er sich nieder. Da erschien Schatzflöte, die von der Amme Ideal mit einem halben Fläschchen Muttermilch, in die ein Stärkungsmittel gemischt war, zu ihm geschickt wurde. Simen Tjing, der sich an das Ruhelager lehnte, ließ sich gerade von Wang Djing die Beine massieren. Als dieser Schatzflöte kommen sah, ging er hinaus. Sie blieb, bis Simen Tjing getrunken hatte, dann wurde sie von ihm mit einem Paar vergoldeter Haarpfeile und vier Ringen aus dunklerem Silber in die Behausung von Lai-djüo zur Frau des neuen Dieners gesandt. So merkte Schatzflöte deutlich, wofür der Herr sie gebrauchte. Um eiligst auf Schleichwegen hinzukommen, steckte sie die Sachen in den Ärmel. Als sie die Gaben überbracht hatte, kam sie Simen Tjing berichten: »Sie hat es angenommen und wird sich ein andermal vor dem Herrn aufs Antlitz werfen.« Danach nahm sie das leere Fläschchen und brachte es in das Herrschaftshaus zurück.

Wang Djing hatte vorher von seiner Schwester, der sechsten Wang, der Frau des Geschäftsführers Han Daugo, ein Päckchen mitgebracht und es Simen Tjing übergeben. Sie hatte Simen Tjing um seinen Besuch gebeten. Dieser fand beim Öffnen der Papierhülle eine Strähne schwarzen, fettig glänzenden Haars, das sie sich mit der Schere abgeschnitten hatte. Sie war mit bunten Wollfäden verflochten nach Art zweier verschlungener Herz-Wortzeichen. Dann hatte sie noch ein Täschchen gearbeitet mit der Darstellung eines Entenpaares, das sich schnäbelte, violett und goldgesprenkelt. Es enthielt Melonenkerne. Simen Tjing machten diese Dinge größte Freude. In diesem Augenblick der Unschlüssigkeit kam plötzlich Frau Mondtraut und sah, daß er auf dem Bett lag und sich von Wang Djing massieren ließ.

»Warum kommst du nicht in die inneren Räume? Im Zimmer steht die Reisgrütze zum Essen fertig. Was quält dich, daß du ganz ohne Lebenskraft bist?«

»Mir ist ungemütlich zumute, und die Beine tun mir weh. Ich weiß nicht, woher das kommt.«

»Ich denke, die Frühlingswitterung macht sich bemerkbar. Du hast doch das Stärkungsmittel eingenommen, also wird es schon allmählich besser werden.« So zog sie Simen Tjing mit sich in ihre Räume und ließ ihn die Reisgrütze verzehren. »Jetzt, während der Festzeit, mußt du dich zusammenraffen«, versuchte sie ihn zu ermuntern. »Heute ist doch der Geburtstag des Schwagers Hwah vor der Stadt. Er hat dich eingeladen. Geh doch hin!

Wenn nicht, so laß Jing Bo-djau zu deiner Unterhaltung herrufen!«

»Er ist doch nicht zu Hause, weil er zur Geburtstagsfeier des Schwagers Hwah gegangen ist. Aber laß Wein und Essen vorbereiten, ich will mal in das Geschäft am Laternenmarkt gehn und mich zu dem jüngeren Schwager setzen«, sagte Simen Tjing.

Simen Tjing ließ von Dai-an sein Pferd satteln und bestimmte Wang Djing, ihn zu begleiten. Dann kleidete er sich an und begab sich unmittelbar in die Löwenstraße zum Laternenmarkt.

Simen Tjing betrachtete einige Zeit die Festbeleuchtung, dann saß er am Tor ab, trat in sein Geschäft. Der zweite Schwager Wu und Fei Sse eilten zu einem Worte der Begrüßung heran. Der Handel am Eingange war lebhaft. Nicht lange danach kamen, von Mondtraut geschickt, der Lautenjunge und Lai-an mit zwei Speiseschachteln, die mit Gebäck, Zukost und Gemüsen gefüllt waren. Aus dem Laden wurde Wein aus dem großen Gefäß, das aus dem Süden stammte, geholt und der Krug geöffnet. Dann wurde im Obergeschoß zum Mahle gedeckt. Simen Tjing forderte zuerst den jüngeren Schwager Wu, dann auch Fei Sse zum Wein auf. Durch das Fenster des Obergeschosses blickte er hinab auf den Lampenmarkt. Ununterbrochen fluteten die Menschen vorbei. Nachdem Simen Tjing über die Mahlzeit hinaus getrunken hatte, ließ er durch Wang Djing der sechsten Wang Bescheid geben.

Als diese von Simen Tjings Kommen hörte, bereitete sie sofort ein Mahl mit Früchten, Wein und Zukost und wartete auf ihn. Sie empfing ihn in Festkleidung und fiel viermal vor Simen Tjing aufs Antlitz.

»Ich habe schon mehrfach reiche Geschenke von dir empfangen, aber du bist nicht gekommen, warum nicht?« fragte Simen Tjing. »Ich habe dich doch zweimal einladen lassen.«

»Ich weiß nicht, woher das rührt, aber in den letzten Tagen habe ich mich nicht wohl gefühlt.«

»Ich denke, du hast Sehnsucht nach deinem Mann.«

»Sehnsucht nach dem? Nein, es rührt wohl daher, daß Ihr, Herr, diese ganze Zeit hindurch nicht gekommen seid. Ich fürchte, Ihr habt eine, die Euch nähersteht.«

»Nein, das nicht!« verneinte Simen Tjing lachend. »Schuld daran sind die Einladungen der letzten Tage gewesen.«

»Ich habe sagen hören, gestern waren Damen bei Euch zu Gast.«

»Das ist richtig.«
»Welche Damen hattet Ihr denn eingeladen?«
Simen Tjing zählte alle auf.
»Zum Laternenfest ladet Ihr nur die Angesehenen, unsereins erhält da keine Einladung«, meinte sie.
»Nicht doch! Am Sechzehnten findet noch ein Festessen statt. Dazu lade ich Euch und alle Frauen der Geschäftsführer ein. Aber wenn es soweit ist, darfst du nicht wieder etwas vorschützen und wegbleiben.«
»Wenn die Herrin mir eine Einladung sendet, darf ich doch nicht fernbleiben. Aber neulich hat das Fräulein Schlehenblüte die Sängerin Schen ausgescholten und damit auch mich getroffen, denn Schwester Schen wollte damals eigentlich nicht hingehn. Sie tat es erst auf mein Drängen. Hinterher habt Ihr und die Herrin ja die Mühe gehabt, eine Schachtel Gaben zu schicken und auch eine Unze Silber, um sie zu besänftigen. Erst dadurch ist es ausgeglichen worden. Das junge Fräulein hat ein derart aufbrausendes Wesen!«
»Gewiß, sie hat einen streitsüchtigen Charakter, aber warum ließ sie es sich einfallen, nicht zu singen?«
Während sie plauderten, brachte die Magd Tee. Dann bat sie bald danach Simen Tjing, im Schlafzimmer Platz zu nehmen. Sie setzte sich zu ihm, während er trank.
»Habt Ihr die Sächelchen, die ich Euch geschickt habe, besichtigt?« fragte sie. »Alles habe ich eigenhändig gefertigt.«
»Vielen Dank für deine große Freundlichkeit«, sagte Simen Tjing, und er trank, bis er halb berauscht war. Dann zog er den weißseidenen Traghalter, den Goldlotos für ihn genäht hatte, aus seinem Ärmel hervor und legte ihn an. Sie umarmten sich. Eng aneinandergedrückt schliefen sie eine Weile. Plötzlich fragte er: »Wirst du immer an mich denken?«
»Wie sollte ich nicht an meinen Schatz denken. Ich wünsche mir nur, daß du Winter und Sommer immergrün bleibst wie Föhren und Lebensbaum.«
»Mein Kind, wenn du mir mit innerstem Wesen zugetan bist, will ich sofort, wenn dein Mann heimkommt, ihm eine andere Frau besorgen, und du kannst ewig die meine bleiben.«
»Lieber Schatz, ob du mich irgendwo draußen unterbringst oder mich in dein Haus rufst, tu ganz nach deinem Belieben! Ich will brennend gern meinen wertlosen Körper nur dir hinwerfen. In allem und jedem will ich dir gehorchen.«
»Das weiß ich«, erklärte Simen Tjing.

Während dieser Unterhaltung war ihre Sinnenlust wieder erwacht, denn er hatte zuvor eine Pille genommen. Obwohl sie sich einander bis zur Erschöpfung hingaben, weilten seine Gedanken bei der Frau des Tausendschaftsführers Ho, der geborenen Lan.
Sie schliefen wieder ein und schlummerten bis um die Zeit der dritten Nachtwache. Dann erst standen sie auf. Simen Tjing zog sich an und wusch sich die Hände. Sie öffnete die Stubentür, rief die Mägde herein, ließ wieder herrliches Gebäck bringen, und wieder tranken sie von dem duftenden Wein. Nun zog er aus dem Ärmel eine Karte hervor und gab sie ihr als Ausweis, gegen den sie sich im Laden einen Satz Kleider holen sollte. Sie dankte mit dem Wunsch zehntausendfältigen Segens, dann geleitete sie den trunkenen Simen Tjing zur Tür hinaus. Wang Djing zündete eine Laterne an. Dai-an und der Lautenjunge führten sein Pferd am Zaume. Es herrschte tiefste Dunkelheit, denn der Himmel war dicht bewölkt, der Mond verhüllt. Als er bis an das westliche Ende der Steinbrücke gelangt war, nahm er in einem plötzlichen Wirbelstoß etwas wie einen schwarzen Schatten wahr, der sich unter der Brücke hervor auf ihn stürzte. Sein Pferd scheute und Simen Tjing wurde von kalten Schauern gepackt. In seinem Rausch versetzte er seinem Tier einen Peitschenschlag. Es schüttelte wild die Mähne und galoppierte nach Hause bis vor das Portal. Simen Tjing saß ab. Ihm waren die Beine schlaff, so daß er sich rechts und links auf die inzwischen nachgekommenen Diener stützen mußte. Er ging zu Goldlotos, die noch nicht schlief. Sie hatte sich mit allen Kleidern auf die heizbare Lagerstatt gelegt und wartete auf Simen Tjing. Als sie ihn kommen hörte, erhob sie sich und nahm ihm sein Gewand ab. Sie merkte, daß er stark betrunken war, getraute sich aber nicht, ihn zur Rede zu stellen. Er stützte sich mit einer Hand auf ihre Schulter und ihren Oberarm und zog sie dann an seine Brust.
»Frauenzimmerchen«, stammelte er, »dein Schatz ist heute angeheitert. Mach das Bett zurecht! Ich bin sehr müde.«
Goldlotos half ihm bei Auskleiden. Sofort schlief er ein. Sie rüttelte ihn, vermochte ihn aber nicht wachzubekommen. Sie entkleidete sich nun ebenfalls, schlüpfte unter das Deckbett und bemühte sich, ihn zum Liebesspiel zu reizen. Aber erst nach langem Bemühen bekam sie ihn wach. Sie fragte Simen Tjing, wo er die Pillen des Mönches gelassen habe, denn sein Glied war schlaff geblieben, auch als sie das Flötenspiel versucht hatte.

»Warum fragst du danach, schreckliches Frauenzimmer. Dein Schatz ist heute zu müde. Aber meinetwegen, versuche es: Das Schächtelchen steckt in meiner Ärmeltasche.«
Sie zog das Schächtelchen hervor und öffnete es. Es waren nur noch wenige Pillen übrig. Aus dem Branntweinkrug goß sie einen Becher voll, verzehrte selber eine der Pillen und schüttete dann den Rest, alle drei Pillen, damit die Wirkung auf keinen Fall ausbleibe, Simen Tjing in den Mund. Das hätte sie nie und nimmer tun dürfen. Mit geschlossenen Augen schluckte der Betrunkene alles hinunter. Die Wirkung war sofort zu erkennen. Zum Überfluß bestrich sie sein Glied mit der Wundersalbe und führte es in ihren Schoß ein. Sie empfand unaussprechliche Wonne. Zweimal wurde sie überflutet, dann brach auch bei ihm die Wolke. Aber es kam ein Erguß, der nicht aufzuhören schien und schließlich rötlich verfärbt war. Goldlotos bemerkte es mit Entsetzen, ebenso daß Simen Tjing sich nicht mehr rührte. Sein Atem war kaum noch zu spüren. Er lag in Ohnmacht. Endlich stockte der Regen, und Simen erwachte.
Lieber Leser! Die Lebenskraft eines Menschen hat ihre Grenzen. Aber die sinnlichen Begierden sind in der Welt grenzenlos.
Simen Tjing hatte voller Wollust und hemmungslos die weibliche Schönheit genießen wollen. Er war sich nicht bewußt geworden, daß, wenn das Öl erschöpft ist, die Lampe erlischt, und, wenn das Mannesmark erschöpft ist, der Mann zugrunde geht.
In der Frühe des nächsten Tages erhob sich Simen Tjing und wollte sich frisieren; da bekam er plötzlich einen Schwindelanfall und stürzte vornüber. Schlehenblüte fing ihn noch rechtzeitig auf. In sich zusammengesunken saß er lange Zeit auf dem Stuhl, bevor er wieder zu sich kam. Unruhig beeilte sich Goldlotos, ihm zu sagen: »Du bist zu erschöpft.« Sie rief Herbstaster zu: »Geh nach hinten und hole Reisgrütze für den Herrn.« Diese begab sich zur Küche und fragte Schneeholdchen: »Hast du Reisgrütze fertig? Dem Herrn geht es nicht gut. Nach dem Aufstehen hat er einen Schwindelanfall gehabt. Jetzt will er essen.«
Das hatte Frau Mondtraut mitangehört. Sie rief Herbstaster heran und fragte sie aus. Frau Mondtraut befahl, sofort Reisgrütze zu kochen. Sie selber begab sich zu Goldlotos, um sich von dem Sachverhalt zu überzeugen. Da sah sie Simen Tjing auf einem Stuhl hocken.
»Wahrscheinlich bist du gestern abend zu spät nach Hause

gekommen und hast zuviel getrunken, so daß dir der Kopf zu schwer geworden ist«, meinte Frau Mondtraut.
»Wo ist er denn gestern beim Wein gewesen?« fragte Goldlotos. »Er ist so spät nach Hause gekommen.«
»Im Laden bei dem zweiten Schwager hat er gestern getrunken«, antwortete Frau Mondtraut.
Inzwischen hatte Schneeholdchen Reisgrütze gekocht. Schlehenblüte mußte sie holen, und Simen Tjing bekam etwas zu essen. Er hob es an den Mund, verzehrte aber nur ein halbes Näpfchen. Zu müde zum Essen, setzte er es ab.
»Wie fühlst du dich innerlich?« forschte Frau Mondtraut.
»Mir fehlt nichts Besonderes, nur ein Gefühl von Leere und Schwindel habe ich und bin zu faul, mich zu rühren.«
»Geh heute nicht ins Amt!« riet Frau Mondtraut.
»Ich geh nicht hin«, erklärte Simen Tjing. »Ich möchte aber bald nach vorn gehn und dafür sorgen, daß der Schwiegersohn die Einladungen zum Wein für den Fünfzehnten an den Wehrbezirkskommandanten Dschou, den Befehlshaber Djing und Exzellenz Ho ausschreibt.«
»Du hast heute dein Kräftigungsmittel noch nicht genommen.« Sie wandte sich an Schlehenblüte: »Sage der Amme, sie soll Milch abspritzen!«
Als ein Schälchen gefüllt war, veranlaßte Frau Mondtraut Simen Tjing, das Kräftigungsmittel mit der Milch einzunehmen. Danach erhob er sich und wandte sich nach vorn. Schlehenblüte stützte ihn bis zum Seitentürchen des Gartens. Dort wurde es ihm schwarz vor den Augen. Er begann zu schwanken und zu zittern und vermochte nicht weiterzugehen. Weil er zusammenzubrechen drohte, brachte sie ihn stützend zurück. Frau Mondtraut riet ihm dringend an: »Gönne dir ein paar Tage Ruhe! Die Einladungen haben noch Zeit!«
Sie begab sich wieder in die rückwärtigen Räume und forschte Goldlotos erneut aus: »War er gestern betrunken, als er heimkam? Hat er weiter keinen Wein getrunken? Was hat er mit dir getrieben?«
Als Goldlotos das hörte, hätte sie gern statt eines einzigen Mundes deren mehrere gehabt, um ein dutzendmal zu beteuern: »Nichts haben wir getrieben! Er konnte ja vor Trunkenheit nicht einmal grüßen. Ich sollte ihm noch Branntwein reichen, aber ich gab ihm Tee zu trinken statt Wein und brachte ihn sorgfältig zu Bett. Vielleicht war es andernorts ... Hier zu Hause ist nichts vorgekommen.«

Frau Mondtraut und Edelburg setzten sich zueinander. Sie riefen Dai-an und den Lautenjungen zum Verhör herbei. »Wo hat der Herr gestern getrunken? Wenn du die Wahrheit sagst, soll es gut sein, wenn sich aber Unrichtigkeiten herausstellen, werdet ihr beiden die Strafe zu spüren bekommen.«
Dai-an sagte nur: »In der Löwenstraße mit dem zweiten Schwager und Fei Sse, sonst nirgends.«
Hinterher aber wurde der jüngere Schwager gerufen und ausgefragt. Er sagte: »Der Schwager ist nicht sehr lange in unserer Gesellschaft gewesen, dann ist er aufgestanden und anderswohin gegangen.«
Frau Mondtraut geriet in hellen Zorn. Sie wartete, bis ihr jüngerer Bruder gegangen war, dann fuhr sie Dai-an und den Lautenjungen an und wollte sie prügeln lassen. Da kamen sie mit der Wahrheit heraus: »Er hat bei der Frau des Han Dau-go gezecht.«
Kaum hatte Goldlotos davon vernommen, bestürmte sie Mondtraut: »Schwester, eben wolltest du auf mich wütend werden! – Frag doch die beiden schurkischen Schlingel weiter aus! Neulich, als du zu der Frau des Tausendschaftsführers Ho gingst, kam der Herr doch auch erst so spät heim. Wer weiß, bei wem er da gewesen ist!«
Aus Besorgnis, daß der Lautenjunge ausplaudern könnte, mochte Dai-an nichts mehr verheimlichen und berichtete die Geschichte von dem geheimen Verkehr mit der Dame Lin. Jetzt erst glaubte Frau Mondtraut und erklärte: »Da wundert es mich nicht mehr, daß ich auf seinen Wunsch eine Einladungskarte an sie schicken mußte. Ich wandte zwar ein, sie werde gar nicht kommen, weil sie mir fremd sei und wir uns noch nicht von Angesicht gesehen hätten. Aber ich ahnte nicht, daß er mit ihr unter einer Decke steckte. Sie ist so alt, daß sie sich die Augenbrauen färben, die Schläfenhaare künstlich aufputzen und ihr Gesicht so schminken mußte. Dieses alte, mannstolle Wesen!«
»Schwester, das habe ich auch noch nicht erlebt«, sprach Edelburg. »Wenn man einen so erwachsenen Sohn hat, daß dann die Mutter auch noch diese Geschichten treibt.«
»Was weiß die alte Vettel von Schamgefühl!« rief Goldlotos.
Frau Mondtraut mußte handeln. Sie ließ von Schneeholdchen hörnchenförmige Klößchen für Simen Tjing bereiten und trug sie persönlich zu ihm. Am zweiten Portal sah sie Ping-an auf den Garten zugehn. Sie rief ihn an: »Wohin willst du?«
»Li-Ming ist gekommen, um Bericht wegen der vier Sängerin-

nen zu erstatten. Er möchte wissen, ob das Festessen stattfinden werde. Ich sagte, die Einladungen seien noch nicht ausgesandt worden. Das glaubte er nicht und verlangte, ich solle hineingehen und den Herrn entscheiden lassen.«

»Was soll da noch für ein Festmahl gegeben werden!« brauste Frau Mondtraut auf. »Gib dem Kerl eine Absage!«

Der zurechtgewiesene Ping-an stürzte davon.

Simen Tjing aß nur drei oder vier der gekochten Hörnchen, mehr nicht. Währenddessen sagte sie: »Li Ming ist gekommen der Sängerinnen wegen! Ich ließ ihm die Antwort geben, das Festmahl sei verschoben. Nun ist er gegangen.«

Simen Tjing nickte nur. Er hoffte, in wenigen Tagen wohler zu sein und ausgehen zu können. Keiner ahnte, daß nach einer Nacht, in der er geschlafen hatte, am nächsten Morgen eine aus Schwäche herrührende Schwellung auftrat. Beim Harnen tat ihm die Harnröhre weh.

Simen Tjing schickte darauf den Lautenjungen zur Stadt hinaus und ließ den Arzt Jen holen. Aber die verschriebene Arznei nützte nichts. Die Kunde von der Erkrankung verbreitete sich rasch, und viele kamen ihn besuchen und gaben ihre Ratschläge. Jing Bo-djau meinte, der Arzt Hu in der Hauptstadt heile Entzündungen vorzüglich.

»Meinetwegen, laß ihn holen!« sagte Simen Tjing.

Es währte nicht lange, da erschien, durch den Schachjungen bestellt, der Arzt Hu. Es traf sich, daß auch der ältere Schwager Wu, der zu Besuch gekommen war, mit dem Arzt ins Zimmer trat und zugegen blieb, während dieser den Puls untersuchte. Der Arzt wandte sich danach an den Schwager Wu und an Tschen Djing-dji:

»Der Herr leidet unter einer Giftanhäufung im Unterleib. Wenn sie andauert und nichts dagegen unternommen wird, muß es schließlich zum Blutharnen kommen. Ursache ist Harnverhalten infolge der Beiwohnung.«

Es wurde ihm darauf Silber für fünf Striche auf der Waage als Bezahlung der Arznei eingepackt und diese abgeholt. Aber nachdem Simen Tjing sie genommen hatte, ergab das nicht mehr Wirkung, als wenn ein Stein im Meere versinkt. Es wurde im Gegenteil so, daß er überhaupt nicht mehr Harn zu lassen vermochte. Frau Mondtraut flatterte vor Unruhe. Sie sandte Zimtknospe Li und Silberschönchen Wu fort; dann zog sie auch den Sohn des alten Ho namens Ho Tschu-tjüan zu Rate. Er kam, untersuchte Simen Tjing und sprach:

»Vereiterung läßt den giftigen Harn nicht abfließen. Eine gefährliche Entzündung der Vorsteherdrüse hat sich weiter nach innen geschlagen. Die Drüsen aller Glieder sind nun verschleimt; und so ist es dazu gekommen, daß Herz und Nieren nicht mehr in Einklang arbeiten.«
Eine halbe Unze Silber wurde als Arzneigeld eingepackt und das Mittel geholt. Nach Einnahme der Arznei wurde die krankhafte Steifheit noch stärker. Unbekümmert um die Wirkung auf Simen Tjings Gesundheitszustand nutzte Goldlotos dies zur Befriedigung ihrer Gier hemmungslos aus, so daß Simen Tjing abermals in Ohnmacht fiel und sich sein Zustand verschlimmerte. Man zog noch einen Arzt und schließlich den Heiligen Wu hinzu. An neuen Ratschlägen, Arzneien und Deutungen fehlte es nicht, aber Simen Tjing verfiel zusehends.
Er fühlte selber, daß sein Zustand bedrohlich wurde. Wenn er harnen wollte, fiel er in Ohnmacht. Immer hielt eine der Frauen Wache an seinem Lager; bisweilen waren mehrere zu gleicher Zeit dort. Als einmal Frau Mondtraut nicht zugegen war, faßte er nach Goldlotos' Hand. Er mochte sie nicht loslassen. Von Tränen flossen ihm die Augen über, als er sagte: »Meine Liebste! Behütet doch alle meine Seelentafel mit Sorgfalt, wenn ich tot bin! Zerstreut euch nicht in alle Winde!«
Goldlotos wurde von grenzenloser Trauer gepackt und erwiderte: »Mein Schatz! Ich fürchte nur, man wird mich hier nicht dulden wollen.«
»Ich werde mit ihr sprechen, wenn sie kommt«, sagte Simen Tjing.
Sehr bald danach trat Frau Mondtraut ein. Als sie die ganz rot verweinten Augen beider gewahrte, beruhigte sie ihn: »Mein lieber Mann! Wenn du irgend etwas zu sagen hast, so sprich dich zu mir aus!«
Bei diesen Worten schluckte und schluchzte Simen Tjing unwillkürlich. Dann brachte er hervor: »Wenn du nach meinem Tode einen Sohn oder eine Tochter gebierst, behandelt das Kind gut, ihr Schwestern! Lebt zusammen an einer Stätte! Zerstreut euch nicht in alle Winde und gebt anderen Leuten nicht Anlaß zu Spott!« Er wies auf Goldlotos und fügte hinzu: »Was früher mit ihr vorgefallen ist, verzeih ihr!«
Tränen strömten über Mondtrauts rosige Wangen. Dann ließ er Tschen Djing-dji vor sich rufen:
»Schwiegersohn«, sagte er zu ihm, »hätte ich einen Sohn, so würde ich mich auf ihn verlassen. Ich habe aber keinen, darum

vertraue ich auf den Schwiegersohn. Du stehst mir gleich nahe wie mein leibliches Kind. Wenn mir vielleicht die Berge zu hoch und die Wasser zu tief werden sollten und ihr mich in die Erde gebettet habt, soll die ganze Familie unter allen Umständen in Einigkeit zusammenleben. Unterstütze deine Mütter, daß sie leben können! Laß uns nicht zum Gespött der Menschen werden!« Dann ordnete er weiter an: »Nach meinem Tode soll von dem Kapital von fünfzigtausend Unzen Silber im Seidenwarengeschäft das, was an Stammeinlage und Gewinn unserem Verwandten Tjau zukommt, ihm voll ausgezahlt werden. Laß den Gehilfen Fu die Waren verkaufen und das Geld für jeden verkauften Posten abliefern, aber das Geschäft nicht weiterführen. Das Kapital, das im Garngeschäft unter Fei Sse angelegt ist, beträgt sechstausendfünfhundert Unzen. Der von dem jüngeren Schwager Wu geleitete Samt- und Seidenladen arbeitet mit fünftausend Unzen Silber. Wenn alles verkauft worden ist, soll das Geld ins Haus genommen werden. Den Einkaufsauftrag, den Li San bringen wird, wollen wir lieber nicht übernehmen. Herr Jing soll das Geschäft von jemand anderem machen lassen. Li San und Hoang Sse stehn noch persönlich bei mir mit fünfhundert Unzen Kapital und hundertundfünfzig Unzen Silber Zinsen in Schuld. Der Betrag ist noch nicht verrechnet. Fordere ihn ein und bringe ihn mir! Du und der Gehilfe Fu, ihr sollt nur die beiden Geschäfte am Hauptportal betreiben. In dem Pfandleihbetrieb stecken zwanzigtausend Unzen Silber, im Drogenladen fünftausend Unzen. Der Gehilfe Han und Lai-bau haben auf dem Schiff in Sungkiang Ware für viertausend Unzen. Wenn der Kanal wieder offen ist, mache dich baldigst auf die Reise hinab, um das Schiff zu übernehmen. Ist das geschehen und die Ware hergebracht worden, so verkauft diese und liefert das Geld ab zum Lebensunterhalt für deine Mütter! Vorn der Herr vom Prüfungswesen, Liu, schuldet mir noch zweihundert Unzen Silber und der Oberrentmeister Hwah noch fünfzig Unzen. Der vierte Sü vor dem Tore hat mir noch an Kapital und Zinsen dreihundertundvierzig Unzen zurückzuzahlen. In allen Fällen sind schriftliche Urkunden vorhanden. Es ist höchst dringlich, die Gelder eintreiben zu lassen. Später sollen die Grundstücke jenseits der Straße und in der Löwenstraße verkauft werden, weil ich Bedenken habe, ob deine Mütter mit der Aufsicht über sie werden fertig werden können.« Als er geendet hatte, schluchzte und weinte er.

»Vater, Eure Anordnungen habe ich mir alle gemerkt«, sagte Tschen Djing-dji.

Eine Weile später nahten sich die Gehilfen Fu und Gan, der zweite Schwager Wu, Fei Sse und Zui Ben, um nach Simen Tjing zu sehen und ihm Besserung zu wünschen. Simen Tjing erteilte jedem seine Weisungen. Nach zwei Tagen war Frau Mondtraut ganz entgeistert. Sie hoffte immer noch, daß sich Simen Tjings Befinden bessern werde; sie konnte es nicht fassen, daß ihm vom Himmel bestimmt sein sollte, mit dreiunddreißig Jahren aus dem Leben zu scheiden.

Es war am Einundzwanzigsten des ersten Mondes um die fünfte Nachtwache. Da setzte Fieber und geistige Umnachtung ein. Simen Tjings Stimme klang wie das Brüllen eines Stieres. Er hatte die halbe Nacht hindurch gestöhnt und nach Atem gerungen bis gegen neun Uhr früh. Dann war er hingeschieden.

Natürlich war kein Sarg für ihn vorhanden. Frau Mondtraut war fassungslos, rief den zweiten Schwager Wu und Fei Sse zu sich, öffnete ihre Truhe, entnahm ihr vier Silberbarren und händigte sie beiden zum Ankauf der Sargbretter aus. Kaum hatte sie sie entlassen, da überfielen sie plötzlich die ersten Wehen. Eiligst legte sie sich in ihrer Stube auf das Bett. Es wurde ihr so schwindelig, daß sie das Bewußtsein verlor. Edelburg Meng, Goldlotos Pan und Schneeholdchen Sun waren alle drüben und hatten die Hände voll zu tun, Simen Tjing anzukleiden und ihm eine Mütze aus der Tangzeit aufzusetzen. Plötzlich hörten sie von Edelsteinchen: »Unsere Herrin ist im Bett in Ohnmacht gefallen.«

Verstört gingen Edelburg und Holdchen Li nach ihr sehen. Frau Mondtraut hielt die Hände auf dem Unterleib. Da wußten sie, daß die Stunde der Niederkunft gekommen war. Edelburg Meng hieß Holdchen Li bei Frau Mondtraut bleiben. Sie selber ließ durch einen Dienerjungen rasch die Hebamme Zai holen. Holdchen Li beauftragte Schatzflöte, die Amme Ideal aus den vorderen Räumen zu rufen. Als Edelburg ins Herrschaftshaus zurückkam, war Holdchen Li nicht zu sehen. Diese hatte die Gelegenheit, daß Frau Mondtraut bewußtlos und sonst niemand im Zimmer war, benutzt und aus der Truhe, die offen stand, heimlich fünf Barren Silber in ihr Zimmer mitgenommen. Zurück brachte sie einen Arm voll Papier, und als Edelburg sie sah, sagte sie nur: »Ich habe kein Unterlagepapier finden können und es deshalb aus meiner Stube geholt.«

Das fiel Edelburg nicht weiter auf. Sie blieb bei Frau Mondtraut zur Bewachung. Allmählich verstärkten sich bei Frau Mondtraut die Wehen. Als kurze Zeit darauf die alte Frau Zai eintraf, kam das Kind zur Welt. Inzwischen kleideten sie drüben Simen Tjing ein. Groß und klein in der ganzen Familie begannen laut zu wehklagen. Frau Mondtraut war fast zur selben Stunde Witwe und endlich auch Mutter geworden.

Frau Mondtraut zahlte Frau Zai drei Unzen Silber. Diese nörgelte, das sei zu wenig: »Gebt wenigstens ebensoviel, wie mir seinerzeit gegeben worden ist, als drüben das Kind geboren wurde. Dann mag unberücksichtigt bleiben, daß dieses Kind doch von der ersten Herrin geboren worden ist.«

»Heute ist es hier nicht mehr wie damals, als der Hausherr noch am Leben war«, widersprach Frau Mondtraut. »Jetzt lebt er nicht mehr. Da begnüge dich nur damit!«

»Schenkt mir dann noch ein Kleidungsstück!« sagte die Hebamme Zai, dankte grüßend und ging.

Frau Mondtraut – sie war nun wieder hell bewußt – sah die Truhe weit geöffnet und schalt Schatzflöte aus: »Hinterhältiges Luder! Wenn ich eben meiner Sinne nicht mächtig war, bist du es wohl auch gewesen! Unnützes Ding! Die Truhe steht doch weit offen, und da fällt es dir nicht ein, sie zuzuschließen, während so viele Menschen durcheinanderlaufen?«

»Ich dachte, die Herrin habe die Truhe geschlossen, und habe mich nicht mehr darum gekümmert«, verteidigte sich Schatzflöte, griff zum Schlüssel und schloß sie ab.

Frau Mondtrauts Argwohn verleidete Edelburg den längeren Aufenthalt in der Stube. Sie ging hinaus und bemerkte zu Goldlotos: »Schon am ersten Tage nach dem Tode des Mannes fängt sie an, auf einen aufzupassen!« Sie wußte freilich nichts davon, daß Holdchen Li bereits fünf Silberbarren entwendet hatte und damit in ihre Stube gegangen war.

Nach der Einsargung trugen alle Dienerjungen Simen Tjing in die große Empfangshalle. Man ließ den Geomanten, Herrn Sü bitten, die Todesurkunde aufzusetzen. Er betrachtete Simen Tjings Hand und sagte:

»Er hat gerade in der Zeit von sieben bis neun Uhr morgens seinen Odem ausgehaucht. Für die übrige Familie ist störendes Unheil nicht vorhanden.« Er stellte dann höflich die Frage an Frau Mondtraut, ob die Sargschließung am dritten Tage stattfinden solle, und wählte den Sechzehnten des zweiten Mondes zum Beginn der Erdarbeiten für das Grab. Am Dreißigsten solle der Sarg hinausgetragen werden, das mache mehr als vier Wochen aus.

Nachdem Herr Sü bewirtet worden war, ging er. Darauf wurden Diener mit der Anzeige des Todesfalles überallhin geschickt. Sie lieferten auch den Amtsausweis und das Siegel an den Tausendschaftsführer Ho ab. In der Familie legten alle Trauerkleidung an. Ein Mattenzelt wurde errichtet. Am dritten Tage ließ man buddhistische Mönche kommen und die Totenmesse lesen. Sie trugen das Unterweltpapiergeld fort. Die ganze Familie, groß und klein, ging in Hanfkleidung und in Trauertracht. Der Schwiegersohn Tschen Djing-dji hatte tiefste Trauer angelegt und trug den Tränenstab in der Hand. So unterzog er sich vor der Seelentafel den Formvorschriften. Frau Mondtraut blieb in der Wochenstube und konnte nicht herauskommen. Holdchen Li und Edelburg beschäftigten sich mit den besuchenden Damen. Goldlotos Pan verwaltete die Kasse und räumte die Trauergaben am Opfertisch vor der Seelentafel weg. Schneeholdchen Sun hatte in der Küche die Leitung über alle Frauen der Dienerschaft, um für Besucher jeder Art Tee und Essen bereit haben zu können. Der Geschäftsführer Fu und der zweite Schwager Wu führten die Bücher. Fei Sse hatte die Abrechnung für die Trauerausgaben zu besorgen, Lai-sing die der Küche. Der ältere Schwager Wu und der Gehilfe Gan leisteten den Gästen Gesellschaft.

An diesem dritten Tage kam auch die Hebamme Zai, das Kind zu waschen. Frau Mondtraut gab ihr einen Satz seidener Kleider, bevor sie sie entließ. Jetzt wurde dem Kinde der Name Sjau-go (Trostkerlchen) gegeben. Man konnte nicht umhin, den Verwandten, Nachbarn und allen Straßenanwohnern Geburtstagsnudeln zuzuschicken. Bei den Nachbarn hieß es allgemein: »Die Hauptfrau des Oberrats Simen hat genau an dem Tage und zu der Stunde seines Todes ein Kind zur Welt gebracht. Während der Vater das Leben aushauchte, trat das Kind ins Leben ein. Das ist ein wunderbares Geschehnis.«

Auch der Tausendschaftsführer Ho kam, seinen Trauerbesuch abzustatten. Vor der Seelentafel vollzog er die feierliche Begrüßung. Zu ihm setzten sich beim Tee der ältere Schwager Wu und Jing Bo-djau. Als er den Tag des Leichenbegängnisses erfahren hatte, schärfte er seinen Untergebenen ein, daß von der Gruppe der diensttuenden Begleitmannen und von den eigentlichen Amtswächtern sich auch nicht einer entfernen dürfe, daß sie vielmehr zur Dienstleistung bereitzustehn hätten. Erst wenn das Leichenbegängnis vorüber sei, dürften sie wieder zum Amtsdienst zurückkehren. Außerdem ordnete er zwei Hauptschutzleute zur Aufsicht ab. Im Falle von Ungehorsam oder Versäumnis sei ihm dies zu melden und würde streng bestraft werden. Dann wandte er sich dem älteren Schwager Wu zu: »Falls irgend jemand Geld schulden sollte, ohne es zurückzuzahlen, so meldet es nur mir, werter Herr Oheim! Ich, Euer Diener, werde sofort die Weiterverfolgung der Sache in die Wege leiten.«

Nach dem Trauerbesuch setzte er im Amt einen Bericht auf und meldete die freigewordene Stelle an die zuständige Behörde in der Reichshauptstadt.

Als Mutter Li im Vergnügungsviertel von Simen Tjings Tod Kunde bekommen hatte, faßte sie einen Plan und ging sogleich an seine Ausführung. Sie beschaffte einen Tisch mit Opfergaben und Früchten und sandte Zimtfee und Zimtknospe in Sänften hin. Sie mußten Opferpapier verbrennen und einen Beileidsbesuch machen. Frau Mondtraut zeigte sich nicht, aber Holdchen Li und Edelburg Meng bewirteten Zimtfee und ihre Schwester Zimtknospe im Herrschaftshaus. Diese redeten heimlich auf Holdchen Li ein:

»Unsere Mutter ist der Ansicht, daß du nach seinem Tode so wenig wie wir aus den Vergnügungsstätten die Art sittenstrenger Witwentreue halten kannst. Du solltest, was du an Sachen zur Hand hast, unauffällig Li Ming übergeben, der es für dich heimbringen soll als Vorsorge für spätere Zeiten.«

Auf Holdchen Li machten diese Wort Eindruck.

Unerwartet hatte an demselben Tage Han Dau-gos Frau, die sechste Wang, auch einen Tisch Opfergaben vorbereitet und kam ansehnlich einfarbig gekleidet in einer Sänfte her, um für Simen Tjing Opferpapier zu verbrennen. Sie breitete vor der Seelentafel ihre Opfergaben aus und blieb dann dort stehn. Sie stand sehr lange, aber vergeblich, niemand kam zu ihr heraus. In der ersten Woche nach Simen Tjings Tode war Wang Djing nach Hause geschickt worden, weil er nicht mehr gebraucht wurde. Von den jungen Dienern, die die sechste Wang hatten kommen sehen, getraute sich keiner, hineinzugehen und sie zu melden. Aber Dai-an, der den wahren Grund nicht kannte, begab sich in Frau Mondtrauts Zimmer: »Die Schwägerin Han ist erschienen, um für den Herrn Opferpapier zu verbrennen. Sie steht vorn schon eine Ewigkeit. Der ältere Herr Schwager läßt dies durch mich der Herrin melden.«

Frau Mondtraut, die ihren Ärger noch nicht verwunden hatte, schalt los: »Dieses herumhurende Weibsstück, das die Familien und das Vermögen anderer zugrunde richtet und deren Männer

umbringt! Die kommt noch her und will irgendwelches Saupapier verbrennen? Hinaus mit ihr!«
Als Lai-an wieder bei der Seelentafel war, fragte ihn der ältere Schwager Wu: »Hast du die Meldung übermittelt?«
Lai-an verzog den Mund: »Die Herrin hat mich vierspännig angefahren.«
Der ältere Schwager eilte zu Frau Mondtraut: »Schwester, wie kannst du nur so sein! Ihr Mann hat so viel Kapital von uns in Händen. Wenn du nicht zu ihr hinausgehst, so mag die Zweite oder die Dritte sie empfangen.«
Diesen Worten ihres Bruders entgegnete Frau Mondtraut nichts. Edelburg Meng ging hinaus, um den Höflichkeitsforderungen zu genügen und setzte sich zu der sechsten Wang vor die Seelentafel. Diese trank nur eine Tasse Tee, verabschiedete sich und ging.
Nach Simen Tjings Tode war kein Tag vergangen, an dem Tschen Djing-dji nicht mit Goldlotos geschäkert hätte. Vor der Seelentafel warf er Blicke durch den Vorhang nach ihr und scherzte mit ihr. Einmal benutzte Goldlotos in dem Durcheinander die Gelegenheit und sagte zu ihm:
»Mein Sohn, deine Mutter soll jetzt die Deine werden. Die Tochter ist drüben. Wir wollen die Gelegenheit benutzen und in deine Stube gehn.«
Endlich, nach so langer Zeit gelang es ihm, mit ihr Beilager zu halten. Simen Tjing schien von Goldlotos bereits vergessen zu sein. Aber selbst Frau Mondtraut achtete sein Andenken gering. Abends nach der Messe zum Geleit für den Toten ließ sie die Seelentafel Väsele Lis nebst Gestell und ihr Bildnis hinausschaffen und dem Feuer übergeben, alle Koffer und Kisten aber in das Herrschaftshaus schaffen und dort aufstapeln. Die Amme Ideal und Lenzfreude mußten in den hinteren Räumen zur Hand gehn. Lenzbunt hatte fortan Holdchen Li in deren Räumen zu bedienen. Väsele Lis Haustüre wurde verschlossen.
In jener Zeit kam Li Ming Tag für Tag, als wolle er in der Trauerhalle helfend mittun. Heimlich aber redete er Holdchen Li zu, allerlei auf die Seite zu schaffen und ihm anzuvertrauen. Das nahm er dann nach Hause mit. Oft geschah es, daß er zwei Nächte nicht heimging, sich aber den Blicken der Frau Mondtraut entzog. Da der zweite Schwager Wu früher einmal in Beziehungen zu Holdchen Li gestanden hatte, so hatte niemand etwas dagegen.
Am Neunten wurde die Messe für die dritte Woche gelesen, und

Frau Mondtraut verließ ihre Wochenstube. In der vierten Woche wurde zwar keine Messe gelesen; aber am Zwölften kam Tschen Djing-dji von der Eröffnung der Arbeiten für die Aushebung der Gruft zurück. In der Frühe des Zwanzigsten fand das Leichenbegängnis statt. Sehr viele Bekannte brachten Unterweltgegenstände in Darstellungen aus Papier und folgten dem Leichenzuge. Doch damals beim Leichengepränge für Väsele Li war ein weitaus stärkeres Gedränge gewesen.

In der fünften Woche nach Simen Tjings Tode bestellte Frau Mondtraut die »Oberin« Süeh und die »Meisterin« Wang sowie zwölf Nonnen; sie mußten im Haus eine Messe lesen und die Bußgebete hersagen, um den Gatten zu erretten und zum Himmel emporsteigen zu lassen. Die ältere Schwägerin Wu und die Frau des Wu Schun-tschen waren dabei zugegen. Schon während des Leichenbegängnisses hatten Zimtfee und Zimtknospe Li am Grabhügel auf Holdchen Li eingeredet: »Die Mutter hat gesagt: In deiner Verwahrung befinden sich keine besseren Sachen mehr. Da brauchst du doch nicht mehr in seinem Hause zu bleiben. Du hast ja auch keine Kinder; was soll die Witwentrauer? Ich rate dir, einen Streit vom Zaune zu brechen und dich dann fortzumachen. Gestern erschien Herr Jing und berichtete: Der Geschäftsinhaber Dschang aus der Hauptstraße, der zweite Dschang, will fünfhundert Unzen Silber springen lassen und dich als seine zweite Frau heiraten. Du sollst ihm die Wirtschaft und den Haushalt führen. Dort bietet sich dir die Aussicht auf ein Fortkommen. Wenn du bis zu deinem Alter und Ende hier Witwentrauer hältst, kommt nicht viel dabei heraus. Unser Geschäft bringt es mit sich, daß wir die alten Besucher laufen lassen und neue bewillkommnen. Begeh nicht den Fehler, Zeit zu vertrödeln!«

Die fünfte Woche nach Simen Tjings Ableben verstrich. Goldlotos hatte unvorsichtig zu Schneeholdchen geäußert, sie habe am Tage des Begräbnisses beobachtet, daß Holdchen Li sich mit dem jüngeren Schwager Wu in einer Laube im Garten getroffen habe. Schlehenblüte habe ihrerseits in der Trauerhalle wahrgenommen, daß Holdchen Li hinter dem Vorhang Li Ming einen Packen gereicht, den dieser in den Gürtel gesteckt habe und mit dem er nach Hause gegangen sei. Das Gespräch wurde Frau Mondtraut hinterbracht. Diese schalt auf den jungen Schwager Wu, er solle sich in den Laden scheren und dort im Geschäft arbeiten. Nach hinten dürfe er nicht wieder kommen. Ping-an am Toreingang erhielt von Frau Mondtraut den Befehl, Li Ming nicht mehr Zutritt zu gewähren. Holdchen Li, das frühere Mädchen aus dem Lustbarkeitsviertel, schämte sich zunächst heftig. Nachher aber wurde aus der Beschämung Zorn. Es fand sich jedoch kein rechter Anlaß, einen Streit vom Zaune zu brechen.

Als aber eines Tages Frau Mondtraut mit der älteren Schwägerin Wu im Herrschaftshause beim Tee saß und Edelburg Meng, nicht aber Holdchen Li hinzugezogen hatte, machte sie in ihrem Ärger Frau Mondtraut einen Auftritt. Sie schlug mit der Hand auf das Gestell für die Seelentafel Simen Tjings, schluchzte und schrie. Gegen Mitternacht schien es, als wolle sie sich in ihrem Zimmer erhängen. Die Magd kam das Frau Mondtraut melden. In heller Aufregung beratschlagte Frau Mondtraut mit ihrem älteren Bruder. Danach ließ sie Mutter Li kommen, um Holdchen Li mit ihr nach Hause ziehen zu lassen. Die Alte war in Sorge, daß Holdchen Li Kleider und Kopfschmuck zurücklassen müsse, und erhob Vorwürfe:

»Meiner Familie Kind ist hier bei dir gedemütigt und immer unterdrückt worden und hat sich schwere Kränkungen gefallen lassen müssen.« Frau Mondtraut wolle sich leichthin von ihr lossagen, aber dafür müsse Holdchen Li zehn Unzen Silber erhalten als Sühnegeld für die ihr widerfahrenen Kränkungen.

Der ältere Schwager Wu als Mandarin mochte keine Entscheidung treffen. Einen halben Tag wurde darüber geredet; dann bestimmte Frau Mondtraut, ihr die Kleider, den Schmuck, die Koffer, das Bett und allen Hausrat aus ihrer Stube zuzugestehn.

XXXVIII.

Han Dau-go und Lai-bau waren mit viertausend Unzen Silber zum Einkauf im Gebiete von Kiangnan nach Jangdschou gekommen und hatten Miau Tjings Wohnung ausfindig gemacht. Bei ihm übernachteten sie. Als dieser Simen Tjings eigenhändiges Schreiben sah, erinnerte er sich daran, daß er ihm gnädig das Leben gerettet hatte. Um nun noch das Äußerste an Gefälligkeit zu tun, was in seiner Kraft stand, hatte er ein Mädchen namens Nebelwölkchen bei sich erzogen als Geschenk für Simen Tjing und als Gegenleistung dafür, daß er für ihn eingetreten war. Han Dau-go und Lai-bau kauften zunächst keine Ware ein, sondern verbrachten die Tage mit leichten Dämchen und Zechereien.

Erst später mit Beginn der winterlichen Witterung, als alles verödet dalag, wurden sie von der stärksten Reisesorge gepackt, gingen überall Stoffe einkaufen und stapelten sie bei Miau Tjing in Jangdschou auf, um aufzubrechen, sobald sie mit dem Wareneinkauf fertig seien.

In der Zwischenzeit hatte Han Dau-go zuerst ein Frauenzimmer namens Edelgerte Wang aus einer alten Vergnügungsstätte in Jangdschou sich zugelegt. Lai-bau hatte Glücksrötel, die jüngere Schwester von Iris Lin, für sich gewonnen. Einmal nahmen sie den Salzhändler Wang Hai-feng aus Jangdschou und Miau Tjing zu einem Ausflug mit nach dem See Baujing, danach kehrten sie wieder in Vergnügungsstätten ein. Ein andermal hatte die Hausmutter von Edelgerte Geburtstag. Han Dau-go lud deshalb alle zu einem Gastmahl zur Feier dieses Geburtstages ein. Er ließ durch seinen Leibburschen Hu Sju als Gäste Wang Dung-tjau und Tjän Tjing-tschwan laden. Jener war noch nicht zurück, als nach einer Weile Wang Dung-tjau und Tjän Tjing-tschwan nebst Wang Hai-feng eintrafen. Hu Sju kam erst gegen Sonnenuntergang wieder. Da schalt Han Dau-go, der schon unter dem Einfluß des Weines stand: »Du riechst aus dem Munde nach Wein. Alle Gäste sind schon einen halben Tag vor dir angekommen. Woher kommst du eigentlich? Morgen werde ich bestimmt mit dir einmal abrechnen.«

Hu Sju sah ihn von der Seite an, dann murrte er: »Was beschimpfst du mich? Dein Weib liegt zu Hause und hurt, um Geld zu verdienen. Während du hier Ausgaben machst, hat der Herr zu Hause dein Weib mit Beschlag belegt. Deswegen hat er dich doch auf diese Geschäftsreisen geschickt. Während du hier vergnügt bist, muß deine Frau wer weiß was für Bitternis erdulden. Wenn du das Glück hast, daß niemand das ausplaudert, dann verlange nicht noch mehr.«

Han Dau-go wollte sich auf ihn stürzen und ihn verprügeln, aber Lai-bau trat dazwischen, und am nächsten Morgen war mit dem Alkohol der Grund zur Prügelei verflogen.

Eines Tages war der Wareneinkauf vollendet, die Waren wurden zu Ballen verpackt und im Schiffe verstaut. Leider war das Mädchen Nebelwölkchen, das Miau Tjing als Aufmerksamkeit für Simen Tjing besorgt hatte, unerwartet erkrankt und konnte sich nicht bewegen. Sie sollte später nachfolgen.

Über den Antritt der Reise am Zehnten des ersten Mondes ist nichts weiter zu berichten. Unterwegs sah Han Dau-go – er stand an einer Stromschleuse im Gebiete Lindjang gerade auf dem Bug des Schiffes – plötzlich den Nachbarn Yän Sse mit einem Flußfahrzeug den Strom herunterkommen. Dieser wollte aus Lindjang einen Beamten abholen. Als er Han Dau-go gewahrte, erhob er die Hände zur Begrüßung und rief: »Han Dau-go, dein Herr ist seit dem ersten Monde nicht mehr am Leben.« Er hatte nur eben so viel Zeit, dies auszusprechen, denn schnell fuhr sein Schiff vorbei. Han Dau-go hielt diese Nachricht vor Lai-bau geheim.

Zu derselben Zeit waren die Provinzen Honan und Schantung von großer Dürre heimgesucht worden. Tausend Wegmaße weit und breit war der Boden nackt, Feldbau und Seidenraupenzucht waren unmöglich geworden. Auch die Baumwollernte war mißraten. Die Preise für Baumwollstoffe stiegen in kurzer Zeit sprunghaft. Jeder Ballen Baumwolltuch warf dreifachen Gewinn ab. Geldkräftige Einkäufer aus allen Orten suchten sich von weither Stoffe zu beschaffen. Der gesamte Hafenplatz von Klarennähe war voll von Leuten, die von den ankommenden Händlern die Waren einkauften. Da ging Han Dau-go mit Lai-bau zu Rate: »Auf unserer Dschunke haben wir für etwa viertausend Unzen Stoffe. Die Gewinnspanne hat sich jetzt verdreifacht. Es wäre wohl am besten, die Hälfte zu verkaufen. Es wäre doch nicht zu verantworten, bei so günstiger Marktlage nicht zu verkaufen.«

»Wenn das auch richtig ist, was du sagst, so fürchte ich doch ernstliche Vorwürfe unseres Brotherrn«, wandte Lai-bau ein.

»Ich nehme alles auf mich«, erklärte Han Dau-go.

Da Lai-bau ihm in der Geschäftserfahrung nicht überlegen war, wurden für tausend Unzen Silber im Hafen Stoffe verkauft.

»Lai-bau, warte du mit Hu Sju hier auf dem Schiff, daß ich den Zoll erlege. Ich werde mit dem kleinen Wang Han und diesen tausend Unzen Silber zu Lande vorausreisen und dem Herrn Mitteilung machen«, sagte Han Dau-go.

»Wenn du heimkommst, so besorge auf alle Fälle vom Herrn ein Schreiben an Herrn Tjän vom Zollamt, er möge weniger Zoll erheben und das Schiff bevorzugt abfertigen«, empfahl Lai-bau.

Han Dau-go stimmte zu und machte sich mit den Traglasten in Begleitung von Wang Han auf den Weg zum Kreise Klarenfluß und nach Hause. Als er in das Stadtgebiet gelangte und im Vorhof des Südtores stand, war die Sonne schon nahe daran unterzugehen. Da begegnete ihm plötzlich der Grabhüter Dschang An, der eine Karre mit Wein, Reis und Speisebehältern

schob und gerade zum Südtor hinaus wollte. Er erkannte Han Dau-go und rief ihn an:
»Oheim Han, da bist du ja wieder!«
Han Dau-go sah, daß er Trauerkleidung trug, und fragte ihn nach dem Grunde.
»Unser Herr ist tot«, antwortete Dschang An. »Morgen, am Neunten des dritten Mondes ist die siebente, die Schlußwoche. Die erste Herrin hat mich beauftragt, Wein, Reis und die Schachteln mit Speisen zum Grabe zu schaffen, und will morgen für den Herrn Papier der Unterweltswährung verbrennen.«
»Wie bedauerlich, wie bedauerlich!« rief Han Dau-go bei diesen Worten. Er schlug auf sein Reittier ein und ritt stracks in die Stadt. In der Kreuzstraße kam er auf einen Gedanken: Er hatte die Absicht gehabt, zu Simen Tjings Anwesen zu reiten. Da dieser aber tot und es schon spät war, hielt er es für ratsam, nach Hause zurückzukehren, dort eine Nacht auszuruhen und sich mit seiner Frau zu beraten; am nächsten Tage hinzugehn sei auch noch nicht zu spät. So trieb er denn mit Wang Han sein Reittier an und nahm den nächsten Weg nach Hause in die Löwenstraße. Die beiden Männer saßen ab und entließen die zu Fuß mitgegangenen Begleiter. Auf ihren Anruf wurde das Tor geöffnet. Wang Han trug die Traglasten hinein, dann betraten sie die Empfangshalle.
Han Dau-gos Frau kam ihn bewillkommnen. Sie half ihm aus den Kleidern, dann setzte er sich. Die Magd brachte Tee. Han Dau-go trank und erzählte von den Erlebnissen auf der Hin- und Rückreise.
»Ich bin unterwegs Dschan An begegnet. Erst durch ihn erfuhr ich vom Tode des Herrn. Er ist doch ganz gesund gewesen. Woran starb er denn?«
Sie erwiderte:

»Winde und Wolken wechseln am Himmel,
Ohne daß man es ahnen kann;
Glück und Unglück greifen die Menschen
Frei im Zuge der Zeiten an.«

Dann öffnete er die Traglasten und nahm die eingekauften zahlreichen Gewänder und sonstigen wertvollen Stoffe heraus, auch jene tausend Unzen Silber. Seine Frau untersuchte sie und sah, daß es lauter weißleuchtendes Silber war. Da fragte sie, was damit sei.

»Ich habe unterwegs Stoffe dafür verkauft. – Hat er sich eigentlich nach meiner Abreise deiner angenommen?«
»Das ist doch nun vorbei. – Willst du jetzt das Geld noch in sein Haus schicken?«
»Darüber wollte ich eben mit dir reden. Wir wollen etwas zurückbehalten und nur die Hälfte abliefern. Was meinst du?«
»Du bist doch ein Tropf. Er ist doch tot«, rief sie. »Was bindet uns noch an sie? Wenn du ihnen die Hälfte bringst, wird es nur Gerede geben, und man wird dich nach der endgültigen Abrechnung fragen. Laß uns mit den tausend Unzen auf Reittieren, die wir mieten, in die Reichshauptstadt verschwinden und dort bei unserer Tochter im Kanzlerpalast sichere Zuflucht nehmen.«
»Das Haus hier aufgeben? Man kann es doch nicht so rasch los werden«, wandte Han Dau-go ein.
»Deinen jüngeren Bruder können wir doch kommen lassen und es für ein paar Unzen in seine Obhut geben. Wenn Simen Tjings Leute dich suchen, soll er nur sagen: Unser Kind in der Reichshauptstadt habe uns nach dort gerufen. Sie werden sicher nicht den achtfachen Mut haben, um uns im Palast des Großkanzlers zu beunruhigen.«
»Ich habe aber nur Gutes vom Oberrat empfangen.«
Sie entgegnete: »Seit alters heißt es: Wer nur des Himmels Recht vertritt, der wird bald seiner Nahrung quitt. Wenn er dein Weib mit Beschlag belegt hat, so macht es doch nicht viel aus, wenn wir die paar Unzen in Anspruch nehmen. Ich brauche nur an ein Vorkommnis in der Trauerhalle zu denken.« Sie berichtete über den Schimpf, der ihr dort angetan worden war.
Diese Worte wirkten, Han Dau-go schwieg. Abends legten die Eheleute ihren Plan fest. Han Dau-go holte am nächsten Morgen um die fünfte Nachtwache seinen jüngeren Bruder und übertrug ihm, wie besprochen, die Betreuung des Hauses.
Am nächsten Tag begab sich Frau Mondtraut mit dem Trostkerlchen, ihrem Söhnchen, und mit Edelburg Meng, Goldlotos Pan, Simens Tochter, der Amme Ideal und dem Schwiegersohn Tschen Djing-dji zum Grab, um für Simen Tjing Opferpapier zu verbrennen. Da erzählte Dschan An, er habe gestern den Oheim Han getroffen, der heimgekommen sei.
»Er ist nach Hause gekommen? Warum denn nicht zu mir? Aber das wird wohl heute geschehen«, beruhigte sich Frau Mondtraut. Als sie das Opferpapier verbrannt hatte, zögerte sie an der Grabstätte nicht mehr lange, sondern brach bald auf. Zu Hause gab sie Tschen Djing-dji den Auftrag, Han Dau-go zu holen und

sich zu erkundigen, wo das Schiff sei. Auf Tschen Djing-djis Klopfen ließ sich zunächst kein menschlicher Laut vernehmen. Endlich kam der jüngere Han heraus und gab kund:
»Meine Nichte hat den Bruder und die Schwägerin in die Hauptstadt gerufen. Wo das Schiff ist, weiß ich nicht.«
Als Tschen Djing-dji der Frau Mondtraut das berichtete, geriet sie in Unruhe. Sie schickte ihn zu Pferde hinab zum Fluß, das Schiff zu suchen. Als er einen Tag unterwegs gewesen und zum Hafen von Klarennähe gelangt war, fand er dort Lai-baus Schiff. Dieser fragte: »Der Gehilfe Han ist doch mit tausend Unzen Silber voraus nach Hause gegangen!«
»Ich habe ihn nicht kommen sehen«, sagte Tschen Djing-dji. »Dschang An ist ihm begegnet, als er zur Stadt hereinritt. Am nächsten Morgen, als ich vom Grabe nach Hause kam, sollte ich im Auftrage der ersten Herrin Han Dau-go fragen gehn. Das Ehepaar mit der ganzen Familie und dem veruntreuten Silber war in die Reichshauptstadt gezogen. Seit des Vaters Tod ist jetzt die siebente Woche vergangen. In ihrer Unruhe hat die Herrin mich ausgesandt. Endlich habe ich das Schiff gefunden.«
Lai-bau schwieg und dachte bei sich: Dieser Kerl, den der Himmel umbringen möge, hat also auch mich hintergangen. Auf die Nachricht, daß Simen Tjing nicht mehr am Leben sei, verfiel Lai-bau auf den Plan, die gleiche Bahn wie Han Dau-go einzuschlagen. Er verleitete den jungen Tschen Djing-dji zu Zechgelagen in allen Lustbarkeitsstätten und ließ Frauenzimmer zur Unterhaltung kommen. Heimlich schaffte er unterdessen Waren im Werte von achthundert Unzen Silber aus dem Schiff heraus, verstaute sie in einer Herberge zur Aufbewahrung und versiegelte sie.
Nachdem eines Tages der Zoll entrichtet und das Schiff durchgelassen worden war, wurden im Hafen von Sinho die Stoffe ausgeladen, auf Karren verfrachtet und in die Kreisstadt Klarenfluß befördert. Sie wurden in das östliche Seitengebäude des Simenschen Anwesens verbracht. Es war nur noch ein kleiner Teil der Stoffe vorhanden. Als aber Lai-bau die ausgeladene Ware abgeliefert hatte, schob er die Schuld für das Fehlen der Ware auf Han Dau-go: »Er hat vorweg für zweitausend Unzen Ware verkauft und ist mit dem Gelde nach Hause gegangen.«
Frau Mondtraut wollte ihn daraufhin in die Reichshauptstadt schicken, um Han Dau-go nach dem Verbleibe des Silbers zu fragen, aber er machte Ausflüchte: »Lieber nicht! Wer darf es

wagen, in den Palast Seiner Durchlaucht des Großkanzlers zu gehn!«
»Der Haushälter Di ist uns aber verpflichtet«, meinte Frau Mondtraut.
»Han Dau-gos Tochter ist jetzt in dessen Familie emporgestiegen. Da wird er natürlich die Eltern schützen. Laßt doch die paar Unzen Silber verloren sein und redet lieber gar nicht mehr darüber!«
Frau Mondtraut blieb nach diesen Worten Lai-baus nichts übrig, als die Sache auf sich beruhen zu lassen. Sie beauftragte den Schwiegersohn Tschen Djing-dji mit dem Verkauf. Der war aber zu unerfahren, so daß Lai-bau von sich aus einsprang. Als zweitausend Unzen Silber gezahlt worden waren, gab er sie Stück für Stück Tschen Djing-dji in die Hand; dieser lieferte das Silber an Frau Mondtraut ab. Als die aufgestapelte Ware aus dem Hause war, gab Frau Mondtraut ihm zwanzig bis dreißig Unzen Silber als Zehrgeld. Aber Lai-bau tat absichtlich stolz und überlegen: »Werte Herrin, behaltet es nur! Seitdem der Herr tot ist, seid Ihr, verehrte Dame, ein stilles Wasser. Ich will es unter keinen Umständen.«
Als er sich einmal abends einen Rausch angetrunken hatte, kam er zu Frau Mondtraut ins Zimmer, lehnte sich an das Geländer ihrer heizbaren Lagerstatt und redete sie an:
»Werte Herrin, Eurer blühenden Lenze sind doch nur sehr wenige. Ein Gemahl ist nicht mehr vorhanden. Ihr habt ja nur dieses Kindchen. Fürchtet Ihr Euch nicht vor Einsamkeit und Kälte?«
Frau Mondtraut erwiderte kein Wort, und er machte sich wieder davon.
Eines Tages traf ein Brief des Haushälters Di ein. Er habe vom Tode Simen Tjings erfahren und von Han Dau-go gehört, daß noch vier hübsche Zofen im Hause seien, die spielen und singen könnten. Was sollten sie kosten? Sobald die Nachricht eingegangen sei, würde das Geld, das zu zahlen sei, eintreffen. Er wolle sie in die Reichshauptstadt zur Bedienung der Hohen Frau Seiner Durchlaucht bringen lassen. Frau Mondtraut zappelte vor Erregung, als sie den Brief gelesen hatte. Sie ging Lai-bau um seinen Rat an, was besser sei, sie hinzugeben oder nicht. Beim Betreten des Zimmers gebrauchte Lai-bau nicht die Anrede »Herrin«, sondern sagte nur: »Frau, die anderen verstehn hiervon nichts. Gibst du sie ihm nicht, so wird das Unglück heraufbeschworen. Daran ist doch der verstorbene Alte schuld, weil er den Reich-

tum vor anderen zeigte. Jedesmal, wenn er jemand zum Wein eingeladen hatte, hat er sie als Hausmusikanten auftreten lassen. Das ist aber doch nicht der Weg gewesen, sie vor der Außenwelt zu verstecken. Überdies geht die Tochter des Gehilfen Han im Palast der Hohen Frau zur Hand. Sollte sie es nicht auch erzählt haben? Habe ich neulich nicht darauf hingewiesen? Aber schwerlich brauchst du ihm alle vier auf einmal zu übergeben. Am besten schickst du ihm in aller Eile zwei. Dann behältst du dein Ansehen!«

Frau Mondtraut seufzte einen halben Tag lang. Orchis, die Edelburg Meng in deren Zimmer bediente, und Schlehenblüte aus Goldlotos' Räumen konnte sie nicht gut schicken. Lenzbunt brauchte sie zur Beaufsichtigung des Söhnchens. Schließlich fragte sie Schatzflöte aus ihrem Zimmer und Lenzfreude. Beide wollten gern hin. So ließ sie denn Lai-bau einen Wagen mieten, um die beiden Mädchen darauf zur Hauptstadt in den Palast des Großkanzlers zu geleiten. Eines aber war nicht bedacht worden: der Bursche Lai-bau verführte beide Mädchen unterwegs.

Nach der Ankunft in der Reichshauptstadt traf er eines Tages mit Han Dau-go und dessen Frau zusammen. Er schilderte ihnen alle Verhältnisse und Geschehnisse und erntete dafür Han Dau-gos ewigen Dank.

Der Haushälter Di fand die Mädchen Lenzfreude und Schatzflöte hübsch gewachsen und schön. Die eine konnte die Harfe, die andere konnte Streich- und Zupfinstrumente spielen. Beide waren auch noch nicht über siebzehn oder achtzehn Jahre hinaus. Er nahm sie in den Palast zur Bedienung der Hohen Frau und zahlte zwei Schuh Silber als Belohnung. Lai-bau behielt den einen heimlich für sich. Zu Hause übergab er nur einen Schuh Silber der Frau Mondtraut und schüchterte sie auch noch durch seine Reden ein: »Ohne meine Reise wäre dieses Silber nicht hergekommen. Du ahnst nicht, wie sehr das Ehepaar, der Gehilfe Han und seine Frau, im Palast Reichtum und Ansehen genießen. Sie bewohnen ein Haus ganz allein und haben Leibeigene und Dienstmägde. Der Haushälter Di redet ihn ›verehrter Schwiegervater‹ an. Seine Tochter Minnelieb geht täglich der Hohen Frau aufwarten. Nicht einen Zoll entfernt sie sich von ihr. Sie hat sich groß und stattlich entwickelt, ist hübsch und prächtig anzusehen. Als sie neulich herauskam und mich begrüßte, trug sie Kleidung, als sei sie ein Korallenwald oder ein Edelsteinbaum. Sie ist ungewöhnlich aufgeweckt und gewandt. Bei jeder Äußerung nannte sie mich Oheim Bau. Jetzt müssen

unsere beiden Hausmusikantinnen, nachdem sie dort angekommen sind, aus ihrer Hand Näharbeiten erbitten.«
Frau Mondtraut fühlte sich ihm gegenüber unendlich zu Dank verpflichtet, als er geendet hatte, und ließ ihm Wein und Speisen vorsetzen. Das Geld, das sie ihm geben wollte, nahm er wiederum nicht an. So schenkte sie ihm ein Stück Atlas zu einem Kleide für seine Frau Glücksgunst.
Eines Tages ging Lai-bau mit dem jüngeren Bruder seiner Frau, Liu Tsang, zum Hafen von Klarennähe und verkaufte die dort in der Herberge unter Siegel verwahrten Stoffe für achthundert Unzen Silber. Dann erstand er für sich heimlich ein Haus rechts neben dem Hauseingang des Liu Tsang. Dort eröffnete er ein Gemischtwarengeschäft. Täglich nahm er an Opferfeiern und Teegesellschaften teil. Seine Frau Glücksgunst tat Frau Mondtraut gegenüber hin und wieder so, als wolle sie zu ihrer Mutter gehn, begab sich aber in ihr Haus, wechselte die Kleidung und legte als Kopfschmuck ein Perlenstirnband an, besteckte sich mit Gold und Silber und begab sich zu der Mutter der sechsten Wang. Wenn sie die Schwiegermutter der Nichte besucht hatte und in der Sänfte heimkam, zog sie sich in ihrem Hause um und kam dann erst in schlichterer Kleidung in Simen Tjings Anwesen, um dort die Dienerin zu spielen.
Lai-bau pflegte sich zu betrinken, kam dann auch zu Frau Mondtraut ins Zimmer und machte dort anzügliche Bemerkungen. Das war schon zwei- oder dreimal so gewesen.
Hierzu kam, daß das Doppelspiel des Ehepaares den übrigen Mitgliedern der Simen Tjing-Familie nicht lange verborgen blieb. Es kam zu unliebsamen Zwischenfällen, so daß sich Frau Mondtraut schließlich gezwungen sah, den beiden aufzukündigen, was ihnen nur lieb war, denn nun konnten sie ihren Plan, auch einen Stoffladen zu eröffnen, verwirklichen.

XXXIX.

Seitdem Goldlotos und Tschen Djing-dji im Seitengebäude eins geworden waren und beide die Süßigkeit gekostet hatten, drückten und herzten sie sich tagaus, tagein, ob es hell war oder dunkel, ohne Furcht und Scheu. Wenn sie, weil andere zugegen waren, nicht miteinander sprechen konnten, schrieben sie ihre Herzensgeschichten auf, drehten das Papier zu einem Röllchen zusammen und ließen es zu Boden fallen: »Was mir zugedacht von dir, schreibe mir! Was dir zugedacht von mir, schreib' ich dir!«

Eines Tages um die Zeit des vierten Mondes hatte Goldlotos ein Duftbeutelchen aus Seidengaze, das eine Strähne ihres Haares und einige Pinienkerne enthielt, in ein Tüchlein aus silberfarbigen Seidenfäden eingewickelt und in den Ärmel ihres Gewandes gesteckt, um es Tschen Djing-dji zu schenken. Wider Erwarten war er nicht im Seitengebäude. Deshalb warf sie es durch die Fensteröffnung zu ihm hinein. Als Tschen Djing-dji später das Zimmer betrat, gewahrte er das festgeschlossene dicke Päckchen und öffnete es. Er fand darin ein Tuch und ein Duftbeutelchen. Auf dem Papier stand etwas geschrieben.

Als Tschen Djing-dji das Briefchen gelesen hatte, das ihr Versprechen enthielt, ihn am Rosengestell zu vertraulichster Begegnung zu erwarten, ergriff er sofort einen Fächer aus gesprenkeltem Hunan-Bambus mit Goldpapier, schrieb auf ihn eine Antwort und eilte in den Garten. Entgegen jeder Annahme saß gerade Frau Mondtraut in Goldlotos' Zimmer. Ohne von jemand bemerkt zu werden, trat Tschen Djing-dji durch das Seitentürchen und rief: »Herzliebste, bist du im Hause?«

Goldlotos erkannte seine Stimme und ging hinaus. Sie sah ihn, winkte mit der Hand ab und sagte dann gleichgültig: »Ich überlegte gerade, wer das sein könnte; ach! nur der Schwiegersohn, der die Tochter suchen gekommen ist. Ja, die ist soeben hier gewesen, dann aber mit den anderen zu den Gartenlauben gegangen; sie wollte Blumen pflücken.«

Tschen Djing-dji gewahrte Frau Mondtrauts Anwesenheit im Zimmer. Verstohlen steckte er Goldlotos seine Gabe zu.

»Was wollte der Schwiegersohn eigentlich?« fragte Frau Mondtraut.

»Er kam die Tochter suchen. Ich sagte ihm, daß sie in den Garten gegangen sei.« Als sich dann ein Weilchen später Frau Mondtraut zurückgezogen hatte, holte Goldlotos das Päckchen aus ihrem Ärmel hervor und öffnete es. Darin lag der Fächer aus Goldpapier und gesprenkeltem Hunan-Bambus. Es war darauf grünes Schilf an einem Sturzbach gemalt, und dazu gehörte ein Gedicht, das mit den Zeilen endete:

Wenn niemand zugegen ist, fächele behende,
Daß kein Unberufener ihn etwa entwende!

Als abends der Mond aufging, gab Goldlotos ihren beiden Gehilfinnen Schlehenblüte und Herbstaster Wein zu trinken und schickte sie in ihre Räumlichkeiten hinüber zu Bett. Dann öffnete sie in ihrer Stube das grüne Fenster zur Hälfte, zündete oben die Lampe an, machte das Bett, räucherte es mit Weihrauch aus, wusch sich den Schoß und wartete dann einsam an der Osterluzei-Laube auf Tschen Djing-dji, daß er zu dem vereinbarten Stelldichein komme.

Simens Tochter war in derselben Nacht von Frau Mondtraut in die rückwärtigen Räume geladen worden, um zuzuhören, wie die Nonne Wang die heiligen Schriften verkündete. Nur Festtörtchen war im Zimmer. Tscheng Djing-dji hatte ihr bereits ein Taschentuch geschenkt und ihr eingeschärft, auf das Zimmer zu achten: »Ich geh' zu deiner fünften Herrin Schach spielen. Wenn deine Herrin, meine Frau, hereinkommt, hole mich rasch!«

Festtörtchen sagte zu, und Tschen Djing-dji begab sich in den Blumengarten. Dort sah er, wie die Blumen im Mondschein Schatten warfen. Verschwommen wiegten sie sich hin und her und raubten einander das Licht. Vom Teerosengestell aus gewahrte er in der Ferne Goldlotos ohne Kopfschmuck mit oberflächlich aufgewickeltem schwarzem Haar versteckt an der Osterluzei-Laube stehn. Tschen Djing-dji stürzte dann plötzlich auf sie los, packte sie mit beiden Armen und drückte sie an sich. Erschrocken fuhr sie zusammen: »Ach, wie hast du mich erschreckt.«

Beide herzten und liebkosten einander. Dann begaben sie sich Hand in Hand in Goldlotos' Stube. Im Zimmer leuchteten ganz hell Lampe und Kerzen, und auf dem Tisch standen Wein und Speisen. Sie schlossen das Seitentürchen, setzten sich eng zueinander.

»Wo war die Tochter, als du kamst?« fragte Goldlotos.

»Sie ist nach hinten gegangen, um der Schriftenauslegung beizuwohnen. Ich hatte Festtörtchen eingeschärft, mich, wenn nötig, rufen zu kommen; ich habe nur gesagt, daß ich hier Schach spiele.«

Fröhlich lachten und scherzten beide miteinander und tranken einige Zeit. Der Wein fachte das Begehren an; er steigerte unmerklich die Begierden, und auf den Gesichtern zeigte sich Pfirsichblüten-Röte. Sie küßten sich und schmiegten sich mit den Wangen aneinander. Dann verdeckten sie die Lampe, begaben sich zu Bett und überließen sich dem Wonnetaumel.

Plötzlich hörten beide – ihr Beilager war vorüber – Festtörtchen an die Türe pochen und melden: »Die junge Frau ist ins Zimmer gekommen.«

Tschen Djing-dji kleidete sich hastig an und verschwand.

Im Obergeschoß von Goldlotos' dreiräumigen Häuschen war von jeher ein Raum in der Mitte, in dem Buddha verehrt und ihm geopfert wurde. Zu dessen beiden Seiten befanden sich Abstellräume, in denen pflanzliche Drogen und Spezereien gestapelt waren. Die beiden Verliebten gehörten seit der Zeit unzertrennlich zueinander. So verstrich kein Tag, an dem sie nicht zusammenkamen und tändelten. Einmal sollte sich aber etwas Besonderes ereignen. Goldlotos Pan hatte sich früh frisiert und geschmückt und war nach oben gegangen, um der Göttin Gwanjin Weihrauch zu spenden. Unvermutet kam Tschen Djing-dji gerade mit dem Schlüssel nach oben und wollte nach Öffnung der Lagerräume Drogen und Gewürze holen. Weil sie so beide einander in den Weg kamen und sonst niemand im oberen Stockwerk anwesend war, umarmten und herzten sie sich und tauschten Zungenküsse aus. Als beide im besten Zuge waren, stieg Schlehenblüte unversehens in das obere Stockwerk hinauf, um Teeblätter zu holen. Sie sah die beiden mit Händen und Füßen so ineinander verstrickt, daß sie sich nicht schnell genug entwirren konnten. Um sie nicht verlegen zu machen, zog sich Schlehenblüte rasch zurück und ging die Treppe hinab. Hastig kleideten sich Tschen Djing-dji und Goldlotos wieder an. Goldlotos rief Schlehenblüte zu: »Meine liebe Schwester, komm doch herauf! Ich habe dir etwas zu sagen!«

Schlehenblüte begab sich nach oben. Da erklärte Goldlotos:

»Meine liebe Schwester! Der Schwiegersohn ist doch kein Fremder. Du sollst es heute zu wissen bekommen. Wir sind uns in unser beider brennender Liebe einig und können nicht mehr voneinander lassen. Sag doch unter gar keinen Umständen etwas davon den anderen und behalt es für dich!«

»Beste Herrin, wie könnt Ihr nur so reden!« erwiderte Schlehenblüte: »Ich diene Euch doch nun schon so viele Jahre. Da kenne ich doch meine Herrin gründlich. Und ich sollte es wagen, zu irgend jemand darüber zu sprechen?«

»Wenn du gewillt bist, uns beide zu schonen und zu schützen, so komm, da der Schwiegersohn einmal hier ist, zum Beilager mit heran. Erst dann glaube ich dir. Willst du das nicht, so muß ich annehmen, daß du uns verraten willst.« Schlehenblüte vermochte nicht zu widersprechen. Sie wurde vor Scham rot und wieder blaß. Sie konnte nur gehorchen. Also legte sie ihren Rock ab, öffnete den Gurt ihres Kleides und gab sich hin.

Der junge Fant sogleich durchsticht
Zwei Perlen, unbezahlbar, licht.

Eines Abends herrschte bei verdecktem Mond und verdunkelten Sternen außerordentlich schwüle Witterung. Schlehenblüte mußte heißes Wasser bereiten, weil Goldlotos im Zimmer ein Bad nehmen und sich die Fußnägel säubern und beschneiden wollte. Sie breitete auf dem Bett die Decke aus, legte das Kissen zurecht, verscheuchte die Mücken und ließ das Bettnetz aus Seidengaze herab. In einem kleinen Öfchen zündete sie Räucherwerk an. Da rief Schlehenblüte:
»Herrin, Ihr bedenkt nicht, daß heute der Tag der ›ersten Sommerhitze‹ ist. Soll ich Euch Balsaminen suchen gehn zum Färben der Fingernägel?«
»Woher willst du sie holen?«
»Ich geh' unmittelbar in den großen Hof. Dort stehn sie. Ich werde ein paar ausziehn. Herrin, laßt Herbstaster den Mörser, mit dem wir Knoblauch zerstampfen, hervorsuchen!«
Darauf sagte Goldlotos mit gedämpfter Stimme Schlehenblüte ins Ohr: »Geh in das Seitengebäude und bitte den Schwiegersohn, für den Abend zu mir zu kommen! Ich habe etwas mit ihm zu besprechen.«
Schlehenblüte entfernte sich. Goldlotos badete in ihrer Stube ihre duftenden Glieder und brachte ihre Fußnägel in Ordnung. Nach einer Weile erschien Schlehenblüte mit einigen Balsaminenpflanzen. Herbstaster mußte diese durch langes Stampfen zerkleinern und erhielt dann von Goldlotos einige Becher Wein. Sie wurde in das Schlafzimmer zu Bett geschickt. Goldlotos färbte beim Schein der Lampe die Nägel ihrer Finger, die schlank waren wie Frühlingszwiebelsprossen, und befahl Schlehenblüte, eine Bank in den Vorhof zu stellen, eine kühle Matte, Bettdecke und ein Kissen auszubreiten; sie wollte dort Kühlung suchen. Es war bereits gegen Ende der ersten Nachtwache. Eine Woge Blumenduft zog vorüber. Glühwürmchen schwirrten. Mit dem kühlenden Fächer in der Hand harrte Goldlotos, auf das Kissen gestützt. Schlehenblüte lehnte die Tür der Seitenpforte an.
Tschen Djing-dji hatte verabredet, daß er den Eibischblütenstamm schütteln wolle als Zeichen dafür, daß er komme. Als sie jetzt sah, wie sich der Schatten der Blütenzweige bewegte,

wußte sie, daß er gekommen war; also hustete sie als Willkommenszeichen. Er stieß die Tür auf und trat ein. Beide setzten sich Schulter an Schulter, dann entkleideten sie sich und liebten sich unter freiem Himmel.

Eines anderen Tages im siebenten Monde verabredete sie morgens mit ihm: »Geh heute nirgendwohin! Bleib im Zimmer und warte! Ich komme in deine Stube.«

Tschen Djing-dji hatte zwar zugesagt, aber unvermutet wurde er von Zui Ben zu einem Spaziergang mit einigen Freunden zur Stadt hinaus eingeladen. Tagsüber war er fort, kam schwer bezecht heim, legte sich auf das Bett und schlief da so fest ein, daß ihm Himmel und Erde völlig gleichgültig waren. In der Dämmerung kam Goldlotos in sein Zimmer. Sie stieß ihn an, aber er erwachte nicht. Da wußte sie, daß er irgendwo getrunken hatte. Seltsam war es, daß sie ganz unbeabsichtigt in seinen Ärmel tastete. Da fiel ein Haarpfeil mit einem als Goldlotospaar geformten Kopf heraus. Auf dem Haarpfeil waren zwei Reihen Schriftzeichen eingeritzt: »Es wiehert auf duftiger Aue das goldgezügelte Rößlein. – Wenn der Aprikosen Blüte lieblich winkt, froh im Edelburg-Gemache Wein man trinkt.« Goldlotos hielt den Haarpfeil gegen das Licht und besah ihn. Da erkannte sie ihn als den Edelburgs. Wie mochte er in seinen Ärmel gelangt sein? Sie meinte, Tschen Djing-dji müsse es mit Edelburg auch treiben, wie könnte er sich sonst ihren Haarpfeil in den Ärmel stecken. Kein Wunder, daß dieser Galgenstrick mehrmals in meiner Gegenwart lieblos und gleichgültig gewesen ist. Ich muß ihm ein paar Zeilen hinterlassen, sonst wird er behaupten, ich sei gar nicht hier gewesen. Ich will ihm meine Enttäuschung an die Wand schreiben!

Dann kehrte sie in ihre Räume zurück. Als Tschen Djing-dji erwachte, griff er nach einer Lampe. Ihm fiel ein, daß sich Goldlotos mit ihm treffen wollte: Aber ich bin trunken gewesen. Er wandte sich um und erblickte an der Wand die Verszeilen. Die Tuschespur war noch ganz frisch. Seine Reue kam zu spät. Es hatte bereits die erste Nachtwache begonnen. Die Tochter und Festtörtchen befanden sich in den zurückliegenden Räumen und waren von dort noch nicht herausgekommen. Geh' ich jetzt hinüber, so ist das Seitentürchen verriegelt. Deshalb ging er zum Eibischbaum und schüttelte die Zweige. Sie aber hörte es nicht. In ihrem Zimmer blieb es still. So mußte er über die Mauer steigen.

Im Hofe war niemand sichtbar. Die Zofen waren zu Bett

gegangen. Er schlich heimlich an die Türe des Hauses und, da er sie nur angelehnt sah, zwängte er sich hindurch. Im Mondlicht sah er Goldlotos auf dem Bett mit dem Antlitz zur Wand liegen. Mit gedämpfter Stimme rief er sie mehrmals an: »Liebling!« Sie gab keine Antwort. Da bat er: »Sei mir nicht böse! Aber heute hatten sich Zui Ben und alle Freunde mit mir verabredet. Als ich heimkam, war ich nicht nüchtern und hatte vergessen, daß du kommen wolltest. Verzeih mir!«

Sie aber rührte sich nicht. Tschen Djing-dji kniete nieder und wiederholte seine Bitte. Da versetzte ihm Goldlotos mit dem Handrücken einen Schlag ins Gesicht und schalt: »Du undankbarer Galgenstrick. Willst du wohl leise sein? Die Mägde hören es. Ich weiß schon, du hast eine andere. Wo bist du heute wirklich gewesen?« Er wiederholte alles noch einmal. »Du Strolch! Deine Ausreden sind glatt wie Lehmkugeln. Aber damit lasse ich dich nicht durch. Woher stammt der Haarpfeil in deinem Ärmel?«

»Den habe ich im Garten gefunden.«

»Du hurst wohl mit Gespenstern. Dieser Haarpfeil stammt vom Kopf Edelburgs, dieses pockennarbigen Frauenzimmers. Wenn du mit ihr nicht Heimlichkeiten hättest, könnte auch keiner ihrer Haarpfeile in deine Hand gelangen. Also hast du natürlich mit ihr über mich allerlei geklatscht. Da ist es nicht erstaunlich, daß sie neulich lachte, als sie mich sah. Deine Klatschereien stecken also dahinter. Mach, daß du fortkommst!«

Tschen Djing-dji leistete die heiligsten Schwüre, während er sie bestürmte, aber Goldlotos glaubte ihm nicht. Über diesen Wortwechsel von beträchtlicher Dauer war es tiefe Nacht geworden. Da entledigten sie sich ihrer Kleidung und lagen nebeneinander auf dem Bett. Aber Goldlotos ließ ihn nicht an ihren Leib, legte sich auf die Seite, drehte ihm den Rücken zu. Als der Morgen dämmerte, erhob sich Tschen Djing-dji aus Scheu vor den Mägden, stieg wieder über die Gartenmauer und begab sich nach vorn in das Seitengebäude.

Als Goldlotos ihn über die Mauer klettern sah, überkam ihr Herz Reue. Der nächste Tag war der Fünfzehnte des siebenten Mondes. Frau Mondtraut begab sich in der Sänfte ins Dizang-Kloster zur Nonne Süeh, um am Seelenerlösungstage für Simen Tjing Koffer- und Truhengebilde zu verbrennen. Goldlotos und die anderen Frauen begleiteten sie bis zum Hauptportal und kehrten dann um. Edelburg Meng, Schneeholdchen Sun und Simens Tochter wandten sich sämtlich den rückwärtigen Räumen zu.

Nur Goldlotos blieb zurück und ging zu der Halle vorn beim zweiten Portal. Sie traf Tschen Djing-dji, der gerade aus dem oberen Stockwerk in Väsele Lis Haus Kleidungsstücke geholt hatte, die, weil sie Pfandstücke waren, ausgelöst werden sollten. Goldlotos rief ihn an: »Warum bist du so gekränkt gewesen, als ich dir gestern ein paar Worte gesagt habe. Du willst doch nicht etwa mit mir brechen? Hast du wirklich nichts mit ihr gehabt? Warum bist du dann fortgegangen?«

»Es begann hell zu werden. Da mußte ich doch verschwinden. Zwischen mir und ihr ist auch nicht das geringste vorgekommen.«

»Nun, dann komm heute abend wieder!«

»Kein Auge habe ich zumachen können und mußte die ganze Nacht deine Quälereien ertragen. Gut, ich werde mich jetzt am hellen Tage ausschlafen.«

»Wenn du ausbleibst, breche ich mit dir endgültig«, drohte Goldlotos und ging in ihr Zimmer zurück.

Tschen Djing-dji trug die Kleidungsstücke in den Laden. Dort ging er noch eine Weile den Geschäften nach, dann kehrte er in das Seitengebäude zurück, warf sich aufs Bett und schlief sich aus. Als er erwachte, regnete es:

Ein einsam-stiller Hof,
Darin fahle Dämmerung und Regenwetter.
Ohn' Unterlaß es trommelnd tropft
Auf der Bananenpalme Blätter.

Er wollte das Ende des Regens nicht abwarten und warf sich eine rote Schlafdecke über. Um diese Zeit war Frau Mondtraut nach Hause gekommen; Simens Tochter und Festtörtchen hatten sich in die rückwärtigen Räume begeben und waren noch nicht zurück. So schloß Tschen Djing-dji die Stubentür ab und begab sich durch das westliche Seitentürchen trotz des strömenden Regens in den Garten. Dort rüttelte er an der Pforte. Goldlotos, die auf sein Kommen an diesem Abend gerechnet hatte, hatte durch Schlehenblüte mit einigen Bechern Wein Herbstaster trunken machen lassen. Beide hatten sich in dem Raum mit der heizbaren Lagerstatt schlafen gelegt. Die Türen hatten sie nur angelehnt. Tschen Djing-dji zwängte sich in Goldlotos' Schlafzimmer. Beide setzten sich ganz eng aneinander. Sie gab ihm den Haarpfeil zurück. Dann tranken sie Wein, spielten bis zur dritten Nachtwache Schach und begaben sich zu Bett. Goldlotos lebte ihre Leidenschaft, die sie ehedem Simen Tjing entgegengebracht hatte, jetzt an ihrem jungen Liebhaber aus.

Herbstaster, die im Zimmer nebenan weilte, hörte Geräusche wie von einer Männerstimme, ahnte aber nicht, wer es sein könne. Als der Morgen graute und die Hähne krähten, erhob sie sich, um einem kleinen Bedürfnis nachzukommen. Dabei hörte sie eine Türe knarren, und dann sah sie eine Gestalt, die sich in eine rote Schlafdecke gehüllt hatte, das Haus verlassen. Auffallend ähnelte diese Gestalt der des Schwiegersohnes Tschen. Aha! Er schläft jede Nacht bei meiner Herrin! So eine Verschlagene! sagte sie sich.

Am Morgen ging sie in die Küche und erzählte es Edelsteinchen. Sie ahnte nicht, daß diese mit Schlehenblüte auf vertrautem Fuße stand, die es wiederum ihrer Herrin sagte.

»Wenn Ihr, Herrin, der Magd nicht ein paar Schläge aufzählt, wird sie weiter ihre Zunge gehn lassen.«

Goldlotos rief Herbstaster, hieß sie niederknien und fuhr sie an:

»Ich habe dich Reisgrütze kochen heißen, und du zerbrichst den Kochtopf!« Damit griff sie zu einem Stock und schlug mit voller Kraft auf ihren Rücken ein, wohl dreißigmal. Da trat Schlehenblüte mit den Worten heran: »Herrin! Hört auf, sie selber zu prügeln! Ein Junge soll ihr mit einem großen Prügel dreißig Schläge verabfolgen. Eine Magd darf doch nicht hinaustragen, was innen gesprochen wird.«

»Wer soll denn irgend etwas gesagt haben?« widersprach Herbstaster.

»Du hältst auch noch Widerrede?« fuhr Goldlotos sie an. »Du verstockte Sklavin, du richtest die Familie zugrunde und schädigst deine Herrschaft. Was maulst du da noch?« Mit diesen Worten jagte sie Herbstaster fort.

Eines Tages im achten Monde zur Zeit des Herbstfestes hatte Goldlotos heimlich Tschen Djing-dji zur Feier der Mondnacht zu sich geladen. Sie tranken Wein und spielten mit Schlehenblüte das sogenannte Schildkröten-Brettspiel. In ihrer Begierde, beieinander zu schlafen, waren sie um die Zeit des Frühtees noch nicht auf. Das entdeckte Herbstaster. Sogleich lief sie ins Herrschaftshaus, um es Frau Mondtraut zu berichten. Während diese gerade dabei war, sich zu kämmen, stand Edelsteinchen vor der Tür des Herrschaftsgebäudes. Herbstaster zog sie nun zur Seite und erzählte ihr: »Unser Schwiegersohn hat wieder die ganze Nacht bei meiner Herrin zugebracht und ist noch nicht aufgestanden. Dafür, daß ich es dir neulich gesagt habe, bekam ich eine Tracht Prügel. Bitte die Herrin, rasch hinzugehn, um sich selber zu überzeugen!«

»Kommst du wieder her, um deine Herrin hineinzulegen?« schalt Edelsteinchen los. »Unsere Herrin frisiert sich. Scher dich fort!«

Als Frau Mondtraut wissen wollte, was jene gesagt habe, konnte Edelsteinchen nicht gut alles verheimlichen; aber sie erklärte nur:

»Die fünfte Herrin hat durch Herbstaster die Herrin zu sich bitten lassen, um ihr etwas zu sagen.«

Nachdem sich Frau Mondtraut gekämmt hatte, machte sie sich auf den Weg und stand plötzlich an der Tür zu Goldlotos' Stube. Sie war aber rechtzeitig durch Schlehenblüte bemerkt worden, die Goldlotos unterrichtet hatte. Die Liebesleute hatten sich noch nicht erhoben. Die Nachricht jagte ihnen solchen Schrekken ein, daß sie nicht wußten, wohin zuerst mit Händen und Füßen. Hastig versteckte Goldlotos Tschen Djing-dji im Bett, indem sie ihn mit dem gesamten Bettzeug überdeckte. Dann mußte Schlehenblüte ein Tischchen aufstellen. Goldlotos setzte sich auf das Bett, ergriff aus Perlen gefertigte Blumen und Verzierungen und setzte die Einfädelung der Perlen zu Blumenmustern fort. Gleich darauf betrat Frau Mondtraut ihre Stube, ließ sich nieder und sagte: »Schwester, um diese Zeit hast du deine Schlafstube noch nicht verlassen? Ich überlegte, was du wohl arbeiten könntest. Ach, du ziehst Perlen zu Blumenmustern auf.« Sie betrachtete die Arbeit und war voll des Lobes: »Sie sind sehr schön aufgereiht. Alles ist vereinigt in zwei Herzen. Das ist wirklich hübsch. Zieh doch bald auch für mich ein Stirnband so auf.«

Frau Mondtrauts freundliche Äußerung wirkte auf Goldlotos beruhigend. Ihr Herz hatte Sprünge gemacht wie ein Reh. Sie wies Schlehenblüte an: »Schenke der ersten Herrin Tee ein!«

Frau Mondtraut wandte sich bald zum Gehen: »Schwester, frisiere dich rasch und komm zu mir!«

»Gut«, erwiderte Goldlotos und begleitete Frau Mondtraut hinaus.

Da schlich Tschen Djing-dji rasch aus dem Zimmer. Schlehenblüte hatte für ihre Herrin die Hände so zusammengepreßt, daß sie schwitzten.

»Die Erste pflegt doch nicht ohne Grund herzukommen. Was

mag sie heute in aller Frühe hergeführt haben?« fragte Goldlotos.
»Unsere Sklavin wird ihre Zunge nicht haben zügeln können«, meine Schlehenblüte.
Bald danach kam Edelsteinchen und erzählte, Herbstaster sei in den rückwärtigen Räumen gewesen und habe erneut geklatscht. Der Schwiegersohn sei hier im Zimmer und zwar von früh bis spät und vom Abend bis zum Morgen. Sie habe es ihr verwiesen und ihr gehörig heimgeleuchtet, aber das habe auf sie keinen Eindruck gemacht. »Als meine Herrin mich fragte, habe ich nichts weitererzählt und nur gesagt, die fünfte Herrin möchte gern etwas mit ihr besprechen. Soeben ist sie dann hergekommen. Aber behaltet das für euch! Hochstehende Leute sehen über die Fehler geringerer Leute hinweg. Seid auf der Hut vor der Sklavin! Das genügt.«
Zwar schenkte Frau Mondtraut dem, was Herbstaster erzählt hatte, keinen Glauben, befürchtete aber, daß Goldlotos als jugendliche Frau eines Tages doch liebeshungrig werden und auf falsche Bahn geraten könnte, wenn sie längere Zeit keinen Mann habe. Sollte das vielleicht gar nach außen dringen, könnte es Stoff zum Klatsch liefern. Deshalb wollte sie nicht, daß Simens Tochter und Tschen Djing-dji allzuweit von der Familie wohnten. Sie gab als Grund an, daß sie die Tochter besonders gern um sich habe.
Sie bestimmte das Seitengebäude von Holdchen Li als Wohnung für die Tochter.
Das Ehepaar mußte in die innerhalb des zweiten Portals gelegenen hinteren Räume umziehen. Ging der Geschäftsführer Fu nach Hause, wurde Tschen Djing-dji gerufen, um, wenn an ihm die Reihe war, im Laden zu übernachten. Kleidungsstücke oder Drogen mußte er stets zusammen mit Dai-an holen und bringen. Alle Türen hielt Frau Mondtraut unter Verschluß. Weil in solchen Dingen Frau Mondtraut sehr streng war, wurde der leidenschaftliche Liebesverkehr zwischen Goldlotos und Tschen Djing-dji einstweilen gestört. Das zu ertragen wurde ihr täglich schwerer. Es kam dazu, daß sie zu träge wurde, Puder und Schminke aufzutragen, und immer weniger Tee und Speisen zu sich nahm. Gürtel und Kleider wurden ihr zu weit. Ihr Schlafbedürfnis wurde täglich größer. Da redete Schlehenblüte ihr zu: »Gestern hat die Erste zwei Nonnen bei sich behalten. Ich habe gehört, heute abend soll eine fromme Schrift vorgelesen werden. Ich werde zum Schein Stroh aus dem Pferdestall für das Kopfkis-

sen holen und dann in den Laden gehn und ihn herbestellen. Der Schwiegersohn muß unter allen Umständen mit der Herrin einmal zusammentreffen.
Wie denkt ihr darüber?«
»Meine liebe Schwester«, erwiderte Goldlotos. »Wenn du ihn herrufen willst, werde ich dir diesen Liebesdienst bestimmt nicht vergessen.«
»Wie könnt Ihr nur so reden, Herrin! Ich will auch in Zukunft immer zu Euch halten. Wir wollen zusammen an einem Platz bleiben.«
Als der Abend kam, tat Goldlotos Frau Mondtraut gegenüber so, als habe sie Brustbeschwerden und zog sich zurück.
»Schwester, nun eile und hol ihn her!« rief Goldlotos Schlehenblüte zu.
»Einen Augenblick! Ich will erst Herbstaster, der Sklavin, ein paar Becher Wein verabfolgen lassen und sie trunken machen.«
Dann ging sie mit einem Korb nach vorn, packte ihn voll Stroh, schlich an die Tür des Ladens und rief mit gedämpfter Stimme.
Der Gehilfe Fu war nach Hause gegangen. Tschen Djing-dji befand sich allein im Raum. Als er an der Stimme Schlehenblüte erkannte, öffnete er rasch. »Ach, freilich, das junge Fräulein! Bitte, komm herein und nimm Platz, es ist niemand zugegen«, sagte er mit lachendem Gesicht.
Schlehenblüte trat ein und fragte, wo die Dienerjungen seien.
»Dai-an und Ping-an schlafen drüben im Drogenladen. Ich bin hier allein.«
»Meine Herrin hat deinetwegen in diesen Tagen Kummer gelitten. Sie bangt sich nur nach dir und drängte mich, dich zu bitten, schleunigst einmal zu ihr zu kommen.«
»Ich bin von eurer beider inniger Liebe ganz betroffen. Wie soll ich sie nur vergelten? Geh nur vor! Ich räume hier auf und komme dann sogleich nach.« Während er sprach, entnahm er einem Schrank ein weißseidenes Tüchlein und einen Satz silberner Zahnstocher. Die schenkte er ihr.
Dann schlossen sie sich in die Arme, ließen sich auf der Lagerstatt nieder, gaben sich Zungenküsse und fühlten sich unendlich glückselig.
Schlehenblüte kehrte schließlich zu ihrer Herrin zurück und erzählte: »Den Schwiegersohn habe ich gerufen. Er wird sofort hier sein. Er freute sich über mein Kommen und schenkte mir ein Schweißtuch und einen Satz Zahnstocher aus Silber.«
Das war im neunten Monde am Zwölften oder Dreizehnten.

Der Mond leuchtete hell. Tschen Djing-dji hatte sich hinüber in den Drogenladen begeben und Ping-an als seinen Vertreter mitkommen heißen. Er müsse, gab er vor, auf Frau Mondtrauts Wunsch die frommen Schriften anhören. Vor Goldlotos' Haus schüttelte er den blühenden Eibisch. Schlehenblüte kam ihm geschwinde entgegen und nahm ihn mit in die Stube. Goldlotos begrüßte ihn an der Tür, dann betraten sie Hand in Hand das Schlafzimmer und ließen sich dort nieder. Schlehenblüte trug Wein und Speisen auf. Goldlotos schmiegte sich ganz eng an Tschen Djing-dji. Schlehenblüte setzte sich seitab und schenkte Wein ein. Die Becher wanderten hin und her. Eine Weile stärkten sie sich mit den erlesensten Leckerbissen. Berauscht warf Goldlotos ihm mit ihren gewinnenden Augen verliebte Seitenblicke zu. Ihr schwarzes Haargewölk löste sich etwas.
Schließlich entkleideten sich alle drei. Dann suchten sie die vierundzwanzig Frühlingsstellungsbilder hervor, um sie nachher auf der Lagerstatt nachzuahmen.
»Schlehenblüte, hilf von hinten nach, wenn er zu erlahmen droht«, befahl sie der Zofe.
Herbstaster, die bis Mitternacht geschlafen hatte, stand auf, um ein Bedürfnis zu erledigen. Sie fand aber ihre Stube verriegelt; dennoch gelang es ihr, diese zu entriegeln. Im klaren Mondschein schlich sie sich vorsichtig hinaus an das Fenster des Schlafzimmers und lugte durch eine Ritze ins Innere: Im Zimmer, von der Lampe hell beleuchtet, sah sie alle drei ineinander verstrickt. Schadenfroh dachte sie daran, was Frau Mondtraut dazu sagen würde, wenn sie es ihr morgen mitteilte; und mit Genugtuung begab sie sich wieder zur Ruhe.
Schlehenblüte wartete nicht, bis es hell geworden war, sondern erhob sich als erste und ging in das Schrankzimmer. Da fiel ihr auf, daß die Tür geöffnet war und stellte Herbstaster zur Rede.
»Ich mußte nötig austreten.«
»Dazu ist im Zimmer doch der Nachtstuhl da!« fuhr Schlehenblüte sie an.
»Daß ein Nachtstuhl im Zimmer steht, wußte ich nicht.«
Während die beiden Mägde noch im Wortwechsel lagen, stand Tschen Djing-dji auf und begab sich zeitig nach vorn.
»Weshalb habt ihr so gelärmt?« wurde Schlehenblüte von Goldlotos gefragt. Diese erzählte darauf, daß Herbstaster nachts die Tür geöffnet habe. Goldlotos wollte aus Wut Herbstaster schlagen. Sie hatte sich indessen schon zu Frau Mondtraut begeben und ihr alles mitgeteilt.

Aber die Herrin fuhr sie an: »Schon einmal kamst du unnötig her und erhobst schwere Anklage. Du behauptetest, deine Herrin halte in ihrer Stube den Schwiegersohn Tschen verborgen. Du veranlaßtest mich hinzugehen. Da saß deine Herrin auf dem Bett und fädelte Perlen zu Blumenmustern auf. Wo war der Schwiegersohn da? Er kam hernach aus dem Vordergebäude hinzu. Du Sklavin, die ihre Herrschaft verleumdet! Wenn so etwas in die Öffentlichkeit dringt, dann bist du, Sklavin, es gewesen, die die Herrschaft zu Fall gebracht hat.« Mit Schlägen wollte sie auf Herbstaster losgehn.

Entsetzt lief diese zurück und hatte für immer die Lust verloren, etwas zu berichten. Als Goldlotos erfuhr, daß Frau Mondtraut Herbstaster keinen Glauben beigemessen hatte, wurde sie nur noch rücksichtsloser.

Aber Simens Tochter erfuhr von der Sache. Sie befragte unter vier Augen Tschen Djing-dji, und dieser erklärte seelenruhig: »Du glaubst jener verdrehten Sklavin! Ich habe doch gestern im Laden übernachtet. Wann soll ich in den Garten gegangen sein? Das Gartentor bleibt doch den ganzen Tag geschlossen. Zudem hat sich die erste Mutter mit eigenen Augen überzeugt und glaubt ihr nicht!«

XL.

Eines Tages bat Frau Mondtraut ihren Bruder, den älteren Schwager Wu, um seinen Rat. Sie wollte nach dem Bezirk Taian, um auf dem Gipfel des Taischan der Göttin der Frauen ein Weihrauchopfer darzubringen. Während Simen Tjings Krankheit hatte sie das gelobt.

»Willst du hingehn, so muß ich schon mitkommen«, versprach der ältere Schwager Wu.

Sofort wurden Weihrauch, Kerzen, Götterbilder aus Papier und Opfergegenstände beschafft. Dai-an und Lai-an sollten das Gefolge bilden. Drei Reittiere wurden gemietet. Für Frau Mondtraut wurde eine warme Sänfte zur Reise bereit gestellt. Sie schärfte Edelburg Meng, Goldlotos Pan, Schneeholdchen Sun und Simens Tochter ein, sorgfältig auf das Haus zu achten und mit der Amme Ideal und allen Mägden ihr Söhnchen zu betreuen. Wenn hinten jenseits des zweiten Portals nichts mehr zu erledigen sei, sollten sie es ganz früh schließen und das Anwesen nicht verlassen. Weiter ordnete sie an, daß auch Tschen Djing-dji

nirgendwohin gehn dürfe. Er und sein Gehilfe Fu sollten das Hauptportal im Auge behalten. »Ich werde etwa gegen Monatsende nach Hause kommen.«
Am Fünfzehnten in der Frühe verbrannte sie Opferpapier, um die Göttin zu benachrichtigen. Abends verabschiedete sie sich von Simen Tjings Seelentafel, veranstaltete für alle Mitfrauen einen Abschiedstrunk und gab die Schlüssel zu allen Räumen und Vorratskammern an Edelsteinchen. Am nächsten Tage, um die Zeit der fünften Nachtwache, stand sie auf und verließ Familie und Haus. Der ganze Zug bewegte sich auf der großen Landstraße vorwärts. Die Witterung war spätherbstlich kalt. Etwa sechzig bis siebzig Wegstrecken legten sie täglich zurück. Noch vor der Abenddämmerung machten sie in Herbergen oder in Rasthäusern halt, und des andern Tages setzten sie ihre Reise fort. Während der ganzen Zeit sah man nur blasse Herbstwolken, vereinzelte Wintergänse und entlaubte Bäume und Gehölze; die Landschaft war verödet. Alles stimmte tieftraurig.
Nach einigen Tagen war der Bezirk von Taian erreicht. Dort erblickten sie den Taischan des Reiches. Breit hingelagert erhebt er sich vom Erdboden, und sein Gipfel ragt auf zum Herzen des Himmels. Er steht in den Staaten Tji und Lu und ist voll würdiger Wucht. Weil der Abend hereinbrach, suchte der ältere Schwager Wu Unterkunft in einer Herberge. In der Frühe des nächsten Tages stiegen sie den Berg hinan und gelangten zum Tempel des Heiligen Gipfels.
Während Frau Mondtraut die Göttin der Mutter, das herrliche Bildnis, bewunderte und ihm ihre Verehrung erwies, stand am Weihrauchtisch nebenan ein Tempelbeter und Meister der Dau-Lehre. Er war etwa vierzig Jahre alt, von gedrungenem Körper und trug einen dreisträhnigen Bart, sah aus blanken Augen und hatte schneeweiße Zähne. Auf dem Kopf saß ihm ein Hut, der mit Haarpfeilen festgesteckt war. Er trug ein rötliches Gewand, wolkenförmige Schuhe. Er trat vor und verlas für Frau Mondtraut das Gebet für die Erfüllung ihres Gelübdes. Dann steckte er in den bronzenen Weihrauchofen eine Weihrauchkerze, zündete die Götterbilder, das Gold- und Silbergeld aus Papier an und ließ durch einen Burschen die Opferspenden wegräumen.
Aber dieser Tempelbeter und Meister der Dau-Lehre war durchaus kein sittenstrenger Mensch. Er hieß Schi und führte den Doppelnachnamen Bo-zai (Höchstes Talent). Er war ein äußerst besitzgieriger und der Sinnenlust zugetaner Geselle, ein Bursche, der die Gelegenheiten auszunutzen wußte und alles an sich riß. In

der Umgebung wohnte ein gewisser Yin Tjän-si (Unglücksstern). Immer führte er eine Anzahl Tagediebe an beim Bogenschießen oder Kugelschleudern. Hunde an der Leine und Falken waren seine Begleiter. In den beiden Tempeln oben und unten am Berge hatte er Meisterschaft darin erworben, Frauen und Mädchen, die aus allen Gegenden Weihrauch verbrennen kamen, nachzustellen, ohne daß die Leute es wagten, ihn sich zum Feinde zu machen. Der Dauist Schi Bo-zai besaß höchste Geschicklichkeit darin, dessen Ränke zu vertuschen und ihm bei seinen Untaten zu helfen. Er führte ihm Frauen und Mädchen in der Abtei zu, so daß jener sich dort nach Belieben mit ihnen vergnügen konnte. Nun sah er, wie lieblich Frau Mondtraut gestaltet und wie ungewöhnlich hübsch sie war. Da sie ein Trauerkäppchen trug, mußte sie, wenn nicht die Gattin eines Mandarins, so doch eine Dame aus dem Frauengemach einer Patrizierfamilie sein. Ein graubärtiger und grauhaariger Alter, dem zwei Dienerknaben folgten, trat vor, verneigte sich, dankte für die zur Erlangung des göttlichen Segens gespendeten Sachen und sagte: »Ich bitte die beiden Gönner in die Abtei zum Tee.«
»Wir möchten Euch nicht bemühen, sondern eilig den Berg wieder hinuntergehn«, erwiderte der Schwager Wu.
»Zum Hinabsteigen ist es noch zu früh«, bemerkte da Schi Bozai.
Bald hatte er sie in das Innere der Abtei gebeten. Alles war dort schneeweiß gehalten. Gegenüber der Eingangstüre befand sich ein Liegebett mit Vorhängen aus gelbem Brokat. Bald darauf trugen zwei Diener leckere Speisen herein, ebenso Wein. Da machte Frau Mondtraut Anstalten, aufzubrechen, rief Dai-an heran und ließ durch ihn auf ein rot lackiertes Teebrett eine Rolle Stoff und zwei Unzen Silber legen für den Dauisten Schi zum Dank für seine Höflichkeit. »Wir dürfen Euren hehren Tempel nicht weiter stören«, hob wieder der Schwager Wu an. »Mit den geringen Gaben wollen wir dem Führer der Genien unseren Dank bekunden. Wir dürfen Euch nicht um Essen und Wein bemühen. Der Abend bricht an. Wir wollen jetzt hinabsteigen.«
Hastig konnte sich Schi Bo-zai im Dank nicht genug tun. Unter allen Umständen müßten sie noch etwas länger verweilen und ein paar Becher zu sich nehmen, damit er, der geringe Dauist, seine Erkenntlichkeit, wenn auch nur in geringem Maße, beweise.
Schwager Wu konnte nicht umhin, seinem Drängen nachzuge-

ben und mit Frau Mondtraut sitzen zu bleiben. Als nach einiger Zeit wieder Essen aufgetragen wurde, rief der Dauist Schi den jungen Dienern zu: »Dieser Wein ist nicht zu genießen. Öffnet noch jenen, den gestern der Herr Präsident Sü geschickt hat, den Krug Lotosblütenwein, dessen Duft durch das Gefäß drang! Setzt ihn Herrn Wu zum Kosten vor!«
Sie schenkten den Wein heiß ein. Der Dauist füllte ein Glas und reichte es Frau Mondtraut mit beiden Händen. Diese wollte das Getränk nicht annehmen, und der Schwager Wu erklärte: »Meine Schwester hat von Natur Abneigung gegen Wein.«
»Verehrte Dame«, sagte Schi Bo-zai, »unterwegs werdet Ihr beständig eisigen Winden ausgesetzt sein. Trinkt doch nur ein bißchen!« Mit diesen Worten schüttete er den Becher halb aus und reichte ihn dann Frau Mondtraut. Sie nahm ihn entgegen. Dann schenkte er einen Becher voll und reichte ihn dem Schwager Wu. Er trank einen Schluck und fand seinen Duft und seine Süße ungemein köstlich.
»Ich brauche es Euch, meinem werten Freunde, nicht zu verschweigen«, erzählte Schi Bo-zai, »daß diesen Wein der Herr Präsident Sü aus Tjingdschou meiner Wenigkeit geschenkt hat. Jahr für Jahr kommt seine Gemahlin nebst Tochter und Sohn in den Tempel des Heiligen Gipfels, um Weihrauch zu verbrennen und Dankgebete darzubringen. Sie sind mit mir, dem geringen Dauisten, sehr eng befreundet. Früher wurde alljährlich von dem Einkommen der beiden Tempel auf dem Heiligen Gipfel die Hälfte an die Schatzkammer geliefert. In diesem Jahre wird die Steuer dank dem Bericht meines Gönners, des Herrn Präsidenten Sü, nicht mehr erhoben. Alles verbleibt hier für die laufenden Ausgaben. In erster Linie werden der Göttin Weihrauch und Kerzen dargebracht, der Überschuß wird zur Bewirtung der gern gesehenen Gäste aus allen Gegenden verwendet.«
Als Schwager Wu einige Becher Wein getrunken hatte, wollte er aufbrechen, aber Schi Bo-zai wandte ein: »Die Sonne ist nahe daran unterzugehn. Da könnt Ihr den Berg nicht mehr hinuntersteigen. Wenn Ihr es nicht verschmäht, in meiner Klause die Nacht zu verbringen, so könnt Ihr morgen früh den Berg bequemer hinabgehn.«
Schwager Wu blieb daraufhin sitzen und Schi Bo-zai schenkte einen großen Becher für ihn voll Wein. Schwager Wu empfand die starke Wirkung des Weines und lehnte unter dem Vorwand, trunken zu sein und die Kleider ordnen zu wollen, ab. Er begab sich nach hinten. Frau Mondtraut fühlte sich müde und legte sich

auf das Bett. Schi Bo-zai zog die Tür hinter sich zu. Plötzlich hörte sie innen ein Geräusch, und aus einer Tapetentür hinter dem Bette kam ein Mann hervor. Er war blaßrot im Gesicht, trug einen dreisträhnigen Bart und war etwa dreißig Jahre alt. Seinen Kopf bedeckte eine dunkle, durchlässige Mütze, den Leib ein Beinkleid und Jäckchen aus violettem Brokat. Er schloß Frau Mondtraut mit den Worten in seine Arme: »Ich, Euer Diener, bin Yin Tjän-si. Ich habe schon lange von Euch, meine Dame, der Gattin aus hochangesehenem Mandarinenhause, gehört. Euch hat die Natur zu einer Schönheit des Reiches gemacht. Mich dürstet sehnsüchtig nach Eurer Liebe. Wenn mir Eure Erhörung zuteil wird, werde ich es auch im Tode nicht vergessen.« Er drückte Frau Mondtraut auf das Bett nieder und flehte um das Vergnügen. Sie versuchte sich zu befreien und schrie um Hilfe. Er sank in die Knie, ließ sie aber nicht los: »Meine Dame, so seid doch still und erhört Eures Dieners inständiges Flehen!«

Frau Mondtraut schrie nur um so lauter und dringlicher. Schwager Wu eilte mit Riesenschritten herbei und versuchte die Tür aufzustoßen. Aber es gelang nicht; dann packte er einen Stein und brach damit die Tür auf. Yin Tjän-si verschwand hinter dem Bett wie ein Wölkchen. Denn der Dauist Schi hatte von vornherein hinter dem Bett einen Durchlaß angelegt.

»Schwester, der Bursche hat dir doch nicht Gewalt angetan?« fragte Schwager Wu.

»Nein! Es ist ihm nicht gelungen.«

Der Schwager suchte nach dem Dauisten; dieser hielt sich verborgen. Vor Wut tobend, hieß der Schwager Dai-an und Laian Türe, Fenster und Torflügel des Dauisten einschlagen. Gleichzeitig half er Frau Mondtraut in ihre Sänfte, und darauf eilten sie den Berg hinab. Um Mitternacht erreichten sie die Herberge am Fuße des Berges und erzählten den Vorfall dem Herbergsdiener.

»O weh!« rief dieser. »Man darf doch Yin, den Unglücksstern, nicht erzürnen! Er ist der jüngere Bruder der Gemahlin Seiner Hoheit unseres Landeshauptmanns. Zieht sofort weiter, sonst bekommen wir Herbergsleute bestimmt mit ihm Schwierigkeiten. Er läßt die Schande nicht auf sich sitzen.«

In größter Hast machten sie sich wieder auf den Weg. Schon war den Berg hinab hinter ihnen her Yin Tjän-si mit zwanzig bis dreißig Taugenichtsen. Schwager Wu und sein Troß machten Gewaltmärsche. Etwa um die vierte Nachtwache gelangten sie an

方丈
碧霞宮

eine Bergschlucht. Da drang von fern ein Lichtschimmer. Beim Näherkommen erkannten sie eine Felsenhöhle. Ein bejahrter buddhistischer Mönch war darin bei einer Kerze in eine heilige Schrift vertieft.
»Verehrter Meister«, rief ihn Schwager Wu an. »Wir haben auf der Spitze des Berges Weihrauch verbrannt und werden von gewalttätigen Unholden verfolgt. Deshalb sind wir den Berg herabgeeilt. Wir haben den Weg verloren und uns hierher verirrt. Darf ich Euch, Meister, fragen, wie dieser Platz heißt und wie wir von hier aus zum Kreise Klarenfluß zurückkehren können?«
»Dieses ist die Ostseite des Heiligen Gipfels. Schneegrotte heißt dieser Platz. Mich armen Mönch nennt man den Erkenntnismeister der Schneegrotte, mein Glaubensname ist Pu-djing (Allschlichter). Seit zwanzig und mehr Jahren läutere ich hier meinen Lebenswandel. Daß du mich heute hier triffst, ist eine Schicksalsfügung. Geht nicht weiter! Am Fuße des Gebirges hausen Tiger und Leoparden in Menge. Zieht morgen früh bei Helligkeit weiter, die große Straße entlang! Da kommt Ihr in Euren Kreis Klarenfluß.«
»Ich habe Bedenken wegen unserer Verfolger«, wandte Schwager Wu ein.
Der alte Meister erhob seine Augen, hielt Ausschau und sprach:
»Seid unbesorgt! Jene sind umgekehrt.« Anschließend erkundigte er sich nach Frau Mondtrauts Familien- und Mädchennamen.
»Sie ist meine jüngere Schwester, eine geborene Wu, die Witwe Simen Tjings. Wegen ihres Gatten ist sie hierhergekommen, Weihrauch zu spenden. Für die Gunst, daß wir von Euch verehrtem Meister gerettet worden sind, soll Euch doppelter Lohn werden. Wir werden es nicht zu vergessen wagen.«
So blieben sie in der Höhle zur Nachtruhe. Am nächsten Morgen noch vor Tageshelle holte Frau Mondtraut eine Rolle Stoff hervor, um dem verehrten Meister damit den Dank abzustatten. Der aber lehnte das Geschenk ab: »Ich armer Mönch bettele nur darum, daß Euer leibliches Kind mein Jünger werde. Sagt Euch das zu?«
»Meine Schwester hat nur ein Söhnchen, das den Fortbestand der Familie sichern soll. Wären noch mehrere vorhanden, so könnten sie dem verehrten Meister als Jünger gegeben werden«, wehrte Schwager Wu ab.

»Mein Bübchen ist noch klein«, fügte Frau Mondtraut hinzu. »Es hat noch nicht einmal ein Lebensjahr zurückgelegt.«
»Wenn Ihr es mir nur versprecht, so will ich jetzt nicht mehr weiter danach fragen. Ich werde erst in fünfzehn Jahren um den Knaben bitten«, sagte der betagte Meister.
Frau Mondtraut schwieg und meinte, sich nach fünfzehn Jahren erneut mit der Angelegenheit beschäftigen zu können. So machte sie nur eine halbe Zusage. Darauf verabschiedeten sie sich von dem Mönch und eilten auf der großen Landstraße zum Kreise Klarenfluß zurück.
Während dieser Zeit rief Goldlotos Tschen Djing-dji in ihre Stube: »Ich bekomme ein Kind. Im dritten Monde hatte ich noch meine Regel, aber seitdem sind es schon sechs Monde, also eine halbe Schwangerschaft. Also tummele dich, solange die erste Mutter nicht zu Hause ist, und besorge irgendwoher eine Abtreibungsarznei. Ich kann doch nicht mehr den Kopf hochtragen und jemand ins Gesicht sehen.«
»Wir haben im Laden vielerlei Arzneiarten, nur weiß ich nicht, welche abtreibend wirken, und habe auch keine Vorschriften für die Herstellung und Mischung«, erklärte Tschen Djing-dji. »Aber sei beruhigt! Der Arzt Hu weiß für alle Frauenleiden Rat.«
»Mein lieber Kerl, geh sofort!« bat Goldlotos.
Tschen Djing-dji packte darauf drei Scherf Silber ein und ging stracks zu dem Arzte Hu. Dieser wußte, daß Tschen Djing-dji der Schwiegersohn des Oberrats Simen war, so forderte er ihn auf, Platz zu nehmen: »Darf ich fragen, warum Ihr meine Hütte betretet?«
»Nichts von Bedeutung!« sagte Tschen Djing-dji und zog die drei Scherf Silber aus dem Ärmel. »Darf ich um eine wirksame Mischung für eine Schwangerschaftsunterbrechung bitten, das würde mich Euer reiches Wohlwollen erkennen lassen.«
»Zwischen Himmel und Erde ist doch der Schutz des Lebens die erste Pflicht«, widersprach der Arzt. »Neun von zehn Leuten wünschen Arzneien, die zu einer Empfängnis verhelfen. Warum wollt Ihr nun gerade ein Mittel zur Unterbrechung der Schwangerschaft? Nein! Das habe ich nicht.«
Als Tschen Djing-dji erkannte, daß er sich sträubte, legte er noch zwei Scherf hinzu: »Bei der Frau, die in Betracht kommt, fallen die Geburten schwierig aus, so wünscht sie, die Schwangerschaft zu unterbrechen.«
Der Arzt Hu nahm das Silber: »Nun gut. Ich gebe Euch die

Arznei. Wenn man sie eingenommen hat und fünf Wegstrecken weit gegangen ist, fällt die Leibesfrucht heraus.« Damit überreichte er sie Tschen Djing-dji.

Goldlotos kochte am Abend ein Süppchen und schluckte das Mittel damit hinunter. In kurzer Zeit bekam sie im Leibe Schmerzen. Sie legte sich auf das Ofenbett und ließ sich von Schlehenblüte den Leib mit aller Kraft kneten. Als sie sich bald danach auf den Nachtstuhl setzte, ging das Kind ab. Es dauerte nur wenige Tage, da wußte groß und klein im Hause, daß Goldlotos mit dem Schwiegersohn angebändelt hatte und ein uneheliches Kind abgetrieben worden sei.

Eines Tages traf Frau Mondtraut wieder zu Hause ein. Ihre Hin- und Rückreise hatte den Zeitraum eines halben Mondes in Anspruch genommen. Es war gerade um die Jahreszeit des zehnten Mondes. Alle Bewohner des Hauses gingen Frau Mondtraut entgegen und bewillkommneten sie wie ein Himmelsgeschenk. Sie verbrannte nach ihrer Ankunft zunächst vor der Tafel der Gottheit des Himmels und der Erde und vor Buddha Weihrauch, dann verneigte sie sich vor der Seelentafel Simen Tjings. Hierauf erzählte sie Edelburg und allen anderen ihre Erlebnisse in dem Tempel auf dem Heiligen Gipfel und weinte darüber. Frau Mondtraut sah auch die Amme das Trostkerlchen bringen.

Opferpapier war verbrannt, Wein aufgetragen und der Schwager Wu bewirtet worden. Dann ging er nach Hause. Abends veranstalteten alle Frauen ein Empfangsessen für Frau Mondtraut.

Da Frau Mondtrauts Pilgerreise durch Sturm und Reif erschwert worden war und sie Mühen und Beschwerden erduldet, auch den Schrecken erlitten hatte, fühlte sie in den nächsten Tagen heftige Schmerzen und war abgespannt. So war sie mehrere Tage leidend. Herbstaster, die Goldlotos' und Tschen Djing-djis Liebeleien belauscht hatte, bis ihr Ohren und Herz davon übervoll waren, begab sich, um alles Frau Mondtraut zu erzählen, in das Herrschaftshaus. Aber Edelsteinchen schalt sie aus und versetzte ihr eine Ohrfeige:

»Unleidliche, geschwätzige Sklavin, scher dich fort! Unsere Herrin ist von der weiten Reise zurückgekommen und fühlt sich unpäßlich. Sie ist noch nicht aufgestanden. Wenn sie sich aufregt, wird sie ernstlich krank werden.«

Die gescholtene Herbstaster zog sich maulend zurück. Aber schließlich sollte es doch einen Zwischenfall geben. Als Tschen

Djing-dji Kleidungsstücke holen kam, ging Goldlotos mit ihm in das obere Stockwerk des Gartenhäuschens. Beide waren gerade beim Austausch von Zärtlichkeiten, da begab sich Herbstaster nach hinten und holte Frau Mondtraut, damit sie es mitansehe.

»Ich, die Magd, habe es der Herrin wiederholt gesagt, ohne Glauben zu finden. Als die Herrin nicht zu Hause war, haben sie beieinander geschlafen und ein Kind gezeugt. Mit Schlehenblüte zusammen bilden sie eine Familie. Heute sind sie wieder dabei. Kommt rasch, Herrin, und überzeugt Euch!«

Frau Mondtraut ging eilig nach vorn, aber Schlehenblüte gewahrte sie und eilte hinauf ins obere Stockwerk.

»O weh! Die erste Herrin ist da.«

Beide zappelten an Händen und Füßen und fanden kein Versteck. Tschen Djing-dji ergriff die Kleiderbündel und stieg hinab. Frau Mondtraut, auf die er stieß, schalt ihn aus: »Du bist wie ein kleines Kind, das kein Gedächtnis hat! Habe ich dir nicht gesagt, daß du hier allein nichts zu suchen hast!«

»Die Leute im Laden warteten. Niemand war da, die Kleider zu holen«, erwiderte der Schwiegersohn.

»Ich weiß, was du im Hause einer Witwe treibst. Welche Schamlosigkeit!«

Tschen Djing-dji machte, daß er wegkam. Goldlotos getraute sich den halben Tag nicht hinunter. Frau Mondtraut wies sie mit allem Nachdruck zurecht: »Schwester, benimm dich von heute ab nicht mehr so schamlos! Obwohl die Magd es mir mehrmals gesagt hat, habe ich es nicht geglaubt. Heute habe ich mit eigenen Augen genug gesehen. Jetzt sage ich dir endgültig: Du mußt dich selber zusammenreißen, um unserem verstorbenen Manne einen guten Ruf zu erhalten.«

Goldlotos wurde dabei bald rot, bald weiß und beteuerte unzählige Male, es sei nicht so gewesen:

»Ich habe im oberen Stocke Weihrauch verbrannt. Der Schwiegersohn ist nur gekommen, um dort Kleidungsstücke herauszusuchen. Wer hat auch nur ein Wort mit ihm gewechselt?«

Nach diesem Auftritt war Frau Mondtraut in die rückwärtigen Räume zurückgekehrt. Als Simens Tochter am Abend in ihrer Stube war, machte sie Tschen Djing-dji ebenfalls herunter.

»Verstockter Halunke! Wagst du es wieder zu behaupten, daß kein vollgültiger Beweis vorhanden sei, nachdem du bei der Tat ertappt worden bist? Du hast doch so den Mund aufgerissen!

Was habt ihr beide denn heute im Oberstock getrieben? Daran ist gar nicht zu deuteln, daß ihr ein schönes Stückchen gemacht habt. Du hältst mich sozusagen nur auf dem Boden des Topfes. Du weißt doch, daß du hier nur geduldet wirst.«
»Frauenzimmer«, fuhr Tschen Djing-dji sie an. »Deine Familie hat das von mir eingebrachte Silber gern genommen!« Unwirsch begab er sich nach vorn. Von dieser Zeit an hielt sich Tschen Djing-dji nur noch dort auf. Er scheute sich, in die rückwärtigen Räume zu gehn. Waren irgendwelche Sachen aus dem oberen Stockwerk zu holen, so taten das Dai-an und Ping-an. Stand die Sonne noch halb am Himmel, wurden Tore und Türen im Hause geschlossen.
Als das Pärchen so bereits über einen Monat getrennt war, erschien Goldlotos jeder Tag wie drei Herbste und jede allein verbrachte Nacht wie ein halber Sommer. Das Feuer ihrer Leidenschaft brannte weiter. Sie wollte Tschen Djing-dji unbedingt sprechen. Aber zwei briefliche Nachrichten waren nicht durchgekommen. Da hatte Tschen Djing-dji eines Tages die Gevatterin Süeh am Hauptportal vorübergehen sehen. Das brachte ihn auf den Gedanken, durch ihre Vermittlung Goldlotos ein Briefchen zu senden. So ritt er eines Morgens unter dem Vorwand, Außenstände eintreiben zu wollen, zur Gevatterin Süeh. Sie begrüßte ihn mit dem Wunsche tausendfältigen Segens:
»Welcher Wind hat Euch, Herr Vetter, zu mir ins Haus geführt?«
»Es handelt sich um folgendes«, bemerkte Tschen Djing-dji: »Ich und die fünfte Mutter stehn seit längerer Zeit in engstem Verhältnis. Jetzt ist das durch die Magd Herbstaster aufgedeckt worden, und unser beider Liebesband zerstört. Doch Goldlotos und ich sind untrennbar, aber wir sind voneinander abgeschnitten. Briefchen kommen nicht durch. Weil sonst niemand in die Innengemächer hineinkommt, muß ich dich bitten, eine Botschaft zu vermitteln.« Damit nahm er aus seinem Ärmel eine Unze Silber. »Diese Kleinigkeit schenke ich dir vorläufig, Gevatterin Süeh, kaufe dir dafür Tee!«
Sie klatschte laut in die Hände und lachte auf.
»In welcher Familie bändelt ein Schwiegersohn mit einer Schwiegermutter an? So etwas geht doch in der Welt nicht, Vetter.«
»Gevatterin, schweigt und lacht mich nicht aus! Hier dieses festverschlossene Briefchen müßt Ihr ihr morgen überbringen.«

Sie faßte mit einer Hand danach.
»Wo kann ich mir deine Nachricht holen?« fragte Tschen Djing-dji.
»Ich werde dich im Laden aufsuchen.«
Am nächsten Tage betrat die Gevatterin Süeh mit einem Schmuckzierat-Kästchen das Herrschaftshaus Simen Tjings und machte Frau Mondtraut einen Besuch. Sie blieb eine Weile bei ihr und begab sich dann zu Edelburg Meng. Später ging sie zu Goldlotos hinüber. Diese hatte gerade den Tisch decken lassen und verzehrte ihre Mahlzeit. Schlehenblüte hatte ihre schwermütige Freudlosigkeit beobachtet und ihr zugeredet: »Herrin, trinkt einen Becher Glühwein als Sorgenbrecher gegen Schwermut und Kummer!« Zwei Schoßhündchen auf der Treppe, die sich gerade paarten, veranlaßten sie zu den Worten: » Den Tieren verwehrt man nicht ihr Vergnügen, nur den Menschen.«
Da sah sie die Gevatterin Süeh kommen. Diese begrüßte sie mit dem Wunsche zehntausendfältigen Segens und verneigte sich einmal vor Schlehenblüte. Dann bemerkte sie lachend: »Die Damen lassen es sich ja gut schmecken!« Sie gewahrte die beiden sich paarenden Hündchen und fügte schmunzelnd hinzu: »Ein gutes Omen.«
Dann steuerte sie sogleich auf ihr Anliegen zu: »Gestern kam der Schwiegersohn Tschen zu mir und berichtete mir allerlei. Er hat Euch, verehrte Freundin, eine gute Weile nicht von Angesicht sehen können und mich herzlichst gebeten, ein Briefchen zu überbringen. Ich soll Euch, verehrte Freundin, vielmals grüßen. Ihr möchtet Euch nicht so sehr grämen. Weil der Herr doch nicht mehr am Leben sei, habe er sich entschlossen, alle Scheu beiseite zu lassen und einen großen Schlag zu tun. Er meint, was habe er zu fürchten, etwa den Rauch, wenn er einen Weihrauchstab anzünde? Und wenn eine Feuersbrunst entstünde, sei ihm das auch gleichgültig.« Damit zog sie Tschen Djing-djis verschlossenes Schreiben hervor. »Er hat gewünscht, du möchtest ihm ein Erinnungszeichen geben oder ein paar Zeilen schreiben, die ich ihm bringen könnte. Dann werde er mir glauben, daß der Brief bestellt ist.«
Goldlotos begab sich in ihre Stube und brachte nach einer Weile ein weißseidenes Tüchlein und einen goldenen Fingerring. Auf das Tüchlein schrieb sie ein Gedicht über ihre Sehnsucht und ihren Trennungsschmerz. Beides gab sie der Gevatterin und eine halbe Unze Silber. Die Gevatterin verabschiedete sich und ver-

ließ das Haus. Vorn am Laden suchte sie Tschen Djing-dji auf und gab ihm das Päckchen.
Gevatterin Süeh war bereits weitergegangen, da kam sie zurück: »Eines hätte ich beinahe vergessen. Als ich oben von ihr kam, hat die erste Herrin ihre Dienerin Lenzbunt nach mir geschickt und mich nochmals zu sich gerufen. Sie hat mich beauftragt, abends Schlehenblüte abzuholen. Sie will sie verkaufen lassen, weil sie behauptet, sie sei bei euch die Helfershelferin gewesen und hure gemeinsam mit ihrer Herrin herum.«
»Mutter Süeh«, antwortete Tschen Djing-dji. »Nimm du sie zu dir in dein Haus! Ich werde nächster Tage zu dir kommen, sie besuchen und befragen.«
Die Gevatterin Süeh ging nach ein paar weiteren Worten heim. Abends bei Mondaufgang kam sie Schlehenblüte abholen. Als sie in Frau Mondtrauts Zimmer trat, bemerkte diese: »Seinerzeit ist sie durch eine Vermittlung für sechzehn Unzen Silber gekauft worden. Bringst du jetzt wieder sechzehn Unzen, ist's abgetan.« Dann befahl sie Edelsteinchen: »Geh mit nach vorn und passe beim Aufräumen auf! Sie soll mit bloßem Körper abziehen. Kleider darf sie nicht mitnehmen.«
Die Gevatterin Süeh kam nach vorn und berichtete Goldlotos: »Auf Befehl der Herrin muß ich Schlehenblüte mitnehmen, weil sie mit Euch, verehrte Freundin, gemeinsam alle Missetaten begangen und heimlich gehurt habe. Die Erste kümmert sich um Einzelheiten nicht, will aber von mir den ursprünglichen Preis.«
Als Goldlotos hörte, daß Schlehenblüte mitgenommen und verkauft werden sollte, füllten sich ihre Augen, und die Tränen rollten herab, während sie rief: »Daß die Erste menschlicher Regungen derart bar ist und jeder Liebe und Gerechtigkeit ermangelt! Wer weiß, welche Wege der Himmel geht, wenn ein Herz so hochfahrend eingestellt ist, daß fast die Sonne verdunkelt wird.«
»Schlehenblüte hat mir erzählt, der Vater habe mit ihr zu seinen Lebzeiten verkehrt«, bemerkte die Gevatterin Süeh.
»Zweimal! Der Verstorbene hat sie wie seinen Herzensschatz behandelt«, sagte Goldlotos. »Ein Wort von ihr hat er für zehn geschätzt. Für einen Wunsch von ihr erfüllte er ihr zehn.«
»Na so etwas!« bemerkte Gevatterin Süeh. »Also weiß die erste Herrin nicht, daß der Herr sie so ausgezeichnet hat. Und nun soll sie abgeschoben werden ohne Koffer und Kisten, ohne ein einziges Kleidungsstück!«

»Hat sie dir das gesagt?« fragte Goldlotos.
»Auf Befehl der ersten Herrin soll Edelsteinchen acht geben, daß sie von Gewändern nichts mitnimmt.«
Schlehenblüte – sie stand dabei und vernahm, daß sie entlassen werden sollte – vergoß keine einzige Träne, sondern sagte, als sie Goldlotos weinen sah:
»Herrin, warum weint Ihr? Wenn ich weggeh', müßt Ihr in Geduld Euer Leben ertragen. Richtet Euch nicht durch Grübeleien und Kummer zugrunde! Laßt mich nur gehn! Gibt man mir keine Kleider, meinetwegen!«
Während sie noch sprachen, kam Edelsteinchen herein: »Fünfte Herrin, glaubt mir, meine Herrin ist ganz besessen! Holt Eure Koffer vor, sucht zwei von den besten Kleidern aus und gebt sie ihr! Mutter Süeh, du sollst sie für sie mitnehmen, als Andenken!«
»Liebe Schwester! Du zeigst doch etwas Liebe und Gerechtigkeitssinn!« lobte Goldlotos.
»Nun ja! Wer vermöchte gut zu sagen, daß es niemals kommt zu Klagen«, bemerkte Edelsteinchen. »Wie Grillen und Heimchen leben wir alle auf der gleichen behackten Ackererde. Der Fuchs ist traurig, wenn ein Hase stirbt, und alle Tiere haben Mitleid mit denen ihrer Gattung.« Mit diesen Worten trug sie Schlehenblütes Koffer hinaus. Die von ihr getragenen Tücher und Haarpfeile mit Eisvogelfederschmuck ließ sie von Schlehenblüte sämtlich mitnehmen.
Goldlotos wählte zwei allerbeste Seiden- und Atlaskleider aus, dazu Schuhe und packte alles in einem großen Pakete zusammen. Dann gab sie ihr noch einige Kämme, Haarpfeile, Ohrringe und Fingerringe. Edelsteinchen zog aus ihrem eigenen Haar zwei silberne Haarpfeile heraus und schenkte sie Schlehenblüte, rührte aber von den Hängekettchen aus Perlen, dem Haarknotenschmuck aus Silberfäden und den Röckchen und Jacken, die goldgrundiert und mit Blumen bestickt waren, nichts an, sondern trug alle diese Sachen in die zurückgelegenen Räume.
Darauf verabschiedete sich Schlehenblüte; Goldlotos und Edelsteinchen sagten unter Tränen Lebewohl. Mit sicheren Schritten folgte Schlehenblüte der Gevatterin Süeh. Ohne den Kopf zu wenden, ging sie gelassen und entschlossen zum Anwesen hinaus.

XLI.

Tschen Djing-dji ging am folgenden Tag um die Frühstückszeit aus, als müsse er Rechnungsbeträge eintreiben, ritt aber zum Hause der Gevatterin Süeh. Nachdem er sein Reittier festgebunden hatte, trat er ins Zimmer, setzte sich und trank den ihm dargebotenen Tee.

»Herr Schwiegersohn, was kommt Ihr mir melden?« fragte die alte Süeh.

»Ich bin in der vorderen Straße gewesen, um Schulden einzutreiben. Ist das Fräulein hier, das gestern von uns fortzog?«

»Sie ist hier und noch zu keiner Herrschaft gekommen.«

»Ich möchte sie sprechen.«

Die Gevatterin Süeh machte absichtlich Schwierigkeiten: »Bester Herr Schwiegersohn! Deine Schwiegermutter hat mich vor euch gewarnt: Ich solle keine Gelegenheit zu einer Begegnung und Aussprache gewähren. Mach also, daß du wegkommst!«

Tschen Djing-dji zog kichernd aus dem Ärmel eine Unze Silber hervor: »Dies mag einstweilen als Geld für einmaligen Tee dienen. Nimm es nur an! Ein anderes Mal zeige ich mich dir abermals dankbar.«

Als die Alte das Silber sah, riß sie die Augen auf und sprach: »Bester Schwiegersohn! Du hast doch selber so wenig Geld und willst dich mir künftig erkenntlich zeigen? Doch suche mir nur die beiden Kopfstützen-Endstücke mit der Blumenstickerei heraus, die ich für jemand im letzten Monat des vorigen Jahres in Eurem Laden verpfändet habe. Das wird an Kapital und Zinsen acht Scherf ausmachen.«

»Das geht ohne weiteres. Morgen werde ich sie dir bringen.«

Die Gevatterin Süeh ließ darauf Tschen Djing-dji in das Innengemach. Schlehenblüte rief, als sie Tschen Djing-dji sah: »Schwiegersohn, du bist mir der richtige! Der Henker bist du, der anderen Unglück bringt.«

»Meine Beste«, erwiderte Tschen Djing-dji. »Nachdem du das Haus verlassen hast, werde auch ich nicht mehr lange bei ihnen bleiben. Möchte doch die Mutter Süeh dir eine gute Familie besorgen! In die Reichshauptstadt zu meinem Vater will ich. Wenn alles geregelt ist, komme ich wieder und zwar zur Scheidung von ihrer Tochter. Aber die untergestellten Koffer und Kisten unserer Familie werde ich zurückverlangen.«

Sie sprachen sich noch weiter aus; da brachte die Gevatterin Süeh, was sie eingekauft hatte: Tee, Reis, Wein, Gemüse und deckte den Tisch. Die beiden saßen beieinander, tranken und plauderten.

Nachdem sie dann auch noch Zärtlichkeiten ausgetauscht hatten, nahmen sie Abschied. Das Scheiden fiel ihnen schwer, ungern ließen sie voneinander. Da die Gevatterin Süeh fürchtete, Frau Mondtraut könne jemand schicken, der es sehe, drängte sie Tschen Djing-dji eilig zum Hause hinaus. Er bestieg sein Reittier und kam heim.

Kaum zwei Tage danach brachte Tschen Djing-dji zwei Tücher mit Goldmalerei und zwei Paar Kniehöschen und schenkte sie Schlehenblüte. Auch hatte er die Kopfstützen-Endstücke herausgesucht und lieferte sie der Gevatterin Süeh ab. Außerdem ließ er für Geld im Zimmer der Gevatterin Wein auftragen und zechte mit Schlehenblüte. Überraschend aber war von Frau Mondtraut Lai-an, der Bursche, geschickt worden, um die Gevatterin Süeh mahnend zu fragen, warum sie Schlehenblüte noch nicht zu einer Herrschaft gebracht habe. Er sah Tschen Djing-djis Reittier an der Haustür angebunden, und, als er nach Hause kam, wußte er zu erzählen: »Der Schwiegersohn ist auch dort gewesen.«

Frau Mondtraut wurde sehr unwillig und ließ die Gevatterin Süeh holen. Dabei machte sie diese dann mit heftigen Worten herunter:

»Nachdem du die Sklavin mitgenommen hast, vertröstest du mich von heute auf morgen und tust, als ob es gar nicht dringlich sei, sie für mich loszuwerden, sondern machst ihr ein schönes Nest, damit du so für dich Geld herausschlagen kannst. Wenn du die Magd nicht unterbringst, schaff sie mir zurück! Ich werde dann die Mutter Feng beauftragen, sie zu verkaufen. Du brauchst dann auch unser Anwesen nicht mehr zu betreten.«

»Mein Himmel, mein Himmel! Ihr, meine verehrte Freundin, erhebt mit Unrecht Vorwürfe. Selbstverständlich will ich sie abgeben. Gestern habe ich sie zu mehreren Herrschaften geführt, aber die wollten alle nicht genug zahlen. Ihr, meine verehrte Freundin, fordert den ursprünglichen Preis von sechzehn Unzen Silber. Sollen wir Maklerinnen denn etwa noch zuzahlen!«

»Man hat mir mitgeteilt, daß der Rüpel aus dem Hause Tschen heute bei dir mit der Magd Wein getrunken habe?«

»Du meine Güte, das hängt ja wieder mit etwas ganz anderem zusammen«, sagte die Gevatterin Süeh hastig. »Ich habe doch im letzten Monat des vorigen Jahres zwei Kopfstützen-Endstücke von anderen Leuten im Geschäft in der Löwenstraße versetzt und dafür Geld erhalten. Als mir der Schwiegersohn heute die Kopfstützen-Endstücke zurückgebracht hat, habe ich ihn zum Tee gebeten. Er hat nicht getrunken, sondern ist rasch auf sein Maultier gestiegen. Wann soll er zu mir hineingekommen sein und Wein getrunken haben?«

Von ihr so hinters Licht geführt, sagte Frau Mondtraut zunächst kein Wort, dann bemerkte sie: »Ich hege die Besorgnis, daß der geriebene Bursche üble Absichten hat.«

»Ein dreijähriges Kind kann von solchen Dingen nicht weniger Ahnung haben als ich«, beteuerte die Gevatterin Süeh. »Die Lage ist jetzt so: Gegenwärtig wird sie im Palast des Wehrbezirkskommandanten Dschou gewünscht. Sie soll den Familienstamm fortpflanzen. Er hat aber nur zwölf Unzen Silber geboten. Wenn er bis zu dreizehn Unzen geht und das Geld an mich zahlt, werde ich es melden. Der Herr Wehrbezirkskommandant hat früher in unserem Hause das kleine Fräulein beim Weinmahle gesehen. Nur weil sie ein paar Lieder singen kann und wohlgestaltet ist, hat er diese paar Unzen Silber geboten. Sie ist doch keine Jungfrau mehr! Die übrigen können außerdem nicht so viel ausgeben.«

Nachdem die Gevatterin Süeh so mit Frau Mondtraut um den Preis gefeilscht hatte, putzte sie in der Frühe des nächsten Tages Schlehenblüte ordentlich heraus mit einem runden Haarhäubchen, mit Perlen und Eisvogelfederschmuck im Haare. Sie zog ihr ein rotes Atlasjäckchen und einen blauen Atlasrock an und besorgte ihr für die Füße ein Paar stark gebogener, sehr spitz geformter Schuhe. So brachte sie sie in einer Sänfte zu dem vornehmen Hause des Wehrbezirkskommandanten. Der Kommandant Dschou sah mit Wohlgefallen Schlehenblütes schöne Gestalt. Sie hatte noch mehr Farbe als früher, war weder zu klein noch zu groß und schritt auf einem Paar kleiner Füßchen dahin. Da zahlte er freudigen Herzens einen Silberbarren im Gewicht von fünfzig Unzen. Die Gevatterin Süeh nahm das Geld mit nach Hause, teilte dreizehn Unzen ab und begab sich zur Familie Simen Tjings, um das Silber Frau Mondtraut abzuliefern.

Als Tschen Djing-dji erfuhr, das Schlehenblüte verkauft worden war, und weil er auch nicht zu Goldlotos gelangen konnte, da er ferner die Geringschätzung fühlte, die ihm Frau Mondtraut in allem bewies, packte ihn außerordentliche Erregung. Zunächst kam es zweimal zu heftigen Auftritten zwischen ihm und Simens Tochter.

Er beschimpfte sie und drohte mit Trennung.
Am Siebenundzwanzigsten des elften Mondes war Edelburgs Geburtstag. Sie hatte ein paar Teller mit Speisen, Nachtisch und Wein bereitgestellt und es in bester Absicht in den Laden als Essen für Tschen Djing-dji und den Geschäftsführer Fu bringen lassen wollen, doch Frau Mondtraut verhinderte es: »Nicht für diesen Kerl! Beachte ihn nicht! Wenn du es dem Geschäftsführer Fu zukommen lassen willst, so tu es für ihn allein!«
Edelburg wollte das aber nicht. Sie erhielten zu essen und zu trinken. Der Wein reichte jedoch nicht aus, also ließ Tschen Djing-dji durch Lai-an noch mehr holen. Der Gehilfe Fu meinte: »Schwiegersohn, du brauchst nicht mehr Wein zu fordern. Es genügt.«
Aber Tschen Djing-dji bestand darauf. Erst nach dem halben Nachmittag kam Lai-an wieder: »Es gibt nichts mehr!«
Tschen Djing-dji war halb berauscht von dem, was er sich einverleibt hatte und holte sich Wein mit eigenem Geld. Während er trank, schimpfte er los:
»Unsere Schwiegermutter hört auf das Geschwätz des Gesindes, das mir eine Last zu Unrecht aufgebündelt hat. Aber jetzt werde ich zuerst für die Scheidung von ihrer Tochter sorgen. Hinterher werde ich bei der Behörde Klage erheben. Wenn das nichts nützt, werde ich in der Reichshauptstadt am Tor der Zehntausend Geschlechter meinen Bericht darüber einreichen, daß diese Familie von der meinen viele Koffer und Kisten und Silber übernommen hat, was doch alles nur Hehlgut von Jang Djän ist, das eingezogen werden sollte. Soll ich es veranlassen, daß ich diese Grundstücke und Anwesen sämtlich einziehen und die Weiber vom Amt verkaufen lasse? Ich will aber gar nicht Fische fangen, nur das Wasser gründlich aufrühren und daran meinen Spaß haben. Das gescheiteste wäre es, mich, den Schwiegersohn, wieder anständig zu behandeln und mit mir wie früher umzugehn.«
Dem Gehilfen Fu mißfielen diese Worte. Er meinte: »Schwiegersohn, du bist schon betrunken, übertreibe nicht!«
Tschen Djing-dji fuhr ihn mit wütendem Blick an: »Du Schuft, wie kommst du dazu, von Übertreibungen zu sprechen? Auch du fängst an, mich hinauszudrängen. Aber ich will dir raten, nicht zu voreilig damit zu sein! Auch dich werde ich in die Anklage miteinbeziehen.«
Am nächsten Tage suchte der Geschäftsführer Fu Frau Mondtraut auf und berichtete ihr alles, was sich vorn zugetragen habe.

Unter Tränen klagte er, er wolle seinen Abschied nehmen und nach Hause gehn, die Abrechnungen übergeben und vom Geschäft zurücktreten. Frau Mondtraut beruhigte ihn: »Geschäftsführer, bleib du nur getrosten Muts im Laden! Schenke jenem verkommenen Gesellen keine Beachtung! Er hat seinerzeit, um einer amtlichen Verfolgung zu entgehn, in unserem Hause einen als vorläufig gedachten Unterschlupf gefunden. Schätze an Gold und Silber sind nicht mitgekommen, nur ein paar Kästen der Tochter für Putz und Koffer und Kisten mit Sachen zum täglichen Gebrauch. Sein Vater hat sich in die Reichshauptstadt begeben, um sich dort zu verstecken.«

Eines Tages kam es dennoch zu einem bösen Auftritt. Der Laden des Pfandgeschäftes war gedrängt voll von Kunden, die ihre Sachen einlösen wollten. Da erschien die Amme Ideal mit dem Trostkerlchen auf dem Arm und brachte dem Gehilfen Fu eine Kanne Tee. Sie stellte sie auf den Tisch. Das Trostkerlchen an der Brust der Amme quengelte immerfort. Tschen Djing-dji wollte sich vor den Leuten als witzig zeigen und sagte, als ob es wirklich so sei, vor allen Anwesenden: »Mein Söhnchen, hör sofort auf zu weinen! Seht, wie er seinem Vater gehorcht!«

Die Leute waren ganz verdutzt. Die Amme Ideal bemerkte: »Schwiegersohn, das ist ja erstaunlich, daß du das Kind so ganz einfach deinen Sohn nennst! Das muß ich sofort erzählen.« Und fort war sie, um Frau Mondtraut zu berichten. Diese saß gerade vorm Spiegel und kämmte sich. Lange, sehr lange brachte sie kein Wort heraus, dann stürzte sie vornüber und blieb bewußtlos liegen. Als sie wieder zu sich gekommen war, faßte sie gemeinsam mit den übrigen Frauen einen Plan. Nach der Essenszeit am nächsten Tage versteckte Frau Mondtraut sieben oder acht Mägde und Frauen im Hinterhalt, jede bewaffnet mit Wäscheklopfer oder Prügel. Dann ließ sie Tschen Djing-dji durch Lai-an zu sich bestellen, als wolle sie etwas besprechen. Das zweite Tor ließ sie verriegeln und forderte nun ihn auf, niederzuknien und seine Missetaten einzugestehen.

Tschen Djing-dji weigerte sich aber niederzuknien, setzte vielmehr eine hochfahrende Miene auf. Da packten ihn Schneeholdchen Sun, Lai-sings Frau, Lai-dschaus Frau Grünranke, die kleine Herbstaster, Edelsteinchen, Lenzbunt und rissen ihn zu Boden und versetzten ihm eine Tracht Schläge. Simens Tochter trat hinzu, ohne ihm zu Hilfe zu kommen. Da streifte der Geselle seine Hosen herunter und zeigte seine Männlichkeit. Erschrokken ließen die Frauen bei diesem Anblick die Knüttel fallen und

stoben auseinander. Frau Mondtraut war teils wütend, teils mußte sie lachen.
Tschen Djing-dji sprang davon. Frau Mondtraut befahl den Dienerjungen, ihm nachzugehn und von ihm Rechnungslegung zu verlangen. Dann sölle er die Bücher dem Geschäftsführer Fu übergeben. Tschen Djing-dji sagte sich jetzt selber, daß hier nicht mehr seines Bleibens sein könne. Er packte seine Kleider und sein Bettzeug zusammen, ging ohne Abschied hinaus und trennte sich damit von der Familie Simen Tjings. Er begab sich zum Bruder seiner Mutter, dem Bürgerwehrdrillmeister Dschang, um in seinem elterlichen Anwesen Unterschlupf zu finden.
Als Goldlotos Pan in ihrer Stube hörte, daß Tschen Djing-dji verprügelt und zum Haus hinausgejagt sei, wurde ihre Niedergeschlagenheit noch stärker. Frau Mondtraut folgte bald dem Rate Schneeholdchens, und Dai-an holte auf ihren Wunsch die alte Mutter Wang. Diese war wirtschaftlich besser daran als früher. Ihr Sohn Wang Dschau hatte nämlich den Händler aus dem Hwai-Gebiet, den er begleitet hatte, und einen der Wagenaufseher um hundert Unzen Silber betrogen und das Geld nach Hause gebracht. Die alte Wang verkaufte jetzt nicht mehr Tee, sie hatte sich zwei Esel angeschafft und eine Mühle aufgestellt, sich auch eine Kiste mit Schüttelsieben besorgt und einen Müllereibetrieb eröffnet. Auf die Nachricht, daß die Familie Simen Tjings sie rufen lasse, kleidete sie sich rasch um und ging hin. Unterwegs fragte sie Dai-an aus und erhielt die gewünschte Auskunft über das, was sich in der Familie zugetragen hatte.
Dann waren beide an das Portal gelangt und begaben sich hinein zu Frau Mondtraut. Die alte Wang begrüßte sie mit dem Wunsche zehntausendfältigen Segens und setzte sich. Eine Dienerin brachte Tee. Als die alte Wang getrunken hatte, hob Frau Mondtraut an: »Werte Wang, wenn nichts vorläge, hätte ich dich nicht hergebeten.« Dann schilderte sie ihr, was sie von Dai-an schon erfahren hatte, und endete: »So muß ich dich ersuchen, Goldlotos mitzunehmen, um sie entweder an jemand zu verheiraten oder sie zu veranlassen, sich den Lebensunterhalt nach ihrem Belieben zu beschaffen. Mein Mann ist nicht mehr am Leben. Ich kann alle diese Menschen nicht beaufsichtigen. Lassen wir auch jede Erörterung, wie seinerzeit mein verstorbener Mann ihretwegen so viel Geld eingebüßt hat, daß man daraus hätte einen Menschen so groß wie sie ganz aus Silber machen können! Für wieviel Geld du sie verheiraten willst, überlasse ich

jetzt dir. Bringe her, was du bekommst, ich werde davon für den Herrn eine Messe lesen lassen, und damit ist alles vorbei.«

»Verehrte Freundin, Ihr schätzt das Geld zu sehr«, erwiderte die alte Wang. »Es wäre doch schon genug, wenn Ihr Euch nur das Unglück vom Halse schaffen könntet. Ich möchte da auch nicht feilschen.« Dann fügte sie hinzu: »Heute ist ein günstiger Tag. Da kann sie das Haus verlassen. Aber noch eins! Seinerzeit besaß sie Koffer und Kisten und kam in einer Sänfte, da kann man nicht umhin, sie auch jetzt in einer Sänfte ziehen zu lassen.«

»An Koffern gebe ich ihr einen. Eine Sänfte braucht sie nicht«, erklärte Frau Mondtraut.

Da mischte sich Edelsteinchen ein: »Unsere Herrin spricht so in der ersten Erregung, aber wenn es zum Abschied kommt, wird sie nicht anders können, als eine Sänfte mieten zu lassen. Würden sonst die Nachbarn nicht hohnlachen, wenn sie sie mit bloßem Kopf und offenem Gesicht abziehen sähen?«

Frau Mondtraut sagte nichts dazu. Sie ließ Goldlotos holen. Als diese die alte Wang sah, erstarrte ihr Blick. Sie trat vor, grüßte mit dem Wunsche zehntausendfältigen Segens und nahm Platz. Die alte Wang eröffnete das Gespräch: »Packe rasch deine Sachen! Eben hat mir die erste Herrin den Auftrag gegeben, dich mitzunehmen.«

»So kurze Zeit, nachdem mein Mann gestorben ist? Was soll ich denn verbrochen haben? Wie kann man mich so grundlos aus dem Hause entfernen?« widersprach Goldlotos.

»Stell dich nicht dumm!« entgegnete die alte Wang. Da wandte sich Goldlotos an Frau Mondtraut: »Ich bin in deiner Familie Ehefrau gewesen, und zwar nicht nur einen Tag. Wie kannst du auf das Geschwätz einer sklavischen Dirne hören und mich auf solche Art aus dem Hause weisen? Daß ich gehe, ist nicht das Wichtigste, aber mir lag daran, daß die ganze Familie bis zum Lebensende zusammenbleiben sollte, wie er es gewünscht hat.«

Es kam darauf noch zu einer Auseinandersetzung zwischen Goldlotos und Frau Mondtraut. Dann begab sich diese in ihre Stube, packte ein paar Sachen zusammen und überließ Goldlotos zwei Koffer, einen Ausziehtisch, vier Satz Kleider, etliche Haarpfeile, Kämme, Armbänder sowie Bettzeug für ein Bett. Von sonstigen Sachen ließ sie ihr ihre Schuhe, die sie getragen hatte, in die Koffer verstauen. Dann rief sie Herbstaster in die rückwärtigen Räume und ließ alle Türen des Hauses abschließen. Goldlotos – sie hatte sich inzwischen angekleidet und von Frau

Mondtraut verabschiedet – weinte eine Weile laut vor Simen Tjings Seelentafel. Dann ging sie in Edelburgs Zimmer. Beide vergossen Tränen. Edelburg schenkte ihr verstohlen ein Paar Armbänder und Haarpfeile aus Gold, ein olivgrünes Atlasjäckchen und einen roten Rock.

Mutter Wang hatte längst Leute gemietet, die zuerst die Koffer und Kisten und den Tisch weggetragen hatten. Nur Edelburg und Edelsteinchen gaben Goldlotos das Geleit bis zum Hauptportal.

So gelangte Goldlotos zur alten Wang. Diese brachte sie in ihren Innenräumen unter und schlief nachts mit ihr im selben Gemach. Ihr Sohn Wang Dschau war ein strammer Bursche geworden. Er hatte noch keine Frau. Im Außenzimmer stand sein Bett. Goldlotos Pan beobachtete in den nächsten Tagen in festlichem Schmuck mit zierlichen Brauen und anmutigen Blicken hinter dem Vorhang die Menschen. Hatte sie nichts zu tun, so setzte sie sich auf das Ofenbett und schlug die Laute, wenn sie sich nicht gerade ihre Brauen nachzog oder ihr Antlitz frisch puderte. Sobald die Alte nicht im Hause war, spielte sie mit Wang Dschau Karten oder Schach. Die alte Wang ging das Mehl zusammenkehren und die Esel füttern und überließ die beiden sich selbst. Bald hatte Goldlotos Wang Dschau an ihrer Angel. Eines Abends wartete sie, bis die alte Wang schlief, dann schlich sie hinaus, als müsse sie einem Bedürfnis nachkommen, ging aber zum Sohn ins Bett. Dort trieben sie ihre Kurzweil.

Tschen Djing-dji erfuhr eines Tages, daß Goldlotos das Haus verlassen hatte und bei der alten Wang bis zu ihrer Wiederverheiratung lebte. Da steckte er zwei Stränge Kupferlinge zu sich und begab sich zur Mutter Wang.

»Mein Herr, was gibt es?« redete ihn die Alte an.

»Darf ich um die Gefälligkeit bitten, innen mit Euch zu reden?« fragte Tschen Djing-dji und fügte dann – die Mutter Wang hatte ihn inzwischen hineingebeten – hinzu: »Darf ich mich nach Frau Goldlotos aus der Familie des Oberrats Simen erkundigen? Sie soll zur Wiederverheiratung hier sein.«

»In welchen Verhältnis stehst du denn zu ihr?« wollte Mutter Wang wissen.

Tschen Djing-dji kicherte. »Dir, werter Freundin, möchte ich nicht verbergen, daß ich ihr jüngerer Bruder bin.«

Die alte Wang musterte ihn von oben bis unten mit ihren Blicken: »Sie hat einen Bruder? Das weiß ich ja gar nicht. Du bist

wohl der Schwiegersohn der Familie namens Tschen und hergekommen, sie zu treffen. Aber das kann ich nicht zulassen.«
Tschen Djing-dji löste aus seinem Gürtel die beiden Stränge Kupferlinge und gab sie ihr, aber die Alte blieb hart. Schließlich warf er sich ihr zu Füßen, versprach ihr, sie reichlich zu belohnen, wenn sie ihn nur einmal zu Goldlotos ließe. Da erbarmte sie sich und führte ihn in ihr Zimmer.
Schluchzend fiel sie ihm in die Arme und überhäufte ihn mit Vorwürfen, daß er sich nicht um sie gekümmert habe, wo er doch an ihrem Unglück allein schuld sei.
»Erst gestern habe ich doch alles erfahren. Ich selber habe die Familie verlassen und werde eines Tages meinen Vater in der Hauptstadt aufsuchen und dann von Frau Mondtraut die Koffer und Kisten, das Gold und das Silber, das mein Vater ihnen anvertraut hat, zurückfordern. Und dann werden wir einander heiraten«, tröstete er sie.
»Meine Pflegemutter Wang verlangt jetzt hundert Unzen Silber. Wenn du das Geld hast, so gib es ihr«, bemerkte Goldlotos.
»So viel?« fragte Tschen Djing-dji. Darauf mischte sich die alte Wang ein: »Deine Schwiegermutter hat erklärt, seinerzeit habe dein Schwiegervater ihretwegen mehr Geld gebraucht als nötig ist, einen Menschen aus Silber herzustellen. Hundert Unzen Silber will sie unbedingt wiederhaben.«
»Werte Freundin«, wandte Tschen Djing-dji ein. »Ich sage die Wahrheit und verberge dir nichts. Wir können uns nicht trennen. Sieh doch, verehrte Freundin, ob du darauf nicht Rücksicht nehmen und nur die Hälfte fordern kannst, fünfzig oder sechzig Unzen Silber.«
»Rede nicht von fünfzig oder sechzig Unzen Silber!« widersprach die Alte. »Für achtzig bekämst du sie auch nicht in deine Hand. Gestern hat ein Seidenhändler, der Herr Rat Ho, siebzig Unzen Silber geboten. Der zweite Dschang in der Hauptstraße, der jetzt Richter im Strafvollzugsamt ist, hat zwei seiner Amtsdiener hergeschickt und bis zu achtzig Unzen Silber geboten. Sie brachten sie in zwei Paketen mit. Sie mußten umkehren. Und du Jüngelchen kommst mit leeren Redensarten. Ich habe sie satt.« Damit ging sie auf die Straße hinaus und schrie laut: »Ein Schwiegersohn will seine Schwiegermutter heiraten und wagt sich zu mir alten Frau!«
Tschen Djing-dji zog die Alte aufgeregt wieder hinein. »Mutter Wang, seid doch still! Ich willige in Euren Preis von hundert Unzen Silber ein. Etwas aber läßt sich nicht ändern: Mein Vater

ist in der Reichshauptstadt; ich breche morgen dahin auf, um das Silber zu holen.«

Goldlotos griff ein: »Ich fürchte, du könntest zu spät kommen.«

»Ich miete Reittiere und werde Tag und Nacht reisen. Spätestens in einem halben Monat komm ich zurück.«

Zu Hause machte er sein Reisegepäck fertig, mietete in der Frühe des nächsten Morgens ein Reittier und machte sich auf den Weg in die Reichshauptstadt.

Schlehenblüte war in das herrschaftliche Haus des Wehrbezirkskommandanten verkauft worden. Dieser war von ihrer anmutigen Gestalt, ihrem aufgeweckten Wesen und ihrem ansprechenden Gebaren entzückt und stellte ihr eine dreiräumige Wohnung zur Verfügung, auch eine junge Magd zur Bedienung. Drei Nächte hintereinander brachte er bei ihr zu. Am dritten Tag ließ er für Schlehenblüte zwei Satz Kleider zuschneiden, kaufte noch eine Magd und erhob Schlehenblüte zu seiner zweiten Frau. Seine erste war auf einem Auge erblindet, lebte nur von Pflanzenkost und betete zu Buddha; um sonstige, ihr müßig erscheinende Dinge bekümmerte sie sich nicht. Außerdem hatte er noch eine Nebenfrau namens Sun, die eine Tochter geboren hatte und im östlichen Seitengebäude wohnte. Schlehenblüte war im westlichen Seitengebäude untergebracht und erhielt von ihm die Schlüssel zu allen Räumen in Verwahrung. Sie wurde sein bevorzugter Liebling.

Eines Tages hörte sie die Gevatterin Süeh erzählen: Goldlotos sei aus dem Hause geschickt worden und lebe bis zu ihrer Wiederverheiratung bei der Mutter Wang. Schlehenblüte weinte und klagte abends und sagte zu dem Wehrbezirkskommandanten: »Wir beiden Frauen haben so viele Jahre an einer Stelle zusammen gelebt. Niemals hat sie mich in ihrer vornehmen Art gescholten, sondern wie eine leibliche Tochter gehalten. Hast du Lust, so heirate sie und nimm sie zu dir, so daß wir Frauen nochmals zusammen schöne Tage verleben können.« Sodann rühmte sie Goldlotos' Schönheit, ihre Begabung für die Vortragsstücke aller Dichter, ihr Geschick im Lautenschlagen, ihre Klugheit und hundertfache Gewandtheit. »Sie ist jetzt zweiunddreißig Jahre alt. Wenn sie herkäme, will ich gern nur deine Dritte sein.«

Sie hatte damit seine Sinnenlust so angestachelt, daß er nicht ruhte, um Goldlotos in sein Haus zu bringen. Mutter Wang, die erkannte, wie sehr der neue Kunde hinter ihrer Pflegetochter her war, ließ jedoch nicht locker, und forderte hartnäckig hundert Unzen Silber, die zu erlegen der Wehrbezirkskommandant nicht sogleich bereit war. Während man noch heftig feilschte, griff das Schicksal auf andere Weise in Goldlotos' und Mutter Wangs Leben ein.

Wuh Sung war nach Jahr und Tag durch einen Gnadenerlaß wieder freigekommen und in seine Heimat zurückgekehrt. Er gab im Orte Klarenfluß seine Papiere ab, um wie ehedem seinen Dienst im Kreise zu versehen, und zwar als Polizeihauptmann. Zu Hause suchte er seinen Nachbarn, den zweiten Tau, auf, dem er das Mädchen Willkomm anvertraut hatte.

Zu jener Zeit war Willkomm bereits herangewachsen und neunzehn Jahre alt. Wuh Sung nahm sie zu sich in seine Wohnung und lebte mit ihr zusammen. Da erzählte ihm jemand, Simen Tjing sei bereits gestorben und seine Schwägerin wieder aus der Familie ausgeschieden. Jetzt wohne sie noch im Hause der alten Wang, um sich über kurz oder lang wieder zu verheiraten. Da stieg der alte Grimm in Wuh Sung auf.

Am nächsten Tage band er seinen Turban zurecht, zog sein Gewand über und schritt stracks zur Türe der alten Wang. Goldlotos stand gerade unter dem Türvorhang. Als sie Wuh Sung kommen sah, zog sie sich blitzschnell in das innere Gemach zurück. Wuh Sung hob den Türvorhang empor und fragte, ob Mutter Wang zu Hause sei. Die Alte, die gerade bei der Mühle das Mehl zusammenkehrte, kam rasch zum Empfange hervor: »Herr Wuh! Diese Freude! Wann seid Ihr denn heimgekehrt?«

»Ich durfte infolge des Straferlasses nach Hause kommen. Ich habe Euch inzwischen sehr mit der Bewachung meines Hauses bemüht. Ein anderes Mal will ich mich dafür erkenntlich zeigen.«

Die Alte kicherte: »Wie gut und kräftig Ihr ausseht, Herr Wuh!«

»Ich möchte gern mit Euch etwas besprechen, Mutter«, sagte Wuh Sung.

»Und das wäre? Sagt es nur heraus, Herr Wuh!«

»Ich habe mir erzählen lassen, Simen Tjing sei bereits verstorben, meine Schwägerin habe jene Familie verlassen und wohne hier bei Euch. Darf ich Euch, Mutter, bemühen, meiner Schwägerin mitzuteilen, die Sache sei erledigt, wenn sie sich nicht wieder verheirate; wenn sie aber heiraten wolle, so möchte ich, da Willkomm jetzt erwachsen ist, die Schwägerin heiraten, sie hätte da auf Willkomm aufzupassen und früher oder später einen Schwiegersohn zu suchen, damit sie ihren Lebensunterhalt hat und die Leute nicht spotten.«

Die Alte brachte zunächst kein Wort heraus, dann gab sie zu: »Sie ist da, ja, sie ist hier bei mir. Aber ob sie sich verheiraten will oder nicht, weiß ich nicht.« Als sie dann vernahm, daß er sich ihr erkenntlich zeigen wolle, bemerkte sie: »Wartet! Ich will vorsichtig mit ihr sprechen.«

Goldlotos hatte hinter dem Vorhang gehört, daß Wuh Sung davon redete, er wolle sie heiraten, damit sie auf Willkomm aufpassen könnte, und sie nahm auch wahr, daß Wuh Sung von kräftigem Körperbau war und sich weit gewandter als früher zu unterhalten verstand. So meinte sie bei sich, da sich ihre alte Sinnlichkeit nicht gewandelt hatte: Meine Ehe ist doch in seine Hand gegeben. Sie wartete also nicht erst, bis Mutter Wang sie rief, sondern trat von selber hinaus und begrüßte Wuh Sung mit dem Wunsche zehntausendfältigen Segens: »Ach, der Herr Schwager ist da. Er wünscht, daß ich heimkomme, auf Willkomm achte und einen Schwiegersohn suche, mit dem sie eine Familie gründen kann? Ja, das ist gut.«

»Noch eins«, bemerkte die alte Wang. »Die erste Herrin ihrer Familie verlangt hundert Unzen Silber, erst dann kann sie heiraten.«

»Warum so viel?« war Wuh Sungs Frage.

»Der Oberrat Simen hat seinerzeit ihretwegen so viel Geld ausgegeben, daß es ausreichen würde, für das Geld einen erwachsenen Menschen aus Silber herzustellen.«

Die alte Wang glaubte noch nicht, daß Wuh Sung über so viel Silber verfügte und nahm an, daß er nur ins Blaue hinein zugesagt habe; aber Wuh Sung ging nach Hause, öffnete seinen Lederkoffer und holte die unterschlagenen hundert Unzen Silber hervor, die ihm von Schi En für den Festungsverweser Lin Gau übergeben worden waren. Außerdem legte er noch ein Päckchen von fünf Unzen Bruchsilber zusammen. Damit begab er sich zu der alten Wang.

»Hier ist das Geld, Mutter, ich bitte also heute die Schwägerin, hinüberzukommen«, erklärte Wuh Sung.

»Herr Wuh, Ihr habt es so eilig«, wandte die alte Wang ein. »Könnt Ihr nicht bis zum Abend warten? Ich muß doch noch der ersten Herrin das Geld abliefern.«

Er willigte ein. Am Nachmittag mußte Wang Dschau Goldlotos' Koffer, Kisten und den Tisch hinüberschaffen.

Wuh Sung war daheim, hatte alles früh und gründlich geordnet, für Wein und Fleisch gesorgt und auch Pflanzenkost bereitgestellt. Am Abend führte die alte Wang Goldlotos hinüber. Diese hatte ihre Trauertracht abgelegt und die Haare frisch aufgeknotet. Am Leibe trug sie ein rotes Gewand, den Kopf mit einem Tuch verhüllt. Als sie zur Tür eintraten, sahen sie in der Vorhalle hell leuchtend eine angezündete Lampe und Kerzen. Im Vordergrunde stand eine neue Seelentafel des Wuh Da mit Opfern davor. Sogleich empfand Goldlotos eine Scheu unerklärlicher Art. Nachdem sie durch die Tür die Stube betreten hatten, ließ Wuh Sung durch Willkomm das vordere Tor versperren, auch die Hintertür fest schließen.

»Herr Wuh, ich werde gehn, es ist niemand bei mir zu Hause«, sagte die alte Wang, als sie dies wahrnahm.

»Mutter, komm nur in die Stube und trink ein Gläschen Wein!« rief Wuh Sung. Dann mußte Willkomm die Speisen holen und auf den Tisch stellen. Nach einer Weile wurde der erwärmte Wein gebracht, und Wuh Sung forderte Goldlotos und die alte Wang auf zu trinken. Ohne sie dann weiter zum Trinken anzuregen, schenkte er sich selber hintereinander vier, fünf große Becher Wein ein und stürzte sie hinunter. Der alten Wang fiel auf, daß er so unheilverkündend trank, deshalb sagte sie: »Herr Wuh, ich alte Frau habe genug getrunken. Laßt mich gehn! Trinkt Ihr Eheleutchen allein weiter!«

»Mutter, rede keinen Unsinn! Ich, der junge Wuh, habe an dich noch eine Frage zu richten.« Während dieser Worte wurde ein zischender Ton hörbar, denn er zog unter dem Gewande ein zwei Fuß langes Messer mit dünner Schneide und breitem Rücken hervor. Die Augen riß er gräßlich weit auf, und mit gesträubtem Bart sprach er: »Weib, du brauchst dich nicht zu entsetzen! Von jeher ist es so gewesen, daß jede Feindschaft ihren Ursprung hat. Tu nicht, als ob du träumst! Auf deinem Gewissen lastet der Tod meines Bruders.«

»Herr Wuh, Ihr seid betrunken. Es ist wenig spaßhaft, mit einem Messer herumzufuchteln«, sagte die Alte.

Darauf wandte er sich um, sah Goldlotos an und brüllte: »Hör mal her, Frauenzimmer! Wie war euer Plan, als ihr meinen Bruder umbringen wolltet? Sage die Wahrheit, dann vergeb' ich dir!«

»Schwager«, erwiderte Goldlotos, »das ist doch der helle Unverstand! Dein Bruder hat sich eine Herzschädigung zugezogen und ist daran gestorben. Was habe ich damit zu tun?«

Da hieb Wuh Sung das Messer krachend in die Tischplatte. Mit der linken Hand packte er Goldlotos am Schopf, mit der rechten an der Brust. Den Tisch stieß er mit einem Fußtritt um, so daß Teller und Schüsseln in Scherben gingen. Goldlotos wurde von ihm über den Tisch hinweggezogen und in den offenen Vorraum hinausgeschleppt vor den Tisch mit der Seelentafel. Sie wurde sich der Gefahr bewußt und entwich zum vorderen Tor; das aber war verrammelt. Wuh Sung holte sie ein und riß sie zu Boden. Er löste den Leibgurt von seiner Hüfte und fesselte sie an Händen und Füßen. Die alte Wang schrie: »Ach, Herr! Die Frau hat es allein ausgeführt. Ich war daran nicht beteiligt.«

»Ich weiß alles, elende Schweinehündin«, war Wuh Sungs Antwort. »Du beschuldigst jene, hast aber den Kerl Simen Tjing veranlaßt, mich in die Verbannung zu schicken. Jetzt ist es jedoch so gekommen, daß ich wieder zu Hause bin. Wo steckt Simen Tjing, der Lump? Wenn du nicht gestehst, werde ich erst das Frauenzimmer schlachten und hinterher dir, Schweinehündin, den Todesstoß geben.«

»Schwager, nun denn, ich sag' es und damit gut«, sagte bebend Goldlotos.

Wuh Sung zog Goldlotos mit einem Griff empor und riß ihr alle Kleider vom Leibe. So sollte sie vor dem Tisch mit der Seelentafel knien. »Frauenzimmer, sag es sofort!« schrie er. Goldlotos war ihrer Sinne kaum mehr mächtig und erzählte nun entsprechend den Tatsachen alles, was geschehen war und wie sie gemeinsam mit Mutter Wang den Bruder, ihren damaligen Mann, vergifteten.

Wuh Sung packte darauf mit einer Hand Goldlotos vor der Seelentafel, spendete mit der anderen das Weinopfer, zündete das Opferpapiergeld an und sprach: »Bruder, deine Seele ist nicht fern. Heute wird dein Bruder Wuh Sung Vergeltung für dich üben.«

Goldlotos begann gellend zu schreien. Da nahm Wuh Sung aus dem Weihrauchöfchen eine Handvoll Asche und verstopfte ihr damit den Mund. Dann packte er sie am Kopf und riß sie zu Boden. Sie wehrte sich, so daß sich der Haarknoten löste und Haarpfeile und Ringe zu Boden rollten.

»Weibsstück, du meinst, du bist schlau und gerissen. Ich weiß nicht, wie dein Herz gestaltet ist. Ich werde es mir ansehen.« Und schneller, als man es zu erzählen vermag, stieß er das Messer in ihre zarte Herzgrube und riß das noch bebende Herz

nebst Leber und den fünf inneren Organen heraus. Schließlich hieb er ihr den Kopf herunter.
Als Wuh Sung die Frau getötet hatte, gellte der Schrei der alten Wang auf: »Er hat sie umgebracht!«
Wuh Sung schlug ihr ebenfalls den Kopf herunter. Er war jetzt allein mit Willkomm im Anwesen. »Oheim, ich habe Angst«, sagte sie zitternd.
»Kind, ich kann mich nicht um dich kümmern«, antwortete Wuh Sung und sprang noch zum Haus der alten Wang hinüber, um ihrem Sohn Wang Dschau den Garaus zu machen. Diesem aber war der Tod nicht bestimmt. Er hatte drüben seine Mutter schreien hören, da war ihm klar, daß Wuh Sung ein Verbrechen beging. Erregt lief er auf die Straße den Friedensvogt rufen. Die Nachbarn wußten genau, daß Wuh Sung grausam wütete, aber es wagte niemand einzuschreiten.
Wuh Sung, der über die Mauer geklettert war, fand im Hause der alten Wang nur eine brennende Lampe, aber sonst niemand. Er brach ihre Koffer und Kisten auf und zerstreute ihre Kleidungsstücke. Von den hundert Unzen Silber hatte sie der Frau Mondtraut nur zwanzig ausgehändigt, fünfundachtzig Unzen fanden sich noch vor und etliche Schmucksachen wie Haarpfeile und Ringe. Wuh Sung sackte alles ein, steckte sein Messer zu sich und kletterte über die hintere Mauer; dann wartete er die fünfte Nachtwache ab und verließ die Stadt. In der Verkleidung als buddhistischer Mönch trieb er Räubereien im Liang-Gebirge.
Als Schlehenblüte Kunde davon erhielt, daß Goldlotos und Frau Wang umgebracht worden waren, wurde sie fast schwermütig. Täglich sandte sie die Diener aus. Sie sollten ermitteln, ob der Verbrecher Wuh Sung festgenommen worden sei.

XLII.

Tschen Djing-dji war also nach der östlichen Reichshauptstadt gereist, um das Geld aufzutreiben. Unverhofft traf er auf halbem Wege den Diener seiner Familie, Tschen Ding. Dieser brachte aus der Reichshauptstadt die Meldung, daß sein Vater schwer erkrankt sei. Die Mutter habe ihn gesandt, den jungen Herrn zu bitten, nach Hause zu kommen; sie wolle ihm alle künftigen Anordnungen überlassen.
Auf diese Kunde hin legte Tschen Djing-dji täglich doppelte

Wegstrecken zurück. Als er endlich in der Reichshauptstadt eintraf, war sein Oheim Dschang Schiliän bereits gestorben, nur seine Tante war noch am Leben. Auch sein Vater Tschen Hung war vor drei Tagen verschieden. Die ganze Familie war in tiefer Trauer. Mit seiner Mutter besprach er, was nun geschehen solle. Sie meinte: »Etwas Erfreuliches ist der große Straferlaß, den jetzt der Hof aus Anlaß der Thronbesteigung durch den Kronprinzen verkündet hat. Aber jetzt muß ich mit dir deines Vaters Leichnam in die Heimat zurückführen; dort soll er beerdigt werden.«

Das Gehörte regte Tschen Djing-dji zu Überlegungen an: Wenn ich jetzt den Trauerzug begleite, dann wird mit Einsargung, Verladung des Sarges, Unterbringung der Familie und des schweren Hausrates auf Wagen und Karren auch bei knapper Berechnung sehr viel Zeit versäumt werden. Ich kann aber Goldlotos nicht hinhalten. Das beste ist, der Mutter zwei Wagen mit feinen Sachen in Koffern und Kisten abzulisten und diese mitzunehmen. Wenn ich dann Goldlotos geheiratet habe und wiederkomme, ist es noch nicht zu spät, den Sarg zu begleiten. So sagte er denn zu seiner Mutter: »Überall stößt man jetzt auf Räuber. Das macht das Reisen außerordentlich schwierig. Wenn wir mit dem Sarg und allen Kisten und Kasten der Familie aufbrächen, würde das auffallen.«

So brachte er sie zur Annahme seines ihr unbekannten Planes, reiste ab und war bald darauf wieder in Klarenfluß. Zu seinem Oheim, dem Bürgerwehrdrillmeister Dschang, sagte er: »Mein Vater ist gestorben. Meine Mutter begleitet das Gefährt mit dem Sarge und wird bald ankommen. Ich habe zwei Wagen mit Gepäck hergeleitet und bin vorausgereist, um aufzuräumen und das Haus zu säubern.«

»Unter diesen Umständen werde ich zu meiner Familie ziehen«, sagte der Oheim darauf und ließ durch seine Diener den Hausrat forträumen und die Wohnung frei machen. Damit war Tschen Djing-dji äußerst zufrieden. Er dachte: Jetzt brauche ich Goldlotos bloß zu heiraten und ins Haus zu bringen, um mit ihr das glücklichste Leben zu genießen. Er steckte hundert Unzen Silber in seine Tasche und dazu noch zehn Unzen Dankgeld für die alte Wang und ging zu deren Behausung. Aber sonderbar: Er sah vor der Tür zwei bedeckte Leichname liegen. Davor waren zwei Lanzen gekreuzt und an ihnen eine Laterne aufgehängt. An die Türe hatte man eine Bekanntmachung geheftet:

Bekanntmachung des Kreisamtes

Mord

Der verbrecherische Unhold Wuh Sung hat die geborene Pan und die Frau Wang ermordet. Wer ihn dingfest macht und als erster die Anzeige erstattet, erhält eine behördliche Belohnung von fünfzig Unzen Silber.

Tschen Djing-dji stand wie angewurzelt. Alle seine Pläne waren wie weggewischt. Außer sich vor Verzweiflung suchte er sein leeres Heim auf und warf sich weinend aufs Lager.

Die Leichen lagen Tag um Tag an ihrem Platz, bis man sich endlich entschloß, weil der Mörder immer noch nicht gefunden war, sie freizugeben. Die Leiche von Mutter Wang nahm ihr Sohn entgegen, und um Goldlotos' Leiche kümmerte sich Schlehenblüte. Als ihr die Diener eines Tages mitteilten, die Leiche der jungen Frau habe noch niemand weggebracht, sagte sie ihnen: »Ich möchte, daß ihr die Angelegenheit für mich erledigt. Ich werde euch reichlich belohnen.«

Sie begab sich in ihre Schlafstube, holte zehn Unzen Silber und zwei Rollen Tuch und erklärte den beiden Männern:

»Die ums Leben gekommene jüngere Frau ist eine leibliche Schwester von mir. Sie war mit Simen Tjing verheiratet und hatte jetzt die Familie verlassen; da ist sie ermordet worden. Haltet beide vor eurem Herrn die Sache geheim! Kauft mit diesem Silber einen Sarg auf meine Rechnung, sargt sie ein und tragt sie zur Stadt hinaus! Wählt einen guten Platz aus und beerdigt sie, wie es sich gehört! Ich werde es euch reichlich lohnen.«

Nach dieser Unterhaltung begaben sich die beiden Männer mit dem Silber zum Kreisamt. Dort verlangten sie zunächst den Erlaubnisschein für die Abholung der Leiche, wobei sie sagten, in dem herrschaftlichen Besitze ihres Herrn lasse die Schwester der Toten die Leiche abholen. Dann erstanden sie für sechs Unzen Silber einen Sarg, nahmen die Verhüllung von der Leiche ab, steckten ihr Herz in den Körper und nähten ihn zu. Nun hüllten sie den Leichnam sorgsam ein und taten ihn in den Sarg.

»Wir wollen sie am Kloster ›Zur ewigen Seligkeit‹ beisetzen, der Stätte, wo unser Herr Weihrauch und Kerzen anzündete. Dort ist Platz dafür vorhanden«, schlug einer der Diener vor.

Sie holten sich darauf zwei Träger und ließen den Sarg ins

Kloster »Zur ewigen Seligkeit« schaffen. Dem Abt erzählten sie:
»Es ist die ältere Schwester der jungen gnädigen Frau unseres Hauses. Diese läßt um einen Platz für die Beerdigung bitten.«
Der Abt behandelte sie zuvorkommend. Er wählte hinter dem Kloster einen freien Platz unter einer Pappel mit hohlem Stamm aus. Dort wurde sie bestattet.
Tschen Ding hatte den Sarg und die Familie Tschen Djing-djis aus der östlichen Hauptstadt nach Klarenfluß geleitet. Vor der Stadt stellte er den Sarg ebenfalls im Kloster ›Zur ewigen Seligkeit‹ unter, um abzuwarten, bis die Messen gelesen waren. Danach erst wollte er ihn zur Begräbnisstätte schaffen und in die Erde versenken lassen. Auf die Nachricht, daß seine Mutter, die geborene Dschang, mit Sack und Pack zu Wagen eingetroffen und der Sarg seines Vaters vor der Stadt im Kloster ›Zur ewigen Seligkeit‹ untergestellt worden war, nahm Tschen Djing-dji das ganze Gepäck zu Hause in Empfang und warf sich vor seiner Mutter aufs Antlitz. Diese machte ihm Vorwürfe, daß er sie nicht abholen gekommen sei. Tschen Djing-dji erwiderte nur: Er sei zu bedrückter Stimmung gewesen, und das stimmte, denn Goldlotos' Schicksal war ihm sehr zu Herzen gegangen. Auch habe er niemand gehabt, der auf das Haus hätte achten können.
»Warum ist dein Oheim nicht zu sehen?« fragte die Mutter.
»Als er erfuhr, daß du kommen würdest, ist er rasch nach Hause übergesiedelt.«
»Aber du hättest ihn doch veranlassen sollen, wohnen zu bleiben«, wandte die Mutter ein. »Wozu mußte er denn in solcher Hast umziehen?«
Unmittelbar nach diesen Worten erschien der Oheim Dschang, der Bürgerwehrdrillmeister, um seine Schwester zu besuchen. Die Geschwister umarmten sich unter Tränen. Dann wurde Wein aufgetragen, und sie plauderten.
Am nächsten Morgen schickte die Mutter Tschen Djing-dji hinaus zum Tore mit dem Auftrag, dem Klosterabt fünf Unzen Silber und einige Pack Silber- und Gold-Unterweltgeld abzuliefern, damit er für den Vater Messen lese. Dort erfuhr er zufällig durch den Abt, daß durch den Wehrbezirkskommandanten eine Frau in diesen Tagen beerdigt worden sei.
»Gleich hinter dem Kloster unter der Pappel«, erzählte der Abt. »Es wurde gesagt, es handele sich um die ältere Schwester der jungen gnädigen Frau Schlehenblüte.« Tieferfreut über Schle-

henblütes gute Tat besuchte Tschen Djing-dji jetzt nicht den Sarg seines Vaters, sondern begab sich zunächst mit Opferpapiergeld und Opfergegenständen an Goldlotos' Grab, opferte ihr, verbrannte Opferpapier und sprach unter Tränen:
»Meine Einzige! Dein treuer Tschen Djing-dji ist hier in Ehrfurcht erschienen, um für dich Opferpapiergeld zu verbrennen. Laß dich an einem guten Orte nieder und verwende bei Not das Geld!«
Erst nach Vollendung dieses Opfers begab er sich in die Abtei zum Sarge seines Vaters, verbrannte Unterweltpapiergeld und opferte. Er überreichte dem Abt das Messegeld und bestellte für den Zwanzigsten acht Grübler-Mönche zur Messe anläßlich der Vollendung der siebenten Siebentagefrist. Der Abt nahm die Gabe an und bereitete die Opfer vor.
Zu Hause erstattete Tschen Djing-dji seiner Mutter Bericht. Am Zwanzigsten begaben sich alle in das Kloster, um Weihrauch anzuzünden. Sie wählten einen günstigen Tag für die Trauerfeier aus, brachten den Sarg des Vaters zur Ahnengruft und setzten ihn dort bei. Dann kehrten sie heim.
Gevatterin Süeh versäumte nie, Frau Mondtraut und den anderen Frauen, die sich mehr und mehr vom Leben zurückgezogen hatten, zu berichten, was jenseits der Mauern vor sich gehe. So erfuhren sie nicht nur von Goldlotos' und Frau Wangs grausigem Tod, sondern auch, daß der Vater des Schwiegersohnes gestorben und hier beigesetzt sei, ebenso, daß seine Mutter in Klarenfluß lebe, worauf Frau Mondtraut beschloß, der Mutter einen Besuch zu machen und Opfergaben zu überbringen. Noch erstaunter war man, zu erfahren, daß Schlehenblüte sich großartig verheiratet habe, die Herrschaft im Hause besitze, obwohl sie doch nur Nebenfrau sei. Außerdem werde bald ein Kind bei ihr ankommen. Man rechnete die Schwangerschaftszeit nach und hegte Zweifel, wie das bereits möglich sei ...
Frau Mondtraut und Schneeholdchen schwiegen zu ihrer Schilderung. Die Gevatterin Süeh blieb noch eine Weile, dann erhob sie sich. Da forderte Frau Mondtraut sie nachdrücklich auf:
»Komm morgen! Ich bereite hier einen Opfertisch vor, eine Rolle Stoff und einen Posten Unterweltpapiergeld. Du mußt herkommen, denn du sollst die Tochter begleiten, wenn sie für ihren Schwiegervater Opferpapier verbrennen geht!«
»Und Ihr, verehrte Freundin, geht nicht?« fragte die Gevatterin Süeh.
»Sagt nur, ich fühle mich zu niedergeschlagen und würde ein

andermal die Verwandten besuchen kommen«, erwiderte Frau Mondtraut.

Am nächsten Tage bereitete Frau Mondtraut alles vor. Simens Tochter legte Trauertracht an und stieg in die Sänfte. Vorher war die Gevatterin Süeh bestellt worden; sie hatte die Opfergaben hinzubringen. Als sie zum Hause Tschen gelangt war, stand Tschen Djing-dji gerade am Portal. Er fragte, von wem die Sachen seien. Die Gevatterin Süeh grüßte zunächst mit dem Wunsche zehntausendfältigen Segens und sprach: »Herr Schwiegersohn, stellt Euch doch nicht, als ob Ihr das nicht wüßtet! Natürlich von der Schwiegermutter! Sie hat die Tochter hergeschickt, daß sie für deinen Vater Opferpapier verbrenne.«

Während ihrer Rede wurde auch schon die Sänfte mit der Tochter vor dem Tore niedergesetzt.

»Wer ist das?« fragte Tschen Djing-dji.

»Wer soll es denn sein? Deine Schwiegermutter ist zu niedergeschlagen. Es ist die Tochter, die von ihr nach Hause geschickt wird. Sie soll auch für deinen Vater in Ehrfurcht Opferpapier verbrennen.«

»Tragt das Frauenzimmer so schnell wie möglich zurück!« fuhr Tschen Djing-dji los. »Meine Beste ist tot. Zehntausend- und aberzehntausendmal sei gesagt: Was soll ich mit ihr?« Drohend wandte er sich gegen die Sänfte. Den Sänftenträgern blieb nichts übrig, als die Tochter wieder zurückzutragen. Sofort rief die Gevatterin Süeh nach Tschen Djing-djis Mutter, der geborenen Dschang. Aber die Sänfte war bereits weggetragen. Die Gevatterin Süeh konnte nur mehr die Mutter Dschang bitten, die Opfergaben in Empfang zu nehmen, dann kehrte sie um und erstattete Frau Mondtraut Bericht. Diese wurde fast ohnmächtig vor Aufregung.

»Dieser Halunke!« Dann wandte sie sich zur Tochter: »Kind, solange du lebst, gehörst du aber leider zu seiner Familie. Ich kann dich nicht im Hause behalten. Geh' morgen nochmals hin! Fürchte dich nicht vor ihm! Ich meine, er wird dich nicht in den Brunnen stoßen, dazu fehlt es ihm an Mut.«

Am nächsten Tag schickte Frau Mondtraut die Tochter in einer Sänfte in Begleitung von Dai-an wieder zu Tschen Djing-dji. Dieser war zufällig nicht zu Hause, sondern zum Grabe gegangen, um für seinen Vater die Erde auf dem Grabhügel aufzuschütten und hoch anzuhäufen. Die geborene Dschang wußte, was die Höflichkeit gebot, behielt die Schwiegertochter bei sich und sagte zu Dai-an: »Wenn Ihr, Herr Oberdiener, nach Hause kommt, bestellt der Verwandten viele, viele Empfehlungen und besten Dank für die Opfergaben! Laßt Euch mit ihm nicht ein! Gestern war er angetrunken, deshalb benahm er sich so.«

Am Abend kehrte Tschen Djing-dji vom Grabe zurück.

Als er seine Frau gewahrte, schlug er auf sie ein. Sie entfloh mit der Sänfte und versteckte sich in ihrem Elternhause und blieb dort wohnen. Sie fand nicht mehr den Mut, zu ihrem Mann zu gehn.

Zum Tjingming-Fest bereitete Frau Mondtraut Weihrauch, Kerzen, Goldgeld in Unterweltwährung sowie drei Opfersachen vor und ließ alles in zwei großen Speisebehältern zur Stadt hinaus an das Grab Simen Tjings schaffen, um an seiner Ruhestätte zu opfern und sie zu reinigen. Sie ließ Schneeholdchen Sun und die Tochter sowie alle Mägde zur Bewachung des Hauses zurück, nahm aber Edelburg Meng, Edelsteinchen und die Amme Ideal, die das Trostkerlchen auf dem Arme trug, mit. Sie begaben sich alle in Sänften zum Grabe. Frau Mondtraut hatte den älteren Schwager Wu und die Schwägerin gebeten, dabeizusein. Außerhalb des Stadttores fiel ihnen auf dem Gemeindeanger, in der Ebene und bei den wilden Grabstätten die duftende Schönheit der Landschaft mit ihren roten Blumen und grünen Weiden auf. Allenthalben lustwandelten Mandarine und Damen. Gemeinsam begaben sie sich zum Grabe Simen Tjings, um es zu säubern und um zu opfern. Frau Mondtraut trug fünf Stäbe Weihrauch in der Hand. Einen davon behielt sie selber, je einen reichte sie Edelburg sowie der Amme Ideal für das Trostkerlchen, die beiden letzten dem Schwager Wu und der Schwägerin. Frau Mondtraut tat ihr Weihrauchstäbchen in das dazu bestimmte Gefäß, verneigte sich tief und weinte bitterlich. Nacheinander übten auch die übrigen die gleiche Zeremonie aus.

Es muß nun berichtet werden, daß an jenem Tage auch die Familie des Wehrbezirkskommandanten Dschou ihre Grabstätte besuchte. Es hatte nämlich in der Nacht vorher Schlehenblüte – sie schlief mit dem Wehrbezirkskommandanten – sich gestellt, als habe sie geträumt und sei weinend erwacht. »Ich habe im Traume meine Pflegemutter über mich Tränen vergießen sehen: Sie habe mich so lange groß gezogen; warum ich ihr am Tjingming-Feste nicht kalte Speisen brächte und kein Opferpapier verbrenne?«

»Wo ist denn das Grab deiner Mutter?«

»Außerhalb des Südtores hinter dem Kloster ›Zur ewigen Seligkeit‹.«
»Das paßt gut«, meinte der Kommandant. »Das Kloster ›Zur ewigen Seligkeit‹ ist die Stätte, wo meine Familie opfert. Laß morgen, wenn wir unsere Grabstätte besuchen, durch die Bediensteten Opfersachen hinschaffen und geh für deine Mutter Opferpapier verbrennen. Das ist ein gutes Werk.« Und so geschah es.
Auf dem Weiterweg sahen Frau Mondtraut und ihre Begleiter und Begleiterinnen lauter Herren und Damen hochgestellter und vornehmer Familien, die die Gräber besuchen gingen. Bunte Blumen und grüne Weiden erfreuten ihr Auge. So schlenderten sie dahin, einer Überraschung entgegen. Ganz in der Ferne im Schatten grüner Schnursträucher fiel ihnen ein Klosterhof auf, der ungemein wohlgegliedert und entworfen und ausgebaut worden war.
»Wie heißt dieses Kloster?« erkundigte sich Frau Mondtraut.
»Es ist die Opferstätte des Herrn Kommandanten Dschou Sju«, erklärte der Schwager Wu, »und heißt ›Zur ewigen Seligkeit‹. Zu seinen Lebzeiten hat auch Schwager Simen einige Lasten Silber gespendet und den Buddha-Tempel dieses Klosters instand setzen lassen. Daher rührt sein neues, frisches Aussehen.«
»Laßt uns dieses Kloster auch einmal besichtigen gehn«, schlug Frau Mondtraut der Schwägerin vor und führte ihre Schar zum Kloster hinein. Ein kleiner Mönchsschüler sah sie kommen und meldete es dem Abt. Dieser trat, als er die Gruppe von Männern und Frauen gewahrte, zum Empfang heraus und legte vor dem Schwager Wu und Frau Mondtraut die Handflächen zum Gruß zusammen, wobei er sich verneigte. Danach rief er rasch einem der jungen Mönche zu, er möge Buddhas Tempelhalle auftun.
»Bitte, meine frommen Gönner, besichtigt sie nach Belieben!«
Ein junger Mönch brachte Tee. Der Mönchsschüler öffnete die Hallentüren und führte Frau Mondtraut mit der ganzen Schar durch die Wandelgänge ringsherum, damit sie alles besuchen und betrachten könnten, und geleitete sie dann wieder in die Abtei. Der Abt ließ sogleich für Bewirtung sorgen.
Gleich darauf rückte ein junger Mönch den Tisch zurecht und trug die üblichen Fastenspeisen nebst Gebäck auf. Der Abt setzte sich seitab zu der Gesellschaft. Sie hatten gerade die Eßstäbchen erhoben und einander zum Zulangen aufgefordert, als zwei schwarz gekleidete Männer überraschend ankamen. Sie wand-

ten sich keuchend an den Abt: »Ältester, so komm schnell zum Empfang heraus! Die junge Gemahlin des Kommandanten ist zum Opfer erschienen.«
Aufgeschreckt warf der Abt seine Kutte über und setzte die Mönchskappe zurecht. Die Mönchsschüler mußten schleunigst das Tischgerät abräumen und die werten frommen Gäste bitten, sich einstweilen in das kleinere Nebengelaß zurückzuziehen. Wenn die junge Gemahlin ihr Opferpapier verbrannt und ihr Opfer beendet habe, werde er sie nochmals bewirten. Nun wollte sich Schwager Wu verabschieden, aber der Abt hielt ihn zurück, als hinge sein Leben davon ab. Er weigerte sich durchaus, sie fortgehn zu lassen. Der Abt fing rasch an, Glocken zu läuten und Pauken dröhnen zu lassen. Zum Willkomm trat er aus dem Kloster. Ein Trupp tauchte auf: Schwarz gekleidete Männer scharten sich um eine große Sänfte. Der Abt verbeugte sich mit zusammengelegten Handflächen: »Ich geringer Mönch ahnte nicht, daß die junge Gemahlin kommen würde. Es wäre angebracht gewesen, weiter entgegenzugehn. Nun bin ich zu spät zum Empfang gekommen und bitte so zehntausendmal, meine Schuld zu verzeihen.«
Schlehenblüte in der Sänfte antwortete: »O nein, ich habe dem Herrn Abt Mühe verursacht.«
Die ihr untergebene Dienerschaft war frühzeitig zu Goldlotos' Grab hinter dem Kloster gegangen und hatte dort eiligst den Opfertisch und das Opferpapier vorbereitet. Als nun Schlehenblüte in der Sänfte eintraf, begab sie sich nicht in das Kloster, sondern sofort hinter das Gebäude unter die Birke, trat dann ruhig-feierlich an das Grab, zündete Weihrauch an und verneigte sich viermal.
Frau Mondtraut im Zimmer des Abtes hatte nur vernommen, daß eine junge Frau aus vornehmem Hause da sei.
Da nun der Abt zum Empfang hinausgegangen, aber nicht wieder hereingekommen war, befragte sie einen jungen Mönch.
»Hinter unserem Kloster«, sagte dieser, »ist neulich eine Schwester der jungen Gemahlin beerdigt worden. Heute am Tjing-ming-Tag ist sie zu einem Sonderopfer gekommen.«
»Vielleicht könnte es Schlehenblüte sein, die da gekommen ist«, bemerkte Edelburg Meng.
»Die hat doch keine Schwester gehabt, die jetzt gestorben sein könnte und hier begraben liegt«, meinte Frau Mondtraut und fragte dann wieder den jungen Mönch: »Wie heißt denn die junge Gemahlin aus dem vornehmen Hause?«

»Sie heißt Pang. Neulich hat sie unserem Abt vier oder fünf Unzen Silber als Messegeld gegeben mit dem Auftrag, für ihre Schwester Fürbitte zu tun.«
»Ich habe unseren verstorbenen Herrn einmal sagen hören, Schlehenblütes Familienname sei Pang. Sollte sie es wirklich sein?« äußerte Edelburg.
Während sie so sprachen, kam zunächst der Abt und befahl dem jungen Mönch: »Sorge rasch für guten Tee!«
Bald wurde dann auch die Sänfte hereingetragen. Frau Mondtraut, Edelburg und die anderen alle gaben hinter dem Vorhang aus dem Zimmer des Mönches acht, wie die junge Gemahlin wohl aussehen würde: Es war tatsächlich Schlehenblüte! Sie war festlich gekleidet und mit Edelsteinen und Perlen geschmückt. Ihren Kopf bedeckte das Käppchen der Gattin eines Mandarins. Der Abt stellte einen Amtsstuhl streng abgesondert auf der Gastseite für Schlehenblüte hin und bat sie, darauf Platz zu nehmen. Dann erwies er ihr die feierliche Aufwartung; ein Mesnerknabe brachte Tee herbei. Der Abt reichte ihr eine Tasse.
Dadurch, daß der Abt sich andauernd nebenan mit Schlehenblüte unterhielt, behinderte er Frau Mondtraut und die anderen im Innenraume. Sie konnten nicht gut hervorkommen. Um es nicht zu spät werden zu lassen, schickte Frau Mondtraut den jungen Mönch hinaus, den Abt hereinzubitten, weil sie aufbrechen wollten. Der Abt willigte aber wieder nicht ein, sie fortzulassen. Er kam in die Abtei und meldete Schlehenblüte: »Ich geringer Mönch habe ein Anliegen, von dem ich die junge gnädige Frau in Kenntnis setzen möchte.«
»Sprecht nur ohne Scheu aus, was Ihr zu sagen habt, Herr Abt!« ermunterte Schlehenblüte.
»Drinnen weilen Damen, die auf einem Spaziergang zum Kloster gekommen sind. Sie wußten nicht, daß die junge gnädige Frau erscheinen würde. Jetzt möchten sie heimgehn. Ich weiß nun nicht, wie sich die junge gnädige Frau dazu stellt?«
»Warum laßt Ihr sie nicht zu einem Besuch herein, Herr Klostervorsteher?«
Er begab sich sofort zu ihnen, aber Frau Mondtraut wehrte ab.
»Herr Abt, laßt uns von der Begegnung absehen. Es ist schon spät am Tage. Wir wollen uns verabschieden und gehn.«
Da der Abt ihre Spende angenommen hatte, ohne sie bewirtet zu haben, war ihm das unbehaglich, und er ließ mit dringlichen Worten nicht nach. So willigte sie schließlich ein.

»Ach, meine Herrinnen und die Schwägerin!« rief Schlehenblüte, als sie ihrer ansichtig ward. Danach bat sie zunächst die Schwägerin, sich auf den Ehrenplatz zu stellen und warf sich vor ihr aufs Antlitz.

Darüber betroffen, konnte die Schwägerin die Höflichkeit gar nicht rasch genug erwidern: »Schwester, die Gegenwart ist doch so ganz anders als die frühere Zeit.«

»Beste Schwägerin«, sprach Schlehenblüte, »wie könnt Ihr nur so etwas sagen. So bin ich doch nicht. Es ist eine Selbstverständlichkeit, daß man den Unterschied zwischen Hoch und Niedrig beachtet.« Nachdem sie so die Schwägerin begrüßt hatte, warf sie sich auch vor Frau Mondtraut und vor Edelburg Meng aufs Antlitz. Frau Mondtraut und Edelburg wünschten nun die Förmlichkeit auch zu erwidern, aber Schlehenblüte ließ das nicht zu: »Ich ahnte gar nicht, daß die Herrinnen hier sind. Hätte ich es früher gewußt, würde ich sie doch schon herausgebeten haben, um sie zu begrüßen.«

»Schwester«, antwortete Frau Mondtraut, »seitdem du unsere Familie verlassen hast und in der Amtswohnung hof hältst, habe ich, deine Sklavin, es in vieler Hinsicht an Höflichkeit fehlen lassen und dich nicht besucht. Bitte, verüble das nicht!«

»Beste gnädige Frau«, erwiderte Schlehenblüte, »wie könnte ich, die ich aus Eurem Hause hervorgegangen bin, etwas übelnehmen dürfen!« Nun gewahrte sie die Amme Ideal mit dem Trostkerlchen auf dem Arm und lobte: »So gewachsen ist das Söhnchen!«

Schlehenblüte zog darauf aus ihrem Haupthaar einen silbernen Haarpfeil mit goldenem Knopf und steckte ihn an Trostkerlchens Käppchen.

»Schwester, wenn du heute nicht in dieses Kloster gekommen wärest, so hätten wir uns nie wiedergesehen«, äußerte Edelburg.

»Ja, wirklich«, erklärte Schlehenblüte. »Meine Mutter liegt hier hinter dem Kloster beerdigt. Ich habe doch unter ihrem Einfluß lange Zeit gelebt. Sie besaß weder Verwandte noch Freunde. Da hätte ich es nicht überstehn können, wenn ich mich ihrer nicht erinnert und für sie Opferpapiergeld verbrannt hätte!«

»Ich entsinne mich doch, daß deine Mutter schon seit einer Reihe von Jahren tot ist. Mir war nicht bekannt, daß sie hier beerdigt liegt«, meinte Frau Mondtraut.

»Erste, es ist dir entgangen, daß das, was Schwester Pang sagt, sich auf Goldlotos bezieht«, sagte aufklärend Edelburg Meng.

»Dank der Bemühungen der Schwester ist sie hier beerdigt worden.«
Frau Mondtraut schwieg bei diesen Worten. Als das Gespräch so sein Ende nahm, wies der Abt einen jungen Mönch an, noch Tische zurechtzustellen und Fastenspeisen aufzutragen. Alle aßen. Dann erhob sich Edelburg Meng und besuchte Goldlotos' Grab. Nach ihrer Rückkehr wurde Schlehenblüte von Boten ihres Mannes abgeholt, und nun brach man nach verschiedenen Seiten auf.
Der Schwager führte Frau Mondtraut und den ganzen Trupp den Uferdamm entlang, der mit großen Bäumen bepflanzt war. Dai-an hatte frühzeitig im Aprikosenblütendorf unterhalb der Weingaststätte, wo das Getümmel des Volkes lebhaft war, einen hochgelegenen Platz unter freiem Himmel ausgewählt und dort zum Weinimbiß gedeckt. Frau Mondtraut erzählte ihm, daß sie im Kloster ›Zur ewigen Seligkeit‹ Schlehenblüte begegnet seien. Bald danach wurde Wein eingeschenkt, und alle ließen sich nieder. Während sie tranken, blickten sie auf die wogende Wolke der Menschen. Alle bewunderten einen Meisterreiter und seine Kunststücke.
Unter den Leuten befand sich auch der Sohn des Landrats, der junge Herr Li mit dem vollen Namen Li Gung-bi, etwa dreißig Jahre alt. Er besuchte mit öffentlicher Geldbeihilfe die Akademie. Von Hause aus war er ein Draufgänger, aber träge beim Studium. Es zog ihn besonders zu Falken und Hunden. Er liebte das Reiten und alle Arten des Ballspiels. Beständig trieb er sich im Gäßchenviertel umher. Die Leute sprachen deshalb von ihm als dem Bummel-Li. An jenem Tage trug er ein leichtseidenes Gewand, seinen Kopf bedeckte ein Hut mit vergoldetem Knopf und mit palmfaserfarbigen Bändern. An den Füßen trug er hellgelbe Schuhe. Zusammen mit seinem Berufsfreund Ho Buwei führte er zwanzig, dreißig handfeste Kerle beim Bogenspannen, Flöteblasen und Schlagballspielen an. Sie schauten unterhalb der Weingaststätte im Aprikosenblütendorf zu, während der Meisterreiter seine Reitkunststücke zeigte. Der Blick des jungen Herrn Li fiel nun zufällig auf die Gruppe von Frauen und Männern, die dort oben beim Weine saß. Ihn zog eine besonders schlank gewachsene Gestalt an, ja, sein Herz fing Feuer, und seine Augen vermochten sich nicht mehr von ihr zu trennen: Es war Edelburg Meng!
Nachdem Frau Mondtraut mit ihrem Bruder und mit den anderen Frauen den halben Tag über zugesehen hatte und be-

merkte, daß sich die Sonne den Bergen näherte, befahl sie Dai-an, die Speiseschachteln zusammenzupacken. Dann begaben sie sich unmittelbar nach Hause.

XLIII.

Schneeholdchen und Simens Tochter waren an jenem Tage im Haus geblieben, und da sie nach der Mittagszeit nichts zu tun hatten, an das Hauptportal hinausgetreten. Zufällig kam ein Straßenhändler des Weges. Zu jener Zeit klingelten die Verkäufer von Schminke, Puder und Schmuckstücken aus Eisvogelfedern mit Schellen, auch die Spiegelpolierer.

»Mein Spiegel ist blind geworden«, sagte die Tochter und schickte Lai-an hinauf: »Ruf jenen Mann, mir den Spiegel zu polieren!«

Der Angerufene setzte sein Traggestell nieder: »Spiegel polieren kann ich nicht. Ich verkaufe nur goldene und silberne handgearbeitete Schmucksachen und solche aus Eisvogelfedern.«

»Wenn du nicht Spiegel polieren kannst, so geh weiter. Warum starrst du mich so an?«

»Frau Schneeholdchen und die große Tochter erkennen mich nicht?« fragte der Mann. »Ich bin Lai-wang, den der Herr aus dem Hause wies.«

»Wie beleibt du geworden bist!« sagte Schneeholdchen. »Was für Sachen hast du denn in deinem Traggestell? Bring es doch herein, wir wollen es uns einmal ansehen!«

Lai-wang öffnete im Innenhof die Schubkästen und legte einige Schmucksachen aus. Es waren eingelegte Arbeiten aus Gold und Silber in unterschiedlicher Ausführung, ungemein kunstfertig und eigenartig. Mit Wohlgefallen betrachteten sie den Schmuck, und jede wählte etwas für sich aus. Die Tochter wog ihm das Silber vor. Schneeholdchen blieb ihm für eine Unze und zwei Scherf Silber schuldig und vereinbarte mit ihm: »Komm morgen früh das Geld holen! Heute ist die erste Herrin nicht zu Hause. Sie ist mit der Dritten und dem Söhnchen zur Grabstätte gegangen, um für den Herrn Opferpapier zu verbrennen.«

Während sie so sprachen, kam Lai-dschaus Frau Grünranke heraus und reichte ihm eine Tasse Tee zum Trinken. Lai-wang nahm den Tee an und verneigte sich auch vor ihr. Lai-dschau, der zugegen war, unterhielt sich mit ihm noch eine Weile.

»Komm morgen die erste Herrin besuchen!« redeten ihm alle zu.

Lai-wang hob die Stange mit der Traglast auf die Schulter und verließ das Anwesen. Als Frau Mondtraut mit den anderen Frauen abends in den Sänften heimgelangt war, kamen Schneeholdchen, die Tochter und alle Dienerinnen den Damen entgegen und warfen sich aufs Antlitz. Dai-an, der die Träger der Speisenbehälter begleitete, hatte, da er zu Fuß mit ihnen nicht mitkam, einen Esel gemietet und war auf ihm heimgeritten. Nun entließ er die Träger. Frau Mondtraut erzählte Schneeholdchen und der Tochter, wie sie heute Schlehenblüte im Kloster begegnet seien, und die Zuhausegebliebenen berichteten von Lai-wangs Besuch.

Am nächsten Morgen stellte sich Lai-wang am Haupttor des Simenschen Anwesens ein. Wie gewöhnlich trug er an einer Schulterstange die Lasten handgearbeiteter Schmucksachen. Er begrüßte Lai-dschau: »Gestern hat Frau Schneeholdchen ein paar Arbeiten von mir dabehalten. Sie hat mich aufgefordert, heute das Geld holen zu kommen und der ersten Herrin einen Besuch zu machen.«

»Geh du nur ab! Komm ein andermal!« riet Lai-dschau. »Als die Herrin gestern heimkam, war ihr Söhnchen unpäßlich. Eine Heilkundige und ein Arzt wurden hinzugezogen. Es hatte heftiges Fieber. Heute erst geht es ihm etwas besser. Wo soll man da Zeit finden, dir Silber zuzuwägen!«

Frau Mondtraut, Edelburg und Schneeholdchen, die die Mutter Liu hinausbegleiteten, erschienen gerade am Hauptportal und sahen Lai-wang. Dieser warf sich vor Frau Mondtraut und vor Edelburg zweimal aufs Antlitz.

»Ich habe dich lange nicht gesehen«, redete Frau Mondtraut ihn an.

»Ich wollte immer mal kommen, aber das ging doch wohl nicht?«

»Du bist uns doch ein wohlbekannter Junge. Was war da zu fürchten?« meinte Frau Mondtraut. »Dein Herr ist außerdem nicht mehr am Leben. Seinerzeit kam alles nur wegen des Frauenzimmers, der Pan. – Was für Schmuckarbeiten verkaufst du denn?« Sie suchte sich unter seinen Schmuckstücken einige aus. Dafür hatte sie ihm an Silber drei Unzen und zwei Scherf zu zahlen. Das wog sie ihm auf der Waage zu. Dann forderte sie ihn auf, zum zweiten Portal mitzukommen, und beauftragte Edelsteinchen, eine Kanne Wein und einen Teller Backwerk für ihn zu holen. Schneeholdchen in der Küche zeigte besonderen Eifer. Als er sich satt gegessen und getrunken hatte, warf er sich aufs

Antlitz und ging zum Hause hinaus. Während Frau Mondtraut, Edelburg und die anderen in die zurückgelegenen Räume gingen, raunte Schneeholdchen, als sie allein waren, ihm zu: »Komm doch regelmäßig her! Morgen abend werde ich auf dich warten. Geh erst in Lai-dschaus Stube und warte bis zum Abend. Dann steigst du auf eine Bank oder Leiter und klimmst über die Mauer längs der Schutzvorrichtung. Ich werde dich auf dieser Seite empfangen.«

Am nächsten Tage nahm er sein Tragegestell nicht mit, sondern begab sich gemächlich zu Simen Tjings Anwesen. Dort wartete er, bis Lai-dschau heraustrat, und begrüßte ihn. Dann reichte er ihm eine Unze Silber: »Hole einen Krug Wein! Den möchte ich mit dir, Bruder, und der Schwägerin trinken.« Der Angeredete begriff, denn Schneeholdchen hatte sich bereits am Abend zuvor mit seiner Frau ins Einvernehmen gesetzt. »Ich hoffe auf eure Hilfe, Bruder und Schwägerin. Ich werde dessen in keiner Weise uneingedenk zu bleiben wagen.«

Sie zechten darauf eine Weile, dann begab sich Grünranke zu Schneeholdchen, sprach mit ihr und kehrte zurück. Sie verabredete mit Lai-wang, daß er abends in Lai-dschaus Stube kommen und den Abend abwarten solle bis das Tor geschlossen sei. Habe sich dann hinten alles zur Ruhe begeben, so müsse er über die Mauer klettern. Er solle aber nicht versäumen, ein paar Sachen mit herauszuholen.

Darauf kniete Lai-wang nieder: »Ich werde doch meinen Wohltäter nicht vergessen!« Dann begab er sich wieder nach Hause und vermochte den Anbruch der Nacht kaum abzuwarten. Als es endlich so weit war, ging alles wie am Schnürchen. Er verbarg sich mit Schneeholdchen im westlichen Torhäuschen, wo man die Pferdesättel aufbewahrte. Dort herzten und drückten sie sich und hielten Beilager. Sie waren Witwer und Witwe, voll leidenschaftlicher Begierde, und Lai-wang war kräftig. Schneeholdchen übergab Lai-wang ein Päckchen mit Gold- und Silbersachen, mehrere Unzen Bruchsilber sowie zwei Atlaskleider und sagte eindringlich: »Komm morgen abend wieder! Ich werde dir noch ein paar feine Stoffe besorgen. Suche im Lande einen Ort, wo wir uns friedlich niederlassen können. Wenn wir eine Wohnung haben, werden wir ein Ehepaar. Du verstehst dich auf das Silberschmiedehandwerk. Brauchen wir da Sorgen zu haben, daß du unseren Lebensunterhalt nicht wirst bestreiten können?«

»Ich habe draußen vor dem Osttor eine Tante, die Hebamme

Tjü«, erzählte Lai-wang. »Bei ihr in dem winkeligen Gäßchen können wir uns verstecken. Wenn sich einige Zeit nichts geregt hat, nehme ich dich in meine Heimat mit, kaufe ein paar Hufen Land und beackere sie.«

Dann verabschiedete sich Lai-wang von Schneeholdchen, stieg wieder wie vorher über die Mauer, wandte sich Lai-dschaus Wohnung zu und wartete dort den Anbruch des Tages ab. Als das Tor geöffnet wurde, schlich er sich hinaus. Um die Zeit der Abenddämmerung stellte er sich wieder beim Portal ein und betrat Lai-dschaus Wohnung. Nachts kletterte er wieder über die Mauer und beide betätigten sich. Das wiederholte sich noch an manchem Abend. Sie entwendeten viele feine Stoffe, goldene und silberne Geräte, Kleider und dergleichen. Das Ehepaar Lai-dschau zog seinen Nutzen daraus.

An dem entscheidenden Abend hatte Schneeholdchen die Magd Herbstaster zu Bett geschickt und bei sich im Zimmer einen beträchtlichen Packen mit Haarpfeilen, Ringen und Kopfschmuck zusammengebracht und in einen Kasten getan. Nun bedeckte sie sich mit einem Tuch und zog Alltagskleidung an; denn sie hatte mit Lai-wang verabredet, daß dieser in Lai-dschaus Stube auf sie warten solle, dann wollten beide ausreißen. Aber Lai-dschau riet anders: Die erste Herrin wird mich haftbar dafür machen. Am besten wird es sein, daß ihr über das Dach steigt. Ihr zertretet dabei ein paar Dachziegel, und man kennt dann den Fluchtweg.

Schneeholdchen ließ ihnen ein silbernes Becken für Abfälle, einen goldenen Ohrlöffel, eine dunkelseidene dreiviertellange Jacke und einen gelbseidenen Rock zurück, um sich erkenntlich zu zeigen.

Sie zechten gemeinsam bis zur fünften Nachtwache, dann nahmen beide Weihrauchstäbchen in die Hand und stellten die Leiter an. Es ging Schritt für Schritt, wobei sie viele Dachziegel zertraten. Schließlich waren sie bis an den Dachvorsprung gelangt. Auf der Straße war noch kein Verkehr. Sie lauschten, dann sprang Lai-wang zuerst hinab. Schneeholdchen mußte ihm auf die Schultern treten. Dann schritten sie von dannen. An der Straßenkreuzung wurden sie von einem Wachmann aufgehalten und gefragt, wohin sie wollten und wer sie seien. Schneeholdchen war so erschrocken, daß sie an Händen und Füßen zitterte, aber Lai-wang gab gelassen zur Antwort:

»Wir sind ein Ehepaar. Wir wollen zum Tempel des Generals Yofei vor der Stadt, um dort Weihrauch zu verbrennen. Deshalb

sind wir etwas zeitiger aufgestanden. Nehmt das nicht übel, Herr Oberwachtmeister!«
»Was habt ihr denn in dem Bündel auf dem Rücken?«
»Weihrauch, Kerzen und Götterbilder«, erklärte Lai-wang.
»Nun, dann geht weiter!«
Das brauchte Lai-wang kaum zu hören, als er Schneeholdchen mit sich zog und sich geschwind zum Stadttor begab. Dies war eben geöffnet worden. Die Gelegenheit, sich im Menschengetriebe zum Stadttor hinauszudrücken, war ihnen willkommen. Dann bogen sie durch einige Straßen und Gäßchen ab.
Die Feinreisgasse lag in einer abgelegenen Gegend. Als sie zur Mutter Tjü kamen, hatte diese ihre Türe noch nicht geöffnet. Sie mußten lange rufen, ehe die alte Tjü aufstand, die Tür öffnete und nun Lai-wang mit einer Frau vor sich sah.
»Das ist meine neue Ehefrau. Tante, du hast hier ein Haus, überlaß uns einen Raum als vorläufiges Obdach. Wir werden uns später eine Wohnung suchen.« Er gab der Mutter Tjü drei Unzen Silber zum Ankauf von Brennholz und Reis, und sie gab sich zufrieden. Leider sah ihr Sohn Tjü Dang abends, daß Lai-wang und seine Frau viel Gold- und Silbersachen und ähnliches bei sich hatten. Er erbrach die Stubentür, entwendete die Stücke und ließ sich aufs Glücksspiel ein. Dabei wurde er mitsamt seinen Sachen ergriffen und ins Kreisamt vor den Richter geführt. Nach seinem Geständnis schickte man Häscher aus, die Lai-wang und Schneeholdchen verhafteten.
Darauf verhandelte man gegen Lai-wang und verurteilte ihn als Knecht, der wegen eines außerehelichen Liebesverhältnisses Diebstahl verübt hatte. Tjü Dang wurde als Hehler angesehen. Alle waren eigentlich des Todes schuldig, doch ihre Strafe wurde in fünf Jahre Kerker verwandelt. Das Hehlgut wurde eingezogen. Schneeholdchen, die Simen Tjings Nebenfrau gewesen war, und die alte Mutter Tjü wurden einmal gefoltert. Nach dem vollständigen Geständnis der alten Mutter Tjü wurde diese entlassen. Das Kreisamt schickte Leute zu Simen Tjings Familie. Sie solle Schneeholdchen Sun gegen Quittung abholen kommen. Aber Frau Mondtraut weigerte sich.
»Nach diesem Skandal kann ich sie doch nicht wieder ins Haus nehmen! Das gäbe nichts als Schande für unsere Familie und schädigte das Andenken an den Toten.«
Die Amtsboten wurden bezahlt und entlassen. Daraufhin hieß der Landrat die amtliche Vermittlerin kommen und Schneeholdchen von Amts wegen verkaufen.

Schlehenblüte in der Wehrbezirkskommandantur hatte inzwischen erfahren, daß Schneeholdchen Sun aus dem Hause Simen Tjings von Lai-wang unter Verübung eines Diebstahls entführt worden sei, daß sie außerhalb der Stadt gehaust habe, gerichtlich belangt worden sei und jetzt von Amts wegen verkauft werden solle. Da wünschte sie, sie zu kaufen, weil sie wollte, daß Schneeholdchen ihre Köchin sein sollte, als Vergeltung der früheren Feindschaft. Sie empfahl sie gegenüber dem Wehrbezirkskommandanten: »Schneeholdchen ist in der Küche sehr tüchtig. Sie kann vorzüglich Tee brühen, Reis und Suppen kochen. Kaufe sie für unseren Haushalt!«
Der Wehrbezirkskommandant ließ darüber sofort mit dem Landrat verhandeln. Der geforderte Preis von nur acht Unzen Silber wurde gezahlt und Schneeholdchen in das Wehrbezirkskommando gebracht. Sie kam in das Zimmer, um sich Schlehenblüte vorzustellen. Diese hatte in ihrer Stube auf dem goldverzierten Bettgestell mit brokatenem Vorhang gelegen und war eben aufgestanden. Als jene Schlehenblüte erkannte, konnte sie nicht umhin, beim Eintreten den Kopf zu senken, dann ließ sie sich zur Begrüßung nieder und berührte viermal mit der Stirn die Erde. Schlehenblüte rief die Hausdienerfrauen, die gerade Dienst hatten, herbei: »Zieht ihr das Obergewand herunter und prügelt sie in die Küche hinein! Dort soll sie mir Feuer machen und Essen kochen!«
Eines Tages hörte Tschen Djing-dji von der Gevatterin Süeh, wie es Schneeholdchen ergangen war. Er nahm das zum Anlaß, die alte Süeh zur Familie Simen Tjings zu senden, damit sie in seinem Sinne mit Frau Mondtraut rede. Mutter Süeh mußte Frau Mondtraut aufsuchen und dort erklären: »Der Schwiegersohn Tschen trägt allenthalben herum, daß er die Tochter nicht mehr haben wolle, aber einen Schriftsatz bei dem Gebietsverweser und Statthalter einreichen werde, um gegen dich Klage zu führen. Er behauptet, als der Herr noch am Leben gewesen sei, habe er von Tschen Djing-djis Vater sehr viele Kisten und Koffer mit Gold- und Silbersachen und feinen Seidenwaren sich anvertrauen lassen.«
Infolge der Entführung von Schneeholdchen Sun durch Lai-wang und der Beraubung, die damit zugleich erfolgt war, weiter weil Lai-an, das Bürschchen, davongelaufen war, und drittens, weil Frau Mondtraut Lai-sing gerade entlassen hatte, nachdem dessen Frau Schöngunst gestorben war, ging in Frau Mondtrauts Hause alles drunter und drüber. Als sie die Gevatterin

Süeh anhörte, bebte sie vor Schreck und Aufregung an allen Gliedern. Rasch mietete sie eine Sänfte und schickte die Tochter ihrem Manne zu. Sie beauftragte Dai-an, von gedungenen Trägern das Bettgestell der Tochter, ihre Putzkästchen, Koffer, Schränke und sonstige Heiratsausstattung zu Tschen Djing-dji bringen zu lassen. Da erklärte Tschen Djing-dji: »Das ist zwar ihr Bett und es sind ihre Koffer, die sie in die Ehe eingebracht hat, aber es fehlen noch die von meiner Familie untergestellten Koffer und Kisten mit feinen Stoffen, Gold- und Silbersachen. Die müssen mir auch zurückgegeben werden.«

»Deine Schwiegermutter hat erklärt, zu Lebzeiten des Schwiegervaters habe man nur diese Betten, Kisten und die Heiratsausstattung erhalten. Anderes Gepäck von dir habe sie nicht gesehen«, berichtete die alte Süeh. Tschen Djing-dji wollte außerdem noch die Zofe Festtörtchen. Frau Mondtraut aber weigerte sich, beides auszuliefern.

Tschen Djing-djis Mutter, die geborene Dschang, sagte schließlich zu Dai-an: »Bruder, wenn du nach Hause kommst, bestelle deiner Herrin Empfehlungen! Die Damen bei euch werden wahrscheinlich dieses Mädchen nicht gerade nur zur Pflege des Söhnchens nötig haben. Weil der Schwiegersohn Festtörtchen schon gebraucht hat, soll deine Herrin sie lieber nicht zurückbehalten.«

Frau Mondtraut fand nichts zu erwidern und mußte Festtörtchen ziehen lassen. Seitdem Herr Li am Tjingming-Fest draußen vor der Stadt Frau Mondtraut und Edelburg Meng gesehen hatte, die beide gleich festlich gekleidet und sehr schön, kurz eine Augenweide waren, und seitdem er wußte, daß es sich um Simen Tjings Haupt- und Nebenfrau handelte, zog es den jungen Herrn zu Edelburg Meng, die schlank und rank und deren Antlitz länglich wie ein Melonenkern geformt war. Ihre ganze Erscheinung deutete auf sinnenfreudige Lieblichkeit. Der junge Herr Li hatte früh seine Frau verloren und lebte schon lange als Witwer. Er hatte die Ehevermittlerinnen seither überall nach Bräuten suchen lassen, aber keine hatte ihm gefallen. Nun schickte er die amtliche Vermittlerin, die Mutter Tau, zur Familie Simen Tjings. Lai-dschau stand gerade am Tor, als Mutter Tau herantrat: »Darf ich mir an den Herrn Haushälter die Frage erlauben, ob hier die Familie des verehrten Herrn Simen Tjing wohnt?«

»Woher kommst du denn?« forschte Lai-dschau. »Was willst du?«

»Ich muß den Herrn Verwalter bemühen, eine Meldung hineinzubringen. Ich bin die amtliche Vermittlerin unseres Kreises, mein Name ist Frau Tau. Ich habe von dem jungen Herrn aus dem Kreisamt den ehrenvollen Auftrag erhalten zu erklären, daß, wenn es hier eine Dame gebe, die geneigt ist zu heiraten, ich ergebenst die Vermittlung zu besorgen beauftragt bin.«
»Weib, was bist du für eine Törin!« fuhr Lai-dschau sie an. »Unser Hausherr ist schon über ein Jahr nicht mehr am Leben. Hier sind nur noch zwei Damen. Sie halten Witwenschaft und heiraten nicht.«
»Ob sie nun heiraten wollen oder nicht, bitte bemühe dich mit der Meldung hinein, damit ich eine Antwort überbringen kann.«
»Auch recht! Mach' ich's anderen bequem, hab' ich selber es bequem«, willigte Lai-dschau ein. »Zwei Damen sind da, die eine hat ein Söhnchen, die andere hat kein Kind. Welche ist es?«
»Der junge Herr hat erklärt, er habe sie am Tjingming-Fest draußen auf dem Anger gesehen. Die Dame, um die es sich handelt, hat ein paar helle Pockennarben.«
Lai-dschau ging nach hinten und berichtete, was er gehört hatte, Frau Mondtraut.
»Etwa Edelburg?« staunte Frau Mondtraut und begab sich zu ihr: »Schwester, ich bin gekommen, an dich eine Frage zu richten. Draußen ist eine Vermittlerin, eine felsensichere Gutsagerin. Sie behauptet: Der junge Herr aus dem Kreisamt habe dich am Tjingming-Fest gesehen und erklärt, du möchtest dich wieder verheiraten. Ist dem wirklich so?«
Edelburg Meng hatte seinerzeit den jungen Herrn aus dem Kreisamt gesehen, seine musterhafte Gestalt und Lebensfrische bewundert. Im Alter standen sich beide nahe. Er war ein guter Reiter, konnte den Bogen spannen, und sein Pfeil traf. So hatten beide aneinander Gefallen gefunden. Sie wußte aber nicht, ob er Frau und Kinder habe. So hatte sie zwar kein Wort laut werden lassen, bei sich im stillen aber erwogen: Mein Mann ist nun tot. Die Erste hat ein Kind, und wenn es erwachsen sein wird, werde ich, weil jeder nur sein eigen Fleisch und Blut liebt, verschmäht werden wie ein Baum, der keinen Schatten spendet. Die Witwenschaft weiterzuführen wäre töricht. Meine grünenden Lenze darf ich doch nicht vertrödeln. Das etwa lag ihr im Sinn, als Frau Mondtraut eintrat und jene Worte sprach. Ihr Mund aber sagte ganz etwas anderes: »Herrin, hört doch nicht auf das

unsinnige Gerede! Ich habe nichts dergleichen gesagt.« Aber sie errötete ungewollt.

Frau Mondtraut sprach: »Das ist jedes Menschen eigene Herzensangelegenheit.« Damit rief sie Lai-dschau zu: »Laß sie herein!«

Nach den Begrüßungsförmlichkeiten setzte sich Mutter Tau. Die kleine Magd schenkte ihr Tee ein. Dann fragte Frau Mondtraut: »Was gibt es denn?«

»Ich habe von dem jungen Sohn des Herrn Landrats unseres Kreises die Weisung erhalten nachzufragen, ob in Eurer werten Familie eine Dame die Absicht habe zu heiraten, damit ich alle Erklärungen für eine Verlobung abgebe.«

»Wie kann Euer junger Herr eine solche Frage stellen?«

»Am Tjingming-Tage habe er die Dame draußen vor der Stadt gesehen. Sie sei groß und schlank, habe ein Antlitz wie ein Melonenkern und im Gesicht ein paar winzige helle Pockennarben.«

Frau Mondtraut brauchte mehr nicht zu hören. Es war also Edelburg Meng. Sie schickte Mutter Tau in Edelburgs Räume: In der offenen Vorhalle setzte sich Frau Tau. Nach geraumer Wartezeit trat Edelburg frisch gekämmt, gewaschen und gepudert heraus. Die Mutter Tau begrüßte sie mit dem Wunsche zehntausendfältigen Segens und fügte hinzu:

»Diese Dame ist es. Tatsächlich, es sind keine leeren Worte: Sie übertrifft an Schönheit alle Frauen, ja, sie ist würdig, unserem jungen Herrn als erste Gemahlin zur Seite zu stehen.«

»Mütterchen, was redet Ihr für törichtes Zeug!« Edelburg lachte. »Aber sagt, wie alt ist denn Euer junger Herr? Ist er schon verheiratet? Hat er Nebenfrauen? Wie heißt er mit Vor- und Nachnamen? Bekleidet er ein Amt? Sagt es wahrheitsgemäß und unterlaßt Übertreibungen!«

»Himmel! Mein bescheidenes Persönchen ist doch amtliche Vermittlerin des Kreisamtes. Ich kann doch nicht wie andere Maklerinnen flugs etwas vorflunkern. Der junge Herr ist einunddreißig und studiert an der Kaiserlichen Akademie. Bald wird er Magister sein. Er beherrscht das Schrifttum. Im Bogenschießen und Reiten ist er tüchtig. In allen Philosophen ist er gründlich belesen. Eine Hauptfrau hat er schon seit zwei Jahren nicht mehr. Im Hause hält er zur Aufwartung nur eine Dienstmagd, die keine besonderen Vorzüge hat.«

»Hat Euer junger Herr Kinder?« unterbrach sie Edelburg. »Und welches ist seine Heimat? Ich möchte nicht gern eines Tages mit

Ablauf seiner Amtszeit über tausend Gebirge und zehntausend Gewässer mitziehen müssen.«

»Unser junger Herr hat weder Sohn noch Tochter. Die Heimat seiner Sippe ist der Kreis Dsautjang im Regierungsbezirk Dschending unserer nördlichen Hauptstadt, jenseits des Gelben Flusses, nicht ferner als sechshundert bis siebenhundert Wegstrecken. Die Äcker seiner Familie reihen sich dort aneinander. Ihre Maultiere und Pferde bilden Herden, und an Leibeigenen sind ungezählte da. Die Aufschriften auf den Ehrenpforten, unter denen man hindurchreiten kann, sind sämtlich von Gebietsverwesern durch kaiserliche Verfügungen verliehen worden. Wenn er jetzt die Dame heiratet, wird sie seine erste Gemahlin. Und ist er später Mandarin geworden, könnt Ihr dem Amt entsprechend fünffarbige Amtstrachten anlegen und in duftigen Prachtkutschen daherfahren.«

Edelburg Meng war von dem Wortschwall der Mutter Tau so benommen, daß sie einwilligte. Sie ließ von Duftwunder den Tisch decken und Tee, Speisen und Nachtisch vorsetzen. Dann fügte sie hinzu: »Nimm es nicht übel! Ich habe dich nachdrücklich ausgefragt. Ich bin von anderen Maklerinnen enttäuscht und daher vorsichtig geworden.«

»Meine beste Dame«, betonte die Mutter Tau. »Die Guten werden meistens durch die Schlechten mitbelastet. Meine Wenigkeit übertreibt in keiner Weise. Wenn Ihr einwilligt, meine Dame, so schreibt einen Eheschein und händigt ihn mir aus!«

Edelburg nahm alsbald von rotem Atlas einen Streifen und veranlaßte Dai-an, dafür zu sorgen, daß der Gehilfe Fu im Laden die acht Zeichen ihres Geburtstages darauf schrieb.

Frau Mondtraut mischte sich ein: »Du hast dich seinerzeit der Maklerin Süeh bedient. Laß sie durch einen Jungen holen! Beide mögen dann die Mitteilung überbringen und zusammen diese Eheschließung vermitteln. So erst wird doch der Form genügt.«

Mutter Süeh und Mutter Tau verließen dann gemeinsam Simen Tjings Anwesen. Sie wollten sich zum Kreisamt begeben und Bericht erstatten. Unterwegs erzählte Gevatterin Süeh, daß die Frau siebenunddreißig Jahre alt sei. Da kamen der anderen Bedenken: »Es ist zu befürchten, daß der junge Herr ihr Alter als zu hoch beanstanden könnte. Was dann? Sie ist sechs Jahre älter!«

»Laß uns die Verlobungseide unterwegs einem Scholaren zeigen«, regte die Gevatterin Süeh an. »Wenn es nicht paßt«,

verheimlichen wir ein paar Jahre, das kann doch kaum als Lüge gelten.«
Am Südende der Straße erblickten sie einen Wahrsagerstand mit blauem Tuchvorhang. Nachdem jede dem Wahrsager eine Unze Silber als Wegzehrung gegeben hatte, nahm er seine Finger zum Rechnen zur Hilfe und konnte die beiden dann beruhigen, indem er das Alter änderte. »Die Sache darf jedoch nicht hinausgezögert werden.«
Befriedigt verließen sie das Haus.
Nach zwei Wochen wurden aus dem Kreisamt viele Eilboten und wer von Männern unbeschäftigt war, entsandt, um Edelburgs Bett, Putzkästen, Truhen und Kisten herüberzuschaffen. Frau Mondtraut paßte auf, aber es handelte sich nur um Sachen aus Edelburgs Wohnung.
Auch ihre beiden Zofen Duftwunder und Phönixchen siedelten mit über. Am Abend erschien eine große Sänfte mit vier Trägern und vier roten Gazelaternen, gefolgt von acht Bediensteten, um Edelburg als Braut einzuholen. Sie trug ein Hütchen mit goldenen Biesen; ihr Haupthaar war voll besteckt mit Perlen, Eisvogelfederschmuck und Perlen aus mongolischen Flüssen. Angelegt hatte sie einen tiefroten Mantel mit langen Ärmeln. Um Abschied zu nehmen, wandte sie sich zuerst der Seelentafel Simen Tjings zu, danach Frau Mondtraut.
»Schwester«, sprach diese, »du läßt mich ganz allein. Mit wem kann ich mich nun noch unterhalten?«
Beide hielten sich unter Tränen eine Weile an den Händen fest. Dann gab ihr die ganze Familie mit ihren großen und kleinen Angehörigen bis zum Portal das Geleit. Die Maklerinnen hängten ihr den goldpunktierten purpurnen Brautschleier über das Gesicht. Am Abend vermählte sich das Paar und genoß im höchsten Maße die Freude der Zusammengehörigkeit wie Fisch und Wasser und die Wonnen des Phönixfluges.
Täglich machte Li Gung-bi seiner neuen Frau den Hof und behütete sie in ihrer Stube. Nicht einen Schritt wich er von ihrer Seite. Er betrachtete Edelburgs schönes Antlitz genau, und je mehr er sie ansah, desto mehr verliebte er sich in sie. Dann erfuhr er auch, daß sie zwei Zofen mitgebracht hatte, die ihr in die Ehe gefolgt waren, die eine, Duftwunder, war achtzehn Jahre alt und konnte singen und musizieren. Die andere, Phönixchen, war fünfzehnjährig. Beide waren hübsche Erscheinungen. So schwelgte er in Glück und Freude, so daß er gar nicht wußte, wo er seine Füße hinsetzen sollte.

XLIV.

Seitdem Simens Tochter zu Tschen Djing-dji zurückgekehrt war, zankte und lärmte er alle paar Tage mit ihr. Weil sie dem Drängen ihres Sohnes nicht standzuhalten vermochte, mußte die geborene Dschang ihm schließlich zweihundert Unzen Silber auszahlen; von ihrem Diener Tschen Ding ließ sie am Portal ihres Grundstücks zwei Räume herrichten und darin ein Stoffgeschäft eröffnen.

Tschen Djing-dji verkehrte tagaus tagein mit seinen Freunden, dem dritten Lu und dem ältesten Jang, einer Sippschaft nach Art von Füchsen und Hunden. Im Laden klimperte er auf der Laute, verbrachte auch die Zeit mit Domino- oder Brettspiel und zechte halbe Nächte hindurch. Als so das Kapital nach und nach verbraucht worden war, erzählte Tschen Ding der Mutter Tschen Djing-djis von dessen täglichen Gelagen und Geldausgaben. Unter dem Eindruck der Worte Tschen Dings entzog sie Tschen Djing-dji die Verfügung über das Geschäft. Da jagte dieser seinerseits mit der Behauptung, Tschen Ding habe, wenn er Stoffe färben ließ; Geld abgeknappt, die Eheleute Tschen Ding aus dem Hause. An ihrer Statt bestellte er den ältesten Jang zum Geschäftsführer, mit dem Spitznamen Eiserner Fingernagel. Dieser verschacherte Wind und verhökerte Regen, kurz er war ein Lügner und Aufschneider.

Tschen Djing-dji entlockte seiner Mutter weitere dreihundert Unzen, er wolle das Betriebskapital auf insgesamt fünfhundert Unzen Silber erhöhen und mit dem Geschäftsführer seines Vertrauens Stoffe einkaufen gehn. Der ältere Jang begab sich darauf nach Hause, packte seine Siebensachen zusammen und brach mit Tschen Djing-dji nach dem Hafenplatze Klarennähe auf. Es gab dort zweiunddreißig »Blumen- und Weiden-Gäßchen« und zweiundsiebzig Musikbuden. Tschen Djing-dji war ja noch jung an Jahren; er ließ sich also von dem ältesten Jang in die Tingeltangelhäuser und Weinkneipen führen, kaufte aber nicht gerade viel Ware ein. In einer der Vergnügungsstätten sahen sie ein Puderköpfchen namens Goldschätzel Feng. Es war lebenslustig und wohlgestaltet, durch Schönheit und Gewandtheit gleichermaßen ausgezeichnet. Sie zählte achtzehn Lenze. Der älteste Jang, der merkte, wie sehr Tschen Djing-dji an dem Puderköpfchen hing, redete noch zu, er solle sie heiraten. Die Hausmutter verlangte, sooft er davon sprach, hundertundzwanzig Unzen Silber. Tschen Djing-dji feilschte. Hundert

Unzen Silber zahlte er aus und nahm das Puderköpfchen nach Hause mit.
Als die Mutter, die geborene Dschang, an der eingetroffenen Ware erkannte, wie wenig eingekauft worden war und daß für das Kapital ein Puderköpfchen als Frau ins Haus gebracht wurde, erregte sie sich so sehr, daß sie bald darauf starb. Nun kaufte er zu Goldschätzels Bedienung eine Magd namens Doppellust. Simens Tochter ließ er links liegen.
Eines Tages erfuhr er, daß Edelburg Meng den Sohn des Landrats Li geheiratet und eine reiche Ausstattung mitgenommen habe. Der Landrat war inzwischen nach dem Abschluß seiner dreijährigen Amtszeit zum Randstützpunktkommissar für den Bezirk Jändschou befördert worden und hatte sich auf dem Wasserweg in sein neues Amt begeben.
Tschen Djing-dji erinnerte sich daran, daß er seinerzeit im Garten einen Edelburg gehörigen Haarpfeil aufgelesen hatte. Er wollte diesen als Beweisstück nach Jändschou mitnehmen und behaupten, sie habe früher mit ihm Ehebruch getrieben und ihm den Haarpfeil geschenkt. Es sei ungehörig, daß sie, noch dazu unter Mitnahme so vieler Sachen, den jungen Herrn Li geheiratet habe. Das seien alles Gegenstände, die seinerzeit von Jang Dschän in Obhut gegeben worden seien: Koffer und Kisten mit Gold und Silber, Sachen, die eigentlich behördlich eingezogen werden sollten. Wenn der Randstützpunktkommissar Li so bedrohliche Äußerungen höre, meinte Tschen Djing-dji, sei zu erwarten, daß er seinen Sohn anweisen werde, ihm das Weib bereitwilligst auszuliefern. Dann, so dachte er, werde ich sie als Gegenstück zu Goldschätzel Feng als Frau heimführen.
Eines Tages entnahm Tschen Djing-dji tausend Unzen Gold und Silber dem Gewahrsam, in dem seine Mutter sie verborgen hatte. Davon überließ er hundert Unzen Goldschätzel Feng zur Bestreitung des Haushaltes. Er berief Tschen Ding wieder ins Haus, es zu bewachen und im Laden am Portal Stoffstücke zu verkaufen. Er selber begab sich mit den neunhundert Unzen Silber in Begleitung des ältesten Jang und des Dieners Tschen An nach Hudschou (Seegau). Nachdem er eine halbe Schiffsladung Seide, Brokat, Krepp und dergleichen eingekauft hatte, fuhr er nach Tjingdiangpu. Dort ließ er das Schiff im Hafen vor Anker gehen. Dem ältesten Jang befahl er, auf die Ware achtzugeben, während er selber sich mit seinem Diener und einigen Geschenken aufmachen werde, um eine Schwester in Jändschou zu besuchen.

»Bruder, geht nur!« erklärte der älteste Jang.
In Jändschou bezog er Unterkunft in einem Kloster und erfuhr, daß der Randstützpunktkommissar bereits vor einem Monat sein Amt angetreten habe und seine Familie vor drei Tagen angelangt sei. Um es auf keinen Fall an Aufmerksamkeiten fehlen zu lassen, kaufte Tschen Djing-dji vier Teller Höflichkeitsgeschenke, zwei Rollen Halbseide und zwei Krüge Wein. Tschen An mußte alles hintragen. Er selber wählte ein tadelloses Gewand mit Mütze aus und ging mit erfrischten Brauen und blanken Augen unmittelbar zum Kommissariat. Dort verneigte er sich vor dem Torhüter: »Bitte, meldet: Ich bin der zweite Schwager Meng, der Bruder der jungen Gemahlin, die neulich des Herrn Randstützpunktkommissars Li Sohn geheiratet hat. Ich bin gekommen, einen Besuch zu machen.«
Der junge Herr war gerade beim Lesen in seinem Studierzimmer. Als er vernahm, daß der Ankömmling der Bruder seiner Frau sei, ließ er von den Dienern zunächst die Geschenke hereinholen, bekleidete sich zum Empfang mit Gewand und Kappe und sagte dann, er lasse bitten. So wurde Tschen Djing-dji in die Amtswohnung hineingebeten. Man begrüßte sich in aller Form und nahm die Sitze als Gastgeber und Gast ein. »Warum habe ich denn bei der Vermählung den jungen Herrn Schwager nicht gesehen?« begann der junge Herr Li.
»Ich, der ich tief unter Euch stehe, bin erst jetzt nach einjähriger Einkaufsreise aus den Stromlanden und Südchina zurückgekehrt«, antwortete Tschen Djing-dji. »Heute aber habe ich ergebenst einige bescheidene Geschenke bereitgestellt und bin gekommen, meine Schwester zu besuchen.«
Der junge Herr Li befahl den Dienern – Tee und heißes Wasser waren inzwischen gereicht worden –: »Tragt die Besuchskarte und die Geschenke hinein und meldet der Herrin: Der jüngere Schwager ist da!«
Edelburg Meng jedoch erklärte, einen Schwager Meng gebe es nicht. Oder ist es vielleicht gar mein zweiter Bruder Meng Jüeh, der nach Hause gelangt und über unzählige Gebirge und Gewässer mich besuchen gekommen ist, dachte sie, als die Diener erschienen und die Geschenke und die Besuchskarte brachten. Auf ihr stand: Meng Jüeh. Da glaubte sie, daß es ihr Bruder sei. Sie brachte ihren Platz in Ordnung und trat zu dem Besucher hinaus. Da sagte Tschen Djing-dji: »Ich hatte es bisher nicht erfahren, daß du, Schwester, dich nach hier verheiratet hast. Ich konnte deshalb noch nicht zum Besuch kommen.« Da erkannte

sie ihn. In diesem Augenblick erschien jedoch der Pförtner und bat den jungen Herrn Li hinaus. Tschen Djing-dji konnte also sofort sein Ziel ansteuern. Lächelnd zog er aus seinem Ärmel ein Päckchen Dufttee, Marke Pärchen, hervor und reichte ihn Edelburg: »Schwester, wenn du Liebe fühlst, so erbarme dich deines Bruders und gebrauche diesen Dufttee!« Bei diesen Worten sank er rasch in die Knie. Edelburg wurde über und über rot. Mit einer Handbewegung schleuderte sie das Päckchen Dufttee zu Boden und rief: »Wie kannst du nur jeden Anstand außer acht lassen!« Damit verließ sie die Tafel, um sich in ihr Schlafzimmer zu begeben.
»Ach, du mißverstehst mich. Weil du den Sohn des Randstützpunktkommissars, diesen forschen Kerl, geheiratet hast, meinst du, mich für nichts halten zu dürfen? Du bist doch bei Simen Tjing die dritte Nebenfrau gewesen. Haben wir da nicht miteinander in Beziehungen gestanden?« Bei diesen Worten zog er aus dem Ärmel den silbernen Haarpfeil mit goldenem Endstück aus jener Zeit hervor: »Wessen Haarpfeil ist das? Wenn du mit mir nicht unter einer Decke gesteckt hast, wie konnte da der Haarpfeil mit deinem Namen Edelburg in meiner Hand bleiben? Du ziehst mit dem ersten Weibsbild an einem Strang und hast die von meiner Familie untergestellten acht Kisten mit Gold- und Silbersachen, feinen Stoffen, Nephritgürteln und Edelsteinen, lauter Dinge, die seinerzeit Jang Dschi euch anvertraut hat und die eingezogen werden sollten, mitgenommen, als du den Kerl geheiratet hast. Überlege es dir gut, sonst könnten wir uns vor den Schranken des Gerichts gegenüberstehen!«
Der Haarpfeil stammte wirklich aus ihrem Kopfschmuck. Ehemals hatte sie ihn vermißt. Wie war er in die Hand dieses Halunken geraten? Sie änderte rasch ihr Mienenspiel. Lächelnd faßte sie Tschen Djing-dji bei der Hand: »Bester Schwager, ich habe doch nur scherzhaft mit dir gezankt. Warum braust du gleich auf?« Leiser bemerkte sie dann: »Deinem Herzen begegnet meines mit Gegenliebe.«
Ohne weitere Worte umarmten und küßten sie sich. Wie eine Schlange ihre Zunge ausstreckt, bohrte Tschen Djing-dji die seine in ihren Mund. Dann rief er aus:
»Nenne mich Herzensschatz! Erst dann vermag ich zu glauben, daß du ein Herz für mich hast.«
»Still doch! Es könnte jemand hören!« beschwichtigte sie ihn.
Da tuschelte ihr Tschen Djing-dji zu: »Für mich liegt ein Schiff, schon zur Hälfte mit Waren befrachtet, vor Anker. Verkleide

dich abends als Pförtner und komm zu mir. Dann fahren wir zu Schiff nach Hause und werden ein Ehepaar. Zivilmandarine haben Angst vor Zwischenfällen. Er wird es nicht wagen, dich holen zu kommen.«

»Meinetwegen«, erwiderte Edelburg und riet ihm: »Warte heute hinter der Rückwand des Amtsgebäudes! Ich werde ein Bündel Gold-, Silber- und Seidensachen über die Mauer reichen. Nimm es in Empfang! Ich werde dann verkleidet herauskommen und mit dir an Bord gehn.«

Tschen Djing-dji trank noch einen Becher Wein und nahm Abschied. Der junge Herr Li konnte ihn noch hinausbegleiten.

»Wo hat dein Bruder Unterkunft bezogen? Ich will morgen seinen Besuch erwidern und ihm etwas Reisezehrung bringen«, erkundigte sich der junge Li bei Edelburg.

»Das ist gar nicht mein Bruder gewesen!« sagte sie. »Er ist Simen Tjings Schwiegersohn und hergekommen, um mich zu entführen. Ich habe nun mit ihm verabredet, daß er mich heute um die dritte Nachtwache hinter dem Amtsgebäude erwarten möge. Man könnte ihn als Dieb festnehmen lassen, um künftigen Behelligungen vorzubeugen. Was meinst du?«

Der junge Herr Li war sprachlos. Empört begab er sich hinaus und rief seine Diener zu sich. Mit ihnen und vertrauenswürdigen Häschern bereitete er alles vor.

Tschen Djing-dji stellte sich abends mit seinem Diener Tschen An ein und verblieb an der Hinterwand des Amtsgebäudes. Er machte sich bemerkbar, indem er, wie verabredet, sich räusperte, und vernahm hinter der Mauer Edelburgs Stimme. Über die Mauer hinweg wurde ein Strick geworfen, an dessen Ende ein großes Pack Silber befestigt war, nämlich zweihundert Unzen Silber aus der Schatzkammer. Tschen Djing-dji hatte gerade Tschen An mit dem Bündel fortgeschickt, da stürmten vier, fünf Männer aus dem Dunkel herbei und riefen: »Diebe!« Im Handumdrehen hatten sie Tschen Djing-dji und Tschen An gepackt und gefesselt. Der Randstützpunktkommissar Li ließ sie in den Kerker werfen, um am nächsten Tage die Sache zu verhandeln.

Erster Regierungspräsident in Jändschou war ein Herr namens Sü, mit vollem Namen Sü Feng. Als er am folgenden Tage den Verhandlungssaal betrat, standen die Unterbeamten zu beiden Seiten aufgereiht da. Der Randstützpunktkommissar Li trat vor und machte die Eintragung in das amtliche Sitzungsverzeichnis. Der Vorsteher der Schatzkammer berichtete von dem Diebstahlsfall und führte Tschen Djing-dji und Tschen An vor. Beim Sitzungstisch knieten sie nieder. Als er den feingekleideten Tschen Djing-dji sah, fragte der Präsident: »Woher stammst du, Bursche? Was hat dich veranlaßt, durch nächtlichen Diebstahl die amtliche Schatzkammer zu berauben?«

Tschen Djing-dji aber brachte nichts anderes hervor als: »Mir geschieht Unrecht!«

Der Randstützpunktkommissar Li neben ihm verneigte sich: »Verehrter Herr, man braucht hier gar nicht lange zu fragen. Die Diebesbeute liegt als Beweisstück sichtbar vor Augen.«

Der Präsident Sü ließ Tschen Djing-dji von den Schergen abführen und ihm zwanzig Schläge geben. Tschen Djing-dji schimpfte laut:

»Ich ahnte nicht, daß dieses Weibsstück, die Meng, mich in eine Falle locken würde. Mir geschieht Unrecht!«

Der Präsident Sü sagte sich, daß seine Rufe einen Grund haben müßten. Bis zum zehnten Hiebe war man gekommen, da befahl er Einhalt und ließ die beiden erneut einkerkern, um sie am anderen Morgen wieder zu verhören.

»Verehrter Herr, man sollte nicht Nachsicht üben«, erklärte der Randstützpunktkommissar Li. »Zwar macht eine mildere Behandlung für eine Nacht keinen Schaden, aber er wird seine Aussage verdrehen.«

»Das tut nichts. Ich habe meinen Entschluß bereits gefaßt«, wies ihn der Präsident ab.

Die Gefängniswärter führten darauf Tschen Djing-dji und Tschen An ab. Der Präsident Sü rief einen Vertrauten. Dieser verkleidete sich als Sträfling und schlief abends im Gefängnis. Dabei fragte er Tschen Djing-dji: »Bruder, du siehst so jung aus. Du kannst doch kein Dieb sein. Was liegt denn gegen dich vor?«

Tschen Djing-dji machte seinem Herzen Luft und erzählte die alte Geschichte von den ihm veruntreuten Koffern.

»Wie konnte es anders sein!« sagte der Präsident, als man ihm davon berichtete.

Als er am nächsten Tage den Sitzungssaal betreten hatte, ließ er Tschen Djing-dji und Tschen An vorrufen und gab Befehl, sie freizulassen. Der anwesende Randstützpunktkommissar Li sagte empört:

»Verehrter Herr! Es steht doch aber fest, daß dieser Bursche gestohlen hat. Man darf ihn doch nicht laufen lassen.«

Aber der Präsident Sü erklärte vor allen Sekretären und Manda-

rinen schneidend: »Ich bin hier der oberste Staatsdiener des Regierungsbezirks. Ich darf mich nicht von Ihren privaten Wünschen leiten lassen. Wie kann man einen schlichten Menschen des Diebstahls bezichtigen! Ihr Sohn hat die geborene Meng, die Nebenfrau Simen Tjings, des Schwiegervaters jenes Mannes, geheiratet. Sie hat viele Sachen mit in die Ehe eingebracht, die eingezogen werden sollten: Gold und Silber in Koffern und Kisten. Jener ist der Schwiegersohn Simen Tjings und gekommen, die früheren Sachen herauszufordern. Wie kann man ihn fälschlich eines Diebstahls zeihen, als Verbrecher festnehmen lassen und auf mich einwirken, meine Befugnis für deine Familie einzusetzen?«
So in öffentlicher Verhandlung getadelt, zeigte sich der Randstützpunktkommissar Li tief beschämt und wagte kein Wort mehr zu äußern.
Tschen Djing-dji und Tschen An wurden freigelassen. Der Randstützpunktkommissar Li kehrte in seine Wohnung zurück. Er war aufs schwerste verärgert und schrie seine Frau an: »Wir haben einen schlecht geratenen Sohn! In öffentlicher Sitzung bin ich heute vor allen Amtsgenossen und Mandarinen von dem Präsidenten Sü gerügt worden.« Er ließ seinen Sohn holen und warf ihm alle seine Vergehen vor und ließ ihn prügeln. Dreißig Schläge waren bereits ausgeteilt worden, da befahl Li den Dienern: »Legt mir den Sohn in Fesseln und schafft seine Frau zum Tore hinaus! Sie mag gehen, wohin es ihr paßt. Meine Ehre muß ich schützen.«
Da weinte seine Frau: »Schicke das Paar in die Heimat nach Dschendingfu und laß damit die Sache abgetan sein!« Diesen Rat befolgte er schließlich und gab den Sohn frei, doch müsse er in drei Tagen aufbrechen.
Tschen Djing-dji und Tschen An hatten sich aus dem Bezirksamt von Jändschou in ihre Unterkunft im Kloster begeben und sich mit ihrem Gepäck unmittelbar nach Tjingdiangpu aufgemacht zu der Herberge des zweiten Tschen. Sie gedachten dort den ältesten Jang zu finden. Ihnen erklärte aber der zweite Tschen: »Vor drei Tagen behauptete er, ein Brief von dir sei eingetroffen und du habest geschrieben, daß du nicht kommen könntest. Darum hat er das Schiff flott gemacht und ist nach Hause gefahren.« Tschen Djing-dji hatte kein Zehrgeld mehr und mußte, um mit Tschen An auf dem Schiff eines anderen fahren zu können, Kleider und Hemd versetzen und als Bettler heimkehren.

Endlich gelangte Tschen Djing-dji nach Hause. Tschen Ding stand zufällig am Portal und sah ihn heimkommen: Gewand und Hemd waren schäbig. Erschrocken bewillkommnete er ihn und fragte nach dem Frachtschiff. Tschen Djing-dji war wie gelähmt. Endlich erzählte er von dem Abenteuer in Jändschou:
»In der Hauptsache danke ich es nur dem Präsidenten Sü, daß ich freigelassen worden bin. Und jetzt hat dieser verdammte alte Jang noch meine Waren verschleppt!«
Tschen Djing-dji schickte zuerst Tschen Ding zu Jangs Familie und ließ nach ihm fragen. Da sagte man aber, er sei noch nicht heimgekommen. Auch Tschen Djing-dji selber kam erfolglos zurück. Heftig aufgebracht, betrat er sein Schlafzimmer, wo Goldschätzel Feng und Simens Tochter einander den Rücken zudrehten. Bis zu diesem Augenblick hatten beide in ständigem Zank gelebt. Simens Tochter beschwerte sich, Goldschätzel Feng habe nur ihrer Kuppelmutter Geld gegeben. Deren Kellner sei täglich dagewesen. Heimlich sei Wein und Fleisch eingekauft und auf deren Zimmer verzehrt worden, aber im Hause habe es am Nötigsten gefehlt.
Goldschätzel Feng ihrerseits behauptete, Simens Tochter habe tagaus tagein nicht das geringste an Arbeit geleistet, aber heimlich Reis entwendet und gegen Pasteten eingetauscht. Gekochtes Pökelfleisch habe sie sich geholt und mit ihrer Magd Festtörtchen verzehrt.
Tschen Djing-dji glaubte nur ihr und fuhr Simens Tochter an: »Gaunerin, du bist zu nichts nütze!« Darauf versetzte er Festtörtchen eine Tracht Prügel und Simens Tochter ein paar Fußtritte. Das brachte das Faß zum Überlaufen. Nachts nahm sie einen Strick und erhängte sich. Nur vierundzwanzig Jahre war sie alt geworden.
Als Frau Mondtraut davon erfuhr, war sie außer sich vor Empörung. Von Schmerz übermannt, zog sie mit ihren Frauen in Tschen Djing-djis Haus. Sie prügelten ihn halb zu Tode. Goldschätzel Feng hielt sich unter dem Bett versteckt, die Wütenden holten sie aber hervor und schlugen sie windelweich. Dann zertrümmerten sie Fenster und Türen und schleppten Betten und Schmuckgerät mit sich, als sie davonzogen.
Nun beriet sie sich mit ihren beiden Brüdern, die meinten, um Tschen Djing-dji zuvorzukommen, solle sie selber die Hilfe des Richters in Anspruch nehmen.
»Da habt ihr recht«, stimmte Frau Mondtraut zu und ließ sofort die Klageschrift aufsetzen, die besagte, daß ihr Schwiegersohn

sie ständig unter erpresserischen Druck setze, durch falsche Anschuldigungen eines Puderköpfchens seine Frau so mißhandelt habe, daß sie aus dem Leben geschieden sei, und daß sie, die Klägerin, sich selber durch ihn mit dem Tode bedroht fühle. »Nach Lage der Sache darf man ihn schwerlich weiterhin gewähren lassen. So bitte ich um seine sofortige Verhaftung und um strenge Untersuchung.«

Landrat Ho hatte auf seinem Amtssessel die Klage gelesen. Er sah, daß Frau Mondtraut Wu ein schlichtes Trauerkleid trug, das durch einen Gürtel zusammengehalten wurde. Dadurch war sie als Gattin eines Mandarins der fünften Rangklasse zu erkennen. Sie zeigte einen höchst ehrbaren Gesichtsausdruck und vornehme Haltung. Da stand er zu einer Verbeugung auf: »Die geborene Wu erhebe sich! Ich sehe, du bist die Gattin eines kaiserlichen Mandarins. Den Sachverhalt dieser Eingabe kenne ich nun vollständig. Bitte, geh heim und weise einen Diener an, heute und später hier zur Verfügung zu stehen. Das genügt. Ich werde sofort den Haftbefehl erlassen.«

Für Tschen Djing-dji und Goldschätzel ging es schlimm aus. Nicht nur, daß sie vor Gericht nochmals Prügel empfingen und gefoltert wurden: Er wurde zum Tode durch Erwürgen verurteilt, konnte sich aber nach längerer Kerkerhaft durch Preisgabe fast aller Vermögenswerte, die er von seiner Mutter Seite her noch besaß, und Bestechung freikaufen. Es stand ihm nun nicht mehr der Sinn danach, seine Schwiegermutter noch einmal zu belästigen und zu verleumden. Goldschätzel erhielt hundert Stockschläge auf den bereits geschundenen Körper, wurde in ihr zuständiges Haus zurückgeschickt und mußte dort Dienst tun.

Als Tschen Djing-dji wieder frei war, ging es rasch mit ihm bergab. Bald landete er im Armenhaus. Tagsüber bettelte er auf den Straßen.

Damals lebte in Klarenfluß ein Mann namens Wang mit dem Nachnamen Süän (der Künder) und dem Freundesnamen Tingjung (der Hofdienstbare). Er war über sechzig Jahre alt. Seine Vermögensverhältnisse waren recht gut. Er war ein herzensguter Mensch. Freigebig ließ er Armen Hilfe zuteil werden. Er verlebte seine Tage wohlgekleidet und gut ernährt ohne Beruf. In buddhistischen Tempeln lauschte er den Sutren und in den Edelsteinhallen der Auslegung des Ablaufes des Weltgesetzes. Wenn er nichts zu tun hatte, spendete er an seiner Haustür Arzneien, um anderen zu helfen. Den Rosenkranz in der Hand

betete er zu Buddha. Weil in seinem Gehöft hinten zwei Aprikosenbäume standen, war sein dauistischer Name »Aprikosenklausner«. Eines Tages stand er an seinem Tore, hatte sich den Kopf mit einer seidenen doppelstufigen Kappe geschützt und trug am Leib einen mit einer Holzklammer zusammengehaltenen Dauistenumhang. Da sah er Tschen Djing-dji. Dieser warf sich vor ihm aufs Antlitz. Der Aprikosenklausner beeilte sich, die Höflichkeit zu erwidern und forschte: »Bruder, wer bist du denn? Die Augen von mir altem Toren sind schwach.«
Tschen Djing-dji blieb fröstelnd stehn: »Ich brauche Euch, verehrter Herr, nichts zu verschweigen. Meine Wenigkeit ist Tschen Djing-dji. Ich bin Tschen Hungs Sohn.«
»Ach, edler Neffe, wie bist du in solche Verfassung geraten? Wie geht es deinen Eltern?«
»Mein Vater ist in der Hauptstadt gestorben. Meine Mutter ist auch tot.«
»Ich hatte erfahren, daß du bei deinen Schwiegereltern wohnst.«
»Mein Schwiegervater ist nicht mehr am Leben, und meine Schwiegermutter hat mich hinausgedrückt. Als ihre Tochter gestorben war, hat sie mich verklagt. Es kam zu einem Gerichtsverfahren. Das Hausanwesen habe ich auch verkauft. Das Kapital, das ich besaß, hat mir jemand veruntreut. Seither bin ich unbeschäftigt und habe keinen Erwerb.«
»Wo wohnst du denn jetzt, edler Neffe?«
Tschen Djing-dji hielt lange Zeit inne, bis er äußerte:
»Verehrter Herr, ich will es Euch nicht verheimlichen. Im Asyl.«
»Wie bedauernswert!« bemerkte der Aprikosenklausner. »Also bist du eigentlich Bettler, edler Neffe! Wenn ich so denke, wie seinerzeit dein Herrschaftssitz eine so angesehene, im Wohlstand lebende Familie umschloß! Mit deinem Vater habe ich verkehrt. Damals warst du noch klein und gingst zur Schule. Wie bist du nur in diese Lage hinabgesunken? Sorgt denn niemand für dich?«
»Zu meinem Oheim Dschang bin ich schon lange nicht mehr gegangen. Ich kann es schlecht tun.«
Der Alte befragte Tschen Djing-dji noch nach mancherlei, dann forderte er ihn auf, einzutreten. Im Gastraum ließ er von einem Dienerjungen den Tisch zurecht stellen und einen Imbiß auftragen. Da er sah, wie Tschen in der ungefütterten Kleidung fror, holte er einen wattierten Dauistenmantel aus dunklem Stoff,

auch eine Filzkappe und ein paar Filzstrümpfe und Brokatschuhe, wog ihm auch eine Unze Silber zu und fünfhundert Kupferlinge und schenkte ihm das alles, wobei er ihm einschärfte: »Mantel, Schuhe und Strümpfe schenk' ich dir, damit du etwas anzuziehen hast. Das Kupfergeld gebe ich dir zur Bestreitung der Unterhaltskosten. Miete einen Halbzimmer-Raum! Fang mit dieser einen Unze Silber einen kleinen Handel an!«
Tschen Djing-dji beugte sich dankend nieder aufs Antlitz: »Ich, Euer junger Neffe, will das beherzigen.« Aber jene Unze Silber wechselte er in Falschsilber um und versuchte es auf der Straße unterzubringen. Da wurde er von der Polizei festgenommen und verprügelt. Es dauerte keine zwei Tage, da hatte er den wattierten Rock verspielt und die Socken für Essen in Zahlung gegeben. Er mußte wie früher in den Straßen betteln gehn.
Eines Tages kam er wieder am Portal des Aprikosenklausners vorbei. »Oberrat Tschen«, fragte ihn der Alte, »habt Ihr Geschäfte gemacht?«
Tschen Djing-dji fand lange keine Antwort. Erst auf wiederholte Fragen redete er sich heraus, wie auf diese oder jene Weise alles verlorengegangen sei. Da sprach der Alte: »Edler Neffe, wenn du es so treibst, ist das doch keine vernünftige Art, dein Leben zu verbringen. Leichte Arbeit kannst du nicht finden und schwere nicht aushalten; aber wenn du dich nur ein bißchen gewerblich als Geschäftsmann betätigst, so ist das doch viel besser als Bettelei.« Er schenkte ihm wieder Kleidung: ein gefüttertes Beinkleid, eine weiße Baumwolljacke, ein Paar Fußwickel, ferner einen Strang Kupferlinge und einen Malter Reis: »Nimm das mit! Aber du mußt jetzt einen Kleinhandel betreiben. Verkaufe etwas Feuerungsmittel, Kohlen, Bohnen, Melonenkerne, davon kannst du leben.«
Tschen Djing-dji stimmte mit dem Munde zu; als er aber mit Geld und Reis in Händen des Alten Haus verlassen hatte, wurde innerhalb von nur wenigen Tagen alles für gekochte Speisen, Fleisch und Mehl im Armenhause mit den Bettlern zusammen durchgebracht. Im Glücksspiel verlor er die weiße Baumwolljacke und das gefütterte Beinkleid. Da er den Alten nicht gut mehr besuchen konnte, schlich er an der Wohnung entlang und stellte sich dort in die Sonne. Der Alte aber rief ihn nicht an. Tschen Djing-dji drängte es, sich dennoch ihm zu nähern und sich vor ihm aufs Antlitz zu werfen. Der Alte sagte: »Edler Neffe! Deine Gurgel ist so unergründlich wie das Meer. Ein Faß ohne Boden kann man nicht füllen. Aber ich will dir etwas

sagen: Es gibt eine Stelle, wohin du gehen könntest. Da hast du Frieden für deinen Körper. Ich fürchte nur, du gehst nicht hin.«
Tschen Djing-dji kniete nieder und versprach weinend: »Meine Wenigkeit will von Herzen gern alles tun.«
Der Aprikosenklausner erwiderte: »Oberhalb des Hafens von Klarennähe steht ein Tempel zu Ehren des Staatsmannes Yän Ying. Steuern und Abgaben gehn dort reichlich ein. Oberhaupt des Tempels ist der Dauist Jen. Er ist mit mir altem Toren sehr befreundet. Er hat auch zwei oder drei Jünger um sich. Ich werde für einige Gaben sorgen und bringe dich zu ihm hin, du sollst sein Jünger und Mönch werden. Da wirst du in heilige Schriften eingeführt und lernst Flötespielen und Trommelschlagen für die Besucher, wenn sie sich um den Segen des Himmels bemühen.«
»Weil Ihr, verehrter Oheim, für mich sorgt, so weiß ich von vornherein, daß es gut ist«, war Tschen Djing-djis Antwort.
»Also abgemacht! Morgen ist ein günstiger Tag. Ich werde dich hinbringen.«
Der alte Herr Wang ließ für Tschen Djing-dji zwei Dauistenmäntel, eine Dauistenkappe mit Öffnung für den Haarknoten, auch Schuhe und Socken fertigen, alles aufs beste. Am nächsten Tage kam Tschen Djing-dji tatsächlich. Auf Wunsch des alten Wang mußte er ein Bad nehmen und sich frisieren. Der Alte hatte vier Schüsseln mit eingemachten Früchten, einen Krug Wein, eine Rolle Stoff und fünf Unzen Silber eingepackt. Er bestieg ein Pferd und mietete für Tschen Djing-dji einen Reitesel. Zwei Diener folgten ihnen, und zwei Träger trugen die Geschenklasten. Als sie beim Tempel des Herrn Yän Ying ankamen, war es spät geworden. Der alte Wang stieg vom Pferde und trat in den Tempel ein. Der Dauist Jen führte den Aprikosenklausner in das »Föhren- und Reiher-Stübchen« der Abtei.
»Ich alter Tor komme höflichst mit einem Anliegen zu Euch. Mit mir habe ich den Sohn eines verstorbenen Freundes, Tschen Djing-dji. Er ist erst vierundzwanzig Jahre alt und von guten Anlagen, ist gebildet im Betragen und aufgeweckt. Seine Eltern sind zu früh aus der Welt geschieden. So hat er von Jugend auf den Studien nicht nachgehen können. Sie hatten zwar Vermögen, das ist aber durch einen Prozeß verlorengegangen. Er weiß jetzt nicht, wo er bleiben soll. Ich habe ihn nun hergebracht, verehrter Meister, damit er Euer Jünger werde.«
»Wenn Ihr, verehrter gelehrter Herr, etwas befehlt, darf ich

geringer Dauist mich dem nicht widersetzen. Ich weiß nur nicht, nimmt es dieser junge Mensch ernst oder nicht?«

»Ihr könnt seinetwegen, verehrter Meister, ganz unbesorgt sein. Er ist von zahmer Art und kleinmütig, aber sonst aufgeweckt und schon wert, ein Jünger zu werden.«

»Nun gut, ich lasse ihn bitten.«

Alsbald brachten die Träger die Geschenke herein. Der Dauist Jen las auf der Liste: »In Ergebenheit bereitgestellt: ein Stück von grobem Atlas, ein Krug Wein aus Lu, ein Schweineschinkenpaar, eine gebratene Ente, zwei Schachteln Obst und fünf Unzen Silber, durch den gehorsamen Schüler Wang Süän, der grüßend sein Haupt neigt.« Da machte er rasch eine tiefe Verbeugung und dankte. Tschen Djing-dji trat ein und verneigte sich achtmal.

»Welches ist die Zahl Eurer grünenden Lenze?« fragte ihn der Dauist Jen.

»Vierundzwanzig.«

Der Dauist Jen erkannte sofort seine Aufgewecktheit. So legte er ihm den Glaubensnamen Tschen Dsung-meh bei (der Erbtreffliche). Er hatte schon zwei Jünger: Dsung-ming (der Erbgescheite) und Dsung-schun (der Erbfolgsame). Man setzte sich zum Mahle, dann begab man sich zur Ruhe und am nächsten Tage kehrte der Aprikosenklausner wieder heim, nicht ohne zuvor Tschen Djing-dji noch einmal zu ermahnen, den Unterweisungen des Meisters ja Folge zu leisten.

Zu jener Zeit hatte der Kaiserhof den Kaiserkanal eröffnet. In Klarennähe waren zwei Schleusen eingerichtet worden, durch die die Frachtschiffe hindurch mußten. Alle Reisenden auf dem Wasserwege, waren es nun Mandarinen oder schlichte Bürger, besuchten den Tempel, sobald die Schiffe an die Schleusen gelangten, sei es, um Segen von den Göttern zu erflehen, sei es, um Opfergelübde zu erfüllen, sei es endlich, um Schicksalsdeutungen zu kaufen oder irgendwelche guten Werke zu verrichten. Da gab es genug Leute, die Geld und Reis spendeten, auch andere, die Weihrauch, Öl, Opferpapier und Kerzen brachten, dann auch solche, die Fichtenstämme, Bambusstangen und Schilfmatten zurückließen. Der Dauist Jen ließ für den Überschuß an Geld, das über die Klosterverwaltungskosten verblieb, durch seine Jünger am Hafen Geldwechslerräume und Reiseläden eröffnen. Mit dem Gelde für die verkaufte Ware stärkte er seine private Geldtasche. Sein ältester Jünger Djin Dsung-ming war kein gewissenhafter Mensch.

In seinen Diensten standen zwei saubere, an Jahren noch junge

Anwärter des Dauistenstandes. Alle drei schliefen unter einer Decke. Als er mit Tschen Djing-dji nach und nach vertrauter geworden war, gefielen ihm dessen weiße Zähne und rote Lippen in seinem Gesicht, das gleichsam gepudert schien. Er bemerkte sein angenehmes Äußeres, seine Klugheit und seine sprechenden Augen. Da wußte er ihn dafür zu gewinnen, mit ihm den gleichen Raum zu teilen. Dann schliefen sie in einem Bett, und so kam es dazu, daß er ihn mißbrauchte. Tschen Djing-dji aber dachte, wenn ich ihm das Vergnügen lasse, dann soll er mir Geld ausliefern. So fing er denn absichtlich zu schreien an. Djin Dsung-ming hielt ihm flugs mit der Hand den Mund zu, damit der alte Dauist nichts höre: »Lieber Bruder, sei still! Ich überlaß dir alles, was du willst.«
»Dann mußt du mir dreierlei versprechen«, verlangte Tschen Djing-dji.
»Lieber Bruder, rede nicht von drei Wünschen, und wären es ihrer zehn, ich gewähre sie.«
Da sagte Tschen Djing-dji: »Erstens darfst du nie wieder mit jenen beiden anderen schlafen. Zweitens will ich die Schlüssel zu den Türen der Haupt- und Nebenräume in Gewahrsam haben. Drittens muß mir gestattet sein zu gehen, wohin ich will. Bist du damit einverstanden, so mache ich mit.«
»Ich bewillige dir alles«, erklärte Djin Dsung-ming.
Am nächsten Morgen übergab er Tschen Djing-dji die Schlüssel, war auch nicht mehr mit den beiden anderen Jüngern zusammen, sondern schlief nachts nur noch mit Tschen Djing-dji. Djin Dsung-ming hatte Tschen Djing-dji wiederholt als sehr artig gelobt. Der Dauist Jen verließ sich darauf, scheute für ihn die Geldausgabe nicht und beschaffte ihm ein Beglaubigungsschreiben als ordinierter Dauist. Von diesem Zeitpunkt an unterlag er in keiner Hinsicht mehr irgendwelchen Beschränkungen. Er trug deshalb stets Geld bei sich und spazierte am Hafen umher. Dort stieß er in einer Vergnügungsstätte auf einen guten, alten Bekannten; dieser erzählte ihm: »Goldschätzel Feng hat ihre Puffmutter durch den Tod verloren. Sie ist wieder verkauft worden, und zwar in ein Haus Dscheng und heißt Goldschätzel Dscheng. Jetzt zieht sie ihren Nutzen aus der Betätigung in dem großen Weinhause. Willst du sie nicht einmal besuchen?«
Des jungen Burschen alte Liebe hatte sich nicht gewandelt. Mit seinem Bekannten begab er sich stracks in das große mehrstöckige Weinhaus am Hafen.
Es war das bedeutendste in Klarennähe und hieß Sjäs Weinstu-

ben. Es enthielt hundert und mehr Zimmerabteile. Rings um das Haus zogen sich überall grüne Brüstungen hin. Das Bauwerk lehnte sich hart an einen Hügel an, und vor ihm strömte der Kaiserkanal dahin. Es war eine Stätte des lebhaftesten Treibens, wo Schiffe und Boote ständig anlegten und abfuhren.
Sie nahmen in einem Stübchen Platz und ließen Wein vom besten auftragen. Dann schickten sie nach unten, das Puderköpfchen zu rufen. Sehr bald kam Goldschätzel Feng herauf. In der Hand trug sie ein Saitenspiel. Vor Tschen Djing-dji verneigte sie sich tief und grüßte mit dem Wunsche zehntausendfältigen Segens. Er zog sie sofort an sich: »Was ist dir inzwischen widerfahren?«
Sie wischte die Tränen aus den Augen: »Als ich verprügelt aus dem Kreisamt kam, geriet meine Hausmutter so in Bestürzung, daß sie bald krank wurde und starb. Ich wurde an die fünfte Hausmutter Dschen verkauft. Zu jener Zeit fanden sich nur wenige junge Herren ein, so war es unvermeidlich, daß ich wieder in den Hafenplatz Klarennähe kommen und meinen Unterhalt suchen mußte. Gestern hörte ich durch den dritten Tschen von deinem Aufenthalt hier und daß du ein Geldwechslergeschäft eröffnet hast. Da wollte ich dich einmal besuchen gehn. Heute haben wir uns unvermutet getroffen. Die Überraschung bringt mich fast um.« Sie weinte wieder. Tschen Djing-dji zog ein Taschentuch aus seinem Ärmel und trocknete ihre Tränen:
»Schatz, laß den Kummer fahren! Es geht mir wieder gut. Ich hatte durch den Prozeß alles Vermögen verloren, aber ich bin hier in dem Tempel des Staatsmannes Yän Ying untergekommen und Künder des Dau, der Lehre des allgemeinen Weltablaufs, geworden. Der Meister schenkt mir in allem vollstes Vertrauen. Fortan will ich dich regelmäßig besuchen kommen. – Und wo hast du hier deinen Unterschlupf?« fragte er dann.
»Beim Weinstubenbesitzer, dem zweiten Liu. Da gibt es hundert und mehr Räume. Die Mädchen aller Viertel hausen dort. Am Tage sind sie wie ich in den Weinstuben.«
Dem Weine sprachen beide tüchtig zu und gaben sich dann einander hin. Tschen Djing-dji hatte schon lange nicht mehr mit einer Frau in Beziehung gestanden. Seine Leidenschaftlichkeit machte es ihm schwer, von ihr zu lassen.
Der gute alte Bekannte hatte sich längst davongestohlen.

XLV.

Seitdem Tschen Djing-dji in Sjäs Weinstuben Goldschätzel Feng gesprochen hatte und beide wieder in alter Leidenschaft verstrickt gewesen waren, vergingen jedoch kaum drei Tage, daß er sich wieder mit ihr traf. War er an einem Tage durch irgendeine Beschäftigung am Kommen verhindert, ließ Goldschätzel durch den dritten Tschen ihm etwas überbringen oder schrieb einen Liebesbrief und bat um seinen Besuch. Jedesmal schenkte er ihr eine halbe oder eine ganze Unze, bezahlte später für sie auch Feuerung und Reis und entrichtete die Miete. Wenn er mit gerötetem Gesicht in den Tempel zurückkehrte und von dem Dauisten Jen gefragt wurde, wo er gezecht habe, sagte er nur, im Reisladen mit dem Gehilfen. Djin Dsung-ming half ihm nachdrücklichst bei der Vertuschung und trieb dann abends mit ihm sein Spiel. Während die Tage dahinschwanden, ging aus des Dauisten Jen Schatulle der überwiegende Teil des Geldes durch die Entwendung dahin.

Der erwähnte Weinstubenbesitzer, der zweite Liu, mit dem Beinamen Ortstiger, hatte einen Verwandten in der Wehrbezirkskommandantur des Heerführers Dschou, nämlich dessen Amtsgehilfen Tschang Scheng, der sein Schwager war. Liu fand sein besonderes Betätigungsfeld darin, im Hafen Herbergen für die Unterhaltungsmädchen aufzumachen. Er selber zechte gern und war gewalttätig. Niemand wagte es, ihn zu reizen. Den Puderköpfchen gegenüber war er ein Rohling und gegenüber den Gästen der Weinstuben ein Obergauner. Nun hatte er beobachtet, daß Tschen Djing-dji in Sjäs Weinstuben Goldschätzel Feng mit Beschlag belegt hatte. So begab er sich dorthin und fragte nach Goldschätzel. Der dritte Sjä gab ihm rasch Antwort:

»Oheim Liu, sie hält sich gerade im zweiten Stübchen des Oberstocks auf.«

Liu stieg nun mit gewaltigen Schritten in das obere Stockwerk hinauf, wo Tschen Djing-dji mit Goldschätzel im Stübchen beim Weine saß. Sie waren heiterster Stimmung, hatten die Türe verriegelt und den Vorhang draußen herabgelassen. Da riß Liu mit einem Ruck den Vorhang weg und brüllte: »Goldschätzel, komm raus!« Sie ging hinaus und fragte: »Oheim Liu, was gibt es denn?«

»Du hinterlistiges Weibsstück!« schimpfte dieser. »Du bist mir drei Monatsmieten schuldig. Hier verbirgst du dich also!«

»Oheim, geh nur heim! Ich werde dir durch die Hausmutter die Miete bringen lassen.« Da packte Liu sie und versetzte ihr einen Faustschlag, daß sie mit Kopf und Stirn gegen die Treppenstufen stieß und sich arg verletzte. Der ganze Boden schwamm von Blut.
»Ich soll warten, bis die Miete gebracht wird? Auf der Stelle will ich sie.« Damit trat er vor – er hatte Tschen Djing-dji drinnen bemerkt – und hob mit einem Ruck den Tisch in die Höhe, so daß das irdene Geschirr in Scherben splitterte.
Da trat ihm Tschen Djing-dji entgegen: »Wer bist du und wie kommst du dazu, hier so zu toben?«
»Du Dauist und Hurensohn!« schimpfte Liu, packte ihn mit der Hand am Schopfe, riß ihn zu Boden und versetzte ihm zahllose Faustschläge und Fußtritte.
Die Gäste der Weinstube standen mit aufgerissenen Augen dabei. Der Wirt kam herauf, um zur Ruhe zu mahnen. Aber Liu gab nicht nach. Er schlug mit voller Kraft auf Tschen Djing-dji ein, so daß dieser in Ohnmacht fiel. Hierauf rief er nach dem Friedensvogt und ließ Tschen Djing-dji samt dem Puderköpfchen mit einem Strick binden und in Gewahrsam nehmen.
Vom Wehrbezirkskommandanten war der zweite Liu urkundlich damit betraut worden, den Ort zu schirmen und zu schützen. Es lag ihm ob, zur Verhaftung von Räubern und Dieben ihn zu durchstreifen und auch die Straßen und Wasserwege zu beaufsichtigen. Tschen Djing-djis Verhaftung wurde im Tempel des Dauisten noch nicht gleich ruchbar. Es hieß nur, er übernachte abends im Reisladen und komme deshalb nicht zurück. Am nächsten Morgen führten der Friedensvogt und die Häscher Tschen Djing-dji und Goldschätzel in das Amtsgebäude. Zunächst reichten sie den beiden Amtshelfern Tschang Scheng und Li An eine Note ein und berichteten, Oheim Liu schicke wegen eines örtlichen ungebührlichen Lärms einen Dauisten Tschen Dsung-meh aus dem Tempel des Staatsmannes Yän Ying und ein Unterhaltungsmädchen Goldschätzel Dscheng und Kerkerknechte.
»Er soll herkommen! Ich will ihn verhören«, befahl Tschang Scheng.
Die Soldaten und Kerkerknechte zerrten ihn alsbald herein; er mußte niederknien.
»Seit wann bist du Jünger des Dauisten Jen? Wie ist dein Laienname?«
»Meiner Wenigkeit Laienname ist Tschen Djing-dji. Ich stamme

aus wohlanständiger Familie. Dauist bin ich noch nicht lange.«

»Als Dauist sollst du dich in die heiligen Schriften und Gesänge vertiefen«, schalt Tschang Scheng. »Darfst du es dir erlauben, draußen bei Mädchen zu nächtigen, zu zechen und ruhestörenden Lärm zu machen?« Dann wies er die Kerkerknechte an: »Wartet ein Weilchen, bis unser hoher Herr den Sitzungssaal betritt.«

Dann wurde Goldschätzel Dscheng vorgerufen. Ihr Zuhälter war ihr gefolgt und hatte bei Hoch und Niedrig drei oder vier Unzen Silber springen lassen. Deshalb sagte Tschang Scheng: »Du gehörst dem Stande der Gastgesellschafterinnen an und nützest nur die Hauptgeschäftszeit für deinen Lebensunterhalt aus. Das ist nichts Besonderes. Warte ab, ob der hohe Herr vergnügt oder zornig gestimmt ist! Zürnt er, so hilft es nichts, du wirst ein- oder zweimal die Folter zu spüren bekommen. Ist er vergnügt, lassen wir dich laufen, ohne daß er es merkt.«

Nicht lange danach hörte man innen das Anschlagbrett tönen: Der Wehrbezirkskommandant betrat den Sitzungssaal.

Hier muß folgendes eingeschaltet werden:

Schlehenblüte war inzwischen eines Söhnchens genesen. Er war schön wie ein Edelstein, seine Lippen waren wie mit Zinnober betupft. Der Wehrbezirkskommandant hielt ihn wert wie ein unbezahlbares Kleinod. Nicht lange nach der Geburt des Kindes war seine erste Frau gestorben. Da erhob der Wehrbezirkskommandant Schlehenblüte zur Ersten, also zu seiner Gemahlin. Als solche bewohnte sie das fünfraumgroße Haupthaus. Zwei Ammen waren zur Ernährung und Betreuung des Kindes gekauft worden, zwei junge Mägde hatten aufzuwarten, zwei andere Mädchen mußten ihr zum Vorspielen und Vorsingen zur Verfügung stehen. Sie standen beide im Alter von sechzehn und siebzehn Jahren und hießen Apfelblüte und Mondholde. Das Söhnchen hatte es gern, wenn Tschang Scheng ihn auf dem Arm herumschwenkte.

Jetzt betrat der Wehrbezirkskommandant den Sitzungssaal und Tschang Scheng ließ das Kind nebenan zuschauen. Als Hauptfall kam der des Tschen Djing-dji und der Goldschätzel Dscheng zur Verhandlung. Nachdem der Wehrbezirkskommandant die Anklageschrift gelesen hatte, sagte er: »Bursche, du bist Dauist und hältst dich nicht an die Lebensgrundsätze deines Standes? Du schläfst bei Singsang-Mädchen, zechst und störst die Ordnung des Ortes. Dein Betragen ist lasterhaft. Ihr, Stockmeister, führt

ihn nach unten, zählt ihm zwanzig Schläge auf, entzieht ihm die Beglaubigungsurkunde für den Dauistenstand und schickt ihn in das Laientum zurück! Der geborenen Dscheng legt einmal die Folterpresse an und gebt ihr fünfzig Schläge, dann laßt sie in das Vergnügungsviertel zu ihren Dienstleistungen zurückkehren!«
Die Soldaten und Kerkerwärter zu beiden Seiten traten vor und packten Tschen Djing-dji. Sie hatten schon die Knüttel ergriffen und schlugen zu. Da geschah etwas Auffälliges. Tschang Scheng mit dem kleinen Amtsherrchen auf dem Arme stand auf einer erhöhten Stelle und schaute zu. Als das Kind sah, wie Tschen Djing-dji geschlagen wurde, begann es auf dem Arme zu zappeln und strebte mit den Ärmchen zu Tschen Djing-dji hin. Tschang Scheng wollte nicht, daß der Wehrbezirkskommandant dies sah und ging rasch weg. Aber das Amtsherrchen erhob ein jämmerliches Geschrei und weinte noch, als es nach hinten zu Schlehenblüte gelangte. Diese forschte, warum das Kind weine.
»Der hohe Herr leitete im Sitzungssaale die Verhandlung und ließ an dem Dauisten Tschen aus dem Tempel des Staatsmannes Yän Ying eine Prügelstrafe vollziehen. Das Kind strebte zu ihm hin und wollte ihn umarmen. Weil meine Wenigkeit daraufhin weggegangen ist, weint das Kind.«
Bei dem Namen Tschen konnte Schlehenblüte sich nicht enthalten, ihren Hunan-Rock zu raffen, ihre Lotosfüßchen ein wenig in Bewegung zu setzen, hinter den Vorhang zu treten und hindurchzublicken. Der Gestrafte hatte Stimme und Erscheinung des Schwiegersohnes Tschen. Weshalb mochte er die Familienbande gelöst haben und Dauist geworden sein? Sie rief Tschang Scheng: »Wie heißt der Mann mit Namen und Nachnamen?«
»Ich habe den Dauisten bereits befragt. Er sagte, sein Laienname sei Tschen Djing-dji«, erzählte Tschang Scheng.
Er ist es wirklich! sagte Schlehenblüte sich. Gleichzeitig schickte sie Tschang Scheng: »Bitte deinen Herrn her!«
Tschen Djing-dji hatte bereits zehn Stockschläge erhalten, und daneben war Goldschätzel die Folterpresse angelegt worden. Da hörte der Kommandant plötzlich, daß ihn seine Gemahlin aus den zurückgelegenen Räumen zu sich bitte. Die Stockmeister mußten deshalb die Knüttel einstweilen beiseite stellen, während der Kommandant sich nach hinten begab. Dort sagte Schlehenblüte: »Der Dauist, den du verprügeln läßt, ist ein Vetter von mir. Nimm auf mich Rücksicht und verzeih ihm!«

»Aber, liebe Gemahlin, warum sagtest du das nicht eher?« Sofort ging er hin und befahl den Kerkerwärtern, beide freizulassen. Goldschätzel kehrte darauf in das Vergnügungsviertel zurück. Der Wehrbezirkskommandant ließ schleunigst durch Tschang Scheng den Dauisten zurückrufen. Da seufzte Schlehenblüte plötzlich tief auf, besann sich und befahl dann Tschang Scheng:
»Laß den Mann laufen! Ich werde ihn später mal rufen!«
Die Beglaubigungsurkunde als Meister des Dau hatte Tschen Djing-dji noch nicht abgegeben; jetzt eilte er, nachdem er zehn Schläge erhalten hatte, aus dem Amtsgebäude des Wehrbezirkskommandanten schleunigst zurück zum Tempel. Entgegen seiner Hoffnung hatte der Dauist Jen jedoch von einem Besucher alles erfahren. Weil er schon alt war und Wohlbeleibtheit seine Schwäche erhöhte, war er darüber verstört. Als er jetzt seine Schatulle und Kisten öffnete und fand, daß sie nicht mehr viel Wertgegenstände enthielten, überfiel ihn große Erregung. Ohnmächtig sank er zu Boden. Alle Jünger eilten hinzu. Sie ließen einen Arzt kommen und ihm Arznei einflößen, aber er erlangte das Bewußtsein nicht mehr. Um Mitternacht starb er im Alter von dreiundsechzig Jahren.
Tags danach stellte sich Tschen Djing-dji ein. Da fuhren die Nachbarn ihn an: »Hast du noch die Dreistigkeit, in den Tempel zurückzukehren? Dein Meister hat durch dich eine derartig große Aufregung erlitten, daß er gestern nacht gestorben ist.« Tschen Djing-dji war ob dieser Nachricht so bestürzt, daß er in die Kreisstadt Klarenfluß zurückeilte.
Schlehenblüte hatte Tschang Scheng geheißen, Tschen Djing-dji einstweilen fortgehen zu lassen, hatte sich aber dann in ihr Schlafgemach begeben, ihr Haarhäubchen abgelegt, die seidenen Kleider abgestreift und sich aufs Bett geworfen. Die Hand aufs Herz gepreßt, begann sie bei aufgeschlagener Bettdecke zu schreien. Die ganze Familie, groß und klein, geriet in Schrecken und Unruhe. Die zweite Frau, die geborene Sun, kam aus ihrem Nebengemach fragen: »Erste Mutter, eben warst du doch ganz munter, wie ist es nur gekommen, daß es dir nicht gut geht?«
»Zieht ihr nur alle ab und laßt mich in Ruhe!« antwortete Schlehenblüte.
Als der Wehrbezirkskommandant nach der Sitzung hereinkam und sie noch auf dem Bett liegen sah und schreien hörte, wurde auch er unruhig und ergriff ihre Hand: »Wie ist dir zumute?«
Sie sagte nichts. Ratlos, was zu tun sei, ging er hinaus und ließ

Tschang Scheng und Li An binden: »Ihr beide habt doch längst gewußt, daß er ein Vetter eurer Herrin ist, warum habt ihr mir das nicht früher gesagt und mich ihm zehn Hiebe geben lassen, so daß sich die Herrin darüber so aufgeregt hat, daß sie jetzt krank ist? Ich habe euch auch befohlen, ihn zurückzuhalten, damit die Herrin ihn noch sprechen könne. Warum habt ihr ihn nun weggehen lassen? Ihr Burschen habt nicht die mindeste Einsicht.«

»Meine Wenigkeit hat es der Herrin gemeldet. Sie befahl: Laßt ihn vorläufig gehn! Erst daraufhin habe ich ihn freigelassen«, verteidigte sich Tschang Scheng; dann begab er sich weinend und schluchzend in das Schlafgemach und flehte Schlehenblüte an: »Herrin, ich bitte inständig, beim Herrn ein gutes Wort für mich einzulegen, sonst will der Herr meine Wenigkeit zur Verantwortung ziehen.«

Da öffnete Schlehenblüte weit ihre runden Sternenaugen. Ihre Brauen wölbten sich. Sie rief den Wehrbezirkskommandanten zu sich: »Daß mir bekümmert zumute ist, was hat das mit den beiden zu tun? Wenn jener Bursche draußen als Dauist auftritt, so laß ihn das einige Zeit tun! Ich werde nur allmählich imstande sein, ihn herbeirufen zu lassen.«

Darauf behelligte der Kommandant Tschang Scheng und Li An nicht mehr. Aber weil sie immer wieder aufschrie, ließ er von Tschang Scheng einen Arzt holen. Dieser fühlte ihren Puls und sagte: »Eure Frau Gemahlin ist von der Krankheit der sechs Begierden und sieben Leidenschaften befallen. Sie hat eine schwere seelische Erschütterung erlitten.« Die beschaffte Arznei nahm Schlehenblüte aber nicht ein, sondern ließ sie kalt werden. Die Mägde getrauten sich nicht, vor sie zu treten und mit ihr zu reden. Sie baten den Wehrbezirkskommandanten, er möge kommen und achtgeben, daß sie die Arznei einnehme. Aber sie brachte nur einen Schluck hinunter, dann lehnte sie sie ab. Mondholde, die größere Magd, ergriff nun die Arznei – der Kommandant war inzwischen hinausgegangen –: »Bitte, Herrin, nehmt sie doch!«

Da schüttete sie ihr die Arznei ins Gesicht: »Verkommenes Luder, wozu willst du mir die bittere Flüssigkeit einflößen. Ich habe doch nichts im Magen?« Sie befahl ihr, etwas aus der Küche, wo Schneeholdchen arbeitete, zum Essen zu holen. Bewußt spielte sie die Kranke, die Gekränkte und Gereizte, um alles, was ihr nun von Schneeholdchen gekocht wurde, wütend zurückweisen zu können: Mal war es ihr zu sauer, mal zu süß,

mal zu schal, mal zu scharf. Schneeholdchen murrte schließlich: »Seit wann ist sie so hochgestellt, daß sie einen schurigeln darf.« Unglücklicherweise wurde dies der Herrin hinterbracht, die sofort befahl, Schneeholdchen zu ihr zu bringen! Sie riß sie an den Haaren und tobte. Schließlich erklärte sie, und das war ihre geheime Absicht und der Grund ihres zänkischen Verhaltens gewesen: »Ich will dich in meinem Hause nicht mehr haben.« Der Wehrbezirkskommandant kam gerade hinzu und veranlaßte, daß die Gevatterin Süeh sofort herbeigeholt werde. Als sie eintraf, nahm Schlehenblüte sie beiseite: »Ich will nur acht Unzen Silber. Verkauf unter allen Umständen das Frauenzimmer, diese Dienstmagd, für mich an ein Gastliebchen-Haus! Du magst dabei verdienen, so viel du willst, darum kümmere ich mich nicht. Aber solltest du sie anderswohin verkaufen und ich es erfahren, dann tritt mir nicht mehr vor die Augen!«
»Ich habe doch keinen sicheren Lebensunterhalt, auf den ich mich verlassen könnte, und muß doch unbedingt ausführen, was Ihr wollt«, antwortete die Gevatterin Süeh. Damit nahm sie noch in der Nacht Schneeholdchen zu sich nach Hause.
Zwei Tage danach erschien eine Nachbarsfrau, Mutter Dschang, die einen kleinen Laden betrieb, und erkundigte sich: »Gevatterin Süeh, was hast du im Nebengemach für eine Frauensperson? Warum weint sie so und fühlt sich so unglücklich?«
»Sie stammt aus hochangesehener Familie, ist aber entlassen worden, weil sie mit ihrer Herrin nicht hat einig leben können. Ich soll sie hier von mir aus verheiraten, am besten als einzige Frau an einen einzelstehenden Mann, um allem Ärger aus dem Wege zu gehn.«
»Bei mir ist ein Baumwollhändler aus Schantung abgestiegen«, erzählte die Mutter Dschang. »Er heißt Pan und ist der Fünfte in seiner Familie. Siebenunddreißig Jahre ist er alt. Er hat ein paar Wagen voll Baumwollkapseln. Bei mir nimmt er immer Quartier. Neulich teilte er mir mit, seine Frau sei seit einem halben Jahre tot. Niemand sei da, den Haushalt zu betreuen. Er ist wiederholt an mich herangetreten, ich möge für ihn die Heiratswerberin spielen, und nun habe ich diese Frau gesehen: Im Alter paßt sie. Gebt sie ihm in die Ehe!«
»Liebe Freundin, ich will dir genau Auskunft geben«, war der Gevatterin Süeh Antwort. »Diese Frau stammt aus hochangesehener Familie. Sie versteht sich auf Arbeiten jeder Art, grobe oder feine. Von Näh- und Handfertigkeiten braucht man erst gar nicht zu reden. Sie ist erst fünfunddreißig Jahre alt. Ihre Familie

will nur dreißig Unzen Silber. Man kann sie ihm sehr wohl empfehlen.«
»Hat sie Ausstattung in Koffern und Kisten?«
»Nur die Kleidungsstücke, Haarpfeile und Reifen, die sie am Leibe trägt, sonst aber keinerlei Gepäck.«
»Wenn es so steht, will ich mit jenem Manne sprechen und ihn auffordern, selber einmal Besuch zu machen.«
Am nächsten Morgen brachte sie ihn natürlich mit, damit er Schneeholdchen sehen könne. Er bot sofort fünfundzwanzig Unzen und der Gevatterin Süeh als Vermittlungsgebühr noch eine Unze. Diese feilschte nicht viel, sondern schrieb nach Zahlung des Geldes die Urkunde. Abends erfolgte der Umzug. Am nächsten Tage sollte der Aufbruch mit Wagen stattfinden. Die Gevatterin Süeh ließ nun die Urkunde abändern. Nur acht Unzen Silber zahlte sie in das Wehrbezirkskommando, wo Schlehenblüte den Betrag in Empfang nahm. Es hieß, Schneeholdchen sei in ein Mädchenhaus verkauft worden.
Jener Mann war, nachdem er Schneeholdchen geheiratet hatte, nur über Nacht bei Frau Dschang geblieben. Am nächsten Morgen um die fünfte Nachtwache bedankte er sich bei ihr und verabschiedete sich. Er bestieg seinen Wagen und fuhr stracks nach Klarennähe. Sie betraten eine Weinherberge mit hundert und mehr Räumen. In allen hielten sich schöne Mädchen auf, die aus den fernsten Landeswinkeln gekommen waren. Schneeholdchen wurde durch eine Tür in ein halbräumiges Zimmer geführt. Drinnen saß auf dem Ofenbett eine fünfzig- bis sechzigjährige Frau. Es war da noch eine siebzehn- bis achtzehnjährige Magd, die das Haar zum flachen Knoten gebunden trug, geschminkt war und auch rot gefärbte Lippen hatte. Angetan war sie mit einem weichseidenen Gewande, saß auf dem Ofenbett und übte auf der Laute. Als Schneeholdchen das sah, brachte sie nur den Ausruf: »O weh!« hervor. Jetzt erst wurde ihr klar, daß jener Kerl, der fünfte Pan, ein Mädchenhändler war, der sie gekauft hatte, um sie zum Puderköpfchen zu machen. Er gab ihr den Namen Juwelchen. Das jüngere Mädchen namens Goldchen ging täglich mit seinem Saitenspiel in die Weinstuben, um Gästen gefällig zu sein und ihnen vorzusingen. Als der fünfte Pan ins Zimmer trat, fragte er nicht erst lange, versetzte Schneeholdchen eine Tracht Prügel, schlief sich zwei Tage aus, gab ihr nur zwei Schüsseln Reis und zwang sie, musizieren und singen zu lernen. Zeigte sie sich nicht gelehrig genug, schlug er sie wieder. So sehr wurde sie mißhandelt, daß sie am ganzen Körper rote

und blaue Flecken hatte. Erst als sie ihrem Handwerk nachging, stattete er sie mit besserer Kleidung aus. Geschminkt und geputzt stand sie nun vor der Tür oder lehnte sich mit lockendem Lächeln an das Tor.

Da verhalf ihr der Himmel zur Erleichterung ihres Loses. Eines Tages war Tschang Scheng durch den Wehrbezirkskommandanten zum Kanal gesandt worden, um einige Zentner Reis und Reisweinhefe zu kaufen, mit denen zu Hause Wein angesetzt werden sollte. Als der Weinstubenbesitzer, der zweite Liu, der sogenannte Ortstiger, seinen Schwager sah, kehrte er seine Weinstuben ganz sauber aus, ließ Becher und Teller zum Festmahl in eines der besten Gemächer bringen und forderte ihn auf, den Ehrensitz beim Gelage einzunehmen. Sehr bald hörte man auf der Treppe Lachen. Vier Schöne kamen herauf, alle mit Blumen und Blütenknospen geschmückt, in leichten weichen Seidengewändern. Sie nahmen Aufstellung, verneigten sich viermal und traten dann zur Seite. Plötzlich sah Tschang Scheng mit schärferen Blicken hin: seltsam! Die eine Schöne glich ganz der aus dem Hause seines Herrn entlassenen Frau Schneeholdchen. Wie mochte sie hierhergekommen sein? Sie ihrerseits erkannte Tschang Scheng. Beide sagten aber nichts.

»Zu welchen Familien gehören die Damen?« fragte Tschang Scheng den zweiten Liu.

»Diese da sind Juwelchen und Goldchen vom fünften Pan, jene dort ist das ältere Mädchen von Wang und die eine ist Holdchen Dschau«, erklärte Liu.

»Pans Juwelchen kommt mir ziemlich bekannt vor«, bemerkte Tschang Scheng, rief sie zu sich heran und fragte sie leise: »Bist du etwa Schneeholdchen? Wie bist du hierhergekommen?«

Bei dieser Frage liefen ihr die Tränen:

»Das läßt sich mit einem Worte schwer erzählen.« Und dann berichtete sie.

Abends blieben beide in dem Stübchen zur gemeinsamen Nachtruhe. Schneeholdchen erwies sich als sehr leidenschaftlich. Sie flüsterten einander felsenfeste Schwüre zu, und mit ganzer Kraft umarmte sie Tschang Scheng. Wie Fisch und Wasser waren sie ineinander vernarrt.

Sooft von dieser Zeit an Tschang Scheng zum Kanal kam, traf er sich mit Schneeholdchen in der Weinherberge. Später machte er regelmäßig Besuche. Jeden Monat zahlte er dem fünften Pan einige Unzen als Verpflichtungsgebühr für Schneeholdchen, so daß sie niemand sonst zu empfangen brauchte. Der zweite Liu, der das wahrnahm, wollte seinem Schwager Freude bereiten und verlangte von ihr nicht einmal mehr die Miete.

XLVI.

Schlehenblüte besorgte nach Rücksprache mit dem Wehrbezirkskommandanten Dschou für den Opfertisch vier Arten Suppe und Früchte und einen Krug Süßwein. Damit schickte sie den Diener Dschou Jen zu Frau Mondtraut, erstens weil seit Simen Tjings Tode drei Jahre verflossen waren, und zweitens, weil es des Trostkerlchens Geburtstag war. Frau Mondtraut nahm die Geschenke an und reichte dem Überbringer ein Taschentuch und drei Scherf Silber. Ihrerseits ließ sie sofort durch Dai-an in schwarzem Gewande ein Einladungsschreiben überbringen:
»Reich bedacht durch Eure herrlichen Geschenke, bin ich dankbar und gerührt. Sofort habe ich in meiner Hütte ein bescheidenes Gastmahl vorbereitet, um Eure werten Gaben zu erwidern. Ich hoffe, daß Euer Hochgeboren sich gnädigst herablassen werden, mich nicht als Fremde anzusehen. So würde ich hochbeglückt werden.
In tiefer Bescheidenheit verbeugt sich mit dieser Bitte

Frau Simen geb. Wu

An die tugendreiche Hohe Frau Dschou.«
Schlehenblüte las dies, aber erst im Laufe des Tages erschien sie bei Frau Mondtraut. Natürlich herrlich herausgeputzt und geschmückt. Nicht minder waren dies Frau Mondtraut und die mithinzugezogene Frau Wu, die Gattin ihres älteren Bruders. Schlehenblüte erfuhr nun mancherlei über die im Haushalt der Gastgeberin eingetretenen Veränderungen. Dann bat sie: »Herrin, führt mich doch in den Garten meiner ehemaligen Herrin hinter dem Hügel.«
»Liebe Schwester, seit dem Ableben des Herrn hat niemand in ihm Ordnung gehalten. Alles ist in Verfall, die Felsblöcke sind umgestürzt, Bäume und Gehölze abgestorben. Selbst wenn wir sonst nichts zu tun haben, gehn wir nicht mehr hin.«
»Das macht nichts. Ich hätte doch gerne jene Stätte besucht, wo meine ehemalige Herrin geweilt hat.«
Da Frau Mondtraut den Wunsch ihr nicht gut abschlagen konnte, mußte sie von Edelsteinchen den Schlüssel zum Gartentor und zur Tür am Hügel holen lassen. Durch das geöffnete Tor

begleiteten Frau Mondtraut und die ältere Schwägerin Wu Schlehenblüte. Sie ging hinein und sah sich alles lange, lange an. Dann wandte sie sich zu Väsele Lis Räumen. Da fand sie im Oberstockwerk etliche aufgegebene zerbrochene Tische, schadhafte Bänke und ausbesserungsbedürftige Stühle. Unten waren die Stuben leer, wenn auch verschlossen. Üppig wucherte Grün am Boden. Dann begab sie sich zu dem Häuschen ihrer Herrin. Im Obergeschoß lagen Drogen und Gewürze aufgestapelt. Unten in den Räumen ihrer Herrin standen nur zwei Schränke. Ein Bettgestell war nicht mehr vorhanden.
Dies alles machte sie recht wehmütig, so daß sie sich auch später, beim Mahle, nicht von einer traurigen Stimmung frei machen konnte. Zudem ging ihr Tschen Djing-dji durch den Kopf. Wie mochte es ihm ergehen, wo mochte er sich aufhalten? So verabschiedete sie sich bald. Auch hatte ihr Mann durch einen Boten bestellen lassen, sie möge des Kindes wegen nicht zu spät heimkehren.
Tschen Djing-dji schweifte wieder einmal obdachlos umher und bettelte. Da sah er eines Tages den älteren Jang, »den eisernen Fingernagel«. Dieser trug eine neue seidene Mütze und eine weißseidene Jacke. Er ritt auf einem Esel mit silberbeschlagenem Zügel und Sattel. Ein Junge lief hinterdrein. Als Tschen Djing-dji sich vergewissert hatte, daß er es sei, griff er in den Halfterring und veranlaßte ihn zum Halten: »Bruder Jang, endlich sehe ich dich wieder! In Tjingdjangpu hast du dich mit meiner halben Schiffsladung Waren davongemacht. Heute bin ich arm, aber du kannst einherstolzieren.«
Da der ältere Jang sah, daß Tschen Djing-dji zum Bettler herabgesunken war, tat er fremd und bemerkte lachend: »Bettelnder Gauner, wie kommst du dazu, eine halbe Schiffsladung zu fordern, die ich dir entführt hätte? Läßt du die Hand nicht los, dann bekommst du gehörig die Peitsche zu fühlen.«
»Gib mir doch etwas, daß ich mein Leben fristen kann, oder laß uns irgendwohin gehn und die Sache erörtern.«
Da Tschen Djing-dji nicht locker lassen wollte, sprang der ältere Jang vom Esel, schlug mehrmals mit der Peitsche nach Tschen Djing-dji und rief dem Jungen zu: »Treib mir diesen Bettler weg!«
Der Junge versetzte Tschen Djing-dji mit voller Wucht einen Stoß. Im Nu waren sie von einer Menschengruppe umgeben. Ein Mann mit einer hohen schwarzen Kappe sprang hinzu. Er trug eine kurze Hose, seine Augen lagen tief unter struppigen

Brauen. Um den Mund zeigten sich drei Strähnen Barthaar. Mit weit aufgerissenen Augen und erhobener Faust wandte er sich an den älteren Jang:

»Du handelst unrecht, werter Freund. Der junge Mensch da ist arm und ihn fröstelt. Wie kannst du es über dich gewinnen, ihn zu schlagen?«

»Du weißt nicht«, erwiderte der ältere Jang, »daß er mich beschuldigt hat, ihm eine halbe Schiffsladung an Waren entführt zu haben. Erwäge doch, wie soll dieser armselige Wicht eine halbe Schiffsladung an Waren gehabt haben!«

Jener Mann entgegnete: »Ich denke, er muß ehedem Kind guter Leute gewesen sein. Hast du Geld, so gib ihm etwas zur Bestreitung des Lebensunterhaltes!«

Auf diese Zureden hin zog der ältere Jang aus dem Ärmel ein Schweißtuch, in das ein Stück Silber von vier oder fünf Scherf eingebunden war. Er löste es heraus und überließ es Tschen Djing-dji. Zu jenem anderen Manne erhob er die Hände zum Gruß, bestieg den Esel und trabte hochfahrend von dannen.

Tschen Djing-dji blickte seinen Retter an. Es war niemand anders als der Vormann der Erdarbeiter, »der himmelan fliegende Teufel« Hou Lin, mit dem er ehemals im Armenhaus unter einer Decke geschlafen hatte. Er führte neuerdings eine Rotte von fünfzig Arbeitern, um im Kloster »Zum Wasserspiegelgebilde des Mondes« südlich der Stadt für den Abt Sjau-jüs (Morgendämmerungsmond) Arbeiten auszuführen.

»Bruder«, sagte er nun, »hätte ich nicht eben diesen Kerl zurechtgewiesen, hätte er dir keine halbe Unze Silber gegeben. Jetzt komm mit, wir wollen in eine Weinschenke trinken gehn!«

Tschen Djing-dji durfte sich endlich einmal wieder sattessen und -trinken, dann nahm er den Vorschlag des Vorarbeiters an, in seiner Rotte mitzuarbeiten. Er werde dort nicht allzu schwere Arbeit leisten müssen und für längere Zeit einen halben Batzen zum Leben haben.

Nach dieser Wendung der Dinge geschah es eines Tages, daß abermals sein Schicksal eine Änderung erfuhr. Als Tschen Djing-dji gemeinsam mit den anderen gerade Erde ausgehoben, sich dann unten an die Mauer des Tempels gelehnt hatte und so in der Sonne hockte und von seinem Körper Läuse ablas, tauchte ein Mann auf, der auf dem Kopf eine Mütze mit einer Swastika trug. Er war bekleidet mit einer schwarzen Joppe, trug um den Leib eine violette Schärpe, und seine Füße steckten in Schaftstiefeln. Er ritt auf einem Braunen und hielt in der Hand ein Körbchen mit frischen Blumen. Kaum sah er Tschen Djing-dji, da sprang er rasch vom Pferde, trat vor, und verneigte sich ganz tief vor ihm: »Oheim Tschen, meine Wenigkeit hat Euch überall gesucht. Also hier steckt Ihr.«

Erschrocken fuhr Tschen Djing-dji auf und erwiderte rasch die höfliche Begrüßung: »Bruder, woher kommst du?«

»Meine Wenigkeit ist der Untergebene und Vertraute des Herrn Wehrbezirkskommandanten Dschou; ich bin Tschang Scheng. Seitdem Ihr, Herr Oheim, unser Amt verlassen habt, ist die gnädige Frau nicht wieder froher Stimmung geworden. Überall hat meine Wenigkeit auf meines Herrn Befehl Euch, Oheim, gesucht. Hätte heute morgen unsere gnädige Frau meine Wenigkeit nicht veranlaßt, vom Landgut ein paar Pfingstrosen zu holen, dann wäre ich nicht hier vorbeigekommen und hätte Euch, verehrter Freund, nicht zu Gesicht bekommen. Jetzt bietet sich sowohl für Euch, verehrter Freund, eine günstige Gelegenheit als auch Vorteil für meine Wenigkeit. Entschließt Euch nur schnell, steigt aufs Pferd!« Rasch verständigte Tschen Djing-dji seinen Beschützer Hou Lin, und dann ritt er zum Erstaunen der Arbeiter davon.

XLVII.

Tschen Djing-dji stieg bei der Amtswohnung des Wehrbezirkskommandanten vom Pferde, aber Tschang Scheng ging zuerst hinein und machte Schlehenblüte Meldung. Diese gab Weisung, ihm draußen im Dienstwachtzimmer ein durchduftetes Bad zu bereiten. Sie ließ durch Dienstfrauen ein Paket hineintragen, das ein neues Gewand, Schuhwerk und Mütze enthielt, um es ihm zu ermöglichen, seine Kleidung auszuwechseln. Danach erfolgte die Anmeldung bei Schlehenblüte. Zu dieser Zeit hatte der Wehrbezirkskommandant den Sitzungssaal noch nicht verlassen. Schlehenblüte ließ Tschen Djing-dji in die hintere Halle treten. In Festkleidung mit reichem Schmucke kam sie zur Begrüßung heraus. Als Tschen Djing-dji zur Tür eingetreten war, setzten sie sich einander gegenüber und plauderten von der Witterung und dann von ihren Gefühlen seit der Trennung. Dabei füllten sich die Augen beider mit Tränen. Da Schlehenblüte Besorgnis hegte, der Wehrbezirkskommandant möchte den Sitzungssaal verlassen und heimkommen, gab sie Tschen

Djing-dji, als sie wahrnahm, daß niemand anwesend war, einen Wink mit den Augen und flüsterte ganz leise: »Wenn er zurückkommt und dich fragen sollte, so gib dich für meinen Vetter aus! Ich sei ein Jahr älter als du, fünfundzwanzig Jahre alt, und um die Mittagsstunde des Fünfundzwanzigsten des vierten Mondes geboren.«

»Ich habe verstanden«, stimmte Tschen Djing-dji zu.

Bald brachte ein Hausmädchen Tee, und beide tranken. Dabei erkundigte sich Schlehenblüte:

»Warum löstest du die Familienbande und wurdest Dauist? Der Wehrbezirkskommandant wußte von deiner Verwandtschaft mit mir nichts und hat dich unwissentlich schlagen lassen. Das tut ihm ungeheuer leid. Ich hätte dich damals schon hier behalten, aber leider war Schneeholdchen, das erbärmliche Weib, noch hier, so konnte ich dich nicht gut unterbringen. Deshalb ließ ich dich weggehn. Als ich jenes erbärmliche Weib aus dem Hause getrieben hatte, habe ich dich durch Tschang Scheng suchen lassen.«

Nun berichtete er, wie übel ihm das Schicksal mitgespielt habe. Vor Rührung weinten alle beide. Während ihrer weiteren Unterhaltung hatte der Wehrbezirkskommandant den Sitzungssaal verlassen. Diener lüfteten den Vorhang, und er trat ein. Tschen Djing-dji warf sich zur Begrüßung vor ihm nieder. Erregt erwiderte der Kommandant die Höflichkeit: »Seinerzeit kannte ich Euch, edler Herr, nicht. Meine Untergebenen haben mir das nicht gemeldet; so habe ich unwissentlich den edlen Herrn gequält. Bitte, nehmt das nicht übel!«

»Ich ermangele des Talentes und habe Euch verunehrt«, sprach Tschen Djing-dji. »Ich habe es bisher an der nötigen Ehrerbietung fehlen lassen. Jetzt schätze ich mich glücklich, mich Euch nähern zu können. Ich bitte für alles um Verzeihung.« Damit warf er sich aufs Antlitz. Der Wehrbezirkskommandant zog ihn an der Hand empor und führte ihn auf den Ehrenplatz. Nachdem sie Tee getrunken hatten, erkundigte sich der Wehrbezirkskommandant: »Edler Herr, welches ist Euer wertes Alter? Warum haben wir uns bisher nicht gesehen? Warum seid Ihr in den Mönchsstand getreten?«

»Ich, der niedrige Mann, habe vierundzwanzig Lebensjahre nutzlos vertan«, erzählte Tschen Djing-dji. »Meine Base ist ein Jahr älter als ich. Sie ist um die Mittagsstunde des Fünfundzwanzigsten des vierten Mondes geboren. Meine beiden Eltern sind tot, das kümmerliche Vermögen ist zerstreut, auch meine Frau ist nicht mehr am Leben, so bin ich im Tempel zu Ehren des Philosophen Yän Ying Mönch geworden. Ich wußte nicht, daß meine Base in Euren Palast hineingeheiratet hatte, darum habe ich es versäumt, meinen Besuch zu machen.«

»Seitdem Ihr, edler Herr, damals von dannen gingt, ist die Base Tag und Nacht betrübt gewesen. Unablässig hat sie geschluchzt und geweint und ist bis jetzt von Unruhe gequält worden. Ich hatte Leute ausgesandt, Euch, edler Herr, zu suchen, aber vergeblich. Unvermutet sind wir uns nun heute begegnet.«

Lieber Leser! Wenn man erwägt, daß der Wehrbezirkskommandant, der so sprach, mit Simen Tjing verkehrt hatte, so kommt man zu dem Schluß, daß er eigentlich Tschen Djing-dji hätte kennen müssen. Er war aber ein redlicher, gerader Mann von rechtschaffenem Charakter. Trotz des Verkehrs in früherer Zeit hatte er keinen Wert darauf gelegt, Simen Tjings Familienangelegenheiten auszukundschaften. Zwar war er immer bei Festmählern mit dabeigewesen, aber er hatte Tschen Djing-dji nie gesehen. Dieser war außerdem seinerzeit als Dauist vor ihn getreten. Da hatte der Wehrbezirkskommandant an Simen Tjing und dessen Schwiegersohn noch nicht gedacht. So konnten die beiden ihn hintergehn, und er lernte ihn nun als den Vetter seiner Frau kennen.

Er gab den Dienern Befehl, den Tisch zurechtzustellen und Wein aufzutragen. In wenigen Augenblicken wurden viele Becher und Teller hingestellt. Mit Speisen aller Art, Suppen, Reis, Nachtisch wurde die Tafel voll beladen. Silberne Krüge und Trinkbecher aus Nephrit waren da, und der Wein strömte in goldenen Wogen. Der Wehrbezirkskommandant blieb mit ihm in Unterhaltung, während sie bis zum Abend tranken. Als Lampen und Kerzen gebracht worden waren, ließ er von seinem Diener Dschou Jen das Herrenzimmer im westlichen Seitengebäude säubern. Dort befand sich ein Bettgestell mit Vorhang. Schlehenblüte gab noch zwei Steppdecken heraus und ein Kissen, damit er ruhig schlummere. Es wurde auch ein Junge, Hsi (Fröhlich) genannt, gestellt, ihm zur Hand zu gehn. Zwei Satz seidene Gewänder wurden außerdem noch dahin gebracht, damit er etwas zum Wechseln habe. Zu den täglichen Mahlzeiten ließ Schlehenblüte ihn in die zurückliegenden Räumlichkeiten kommen.

Tschen Djing-dji hatte bereits über einen Monat im Amtsgebäude des Wehrbezirkskommandanten gewohnt, da kam der Tag, an dem Schlehenblüte Geburtstag hatte. Frau Mondtraut hatte als Geschenke eingekauft einen Teller Lebenspfirsiche, einen Teller Geburtstagsnudeln, zwei gesottene Gänse, vier frisch geschlachtete Hühner, zwei Schüsseln Obst und einen Krug Südwein. Dai-an brachte die Sachen mit einer Karte hin. Der Wehrbezirkskommandant hatte seinen Platz im Sitzungssaal inne, als die Torhüter es ihm melden kamen. Die Geschenke wurden hineingetragen. Dai-an überreichte seine Karte und warf sich aufs Antlitz. Nach dem Blick auf die Geschenke erklärte der Wehrbezirkskommandant:

»Deine Herrin hat so vielfach uns gegenüber ihr Herz verschwendet, und nun sendet sie schon wieder Geschenke!« Bei diesen Worten winkte er den Dienern, sie anzunehmen und nach hinten zu schaffen. Sie sollten auch von dort Tee holen und dem Oberdiener vorsetzen. »Laßt die Geschenkkarte durch einen der Dienerjungen dem Schwager zur Aufbewahrung bringen! Packt ein Taschentuch ein und drei Scherf Silber für den Oberdiener und hundert Kupferlinge für den Träger! Gebt eine Antwortkarte zurück und bestellt viele Empfehlungen!«

Dai-an wartete vor der Halle auf die Antwortkarte. Da fiel ihm ein junger Mensch auf. Er hielt die Antwortkarte in der Hand und das Teegeld, übergab es dem Dienerjungen und ging dann wieder nach hinten zurück. Seltsam! Der äußeren Erscheinung nach glich er ganz dem Schwiegersohne Tschen. Wie mochte dieser hierhergelangt sein?

Daheim berichtete er Frau Mondtraut davon, die ihm aber natürlich keinen Glauben schenkte. Aber ebenso überrascht war Tschen Djing-dji gewesen, Frau Mondtrauts Karte in den Händen zu halten. Er fragte Schlehenblüte: »Wie kommt sie dazu, dir Geschenke zu schicken?«

Sie erzählte ihm, wie sie am Tjingming-Tage im Kloster ›Zur ewigen Seligkeit‹ mit Frau Mondtraut und den anderen Damen zusammengetroffen sei und sich eine freundschaftliche Verkettung ergeben habe.

»Liebste! Bedenke doch, wie das hinterlistige Frauenzimmer seinerzeit ihre Mitschwestern gefühllos voneinandergerissen und so den Tod der fünften Schwester Goldlotos verschuldet hat! Wäre ich doch früher hier gewesen! Ich hätte dich bestimmt nicht für sie Fürsprache einlegen lassen. Sie ist uns beiden feindlich.«

Schlehenblüte schwieg zunächst, dann sagte sie: »Die alten Dinge sind erledigt. Mein Herz ist eben zu gut.«

»Für alle Zukunft solltest du das Weibsstück nicht mehr einladen.«
»Tu ich das, so ist das für mich beschämend. Ich muß ihr eine Karte senden. Ob sie kommt oder nicht, steht bei ihr. Kommt sie, so trittst du nicht aus dem Herrenzimmer heraus. Später werden wir sie nicht mehr auffordern.«
Tschen Djing-dji schwieg unmutig und ging nach vorn. Da schrieb er die Einladung aus. Natürlich kam Frau Mondtraut samt ihrer Amme, die Trostkerlchen auf dem Arm trug, und mit dem Diener Dai-an, der im Seitengebäude bewirtet wurde und bald von einem Diener des Hauses herausbekam, daß seine Vermutung zutraf: Der hier im Hause Schwager Tschen genannte war der Schwiegersohn!
Daß es zwischen Tschen Djing-dji und Schlehenblüte in der Amtswohnung zu Vertraulichkeiten gekommen war, wußte niemand. Wenn nicht anzunehmen war, daß der Wehrbezirkskommandant zu Schlehenblüte kommen würde, aß oder trank Tschen Djing-dji bei ihr in ihrer Stube. Hatte sie nichts zu tun, so spielten beide Schach und scherzten. Dabei blieb dann auch nichts ungeschehen, was im Bereich des Möglichen lag. War der Wehrbezirkskommandant zu Hause, dann schickte sie ihm durch ein Hausmädchen oder einen Diener Essen ins Herrenzimmer. Zuweilen ging auch Schlehenblüte tags ins Herrenzimmer, setzte sich dort auf einen halben Tag zu ihm und begab sich erst nachher wieder nach hinten. Daß beide leidenschaftlich einander angehörten, bedarf keiner Erwähnung.
Eines Tages kam vom Kaiserhof ein schriftlicher Befehl, daß der Wehrbezirkskommandant mit Fußvolk und Berittenen zusammen mit dem Präsidenten Dschang Schu-jä des Gaues Tji gegen den Räuberhauptmann Sung Djang vom Liang-schan-Sumpfgebiet vorgehen und ihn vernichten solle. Der Aufbruch müsse aufs schnellste erfolgen. Da sagte der Wehrbezirkskommandant zu Schlehenblüte: »Achte zu Hause gut auf das Söhnchen! Eine Vermittlerin mag für deinen Vetter eine Ehepartie suchen. Ich werde seinen Namen in die Liste der Heeresangehörigen eintragen. Wenn es mir gelingt, mich bald verdient zu machen, wird der Hof ihn als Gnadenerweis zum ordentlichen Mandarin erheben oder mit einer halbamtlichen Stellung betrauen. Auch für dein Gesicht bringt das neue Ehren.«
Schlehenblüte stimmte zu. Und auch Tschen Djing-dji war damit einverstanden, als sie ihm eine rosige Zukunft ausmalte, ohne daß sie voneinander zu lassen hätten. So führte er dann die

zwanzigjährige Tochter Schillerwand des Seidenhändlers Go in die ihm im Westflügel eingeräumten Zimmer, wo sie sich oft zu dritt einfanden. Wer vom Gesinde hätte etwas dagegen einwenden dürfen?
Eines Tages kehrte der Wehrbezirkskommandant aus dem Feldzuge heim. Er wurde von Schlehenblüte und der zweiten Gemahlin Sun empfangen. Danach kam Tschen Djing-dji in tiefrotem Gewande mit rundem Amtskragen, mit seidenem Hute in schwarzen Schuhen und mit hornbeschlagenem Leibgürtel nebst seiner Ehefrau, der geborenen Go. Das Ehepaar begrüßte ihn. Der Wehrbezirkskommandant erkannte, daß es eine treffliche Frau war und schenkte ihr ein Gewand und zehn Unzen Silber, für die sie sich Haarschmuck fertigen lassen sollte.
Abends saß Schlehenblüte mit dem Wehrbezirkskommandanten im Zimmer beim Weine, und die Unterhaltung kam erklärlicherweise auf die Angelegenheiten in der Familie.
»Für die Verheiratung meines Vetters habe ich viel verausgabt«, bemerkte Schlehenblüte.
»Du meine Güte!« meinte der Wehrbezirkskommandant. »Du hast doch nur den einen Vetter! Hätte er keine Frau, so wäre das nicht recht für sein weiteres Vorankommen. Wenn du auch ein paar Unzen Silber verbraucht hast, es war doch für keinen Fremden.«
»Du hast für ihn auch noch die Zukunft geebnet; er hat Aussicht, zu Ansehen zu gelangen«, sagte Schlehenblüte.
»Vom Hof ist eine Verfügung herausgekommen. In Kürze werde ich mich in den Bezirk von Tsinan auf meinen Amtsposten begeben. Dann nimm du zu Hause die Familie in deine Obhut! Für ihn lege etwas Kapital bereit! Er soll sich einen Geschäftsführer suchen, der für ihn ein Handelsgeschäft von einiger Bedeutung betreiben mag. Er selber brauchte nur alle drei, vier Tage hinzugehn, die Bücher und Abrechnungen durchzusehen und nachzurechnen, und würde sich so ein Einkommen sichern. Damit kann er dann seinen Lebensunterhalt wohl bestreiten.«
Den Abend blieb das Ehepaar beisammen und genoß gemeinsame Freude. Nur zehn Tage hielt es den Wehrbezirkskommandanten zu Hause. Im ersten Drittel des elften Mondes ordnete er seine Angelegenheiten und brach auf. Er nahm Tschang Scheng und Li An auf die Reise nach Tsinan zum Antritt seines neuen Postens mit. Dschou Jen und Dschou I ließ er zur Bewachung der Familie zurück. Tschen Djing-dji gab ihm bis zum Kloster ›Zur ewigen Seligkeit‹ das Geleit und kehrte dann um.

Eines Tages hielt Schlehenblüte mit Tschen Djing-dji Rat: »Der Wehrbezirkskommandant verlangt, daß du am Kanal ein Geschäft eröffnest und einen Geschäftsführer anstellst, um etwas verdienen zu können.«
Tschen Djing-dji war ungemein erfreut über diese Mitteilung. Als er gelegentlich die Straße entlangschlenderte, um einen Gehilfen für die Leitung des Geschäftes zu suchen, geschah es, daß er auf einen früheren Bekannten stieß. Es war der zweite Lu, namens Lu Bing-i (der Treuwahrer). Dieser verneigte sich vor ihm:
»Bruder, wie kommt es nur, daß wir uns so lange nicht gesehen haben?«
»Durch den Tod meiner Frau waren verschiedene Erledigungen notwendig geworden«, berichtete Tschen Djing-dji. »Außerdem bin ich durch den Burschen Jang um eine halbe Schiffsladung Waren geprellt worden, aber jetzt geht es mir wieder besser. Glücklicherweise hat meine ältere Base in die herrschaftliche Familie des Wehrbezirkskommandanten hineingeheiratet. Ich selber habe mich wieder verheiratet und bin mit Amtshut und Gürtel, als äußeren Ehrenzeichen, in den Stab befördert worden. Jetzt suche ich einen Gehilfen, der für mich ein Geschäft betreiben soll, aber ich habe im ganzen Orte keinen gefunden.«
»Also Jang, dieser Kerl, hat dich um deine Habe geprellt!« sprach Lu Bing-i. »Der hat jetzt einen Mann namens Sjä im Hafen von Klarennähe als Gehilfen angestellt, wo er ein Weinhaus betreibt und Geld verleiht. Er steht mit allen Spelunken in bestem Einvernehmen, auch mit der ganzen weiblichen Halbwelt und verdient schweres Geld. Täglich stolziert er in Prachtgewändern einher. Essen mag er nur den besten Braten. Auf einem Esel reitet er alle drei, vier Tage einmal hin, um die Bücher zu überprüfen und das Geld einzustreichen. Auf alle seine alten Freunde sieht er herab. Sein Bruder ist zu Hause und hat einen Spielklub eröffnet, veranstaltet Hahnenkämpfe und unterhält eine Hundezüchterei. Niemand getraut sich, ihm nahezutreten.«
»Ich habe ihn im vorigen Jahr einmal getroffen. Er hat mich kaltherzig und lieblos mißhandelt.« Nach diesen Worten zog Tschen Djing-dji den zweiten Lu in eine Weinstube an der Straße. Beide berieten, wie sie an jenem Vergeltung üben könnten.
Lu Bing-i begann: »Wollten wir jetzt mit ihm aufgrund unseres

Rechtes reden, würde er sicherlich in nichts einwilligen, denn wenn man nicht den Sarg sieht, weint man nicht. Ich habe einen Plan, Bruder. Du brauchst auch kein anderes Geschäft zu betreiben. Bring nur eine Klageschrift zu Papier, belange ihn und übe Druck auf ihn aus, daß er das Geld für deine Waren herausrückt. Dann setzen wir uns in den Besitz des Weinhauses. Wir stecken noch etliches Kapital hinein, und während ich mit dem dritten Sjä als Geschäftsführer am Hafen den Verkaufsbetrieb leite, kommst du alle vier, fünf Tage einmal hin und prüfst die Bücher. So sicher, wie ich in die Hände klatsche, hast du monatlich hundert und mehr Unzen Verdienst.«

In Lu Bing-is Vorschlag willigte Tschen Djing-dji ein. Er erzählte Schlehenblüte alle Einzelheiten und meinte: »Wie können wir damit zu Rande kommen, obwohl der Herr leider nicht zu Hause ist?«

»Das ist doch kein Hindernis«, erklärte der alte Diener Dschou Dschung, der dabeistand. »Sobald Ihr, Herr Schwager, in der Klageschrift auseinandergesetzt habt, für wieviel Silber er an Ware veruntreut hat, nehme ich eine Besuchskarte des Herrn, stecke alles in einen Umschlag, und meine Wenigkeit bringt es zum Strafvollzugsamt. Haben die beiden Richter die Schrift bei den Akten, wird jener Jang verhaftet und ins Amt gebracht werden. Er wird eine Tracht Prügel erhalten und mit Folterung verhört werden. Da brauchen wir keine Besorgnis zu hegen, daß der Kerl das Silber nicht herausrückt.«

Und so geschah es. Die Häscher nahmen Jang Gwang-jen und seinen Bruder Jang Örl-feng fest und schleppten beide in das Amt zur Bestrafung durch die beiden Richter. Nach einem Verhöre gemäß Tschen Djing-djis Anklage setzten sie sie der Folter aus, verhängten eine Prügelstrafe über sie und warfen sie für mehrere Tage in den Kerker. So wurden dreihundertundfünfzig Unzen Silber und hundert Ballen rohleinenartiger Stoff beigetrieben. Im übrigen bewerteten sie das Gerät im Weinhaus insgesamt mit fünfzig Unzen Silber. Da in Tschen Djing-djis Schriftsatz Klage auf neunhundert Unzen Silber angestrengt worden war, fehlten also noch dreihundertundfünfzig Unzen. Deshalb wurde das Haus für fünfzig Unzen Silber verkauft und so das ganze Vermögen vernichtet.

Tschen Djing-dji nahm Sjäs große Weinstuben an sich mit Sjä Fu-dse als Gehilfen. Schlehenblüte streckte noch fünfhundert Unzen Silber an Kapital vor, so daß insgesamt etwa tausend Unzen zusammengebracht wurden. Nun betraute Tschen

Djing-dji seinen Freund Lu Bing-i mit der Geschäftsführung und ließ das Weinhaus verschönern. Der Erlös eines einzigen Tages belief sich auf vierzig bis fünfzig Unzen Silber. Das ging alles durch die Hände des dicken Sjä und des Lu Bing-i und wurde in den Geldschrank getan. Alle vier, fünf Tage ritt Tschen Djing-dji hin zur Abrechnung.
Eines Tages – es war das schönste Fest des dritten Mondes, als des Frühlings Glanz hell und freundlich leuchtete, Düfte alles betäubten und der Kanaldamm von dem Grün der biegsamen Weiden voll war, als Aprikosen- und Pfirsichbäumchen rot und duftig blühten und wie Brokat strahlten – hielt sich Tschen Djing-dji im oberen Stockwerk des Hauses auf. Er schaute zum Fenster hinaus, da näherten sich dem Kanalufer zwei Leichterkähne und warfen Anker. Sie waren mit zahlreichen Kisten, Kasten und Hausrat beladen. Vier oder fünf Schauerleute trugen die Sachen in das Haus hinein und stellten sie in ein leeres Zimmer. Auf einem der Schiffe befanden sich zwei Frauen, eine in mittleren Jahren, schlankwüchsig und mit braunen Wangen, und eine jugendliche, die gepudert und geschminkt, blitzsauber und auch musterhaft gestaltet war. Sie mochte über zwanzig Jahre alt sein. Beide Frauen kamen in die Stube hinein. Tschen Djing-dji fragte den Geschäftsleiter Sjä, wer sie seien, da sie, ohne nur mit einem Wort um Erlaubnis nachzusuchen, eigenmächtig in sein Haus eindrängen. Der Geschäftsführer Sjä berichtete: »Die beiden Frauen sind aus der östlichen Reichshauptstadt gekommen und wollten Verwandte besuchen, haben sie aber nicht angetroffen. Da sie im Augenblick nirgends Wohnung finden konnten, haben sie den Nachbarn, den alten Fan, gebeten, für sie zu verhandeln, daß ihnen gestattet werde, einstweilen hier zwei bis drei Tage zu wohnen. Danach würden sie fortziehen. Ich wollte es gerade melden, da stelltet Ihr, Herr Rat, die Frage an mich.«
Tschen Djing-dji wollte eben seinen Unwillen ausdrücken, da sah er, daß die jüngere Frau ihren Rock raffte und sich zu Tschen Djing-dji höflich und tief verneigte. Sie wünschte ihm tausendfältiges Glück: »Herr Rat wollen verzeihen! Es ist nicht des Geschäftsleiters Schuld, sondern meiner, Eurer Dienerin, Dreistigkeit. Ich konnte vorher nicht rechtzeitig in Eure Wohnung kommen, um es zu melden. Ich hoffe herzlich, daß Ihr mein Vergehn verzeiht. Gestattet, daß wir vier oder fünf Tage hier Wohnung nehmen! Dann werden wir mit verbindlichstem Dank unsere Rechnung begleichen und weiterreisen.«

Tschen Djing-dji musterte die so redegewandte junge Frau nun von oben bis unten. Sie blickte ihn etwas von der Seite her an. Da konnten zwei Gemüter und vier Augen nicht mehr zur Ruhe kommen.
Die zweite, schlankwüchsige Frau in mittleren Lebensjahren blickte Tschen Djing-dji fest an und sprach: »Seid Ihr nicht Väterchen Simens Schwiegersohn, Herr Rat?«
»Woher kennst du mich?«
»Ich will Euch, Gevatter, nichts verheimlichen. Ich bin Han Dau-gos, des damaligen Gehilfen Frau, und hier ist meine Tochter Minnelieb.«
»Ihr Eheleute lebt doch in der Hauptstadt. Wie kommt ihr hierher? Wo ist denn dein Mann?«
»Er bewacht auf den Schiffen unseren Hausrat.«
Tschen Djing-dji ließ ihn schleunigst durch den Schankkellner bitten, herzukommen. Bald war Han Dau-go da und verneigte sich. Sein Haar war bereits ergraut. Er wußte zu berichten, daß am Hofe sechs Männer, nämlich Großkanzler Zai, Hofmarschall Tung, Vizekanzler Li, Hofmarschall Dschou, Hofmarschall Gau und Hofkämmerling Li von Tschen Dung, einem Mitglied der kaiserlichen Akademie, in einem Bericht an den Thron angeklagt worden und zu Fall gekommen seien. Ein heiliger Erlaß sei ergangen, sie zu verhaften. »Wir drei sind mit dem Leben davongekommen und haben uns zum Kreise Klarenfluß aufgemacht, meinen zweiten Bruder zu suchen. Er hat aber, was wir nicht erwartet hatten, das Grundstück verkauft und ist jetzt unstet. Ich weiß nicht, wo er ist. Wir haben Boote gemietet und den Kanal als Reiseweg benutzt. Seid Ihr jetzt noch in der Familie Simen, Gevatter?«
Tschen Djing-dji schüttelte den Kopf. »Ich bin jetzt bei meinem Schwager, dem Wehrbezirkskommandanten Dschou, und Beamter im Stabe mit der Auszeichnung durch Amtshut und Gürtel. Jetzt habe ich hier gemeinsam mit zwei Gehilfen dies Weinhaus im Betrieb. Nehmt also hier Wohnung, macht es euch bequem!«
Die Frauen und Han Dau-go verbeugten sich, dann schafften sie Hausrat, Kisten und Kasten vom Schiff herein. Tschen Djing-dji schickte hilfsbereit den kleinen Djang und einen zweiten Diener, den Hausrat hereinzutragen. Da sagte die sechste Wang: »Bitte, macht Euch nicht die Mühe, Herr Gevatter, Euer Herz zu verschwenden und Eure Arbeitskräfte einzusetzen. Wir können uns auch so aneinander freuen.«

»Ihr und ich, wir bilden eigentlich eine Familie. Warum alles auf die Waagschale legen!« meinte Tschen Djing-dji. Da es ihm bewußt wurde, daß es spät geworden war und schon ungefähr die Zeit zwischen drei und fünf Uhr nachmittags, wollte er nach Hause. Er schärfte den Geschäftsführern ein: »Schickt ihnen möglichst bald Eßwaren!« Dann bestieg er sein Pferd und kehrte, gefolgt von seinem Diener, heim.

Die ganze Nacht hindurch kam ihm Minnelieb Han nicht aus den Gedanken. Nachdem er einen Tag hatte verstreichen lassen und der dritte Tag anbrach, erhob er sich früh, kleidete sich festlich und sorgfältig an und kam mit seinem Dienerknaben, dem kleinen Djang, im Gefolge zum Kanal, wo er in seinem Weinhaus abstieg. Eine Weile sah er dem Geschäftsbetrieb zu. Da ließ Han Dau-go ihn durch den Achten, einen alten Diener, zum Tee bitten. Tschen Djing-dji hatte schon darauf gebrannt, hinzugehn, als ihm der alte Diener die Einladung brachte. Er stand auf. Vertraulich lächelnd kam Minnelieb Han ihm zum Empfang entgegen: »Herr Rat, bitte, kommt näher!«

Tschen Djing-dji trat in ihre Wohnstube und nahm Platz; jetzt erschienen auch die sechste Wang und Han Dau-go und setzten sich zu ihm. Nachdem Tee gereicht worden war, plauderten sie miteinander von der Vergangenheit. Tschen Djing-djis Blicke hingen unverwandt an Minnelieb, und sie schaute auch mit verlangenden Augen, die klar waren wie herbstliches Wasser, zu Tschen Djing-dji hin. Beide fühlten Neigung zueinander. Als späterhin Han Dau-go hinausgegangen war, fragte Minnelieb beiläufig: »Welches ist Euer wertes Alter, Herr Rat?«

»Ich habe sechsundzwanzig Jahre meines Lebens vergeudet. Darf ich mir auch die Frage nach der Zahl Eurer grünenden Lenze gestatten, mein Fräulein?«

Minnelieb erwiderte lächelnd: »Ebenfalls sechsundzwanzig.«

Der sechsten Wang entging es nicht, daß die beiden mit der Unterhaltung richtig in Fluß kamen und ihr Ziel kannten; sie schützte irgendeine Angelegenheit vor und ging hinaus. Minnelieb hatte bald mit lockender Unterhaltung Tschen Djing-dji am Angelhaken. Und was ihn betraf, dem von Jugend auf der Weg vertraut gewesen war, ihm mußte das Wasser im Munde nach der Schönen zusammenlaufen. Da niemand zugegen war, trat sie näher und setzte sich dicht zu ihm mit der girrenden Aufforderung: »Herr Rat, nehmt doch den Haarpfeil aus Eurem Haupthaar und laßt mich ihn einmal betrachten!«

Als Tschen Djing-dji ihn herausziehen wollte, hatte Minnelieb

Han längst ihre Hand an seinem Schopf und den Haarpfeil abgenommen. Sie erhob sich: »Wir könnten nach oben gehen und weiterplaudern.« Tschen Djing-dji folgte ihr sofort.
Minnelieb erwies sich als sehr stürmisch. Sie drückte Tschen Djing-dji an ihre Brust. Da loderte die Liebesgier in beiden hell auf, und sie konnten sich nicht mehr mäßigen.
Nach einem Weilchen hatten sich die Wolken verzogen und der Regen ergossen, da lehnten sie noch schäkernd aneinander. Sie sagte: »Seitdem wir drei aus der Hauptstadt hergekommen sind, unsere Verwandschaft aber nicht gefunden haben, gebricht es uns an Zehrgeld. Bitte, borge meinem Vater fünf Unzen. Ich, deine Sklavin, werde sie verzinst zurückerstatten.«
»Wenn du nur den Mund aufmachst, so wäge ich dir die fünf Unzen vor.« Noch lange saßen beide zusammen. Dann mußte er sich um die Geschäfte kümmern.
Geschäftsleiter Lu sagte: »Der alte Han, der hinten wohnt, will den Herrn Rat zum Weintrunk bitten. Er hat Euch aber nirgends gefunden.« Während sie noch miteinander redeten, kam glücklich der alte Achte ihn wieder einladen. Ein tadelloses Weinmahl war hergerichtet. Er erhielt den Ehrensitz, Han Dau-go nahm den Platz des Gastgebers ein, während Lu Bing-i und der dritte Sjä an den Seiten saßen. Die sechste Wang und Minnelieb hatten nebenan in der Nähe der Tafel Platz genommen. Der alte Achte ging hin und her, schenkte Wein ein und trug die Speisen auf. Die Geschäftsführer, die sich verständigt hatten, erklärten nach einigen Bechern:
»Herr Rat, bleibt ruhig sitzen! Unsere Wenigkeiten müssen dem Geschäfte nachgehn.« Damit erhoben sie sich und gingen. Bald zeigte es sich, daß er in den Zustand der Trunkenheit zu geraten begann. Da fragte ihn Minnelieb: »Herr Rat, heute geht Ihr doch nicht mehr nach Hause?«
»Jetzt ist es dazu schon zu spät, ich kann nicht mehr heimkehren. Ich werde morgen aufbrechen«, erwiderte Tschen Djing-dji.
Die sechste Wang und Han Dau-go tranken noch eine Zeitlang mit, dann gingen sie hinunter. Tschen Djing-dji zog aus seinem Ärmel die fünf Unzen Silber hervor und reichte sie Minnelieb. Diese gab sie der sechsten Wang. Als sie wieder zurückgekommen war, trank das Pärchen sich gegenseitig zu. Sie lehnten sich eng aneinander und zechten, bis der Abend da war. Darauf legte Minnelieb ihren Schmuck und Putz ab und behielt Tschen Djing-dji zur Nachtruhe in ihrem Zimmer im Oberstock. Da wurde denn auf dem Kissen ein felsenfester Bund geschlossen,

und unter der Steppdecke wurden meerestiefe Schwüre geleistet. Pirolgeflöte und Schwalbengezwitscher gab es, und alle Vergnügungen der Verstrickung wurden voll durchgekostet. Als er sich spät am nächsten Morgen von ihr verabschiedete, versprach er, in vier, fünf Tagen erneut zu kommen.

Als Tschen Djing-dji wieder zu Hause war, gab er vor, der Geschäftsbetrieb im Weinhaus sei lebhaft gewesen. Während er die Rechnungen nachgeprüft habe, sei es unbemerkt Abend geworden, so daß er nicht mehr habe heimkommen können. Darum sei er dort über Nacht geblieben. Er lieferte die Zinsen, etwas gekürzt, in Silber an Schlehenblüte ab. Es waren jedesmal etwa dreißig Unzen. Aber Schillerwändchen Go schalt heftig mit ihm und hielt ihn sieben bis acht Tage hintereinander im Hause fest. Nur den kleinen Djang schickte sie ins Weinhaus; er mußte die Geschäftsführer um die Abrechnung und den Gewinn bitten. Diese packten ihm das Silber ein, und damit ging er wieder fort.

Han Dau-go half sich aus seiner Geldverlegenheit, indem er sein Weib, die sechste Wang, veranlaßte, unter den Handelsleuten, die am Hause einkehrten und Tee und Wein tranken, einen Freund zu suchen. Er hatte Einnahmen aus solcher Quelle früher kennengelernt und verließ sich nun darauf, daß seine Frau Kleidung und Nahrung, überhaupt den Unterhalt der Familie hereinbrachte. Die sechste Wang hatte zwar schon die Hälfte ihrer Lebensjahre hinter sich, aber ihre Leidenschaftlichkeit war noch nicht erloschen. Günstiger noch war es, daß ihre Tochter auch zur Unterhaltung da war. Nun beschloß Han Dau-go, es jetzt im großen so zu treiben. Da Tschen Djing-dji offenbar nicht kam, gewann der Weinkellner einen wohlhabenden Verkäufer von Seide und Brokat aus Hudschou für sie, einen Rat Ho, der die Tochter Minnelieb zu sich bestellte.

Ho war über fünfzig Jahre alt. Er hatte für tausend Unzen Seide, Brokat und Glanzstoffe an der Hand und war bereit, Minnelieb sich zu verpflichten. Aber diese empfand wirkliche Neigung für Tschen Djing-dji und schützte Niedergeschlagenheit vor. Vier- oder fünfmal lehnte sie es ab, herunterzukommen. Han Dau-go war ganz außer sich. Da sah der Rat Ho die schlankwüchsige sechste Wang, ihre braunen Wangen, ihr Gesicht von der Form eines Melonenkernes, ihre herrliche wellige Schläfenfrisur, ihre Sternenaugen, die ihn begehrlich zu machen vermochten und wie in der Trunkenheit glänzten. Er blickte auf die Lippen des Mundes, die mit frischem Rot gemalt waren, und dachte bei sich, diese Frau werde bestimmt sehr leidenschaftlich sein. Er ließ eine Unze Silber zurück, trank im Zimmer Wein und ruhte eine Nacht mit der sechsten Wang. Han Dau-go hatte sich zurückgezogen und schlief im offenen Vorraum. Von dieser Zeit an wurde Herr Ho von der sechsten Wang recht lustig unterhalten, und Han Dau-go bekam von ihm reichlich Geld.

Minnelieb Han begann, sich um Tschen Djing-dji zu bangen. Sie sandte den alten Achten in die Stadt hinein; da sollte er sich umhören. Dieser stieß auf den kleinen Djang und fragte ihn verstohlen: »Warum kommt denn der Herr nicht mehr hin?«

»Er ist dieser Tage nicht wohl und mußte das Haus hüten«, gab dieser zur Antwort. Zurückgekehrt berichtete der alte Achte es Minnelieb. Daraufhin ging sie mit ihrer Mutter zu Rate. Sie kauften ein Paar Schweinsfüße, zwei gebratene Enten, zwei frische Fische und eine Schachtel Knuspergebäck. Dann rührte sie im Oberstock Tusche an und führte den Pinsel. Als sie die Einladungskarte geschrieben hatte, sandte sie den alten Achten in die Stadt zu Tschen Djing-dji. Sorgfältig schärfte sie ihm ein:

»Wenn du in die Stadt kommst, mußt du darauf bedacht bleiben, die Karte dem Herrn Rat Tschen persönlich einzuhändigen und von ihm eine Antwortkarte zu erhalten.«

Der alte Achte traf den kleinen Djang, der ihn zu seinem Herrn führte. Gerührt nahm er das Geschenkte in Empfang, ebenso Minneliebs Schreiben, in dem sie ihn ihrer Liebe und Ungeduld, ihn wiederzusehen, versicherte und sich wegen seiner Gesundheit besorgt zeigte. Tschen Djing-dji schrieb sofort einen Antwortbrief, fügte fünf Unzen Silber bei und übergab ihn dem Alten:

»Wenn du nach Hause kommst, grüße sie vielmals! In drei, ja zwei Tagen werde ich selber nach ihr sehen kommen.«

XLVIII.

Tschen Djing-dji ließ zwei Tage verstreichen. Am dritten – dem Tag, an dem Schlehenblüte Geburtstag hatte – wurde in der hinteren Empfangshalle zur Feier dieses Ereignisses ein Festmahl veranstaltet. Am nächsten Morgen sagte Tschen Djing-dji: »Ich bin schon eine ganze Zeit nicht zum Kanal gegangen. Heute habe ich sonst nichts zu tun, da will ich mal hinpilgern, um mit den

Geschäftsführern abzurechnen; außerdem möchte ich vor der Hitze flüchten.«

»Benutze doch für die Strecke einen Tragstuhl! Das ist weniger anstrengend für dich«, riet Schlehenblüte.

Zwei Soldaten und Kerkerwächter trugen die Sänfte, der kleine Djang folgte nach. So kam er unmittelbar in das große Weinhaus am Kanal. Die Mittagszeit war vorüber. Die beiden Geschäftsführer erschienen zum Empfang: »Hat sich Euer wertes Befinden gebessert, Herr Rat?«

»Als Euer Diener danke ich den Herren Geschäftsführern für die Nachfrage«, erwiderte Tschen Djing-dji. Da sein Herz aber bei Minnelieb Han war, blieb er nur wenige Augenblicke; dann erhob er sich und erklärte den Geschäftsführern: »Prüft die Rechnungen, bis ich komme!« Mit diesen Worten wandte er sich um und begab sich in die inneren Räume.

Mutter und Tochter empfingen ihn lächelnd: »Welcher Windstoß hat Euch zu uns hergeweht?«

Dann ließ die sechste Wang die beiden allein. Da fühlte sich das Pärchen wohl wie Fische, die ins Wasser gelangen. Sie waren weit über das übliche Maß hinaus tief vereinigt. Nach kaum einer Stunde brachte die sechste Wang ein Weinessen hinauf. Minnelieb schenkte ein Glas ein und reichte es Tschen Djing-dji.

Er trank den Wein, schenkte auch einen Becher voll und überreichte ihn ihr höflich. Minnelieb leerte ihn, dann ließen sie sich beide zum Speisen nieder. Die sechste Wang und Han Dau-go kamen hinzu und tranken einige Becher mit. Bald gingen sie wieder hinunter, nicht ohne die beiden aufzufordern, behaglich noch weiter zu genießen. Bald tat der Wein seine Wirkung. Sie konnten nicht umhin, nochmals von den früheren Stunden der Liebe zu plaudern. Hingebung und Leidenschaft im Augenblick der Vereinigung waren grenzenlos. Dann kleideten sie sich an, wuschen sich die Hände, schenkten wieder Wein ein. Ein überstarkes Begehren kennzeichnete ihre Stimmung. Der junge Liebhaber hatte zu Hause, weil er sich nicht wohlgefühlt und dazu im Herzen an Minnelieb gedacht hatte, in der ganzen Zeit seine Frau nicht zu sich genommen. So flammte in kurzen Zeitabständen seine Leidenschaft immer wieder auf, dann sank er aufs Bett und schlief ein.

Unvermutet war unten der Seiden- und Brokathändler Herr Ho gekommen, und die sechste Wang hatte sich beim Wein zu ihm gesetzt. Han Dau-go hatte sich auf die Straße begeben, um

Gemüse einzukaufen, auch Speisen und Früchte als Zukost zum Wein. Die beiden hielten unterdessen ihr Schäferstündchen. Als nun Han Dau-go seine Einkäufe besorgt hatte, tranken alle drei zusammen ein paar Becher Wein, bis die Sonne im Westen stand. Da erschien der sogenannte Ortstiger, Liu der zweite, völlig bezecht und mit weit geöffnetem Gewand und Hemd, so daß das braune Fleisch seines Körpers sichtbar war. Mit erhobener Faust trat er in das Weinhaus und schrie: »Bringt mir mal den südländischen Halunken Ho her!«
Da die erschrockenen Geschäftsführer wußten, daß oben Tschen Djing-dji schlief, fürchteten sie, er könnte es hören. Sie näherten sich ihm unter Verbeugungen und sagten: »Bruder Liu, Herr Ho ist gar nicht da.«
Aber Liu gab sich mit dem Gehörten nicht zufrieden. Mit mächtigen Schritten drängte er nach hinten in Han Dau-gos Stube und riß mit einer Hand den Türvorhang halb weg. Da fiel sein Blick auf Ho, der neben der sechsten Wang Schulter an Schulter beim Trinken saß. In wilder Wut tobte er los:
»Hier also steckst du! Du hast in meiner Herberge zwei Puderköpfe für dich verpflichtet, bist ihnen aber mehrfach das Geld schuldig geblieben und hast nichts gezahlt. Außerdem hast du mir noch für zwei Monate das Zimmergeld nachzuliefern, und da gehst du hierhin huren?«
Rasch kam Ho heraus: »Verehrter Freund Liu, sei mir nicht böse! Geh jetzt!«
Doch ehe er es sich versah, sauste ihm ein Fausthieb ins Gesicht. Ho flüchtete hinaus. Der zweite Liu stürzte den Weintisch der sechsten Wang mit einem Fußtritt um, so daß alles Tischgerät in Scherben ging. Da brauste diese auf: »Wer ist dieser Kerl, der ohne Anlaß meine Räume betritt, um hier zu stänkern. Ich bin nicht so leicht in Schrecken zu jagen.«
Da trat Liu vor und versetzte ihr einen Tritt, daß sie rücklings hinstürzte und mit gespreizten Beinen liegenblieb.
»Ich bin hier der Herr, der dir die Erlaubnis zu erteilen hat, wenn du dich in diesem Weinhaus betätigst. Mach, daß du hier hinauskommst!«
Während die beiden lärmten, sammelten sich Scharen von Nachbarn an. Einer darunter, der Bescheid wußte, bemerkte: »Sechste Wang, du bist neu hergezogen und weißt nicht, daß er ein Mann aus dem herrschaftlichen Hause des Wehrbezirkskommandanten, nämlich der jüngere Schwager des Amtshelfers und Oberlandjägers Tschang ist. Er ist der zweite Liu, der der

Ortstiger genannt wird. Mit Vorliebe verprügelt er die Puderköpfe. Er ist der schlimmste Bedrücker der Weinstubengäste. Sei vorsichtig! Merke dir, daß er sehr gefährlich ist. Wer hier aus dieser Gegend wagte es wohl, ihn zu reizen?«
»Es gibt schon noch Leute, die mächtiger sind als er. Diesen Kerl, der totgeschlagen werden sollte, sehe ich überhaupt nicht an!« widersprach die sechste Wang.
Als der Geschäftsführer Lu Bing-i den zweiten Liu gewalttätig werden sah, suchte er gemeinschaftlich mit dem fetten Sjä ihn auf freundliche und ernste Weise zu besänftigen. Tschen Djing-dji lag im Bett und schlief. Da vernahm er den Lärm unten und erhob sich. Er fragte, wer da lärme. Han Dau-go war irgendwohin verschwunden. Nur die sechste Wang sah er mit aufgelöstem Haar und beschmutztem Gesicht heraufkommen. Tschen Djing-dji rief die beiden Geschäftsführer herbei und befragte sie. Sie konnten die Vorgänge nicht vertuschen und erklärten nur, es sei der jüngere Schwager des Amtshelfers und Oberlandjägers Tschang aus der Kommandantur gewesen, der zweite Liu. Er habe den Herrn Ho gesucht, um von ihm Zimmermiete einzufordern.
So erfuhr Tschen Djing-dji, daß es sich um jenen zweiten Liu handelte, von dem er ehemals, als er noch Dauist war, geschlagen worden war. Aber er fürchtete, daß er mit ihm nicht fertig werden würde, und war beruhigt, nun zu erfahren, daß er das Haus verlassen habe.
Tschen Djing-dji beruhigte nun auch die sechste Wang:
»Mutter, seid ohne Sorge! Ich bin auch noch da. Es kann dir nichts geschehen. Ich treffe schon meine Maßnahmen.«
Die Geschäftsführer hatten den Gewinn an Silberunzen und sonstigem Geld errechnet, übergaben ihm diesen und ließen ihn aufbrechen und die Sänfte besteigen. Ingrimm kochte in ihm. Zuerst suchte er zu Hause Schlehenblüte auf und lieferte ihr das Silber ab. Dann begab er sich in seine Räume.
Am nächsten Morgen überlegte er hin und her: Ich werde nach einigen Schwächen des Burschen Tschang Scheng forschen, sie dann öffentlich bekanntmachen und Schlehenblüte veranlassen, mit ihrem hochgestellten Gatten zu sprechen, damit er ihm den Garaus mache. Freilich, der Bursche hat sich schon mehrfach mir gegenüber ungebührlich betragen und es sich herausgenommen zu behaupten, er habe mich aufgefischt und wisse, woher ich stamme. Er wähnt, ich könne ihm nichts verwehren.
Als eines Tages Tschen Djing-dji wieder Minnelieb und deren

Mutter besuchte, fragte er den Geschäftsführer: »Hat sich der Bursche Liu wieder gerührt?«
»Seitdem er damals fortging, ist er nicht wiedergekommen«, erwiderte der Geschäftsführer.
In einem ruhigen Augenblick rief Tschen Djing-dji den Schankkellner zu sich heran, er möge ihm sagen, in welcher Hinsicht Tschang Scheng aus dem Schloß und der zweite Liu faßbar seien. Da plauderte nun der Schankkellner aus, was er unter keinen Umständen hätte preisgeben sollen:
»Tschang Scheng hält Schneeholdchen aus, die aus dem hohen Hause entlassen und in der Herberge eines Weinwirtes eine der Lockschönen ist. Der zweite Liu erhebt in allen Spelunken dreifachen Zins, leiht unter der Hand Geld aus und bezieht sich dabei, ihn dadurch vielfach schädigend, auf den Namen des hohen Herrn.«
Tschen Djing-dji merkte sich, was er gehört hatte. Er gab Minnelieb einige Unzen Silber für ihren Unterhalt und machte sich zufrieden auf den Heimweg.
In der Reichshauptstadt war dem Kaiser Hui-dsung überraschend in seinem Palaste gemeldet worden, daß die Heeresmacht der Goldenen Horde die Grenzen überschritten habe und schon ins Innere des Reiches eingedrungen sei. Als die Nachrichten davon immer bedrohlicher wurden, hielt es der Kaiser in seiner Besorgnis nach Beratschlagung mit den hohen Würdenträgern für das Beste, Gesandte zum Reich im Norden zu entsenden, um über den Frieden zu verhandeln und dabei eine alljährliche Jahresabgabe in Gold, Silber und buntfarbiger Seide für einige Millionen anzubieten. Außerdem verzichtete er auf den Thron zugunsten des Kronprinzen.
Eines Tages wurde aufgrund eines kaiserlichen Erlasses der Wehrbezirkskommandant Dschou aus dem Bezirk Tsinan zum Oberstreitmachtführer für die Provinz Schantung befördert mit der Leitung einer Heeresmacht von zehntausend Mann Fußvolk und Berittenen. Er begab sich zunächst in den Bezirk Ostprangen, um gemeinsam mit dem Gebietsverweser und Generalzensor Dschang Schu-jä von dort den Schutz und die Verteidigung des Landes gegen die Scharen der Goldenen Horde zu übernehmen. Der Wehrbezirkskommandant betätigte sich nach Empfang der Ernennung tatkräftig. Sogleich ließ er durch die Diener Tschang Scheng und Li An zunächst zwei Wagen mit Kisten, Tragsäcken und Gepäck, Seidensachen und Bedarfsgegenständen nach Hause schaffen. Da er in Tsinan über ein Jahr im Amt

gewesen war, war ihm auch eine in die Zehntausende gehende Menge Gold und Silber zugefallen. All dies ließ er in das Gepäck, die Traglasten und Koffer hineinarbeiten und beauftragte dann also die beiden Männer, es heimzubefördern, dort richtig abzuliefern und sorgfältig Tag und Nacht die Wachrunde zu gehen:
»Ich werde in wenigen Tagen gemeinsam mit dem Herrn Gebietsverweser Dschang die Heeresteile zusammenziehen und über Klarenfluß aufbrechen.«
Noch am gleichen Tage, an dem sie den Auftrag erhalten hatten, besorgten die beiden die Wagen und machten sich vorweg auf den Weg. Sie trafen schließlich in dem Herrensitz ein und lieferten alles richtig ab. Dann machten beide Tag und Nacht innen und außen ihre Wachgänge.
Als Tschen Djing-dji erfuhr, daß Tschang Scheng die Wagen nach Hause geleitet hatte und der Wehrbezirkskommandant zum Oberstreitmachtführer für die Provinz Schantung befördert worden war und bald eintreffen mußte, wollte er, was ihn innerlich bewegte, Schlehenblüte mitteilen, damit sie Tschang Schengs Sache dem Wehrbezirkskommandanten enthülle, sobald er zu Hause eintreffen würde. Der Zufall wollte es, daß seine Frau Schillerwändchen Go sich in ihr Elternhaus begeben hatte und er allein in dem westlichen Studierzimmer schlief; auf einmal kam Schlehenblüte ihn in seinem Zimmer besuchen. Als sie sich überzeugt hatte, daß kein Hausmädchen zur Stelle war, entledigten sich beide ihrer Kleidung und schlossen einander in die Arme. Aber sie hatten sich dessen nicht versehen, daß Tschang Scheng mit seiner Schelle auf seiner Wachtstreife die Runde machte und dabei am Herrenzimmer vorbeikam. Er hörte Frauenlachen im Zimmer. Da trat er vorsichtig unter das Fenster und lauschte. So vernahm er, was Tschen Djing-dji nach der Wonne der Vereinigung mit Schlehenblüte zu dieser sagte:
»Es ist nicht auszustehn, wie dieser Bursche Tschang Scheng mich aufs tiefste mit seiner Behauptung, er habe mich seinerzeit aufgelesen, kränkend herabsetzt. Mehrmals hat er mich vor der Dienerschaft verunglimpft. Neulich erfuhr er, daß ich am Kanal das Weinhaus eröffnet habe; darauf hat er stracks seinen jüngeren Schwager den zweiten Liu, den Ortstiger, angestiftet, in meinem Weinhaus eine Prügelei zu veranstalten und die Gäste zu zersprengen. Tschang Scheng versteht es besonders gut, zu seinem Vorteil unter der Flagge deines Gatten zu segeln und unter der Hand Spelunken aufzutun und Gelder auszuleihen. Er hält heim-

lich Schneeholdchen aus. Ich habe es dir nicht erzählen mögen. Wenn ich es aber jetzt vor der Rückkehr des Schwagers nicht rechtzeitig vorbringe, dann kann ich später bestimmt nicht mehr am Kanal meinem Geschäft nachgehn.«

»Daß dieser Bursche so ruchlose Geschichten macht!« bemerkte Schlehenblüte. »Und Schneeholdchen, das gemeine Frauenzimmer! Ich habe sie doch verkauft, wie kommt sie zu der Wohnung dort draußen? Wenn der Herr nach Hause kommt, werde ich ihm alles berichten.«

Der Lauscher aber dachte bei sich: Jetzt veranlaßt er sie, gegen mich einen Anschlag zu ersinnen. Da ist es schon besser, daß ich zuerst gegen sie einen Anschlag plane. Damit warf er die Wächterschelle beiseite, holte aus der Wachtstube ein Stahlmesser, mit dem man die Gelenke geschlachteter Tiere auszulösen pflegt. Schneller, als es sich schildern läßt, hatte er es ein paarmal auf einem Stein gewetzt, und dann wandte er sich dem Studierzimmer zu.

Schlehenblüte war jedoch plötzlich von Wunderblume, ihrem jungen Kammermädchen, weggerufen worden. Diese hatte gemeldet, das junge Herrchen sei von einem Windzuge so geschaukelt worden, daß es hingestürzt sei. Erschrocken war Schlehenblüte in die rückwärtigen Räume geeilt. Als daher Tschang Scheng mit erhobenem Messer in das Herrenzimmer eindrang, fand er dort Schlehenblüte nicht mehr, wohl aber Tschen Djing-dji, der unter der Steppdecke ruhte.

»Was willst du hier?« rief dieser unwillig.

»Dich ermorden. Warum hast du dem Frauenzimmer gegenüber von mir gesprochen? Ich habe dich tatsächlich aufgelesen, etwa nicht? Meine Güte vergiltst du mit Feindseligkeit. Reiß nicht aus.«

Tschen Djing-dji mit seinem völlig entblößten Körper konnte nirgendwohin entfliehen, so umklammerte er nur die Bettdecke. Aber die riß jener zur Seite und stieß mit dem Messer nach ihm. Er traf ihn in die kurzen Rippen. Dann packte er ihn am Schopf und hieb ihm den Kopf ab.

Der bedauernswerte Tschen Djing-dji hatte noch nicht siebenundzwanzig grünende Lenze vollendet.

Tschang Scheng rannte mit erhobenem Messer weiter, weil er es auf Schlehenblüte abgesehen hatte. Am zweiten Portale traf er auf Li An, der mit der Wächterschelle auf dem Streifengang war. Er sah Tschang Scheng das Messer schwingen und rief ihn an: »Wohin?«

Ohne Antwort wollte Tschang Scheng vorbei, wurde aber von Li An festgehalten. Tschang Scheng hieb mit dem Messer nach Li An, aber schon flog dessen rechter Fuß in die Höhe. Man hörte einen klirrenden Ton. Das Messer aus Tschang Schengs Hand war zur Seite geschleudert. Dieser war wütend. Während nun beide miteinander handgemein wurden, stieß Li An ihn mit einem kräftigen Fußtritte zu Boden und fesselte ihn rasch mit seinem Leibgurte. Dann rief er in die hinteren Räumlichkeiten hinein Schlehenblüte zu: »Tschang Scheng ist mit einem Messer eingedrungen. Meine Wenigkeit hat ihn festgenommen.«

Sie erschrak heftig und ging in das Herrenzimmer. Da fand sie Tschen Djing-dji ermordet liegen. Sie schrie gellend auf. Dann sandte sie Leute aus, die es seiner Ehefrau Schillerwändchen meldeten. Als sie Tschen Djing-dji ermordet sah, stürzte sie ohnmächtig zu Boden.

Man kaufte einen Sarg und bettete Tschen hinein. Tschang Scheng aber wurde gefesselt in den Kerker eingeschlossen. Dann warteten sie nur auf die Heimkehr des Befehlshabers, damit er diesen Fall aburteile.

Inzwischen war in wenigen Tagen die Kriegslage ernster geworden. Ein Heeresbefehl war eingetroffen, der zur Beschleunigung drängte. Der Befehlshaber Dschou zog Fußvolk und Berittene aus allen Teilen der Provinz unter seinem Befehle zusammen. Der Gebietsverweser Dschang war bereits längst voraus zum Bezirk Ostprangen geeilt und erwartete ihn dort. Als nun der Befehlshaber nach Hause kam, berichtete Schlehenblüte ihm von Tschen Djing-djis Ermordung. Li An zeigte das Mordwerkzeug vor und meldete kniend den Vorfall dem Befehlshaber. In hellem Zorne ließ er Tschang Scheng vorführen und befahl, ohne ihn lange zu verhören, den Soldaten und Kerkerhütern, auf ihn mit fünf Knütteln ohne Unterbrechung einzuschlagen. In kurzer Zeit war er tot. Sofort schickte er schnelle Häscher mit Haftbefehl zum Kanal, den zweiten Liu, den Ortstiger, gefesselt vorzuführen. Schneeholdchen, die die Festnahme des zweiten Liu erlebte, fürchtete, selbst verhaftet zu werden, ging in ihr Zimmer und erhängte sich. Die Häscher brachten den zweiten Liu zum Amt. Der Befehlshaber ordnete an, ihm ebenfalls hundert Stockschläge zu versetzen. Die Tatsache, daß Liu an jenem Tage totgeschlagen wurde, erregte im ganzen Kreise Klarenfluß Aufsehen.

Damit, daß der Befehlshaber die beiden Kerle hatte erschlagen lassen, war eine Landplage beseitigt worden. Er ließ durch Li An das Weinhaus am Hafen dem ursprünglichen Eigentümer zurückgeben, aber das Kapital einziehen und nach Hause bringen. Schlehenblüte mußte auf seinen Wunsch für Tschen Djing-dji Opfer veranstalten, die siebentägigen Fristen innehalten und ihn außerhalb der Stadt im Kloster ›Zur ewigen Seligkeit‹ beerdigen lassen. Der Befehlshaber mußte zu seinen Soldaten zurück. Schlehenblüte bereitete abends gemeinsam mit der zweiten Frau Sun ein Abschiedsmahl. Ihr flossen die Tränen über ihre Wangen, als sie sagte: »Mein Herr Gemahl, wenn Ihr dieses Mal auszieht, weiß ich nicht, wann Ihr zurückkommt. Seid doch vorsichtig im Felde!«

»Haltet Ihr beide zu Hause Eure Herzen rein, zügelt die sinnlichen Begierden und hütet sorgfältig die Kinder!« sprach der Befehlshaber. »Die Entscheidung aber über Glück und Unglück, Leben und Tod muß ich dem Himmel überlassen.«

Am nächsten Morgen brach er mit seinen Truppen auf. Von dem Marsch ist im übrigen nichts zu berichten. Eines Tages traf er in Ostprangen ein. Er schickte eine blaue Fahne mit seinem Kommandozeichen zur Meldung in die Stadt hinein. Auf die Nachricht, daß der Befehlshaber Dschou mit seiner Mannschaft da sei, kam der Gebietsverweser Dschang Schu-jä mit dem Präsidenten von Ostprangen namens Da Tjän-dau aus dem Amtsgebäude heraus ihm entgegen. In der Empfangshalle fand die Begrüßung statt: dann ließ man sich nieder und hielt Kriegsrat. Man prüfte die Nachrichten, ob die Sachlage schnelles Handeln oder Zurückhaltung erfordere. Der Truppe wurde eine Nacht Ruhe gegönnt. Am nächsten Morgen rückte das Heer zur Verteidigung der Grenzpaßtore aus. Doch davon genug!

Als Minnelieb Han und ihre Mutter im Weinhaus Sjä vom Tode Tschen Djing-djis erfahren hatten, weinte jene Tag und Nacht und nahm weder Tee noch Reis zu sich. Mit allen Fasern trieb es sie zur Stadt hinein und zur Residenz des Befehlshabers, um Tschen Djing-djis Leichnam noch zu sehen: Könnte sie ihn noch einmal erblicken, wäre ihr der eigene Tod auch süß. Die Eltern und alle anderen Leute suchten sie auf hundert Arten abzulenken, aber sie hörte nicht. Da Han Dau-go kein Ausweg mehr blieb, etwas in der Sache zu tun, schickte er den alten Achten zur Wohnung des Befehlshabers, wo er nach Tschen Djing-djis Leichnam und Sarg Erkundigungen einziehen sollte. Aber sie waren schon aus dem Hause gebracht und in die Erde versenkt, und zwar im Kloster ›Zur ewigen Seligkeit‹ außerhalb der Stadt.

Da nun war es Minneliebs Herzenswunsch, an seinem Grabe Opferpapiergeld zu verbrennen und sich auszuweinen. Den Eltern blieb nichts übrig, als zu ihrer Beruhigung in einer gemieteten Sänfte sich mit ihr zum Kloster ›Zur ewigen Seligkeit‹ aufzumachen. Minnelieb Han ging zum Grabe. Dort verbrannte sie Opferpapiergeld und weinte so lange, bis sie ein Schwindel befiel, so daß sie mit dem Kopf auf die Erde schlug und bewußtlos liegenblieb. Entsetzt traten Han Dau-go und die sechste Wang hinzu, stützten sie und riefen: »Töchterlein!«
Aber sie antwortete nicht. Da wuchs ihre Unruhe.
Nun war dieser Tage gerade der dritte nach Tschen Djing-djis Beerdigung. Schlehenblüte und Schillerwand Go erschienen in zwei Sänften mit einem Diener, um, wie man sagt, das Grab zu wärmen und Opferpapier zu verbrennen. Da sahen sie die junge Frau in weißer Trauerseide und in der Haartracht der Trauer am Boden liegen und weinen. Ein Mann und eine Frau in mittleren Lebensjahren hielten sie in den Armen und stützten sie, aber sie sank wieder zusammen. Han Dau-go und seine Frau traten schließlich heran, grüßten und erzählten, was vorgefallen sei: »Es ist unsere Tochter, Minnelieb Han.«
Bei diesem Namen entsann sich Schlehenblüte, sie früher einmal im Hause Simen gesehen zu haben. Sie erkannte nun auch die sechste Wang. Han Dau-go berichtete darauf, daß sie das Schloß des Großkanzlers Zai verlassen hätten und daß ihr Kind mit Herrn Tschen Verkehr angeknüpft habe. Nach seinem plötzlichen Tode habe sie durchaus zum Grabe wollen, um ihm nahe zu sein und Opferpapier zu verbrennen: »Plötzlich ist sie hier weinend zusammengebrochen.«
Die Eltern mühten sich weiter um ihre Wiederbelebung. Minnelieb erbrach etwas Schleim, dann erlangte sie das Bewußtsein. Nachdem sie noch einige Zeit geweint hatte, stand sie auf und warf sich viermal aufs Antlitz vor Schlehenblüte und Schillerwand:
»Wenn ich, die Sklavin, mit ihm auch nur so kurze Zeit ein Paar gewesen bin, wie der Tau des Morgens dauert, er hat mir doch einen felsenfesten Bund mit meerestiefen Eiden zugeschworen. Tief war seine Empfindung und reich seine Neigung zu mir. Wahrhaftig, ich hoffte, mit ihm bis ins Alter zusammenzusein. Nun hat er mich so verlassen, daß mir ist, als müßte ich meine vier Gliedmaßen am Boden von mir strecken. Als er noch lebte, schenkte er mir ein Tüchlein aus Seide mit einem Liebesgedicht. Daß er in seiner Wohnung eine Frau hatte, war mir bekannt. Ich,

die Sklavin, wünschte nur, seine bescheidene Nebenfrau zu sein. Falls es nicht geglaubt wird –« Sie zog aus ihrem Ärmel ein seidenes Tuch hervor.
Schlehenblüte und Frau Schillerwand Go lasen das Gedicht:

Laß uns bleiben unwandelbar
Wie ein Phönixpärchen hundert Jahr.

Minnelieb kniete vor Schlehenblüte und Schillerwand Go nieder und jammerte: »Ich möchte nicht zu Vater und Mutter zurück, sondern mit den Schwestern als Witwe trauern. Wenn ich dann einmal sterbe, möchte ich neben seinem Sarge ruhen. Ich habe doch einmal mit ihm in inniger Liebe so gelebt, daß man sagen darf, ich war seine Nebenfrau.« Während sie das sprach, ergossen sich wieder ihre Tränen.
Schillerwand schwieg, aber Schlehenblüte äußerte: »Meine Schwester, ich habe Bedenken, weil du noch jung und in den grünenden Lenzen bist, daß du der Wahrung solcher Witwenschaft nicht gewachsen sein wirst.«
»Herrin, was sagt Ihr da?« erwiderte Minnelieb. »Und müßte ich mir um seinetwillen die Augen herausreißen oder die Nase abschneiden, so wollte ich ihm doch keusche Treue wahren.« Ihren Eltern rief sie zu: »Geht, meine alten Eltern, ich folge der Herrin.«
Han Dau-go – er war nun von dem festen Entschluß seiner Tochter, nicht mitzukommen, überzeugt – und die sechste Wang schluchzten während des ganzen Auftritts und vergossen Tränen. Dann verabschiedeten sie sich, um nach Klarennähe in die Herberge zurückzukehren.
Minnelieb Han gelangte mit Schlehenblüte und Schillerwand zu der herrschaftlichen Wohnung.

IL.

Han Dau-go und die sechste Wang kehrten ohne ihre Tochter in Sjäs Weinstube zurück. Da sie weder eine Bleibe noch einen Berg zu verzehren hatten, schickten sie den Schankkellner aus, Herrn Ho wieder zu ködern, damit sie mit ihm die Beziehungen fortsetzen könnten. Ho wußte, daß es keinen zweiten Liu mehr in der Gegend gab und daß damit eine Gefahr beseitigt war; also kam er wieder wie vorher die sechste Wang besuchen. Er machte

Han Dau-go den Vorschlag: »Deine Tochter Minnelieb hält doch jetzt Witwentrauer in dem herrschaftlichen Hause. Wartet, bis ich meine Waren vollständig abgesetzt und mein Guthaben hereingeholt habe, dann reist ihr Eheleute mit mir heim nach dem Seegau (Hudschou).« Han Dau-go stimmte sofort zu.
Eines Tages waren endlich die Waren ausverkauft und die Außenstände eingetrieben. Da mietete Ho ein Schiff, und sie fuhren mit der sechsten Wang nach Hudschou.
Minnelieb und Schillerwand Go wahrten zusammen im Schlosse keusche Witwenschaft. Sie nannten sich gegenseitig Schwester. Am Tage saßen sie bei Schlehenblüte. Das Goldbübchen war inzwischen herangewachsen und sechs Jahre alt geworden, und Gemmchen, das Töchterchen der zweiten Frau, der geborenen Sun, zehn Jahre. Es waren nur die beiden Kinder zu betreuen, sonst gab es nichts zu tun. Schlehenblüte führte ein Wohlleben bei täglich hunderterlei Leckerbissen. Ihre Oberkleidung und Unterwäsche bestand nur aus Brokat und Seide. Was es an Schmucksachen jeder Art gab, das besaß sie. So konnte sie es denn abends nur schwer aushalten, allein zu schlafen. Ihre Begierde war wie ein Feuerbrand. So fiel ihr Auge auf Li An, der ein strammer Kerl war, und der, seit Tschang Scheng totgeprügelt worden war, von früh bis spät seine Streifengänge mit ganz besonderer Sorgfalt machte. Als eines Tages zur Winterzeit Li An sich gerade in der Wachdienststube ausruhte, hörte er jemand an der hinteren Türe pochen. Er fragte schnell: »Wer ist da?« und vernahm die Worte: »Tu nur auf!«
Li An öffnete schnell. Da sah er, daß sich jemand gewaltsam hineinzwängte und blitzschnell hinter das Licht der Lampe trat: Es war das Kindermädchen Goldtruhe.
»Was führt dich jetzt so spät hierher, Mädchen?« fragte er.
»Meinetwegen komme ich nicht so heimlich. Die Herrin hat mich ausgeschickt«, antwortete Goldtruhe.
»Warum hat dich die Herrin denn gesandt?«
»Du hast nicht recht aufgepaßt«, lachte sie. »Ich wollte sehn, ob du schläfst oder nicht. Sie hat mich beauftragt, dir etwas zu geben.« Darauf nahm sie vom Rücken ein Kleiderbündel: »Das ist für dich. Frauenkleider sind drin für deine Mutter. Vor kurzem hast du so viel Mühe gehabt, du hast die Wagen mit dem Gepäck des Herrn begleitet, du hast auch der Herrin das Leben gerettet.« Damit ließ sie das Paket zurück und ging hinaus, drehte sich aber nach zwei Schritten wieder um: »Noch etwas Wichtiges!« Sie zog einen großen Silberschuh, fünfzig Unzen

schwer, hervor, warf ihn Li An hin, und fort war sie. Er war in jener Nacht gar nicht mit sich im klaren und kam zu keinem Entschluß. Am anderen Morgen brachte er nach dem Aufstehen die Kleider nach Hause und übergab sie seiner Mutter.

»Woher stammen die Sachen?« war deren Frage.

Li An erzählte ihr, was in der Nacht vorher geschehen war. Da rief die Mutter:

»Das ist unangenehm! Damals ist Tschang Scheng wegen seiner Schurkereien mit hundert Stockschlägen totgeprügelt worden. Jetzt macht sie dir Geschenke. Was soll das bedeuten? Auf wen soll ich alte Frau mich verlassen, wenn dir irgend etwas zustößt? Geh morgen nicht hin!«

»Geh ich nicht hin, so läßt sie mich rufen. Was soll ich da antworten?«

»Ich werde sagen, du hast dir eine ernste Erkältung zugezogen.«

»Daß ich wegbleibe, geht keinesfalls. Damit muß ich doch den Herrn verärgern.«

»So suche Unterschlupf bei deinem Oheim Li Gwe in Schantung und bleib dort einige Monate! Dann wollen wir sehen, wie sich die Sache weiterentwickelt.«

Li An, ein durch und durch treuer und gehorsamer Kerl, tat, wie ihm seine Mutter geraten hatte, packte seine Sachen, machte sich auf und kam bei seinem Oheim Li Gwe unter, und Schlehenblüte hatte das Nachsehen, als sie schließlich davon erfuhr.

Der Streitmachtführer hatte mit seinen elftausend Mann schon eine Weile im Bezirk Ostprangen ein Lager bezogen. Da sandte er seinen Diener Dschou Dschung mit einem Brief nach Hause und beauftragte ihn, für Schlehenblüte, die zweite Sun, Goldbübchen und Gemmchen samt dem Gepäck mittels Wagen den Umzug zu besorgen. Nur Dschou Dschung selber sollte zurückbleiben und den zweiten Herrn vom östlichen Landsitz bitten, auf das Wohnanwesen zu achten. Der Streitmachtführer hatte nämlich einen jüngeren Sippenangehörigen Dschou Süän, der auf dem Landgut lebte. So bewachten denn Dschou Dschung und Dschou Süän mit Schillerwand Go und Minnelieb Han das Wohngrundstück, während Dschou Jen nebst den Soldaten und Kerkerhütern die Wache der Wagen bildeten und so nach Ostprangen kamen. Der Streitmachtführer freute sich herzlich, als alle ohne Unfall angelangt waren. Sie nahmen nun Wohnung in der hinteren Halle im Dienstgebäude des Streitmachthauptquartiers.

»Warum ist Li An nicht zu sehen?« fragte der Streitmachtführer nach einer Weile der Unterhaltung.
»Auch noch Li An, den Burschen, erwähnen!« bemerkte Schlehenblüte. »Weil er Tschang Scheng festgenommen hatte, habe ich wohlmeinend ihm zwei Kleider für seine Mutter geschenkt. Abends kam er auf seinem Streifengang in die hintere Halle und entwendete ein Päckchen mit fünfzig Unzen Silber, das von dem zweiten Herrn im östlichen Landgut aus dem Verkauf von Sämereien vereinnahmt worden war und im offenen Vorraum auf dem Tische gelegen hatte. Ich habe ihn mehrmals durch Diener rufen lassen, er schützte aber nur Krankheit vor und ließ sich nicht sehen. Als ich ihn dann später wieder zu mir bestellte, hatte er sich nach Klarengau, seinem Heimatgebiet, begeben. Da hält er sich verborgen.«
»Dieser Bursche! Ich war ihm so wohlgesinnt. Ich werde später jemand aussenden, der ihn festnehmen wird«, sagte der Streitmachtführer.
Schlehenblüte erwähnte nichts von der Sache mit Minnelieb Han. Nach wenigen Tagen hatte Schlehenblüte ihre Erfahrung gemacht: Der Streitmachtführer beschäftigte sich tagaus tagein nur mit dem Herrwesen und nahm mit glühendem Herzen alle Mühsal für Kaiserhaus und Reich auf sich, so daß er sich am Tage noch nicht einmal die Zeit zu den Mahlzeiten frei ließ; Leidenschaft im Schlafgemach zeigte er ihr schon lange nicht mehr. Da sah sie den zweiten Sohn des alten Familiendieners Dschou Dschung namens Dschou I (der Pflichttreue), der neunzehn Jahre alt geworden war und anziehende Augen hatte. Beide ließen ihre Blicke zueinanderwandern und kamen sich heimlich näher. Sie trafen sich jeden Morgen und jeden Abend. Im Zimmer spielten sie Schach und tranken Wein. Nur dem Streitmachtführer allein blieb das verborgen.
Zudem hatte er eiligst wieder aufbrechen müssen, denn die »Goldene Horde« war über die Nordgrenze ins Liau-Reich eingedrungen. Bei der Abwehr dieser grausamen, zügellosen Feinde ereilte ihn nun sein Schicksal: Ein Pfeil drang ihm in die Kehle und verursachte seinen Tod, der unabsehbare Folgen brachte; denn leider erwies sich Schlehenblüte als eine recht unwürdige Witwe. Ihre Leidenschaft, die sie mit Dschou I zu stillen versuchte, war unersättlich. Ständig mußte sie ihn in ihrem duftgeschwängerten Gemache um sich haben. Morgens ging er, abends kam er. Infolge der Maßlosigkeit ihrer Leidenschaft stellte sich bei ihr Knochenerweichung und allgemeiner

Kräfteverfall ein. Da nahm sie zum täglichen Gebrauch von Arzneien ihre Zuflucht, während sie die Nahrungsaufnahme verminderte. Dadurch litt ihr Geist. Ihr Körper wurde dürr wie Brennholz, aber ihre Leidenschaft ließ nicht nach. Eines Tages nach ihrem Geburtstag im sechsten Monde während des heißesten Sommers war sie früh wach geworden. Wieder hielt Schlehenblüte Dschou I in den Armen auf dem Bett, da wurde mitten im Beilager ihr Odem kalt, und – Jammer und Elend – sie verschied auf Dschou Is Körper. Neunundzwanzig Jahre war sie alt geworden.

Eines Tages eroberte überraschend das Heer der Goldenen Horde die Hauptstadt, das damalige Bianliang, heutige Kaifengfu. Der oberste Herr und Kaiser wurde gefangengenommen und nach dem Norden abgeführt. Da war Mittelchina herrscherlos. Wirren entstanden. Mit gefallenen Soldaten war das Land übersät. Die Bevölkerung suchte ihr Heil in der Flucht. Schillerwand Go war bereits von ihrer Mutter nach Hause gebracht worden. Alle anderen waren ebenfalls fort, zurück blieb nur Minnelieb Han. Für sie gab es keinen Zufluchtsort. So mußte sie selber ihre Sachen zusammenpacken. Sie zog ein paar verblichene Kleider an und verließ den Kreis Klarenfluß. Zunächst begab sie sich nach Klarennähe, weil sie ihre Eltern suchen wollte. Dort aber waren Sjäs Weinstuben geschlossen. Zufällig traf sie den Schankkellner; er erzählte ihr: »Deine Eltern sind mit Herrn Ho nach Hudschou (Seegau) gezogen.«

Da pilgerte Minnelieb Han mit der Mondgitarre im Arme weiter. Obwohl sie kleine Lieder sang und dergleichen, mußte sie Hunger und Durst leiden. In ihren kleinen, bogenförmigen Schuhchen litt sie zehntausendfältige Beschwerden und tausendfache Mühsal. Nach mehrtägiger Wanderung gelangte sie in das Gebiet von Südschou, als es bereits Abend war. Sie suchte Unterkunft in einem einsamen Weiler bei einer über siebzig Jahre alten Frau, die gerade am Herde damit beschäftigt war Reis zu stampfen und Essen zu kochen. Minnelieb Han trat vor sie und wünschte ihr zehntausendfältigen Segen:

»Ich stamme aus dem Kreise Klarenfluß. Bei der allgemeinen Wirrnis bin ich unterwegs zu meinen Angehörigen. Leider ist es schon spät. Ich möchte einstweilen hier ein Plätzchen bei Euch, liebe Frau, leihen, um eine Nacht zu schlafen. Morgen früh werde ich weiterziehen. An Miete werde ich nicht knausern.«

»Wenn Ihr hier für eine Nacht unterkommen wollt, setzt Euch,

bitte, auf die Lagerstatt! Ich alte Frau besorge das Essen für ein paar Männer, die das Kanalbett reinigen.«
Da tauchten bereits ein paar Männer auf, alle mit struppigen Haaren, nackten Beinen und aufgekrempelten Beinkleidern oder nur mit einfachem Lendenschurz. Ihre Füße waren mit Lehm überzogen. Sie legten beim Eintreten ihre Hacken und Schaufeln hin und begannen zu essen.
»Alte, wer ist denn das da auf dem Ofenbett?«
»Es ist eine Frau aus dem Kreise Klarenfluß, die ihre Eltern sucht. Weil es spät geworden ist, hat sie hier um Nachtunterkunft gebeten.«
»Frauchen, wie heißt du denn?« fragte jener Mann.
»Ich heiße Han. Meines Vaters Name ist Han Dau-go«, sagte Minnelieb.
Da trat jener Mann, die Hände in die Seiten gestemmt, heran: »Bist du etwa meine Nichte, Minnelieb Han?«
»Du siehst gerade wie mein Oheim, der zweite Han, aus«, meinte sie, und nun fielen sich beide um den Hals und weinten.
»Wo sind denn deine Eltern?« fragte der zweite Han darauf. »Du warst doch in der Hauptstadt. Wie kommst du hierher?«
Minnelieb Han erzählte ganz ausführlich von Anfang an. Dann berichtete er: »Als deine Eltern in die Hauptstadt gezogen waren, hatte ich keine Beschäftigung, mit der ich mein Leben hätte fristen können. So habe ich das Haus verkauft und schaffe hier bei der Kanalvertiefung. Bei der Lage der Dinge werde ich mitkommen und deine Eltern suchen.«
»Wenn du mitgehst, Oheim, so weiß ich, daß alles gut werden wird.«
In der Frühe des anderen Morgens gab der zweite Han der Alten die Obdachgebühr und verließ mit Minnelieb das Haus. Da Minnelieb Han zart war und ihre Bogenschuhe klein waren, verbrauchte sie auf der Reise nach und nach, was sie an Wertsachen bei sich hatte, als Zehrgeld. Sie bestiegen ein Schiff, das nach Hwaian fuhr, und gelangten nach Hudschou (Seegau) in Kiangnan. Dazu brauchten sie natürlich nicht nur einen einzigen Tag. Als sie in Hudschou Hos Haus und die Eltern gefunden hatten, gab es ein Wiedersehen! Herr Ho war gestorben. Er hatte weder eine Frau noch eine Nebenfrau gehabt. Es war nur die sechste Wang da; die Hinterlassenschaft bestand in einem sechsjährigen Mädchen und einigen Äckern bewässerungsfähiger Reisfelder. Nach noch nicht einem ganzen Jahre starb auch Han

Dau-go. Da die sechste Wang früher schon zu dem jüngeren Han in Beziehungen gestanden hatte, heiratete sie ihn jetzt. Er bestellte fortan die Felder und fand so seinen Unterhalt.
Den Söhnen reicher Familien in Seegau entging Minneliebs Klugheit und vorbildliche Gestalt nicht. Alle erschienen mit Verlobungsanträgen. Der zweite Han redete ihr immer wieder zu, sich zu verheiraten. Minnelieb aber schnitt sich das Haupthaar ab, verunstaltete ihre Augen, gab den Zusammenhang mit der Familie ganz auf und wurde Nonne. Sie schwor, nicht wieder zu heiraten. Sie starb mit einunddreißig Jahren an einer Krankheit.
Als zu dieser Zeit Frau Mondtraut wahrnahm, daß das feindliche Heer anrückte, daß alle Familien Türen und Tore verschlossen und verrammelten oder erschreckt in wirrem Durcheinander flüchteten, hielt auch sie es für geboten, etwas an Gold, Perlen und Geschmeide griffbereit zu machen. Damals war ihr älterer Bruder bereits gestorben. So machte sie sich mit ihrem zweiten Bruder, mit Dai-an, Edelsteinchen und dem jetzt fünfzehnjährigen Sohn, nachdem sie das Anwesen vorn und hinten fest verschlossen hatte, nach dem Bezirk Tsinan auf, um bei Simen Tjings einstigem Schwurbruder Jün Li-schou Unterschlupf zu suchen. So wollte sie der Soldateska aus dem Wege gehn und zugleich die Verlobung ihres Sohnes vollziehen. Auf dem ganzen Weg begegneten ihr lauter erregte und bestürzte Menschen, alle von Schrecken und Furcht gepackt. Nachdem die bedauernswerte Frau Mondtraut, die nur ihre Alltagskleidung trug, eingekeilt in die Volksmassen sich mit ihrem Bruder, insgesamt zu fünf Personen, zum Stadttor hinausgezwängt hatte, eilten alle draußen auf dem Anger weiter. An einem Kreuzwege fiel ihnen ein Mönch in braungelber, schäbiger Mönchskutte ins Auge, der den Zinnstab mit neun Ringen in der Hand hielt. An den Füßen trug er Strohsandalen. Über eine Schulter hatte er einen baumwollenen Sack geworfen, der heilige Schriften enthielt. Mit weitausholenden Schritten kam er bewillkommnend nahe, begrüßte Frau Mondtraut mit aneinandergelegten Handflächen und rief mit tönender Stimme laut: »Wohin gehst du, die geborene Wu? Willst du mir meinen Jünger bringen?«
Verdutzt verfärbte sich die erschrockene Frau Mondtraut: »Meister, nach welchem Jünger fragst du mich?«
»Frau, tu nicht, als träumtest du! Besinne dich: Vor zehn Jahren nachts suchtest du am östlichen Gipfel des heiligen Berges vor Yin Tjän-si, der dich verfolgte, in meiner Berggrotte Unter-

schlupf. Ich bin der Mönch aus jener Grotte mit dem Glaubensnamen Pu-djing. Du versprachst mir einen Jünger. Warum gibst du ihn mir nicht?«

»Meister, redet kein unnützes Zeug und haltet uns nicht auf unserem Weg im Weiterkommen auf! Hinter uns, fürchte ich, sind die Horden her, und der Morgen vermag nicht den Abend zu gewährleisten«, wehrte der Bruder der Frau Mondtraut ab.

»Wenn Ihr mir den Jünger schon nicht geben wollt, so folgt mir, weil es jetzt Abend wird und man auf der Straße nicht weiter kann, in dieses Kloster und ruhet dort die Nacht über! Die Goldene Horde kommt hierher nicht. Morgen mögt Ihr weiterziehen.«

»In welches Kloster, Meister?« fragte Frau Mondtraut.

Der Mönch wies nur mit der Hand die Richtung: »Dort in jenes am Wege.« Unter seiner Führung gelangten sie ins Kloster ›Zur ewigen Seligkeit‹. Frau Mondtraut Wu erkannte es. Der Abt und der größere Teil der Mönche waren nicht mehr da. Nur wenige der inneren Schau sich widmende Mönche saßen in Selbstversenkung im Hintergrund. Vor dem Bildnis Buddhas spendete ein Ewiges Licht ewige Helle und ein Ofen Weihrauchduft. Es war bereits die Zeit, da die Sonne hinter den Bergen verschwand. So blieb Frau Mondtraut mit ihrem Bruder, mit Dai-an, Edelsteinchen und dem Sohne – insgesamt waren es fünf Personen – im Kloster zur Nacht. Die jungen Mönche, die sie kannten, bereiteten in der Abtei Essen für Frau Mondtraut und ihre Begleitung. Der alte Meister Pu-djing (Allschlichter) ließ sich mit untergeschlagenen Beinen in der Halle der inneren Erleuchtung auf dem Ruhesitz nieder, schlug den Holzfisch an und sagte murmelnd heiliger Schriften Inhalt her. Frau Mondtraut mit ihrem Sohn und Edelsteinchen schliefen auf einem Lager. Ihr Bruder und Dai-an übernachteten gemeinsam an anderer Stelle. Da die Gesellschaft Aufregung gehabt und Mühsal durchgemacht hatte, sanken alle in Schlaf. Nur Edelsteinchen vermochte keinen tiefen Schlaf zu finden. Sie stand auf und lugte durch eine Türritze der Abtei nach dem alten Meister Pu-djing, wie er die heiligen Lehren murmelte. Als sie ihn bis um die Zeit der dritten Nachtwache beim Beten beobachtet hatte, spürte sie, daß ein herbstlicher Wind aufkam, der Kälte brachte. Die Mondsichel verbreitete ein Dämmerlicht. Ruhig schlummerten die Menschen. Von den Geschöpfen aller Art gab keines einen Laut. Der alte Meister Pu-djing entfaltete angesichts der im Reiche herrschenden Wirrnis, des Unglücks, das über die Masse des

Volkes hereingebrochen war, und der ungeheuren Zahl der im Kampf Erschlagenen und der alles behindernden Leichname sein erbarmendes und mitleidvolles Herz. Er wirkte mit der Kraft seiner Güte, rief Buddha an, flehte im Gebet um Erlösung der in Finsternis befangenen Seelen, daß sie befreit würden aus der langen Kriegsnot.

Nach einer Weile wurde das geheimnisvolle Wehen und Weben des Windes heftiger, und bald konnte man verschwommene Gestalten erkennen, aber keine kam ihr bekannt vor, bis plötzlich ihre frühere Herrin in der Menge erschien, und dann die Reihe der ihr bekannten Personen nicht mehr abriß: ein schauriger Zug Verstorbener, oftmals blutbesudelt und mit dem Kopf unterm Arm, mit versengten Köpfen, mit eitrigen Stirnen, mit wirren Haaren und erdfahlen Gesichtern, etliche mit gebrochenen Händen und Armen, andere mit durchbohrter Brust oder herausgerissenem Herzen, solche die erhängt worden waren oder die am Halse von einem Holzkragen umschlossen waren. Sie alle nahten sich und nahmen des heiligen Meisters fromme Gebete mit Verständnis auf. Zu seinen beiden Seiten blieben sie stehn, und zu ihnen sprach der Meister der inneren Erleuchtung: »Ihr alle habt euer ganzes Leben hindurch Feindseligkeit mit Feindseligkeit vergolten und wolltet nicht davon lassen. Ein jeglicher gehe hin, daß ihm gemäß den Mitteln des Heils Besserung auf dem Wege der Wiedergeburt ermöglicht werde!«

Da traten alle Seelen der Hingeschiedenen heran und bedankten sich. Eingeschüchtert zitterte und bebte Edelsteinchen unaufhörlich. Eigentlich hatte sie, als der Mönch mit den Seelen gesprochen hatte, an das Bett treten und es Frau Mondtraut erzählen wollen. Diese aber lag unerwartet fest in einem Traum:

Einheitliche Seelen und aufrichtige Naturen, waren sie und ihr Bruder, kurz die ganze Schar mit hundert mongolischen Perlen und einer Edelsteinkette nach dem Bezirk Tsinan unterwegs, um bei Jün Li-schou Zuflucht zu nehmen und die Verlobung ihres Sohnes mit dessen Tochter zum Abschluß zu bringen. In Tsinan angelangt, fragte sie sich zu dem Wallbollwerk des Stabsoffiziers Jün durch und ließ eine Meldung hineinbringen. Der Stabsoffizier Jün hörte kaum, daß Frau Mondtraut mit dem Bräutigam komme, da tat er vom ersten Augenblick an wie ein Altbekannter. Die Begrüßungsbräuche waren bald beendet; dann bat er, da er seit kurzem seine Frau verloren hatte, seine Nachbarin, Frau Mondtraut Gesellschaft zu leisten. Am folgenden Abend ließ Jün

Li-schou in der hinteren Halle ein Weinmahl herrichten und bat Frau Mondtraut um ihr Beisein. Diese leistete in der Meinung, daß er das Verlöbnis mit ihrem Sohne durchführen wolle, rasch der Einladung Folge. Aber als sie sich gesetzt hatte, erklärte Jün Li-schou: »Gevatterin, Ihr wißt gewiß nicht, daß mir, Eurem Diener, eine große Truppenabteilung untersteht. Vermögen an Brokat, Kleidung, Gold, Silber und Juwelen ist vorhanden. Es fehlt nur die Herrin des Hauses. Ich habe mich seit langem nach Euch gesehnt wie ein Verdurstender nach einem Trunk. Unerwartet seid Ihr, meine Gnädige, jetzt hergekommen, um für den werten Sohn die Eheschließung zustande zu bringen. Ein Ehebund ist ein Himmelsgeschenk. Ein Paar zu werden ist für uns beide vorteilhaft. Warum sollte es in dieser Welt der Fröhlichkeit nicht möglich sein?«

Frau Mondtraut wurde über diese Worte sehr ungehalten und schalt: »Jün Li-schou. Warum äußert Ihr nun Worte, die nur eines Hundes würdig wären?«

Kichernd schloß Jün Li-schou Frau Mondtraut in seine Arme.

»Frau, warum seid Ihr von Hause zu mir hergereist? Es gibt keinen Ausweg. Es muß unter allen Umständen etwas daraus werden.« Damit griff er zum Wein und trank Frau Mondtraut zu.

»Ruf von vorn meinen Bruder herbei! Warte, ich möchte ein paar Worte mit ihm reden«, erklärte Frau Mondtraut.

»Deinen Bruder und den kleinen Burschen habe ich umgebracht«, sagte er hohnlachend. »Zeigt sie ihr!« rief er einem Diener zu.

Im Scheine der Lampe hielt man die bluttriefenden Häupter des Bruders und des Dieners Dai-an empor. Frau Mondtraut wurde erdfahl vor Schreck. Aufschreiend sank sie zu Boden. Da trat Jün Li-schou zu ihr und schloß sie in seine Arme: »Frau, dein Bruder ist nun tot. Werde mein Weib! Ich als Soldat von Rang werde keine Schande für dich sein.«

Dieser schurkische Kerl hat meinen Bruder und meinen Diener umgebracht, dachte Frau Mondtraut bei sich. Wenn ich mich ihm nicht füge, wird er auch meinem Leben ein Ende machen. So heuchelte sie Freude: »Du mußt nach meinem Wunsche tun, dann will ich dein Weib werden. Bringe erst die Vermählung meines Sohnes zustande, dann geh' ich mit dir die Ehe ein.«

»Das ist nicht viel verlangt«, erklärte Jün Li-schou und rief seine Tochter, schob sie mit Frau Mondtrauts Sohn auf einen Platz und ließ sie den Vermählungswein trinken; er knüpfte einen

herzförmigen Knoten und machte sie so zu einem Ehepaar. Darauf zog er Frau Mondtraut mit sich fort, um ihr beizuwohnen. Da sie sich zur Wehr setzte, wurde Jün Li-schou zornig und tobte: »Gemeines Weib! Du wagst es, mich zum Narren zu halten? Deinen Sohn sollte ich nicht auch umbringen können?« Damit zog er ein Schwert hervor, und schon spritzte Blut mehrere Fuß weit. Als Frau Mondtraut ihren enthaupteten Sohn sah, schrie sie laut auf und erwachte. Alles war nur ein Traum gewesen, aber sie war am ganzen Leibe in Angstschweiß gebadet.
»Gräßlich, gräßlich!« sagte sie in einem fort.
»Herrin, worüber jammert Ihr?« fragte Edelsteinchen, die bei ihr war.
»Ich habe einen unheimlichen Traum gehabt«, sagte Frau Mondtraut und konnte nicht umhin, ihn Edelsteinchen zu erzählen. Darauf sagte diese:
»Ich habe unterdessen nicht geschlafen, sondern heimlich durch die Türritze den Mönch da beobachtet. Er hat die ganze Nacht mit Geistern gesprochen. Eben waren unser verstorbener Herr, die fünfte Herrin, die Sechste, auch der Schwiegersohn Tschen, der Wehrbezirkskommandant Dschou, Schneeholdchen Sun, Lai Wangs Frau und die Tochter da. Sie sprachen ein paar Worte und verschwanden dann nach allen Richtungen.«
»Hinter diesem Kloster sind sie beerdigt«, erklärte Frau Mondtraut. »Warum sollten bei der nächtlichen Stille die Seelen, denen Unheil widerfahren ist, nicht kommen?«
Während die beiden Frauen noch lange miteinander sprachen, war unmerklich der Tag angebrochen. Frau Mondtraut wusch und frisierte sich. Dann begab sie sich in die Halle der inneren Erleuchtung, betete und zündete Weihrauch an. Da gewahrte sie den alten Meister Pu-djing auf dem Ruhesitz. Er erhob seine Stimme: »Hast du, die geborene Wu, alles richtig verstehen können?«
Frau Mondtraut kniete nieder und bat um seinen Rat:
»Meister, ich, deine Jüngerin, die geborene Wu, bin mit leiblichen Augen geboren worden und Laie. So wußte ich deshalb nicht, daß Ihr, verehrter Meister, ein erhabener alter Buddha seid. Durch den Traum, den ich gehabt habe, ist mir jetzt alles klargeworden.«
»So hast du denn alles verstanden und brauchst nicht weiterzuziehen. Gingest du jetzt hin, so wäre es auch nicht anders, sondern ebenso. Eure fünf Leben sollen nicht zugrunde gehn! Für deinen Sohn hat es das Schicksal bestimmt, daß du mir

begegnetest. Dein verstorbener Gatte Simen Tjing hat seinerzeit Unrecht getan. Dieses Kind ist durch die Seelenwanderung in deiner Familie wiedergeboren worden. Es sollte eigentlich seine Habe verprassen und das Familienvermögen zugrunde richten. Dann wäre sogar bei seinem Tode der Kopf noch vom Rumpfe getrennt worden. Heute habe ich es erlöst. Der Knabe soll mein Jünger werden. Deines Gatten verbrecherische Handlungen und Sünden sind jetzt von ihm genommen. Er kann auch wieder zu neuem Leben geboren werden. Falls du noch ungläubig bist, komm mit! Ich will es dir zeigen.« Er schritt in die Abtei, wo der Sohn noch schlummernd auf dem Bett lag. Der alte Meister berührte ihn mit seinem Stabe der inneren Schau an der Stirn und ließ Frau Mondtraut und alle anderen hinschauen.

In plötzlicher Verwandlung war er Simen Tjing geworden, trug um den Hals einen schweren Holzkragen und war um die Hüften mit einer eisernen Kette gefesselt. Darauf berührte er den Knaben wieder mit dem Stabe der inneren Schau, und zum Vorschein kam wieder der Sohn, wie er vorher gewesen war und auf dem Bett schlummerte. Frau Mondtraut sah das und begann laut zu wehklagen. Der Sohn also war der wiedergeborene Simen Tjing. Als er nach einer Weile erwachte, fragte Frau Mondtraut ihn: »Willst du nun dem Meister folgen und die Familienbande lösen, dir vor Buddha das Haupt scheren lassen und dir bei der Handauflage die Pflichten einprägen, die zu befolgen sind?« Dabei stöhnte die Arme in Ergriffenheit, denn nun war endgültig ihre Hoffnung dahingeschwunden, daß er den Familienstamm fortsetzen und das Vermögen der Familie erhalten würde. Des alten Meisters Wunderkraft hatte ihn verwandelt.

Frau Mondtrauts Bruder, Edelsteinchen und Dai-an waren in hoffnungslos bedrückter Stimmung. Da nahm der alte Meister Pu-djing den Sohn zu sich und gab ihm den Ordensnamen Mingwu (der klar versteht). Er verabschiedete sich von Frau Mondtraut und wandte sich zum Gehen. Im Begriffe, sich zu entfernen, sagte er: »Ihr braucht eure Reise nicht fortzusetzen. In Bälde werden sich die Kriegsmächte der Goldenen Horde zurückziehen. Das Land wird in Norden und Süden, nämlich zwei Reiche, geteilt werden. Mittelchina hat schon einen Kaiser. In allerhöchstens zehn Tagen werden die Heere sich zurückziehen und auflösen. Friede wird wieder einkehren. Du, Mutter, geh heim und verlebe mit ruhigem Gemüte deine Lebenstage!«

»Meister«, fragte Frau Mondtraut, »nachdem du das Kind erlöst

hast, in welchem Jahr und an welchem Tage werde ich es von Angesicht wiedersehen können?« Unbewußt schluchzte sie auf und jammerte laut.
»Klage nicht, Weib!« mahnte der alte Meister. »Seht, dort naht noch ein alter Meister.« So lenkte er sie ab, und während alle den Kopf dorthin wandten, hatte er sich in Wind verwandelt und ward nicht mehr gesehen.
Frau Mondtraut kehrte nach Hause zurück. Sie öffnete Tor und Türen: Nichts vom Hausrat und den Einrichtungen des Anwesens war verlorengegangen. Sie änderte später Dai-ans Namen ab in Simen An; er sollte den Familienbesitz übernehmen. Die Leute nannten ihn Unterrat Simen. Er pflegte Frau Mondtraut bis in ihr Alter. Als Siebzigjährige verschied sie eines sanften Todes. Das alles war der Lohn dafür, daß sie gute Werke zu tun pflegte und die heiligen Schriften las.